이상
이상 문학의 비밀 13
권
영
민
민음사

이상에 대한 13개의 질문

사람이
비밀(秘密)이 없다는 것은
재산(財産) 없는 것처럼
가난하고 허전한 일이다.
— 이상

이 책을 구상한 것은 『이상 전집 1~4』(2009), 『이상 텍스트 연구』(2009)를 발간한 직후의 일이다. 나는 전집의 집필 과정을 마무리하고 나서 이상의 창조적 상상력을 일반 독자들에게 보다 직접적으로 소개할 수 있는 또 다른 형태의 작업이 더 필요하다고 생각했다. 이상의 개인적 삶만이 아니라 그의 문학과 예술 속에 숨겨진 '비밀'을 더 이상 그대로 방치해서는 안 된다는 의무감 같은 것도 생겨났다. 나는 이 새로운 작업을 위해 이상에 관한 13개의 질문을 만들었다. 그리고 거기에 답하기 위한 기초적인 사실의 재조사와 확인 작업을 2009년 여름부터 다시 시작했다. 첫 번째로 이상의 가족 관계 사항을 확인할 수 있는 제적부를 찾아냈다. 그리고 이상이 1929년 조선건축회에 가담하여 활동했던 사실도 확인했다. 이상의 소설과 수필 속에서 언급하고 있는 영화들이 모두 당시 경성의 영화관에서 상영되었던 사실도 확인할 수 있었다. 이러한 조사 작업은 이상의 예술적 관심과 그 실천을 보다 통합적으로 이해할 수 있는 근거를 확보하기 위한 것이었다.

2010년은 이상 탄생 100년을 맞는 해였다. 이상의 예술에 대한 관심을 키워 온 사람들이 여러 가지 기념행사를 열었다. 나는 대산문화재단이 주관하는 '탄생 100주년 문학인 기념 문학제' 조직위원장으로 1910년 이상과 함께 태어난 수필가 피천득, 시인 이찬, 소설가 이북명, 허준, 평론가 안막, 안함광 등을 기리는 문학 심포지엄을 준비했다. 2010년 4월 1일 서울 프레스센터에서 열린 심포지엄에서 나는 이상 문학에 특히 역점을 두어 「비판적 도전과 창조적 실험 - 문학과 식민지 근대의 초극 양상」이라는 주제로 기조 강연을 했다. 한국문화예술위원회 아르코 미술관에서는 특별 기획전으로 이상 탄생 100주년을 기념하는 '木3氏의出發'을 9월 17일부터 10월 13일까지 개최했다. 이 전시는 일제 강점이라는 시대적 고통 속에서 짧은 생애를 살았던 이상의 삶의 과정을 당시 자료들을 통해 추적하고, 그의 창조적인 작품 세계를 문학, 미술, 건축, 디자인 등 다각적인 측면에서 새롭게 재해석하고자 하는 데에 목적을 두었다. 이 기획전을 자문했던 나는 개막일에 「이상 텍스트의 비밀」이라는 주제로 특별 강연을 했다. 2010년 10월 한국현대문학학회는 '이상 탄생 100주년 기념 학술대회'를 개최했다. 국내외에서 활동하고 있는 이상 연구가들이 다양한 주제의 논문들을 이 학술대회에서 발표했다. 나는 이 학회의 대표로서 「이상 텍스트의 성격」에 관한 짤막한 개회 인사를 했다.

2010년 초봄부터 가을까지 진행되었던 이상 관련 행사에 대한 대중적 관심을 지켜보면서 나는 이상의 문학과 예술이 보여 준 창조적 도전이 오늘날에도 여전히 의미 있는 것임을 다시 확인할 수 있었다. 이상은 예술에 대한 관심과 사물에 대한 감각적 인식을 둘러싼 문화적 조건에 일찍 눈을 떴던 천재였다. 그는 어린 시절부터 화가를 꿈꾸면서 현대 미술의 변화와 그 미학적 변주에 남다른 관심을 가졌다. 그리고 경성고등공업학교에서 건축학을 공부하는 동안 현대 기술 문명을 주도해 온 물리학과 기하학 등에 관한 수준 높은 지식을 터득했다. 새로운 예술 형태로 주목되기 시작한 영화에도 유별난 취미를 키웠다. 그 결과 이상은 사물에 대한 '새로운 시각'을 발견할 수 있게 되었고, 바로 그것이 그의 문학과 예술에서 가장 빛나는 부분이 되었다. 그는 모든 사물의 외관의 무의미성을 강조하면서 상상력의 하부 구조를 열어 갈 수 있는 비밀의 통로를 그의 문학 속에 감추어 놓았다. 하지만 새로운 상상력의 세계로 통하는 그 비밀의 통로는 여전히 '암실 속의 지도'처럼 방치되었던 것이다.

이 책을 쓰는 동안 나는 이상에 관한 세 권의 인상적인 책을 받았다. 그 하나는 유명 가수 조영남 씨가 쓴 『이상은 이상 이상이었다』라는 책이다. 이상의 시에 대한 독자로서의 기발한 해서도 그러히지만, 이상과 같은 일탈을 꿈꾸는 자유주의자 조영남 씨의 기지(機智)가 더욱 매력적이다. 시인이자 비평가인 장석주 씨가 쓴 『이상과 모던뽀이들』은 일종의 평전 형식의 글이다. 최근까지의 이상 연구의 성과에 근거하여 이상과 그 주변 문인들과의 관계에 대해서도 소상한 설명을 붙였다. 일본에서 활동하고 있는 란메이[蘭明] 교수와 몇몇 소장 연구가들이 함께 만든 『이상적 월경(越境)과 시의 생성』이라는 책이 이채롭다. 서울대학교에 연구원으로 왔던 란메이 교수는 내가 엮은 『이상 전집』을 받아 들고는 그렇게도 좋아했었다. 이 외국인 교수가 새롭게 제시한 일본과 중국의 자료들은 이상 문학의 폭을 비교문학적 지평으로 확대할 수 있는 중요한 근거로 활용될 것이라고 생각한다.

나는 지금까지 우리 문학 가운데 인간의 존재와 그 가치에 대하여 이상처럼 진지하게 질문을 던졌던 사람을 찾아보지 못했다. 이상은 사물의 현상과 본질의 대립에 대해 가장 깊이 있게 고뇌하였으며, 개인과 사회의 부조화를 끈질기게 문제 삼았다. 그러면서 그는 자신이 찾아낸 해답에 대해 쉽게 접근할 수 있는 길을 스스로 차단해 버렸다. 그는 동경에서 쓴 소설 「실화」의 첫머리에 '사람이 비밀이 없다는 것은 재산 없는 것처럼 가난하고 허전한 일이다.'라고 적었다. 자기 삶과 문학에 대해 언급하고 있는 것처럼 느껴지기도 하는 이 구절에서 비밀이라는 말이 지니는 의미가 유별나다. 그가 숨기고자 했던 비밀이란 과연 무엇이었을까?

나는 이 책을 이상 문학을 사랑하면서도 이상의 삶을 안타까워하는 모든 이들에게 바치고 싶다. 까다로운 작업을 맡아 준 민음사에 감사드린다. 교정 작업을 도와 준 서울대 현대문학교실의 안서현, 황종민, 서여진, 노태훈에게도 고마움을 전한다.

차례

1 이상, 동경(東京)으로의 탈출

— 이상은 왜 동경행을 택했는가?

이상은 왜 동경행을 택했을까? 그 젊은 나이에 왜 동경에 가서 죽음을 맞게 되었을까? 이렇게 질문을 던져 놓고 보면 문제가 매우 복잡해진다. 이상은 1936년 늦가을 새로운 예술을 꿈꾸며 동경으로 건너갔다. 그러나 그의 꿈은 끝내 이루어지지 못했다. 그는 1937년 2월 일본 경찰에 거동 수상자로 체포되어 한 달이 넘게 경찰서 유치장에 수감되어 조사를 받았다. 거기서 그의 지병인 폐결핵이 더욱 악화되었다. 그는 유치장에서 풀려나 동경제대 부속 병원으로 옮겨졌지만 4월 17일 세상을 떠났다. 이상은 동경에 가서 무엇을 했을까? 왜 일본 경찰이 그를 주목했을까? 이상이 동경에 도착한 것은 1936년 10월 하순이다. 하지만 이상은 동경에 도착하자 곧바로 동경이라는 도시에 실망하고 만다. 그가 꿈꾸던 새로운 예술과 문명의 땅이 아니었던 것이다. 동경에서 그가 본 것은 유럽을 모방하기에 바쁜 환락과 퇴폐뿐이었다. 그는 도심의 가로와 고층 건물의 무성격과 그 속에 살아가는 일본인들의 부조화를 놓고 코웃음을 친다. 그리고 서구 문화를 베끼며 따라가기에 허덕거리는 모조(模造)의 지성에 대해 절망한다. 이상 — 그의 죽음에 드리워져 있는, 식민지 조선의 젊은 예술인으로서 그가 느껴야 했던 환멸은 또 어떠했을까?

긴자(銀座)는 그냥 한 개 허영(虛榮) 독본(讀本)이다. 여기를 걷지 않으면 투표권(投票權)을 잃어버리는 것 같다. 여자들이 새 구두를 사면 자동차를 타기 전에 먼저 긴자의 포도(鋪道)를 디디고 와야 한다. 낮의 긴자는 밤의 긴자를 위한 해골이기 때문에 적잖이 추하다. 「살롱 하루」 굽이치는 네온사인을 구성하는 부지깽이 같은 철골들의 얼크러진 모양은 밤새고 난 여급의 퍼머넌트 웨이브처럼 남루(襤褸)하다. 그러나 경시청(警視廳)에서 「길바닥에 담(痰)을 뱉지 말라.」고 광고판을 써 늘어놓았으므로 나는 침을 뱉을 수는 없다. — 이상

1. 동경에서 죽은 이상

이상의 부음(訃音)

이상은 왜 동경행을 택하였을까?

이상 문학의 마지막 장면을 정리하기 위해서는 이 질문이 반드시 필요하다. 이상에게 동경이란 무엇인가? 1930년대 식민지 조선의 젊은 지식인에게 동양 문명의 중심지로 떠오른 제국의 수도는 지배자의 심장에 해당한다. 현해탄의 높은 파도를 넘어 한반도로 밀려들어 온 문명이라는 괴물을 놓고 내지(內地) 일본을 꿈꾸었던 젊은이들이 얼마나 많은가? 이광수가 문학의 춘원(春園) 시대를 열었던 것도 동경이요, 임화가 무산 계급에는 국가가 없다는 신념을 키웠던 곳도 동경이다. 동경은 서로 다른 공간에 자리하면서도 동일한 시간의 질서 아래 식민지 조선을 옥죄던 제국의 힘의 중심이다.

이상의 동경행은 '인심 좋고 살기 좋은 한적한 농촌'으루 비유했던 경성(京城)으로부터의 탈출을 뜻한다. 그러나 이 탈출은 문명에의 길이 아니다. 일찍이 오스카 와일드는 문명에 도달할 수 있는 길이 오직 두 개가 있을 뿐임을 갈파한 적이 있다. 하나는 교양을 습득하는 길이요, 다른 하나는 퇴폐에 빠져드는 길이다. 문명의 의미에 이렇게 명징한 토를 달아 놓은 것을 나는 달리 본 적이 없다. 이상은 동경으로의 탈출을 생의 전환으로 삼고자 욕망한다. 그러나 이 전환이 그를 몰아간 것은 교양의 길도 퇴폐의 길도 아니다. 그것은 죽음의 길이었을 뿐이다. 이상은 처참한 죽음이 동경에서 자신을 기다리고 있다는 사실을 알아차리지는 못한 채 동경에서 죽게 된다.

1937년 4월 21일 《조선일보》 학예면에 '작가 이상(李箱) 씨 동경서 서거'라는 아주 짤막한 기사가 실렸다. "작가 이상 씨는 문학적 수업을

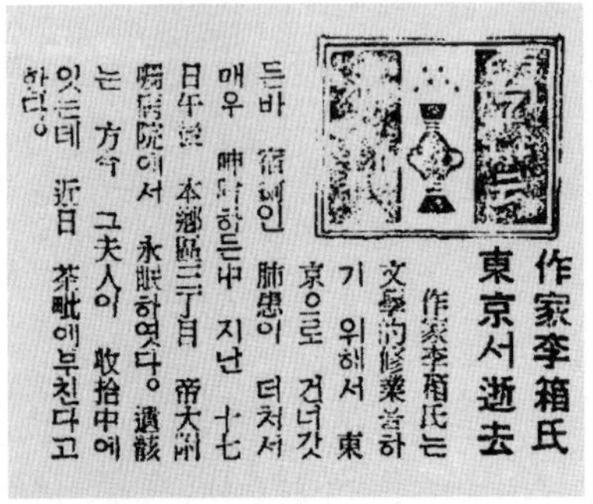

《조선일보》, 1937. 4. 21.

하기 위해서 동경으로 건너갔던 바 숙아(宿疴)인 폐환이 더쳐서 매우 신음하던 중 지난 17일 오후 본향구 3정목 제대 부속 병원에서 영면하였다. 유해는 방금 그 부인이 수습 중에 있는데 근일 다비(茶毘)에 부친다고 한다." 이 짧은 두 개의 문장이 이상의 죽음을 알리는 최초의 기록이다.

이상의 죽음을 알리는 이 짤막한 기사에는 그동안 한국 문단에서 풀어내지 못한 여러 개의 수수께끼들이 포함되어 있다. 이 신문이 전하는 내용대로라면 이상은 문학 수업을 위해 동경을 택했던 것임을 알 수 있다. 그러나 이상이 동경에서 머물렀던 반 년 동안 무엇을 했는지에 대해서는 모든 것들이 여전히 베일에 가려져 있다. 이상은 새로운 학문과 예술에 뜻을 두고 동경에 간다고 하였지만 여행객 신분으로 동경에 묵고 있었다. 그가 문학 수업을 위해 동경으로 갔다면, 어디서 어떤 일을 했는지 궁금하지 않을 수 없다. 하지만 이 같은 의문을 해결해 줄 만한 구체적인 단서가 발견되지 않는다. 물론 젊은 시인이자 소설가인 이상의 동경 여행 정도로 간단히 설명할 수도 있다. 당시 동경은 동아시아에서 현대 문명과 예술의 중심지였고 이상은 동경을 꿈꾸어 왔던 것이 사실이다.

이상의 동경 체류 기간은 반 년 정도에 불과하다. 이 기간 중에 이상이 동경 니시간다(西神田) 경찰서 유치장에 한 달가량 구금당했고, 동경 제국대학 부속 병원에 몇 주간 입원해 있었다는 점을 계산에 넣는다면, 실제로 동경에서 활동했던 기간은 넉 달 정도에 지나지 않는다. 이 짧은 기간은 전위적인 이상을 교양의 길로 이끌기에도 충분하지 않고, 도덕을 거부한 이상을 퇴폐의 길로 끌고 가기에도 넉넉하지 않다. 이상의 동경 생활의 흔적은 남아 있는 것이 거의 없다. 그가 동경에서 무엇을 했는지 누구와 만났는지 등을 확인할 수 있는 자료도 별로 없다. 이상은 동경에서 어떤 날개를 꿈꾸었던 것인가?

동경으로의 탈출

이상이 동경으로 건너간 것은 1936년 늦가을의 일이다. 임종국(林鍾國) 편 『이상 전집(李箱全集) 3』(태성사, 1956)의 이상 약력을 통해 이를 확인해 볼 수 있다. 이 책의 편자는 이상이 1936년 음력 9월 3일 동경으로 '탈출'한 것으로 기록하고 있다. 이 날짜는 양력으로 환산할 경우 1936년 10월 17일 토요일에 해당한다. 그리고 일본에 도착한 이상이 '동경 간다구(神田區) 진보쪼(神保町) 3조메(丁目) 101 – 4번지 이시카와(石川) 방(房)'에서 기숙했다는 것도 이 책에서 밝혀 놓고 있는 사실 중의 하나다. 임종국이 펴낸 이 전집은 이상 문학의 테스트에 대한 충체적인 정리 작업을 통해 이상 문학의 범주를 확정해 놓은 것으로 유명하다. 뒤에 발간된 대부분의 책들이 이 전집에 빚지고 있다. 이 전집은 시와 소설과 수필 등으로 넓혀져 있는 이상의 글쓰기 영역을 세 권의 책으로 묶으면서 상당한 자료 조사를 거쳤기 때문에, 이상의 사후 20년에 이루어진 중요한 문학사적 정리 작업으로 평가되고 있다.

그런데 최근의 한 신문 기사에 의하면, 이상이 1936년 11월 21일 동경에 도착했으며, 11월 17일 서울을 떠난 후 닷새 동안의 여정(「이상 탄생 100주년 – 굿모닝 이상」, 《국민일보》, 2010. 1. 13)이었다고 밝힘으로써 임종국의 「이상 약전」과는 다르게 동경행의 날짜를 제시하고 있다. 물론 이 새로운 날짜가 어떤 사실에 근거하고 있는지를 밝히지 않았다. 이상이 동경으로 떠난 것은 언제일까? 이상이 남겨 놓은 글 가운데 동경행의 경위를 확인할 수 있는 직접적인 자료로는 당시 일본 센다이(仙台)의 동북제대(東北帝大) 영문학과에 재학 중이던 김기림에게 보낸 두 통의 사신이 있다. 이상은 그의 수필이나 소설 속에서도 근대 동양의 중심지인 동경에 대한 꿈을 여러 차례 언급한 적이 있지만, 그가 동경행의 경위를 직접적으로 밝힌 것은 이 두 편지가 가장 믿을 만하다.

(1)

기림(起林) 형

형의 글 받았소. 퍽 반가웠소.

북일본(北日本) 가을에 형은 참 엄연(儼然)한 존재로구려!

워밍업이 다 되었건만 와인드업을 하지 못하는 이 몸이 형을 몹시 부러워하오.

지금쯤은 이 이상(李箱)이 동경사람이 되었을 것인데 본정서고등계(本町署高等係)에서 「도항불가(渡航マカリナラヌ)」의 분부(吩咐)가 지난달 하순에 나렸구려! 우습지 않소?

그러나 지금 다시 다른 방법으로 도항증명을 얻을 도리를 차리는 중이니 금월 중순 – 하순경에는 아마 이상도 동경을 헤매는 백면(白面)의 표객(漂客)이 되리다.

졸작 「날개」에 대한 형의 다정한 말씀 골수에 스미오. 방금은 문학 천년이 회진(灰燼)에 돌아갈 지상 최종의 걸작 「종생기」를 쓰는 중이오. 형이나 부디 억울한 이 내출혈(內出血)을 알아주기 바라오!

삼사문학(三四文學) 한 부 저 호소로(狐小路) 집으로 보냈는데 원 받았는지 모르겠구려!

요새 조선일보 학예란에 근작시 「위독(危篤)」 연재 중이오. 기능어(機能語). 조직어(組織語). 구성어(構成語). 사색어(思索語)로 된 한글 문자 추구

시험이오. 다행히 고평을 비오. 요다음쯤 일맥(一脈)의 혈로(血路)가 보일 듯하오.

지용(芝溶), 구보(仇甫) 다 가끔 만나오. 튼튼히들 있으니 또한 천하는 태평성대가 아직도 계속된 것 같소.

환태(煥泰)가 종교예배당(宗橋禮拜堂)에서 결혼하였소.

「유령 서쪽으로 가다(幽靈西へ行く)」는 명작 「홍길동전」과 함께 영화사상 굴지의 잡동사니(ガラワタ)입디다. 르네 클레르(ルネ·クレール)·똥이나 먹어라(クソクラエ).

영화시대(映畵時代)라는 잡지가 실로 무보수라는 구실하에 이상씨에게 영화소설 「백병(白兵)」을 집필시키기에 성공하였소. 뉴스 끝(ニウスオワリ).

추야장! 너무 소조(蕭條)하구려! 아당만세(我黨萬歲)! 꼰·나일

(2)

기림(起林) 형

기어코 동경 왔오. 와보니 실망이오. 실로 동경이라는 데는 치사스런 데로구려!

동경 오지 않겠소? 다만 이상을 만나겠다는 이유만으로라도-.

(중략)

편지 주기 바라오. 이곳에서 나는 빈궁하고 고독하오. 주소를 잊어서 주소를 알아가지고 편지하느라고 이렇게 늦었소. 동경서 만났으면 작히 좋겠소?

형에게는 건강도 부귀도 넘쳐있으니 편지 끝에 상투로 빌[祈]을 만한 말을 얼른 생각해내기가 어렵소 그려.[1]

---

1 권영민 편, 『이상 전집 4 수필』, 뿔, 2009, 169~171면.

앞의 사신 (1)에는 편지를 쓴 날짜가 적혀 있지 않다. 그러나 그 사연 속에서 "지금쯤은 이 이상이 동경사람이 되었을 것인데 본정서 고등계에서 「도항マカリナラヌ」(도항 절대 불가의 뜻)의 분부가 지난달 하순에 나렸구려! 우습지 않소? 그러나 지금 다시 다른 방법으로 도항 증명을 얻을 도리를 차리는 중이니 금월 중순─하순경에는 아마 이상도 동경을 헤매는 백면의 표객이 되리다."라는 구절이 주목된다. 이 구절을 통해 이상이 동경행을 계획하고 있으며, 도항 증명을 얻지 못하여 출발을 늦추고 있다는 사실을 알 수 있다. 이상은 이 편지에서 '금월 중순 또는 하순'경에는 동경에 가 있게 되리라고 밝히고 있다. 여기서 말하고 있는 '금월'이란 1936년 10월을 말한다. 이상이 이 편지를 쓰면서 "조선일보 학예란에 「위독(危篤)」 연재 중"이라고 밝히고 있기 때문이다. 이상의 연작시 「위독(危篤)」은 1936년 10월 4일부터 9일까지 「금제(禁制)」「추구(追求)」「침몰(沈歿)」(이상 10월 4일), 「절벽(絶壁)」「백화(白晝)」「문벌(門閥)」(이상 10월 6일), 「위치(位置)」「매춘(買春)」「생애(生涯)」(이상 10월 8일), 「내부(內部)」「육친(肉親)」「자상(自像)」(이상 10월 9일) 등으로 구성된 12편의 작품이 연재된 바 있다. 소설 「날개」를 잡지《조광(朝光)》(1936. 9)에 발표한 직후 이상은 의욕적으로 글을 쓰면서 동경행을 준비하고 있었던 것이다. 이 같은 여러 가지 정황으로 미루어 본다면 이 편지는 시 「위독」을 연재하던 1936년 10월 4일부터 9일 사이에 쓴 것임을 알 수 있으며, 이상 자신이 10월 하순이면 동경에 건너갈 수 있을 것으로 예상하고 있음을 확인할 수 있다.

사신 (2)의 경우는 편지의 말미에 '1936년 11월 14일'이라는 편지 쓴 날짜가 표시되어 있다. 이상은 이 편지에서 "기어코 동경 왔오."라고 밝힌 대로 이미 동경에 도착해 있음을 알 수 있다. 앞서 언급한《국민일보》의 기사에서 이상이 11월 17일 서울을 출발하여 11월 21일 동경에 도착했다는 기록은 이 편지의 내용과 대조해 보면 잘못된 정보임을 확인할 수 있다. 그런데 이 편지에서 "이곳에서 나는 빈궁하고 고독하오. 주소를 잊어서 주소를 알아가지고 편지하느라고 이렇게 늦었오."라는 사연이 주목된다. 이 편지가 동경 도착 직후 쓴 것이 아님을 말해 주기 때문이다. 동경에 도착한 이상은 김기림의 주소를 잊어버렸기 때문에 한동안 여기저기 주소를 확인하였던 것으로 보인다. 서울에 연락하여 김기림의 주소를 다시 확인하게 되기까지 이상은 동경 도착 후 적어도 보름 이상의 기간을 보냈던 것이 아닌가 생각된다. 당시의 우편 사정이나 교통 문제 등을 고려한다면 이 정도의 시간은 필요했을 것이다. 이러한 상황 판단을 근거로 하면 이상은 《조선일보》에 시 「위독」의 연재가 끝난 후 경성을 출발하여 1936년 10월 하순에 동경에 도착할 수 있었던 것이 아닌가 생각된다.

그런데 이상의 동경행과 관련된 몇 가지 사실을 암시해 주는 근거들이 소설 「실화」에 제시되어 있다. 이상이 동경에서 쓴 이 작품의 전반부에서 주인공인 '나'는 동경 유학생 'C'양의 집에 놀러와 'C'양으로부터 학교에서 공부하고 있는 소설 이야기를 들으며, 두 달 전에 서울에서 있었던 '연(姸)'이라는 여인과의 갈등과 그 헤어짐의 과정을 떠올린다.

연이는 내 뒤를 서너 발자국 따라왔던가 싶다. 그러나 나는 예년 10월 24일경에는 사체(死體)가 며칠 만이면 상하기 시작하는지 그것이 더 급했다.

「상(箱)! 어디 가세요?」

나는 얼떨결에 되는 대로,

「동경(東京).」

물론 이것은 허담(虛談)이다. 그러나 연이는 나를 만류하지 않는다. 나는 밖으로 나갔다.

나왔으니, 자 – 어디로 어떻게 가서 무엇을 해야 되누.[2]

앞의 인용에서 볼 수 있는 것처럼 소설 속의 주인공은 10월 24일 사랑하는 여인 '연'과 헤어지면서 자신의 동경행을 밝힌다. 그러나 물론 바로 뒤의 대목에서 이 대답이 허언이었다고 쓰고 있다. 하지만 이 소설의 후반을 보면 주인공의 동경행은 사실로 드러난다. 이 소설의 주인공인 '나'는 경성을 떠나기 전날 문우 유정을 찾아가 "저는 내일 아침 차(車)로 동경 가겠습니다."라고 동경행을 밝혔던 것이다. 소설 「실화」의 이야기는 소설이라는 허구적 장치 속에서 전개되고 있지만, 이상 자신의 사적인 체험 영역을 상당 부분 그대로 보여 주고 있는 것이 사실이다. 그러므로 소설 속의 주인공이 '연'이라는 여인과 경성에서 헤어져 동경을 떠난 10월 24일이 바로 이상의 동경행이 실제로 이루어진 날이라는 추측도 가능하다. 그리고 이러한 추측이 사실 그대로라면 이상은 1936년 10월 27, 28일경에 동경에 도착했을 것으로 짐작된다.

이상은 동경에 도착하여 '동경 간다구(神田區) 진보쪼(神保町) 3조메(三丁目) 101 – 4번지 이시카와(石川) 방(房)'을 자신의 거처로 정한다. 나는 동경에 갈 때마다 몇 차례나 간다(神田) 고서점가에 인접해 있던 이상의 하숙집의 정확한 위치를 찾아보려고 헤맸다. 그러나 이상이 묵었던 하숙집은 그 위치를 가늠할 수가 없었다. 진보쪼 3조메는 그리 넓은 구역은 아니지만 그 복판에 일본에서도 전통이 있는 센슈 대학(專修大學) 캠퍼스가 자리하고 있는데다가 근래 새로 지은 건물들이 늘어서 있어서 도저히 그 옛 번지수를 찾을 길이 없었다. 복덕방에 들어가서 101 – 4번지를 물었지만 주인은 고개를 갸웃거리면서 알 수

---

2 권영민 편, 『이상 전집 2 단편소설』, 뿔, 2009, 161~162면.

진보쪼 상세도

진보쪼 3조메 10-1-4 일대의 현재 모습

없다는 것이다. 나는 소화(昭和) 16년(1941년) 동경 인문사(人文社) 판 「간다구(神田區) 상세도(詳細圖)」를 도서관에서 복사하였다. 그리고 먼저 그 지도 위에서 이 하숙집의 번지수를 찾아 표시한 후 그 위치를 가늠하기로 하였다. 그런데 진보쪼 3조메에는 101－4번지가 지도 위에 표시되어 있지 않은 것이다. 참으로 이상한 일이다. 진보쪼 3주메는 크게 두 구역으로 나누어져 있는데, 전체 지번이 29번에서 끝이 난다. 나는 결국 간다(神田) 구역소(區役所)에 찾아가서 다시 지번을 확인하였다. 담당 직원은 진보쪼 3조메에는 29번지를 넘는 지번이 당초부터 존재하지 않는다는 것이다. 101번지는 있을 수 없다면서 담당 직원은 내가 알고 있는 주소가 잘못된 것이라고 말했다. 이상의 동경 하숙집 주소는『이상 전집(李箱全集)』(임종국 편, 1956)에 기록된 것이다. 이 전집 제3권 부록에 수록된 이상의 연보에 동경의 하숙방 주소가 '진보쪼 3조메 101－4번지'로 표시되어 있었기 때문에, 나는 이 주소를 전혀 의심하지 않았다.

　나는 진보쪼 3조메를 헤매다가 소화(昭和) 이래로 이 구역에서 장사를 하고 있다는 오래 된 쌀가게를 찾게 되었다. 가게 주인은 소화 연간의 회원 명단(단골손님의 명단)을 위층 서재에서 꺼내다가 내게 보여 주면서 친절하게도 아주 재미있는 사실을 알려 주었다. 이 구역에는 101－4번지가 존재하지 않는다는 점. 그런데 3조메 10번지의 지번이 둘로 나뉘어 있어서 10－1과 10－2로 표시해 왔다는 점, 내가 알고 있는 101번지는 10－1번지일 것이라는 점, 10－1번지에는 당시에 모두 14가구가 살았다는 점 등을 설명해 주었다. 나는 가게 주인의 설명을 듣고서야 이들 열네 가구의 주소가 '10－1번지의 1호', '10－1번지의 2호'와 같은 방식으로 표시되었을 것이라는 점을 알았다. 이상의 동경 하숙집 주소는 진보쬬 3조메 101－4번지가 아니었다. 그것은 '3丁目 10－1－4'의 오기였던 것이다. 지금은 이 지번 위에 수년 전에 새로 지었다는 센슈 대학의 현대식 회관 건물이 들어서 있다.

동경, 그 절망의 끝

이상의 동경행을 어떻게 설명할 수 있을까? 이 질문은 이상의 내면 의식을 캐묻는 본질적인 물음으로 생각할 수도 있다. 그러나 아주 단순하게 동경행의 동기를 따진다면 그 답을 찾기 위해 아래와 같은 소설의 한 대목을 참조할 필요가 있다.

나는 만나는 사람마다 동경(東京)으로 가겠다고 호언했다. 그뿐 아니라 어느 친구에게는 전기기술(電氣技術)에 관한 전문(專門) 공부를 하러 간다는 둥, 학교 선생님을 만나서는 고급 단식인쇄술(單式印刷術)을 연구하겠다는 둥, 친한 친구에게는 내 5개 국어에 능통할 작정일세 어쩌구 심하면 법률을 배우겠소까지 허담(虛談)을 탕탕 하는 것이다. 웬만한 친구는 보통들 속나 보다. 그러나 이 헛선전(宣傳)을 안 믿는 사람도 더러는 있다. 하여간 이것은 영영 빈빈털털이가 되어버린 이상(李箱)의 마지막 공포(空砲)에 지나

지 않는 것만은 사실이겠다.[3]

소설 「봉별기」의 내용에서 진술하고 있는 동경행에 대한 호언은 그
대로 받아들이기 어렵다. 하지만 이상의 동경행을 새로운 예술의 세계
또는 현대적인 학문 세계에 대한 관심과 관련지어 볼 수 있다는 것은 부
인할 수 없는 일이다. 이상과 함께 경성에서 어울렸던 문단의 정지용,
박태원, 김기림, 이태준, 김환태 등은 모두가 일본 유학파들이다. 이상
은 이들과 함께 어울리면서 글을 썼지만, 이들 유학파가 지니고 있던 지
적 우월감 앞에서 자기 한계를 느꼈을 가능성도 없지 않다. 육체적 병
마와 싸우면서 혼자 글을 쓰며 문학이라는 세계로 들어섰던 이상은 정
규 학교 과정에서 문학을 공부할 수 있는 기회를 가지지 못했다. 경성고
등공업학교 건축과에서 그가 공부한 과목 가운데는 '건축사(建築史)'가
거의 유일하게 인문학과 예술 분야에 관련된 과목이었던 것이다.

그러나 이상의 동경행은 유학을 목표로 계획된 것은 아니다. 이상은
이미 문단의 중심에 자리하고 있던 기성 문인이었으며, 특별히 일본 대
학에 유학하여 문학을 더 공부해야 할 정도로 동경행이 급박했던 것도
아니다. 그럼에도 불구하고 그가 별다른 준비 없이 동경으로 무작정 출
발했다는 것은 이해하기 어려운 일이다. 일본 경찰이 그에게 동경 여행
을 허가하는 이른바 '도항증(渡航證)'을 쉽게 발부하지 않았던 이유도
동경행의 목적이 불분명했던 때문으로 보인다. 그는 시인이며 작가라고
하지만, 뚜렷한 직업도 없고 신분을 보증할 만한 요건도 제대로 갖추지
못하고 있었던 것이다.

그렇다면 이상의 동경행을 어떻게 설명할 수 있는가? 그는 왜 도망치

---

3 권영민 편,『이상 전집 2 단편소설』, 뿔, 2009, 190면.

듯 경성을 벗어나고자 한 것일까? 이 질문에 답하기 위해 다시 참조해야 할 것이 소설 「실화」이다. 이상이 동경에 체류하는 동안에 집필하였고, 세상을 떠난 후에 잡지 《문장》(1939. 3)에 유고의 형태로 소개된 이 작품에는 이미 앞에서도 지적한 바 있듯이 그의 짧았던 동경 생활의 내면을 보여 주는 암시적인 장면들이 서로 겹쳐 있다. 소설 「실화」의 텍스트는 주인공인 '나'를 동경이라는 새로운 무대 위로 등장시킨다. 그러나 '나'의 의식 속에는 서울에 남겨 두고 온 여인과 문우들에 대한 상념들이 동경에서 이루어지고 있는 무료한 생활과 뒤섞여 있다. 작가 이상에게 동경이라는 공간은 매우 특이한 실제적 경험의 영역에 해당한다. 그럼에도 불구하고 소설 「실화」에서 '나'라는 주인공을 내세워 동경행을 허구적 서사의 형식으로 서술하고 있다는 것은 주목할 만한 일이다. 소설 「실화」에서 그려내고 있는 '나'라는 주인공의 동경행은 그 내적 동기가 한 여인과의 애정 갈등에서 비롯된 것으로 암시되어 있다. 물론 그것은 소설의 이야기 속에서 실패한 도피 행각임이 드러난다. 그런데 소설의 이야기 속에서 주목되는 대목은 '간음(姦淫)'이라는 이름으로 지적하고 있는 여인의 부정한 행실이다. 물론 이 대목이 경험적 현실 속에서 작가 이상의 사적 체험 영역과도 어떻게 관련되고 있는지를 설명할 수는 없다. 왜냐하면 이 소설의 이야기에서 서사화되고 있는 주인공의 동경행에는 이상 자신의 자의식의 세계를 암시하고 있는 여러 가지 이야기의 장면들이 교묘하게 감춰져 있기 때문이다. 여기서 「실화」의 서사 구조의 중심축에 자리하고 있는 '나'라는 주인공과 '연'이라는 여인의 관계를 제대로 이해할 필요가 생긴다.

작가 이상의 동경행에 숨겨진 내면 의식을 엿볼 수 있게 해 주는 또 다른 텍스트가 수필 「EPIGRAM」이다. 이상이 동경으로 떠나기 전에 잡지 《여성》(1936. 8)에 발표했던 이 글은 사랑하는 여인의 과거 행적에 대한 불신을 소재로 삼고 있다.

　　밤이 이슥한데 나는 사실 그 친구와 이런 회화를 했다. 는 이야기를 염치
좋게 하는 것은 요컨대 천하의 의좋은 내외들에게 대한 통명이다. 친구는
　「여비?」
　「보조래도 해줬으면 좋겠다는 말이지만.」
　「둘이 간다면 내 다 내주지.」
　「둘이.」
　「임(姙)이와 결혼해서 - .」
　여자 하나를 두 남자가 사랑하는 경우에는 꼭 싸움들을 하는 법인데 우리
들은 안 싸웠다. 나는 결이 좀 났다. 는 것은 저는 벌써 임이와 육체까지 수수
(授受)하고 나서 나더러 임이와 결혼하라니까 말이다.
　나는 연애보다 공부를 해야겠어서 그 친구더러 여비를 좀 꾸어달란 것인
데 뜻밖에 회화가 이 모양이 되고 말았다.
　「그럼 다 그만 두겠네.」
　「여비두?」
　「결혼두.」
　「건 왜?」
　「싫여!」
　그리고 나서는 한참이나 잠자코들 있었다. 두 사람의 교양이 서로 뺨을
친다든지 하고 싶은 충동을 참느라고 그린 것이다.
　「왜 내가 임이와 그런 일이 있었댔서 그리나? 불쾌해서!」
　「뭔지 모르겠네!」
　「한 번. 꼭 한 번 밖에 없네. 독미(毒味)란 말이 있지.」
　「순수허대서 자랑인가?」

「부러 그리나?」

「에피그람이지.」

암만해도 회화로는 해결이 안 된다. 회화로 안 되면 행동인데 어떤 행동을 하나.

물론 싸워서는 안 된다. 친구끼리는 정다워야 하니까. 그래서 우리는 우리 두 사람의 공동의 적(敵)을 하나 찾기로 한다. 친구가

「이(李)를 알지? 임이의 첫 남자!」

「자네는 무슨 목적으로 타협을 하려 드나.」

「실연(失戀)허기가 싫여서 그런다구나 그래둘까.」

「내 고집두 그 비슷한 이유지.」

나는 당장에 허둥지둥한다. 내 인색한 논리는 눈살을 찌푸린다. 나는 꼼짝할 수가 없다. 이렇게까지 나는 인색하다.

친구는

「끝끝내 이러긴가?」

「수세(守勢)두 공세(攻勢)두 다 우리 집어치우세.」

「엔간히 겁을 집어먹은 모양일세그려!」

「누구든지 그야 타락허기는 싫으니까!」

요 이야기는 요만큼만 해 둔다. 姙이의 남자가 셋이 되었다는 것을 누설(漏泄)한댓자 그것은 벌써 비밀(秘密)도 아무것도 아니다.[4]

이 글에 등장하는 '임'이라는 여인은 '나'와 결합하기 전에 이미 다른 사내들과 수차례 깊은 관계를 가졌던 인물이다. 물론 수필 「EPIGRAM」의 내용에 등장하는 '임'이라는 여인과 친구의 이야기 속

---

4 권영민 편, 『이상 전집 4 수필』, 뿔, 2009, 72~73면.

에서 이상 자신이 밝히고 있는 '동경행'의 의미는 '연애보다는 공부'라는 데에 놓여 있다. 하지만 이것은 그의 갑작스러운 동경행에 대한 일종의 변명일 수가 있다. 이상이 일본행 직전에 변동림과 결혼하였고, 결혼 직후에 동경행을 결행한 것을 보면 납득하기 어려운 일들이 적지 않다. 앞서 설명한 바 있는 소설「실화」의 경우에서처럼, 이상의 동경행이 그의 여인 '연'(현실 속의 아내 변동림)과의 문제에서 비롯된 현실적 탈출의 의미를 갖는 것이라면, 동경은 새로운 욕망의 대상이라기보다는 어두운 절망의 끝자락에 자리한다. 이상은 스스로의 윤리적 가치관을 '19세기' 식으로 규명하면서 그 절망의 땅으로 탈출했던 것이다.

2. 환멸(幻滅)의 도시 동경

동경의 첫인상

이상이 꿈꾸었던 제국 일본의 수도 동경. 이상에게 동경은 현대적 문명의 상징 공간이었다. 그는 서울에서 작품 활동을 하며 이 새로운 세계를 꿈꾸었고 결국 동경행을 결행하였다. 그러나 이상은 동경에 도착하자마자 커다란 절망감에 빠져들었다. 절망이 기교를 낳는다고 말한 적이 있던 그는 그러나 동경에 도착해서는 기교를 부릴 여유조차 가지지 못했다.

그는 동경에 도착하자마자 센다이(仙台) 소재 동북제대에서 공부하고 있던 김기림에게 동경 도착 소식을 전했다. 그가 보낸 편지(1936. 11. 14. 발신)에는 "기어코 동경(東京) 왔소. 와보니 실망이오. 실로 동경이라는 데는 치사스런 데로구려!"라고 적고 있다. 이상은 자신의 실망감이 어디서 비롯된 것이었는지를 밝히지는 않았다. 그렇지만 새로운 예술의 세계를 갈망하던 그가 동경의 첫인상을 '치사스런 데'라는 한 마디 말로 표현하고 있는 것은 뜻밖의 일이다. 이상은 동경에서 김기림에게 보낸 두 번째의 편지에서도 여전히 동경은 '참 치사스런 도시'라고 적고 있다.

기림(起林) 대인(大人)

여보! 참 반갑습디다. 하야옥전정(鍛冶屋前丁) 주소를 조선(朝鮮)으로 물어서 겨우 알아가지고 편지했는데 답장이 얼른 오지 않아서 나는 아마 주소가 또 옮겨진 게로군 하고 탄식하던 차에 참 반가웠소.

여보! 당신이 바-레 선수라니 그 바-레 팀인즉 내 어리석은 생각에 세계 최강팀인가 싶소그려! 그래 이겼소? 이길 뻔하다가 만 소위 석패를 했소?

그러나 저러나 동경 오기는 왔는데 나는 지금 누어 있소그려. 매일 오후면 똑 기동 못할 정도로 열이 나서 성가셔서 죽겠소그려.

동경이란 참 치사스런 도십디다. 예다 대면 경성(京城)이란 얼마나 인심 좋고 살기 좋은 한적한 농촌인지 모르겠습디다. 어디를 가도 구미(口味)가 땡기는 것이 없소그려! 아니꼬운(キザナ) 표피적인 서구적 악취의 말하자면 그나마도 그저 분자식(分子式)이 겨우 여기 수입이 되어서 진짜(ホンモノ) 행세를 하는 꼴이란 참 구역질이 날 일이오. 나는 참 동경이 이따위 비속(卑俗) 그것과 같은 물건(シナモノ)인 줄은 그래도 몰랐소. 그래도 뭐이 있겠거니 했더니 과연 속빈 강정 그것이오.

한화(閑話) 휴제(休題) - 나도 보아서 내달 중에 서울로 도루 갈까 하오. 여기 있댓자 몸이나 자꾸 축이 가고 겸하여 머리가 혼란하여 불시에 발광할 것 같소. 첫째 이 깨솔링 냄새 미만(彌蔓) 세트(セット) 같은 거리가 참 싫소.

하여간 당신 겨울방학 때 까지는 내 약간의 건강을 획득할 터이니 그때는 부디부디 동경 들려가기를 천번 만번 당부하는 바이오. 웬만하거든 거기 여

학도들도 잠간 도중 하차를 시킵시다그려. 그리고 시종(始終)이 여일(如一)하게 이상(李箱) 선생께서는 프롤레타리아트(プロレタリアート)니까 군용금(軍用金)을 톡톡히 나래(拏來)하기 바라오. 우리 그럴듯하게 하루저녁 놀아봅시다. 동경 첨단 여성들의 물거품 같은 사상 위에다 대륙의 유서 깊은 천근 철퇴를 나려뜨려 줍시다.

조선일보(朝鮮日報) 모씨 논문 나도 그 후 얻어 읽었소. 형안(炯眼)이 족히 남의 흉리(胸裏)를 투시하는가 싶습디다. 그러나 씨의 모럴에 대한 탁견(卓見)에는 물론 구체적 제시도 없었지만 - 약간 수미(愁眉)를 금할 수 없는가도 싶습디다. 예술적 기품 운운은 씨의 실언이오. 톨스토이나 국지관(菊池寬)씨는 말하자면 영원한 대중문예(문학이 아니라)에 지나지 않는 것을 깜빡 잊어버리신 듯 합디다.

그리고 위독(危篤)에 대하여도 -

사실 나는 요새 그따위 시 밖에 써지지 않는구려. 차라리 그래서 철저히 소설을 쓸 결심이오. 암만해도 나는 19세기와 20세기 틈사구니에 끼워 졸도하려 드는 무뢰한인 모양이오. 완전히 20세기 사람이 되기에는 내 혈관에 너무도 많은 19세기의 엄숙한 도덕성의 피가 위협하듯이 흐르고 있소그려.

이곳 34년대의 영웅들은 과연 추호의 오점도 없는 20세기 정신의 영웅들입디다. 도스토예프스키(ドストイエフスキ)는 그들에게는 오직 선조에 지나지 않는다는 것을 그들은 생리를 가지고 생리하면서 완벽하게 살으오. 그들은 이상(李箱)도 역시 20세기의 스포츠맨(スポーツマン)이거니 하고 오해하는 모양인데 나는 그들에게 낙망을(아니 환멸)을 주지 않게 하기 위하여 그들과 만날 때 오직 20세기를 근근히 포즈(ポーズ)를 써 유지해 보일 수 있을 따름이구려! 아! 이 마음의 아픈 갈등이어.

생(生) - 그 가운데만 오직 무한한 기쁨이 있는 것을 너무도 잘 알기 때문에 이미 옴싹달싹 못하게(ヌキサシナラヌ程) 전락하고 만 자신을 굽어살피

면서 생에 대한 용기 호기심 이런 것이 날로 희박하여 가는 것을 자각하오.

이것은 참 제도(濟度)할 수 없는 비극이오! 개천(芥川)이나 목야(牧野) 같은 사람들이 맛보았을 상싶은 최후 한 찰나의 심경은 나 역(亦) 어느 순간 전광(電光) 같이 짧게 그러나 참 똑똑하게 맛보는 것이 이즈음 한두번이 아니오. 제전(帝展)도 보았오. 환멸이라기에는 너무나 참담한 일장(一場)의 난센스(ナンセンス)입니다. 나는 페인트(ペンキ)의 악취에 질식할 것 같아 그만 코를 꽉 쥐고 뛰어 나왔소.(중략)

오직 가령 자전(字典)을 만들었다거나 일생을 철(鐵) 연구에 바쳤다거나 하는 사람들만이 위인(エライヒト)인가 싶소. 가끔 진짜 예술가들이 더러 있는 모양인데 이 생활 거세(去勢) 씨들은 당장에 시궁창의 생쥐(ドロネズ ミ)가 되어서 한 2,3년 만에 노사(老死)하는 모양입디다.

기림(起林) 형

이 무슨 객쩍은 망설(妄說)을 늘어놓음이리오? 소생 동경 와서 신경 쇠약 이 극도에 이르렀오! 게다가 몸이 이렇게 불편해서 그런 모양이오.

방학이 언제 될는지 그 전에 편지 한번 더 주기 바라오. 그리고 올 때는 도착 시각을 조사해서 전보(電報) 쳐주우. 동경 역까지 도보로도 한 15분 20분 이면 갈 수가 있오. 그리고 틈 있는 대로 편지 좀 자주 주기 바라오.[5]

이 긴 편지 속에서 이상은 동경에 대한 자신의 실망감을 조금도 과장 하지 않고 그대로 드러내 보이고 있다. 1930년대 동양 최고의 도시를 자 랑하던 제국의 수도 동경을 보면서 식민지 조선의 초라한 시인 이상은 "어디를 가도 구미가 당기는 것이 없다."라고 말한다. 그 이유는 동경의 거리에서 느끼는 '표피적인 서구의 악취(惡臭)' 때문이다. 서구 문명의

---

5 권영민 편, 『이상 전집 4 수필』, 뿔, 2009, 171~174면.

껍데기를 겨우 흉내 내면서 그것으로 진짜 행세를 하는 꼴이 구역질이 난다고 꼬집는다. 그는 동경이라는 도시가 이렇게 비속(卑俗)하다는 것에 절망한다. 무언가를 기대했지만 속이 빈 강정에 불과하다는 것이 이상의 판단이다. 이상은 자신이 느낀 실망감을 김기림에게 전하면서 "내 달 중에 서울로 도로 갈까" 한다며 귀국의 가능성도 내비친다. 점차 나빠지는 건강 탓도 있었지만 실제로 이상은 동경에서 자신이 해야 할 일을 찾지 못하고 있었던 셈이다. 이 편지의 발신 날짜는 '29일'이라고만 표시되어 있는데, 편지의 사연 속에서 언급하고 있는 '조선일보(朝鮮日報) 모씨 논문'이라는 대목이 비평가 최재서의 평문 「리얼리즘의 확대와 심화」(1936. 11. 31~12. 7)를 지시하는 것으로 보아 이 글이 1936년 12월 29일에 쓴 것임을 알 수 있다. 이상이 동경 생활을 시작한 지 두 달 남짓한 기간을 보낸 때임을 생각한다면, 그의 동경 생활은 여기서 이미 끝이 난 것이나 다름이 없다.

동경, 그 환멸의 풍경

이상이 스스로 밝히고 있는 것처럼 동경은 그가 꿈꾸던 새로운 문명의 도시는 아니다. 그는 동경의 비속성(卑俗性)을 알아차리고는 자신이 몸 둘 곳이 아니라는 사실을 깨닫는다. 그가 동경에서 쓴 수필 「동경(東京)」이야말로 식민지 예술가가 쓴 제국의 문명에 대한 가장 신랄한 비판적 에세이라고 할 만하다.

내가 생각하던 마루노우찌 빌딩, 속칭 마루비루는 적어도 이 마루비루의 네 갑절은 되는 굉장한 것이었다. 뉴육(紐育) 브로드웨이에 가서도 나는 똑같은 환멸(幻滅)을 당할는지 ― 어쨌든 이 도시는 몹시 가솔린 내가 나는구나! 가 동경의 첫 인상(印象)이다.

우리 같이 폐(肺)가 칠칠치 못한 인간은 위선 이 도시에 살 자격(資格)이 없다. 입을 다물어도 벌려도 척 가솔린 내가 삼투(滲透)되어 버렸으니 무슨 음식(飮食)이고 간 얼마간의 가솔린 맛을 면할 수 없다. 그러면 동경 시민의 체취(體臭)는 자동차와 비슷해 가리로다.

이 마루노우찌라는 빌딩 동리(洞里)에는 빌딩 외에 주민이 없다. 자동차가 구두 노릇을 한다. 도보(徒步)하는 사람이라고는 세기말과 현대 자본주의를 비예(睥睨)하는 거룩한 철학인 - 그 외에는 하다못해 자동차라도 신고 드나든다. 그런데 내가 어림없이 이 동리를 5분 동안이나 걸었다. 그러면 나도 현명하게 택시를 잡아타는 수밖에 - .

나는 택시 속에서 20세기라는 제목을 연구했다. 창밖은 지금 궁성(宮城) 호리 곁, 무수한 자동차가 영영(營營)히 20세기를 유지(維持)하노라고 야단들이다. 19세기 쉬척지근한 내음새가 썩 많이 나는 내 도덕성(道德性)은 어째서 저렇게 자동차가 많은가를 이해할 수 없으니까 결국은 대단히 점잖은 것이렸다.

신주쿠(新宿)는 신주쿠다운 성격이 있다. 박빙(薄氷)을 밟는 듯한 사치(侈奢). 우리는 「후란스야시끼」에서 미리 우유를 섞어 가져온 커피를 한 잔 먹고 그리고 10전씩을 치를 때 어쩐지 9전 5리(九錢伍厘)보다 5리(伍厘)가 더 많은 것 같다는 느낌이었다. 「에루테루」, 동경 시민은 불란서(佛蘭西)를 HURANSU라고 쓴다. ERUTERU는 세계에서 제일 맛있는 연애(戀愛)를 한 사람의 이름이라고 나는 기억하는데 「에루테루」는 조곰도 슬프지 않다. 신주쿠 - 귀화(鬼火) 같은 이 번영(繁榮) 삼정목(三丁目) - 저편에는 판장(板墻)과 팔리지 않는 지대(地垈)와 오줌 누지 말라는 게시(揭示)가 있고 또 집들도 물론 있겠지요.

C군은 위선 졸려 죽겠는 나를 축지소극장(築地小劇場)으로 안내한다. 극장은 지금 놀고 있다. 가지가지 포스터를 붙인 이 일본 신극운동(新劇運動)의 본거지(本據地)가 내 눈에는 서투른 설계의 끽다점(喫茶店) 같았다. 그러나 서푼짜리 영화는 놓치는 한이 있어도 이 소극장만은 때때로 참관하였으니 나도 연극 애호가 중으로는 고급이다.

「인생보다는 연극이 재미있다」는 C군과 반대로 H군은 회의파(懷疑派)다. 아파트 H군의 방이 겨울에는 16엔(圓), 여름에는 14엔, 춘추로 15엔, 이렇게 산비둘기처럼 변하는 회계(會計)에 대하여 그는 회의(懷疑)와 조소(嘲笑)가 깊고 크다. 나는 건망증이 좀 심하므로 그렇게 계절을 따라 재주를 부리지 않는 방을 원하였더니, 시골 사람으로 이렇게 먼데를 혼자 찾아온 것을 보니 당신은 역시 재주가 많은 사람이라고 죠쮸 양(孃)이 나를 위로한다. 나는 그의 코 왼편 언덕에 달린 사마귀가 역시 당신의 행복을 상징하는 것이라고 위로해주고 나서 후지산(富士山)을 한번 똑똑히 보았으면 원이 없겠다고 부언해 두었다.

이튿날 아침 일곱 시에 지진이 있었다. 나는 들창을 열고 흔들리는 대동경(大東京)을 내어 보니까 빛이 노 - 랗다. 그 저편 잘 갠 하늘 소꿉장난 과자 같이 가련한 후지산이 반백의 머리를 내어놓은 것을 보라고 죠쮸 양이 나를 격려했다.

긴자(銀座)는 그냥 한 개 허영(虛榮) 독본(讀本)이다. 여기를 걷지 않으면 투표권(投票權)을 잃어버리는 것 같다. 여자들이 새 구두를 사면 자동차를 타기 전에 먼저 긴자의 포도(鋪道)를 디디고 와야 한다. 낮의 긴자는 밤의 긴자를 위한 해골이기 때문에 적잖이 추하다. 「살롱 하루」 굽이치는 네온사인을 구성하는 부지깽이 같은 철골들의 얼크러진 모양은 밤새고 난 여급의 퍼머넌트 웨이브처럼 남루(襤褸)하다. 그러나 경시청(警視廳)에서 「길바닥에 담(痰)을 뱉지 말라.」고 광고판을 써 늘어놓았으므로 나는 침을 뱉을 수는 없다. 긴자 8정목(八丁目)이 내 측량에 의하면 두 자 가웃쯤 될는지! 왜? 적염난발(赤染亂髮)의 모던 영양(令嬢) 한 분을 30분 동안에 두 번 반이나 만날 수 있었으니 말이다. 영양은 지금 영양 하루 중의 가장 아름다운 시간을 소화하시려 나오신 모양인데 나의 이 건조무미(乾燥無味)한 「푸로므나드」는 일종 반추(反芻)에 지나지 않는다.

나는 경교(京橋) 곁 지하 공동변소에서 간단한 배설(排泄)을 하면서 동경 갔다 왔다고 그렇게나 자랑들 하던 여러 친구들의 이름을 한번 암송해 보았다.

사주(師走) ─ 섣달 대목이란 뜻이리라. 긴자 거리 모퉁이 모퉁이의 구세군 사회 냄비가 보병총(步兵銃)처럼 걸려 있다. 일전(一錢), 일전만 있으면 와사(瓦斯)로 밥 한 냄비를 끓일 수 있다. 이렇게 귀중한 일전을 이 사회 냄비에 던질 수는 없다. 고맙다는 소리는 일전어치 와사(瓦斯) 만큼 우리 인생을 비익(裨益)하지 않을 뿐 아니라 때로는 신선한 산책을 불쾌하게 하는 수도 있으니 「뽀─이」와 「껄」이 자선 쪽박을 백안시하는 것도 또한 무도(無道)가 아니리라. 묘령의 낭자(娘子) 구세군 ─ 얼굴에 여드름이 좀 난 것이 흠이지 청춘다운 매력이 횡일(橫溢)하니 「폐경기(閉經期) 이후에 입영하여서도 그리 늦지는 않을 걸요.」하고 간곡히 그의 전향(轉向)을 권설(勸說)하고도 싶었다.

미스코시(三越), 마쓰자카야(松坂屋), 이또야(伊東屋), 시로키야(白木屋), 마쓰야(松屋) ─ 이 7층 집들이 요새는 밤에 자지 않는다. 그러나 우리는 그 속에 들어가면 안 된다. 왜? 속은 7층이 아니요, 한 층식인데다가 산적한 상품과 무성(茂盛)한 「숲결」 때문에 길을 잃어버리기 쉽다. 특가품(特價品), 격안품(格安品), 할인품(割引品), 어느 것을 고를까. 그러나 저러나 이

술어들은 자전(字典)에도 없다. 그러면 특가, 격안, 할인 - 품보다도 더 싼 것은 없다. 과연 보석 등속, 모피 등속에는 「눅거리」가 없으니 눅거리를 업수이 여기는 이 종류 고객의 심리를 잘 이해하옵시는 중형(重形)들의 「슬로건」 실로 약여(躍如)하도다.

밤이 왔으니 관사(冠詞) 없는 그냥 「긴자」가 출현(出現)이다. 「코롬방」의 차, 기노꾸니야의 책은 여기 사람들의 교양이다. 그러나 더 점잖게 「뿌라질」에 들러서 「스튜레잍」을 한 잔 마신다. 차를 나르는 새악씨들이 모두 똑같이 단풍(丹楓) 무늬 옷을 입었기 때문에 내 눈에는 좀 성병(性病) 모형(模型)같아서 안됐다. 브라질에서는 석탄 대신 「커피」를 연료로 기차를 운전한다는데 나는 이렇게 진한 석탄을 암만 삼켜 보아도 정열(情熱)은 불붙어 오르지 않는다.

「애드벨룬」이 착륙(着陸)한 뒤의 긴자 하늘에는 신의 사려(思慮)에 이하여 별노 반짝이련만 이미 이 「카인」의 말예(末裔)들은 별을 잊어버린 지도 오래다. 「노아」의 홍수보다도 독와사(毒瓦斯)를 더 무서워하라고 교육받은 여기 시민들은 솔직하게도 산보 귀가의 길을 지하철로 하기도 한다. 이태백(李太白)이 노든 달아! 너도 차라리 19세기와 함께 운명(殞命)하여 버렸었던들 작히나 좋았을까.[6]

이상이 남긴 이 글에서 주목되는 것은 동경이라는 대도회가 자랑하고 있는 문명의 양면성에 대한 날카로운 지적이다. 그는 이 글에서 동경이라는 거대한 도회를 세기말적인 현대 자본주의의 모조품처럼 흉물로

---

6 권영민 편, 『이상 전집 4 수필』, 뿔, 2009, 157~160면.

그려 놓고 있다. '마루비루'의 높은 빌딩 숲을 거닐면서 그는 미국 뉴욕의 브로드웨이를 떠올리면서 환멸에 빠져들고, 신주쿠의 사치스러운 풍경을 놓고 프랑스 파리를 시늉만 하는 그 가벼움에 치를 떤다. 그는 긴자 거리의 허영에 오줌을 깔겨 주면서 아무래도 흥분하지 않는 자신을 '19세기'라고 치부하기도 한다.

이상은 20세기 동양 최대의 도시 동경의 모습을 추상적으로 구성하거나 해체하려 하지 않는다. 그는 스스로 도회의 산책자가 되어 그가 꿈꾸었던 동경을 체험한다. 그는 동경을 보고, 만지고, 냄새 맡고, 발로 밟으면서 입맛을 다신다. 그러므로 이상의 동경에 대한 경험과 인식은 감각적일 수밖에 없다. 그가 동경에 대해 쓰고 있는 것은 감각적인 주석 달기에 해당하는 셈이다. 그런데 이상은 현대적 대도시 동경을 상징하는 '마루노우치 빌딩'을 보고 상상했던 것보다 규모가 작다는 사실에 놀란다. 뉴욕의 브로드웨이에 가서도 그런 느낌을 받게 될까를 스스로 자문하기도 한다. 이 고층 빌딩의 거리에는 사람의 모습을 찾아보기 힘들다. 도회의 거리를 질주하는 것은 숱한 자동차들이다. 그 자동차들이 내뿜는 가솔린 냄새가 바로 동경의 냄새이다. 자동차의 매연을 호흡하면서 이상은 고층 빌딩과 자동차로 가득한 이 도시가 20세기를 유지하기 위해 야단들이라고 적고 있다.

동경에서 가장 유명한 환락가인 신주쿠를 두고 이상은 "박빙(薄氷)을 밟는 듯한 사치(奢侈)"라는 한 구절로 주석을 달고 있다. 얇은 얼음은 속이 드러나 보인다. 그러나 그것은 언제나 깨어질 듯 위태롭다. 속이 뻔히 드러나 보이는 이 도회의 사치를 두고 이상은 무언가 과장되고 과대 포장된 느낌을 어쩌지 못한다. '프랑스'를 '후란수'라고 말하는 이 특이한 흉내 내기를 놓고 그 '귀화(鬼火) 같은 번영'을 자랑하는 신주쿠 3조메의 뒷골목에서 "오줌 누지 말라."는 경고문을 찾아낸다. 바로 여기에 더 이상 언급하지 않았지만 참으로 절묘한 비아냥이 담긴다. 그리고 휴관 상태인 '축지소극장(築地小劇場)'의 시설을 돌아보면서 이상은 일본 신극 운동의 본거지인 이곳을 '서툰 설계의 끽다점' 같다고 평가한다.

긴자의 거리를 두고 이상은 '한 개의 그냥 허영(虛榮) 독본(讀本)'이라고 쓰고 있다. '낮의 긴자'는 '밤의 긴자의 해골'이라서 추하다고 부기한다. 낮에 훤히 드러나 보이는 네온사인의 철골 구조물의 흉물스러운 모습은 밤을 새운 여급의 파마머리처럼 남루하다고 설명한다. 긴자의 거리를 별 볼일 없이 떠도는 사람들과 마주치면서 이상은 거리 곳곳에 나붙어 있는 "담(唌)을 뱉지 말라."라고 써 붙인 경시청의 경고문을 찾아낸다. 침을 뱉어 주고 싶은 심정을 이런 식으로 말하고 있었던 것이다. 이상이 느낀 환멸은 "나는 경교(京橋) 곁 지하 공동변소에서 간단한 배설(排泄)을 하면서 동경 갔다 왔다고 그렇게나 자랑들 하던 여러 친구들의 이름을 한번 암송해 보았다."라는 문장에서 극치에 도달한다. 자본주의의 현대와 세기말의 허영을 동시에 보여 주고 있는 동경이라는 내노시를 비예(睥睨)하면서 이상은 20세기를 유지하기 위해 부산스러운 이 도시의 풍경에 질린다. 그는 스스로를 낡은 19세기의 도덕과 윤리에 사로잡혔다고 말하면서도 동경에 대한 환멸을 감추지 못하고 있는 것이다.

모든 문명은 그 자체의 종말을 내부에 감추어 두고 있기 마련이다. 이상은 긴자 거리의 화려한 백화점들을 이렇게 묘사한다. "미스코시(三越), 마쓰자카야(松坂屋), 이또야(伊東屋), 시로키야(白木屋), 마쓰야(松屋) — 이 7층 집들이 요새는 밤에 자지 않는다. 그러나 우리는 그 속에 들어가면 안 된다. 왜? 속은 7층이 아니요, 한 층식인데다가 산적한 상품과 무성(茂盛)한 「숲결」 때문에 길을 잃어버리기 쉽다. 특가품(特價品), 격안품(格安品), 할인품(割引品), 어느 것을 고를까. 그러나 저러나

이 술어들은 자전(字典)에도 없다. 그러면 특가, 격안, 할인 – 품보다도 더 싼 것은 없다. 과연 보석 등속, 모피 등속에는 「눅거리」가 없으니 눅거리를 업수이 여기는 이 종류 고객의 심리를 잘 이해하옵시는 중형(重形)들의 「슬로건」 실로 약여(躍如)하도다.” 여기 열거된 긴자의 백화점 상가들은 소비를 유혹하는 온갖 구호들을 내세우며 연말 할인 세일에 바쁘다. 그렇지만 고객의 주머니를 놀리는 이 놀라운 상술은 소비의 욕망을 부추길 뿐이다. 밤의 긴자 거리를 거닐면서 이상은 다방 ‘뿌라질’에서 진한 커피를 마신다. 그러나 단풍 무늬가 있는 옷을 입고 있는 여급들의 모습에 전혀 열정을 느끼지 못한다. “「애드밸룬」이 착륙(着陸)한 뒤의 긴자 하늘에는 신의 사려(思慮)에 의하여 별도 반짝이련만 이미 이 「카인」의 말예(末裔)들은 별을 잊어버린 지도 오래다.”라는 구절은 그러므로 이 호사스러운 문명의 종말을 암시하는 말처럼 들리기도 한다.

　「동경」이라는 이 짤막한 글에서 이상이 그려 내고 있는 동경은 대도시 동경 자체의 겉껍데기에 해당한다고 말할 수도 있다. 그러나 이 외관의 감각적 인식은 동경이라는 도회의 내부에 갇혀서 겉으로 드러나지 않는 현대성의 문제를 알레고리처럼 풀어낸다. 신주쿠의 환락을 눈으로 확인하고 긴자의 사치에 몸을 떨고 있는 이상의 내면 의식이 거기에 담겨 있기 때문이다. 사실 수필 「동경」은 비슷한 시기에 쓴 것으로 보이는 「권태(倦怠)」와 특이하게도 짝을 이룬다. 그가 동경의 한복판에서 자신의 기억과 인상과 그 생생한 감각을 모두 동원하여 쓴 글이 평안도 성천(成川)을 여행했던 체험을 기록한 「권태」였다는 것은 참으로 의미심장하다.

　아무것도 생각할 수 없는 상태 이상으로 괴로운 상태가 또 있을까. 인간은 병석에서도 생각한다. 아니 병석에서는 더욱 많이 생각하는 법이다. 끝없는 권태가 사람을 엄습(掩襲)하였을 때 그의 동공은 내부를 향하여 열리리라. 그리하여 망쇄(忙殺)할 때보다도 몇 배나 더 자신의 내면을 성찰할 수 있을 것이다.

현대인의 특질이요 질환인 자의식(自意識) 과잉(過剩)은 이런 권태(倦怠)치 않을 수 없는 권태(倦怠) 계급(階級)의 철저한 권태로 말미암음이다. 육체적 한산(閑散) 정신적 권태 이것을 면할 수 없는 계급이 자의식 과잉의 절정(絶頂)을 표시한다.[7]

이상은 자신의 의식을 짓누르고 있는 특이한 '권태'의 감각을 통해 20세기 동양 문명의 중심지인 동경을 비아냥대며 번득이는 천재성과 날카로운 비판력을 보여 준다. 그는 파리의 우울을 몰고 다녔던 시인 보들레르처럼 긴자의 거리를 돌아보면서 19세기와 함께 운명해 버렸으면 더 좋았을 밤하늘의 달을 보게 되는 것이다. 하나의 거울에 또 다른 하나의 거울을 비춰 보듯이 이상이 발견한 이 동경의 이미지는 문명의 화려한 꽃이 아니라 그 어슴푸레한 그림자이다.

이상은 동경에서의 환멸을 견디지 못하고 스스로 절망감에 빠져 동경에서의 생활을 유지하기 어렵게 된다. 그는 이러한 '권태' 속에서 소설 「실화(失花)」를 쓴다. '꽃을 잃다.'라고 풀이되는 이 소설의 제목은 이상의 동경 여행이 이미 돌이킬 수 없는 종말의 단계에 들어서고 있음을 말해 준다. 이제 그는 어디로 가야 할 것인가? 이상이 김기림에게 보낸 마지막 편지는 음력 섣달그믐에 작성한 것이다. 이를 양력으로 환산

---

7 권영민 편, 『이상 전집 4 수필』, 뿔, 2009, 121~122면. 이 글은 1936년 12월 19일에 작성한 것으로 표시되어 있다.

하면 1937년 2월 10일인데, 동경 니시간다 경찰서로 연행되기 직전의 것으로 추측된다. 이상에게 절망의 끝이 무엇이었을까? 이 고통의 편지는 더 큰 우울을 이렇게 고스란히 담아 놓고 있다.

기림(起林) 형

궁금하구려! 내각이 여러 번 변했는데 왜 편지하지 않소? 아하 요새 참 시험 때로군 그래! 머리를 긁적긁적하면서 답안 용지를 이리 뒤척 저리 뒤척하는 당신의 격에 어울리지 않는(ガラニモナイ) 풍채가 짐짓 보고싶소 그려!

허리라는 지방(地方)은 어떻게 평정되었소? 병원 통근은 면했소? 당신은 스포츠(スポーツ)라는 초근대적인 정책(政策)에 감쪽같이(マンマト) 속아 넘어갔소. 이것이 이상(李箱) 씨의 기림(起林) 씨의 '배구에 진출하다(バレーに進出す)'에 대한 비판이오.

오늘은 음력 섣달 그믐이오. 향수(鄕愁)가 대두하오. O라는 내지인(內地人) 대학생과 커피(コーヒ)를 먹고 온 길이오. 커피집에서 랄로(ラロ)를 한 곡조 듣고 왔소. 후베르만(フーベルマン)이라는 제금가(提琴家)는 참 너무나 탐미주의입디다. 그저 한없이 잘(キレイ)하다 뿐이지 정서가 없소. 거기 비하면 엘만(エルマン)은 참 놀라운 인물입디다. 같은 랄로 더욱이 최종 악장 원무곡(ロンド)의 부(部)를 그저 막 헐어내서는 완전히 딴 것을 맨들어 버립디다.

엘만은 내가 싫어하는 제금가였었는데 그의 꾸준히 지속되는 성가(聲價)의 원인을 이번 실연(實演)을 듣고 비로소 알았소. 소위 엘만 톤이란 무엇인지 사도(斯道)의 문외한(門外漢) 이상(李箱)으로서 알 길이 없으나 그의 슬라브(セラブ)적인 굵은 선은 그리고 분방한 디포메이션(デフォールマシヨン)은 경탄할 만한 것입디다. 영국 사람인 줄 알았더니 나중에 알고 보니까 역시 이미그란트(イミグラント)입디다.

한화(閑話) 휴제(休題) - 차차 마음이 즉 생각하는 것이 변해가오. 역시 내가 고집하고 있던 것은 회피였나 보오. 흉리(胸裏)에 거래(去來)하는 잡다한 문제 때문에 극도의 불면증으로 고생 중이오. 2, 3일씩 이불을 쓰고 문외(門外) 불출(不出)하는 수도 있소. 자꾸 자신을 잃으면서도 양심 양심 이렇게 부르짖어도 보오. 비참한 일이오.

한화(閑話) 휴제(休題) - 삼월에는 부디 만납시다. 나는 지금 쩔쩔매는 중이오. 생활보다도 대체 어떻게 했으면 좋을지를 모르겠소. 논의할 일이 한두 가지가 아니오. 만나서 결국 아무 이야기도 못하고 헤어지는 한이 있더라도 그저 만나기라도 합시다. 내가 서울을 떠날 때 생각한 것은 참 어림도 없는 도원몽(桃源夢)이었소. 이러다가는 정말 자살할 것 같소.

고향에는 모두들 베개를 나란히 하여 타안(惰眼)들을 계속하고 있는 꼴이오. 여기 와보니 조선청년들이란 참 한심합디다. 이거 참 썩은 새끼조차도 주위에는 없구려! 진보적인 청년도 몇 있기는 있소. 그러나 그들 역 늘 그저 무엇인지 부절히 겁을 내고 지내는 모양이 불민(不憫)하기 짝이 없습디다.

삼월쯤은 동경도 따뜻해지리다. 동경 들르오. 산보라도 합시다.

조광(朝光) 2월호의 「동해(童骸)」라는 열작(劣作) 보았소? 보았다면 게서 더 큰 불행이 없겠소. 등에서 땀이 펑펑 쏟아질 졸작이오.

다시 퇴고(ヤリナオシ)를 할 작정이오. 그리기 위해서는 당분간 작품을 쓸 수 없을 것이오. 그야 동해(童骸)도 작년 6월 7월경에 쓴 것이오. 그것을 가지고 지금의 나를 촌탁(忖度)하지 말기 바라오.

조곰 어른이 되었다고 자신하오. (중략)

망언(妄言) 망언. 엽서라도 주기 바라오.[8]

---

8 권영민 편, 『이상 전집 4 수필』, 뿔, 2009, 174~176면.

친구인 김기림에게 털어놓고 있는 이 편지의 사연 속에는 이상의 자의식의 내면이 그대로 담긴다. "차차 마음이 즉 생각하는 것이 변해가오. 역시 내가 고집하고 있던 것은 회피였나 보오. 흉리(胸裏)에 거래(去來)하는 잡다한 문제 때문에 극도의 불면증으로 고생 중이오. 2, 3일씩 이불을 쓰고 문외(門外) 불출(不出)하는 수도 있소. 자꾸 자신을 잃으면서도 양심 양심 이렇게 부르짖어도 보오. 비참한 일이오. (중략) 나는 지금 쩔쩔 매는 중이오. 생활보다도 대체 어떻게 했으면 좋을지 모르겠소. (중략) 내가 서울을 떠날 때 생각한 것은 참 어림도 없는 도원몽(桃源夢)이었소. 이러다가는 정말 자살할 것 같소." 이상이 털어놓고 있는 이러한 그의 심중은 결코 과장된 제스처가 아니다. 이상은 이제 기교를 부릴 힘조차 없어 보인다.

「실화」 혹은 절망의 꽃

이상의 동경 생활의 우울한 풍경은 소설 「실화」를 통해 '누군가의 발길에 짓밟힌 한 송이의 국화꽃'이라는 이미지로 그려진다. 이 작품은 이야기의 배경 속에 '1936년 12월 23일'이라는 날짜를 표시하고 있기 때문에 그 창작 시기가 동경 시절과 겹쳐 있음을 알 수 있다. 이 소설의 텍스트 자체는 모두 아홉 개의 단락으로 구획되어 있지만, 이야기의 시간은 주인공인 '나(작품 속에서는 작가 자신의 이름인 '이상'이라고 호칭됨.)'를 중심으로 이루어지는 동경에서의 하루의 일과(12월 23일)로 국한되어 있다.

소설 「실화」는 표면적으로는 매우 단조로운 형식을 드러낸다. 그러나 주인공의 의식 속에서는 서울에 남겨 두고 온 여인과 문우들에 대한 상념들이 동경에서 이루어지고 있는 무료한 생활과 뒤섞인다. 여기서 주목되는 것이 이 소설의 내적 공간을 확대시키고 있는 메타적 글쓰기와 상호텍스트성의 특징이다. 특히 영화적 몽타주와 쇼트 커팅의 방식으로 각각의 단락이 서로 결합됨으로써 겉보기에 단순해 보이는 이 소설의 텍스트를 중층 구조의 서사로 발전시키고 있다는 점이다. 소설 「실화」의 텍스트는 이미 존재해 온 다른 텍스트들을 의도적으로 패러디하거나 메타적으로 다시 쓰거나 새롭게 재결합하여 새로운 상호 텍스트적 공간을 구축한다. 이 소설에서 드러나고 있는 작가 이상의 독창적인 글쓰기는 그가 기존의 여러 텍스트에 의존하여 자유자재로 그것들을 해체하고 새롭게 구성하는 가운데에서 보여 준 기법과 정신에서 비롯된 것이다.

이 소설의 전반부는 '나'라는 주인공이 동경에 유학 온 'C'양의 집에 놀러 와 있는 장면으로 이야기가 채워진다. '나'는 'C'양으로부터 학교에서 공부하고 있는 소설 이야기를 들으며, 두 달 전에 서울에서 있었던 '연(姸)'이라는 여인과의 갈등과 그 헤어짐의 과정을 떠올린다. 'C'양의 이야기를 듣고 있는 '나'의 의식 속에서는 과거(서울)와 현재(동경)의 대조적인 두 개의 공간이 서로 교차하면서 대비된다. 이 두 개의 공간은 주인공의 내면 의식과 함께 자연스럽게 연상되고 있는 것처럼 보이지만, 남녀의 애정 관계에서 정조(貞操)와 간음(姦淫)의 문제를 중심으로 하는 갈등의 국면을 사랑의 비밀이라는 교묘한 명제를 통해 숨기고 드러내는 과정을 보여 준다.

소설 「실화」의 텍스트는 주인공인 '나'를 동경이라는 새로운 무대 위로 등장시켜 놓고 있지만 '나'의 의식 속에는 여전히 서울에서 있었던 몇 가지 장면들이 남아 있다. 그러므로 이 소설에서는 서울과 동경의 거리(距離)를 주인공이 어떤 방식으로 의식하고 있는지 살펴보는 일이 중요하다. 작가 이상에게는 동경이라는 것이 매우 특이한 실제적 경험의 영역에 해당한다. 이상의 동경행이 어떤 개인적 동기와 연결되어 있는지를 따지는 것은 별로 중요하지 않다. 그러나 그가 자신의 소설 속에 허구라는 이름을 달고 동경을 이야기하고 있다는 것은 주목할 만한 일이다. 이 소설에서 그려 내고 있는 '나'라는 주인공의 동경행은 '연'이라는 한 여인과의 애정 갈등에서 비롯된다. 그러나 그것은 실패한 도피 행각임이 드러난다. 소설 속에서 간음(姦淫)이라는 이름으로 지적되고 있는 여인의 부정한 행실은 이상의 문학 속에서 두루 다루어지고 있는 모티프이다. 이것은 경험적 현실 속에서의 작가 이상의 사적 체험 영역과도 관련되어 있다. 그러나 이러한 서사의 표층 구조만으로 이 소설의 이야기를 모두 설명할 수는 없다. 왜냐하면 이 소설의 이야기에서 서사화되고 있는 것은 주인공인 '나'의 동경행 그 자체만이 아니다. 거기에는 주인공의 자의식을 보여 주는 여러 가지 이야기의 장면들이 교묘하게 감춰져 있다. 이 소설이 감추고 있는 상호텍스트성의 그물망과 그 내적 속성을 제대로 이해하지 못하는 경우에는 특이한 패러디의 정신과 그 의미의 중층성을 제대로 파악하기 어렵다.

그런데 소설 「실화」에서 확인되는 텍스트의 내적 공간은 개인적 경험의 영역에만 국한되어 있지 않다. 서울에 두고 온 여인 '연'을 둘러싸고 있는 남성들과의 관계를 부각시키기 위해 'C'양의 입을 통해 한 편의 소설 이야기를 떠올리고 있기 때문이다. 'C'양의 입을 통해 설명되고 있는 소설 이야기는 전후 맥락이 모두 제거된 상태이긴 하지만 영국 작가 아놀드 베네트(Arnold Benett, 1867~1931)의 장편 소설 「화이브 타운의 안나(*Anna of The Five Towns*)」(1902)의 한 장면이다.[9] 이 소설은 두 남자를 사랑하게 된 한 여인의 비극적인 운명을 그려 낸다. 여주인공 안나는 고지식하고도 인색한 아버지 밑에서 성장한다. 그녀 앞에 한 청년이 등장한다. 사업에 성공하고 힘이 넘치는 헨리는 안나의 마음을 사로잡기

---

9 권영민, 『이상 텍스트 연구』, 뿔, 2009, 392~394면.

에 충분하다. 두 사람은 곧 결혼을 약속한다. 그러나 안나는 마음속에서 그녀의 아버지의 사업을 돕고 있는 가난한 청년 윌리를 지울 수가 없다. 안나는 자기 아버지의 도산해 버린 사업을 다시 일으키고자 묵묵히 일하고 있던 윌리를 보면서 자신의 사랑이 윌리였다는 것을 깨닫는다. 그러나 그녀는 이제 돌이킬 수 없다는 것을 알고 괴로워한다. 소설의 결말에서 윌리는 안나를 떠나 멀리 호주로 가 버린다. 이루어질 수 없는 사랑의 고통을 안고 안나의 곁을 떠나 버린 것이다. 사랑을 두고 떠나는 남자 주인공의 행로, 그리고 여인의 죽음 등……. 한 여인이 두 남자를 사랑하게 됨으로써 겪게 되는 이 비련의 이야기는 소설 「실화」의 경우와 대비된다. '연'을 서울에 두고 동경으로 떠나온 '나'의 이야기는 「화이브 타운의 안나」와는 전혀 그 성격이 다르다. 그러므로 '나'는 'C'양이 들려주는 비극적 사랑, 아름다운 연애 이야기를 애써 모른 체한다. 그리고 오히려 사랑의 배반에 괴로워하는 자신의 처지를 떠올릴 뿐이다.

그런데 소설 「실화」의 후반부는 '나'의 동경 생활로 초점을 바꾸면서 동경이라는 도시에 대하여 느꼈던 환멸을 섬세하게 그려낸다. 'C'양의 집을 나온 '나'는 하숙집으로 돌아오는 길에서 우연스럽게도 법정대학 유학생인 'Y'군을 만나 함께 커피숍에서 커피를 마신 후 신주쿠의 'NOVA'라는 카페로 자리를 옮긴다. '나'와 Y군은 카페 NOVA에서 함께 맥주를 마신다. 그리고 막심 고리키의 희곡 「나드네(На дне)」의 구슬픈 노래가 어두운 분위기 속으로 '나'를 끌어들인다. 1930년대 제국의 수도 동경에서도 가장 번잡한 거리 신주쿠에 자리 잡은 카페 NOVA에는 프랑스 말을 흉내 내는 마담 나미코가 있다. '나'는 옆자리에 앉아 있는 일고(一高) 휘장의 핸썸 보이에게 주눅이 든다. 동경제국대학의 교양학부 전신인 '일고'는 일본 최고의 천재들만을 받아들이는 곳으로 유명하다. 하지만 주인공인 '나'의 머릿속에는 카페 NOVA에서 듣게 되는 설익은 불란서 말을 통해 프랑스 파리의 낭만을 흉내 내는 암울한 도시 동경의 퇴폐를 구경한다. 그리고 바로 이러한 모조된 공간으로서의 동경에 대해 크게 실망한다. 서구 제국에 목을 매고 있는 일본이라는 거대한 제국의 실체가 거기에 얼비치고 있었기 때문이다. 주인공인 '나'는 여기서 정지용을 떠올린다. 「카페 프란스」에서 "나는 자작(子爵)의 아들도 아무것도 아니란다. / 남달리 손이 히여서 슬프구나! // 나는 나라도 집도 없단다. / 대리석(大理石) 테이블에 닷는 내 뺨이 슬프구나!" 하고 노래했던 식민지 지식인 청년의 비애를 그대로 느낄 수밖에 없었던 것이다. 그리고 이 같은 비애의 정서를 바탕으로 '나'는 스스로 잘못된 동경행을 반성한다. 현해탄을 건너면서 '망또' 깃을 날리던 청년 시인 정지용은 '망또'에 붙어 있는 '금단추'를 모두 떼어 내어 바다에 던짐으로써 자의식의 굴레를 벗어나지 않았던가?

소설 「실화」의 마지막 장면은 그날 아침 '나'의 하숙에서 받은 두 통의 편지로 마감된다. 하나는 '유정'의 것이고 다른 하나는 '연'의 편지다. 모두가 어서 빨리 다시 서울로 돌아오라고 한다. 「실화」의 이야기는 결국 '나'의 동경행이 이미 아무런 의미를 가질 수 없는 것임을 암시하는 것으로 그 결말에 이른다. '나'의 동경행은 사랑을 배반한 '연'에 대한 일종의 복수일 수 있다. '나'는 이 개인적인 탈출을 빌미 삼아 더 큰 탈출을 꿈꾸었던 것이다. 낡은 19세기로부터 벗어나기 위한 꿈을……. 하지만 개인사적 동기에서 비롯된 자신의 동경행은 결국 실패한 셈이다. '꽃을 잃다.'라는 이 작품의 제목이 암시하는 세계는 사랑이라든지 연애라든지 하는 사적 공간에만 국한되는 것은 아니다. 그것은 현대적인 문명 공간을 꿈꾸던 작가 자신의 열정의 상실을 의미하기도 한다. 사적인 내면세계를 객관화하기 위해 타자의 텍스트를 수없이 끌어들이고 있는 이 작품은 결국 하나의 커다란 패러디를 구축한 채 끝난다. 작가

이상이 꿈꾸던 공간은 누군가의 발길에 짓밟힌 한 송이 국화꽃처럼 참
담할 뿐이다.

3. 이상, 동경에서 꽃을 잃다

'불령선인(不逞鮮人)'과 시인 이상

동경 긴자(銀座)의 밤거리와 신주쿠(新宿)의 뒷골목에는 이곳을 기웃
대었을 '조선의 시인 이상'의 환영(幻影)이 지금도 수없이 떠다니는 것
은 아닐까? 이상은 동경이라는 도시가 자신이 꿈꾸던 현대적 정신의 중
심지가 아님을 금방 알아차렸다. 그는 서구 세계를 치사하게도 흉내 내
고 있던 동경의 '모조(模造)된 현대'에 절망하고는 봄이 되면 다시 서울
로 돌아갈 계획을 세우고 있었다. 그러나 이상은 자신의 계획대로 귀국
할 수 없었다. '거동 수상자'라는 이유로 그는 일본 경찰에 검거되어 차
디찬 동경의 늦겨울을 경찰서 유치장에서 견뎌야 했다. 이 불행한 정신
은 그 육신과 함께 거기서 무참하게도 허물어졌다. 그리고 결국은 죽음
으로 내몰렸다.

이상이 니시간다(西神田) 경찰서에 구금된 것은 1937년 2월 12일이
다. 김기림에게 마지막 편지를 보내고 이틀 뒤에 그는 일본 고등계 형사
의 취체(取締)에 걸려들었다. 그리고 곧바로 경찰서 유치장에 갇혔다.
이상이 일본 경찰에 연행되어 구금당하게 된 이유는 분명하게 드러나
있지 않다. 물론 당시 일본 경찰이 식민지 조선인들을 어떤 정당한 법적
근거를 가지고 취체했으리라 기대하기는 어렵다. 그들은 언제 어디서나
조선인에 대해 자기네 마음대로 처리할 수 있는 지배 제국의 권위와 힘
을 가지고 있었다.

이상이 경찰서 구금에 풀려나온 직후 동경에서 그를 만났던 시인 김기림은 당시의 상황을 이렇게 회고하고 있다.

반년 만에 상을 만난 지난 3월 스무날 밤, 동경(東京)거리는 봄비에 젖어 있었다. 그리로 왔다는 상의 편지를 받고 나는 지난 겨울부터 몇 번인가 만나기를 기약했으나 종내 센다이(仙台)를 떠나지 못하다가 이날에야 동경으로 왔던 것이다.

상의 숙소는 구단(九段) 아래 꼬부라진 뒷골목 2층 골방이었다. 이 '날개' 돋친 시인과 더불어 동경 거리를 만보(漫步)하면 얼마나 유쾌하랴 하고 그리던 온갖 꿈과는 딴판으로 상은 '날개'가 아주 부러져서 기거(起居)도 바로 못하고 이불을 둘러쓰고 앉아 있었다. 전등불에 가로 비친 그의 얼굴은 상아(象牙)보다도 더 창백하고 검은 수염이 코밑과 턱에 참혹하게 무성하다. 그를 바라보는 내 얼굴의 어두운 표정이 가뜩이나 병들어 약해진 벗의 마음을 상해올까 보아서 나는 애써 명랑을 꾸미면서

"여보, 당신 얼굴이 아주 '피디아스'의 '제우스' 신상(神像)같구려."
하고 웃었더니 상도 예(例)의 정열 빠진 웃음을 껄껄 웃었다. 사실은 나는 '듀비에'의 「골고다」의 '예수'의 얼굴을 연상했던 것이다. 오늘 와서 생각하면 상은 실로 현대라는 커다란 모함에 빠져서 십자가를 걸머지고 간 '골고다'의 시인이었다.

암만 누우라고 해도 듣지 않고 상은 장장 두 시간이나 앉은 채 거진 혼자서 그동안 쌓인 이야기를 풀어 놓는다. '엘만'을 찬탄하고 정돈에 빠진 몇몇 벗의 문운을 걱정하다가 말이 그의 작품에 대한 월평(月評)에 미치자 그는 몹시 흥분해서 속견(俗見)을 꾸짖는다. 재서의 '모더니티'를 찬양하고 또 씨의 「날개」 평은 대체로 승인하나 작자로서 다소 이의가 있다고도 말했다. 나는 벗이 세평(世評)에 대해서 너무 신경과민한 것이 벗의 건강을 더욱 해칠

까 보아서 시인이면서 왜 혼자 짓는 것을 그렇게 두려워하느냐, 세상이야 알
아주든 말든 값있는 일만 정성껏 하다가 가면 그만이 아니냐 하고 어색하게
나마 위로해 보았다.

상의 말을 들으면 공교롭게도 책상 위에 몇 권 이상스러운 책자가 있었
고 본명 김해경(金海卿) 외에 이상(李箱)이라는 별난 이름이 있고, 그리고
일기 속에 몇 줄 온건하달 수 없는 글귀를 적었다는 일로 해서 그는 한 달 동
안이나 ○○○에 들어가 있다가 아주 건강을 상해가지고 한주일 전에야 겨
우 자동차에 실려서 숙소로 돌아왔다는 것이다. 상은 그 안에서 다른 ○○
주의자들과 마찬가지로 수기를 썼는데 예의 명문(名文)에 계원(係員)도 찬
탄하더라고 하면서 웃는다. 니시간다(西神田) 경찰서원 속에조차 애독자를
가졌다고 하는 것은 시인으로서 얼마나 통쾌한 일이냐 하고 나도 같이 웃었
다. 음식은 그 부근에 계신 허남용 씨 내외가 죽을 쑤어다 준다고 하고 마침
소운(素雲)이 동경에 와 있어서 날마다 찾아주고 주영섭(朱永涉) · 한천(韓
泉) 여러 친구가 가끔 들러주어서 과히 적막하지는 않다고 한다.

이튿날 낮에 다시 찾아가서야 나는 그 방이 완전히 햇빛이 들지 않는 방
인 것을 알았다. 지난해 7월 그믐께다. 아침에 황금정(黃金町) 뒷골목 상의
신혼 보금자리를 찾았을 때도 방은 역시 햇볕 한줄기 들지 않는 캄캄한 방
이었다. 그날 오후 조선일보사 3층 빈 방에서 벗이 애를 써 장정을 해 준 졸
저(拙著) 『기상도(氣象圖)』의 발송을 마치고 둘이서 창에 기대서서 갑자기
거리에 몰려오는 소낙비를 바라보는데 창(窓)선에 뱉는 상의 침에 새빨간 피
가 섞였었다. 평소부터도 상은 건강이라는 속된 관념은 완전히 초월한 듯이
보였다. 상의 앞에 설 적마다 나는 아침이면 정말(丁抹)체조를 잊어버리지
못하는 내 자신이 늘 부끄러웠다. 무릇 현대적인 퇴폐에 대한 진실한 체험이
없는 나는 이 점에 대해서는 늘 상에게 경의를 표했다. 그러면서도 그를 아끼
는 까닭에 건강이라는 것을 너무 천대하는 벗이 한없이 원망스러웠다.

　　상은 스스로 형용해서 천재일우(千載一遇)의 기회라고 하면서 모처럼 동
경서 만나가지고도 병으로 해서 뜻대로 함께 놀러 다니지 못하는 것을 한탄
한다. 미진(未盡)한 계획은 4월 20일께 동경서 다시 만나는 대로 미루고 그
때까지는 꼭 맥주를 마실 정도로라도 건강을 회복하겠노라고, 그리고 햇볕
이 드는 옆방으로 이사하겠노라고 하는 상의 뼈뿐인 손을 놓고 나는 동경을
떠나면서 말할 수 없이 마음이 캄캄했다. 상의 부탁을 부인께 아뢰려 했더니
내가 서울 오기 전날 밤에 벌써 부인께서 동경으로 떠나셨다는 말을 서울 온
이튿날 전차 안에서 조용만(趙容萬)씨를 만나서 들었다. 그래 일시 안심하
고 집에 돌아와서 잡무에 분주하느라고 다시 벗의 병상(病狀)을 보지도 못
하는 사이에 원망스러운 비보가 달려들었다.

　　"그럼 댕겨오오. 내 죽지는 않소."

하고 상이 마지막 들려준 말이 기억 속에 너무 선명하게 솟아올라서 아프다.[10]

　　이 글에서 적고 있는 "반년 만에 상을 만난 지난 3월 스무날 밤 동경"
이란 김기림이 1937년 3월 20일 동경에 들러 이상을 만났던 일을 말한
다. 이상이 경찰서의 구금 상태에서 풀려난 지 한 주일이 지난 후의 일
이다. 일본 동북 지방의 도시 센다이(仙台)의 동북제대에서 영문학을 공
부하고 있던 김기림은 학년 말 방학을 이용하여 귀국하던 길에 동경에
들러 이상과 만난다. 이상은 동경에 도착한 후 여러 차례 김기림에게 보
낸 편지에서 동경에 한번 올 수 없는지를 물었지만 학교 공부에 쫓기던
김기림은 센다이를 떠날 수 없었던 것이다.

　　이상은 그가 마지막으로 묵고 있던 간다(神田) 진보쬬(神保町)의 하
숙집에서 김기림을 만난다. 동경으로 건너온 후 이상은 자신의 문학 세

10　김기림, 「고 이상의 추억」, 《조광》, 1937. 6.

계를 이해하고 있는 김기림에게 정신적으로 크게 기대고 있었던 것이
사실이다. 1936년 7월 여름 방학을 이용하여 귀국한 김기림을 경성에
서 만났던 때와는 그 느낌이 전혀 달랐을 것은 물론이다. 니시간다 경찰
서에서 구금 상태로 한 달 정도를 보냈던 이상은 "날개가 아주 부러져
서 기거도 바로 못하고 이불을 둘러쓰고 앉아 있었다." 김기림은 이상
의 모습을 보고 "전등불에 가로 비친 그의 얼굴은 상아(象牙)보다도 더
창백하고 검은 수염이 코밑과 턱에 참혹하게 무성하다."라고 적었다.

　이상은 자신이 경찰서에 구금당했던 그동안의 경위를 김기림에게 설
명했다. 그러나 그 사유라는 것이 가당치 않다. "공교롭게도 책상 위에
몇 권 이상스러운 책자가 있었고 본명 김해경(金海卿) 외에 이상(李箱)
이라는 별난 이름이 있고, 그리고 일기 속에 몇 줄 온건하달 수 없는 글
귀를 적었다는 일로 해서 그는 한 달 동안이나 ○○○에 들어가 있다가
아주 건강을 상해가지고 한주일 전에야 겨우 자동차에 실려서 숙소로
돌아왔다는 것이다." 이 짤막한 대목에서 '이상스러운 책자', '별난 이
름', '온건하달 수 없는 글귀' 등이 일본 경찰의 취체 대상이었다는 점은
지금도 기가 막힌다. 이상은 기동조차 하지 못하는 몸으로 김기림을 만
나 하룻밤을 지낸 후 김기림의 귀국길을 전송한다. 김기림이 방학을 보
내고 다시 일본으로 돌아오게 되는 4월에 동경에 들러서 서로 만나자는
약속을 하고 헤어졌던 것이다.

이상의 죽음 혹은 '쥬피타 추방'

　이상이 동경대학 부속 병원에서 세상을 떠난 것은 1937년 4월 17일
이다. 그가 소설 「종생기」에서 작성했던 '묘비명'에는 '西曆 紀元後
一千九百三十七年 丁丑 三月 三日 未時'라고 적혀 있다. 이 날짜를 양력으
로 환산하면 1937년 4월 13일이 된다. 참으로 믿어지지 않는 일이지만

이상은 스스로 자신의 종생을 정해 놓고 있었던 셈이다. 이상의 임종을 지켜보았던 그의 부인 변동림은 이렇게 적고 있다.

> 동대병원 입원실 다다미가 깔린 방들 그 중의 한 방문을 열고 들어서니 이상이 거기 누워 있었다. 인기척에 눈을 크게 뜬다. 반가운 표정이 움직인다. 나는 무릎을 꿇고 그 옆에 앉아 손을 잡다. 안심하는 듯 눈을 다시 감는다. 나는 긴장해서 슬프지 않았다. 어떻게 해야 살릴 수 있나, 죽어간다고는 믿어지지 않는다. 상은 눈을 떠보다 다시 감는다. 떴다 감았다 –.
>
> 귀에 가까이 대고 '무엇이 먹고 싶어?' '셈비끼야(千匹屋)의 메론'이라고 하는 그 가느단 목소리를 믿고 나는 철없이 셈비끼야에 메론을 사러 나갔다. 안 나갔으면 상은 몇 마디 더 낱말을 중얼거려을지도 모르는데……
>
> 메론을 들고 와서 깎아서 대접했지만 상은 받아넘기지 못했다. 향취가 좋다고 미소 짓는 듯 표정이 한번 더 움직였을 뿐 눈은 감겨진 채로. 나는 다시 손을 잡고 앉아서 가끔 눈을 크게 뜨는 것을 지켜보고 오랫동안 앉아 있었다.
>
> 담당 의사가 운명(殞命)은 내일 아침 열한 시쯤 될 것이니까 집에 가서 자고 아침에 오라고 한다. 나는 상의 숙소에 가서 잤을 거다. 거기가 어디였는지 지금 생각이 안 난다. 다음날 아침 입원실이 열리기를 기다려서 그의 운명을 지키려고 그 옆에 다시 앉다. 눈은 다시 떠지지 않는다. 나는 운명했다고 의사가 선언할 때까지 식어가는 손을 잡고 있었다는 기억이 난다.[11]

이상의 유해는 변동림의 손에 의해 수습되어 한 줌의 재로 서울로 돌아왔다. 그리고 미아리 공동묘지에 안장되었다. 지금은 그 자취마저 사라져 버렸다.

---

11 김향안, 「이젠 이상의 진실을 알리고 싶다」, 《문학사상》, 1986. 5.

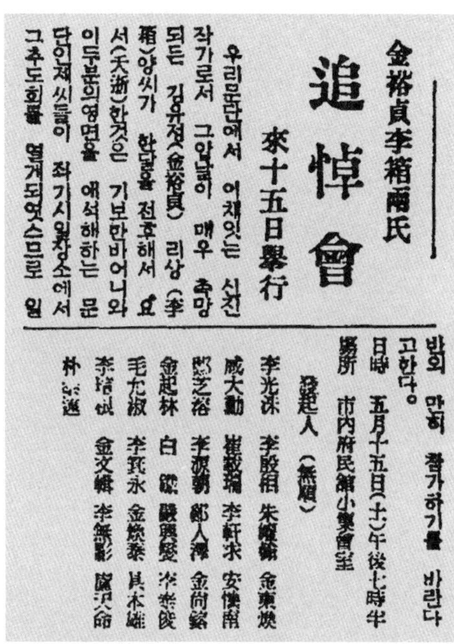

이상 추도회 소식.《조선일보》, 1937. 5. 11.

　　이상의 죽음이 알려진 후에 문단에서는 이상을 기리기 위한 모임도 이루어졌고, 떠나간 이상을 위해 이런저런 추도의 글들이 발표되었다. 이상과 가장 가까이 지낸 것으로 알려진 박태원은 그의 부음에 "이십팔 년은 너무 짧다."면서 통곡의 글을 남긴다. 박태원의 이 글에서 "당신은 참말 무엇을 위하여, 무엇을 구하여 내 집, 내 서울을 버리고 멀리 동경 (東京)으로 달려갔던 것이오? 모든 어려움을 다 물리치고 모든 벗들의 극진한 만류도 귀 밖에 흘리고 마땅히 하여야 할 많은 일을 이곳에 남겨 둔 채 마치 도망꾼이처럼 서울을 떠났던 당신의 참뜻을 나는 이제 있어 도 풀어낼 수 없구료."라고 되묻는다. 이상의 동경행은 절친 박태원에 게도 하나의 수수께끼였던 것이다.

여보, 상(箱) —

당신이 가난과 병 속에서 끝끝내 죽고 말았다는 그 말이 정말이오? 부음을 받은 지 이미 사흘, 이제는 그것이 결코 물을 수 없는 사실인 줄 알면서도 그래도 좀처럼 믿어지지 않는 이 마음이 설구료.

재질과 교양이 남에게 뛰어나매, 우리는 모두 당신에게 바라고 기다리던 바 컸거늘, 이제 얻어 이른 곳이 이 갑작스런 죽음이었소? 사람이 어찌 욕되게 오래 살기를 구하겠다면 28년은 너무나 짧소.

여보, 상 —

당신이 아직 서울에 있을 때 하루 저녁 술을 나누며 내게 일러주던 그 말, 그 생각이 또한 장하고 커서 내 당신의 가는 팔을 잡고 마른 등을 치며 한 가지 감격에 잠겼던 것이 참말 어제 같거든 이제 당신은 이미 없고 내 가슴에 빈 터전은 부질없이 넓어 이 글을 초(草)하면서도 붓을 놓고 머엉하니 창밖을 바라보기 여러 차례요.

여보, 상 —

이미 지하로 돌아간 당신은 이제 참마음의 문을 열어 내게 일러주지 않으려오? 당신은 참말 무엇을 위하여, 무엇을 구하여 내 집, 내 서울을 버리고 멀리 동경(東京)으로 달려갔던 것이오?

모든 어려움을 다 물리치고 모든 벗들의 극진한 만류도 귀 밖에 흘리고 마땅히 하여야 할 많은 일을 이곳에 남겨둔 채 마치 도망꾼이처럼 서울을 떠났던 당신의 참뜻을 나는 이제 있어도 풀어낼 수 없구료.

여보, 상 —

그래도 나는 믿었소. 벗에게 마음을 아직 숨겨두어도 당신의 뜻은 또한 커서 이제 쉬 서울로 돌아올 때 당신은 응당 집안을 돌보아 아들 된 이의 도리를 지키고 또 한편 당신이 그렇게도 사랑하여 마지않던 우리 문학을 위하여 힘을 아끼지 않으리라고. 그러나 그것도 부질없이 만 리나 떨어진 곳에 가난하고 외로운 몸이 하룻날 병들어 누우매 이곳에 남은 벗들은 오직 궁금하고 답답하여 할 뿐으로 놀란 가슴을 부둥켜안고 달려간 아내의 사랑의 손길도 당신의 아픈 몸을 골고루 어루만지는 수는 없어 그래 드디어 할 일 많은 당신을 다시 돌아오게 못하였나, 하면, 우리가 굳이 당신을 붙들어 서울에 그대로 머물러 있게 못 한 것이 이제 새삼스러이 뉘우쳐지는구료.

여보, 상—

재주가 남보다 뛰어난 사람은 마땅히 또 총명하여야 할 것으로, 우리는 그것도 당신에게 진작부터 허락하여 왔거든, 어찌 당신은 돌아보아 그 귀한 몸을 아낄 줄 몰랐었소?

병을 남에게 자랑할 줄 모르는 당신, 허약한 몸이 감당해낼 턱 없는 줄 알면서도 그 절제 없는 생활을 그대로 경영하여 온 당신 그러한 당신의 이번 죽음을 아끼고 서러워하기 전에 먼저 욕하고 나무라고 싶은 이 어리석은 벗의 심사를 상의 영혼은 어떻게 풀어주려 하오?

여보, 상—

그러나 모든 말이 이제는 눈꼽만 한 보람도 없는 것이구료. 돌아오면 하리라고 마음먹었던 많은 사설도, 이제는 영영 찾아갈 곳을 잃은 채 이 결코 충실치 못하였던 벗은 이제 당신의 명복만을 빌려 하오. 부디 상은 편안히 잠드시오.[12]

김기림은 이상의 부음을 서울에서 들었다. 1937년 3월 20일 방학을 맞아 동경에서 이상과 만난 후 잠시 귀국했던 그는 일본으로 돌아가는 4월 동경에 들러 이상과 다시 만날 계획을 세우고 있었다. 그러나 이상은 더 기다려 주지 않았다. 김기림은 이 불행한 천재 시인의 죽음을 「쥬피타 추방 – 이상의 영전에 바침」이라고 절규했다.

---

12 박태원, 「이상 애사(哀詞)」, 《조선일보》, 1937. 4. 22.

파초(芭蕉) 잎파리처럼 축 늘어진 중절모 아래서

빼여 문 파이프가 자조 거룩지 못한 원광(圓光)을 그려 올린다.

거리를 달려가는 밤의 폭행을 엿듣는

치껴 올린 어깨가 이 걸상 저 걸상에서 으쓱거린다.

주민들은 벌써 바다의 유혹도 말다툴 흥미도 잃어버렸다.

깐다라 벽화(壁畵)를 숭내낸 아롱진 잔에서

쥬피타는 중화민국의 여린 피를 들이켜고 꼴을 찡그린다.

"쥬피타, 술은 무엇을 드릴까요?"

"응 그 다락에 얹어둔 등록(登錄)한 사상을랑 그만둬.

빚은지 하도 오래서 김이 다 빠졌을걸.

오늘밤 신선한 내 식탁에는 제발

구린 냄새는 피지 말어."

쥬피타의 얼굴에 절망한 웃음이 장미처럼 희다.

쥬피타는 지금 씰크햇트를 쓴 영란은행(英蘭銀行) 노오만 씨가

글쎄 대영제국 아침거리가 없어서

장에 계란을 팔러 나온 것을 만났다나.

그래도 계란 속에서는

빅토리아 여왕 직속의 악대(樂隊)가 군악(軍樂)만 치드라나.

쥬피타는 록펠라 씨의 정원에 만발한

곰팽이 낀 절조(節操)들을 도모지 칭찬하지 않는다.

별처럼 무성한 온갖 사상(思想)의 화초들.

기름진 장미를 빨아 먹고 오만하게 머리 추어든 치욕(恥辱)들.

쥬피타는 구름을 믿지 않는다. 장미도 별도……

쥬피타의 품 안에 자빠진 비둘기 같은 천사들의 시체.

검은 피 엉크린 날개가 경기구(輕氣球)처럼 쓰러졌다.

딱한 애인은 오늘도 쥬피타더러 정열을 말하라고 졸르나

쥬피타의 얼굴에 장미 같은 웃음이 눈보다 차다.

땅을 밟고 하는 사랑은 언제고 흙이 묻었다.

아모리 따려보아야 스트라빈스키의 어느 졸작보다도

이쁘지 못한 도, 레, 미, 파……인생의 일주일.

은단과 조개껍질과 금화(金貨)와 아가씨와

불란서 인형과 몇 개 부스러진 꿈 쪼각과……

쥬피타의 놀음감은 하나도 자미가 없다.

몰려오는 안개가 겹겹이 둘러싼 네거리에서는

교통순사 로오랑 씨 로오즈벨트 씨 기타 제씨가

저마다 그리스도 몸짓을 숭내내나

함부로 돌아가는 붉은 불 푸른 불이 곳곳에서 사고만 일으킨다.

그중에서도 푸랑코 씨의 직립(直立) 부동(不動)의 자세에 더군다나 현기

증이 났다.

쥬피타 너는 세기(世紀)의 아푼 상처였다.

악한 기류가 스칠 적마다 오슬거렸다.

쥬피타는 병상을 차면서 소리쳤다.

"누덕이불로라도 신문지로라도 좋으니

저 태양을 가려다고.

눈먼 팔레스타인의 살육(殺戮)을 키질하는 이 건장한

대영제국의 태양을 보지 말게 해다고.”

쥬피타는 어느 날 아침 초라한 걸레쪼각처럼 때묻고 해여진

수놓은 비단 형이상학(形而上學)과 체면과 거짓을 쓰레기통에 벗어 팽

개쳤다.

실수 많은 인생을 탐내는 썩은 체중(體重)을 풀어 버리고

파르테논으로 파르테논으로 날어갔다.

그러나 쥬피타는 아마도 오늘 세라시에 폐하처럼

해여진 망또를 둘르고

무너진 신화가 파묻힌 폼페이 해안을

바람을 데불고 혼자서 소요하리라.

쥬피타 승천하는 날 예의(禮儀) 없는 사막에는

마리아의 찬양대도 분향도 없었다.

길 잃은 별들이 유목민(遊牧民)처럼

허망한 바람을 숨쉬며 떠 댕겼다.

허나 노아의 홍수보다 더 진한 밤도

어둠을 뚫고 타는 두 눈동자를 끝내 감기지 못했다.[13]

김기림은 이상의 죽음을 보면서 왜 ‘쥬피타’를 노래하고 있는 것일
까? 태양계의 모든 행성들은 그리스 로마 신화에 등장하는 신들의 이름

---

13 김기림, 『바다와 나비』, 신문화연구소, 1946. 4, 93~98면.

으로 불린다. 목성을 올림포스 산의 최고의 신 주피터(Jupiter 혹은 Zeus)라고 하듯, 수성은 전령의 신 머큐리(Mercury 혹은 Hermes)이고 금성은 사랑과 미의 여신인 비너스(Venus 혹은 Aphrodite)다. 인간이 살고 있는 지구는 대지의 여신 가이아(Gaia 혹은 Earth)로 불린다. 화성은 전쟁의 신 마즈(Mars 혹은 Ares)……. 그리스 신화에서 제우스(주피터)는 아버지를 이긴 신이다. 크로노스는 "너는 너의 아들에 의해 망할 것이다."라는 예언을 듣고는 아내 레이아와의 사이에 태어난 다섯 아이를 모두 삼켜 버린다. 그리고 여섯째인 제우스마저 해치려 들자 레이아는 꾀를 낸다. 크로노스는 제우스 대신에 돌덩이를 삼킨다. 제우스는 어머니의 도움으로 다른 곳에 숨겨져 자라난다. 그리고 성장하여 아버지 크로노스를 능가할 수 있을 정도로 힘이 강해지자 집으로 돌아온다. 그는 아버지 크로노스의 배를 걷어찬다. 그 뱃속에서 그의 형과 누이들이 모두 튀어나온다. 결국 크로노스는 우라노스의 예언대로 아들인 제우스의 힘 앞에 무릎을 꿇게 된다. 이로써 제우스는 신들의 제왕으로 구름 속의 산 정상에 그의 왕국을 건설하고 모든 것들을 주관하게 된다. 주피터는 신들의 신이다. 이상에게 이 이름은 그 예술적 재능에 값한다. 모든 기성적 권위를 거부하고 현실의 제도와 이념과 가치를 넘어서고자 했던 그를 달리 어떻게 호명할 수 있겠는가?

　이상은 세상을 떠난 후에 김기림이 붙여 준 '주피터'라는 또 하나의 이름으로 이제 우리 문학사의 별이 된다. 앞에 인용한 김기림의 「쥬피타 추방」에서는 이렇게 노래하고 있다. "쥬피타 승천하는 날 예의 없는 사막에는 / 마리아의 찬양대도 분향도 없었다. / 길 잃은 별들이 유목민처럼 / 허망한 바람을 숨쉬며 떠 댕겼다. / 허나 노아의 홍수보다 더 진한 밤도 / 어둠을 뚫고 타는 두 눈동자를 끝내 감기지 못했다." 이상은 김기림이 노래한 '주피터 추방'을 어느 하늘에서 들을 수 있었을까?

2 《조선과 건축(朝鮮と建築)》의
일본어 시

— 이상의 일본어 시를 어떻게 볼 것인가?

이상은 조선 총독부 건축 기사로 일하는 동안 조선건축회의 기관지《조
선과 건축(朝鮮と建築)》에 모두 28편에 딜하는 일본어 시를 네 차례로
나누어 발표한 바 있다. 이상의 시 창작이 일본어 글쓰기로부터 시작되
고 있다는 것은 여러 가지 논란을 야기할 만하다. 이것은 언어 중심적
관점에서 볼 때 한국 문학이라는 범주 속에 포함되기 어려운 이단적 속
성을 지니고 있기 때문이다.

《조선과 건축》을 통해 이루어진 이상의 일본어 글쓰기는 그 자신의 창
작 활동의 출발점에 자리하는 것임에도 불구하고 비문단권에서 이루어
진 습작 단계의 성격을 크게 벗어나지 않는다. 이 작품들은 일본어로 발
간되는 건축 전문 학회지에 독자 투고의 형식으로 발표되었기 때문에
당대 문단과 아무 상관이 없었고 일반 독자들에게는 제대로 알려지지
못했다.

이상은 어떤 경로를 통하여 일본인들이 발행하던 잡지《조선과 건축》에

일본어 시를 발표하게 되었는가? 이상의 일본어 시를 어떻게 이해할 것
인가?

未來へ逃げて過去を見る、過去へ逃げて未來を見るか、未來へ逃げること
は過去へ逃げることゝ同じことでもなく未來へ逃げることが過去へ逃げる
ことである。擴大する宇宙を憂ふ人よ、過去に生きよ、光よりも迅く未來
へ逃げよ。

미래로 달아나서 과거를 본다, 과거로 달아나서 미래를 보는가, 미래로 달아
나는 것은 과거로 달아나는 것과 같은 것이 아니고 미래로 달아나는 것이 과
거로 달아나는 것이다. 확대하는 우주를 우려하는 자여, 과거에 살으라, 빛
보다도 빠르게 미래로 달아나라. — 이상

1. 이상의 일본어 시

이상과 일본어 글쓰기

이상의 시는 일본어 글쓰기의 영역에서부터 출발한다. 이상의 시 창작이 일본어 글쓰기로부터 시작되고 있다는 것은 여러 가지 논란을 야기할 만하다. 이것은 언어 중심적 관점에서 볼 때 한국 문학이라는 범주 속에 포함되기 어려운 이단적 속성을 지니고 있기 때문이다. 이 무렵 문단에서 '조선 문학'이라는 것의 범주를 '조선인에 의해 조선어로 창작된 조선인의 생활 감정을 담은 문학'이라고 규정하는 것이 자연스러운 추세였다는 점은 시사하는 바가 크다. 여기서 한국어라는 매체가 한국 문학의 범주를 언어 중심적 원칙에 의해 강제하는 절대적 기준이 되고 있음을 확인할 수 있기 때문이다. 그렇지만 이상 문학의 출발점에서 확인할 수 있는 일본어 글쓰기가 이상의 경우에만 볼 수 있는 특징은 아니라는 점을 주목할 필요가 있다. 신문학 초창기의 소설가 이광수의 경우에도 이중어적 글쓰기를 선택한 바 있으며, 시인 가운데 주요한과 정지용의 경우에도 비슷한 글쓰기 양상을 보여 준다. 이것은 일본 식민지 시대에 정규 학교 교육 과정에서 습득하게 된 일본어 글쓰기의 결과이기도 하고, 식민지 지배 제국의 언어를 통해 전유하게 되는 새로운 문학적 상상력의 도전이기도 하다. 이들은 문단 진출이 이루어진 뒤 본격적인 문필 활동을 시작하면서 자연스럽게 모국어 글쓰기로 회귀하고 있었던 것이다.

이상이 일본어 시를 쓰게 된 과정은 의식적 선택에 의한 것이라고 보기 어렵다. 자신이 걸어 온 일본어 교육 과정과 제국의 언어로서 일본어가 지닌 제도적 성격에 따른 것이기 때문이다. 1920년대 일본 총독부가 시행하고 있던 일본어 교육 정책의 원칙은 「조선교육령(朝鮮敎育令)」

(1911. 8)에 근거한 것이다. 일본은 한국인들을 충량한 일본 국민으로 만들고자 하는 데에 식민지 교육의 목표를 두고 있다. 조선교육령은 한국인에 대한 교육을 보통 교육, 실업 교육, 전문 교육으로 구분하여 한정한다. 여기서의 보통 교육이란 한국인들에게 식민지 백성으로서의 자질을 심어 주기 위해 일본어를 보급시키기 위한 것이다. 실업 교육은 농업이나 상업 그리고 공업 분야의 하급 직업 교육을 말하는 것이고, 전문 교육이라는 것도 약간의 전문성을 두고 있는 지식과 기술을 습득시키기 위한 것에 불과하다. 한국인들에게는 자율적으로 대학을 설립할 수 없게 만들었으며, 대학 교육과 같은 고등 교육은 제한적으로만 허용한다. 그리고 조선 총독부는 사립학교규칙(私立學校規則)(1911. 10)을 통해 사립 학교의 설립 요건을 강화함으로써 사립 학교의 설립 자체를 불가능하게 하고, 그 교육 과정과 교과 내용에 대해서도 엄격하게 통제한다. 개화 계몽 시대에 설립되었던 상당수의 사립 학교들은 이 규칙에 따라 합방 이전의 교과 내용을 모두 강제 폐기당하였고, 학교 자체가 문을 닫게 되는 곳도 속출하게 된다. 일본은 식민지 정책을 통해 국어와 국문에 대한 교육을 제한하고 있다. 일본어를 '국어'라는 과목으로 소학교에서부터 교육하는 대신에, 일본어 교육을 위한 방편으로 조선어라는 이름으로 한국어 교육을 제한적으로 허용한다. 그리고 일본어 교육을 확대하면서 점차로 조선어 교육을 축소하게 된다. 1935년에는 '조선어 교육'의 폐지를 결정함으로써 한국어와 한글 사용 자체를 학교 교육에서 강제로 금지하고, 이후 관공서에서의 상용어를 일본어로 국한함으로써 한국인이 독자적인 언어와 문자를 사용하는 것조차 금지한 바 있다.

이상은 소학교와 고등보통학교 시절의 일본어 교육을 통해 식민지 제국의 언어인 일본어를 '국어'라는 이름으로 습득한다. 그리고 그 제국의 언어를 통해 수용되는 새로운 문명과 지식에 눈을 뜬다. 특히 그가 수학한 경성고등공업학교의 교과 과정에는 1학년 이수 과목에만 '국어. 조선어'라는 강좌명이 하나 보일 뿐이다. 그는 자연 과학이나 건축학에 관련된 다양한 지식과 정보를 일본어를 통해 습득하고 이를 실제 현장에서 그대로 활용하게 된다. 이러한 이상의 학교 교육 경험을 놓고 본다면 그의 일본어 글쓰기가 식민지 교육이라는 제도에 의해 강제된 것임을 알 수 있다. 이상은 식민지 시대의 정규 학교 교육을 통해 과학과 예술에 관한 근대적 지식과 정보들을 일본어를 매개로 하여 수용한다. 그리고 자신의 상상력에 근거하여 이를 새로운 형태로 재생산해 낸다. 이것이 바로 일본어 글쓰기에 의한 시작(詩作)으로 남아 있다고 할 것이다.

이상의 일본어 글쓰기는 그의 창작 활동의 출발점에 자리하는 것임에도 불구하고 비문단권에서 이루어진 습작 단계의 성격을 크게 벗어나지 않는다. 이상은 1933년부터 박태원, 정지용, 김기림, 이태준 등과 문단적 교류를 가지게 되면서《가톨닉청년(靑年)》지에「꽃나무」등의 국문 시를 발표한다. 이상의 문학 세계를 대표하는 작품들은 이후 국문 글쓰기를 통해 독자들과 만날 수 있게 된다. 그는 1933년 국문 시를 발표하면서 당대 문단에 진입한 이후로는 일본어 작품을 신문이나 잡지에 발표한 적이 없다. 1933년부터 1937년 그의 죽음에 이르기까지 그가 일본어 시의 창작을 중단하고 국문 글쓰기에 집중했다는 사실은 매우 중요한 의미를 지니는 것이다. 이상의 일본어 시는 한국어와 일본어라는 두 개의 언어를 통한 동시적 소통 행위를 의미하는 이중 언어적 글쓰기의 산물임에도 불구하고 그의 전체적인 문학 세계에서는 초기 활동에 국한되는 특이한 사례에 해당한다고 할 것이다.

《조선과 건축(朝鮮と建築)》과 이상의 일본어 시

　이상이 일본어로 쓴 시 작품들은《조선과 건축》이라는 건축 전문지를 통해 처음 발표된다. 이상은 1931년 일본어 시「이상한 가역반응(異常ナ可逆反應)」등을 비롯하여 연작시의 형태로「조감도」와「삼차각설계도」등을 이 잡지에 잇달아 발표하면서 문학적 글쓰기 활동을 전개한다. 그리고 1932년에도 같은 잡지에 일본어 연작시「건축무한육면각체」를 연이어 발표하면서 그의 특이한 시적 상상력의 진폭을 보여 준다. 이상이 잡지《조선과 건축》을 통해 발표한 일본어 시는 모두 28편이다. 이 작품들은 일본인들이 간행했던 건축 전문 잡지에 발표되었기 때문에 당대 문단으로부터는 아무런 반응도 얻어 내지 못했으나 당대 문학에서는 보기 드문 특이한 시적 상상력과 기법적 실험을 보여 주고 있다는 점에서 주목된다.

　이상의 일본어 시가 지니는 문학적 성격을 규명하기 위해서는 우선《조선과 건축》이라는 잡지의 성격을 이해할 필요가 있다.《조선과 건축》은 대중적 예술 잡지가 아니다. 이 잡지는 일본 식민지 시대에 한반도에 나와 있던 일본인 건축 기술자들이 주축이 되어 결성한 조선건축회(朝鮮建築會)의 학회지(學會誌)이다. 조선건축회는 1922년 3월 8일 서울에서 결성된다. 조선건축회에서 발표한 취지문에는 '조선의 급속한 발전과 도시의 팽창에 대응하여 조선 건축계의 건실한 발전과 함께 과학적으로 조직화된 도시의 건설, 문화적 생활 개선, 기후 풍토에 적응할 수 있는 주택 건설 보급 등을 위해 건축 기술자의 책무를 다하기 위해 조선건축회를 조직한다.'라는 학회 설립 목표(《조선과 건축》제1호, 2~5면)가 제시되어 있다. 그리고 건축에 대한 광범위한 연구 조사, 도시 계획, 건축 법규, 주택 정책, 건축 자재의 규격 통일 등을 실천적 과제로 내세우고 있다. 조선건축회의 창립 회원으로는 주로 서울을 중심으로 활동하던 일본인 건축 기술자 122명이 참여하고 있다. 이사장과 이사 전원이 일본인으로 구성되어 있으며, 한국인 가운데에는 명예 회원으로 이완용, 송병준 박영효 등의 친일 정치계 인사들이 추대된 바 있다. 잡지《조선과 건축》은 조선건축회의 창립 직후인 1922년 6월 25일 제1호가 일본어로 발간된다. 조선건축회의 사업 취지와 관련되는 건축 기술에 대한 조사 연구 내용을 중심으로 건축 토목 관련 연구 논문(論文)과 평설(評說), 잡보(雜報)와 만필(漫筆) 등과 함께 학회 소식 등을 수록하고 있다. 월간지 형태의《조선과 건축》은 한국 내에서 발행된 최초의 건축 관련 일본어 전문 잡지이기 때문에 일반적인 한국인 대중 독자들과는 일정한 거리를 두고 있었던 것으로 추측된다. 이 잡지는 1940년대 초반까지 월간 형태로 간행되었는데 그 종간의 내력을 확인하기는 어렵다.

이상이《조선과 건축》지와 관계를 가지게 된 것은 경성고등공업학교 건축과 출신이었던 이상의 전공 분야의 전문성과 관련된다. 이상은 1929년 경성고등공업학교 건축과를 수석 졸업함으로써 조선 총독부 내무국 건축과 기수로 특채된다. 그리고 취직과 동시에 조선건축회 정회원(1929. 5)으로 가입한다. 그리고 이 해에《조선과 건축》지에서 매년 시행하던 잡지 표지 디자인 현상 공모에 작품을 출품하여 1등과 3등으로 각각 당선한다. 이상이 그린 잡지 표지화는 1930년 한 해 동안 월별로 간행된 이 잡지의 표지화로 사용된 바 있다. 이 일을 계

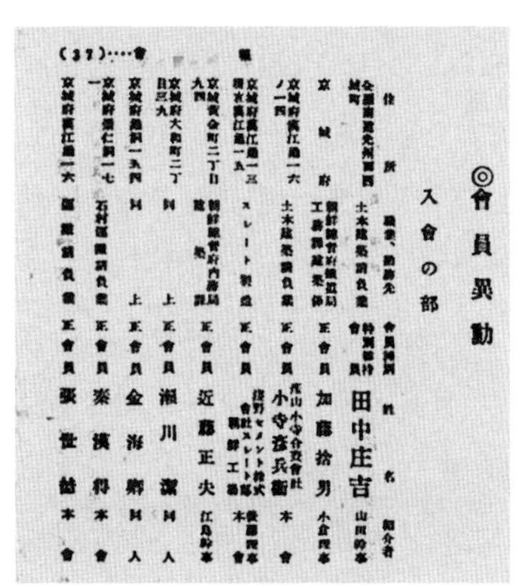

《조선과 건축》, 1929, 제5호의 회원 이동

기로 하여 이상은 잡지의 편집진과 가까이 알게 되면서 자신의 작품을 발표한 것으로 보인다.

이상은 일본어로 쓴 시 작품을 1931년부터 1932년까지 모두 네 차례에 걸쳐《조선과 건축》에 발표하게 되는데, 이 작품들은 잡지 안에서 모두 '만필(漫筆)'로 분류되어 있다. '만필'이라는 용어는 당시 일본에서 '자유롭게 써 놓은 수필'이라는 의미로 쓰이던 말이다. 이 잡지가 건축 전문지로서 문학과는 거리가 있었다는 점을 고려한다 하더라도, 이상의 작품들이 '만필'이라는 이름으로 분류된 것은 특이한 일이다. 이상이《조선과 건축》(1931. 7)에 첫 번째로 발표한 작품들은 김해경(金海卿)이라는 본명 아래「이상한 가역반응(異常ナ可逆反應)」,「파편의 경치(破片ノ景色 — △ハ俺ノAMOUREUSEデアル)」,「▽의 유희(▽ノ遊戱 — △ハ俺ノAMOUREUSEデアル)」,「수염(ひげ — 鬚·鬚·ソノ外ひげデアリ得ルモノラ·皆ノコト)」,「BOITEUX·BOITEUSE」,「공복(空腹)」등 모두 6편이 있다. 그리고 두 번째로는 1931년 8월 김해경이라는 본명으로「조감도(鳥瞰圖)」라는 큰 제목 아래「二人···· 1····」,「二人····2····」,「신경질적으로 비만한 삼각형(神經質に肥滿した三角形 — ▽ハ俺ノAMOUREUSEデアル)」,「LE URINE」,「얼굴(顏)」,「운동(運動)」,「광녀의 고백(狂女の告白)」,「흥행물천사(興行物天使 — 或る後日譚として —)」등 8편의 시를 한데 묶어 연작시의 형식으로 발표하고 있다. 세 번째의 경우도 마찬가지로《조선과 건축》(1931. 10)에 김해경이라는 본명으로 발표하는데,「삼차각설계도(三次角設計圖)」라는 큰 제목 아래「선에 관한 각서 1 (線に關する覺書 1)」,「선에 관한 각서 2 (線に關する覺書 2)」,「선에 관한 각서 3 (線に關する覺書 3)」,「선에 관한 각서 4 (線に關する覺書 4)」,「선에 관한 각서 5 (線に關する覺書 5)」,「선에 관한 각서 6 (線に關する覺書 6)」,「선에 관한 각서 7 (線に關する覺書 7)」등의 7편의

작품이 포함되어 있다. 그런데 이상은 1932년 7월《조선과 건축》에 네 번째로 시를 발표하면서 '이상(李箱)'이라는 필명을 사용하고 있다.「건축무한육면각체(建築無限六面角體)」라는 큰 제목 아래「AU MAGASIN DE NOUVEAUTES」,「열하약도 No.2 미정고(熱河略圖 No.2 未定稿)」,「진단 0:1 (診斷 0:1)」,「22년(二十二年)」,「출판법(出版法)」,「차8씨의 출발(且8氏の出發)」,「대낮(眞晝 - 或るESQUISSE -)」등 7편을 묶어 놓고 있다.

이상이 일본어 시를 발표하기 시작한 1931년은 한국 문학에 새로운 변화의 바람이 일기 시작한 때이다. 일본 총독부는 민족 단일당으로

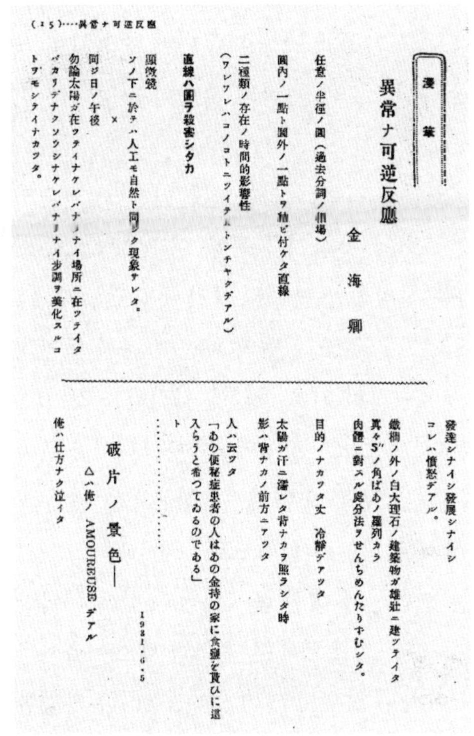

(15)‥‥‥異常ナ可逆反應

漫筆

異常ナ可逆反應

金　海　卿

任意ノ半径ノ圓（過去分詞ノ相場）
圓內ノ一點ト圓外ノ一點トヲ結ビ付ケタ直線
二種類ノ存在ノ時間的影響性
（ワレワレハコノコトニツイテムトンチャクデアル）
直線ハ圓ヲ殺害シタカ

顕微鏡
ソノ下ニ於テハ人工モ自然ト同ジク現象サレタ。
　×
同ジ日ノ午後
勿論太陽ガ在ッテイナケレバナラナイ場所ニ在ッテイタ
バカリデナクソウシナケレバナラナイ歩調ヲ美化スルコ
トヲモシテイナカッタ。

發達シナイシ發展シナイシ
コレハ憤怒デアル。
鐵柵ノ外ノ白大理石ノ建築物ガ雄壮ニ建ッテイタ
真々5"ノ角ばめノ羅列カラ
肉體ニ對スル處分法ヲせんちめんたりずむシタ。
目的ノナカッタ丈　冷靜デアッタ
太陽ガ汗ニ潘レタ背ナカヲ照ラシタ時
影ハ背ナカノ前方ニアッタ
人ハ云ッタ
「あの便秘症患者の人はあの金持の家に食糧を貰ひに遣らうと希つてゐるのである」
ト
　…………
破片ノ景色─
△ハ俺ノ AMOUREUSE デアル
俺ハ仕方ナク泣イタ

1931・6・5

이상의 일본어 시.《조선과 건축》, 1931. 7.

출발했던 신간회(新幹會)의 해산(1931. 5) 이후 조선공산당 재건 운동과 연계되었던 조선프롤레타리아예술동맹의 계급 문학 운동을 억압하기 위해 이른바 '제1차 카프 검거 사건'(1931. 6)을 빌미로 사상운동 자체를 탄압하기 시작한다. 특히 중국 만주 지역에 주둔하고 있는 일본 관동군에 의해 만주사변(1931. 9)이 발발하면서 한국 사회 전반에 걸친 통제와 억압을 더욱 강화하게 된다. 이러한 외부적 상황의 변화 속에서 한국 문학은 문학의 정신과 기법의 새로운 전환을 모색하기 위해 다양한 소그룹 중심의 동인 활동을 전개하기 시작한다. 특히 정지용, 김영랑 등을 중심으로 하는 동인지《시문학》(1930)의 성공적인 출발은 이후 문학의 모더니즘적 경향을 예견할 수 있게 한다. 그리고 일본 유학을 통해 전문적으로 문학 수업을 거친 문인들이 문단에 진출하여 해외 문학의 동향을 활발하게 소개함으로써 문학의 경향이 다양하게 전개된다.

이상의 일본어 시 창작은《조선과 건축》이라는 일본인 건축 기술자들이 중심을 이루었던 조선건축회의 학회지를 통해 이루어짐으로써, 1930년대 초반의 한국 문단과는 직접적인 연관을 갖지 못하고 있다. 그리고 대중적인 문학 독자와도 거리를 두고 있었기 때문에 문학 독자의 수용과 그 기대 지평을 벗어난 고립적인 기호 공간에 자리하는 것이다. 그러나 이 작품들은 비록 일본어로 창작한 것이기는 하지만 당대 한국 문학의 새로운 모더니즘적 경향과 무관하지 않다. 이 작품들을 통해 확인할 수 있는 이상의 시적 상상력은 개인적 실험으로 그친 경우도 있지만 모더니즘 문학이 안고 있는 현대성에 대한 문제의식과 함께 특이한 기법적 고안을 보여 준다. 이들 작품 가운데에는 문학적 텍스트로서의 완결성을 갖추고 있다고 보기 어려운 경우도 많이 있다. 그러나 다양한 패러디의 방식에 의한 텍스트의 구성, 몽타주 기법에 의한 시상의 전개,

비약과 생략에 의한 시상의 변주 등을 통해 당대 시단의 경향에서 보기 드문 새로운 시적 실험성을 실천하고 있다.

2. 이상의 시적 상상력과 기법 실험

현대 문명과 새로운 시각(視覺)의 발견

이상의 일본어 시들은 이상이 정식 문단 활동을 하기 전의 창작임에도 불구하고, 특이한 시적 상상력과 기법적 실험을 보여 주고 있다는 점에서 주목된다. 이 작품들은 1931년 7월 《조선과 건축》에 처음 발표된 「이상한 가역반응」을 비롯한 6편의 작품을 제외하고는 각각 「조감도(鳥瞰圖)」, 「삼차각설계도(三次角設計圖)」, 「건축무한육면각체(建築無限六面角體)」라는 3편의 연작시 형태로 이루어져 있다. 이상이 시도하고 있는 연작시 형태는 그 이전의 한국 현대시에서는 찾아보기가 쉽지 않다. 이러한 연작시 형태는 1934년에 발표한 「오감도」에서도 그대로 이어졌기 때문에 이상 시의 형식적 특징으로 자리 잡게 되었다고 할 것이다. 이상이 일본어 시에서 시도한 바 있는 연작시 형태는 시적 주제에 대한 해석과 그 상상력의 확대 과정을 크게 두 가지 방향으로 설정하고 있다. 하나는 연작시의 형태로 이어지는 각각의 작품들이 주제의 발전과 그 확대 과정을 계기적으로 제시하여 주는 연쇄형의 형식을 취하고 있는 경우이다. 「삼차각설계도」의 경우는 하나의 시적 주제를 놓고 그와 관련되는 대상들을 내적 논리와 그 순서 개념에 따라 연결시켜 시상의 전체적인 흐름을 통합해 나아가고 있다는 점에서 연쇄형의 연작시에 해당한다. 다른 하나는 각각의 작품들이 병렬적으로 배치되어 시상의 확대과정을 다채롭게 보여 주는 병렬형의 형식을 들

수 있다. 「조감도」와 「건축무한육면각체」는 연작의 형태로 결합되어 있는 작품들이 내적 논리의 순서 개념과는 관계없이 다양한 형태로 병치되어 시적 상상력의 역동성을 보여 주는 병렬형의 연작시 형태를 드러내고 있다.

이상의 일본어 시는 현대 문명과 과학의 발전에 대한 다양한 관심을 특이한 시각으로 형상화하고 있다. 「삼차각설계도」라는 제목 속에 연작의 형태로 이어진 「선(線)에 관한 각서(覺書) 1~7」을 비롯하여 「이상(異狀)한 가역반응(可逆反應)」, 「운동(運動)」 등 여러 작품들을 보면, 기하학이나 물리학 등에서 사용하는 일본어로 번역된 용어들을 그대로 시어로 활용하고 있다. 특히 현대 문명의 기반을 이루고 있는 과학으로서의 물리학 또는 기하학의 발전이라든지 '상대성 이론'과 같은 새로운 이론에 관한 특이한 관심이 이른바 '기하학적 상상력'에 기초하여 시적으로 형상화되고 있다. 이 가운데에서 연작시 「삼차각설계도」는 「선에 관한 각서」라는 작은 제목의 작품 7편을 일련번호에 따라 배열하고 있는데, 각각의 작품들이 현대 과학의 발전과 인간 존재의 인식 문제에 관한 깊이 있는 관찰을 단계적으로 보여 주는 전형적인 연작시의 형태를 취하고 있다. 이 작품은 1930년대 초반의 한국 문단과는 직접적인 연관을 갖지 못한 채 대중 독자의 기대 지평을 벗어난 고립적인 기호 공간에 자리하고 있지만, 당대의 한국 문학이 지향하고자 했던 새로운 모더니즘적 경향을 일찍부터 이 시들을 통해 확인할 수 있다는 점은 주목할 필요가 있다.

연작시 「삼차각설계도」를 통해 확인할 수 있는 이상의 시적 상상력은 개인적 실험으로 그치지 않고 새로운 모더니즘 문학이 안고 있는 현대성에 대한 인식과 함께 특이한 기법적 고안을 보여 준다. 이 작품 속에 포함되어 있는 「선에 관한 각서」 7편 가운데에는 문학적 텍스트로서의 완결성을 갖추고 있다고 보기 어려운 경우도 있다. 하지만 다양한 패러디의 방식에 의한 텍스트의 구성, 몽타주 기법에 의한 시상의 전개, 비약과 생략에 의한 시상의 변주 등을 통해 당대 시단의 경향에서 보기 드문 새로운 시적 실험성을 실천하고 있는 점이 눈에 띈다. 특히 이들 작품에는 수학이나 물리학 등에서 사용하는 용어들이 그대로 활용되고 있으며, 기하학의 발전, 태양과 광선, 과학과 시간 등에 관한 새로운 지식들을 동원하여 인간의 존재에 관한 다양한 상념을 해체시켜 기표화하고 있다.

그러므로 이 작품의 의미를 이해하기 위해서는 기하학의 발전, 원자론, 상대성 이론 등에서 끌어오고 있는 다양한 시적 모티프에 대한 정확한 해석이 필수적이다. 특히 이 7편의 작품들은 '삼차각설계도'라는 커다란 하나의 주제와 서로 밀접한 연관성을 유지하고 있기 때문에, 먼저 '삼차각'에 관한 설계를 통해 구현하고자 했던 시적 창조의 세계를 주목할 필요가 있다. 이상은 이 새로운 '삼차각설계도'를 통해 미지의 세계에 대한 도전을 시작한다. 이상은 어떤 방식으로 '삼차각'이라는 새로운 개념의 도형을 통해 그의 문학 속에 하나의 창조의 세계를 설계해 나가고 있을까? 이상의 '삼차각설계도'는 존재하지 않는 것에 대하여 그 존재의 가능성을 열어 보이는 하나의 상상적 모험이라고 할 수 있다. 이상이 시적 텍스트의 형식을 빌려 새롭게 시도하고 있는 '삼차각설계도'라는 프로젝트는 기하학의 공리라든지 현대 물리학의 합리성으로는 설명하기 어려운 상상력을 기반으로 하고 있다. 그가 「선에 관한 각서 1」에서 우선적으로 질문하고 있는 것은 인간이 과연 빛의 속도를 넘어설 수 있는가 하는 문제였다. 먼저 「선에 관한 각서 1」의 텍스트를 살펴보기로 하자.

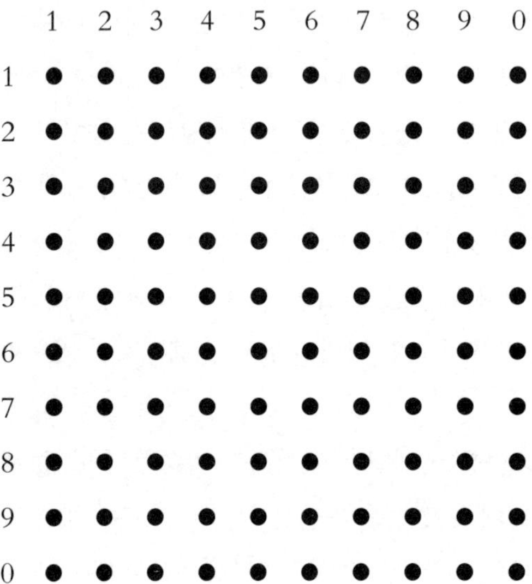

(宇宙는冪에依하는冪에依한다)

(사람은數字를버리라)

(고요하게나를電子의陽子로하라)

스ᆞ펙ᆞ톨ᆞ

軸X軸Y軸Z

速度etc의統制例컨대光線은每秒當300,000키로메-터달아나는것이確實하다면사람의發明은每秒當600,000키로메-터달아날수없다는法은勿論없다. 그것을幾十倍幾百倍幾千倍幾萬倍幾億倍幾兆倍하면사람은數十年數百年數千年數億年數兆年의太古의事實이보여질것이아닌가, 그것을또끊임없이崩壞하는것이라고하는가, 原子는原子이고原子이고原子이다. 生理作用은變移

하는것인가, 原子는原子가아니고原子가아니고原子가아니다, 放射는崩壊인
가, 사람은永劫인永劫을살릴수있는것은生命은生도아니고命도아니고光線
인것이라는것이다.

臭覺의味覺과味覺의臭覺

(立體에의絶望에依한誕生)
(運動에의絶望에依한誕生)
(地球는빈집일境遇封建時代는눈물이나이만큼그리워진다)[14]

앞의 인용에서 볼 수 있듯이 「선에 관한 각서 1」의 텍스트는 전반
부에 수학적 도표가 제시되고 후반부에 간략한 시적 진술들로 이어진
다. 특히 후반부의 시적 진술은 일부 내용이 ( ) 속에 담겨 있다. 그러므
로 시적 텍스트에서 전개되는 시상의 흐름을 전체적으로 파악하기 힘
들다. 서로 다른 성격을 지닌 텍스트들이 뒤섞여 연결되어 있기 때문에
그 내적 의미의 연관성을 시각적으로 방해한다. 이러한 타이포그래피
(typography)적 고안은 이상의 시 이전에는 볼 수 없었던 것이다. 이 시의
텍스트적 성격을 제대로 파악하기 위해서는 시적 화자가 제시하고 있는
수학적 도표의 성격을 이해하고, 시적 화자의 내면 의식을 드러내고 있
는 ( ) 속의 진술 내용을 정확하게 해석해야 한다.
먼저 이 시의 텍스트 전반부에 제시되고 있는 수학적 도표가 무엇
을 의미하는 것인가를 생각해 보기로 한다. 현대 물리학의 발전은 유클
리드 기하학이라고 부르는 고전 기하학의 약점들이 극복되면서 시작

된다. 앞의 시「선에 관한 각서 1」의 전반부에 제시되어 있는 도표는 평면 위의 한 점(●)의 위치를 표시하는 방법을 도식화한다. 여기서 x, y축은 1부터 0까지의 숫자로 나타나 있고, 평면상에는 무수한 점(●)이 표시되어 있다. 이 표에서 각 점의 위치는 2개의 직선 x축과 y축의 거리로 표시한다. 예컨대 점 P의 위치는 P(x, y)로 표시한다. 그리고 점과 점을 잇는 직선은 방정식 $y=mx+b$로 표시한다. 여기서 m과 b는 상수이고 x와 y는 각 축 위에서의 거리이다. 이러한 좌표계의 고안은 프랑스 철학자 데카르트(R. Descartes, 1596~1650)에 의해 처음으로 주창된 바 있다. 데카르트는 고전적인 유클리드 기하학에 대수학의 계산을 이용한 새로운 연구의 길을 열어 놓은 인물이다. 그는 대수학을 기하학에 적용하여 한 점의 위치를 앞서 설명한 대로 한 쌍의 수로 표시했으며, 방정식으로 직선과 곡선을 표시했다. 한 점은 그 위치를 나타내는 숫자로 설명할 수 있다는 것이 데카르트적인 해석 기하학의 기본 개념이다. 이 방법에 따라 기하학의 대상을 대수 기호화 과정으로 설명할 수 있게 되자, 이 새로운 방법은 유클리드 기하학의 내용을 더욱 풍부하게 하였고, 또한 3차원에서 일반적인 n차원으로의 확장을 가능하게 한다. 이 같은 해석 기하학의 원리는 뒤에 대수 기하학으로 발전하여 기하 도형의 평면적 2차원적 위상을 입체적이고 공간적인 3차원에서 다룰 수 있는 다양한 대수 기하학의 원리로 발전하게 된 것이다.[15] 이와 같은 설명을 통해 시「선에 관한 각서 1」의 전반부에 제시되어 있는 도표가 함의하는 바를 이해할 수 있다. 이 도표는 기하학의 대상을 대수 기호화함으로써 새로운 기하학의 지평을 열게 된 '해석 기하학(解析幾何學)'의 기본 개념을 표시한 것이다. 이 도표는 이상 문학에 등장하는 기하학적 상상력의

15　佐佐木力,『數學史入門』, 筑摩書房, 2005, 137~143면.

단초라는 점에서 중요한 의미를 지닌다.

「선에 관한 각서 1」의 텍스트의 중반부에는 앞에 제시된 도표에 대한 시적 화자의 단편적인 상념이 ( ) 속에 담겨 있다. "우주(宇宙)는 멱(冪)에 의하는 멱(冪)에 의한다."라는 구절에서 "멱에 의하는 멱에 의한다."라는 말은 $((N)^n)^n \cdots$ 라는 수식으로 표시된다. 이것은 우주가 무한대로 큰 세계임을 말해 준다. "사람은 숫자(數字)를 버리라."라는 구절은 무한대의 크기로 표시할 수밖에 없는 원대한 우주에 비해 인간의 세계라는 것이 보잘것없는 좁은 것임을 암시한다. 인간이 합리성 또는 과학성이라는 것을 내세워 숫자로 계산하고 따지는 일이 아무런 의미가 없음을 말한다. 여기서 '숫자(數字)'는 인간 존재의 유한성에 대한 표식일 수밖에 없다. 그런데 이러한 생각 끝에 "고요하게 나를 전자(電子)의 양자(陽子)로 하라."라는 대목이 등장한다. 이 말은 광대한 우주와 유한한 인간의 관계를 물체의 핵심 구조인 원자 구조로 축소하여 비유적으로 설명한 것이라고 할 수 있다. 그러나 이에 대해서는 좀 더 구체적인 해명이 필요하다.

원자의 모형을 실험을 통해 발견한 것은 영국 과학자 러더포드(Ernest Rutherford, 1871~1937)이다. 러더포드는 원자의 모형이 태양을 중심으로 지구나 화성 같은 행성이 그 주변을 돌고 있는 작은 우주와 같다고 주장한다. 러더포드의 원자 모형의 발견에 뒤이어 20세기에 들어와서 많은 과학자들에 의해 원자 구조도 밝혀지게 된다. 원자는 어떤 것이든 간에 그 한가운데 태양에 해당되는 원자핵(原子核)이 있고, 그 주변을 돌고 있는 행성에 해당되는 전자(電子)들이 있다. 원자핵과 그 주변을 돌고 있는 전자의 궤도 안쪽은 아무것도 없는 텅 비어 있는 공간이다. 음전기(-)를 띠고 있는 전자는 원자의 바깥 주변을 굉장히 빠른 초스피드로 회전하고 있을 뿐 아니라 여기에 양전기(+)를 띤 원자핵의 전기적인 작용도 있기 때문에 전자와 원자핵 사이를 다른 물질이 통과할 수 없게 된다. 다시 말하면 원자의 속은 텅 비어 있는 공간이지만 그 바깥쪽은 딱딱한 껍질을 씌워 둔 것과 같은 상태이다. 원자핵은 양성자(陽性子)와 중성자(中性子)라고 하는 작은 입자로 구성되어 있다. 양성자는 앞에서 말한 대로 전기를 갖고 있으나 중성자는 전기를 띠지 않은 문자 그대로 중성이므로 원자핵 자체가 (+)전기를 띠고 있다는 것은 사실은 양성자가 띠고 있는 전기임을 말한다. 여기서 원자의 종류는 원자핵에 있는 양성자의 수로 구별된다. 이 시에서 말하고 있는 '양자(陽子)'는 '양성자'를 뜻한다. 양성자는 원자핵의 초소 구성 입자인데, 모든 사물의 기본적인 속성(원자의 종류)이 바로 이 양성자의 숫자로 결정된다. 그러므로 이 시에서 "고요하게 나를 전자(電子)의 양자(陽子)로 하라."라는 구절은 방대한 우주 공간에서 비록 작은 존재이지만 그 주체로 서고자 하는 인간의 욕망을 암시한 것이라고 할 수 있다.

이 시의 후반부는 분광기(spectre)를 통해 굴절되는 빛을 관찰하면서 빛의 본질과 속성에 대한 설명을 시적 진술로 바꿔 놓고 있다. 시적 텍스트에 하나의 행으로 제시되어 있는 '스펙톨'이라는 말은 빛을 굴절시키는 분광기를 말한다. 그리고 '축X 축Y 축Z'는 분광기를 통해 굴절 분산되는 빛을 공간 속에서 x, y, z라는 3개의 축으로 표현하고 있다. 그리고 뒤에 이어지는 "속도(速度) etc의 통제 — 광선인 것이라는 것이다."라는 산문적 진술은 빛의 속도와 이에 관련된 여러 가지 과학적 지식을 설명하고 수치로 제시하고 있다. 진공에서 빛의 속도는 정확히 초속 299,792,458미터이다. 이 속도는 1초에 지구를 7바퀴 반을 돌 수 있고 지구에서 달까지 가는 데는 1초 정도 걸린다. 태양까지는 약 8분 거리이다. 이는 측정치가 아니라 미터의 정의에 의한 것이다. 그런데 이러한 빛의 속도는 아인슈타인(Albert Einstein, 1879~1955)의 상대성 이론에 따르면 어떤 물체의 움직임도 그것을 넘을 수 없다는 사실이 밝혀진다. 물질의 이동 속도는 빛의 속도를 넘어설 수 없다. 질량이 없는 물체는 빛의 속도로 전파될 수 있지만 이는 인과율에 중요한 영향을 준다. 물론 빛의 속도보다 빠르게 이동할 수 있다면 현재의 위치에서 무한한 과거로 돌아가 볼 수 있다는 가정도 해 볼 수 있다. 시적 화자는 이를 두고 "수억 년 수조 년의 태고의 사실도 보여질 것이 아닌가."라고 반문하기도 한다.

시적 화자는 물체의 궁극적인 핵심에 해당하는 원자를 대상으로 자신의 상념을 이어 간다. 러더포드의 원자 모형이 발표된 후 20세기 초에 원자가 물질을 구성한다는 사실이 확인된 바 있다. 그러나 원자의 내부 구조가 영구적으로 안정적인 것이 아니라는 사실이 밝혀진다. 그리고 1911년에는 거의 모든 원자의 질량은 총 부피 중 미소한 부분만을 차지하는 핵에 집중되어 있다는 결론에 이른다. 이어서 동위 원소라는 중요한 개념이 확립되었고 실험실에서 원자핵을 변환시키는 데도 성공하게 된다. 마침내 1934년 인공적으로 고안된 장치 속에서 보통 물질을 핵변환시켜 방사능을 가지게 할 수 있다는 것이 밝혀진다. 이 시에서 화자는 바로 이 같은 과학의 발전 과정을 염두에 두고, "원자는 원자가 아니고 원자가 아니고 원자가 아니다, 방사(放射)는 붕괴인가."라고 반문하기도 한다. 더 이상 원자가 물질의 핵심이 아니며 원자핵을 변화(분열 또는 붕괴)시켜 방사능이 생기게 할 수 있다는 사실을 스스로 확인하고 있는 셈이다. 그리고 다시 빛이 인간과 자연의 모든 법칙의 기준임을 주장한다.

이 시의 텍스트는 결말 부분에서 다시 ( ) 속에 시적 화자의 상념을 세 가지로 구분하여 표시하면서 시상을 매듭짓고 있다. 첫째는 "입체에의 절망에 의한 탄생"이라는 구절이다. 이 진술은 유클리드 기하학의 한계를 극복한 해석 기하학의 현대적 등장을 암시한다. 데카르트 이후 대수학을 기하학에 적용하여 기하 도형의 차원을 다루게 되면서 방정식으로 직선과 곡선을 표현하게 되었으며, 이를 발전시켜 원과 원뿔 곡선도 방정식으로 표현할 수 있게 된다. 이 새로운 접근법은 많은 기하학적 과제를 해결할 수 있는 새로운 원리로 등장하게 되어 기하학을 'n차원'으로까지 확대 적용할 수 있게 한 것이다.

둘째는 "운동에의 절망에 의한 탄생"이라는 구절이다. 이것은 현대 물리학의 새로운 차원을 열어 준 아인슈타인의 상대성 이론의 등장을 말한다. 아인슈타인의 특수 상대성 이론은 모든 좌표계에서 빛의 속도가 일정하고 모든 자연 법칙이 똑같다면, 시간과 물체의 운동은 관찰자에 따라 상대적이라는 것을 입증한다. 이를 수학적으로 표현하여 질량과 에너지의 등가를 확립했는데, 이에 따르면 어떤 양의 물질이 갖는 에너지는 그 물질의 질량에 빛의 속도의 제곱을 곱한 값, 즉 $E=mc^2$이다. 아인슈타인은 이 특수 상대성 이론에 중력 현상을 새로 포함시키려고 이론을 계속 발전시켜 마침내 일반 상대성 이론(1916)을 내놓게 된다. 일반 상대성 이론은 뉴턴의 만유인력 법칙을 대체하는 새로운 수식을 제시하는데, 이를 이용해 중력 현상을 설명하기 위해서는 미분 기하학과 텐서라는 수학적 개념이 필요하다. 일반 상대성 이론은 특수 상대성 이론이 관성 좌표계의 관측자만을 다루는데 반해 모든 기준계의 관측자가 동일하다고 놓는다. 물리 법칙은 관측자가 가속 운동을 하는 경우에도 모두 동일하게 적용된다. 중력은 시공간의 휘어짐으로 표현되는데, 이것은 곡률이 수학적으로 비관성 좌표계와 동일하기 때문이다. 일반 상대성 이론은 질량과 에너지가 시공간을 휘게 하고, (빛을 포함한) 자유 입자들이 이렇게 휘어진 시공간 속에서 움직인다는 방식의 기하학적인 이론이다.[16]

---

16 Stephen Hawking and Leonard Mlodinow, *A Briefer History of Time*(전대호 역, 『시간의 역사』, 까치, 2006, 45~59면.)

셋째는 "지구는 빈집일 경우 봉건시대(封建時代)는 눈물이 나리만큼 그리워진다."라는 구절이다. 이것은 현대 문명 이전의 상태에서 인간이 누렸던 행복감에 대한 일종의 향수를 뜻한다. 물론 여기에는 인간에 대한 문명의 속박을 벗어나고자 하는 시적 화자의 욕망이 담겨 있다.

이상의 시에서 기하학적 상상력에 기반하여 이루어지고 있는 현대 과학 기술 문명의 발달에 대한 반성은 「선에 관한 각서 2」에 이르러 공간으로 확장된다. 이 작품은 「선에 관한 각서 1」을 통해 시적 모티프로 삼았던 데카르트 이후의 해석 기하학의 등장과 함께 새롭게 발전한 현대 과학의 이론을 배경으로 하고 있다. 여기서는 특히 빛의 속도와 그 성질에 관한 여러 가지 이론을 기호와 수식으로 표현한다. 그리고 시적 텍스트의 후반부에서 이러한 빛의 성질에 관한 시적 화자의 상념과 그 내면 의식이 ( ) 속에 묶인 채 함께 진술되어 있다.

$1+3$

$3+1$

$3+1 \quad 1+3$

$1+3 \quad 3+1$

$1+3 \quad 1+3$

$3+1 \quad 3+1$

$3+1$

$1+3$

線上의一點 A

線上의一點 B

線上의一點 C

A + B + C = A

A + B + C = B

A + B + C = C

二線의交點 A

三線의交點 B

數線의交點 C

3 + 1

1 + 3

1 + 3   3 + 1

3 + 1   1 + 3

3 + 1   3 + 1

1 + 3   1 + 3

1 + 3

3 + 1

(太陽光線은、凸렌즈때문에收斂光線이되어一點에있어서爀爀히빛나고爀爀히불탔다、太初의僥倖은무엇보다도大氣의層과層이이루는層으로하여금凸렌즈되게하지아니하였던것에있다는것을생각하니樂이된다、幾何學은凸렌즈와같은불작난은아닐른지、유우크리트는死亡해버린오늘유우크리트의焦點은到處에있어서人文의腦髓를마른풀과같이燒却하는 收斂作用을羅列하는것에依하여最大의收斂作用을재촉하는危險을재촉한다、사람은絶望하라、사람은誕生하라、사람은誕生하라、사람은絶望하라)

이 작품의 텍스트에서 전반부를 이루는 수식과 기호를 먼저 살펴보기로 하자. '1 + 3'이라는 수식은 '1'이라는 숫자가 의미하는 것과 '3'이라는 숫자가 의미하는 것의 결합 상태를 암시한다. 여기서 '1'은 1차원의 세계를 상징한다. 1차원의 세계는 시간처럼 전후의 개념만을 지닌 선(線)과 같은 성질을 띠는 것으로 볼 수 있다. '3'은 3차원의 세계를 의미한다. 이것은 공간(空間)의 세계이다. 그러므로 '3 + 1' 또는 '1 + 3'은 1차원의 시간과 3차원의 공간의 결합을 의미한다. 이것은 4차원의 세계이며, 곧 인간의 세계와는 다른 새로운 세계를 말하는 셈이다. 아인슈타인의 상대성 이론의 핵심은 바로 이 같은 시간(1차원)과 공간(3차원)의 새로운 결합 가능성을 암시한다. 그러나 인간이 빛의 속도처럼 빠르게 새로운 세계로 나아간다면 빛의 속도로 돌파하는 순간 모든 것이 분해되어 버린다. 이 새로운 세계는 절대적인 중심이 존재하는 것이 아니라 모든 것이 중심이 될 수 있는 상대적 세계에 해당한다.

그런데 여기서 한 가지 지목하고 싶은 것은 '3 + 1'과 '1 + 3'이라는 수식이 단순히 1차원의 세계와 3차원의 세계의 결합만이 아니라 사영 기하학(射影幾何學)에서 이론화된 '체론(體論, field theory)'과의 관련성을 가지는 것처럼 보인다는 점이다. 사영 기하학의 개념은 매우 다양한 대수계에서 좌표들을 선택하여 확장시킬 수 있는 이점이 있다. 사영 기하학에서는 더하고 빼고 곱하고 나눌 수 있는 기호 집합을 '체(體, field)'라고 한다. 그리고 이 '체'에서 좌표를 선택할 때 하나의 기하학을 얻을 수 있다. 예를 들면, 1이나 3과 같은 실수는 하나의 '체'이다. 대수학은 더하고 빼고 곱하고 나눌 수 있는 기호 체계를 제공하지만, 기호들의 곱 ab가 반드시 ba와 같지는 않다. 이런 체계를 비가환체(非可換體, skew field)라고 한다. 비가환체에서 연구할 때, 보통의 합 관계와 교차 관계는 타당하지만 다른 정리들은 더 이상 참이 아닌 하나의 기하학이 만들어질 수 있다.

사영 기하학은 공리론적(公理論的)으로 볼 때 유클리드 기하학에 비해 훨씬 적고 간단명료한 공리로부터 출발하여 엄밀한 논증에 의해 기하학을 전개한다. 특히 사영 기하학에서는 다음에 서술하는 바와 같이 완전한 쌍대(雙對, duality)가 성립하는 것이 두드러진 특징이다. 예컨대 '두 점을 지나는 직선은 1개만 존재한다.'라는 명제에서 '점'과 '직선', '－을 지나는'과 '의 위에 있는'을 서로 치환하면, '두 직선 위에 있는 점은 1개만 존재한다.'라는 명제가 된다. 이와 같은 치환에 의해 하나의 명제에서 새로운 명제를 만들어 내는 것을 쌍대라고 한다. 사영 기하학의 공리계(公理系)는 그 어떤 공리의 쌍대도 또한 이 공리계 속에 존재한다. 따라서 하나의 명제가 '참'이면 그 쌍대 명제는 다시 증명하지 않아도 반드시 '참'이 된다. 그런데 사영 기하학에서는 사영 대응에 의해 (1) 몇 개의 점이 한 직선 위에 있는 것(공선(共線)) (2) 몇 개의 직선이 한 점을 지나는 것(공점(共點))의 2가지 성질은 변하지 않는다. 이 경우 무한 원점(無限遠點)도 점 중의 하나로 고려하기 때문에 한 점에서 교차하는 두 직선이 사영 대응에 의해 평행한 두 직선으로 이동하는 경우도 있다.[17] 사영 기하학의 특징적인 과정은 한 직선이나 평면 위에 있지 않는 한 점에서 투시 도법으로 다른 직선이나 평면에 그것을 사상시키는 것이다. 이 과정은 한 물체를 외부 점에서 그리거나 사진 촬영할 때 하는 것과 근본적으로 일치한다. 사영 기하학의 목적 가운데 하나는 사상 과정에 의해 변하지 않는 도형의 성질을 연구하는 것이다.

그런데 이러한 사영 기하학의 공점(共點)과 공선(共線)에 관한 공리에 기초하여 「선에 관한 각서 2」의 텍스트가 구성된다. 앞의 인용에서

---

17 瀬山士郎, 『幾何物語』, 筑摩書房, 2007, 153～159면.

"線上의一點 A / 線上의一點 B / 線上의一點 C"라는 진술은 '임의의 한 직선 위에 점 A, 점 B, 점 C가 있다.'라는 뜻으로 이해할 수 있다. 그리고 "A + B + C = A / A + B + C = B / A + B + C = C"라는 진술은 앞서 표시한 세 점의 위치와 그 관계를 표시한 수식에 해당한다. 그런데 평면상에 위치하고 있는 A, B, C라는 점들이 A + B + C = A, A + B + C = B, A + B + C = C와 같은 식으로 성립되려면, 세 점이 사영 대응의 방식으로 동일시되는 경우에만 가능하다. 점은 크기를 따지지 않는 것이므로, 위치가 같다면 같은 점이다. 그러나 A, B, C가 각각 위치가 다른 임의의 한 점이라면 이 수식은 모순이다. 하지만 이 수식이 성립 가능한 경우도 있다. 평면 위에서가 아니라 사영 공간 속에서 세 점이 일정한 각도를 유지하여 직선으로 연결되는 경우, 즉 공선상에서는 세 점이 동일한 한 점으로 보이는 경우가 얼마든지 가능해진다. 이러한 현상은 직진하는 빛의 성질을 전제해야만 이해가 된다. 바로 뒤에 이어지는 "二線의交點 A / 三線의交點 B / 數線의交點 C"라는 진술은 앞에 전제되어 있는 조건들에 비추어 볼 때, 두 가지의 사실을 말해 준다. 첫째, 수식 'A + B + C = A / A + B + C = B / A + B + C = C'에서 얻어진 값으로서의 A, B, C라는 점들은 평면상에 위치한 것이 아니다. 둘째, A, B, C는 공간(입체) 속에서 공간을 통과하는 임의의 직선이 서로 교차하는 공점이 된다. 결과적으로 각 점 A, B, C는 두 직선 또는 세 직선, 그리고 무수한 직선들의 교점에 해당한다. 이러한 사실은 공간에서 두 개 이상의 직선이 얼마든지 한 점에서 서로 만날 수 있음을 말해 주는 것이다.

이 작품의 텍스트 후반부에서는 앞서 예시한 공선과 공점에 관한 사영 기하학의 공리를 놓고 이것을 실제의 환경 속에서 '볼록 렌즈'를 통해 이루어지는 빛의 굴절과 수렴 현상을 통해 다시 입증해 보이고 있다. 기하 광학(幾何光學)에서는 빛이 지나는 경로를 나타내는 데 광선을 쓰고, 빛 에너지의 흐름은 여러 개의 광선의 모임인 것으로 생각한다. 모든 광선 또는 그 연장이 한 점에서 만날 때 공심광선속(共心光線束), 한 점으로 집중되어 갈 때 수렴광선속(收斂光線束), 한 점에서 퍼져 나갈 때 발산광선속(發散光線束)이라 한다. 여러 가닥의 빛이 '수렴광선속'을 이루어 한 점에서 만날 때 이 점을 '공심광선속'이라고 하는데, 바로 이 점에 빛이 집중되므로 열을 내게 된다. 볼록 렌즈로 빛을 굴절시켜 수렴광선속을 만들어 공심광선속을 이루게 하여 모든 빛이 한 점에 모이면 그 초점에서 불이 붙는 것을 볼 수 있다. 이상의 소설 「날개」에서도 볼록 렌즈를 가지고 노는 장면이 등장한다. 그런데 태양 광선은 지구가 생성된 때부터 대기층을 직진하여 통과하면서 지구를 비추고 있기 때문에 빛이 수렴되지 않는다. 시적 화자는 바로 이러한 사실을 떠올리면서 속으로 이를 천만다행이라고 여긴다. 만일 볼록 렌즈에서와 같은 빛의 수렴 현상이 지구 위에서 나타났다면 지구는 그대로 폭발하고 말았을 것이다. 시적 화자의 상념은 다시 기하학의 발전 과정에 관한 것으로 이어진다. 현대의 기하학은 유클리드 기하학에서 내세운 공리들을 확장하거나 부분적으로 부정하면서 이른바 '비유클리드 기하학'으로 발전한다. 그리고 아인슈타인의 일반 상대성 원리의 골격을 세우는 데 중요한 역할을 하게 된다. 그렇지만 이 일반 상대성 원리로 인하여 시공간 구조(時空間構造)의 개념이 근본적으로 바뀌게 된 것이 오히려 인간 세계의 재앙을 불러올지 모르는 '불장난'이 아닐까 하는 것이 시적 화자의 생각이다. 그렇기 때문에 시적 화자는 이러한 문제들과 관련지어 인간의 삶의 현실에서 요구되는 새로운 인간관과 가치의 정립을 주장하고 있다. 결국 시 「선에 관한 각서 2」는 현대 과학 문명의 발달에 대한 시적 화자의 우울한 공상을 그려 놓고 있는 셈이다.

이상의 기하학적 상상력은 시 「선에 관한 각서 3」에 이르러 어떤 하

나의 결론에 도달한다. 이 작품은 「선에 관한 각서 1」의 텍스트와 그 구
성법이 유사하다. 시적 텍스트의 전반부는 수학적 도표가 자리하고 후
반부에 간단한 수식과 함께 시적 화자의 상념이 ( ) 속에 묶여 제시된다.

<pre>
    1 2 3
1   ● ● ●
2   ● ● ●
3   ● ● ●

    3 2 1
3   ● ● ●
2   ● ● ●
1   ● ● ●
</pre>

$$\therefore nPn = n\,(n-1)\,(n-2) \cdots\cdots (n-n+1)$$

(腦髓는부채와같이圓에까지展開되었다、그리고完全히廻轉하였다)

이 작품에서 텍스트의 전반부에 위치하고 있는 도표와 수식의 의미
를 이해하기 위해서는 앞서 설명한 바 있는 사영 기하학의 공리를 염두
에 둘 필요가 있다. 이 작품은 유클리드 기하학 이후 발전을 거듭해 온
현대 기하학의 공리를 적용하여 공간에서의 한 점의 위치를 어떻게 수
식으로 표시할 수 있는지를 간단한 도표와 식으로 표현하고 있다. 여기
서 특히 주목해야 할 것은 사영 기하학의 공리를 텍스트상의 도표와 그
뒤에 제시된 순열식에 어떻게 적용하고 있는가 하는 점이다. 사영 기하
학의 특징적인 과정은 한 직선이나 평면 위에 있지 않는 한 점에서 투시

도법으로 다른 직선이나 평면에 사상시킨다. 이 과정은 한 물체를 외부 점에서 그리거나 사진 촬영할 때 하는 것과 근본적으로 일치한다.

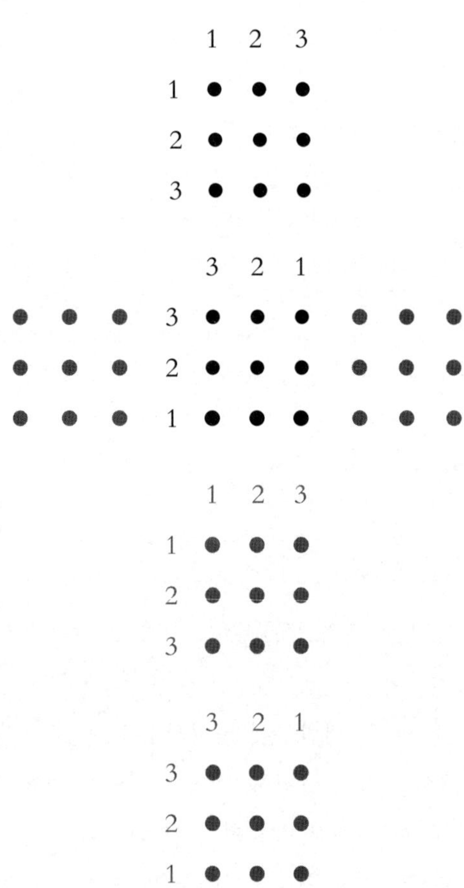

　「선에 관한 각서 3」에 등장하고 있는 도표는 「선에 관한 각서 1」의 도표와 유사성을 띠고 있지만 그 성질이 다르다. 「선에 관한 각서 1」의 경우는 평면 위의 한 점을 수식으로 표시하는 법을 도표화한 것인데, 여기

서는 3차원의 세계 속에 한 점(●)의 위치를 표시하는 법을 보여 준다. 이 도표는 정육면체에서 서로 수직으로 만나는 두 개의 평면을 하나의 평면 위에 펼쳐 놓은 것이라고 할 수 있다. 이 표의 중간에 끼어진 '3 2 1'은 바로 두 평면이 수직으로 만나는 접면 부분을 가리킨다. 여기서 '3'은 꼭짓점에 해당한다. 이를 실제로 펼쳐 보이면 위와 같다.

이 펼친그림을 보면 공간에서의 점의 위치는 세 개의 숫자 또는 좌표로 표시할 수 있다. 다시 말하면 공간 속의 한 점은 다양한 3차원 좌표를 이용하여 그 위치를 표시할 수 있다. 그리고 이러한 점은 평면의 경우보다 더욱 무한하게 표시될 수밖에 없다. 이러한 사실은 「선에 관한 각서 2」에서도 이미 밝혀 놓은 바 있다.

그런데 이 도표에 이어서 시적 텍스트에는 '∴$nPn=n(n-1)(n-2)$ …… $(n-n+1)$'이라는 수식이 등장한다. 이 수식은 순열(順列)의 공식을 그대로 옮겨 놓은 것이다. 먼저 순열의 원리를 생각해 보자. 순열은 서로 다른 n개의 원소 중에서 r개를 뽑아서 한 줄로 세우는 경우의 수를 말한다. 이를 기호화하여 nPr 혹은 $P(n,r)$라고 쓰며, $P(n,r)=n(n-1)(n-2)$ …… $(n-h+1)$이라는 수식으로 표시한다. 그런데 이 수식이 시적 텍스트에서 의미하는 것이 무엇인가? 이것은 시적 텍스트의 전체적인 맥락을 통해 밝혀야만 한다. 이 작품에서 제시하고 있는 순열의 공식은 앞의 도표로 예시하고 있는 것처럼, 공간 속에 위치하고 있는 임의의 두 점을 골라 연결(공선을 이루도록 한 줄로 세우는)하는 경우의 수를 말한다. 그러나 이 경우에 답을 구할 수는 없다. 왜냐하면 공간 속에서 점의 수(여기서는 'n')는 무한정이기 때문이다. 다시 말하자면 이 순열의 공식에 의거하여 문제를 풀 경우 답은 무한하다.

여기서 공간 속의 두 점을 이어 가는 방식은 점의 공간적 이동과 그 시간에 관한 상념에 이르는 순간 아인슈타인의 상대성 이론과 만난다.

상대성 이론의 시공(time-space)에서는 특정의 공간 속에 3차원 좌표로 표시되는 점의 위치에 시간의 개념이 결합된다. 그러므로 3차원 공간 좌표와 시간 척도의 결합을 표시하기 위해 4개의 수 또는 4개의 좌표가 필요하게 된다. 앞의 「선에 관한 각서 2」에서 볼 수 있었던 '3 + 1'이라는 수식에서 이미 이 같은 사실을 암시한 바 있다.

그런데 시 「선에 관한 각서 3」에서 시적 화자는 고전 역학에서 아인슈타인의 상대성 이론의 발전 과정을 생각하기도 하고, 유클리드 기하학에서 현대 기하학이 사영 기하학에서부터 대수 기하학이나 미분 기하학에까지 발전하는 과정을 생각하면서, 모든 물질계의 현상이 더욱 미궁으로 빠지거나 추상화되어 버린다는 자신의 생각을 비유적으로 진술하고 있다. 이 시의 결말 부분에서 "뇌수(腦髓)는 부채와 같이 원(圓)에까지 전개(展開)되었다. 그리고 완전(完全)히 회전(廻轉)하였다."라는 말이 바로 이러한 미궁의 형상을 비유적으로 표현한 것이 아닌가 생각된다. 말하자면, 앞에서 제시한 순열의 공식에 의하면 공간 안에서 임의의 두 점을 골라 서로 연결하는 경우의 수는 무한하다. 답을 구할 수 없는 것이다. 그러므로 '뇌수가 부채와 같이 원까지 전개되었다. 그리고 완전히 회전하였다.'라는 진술을 통해 머리가 돌 지경임을 말해 준다. 물론 이 결말의 진술을 좀 더 복잡한 기하학적 개념으로 확대해 볼 수도 있다. 이 결말의 진술이 이른바 '원뿔 굴절(conical refraction)'의 개념을 패러디한 것이 아닌가 생각되기 때문이다. '원뿔 굴절'이란 쌍축 결정에서 나타나는 광학 현상으로 광선이 굴절하여 원뿔 모양으로 퍼지는 것을 말한다. 하지만 여기까지 논리를 비약시킨다면 이것은 이미 시적 상상력의 경지를 넘어서는 것이다.

연작시 「선에 관한 각서」는 유클리드 기하학에서 현대 기하학으로의 발전 과정, 고전 역학에서 아인슈타인의 일반 상대성 이론에 이르기까지

의 변화 등에 관한 갖가지 상념을 수학적 도표와 공식의 현란한 기표를
활용하여 시적 텍스트 속에 담아 놓는다. 그리고 여기서 두 가지의 문제
에 대한 나름대로의 개념을 정리한다. 그 하나가 인간의 존재와 시간의
개념에 관한 것이고, 다른 하나가 사물에 대한 인식과 시각(視覺)의 문제
이다.

먼저 시간의 개념에 관한 이상의 시적 단상들을 생각해 보자. 사람들
은 누구나 시간이라는 것이 고정불변이며 오직 하나뿐이라는 것을 믿
고 있다. 고전 역학을 대표하는 뉴턴의 경우는 이러한 시간을 설명하기
위해 '절대적 시간'이라는 개념을 설정한다.[18] 시간의 불변성을 인정하
고 있는 고전 역학에서는 시간이라는 것이 운동 방정식의 실수 좌표 위
를 움직이는 것이며, 그 반대 방향으로 바뀌어도 그 가치가 변함이 없고
유효하다고 설명한다. 이러한 주장이 일반화되면서 시간의 균질성에 대
한 믿음이 확대된 것이라고 할 수 있다. 고전 역학의 시간 개념에서 가
장 주요한 것은 시간 대칭 이론이다. 뉴턴이 주장한 바 있는 역학적 운
동 법칙에서 시간은 제2의 잠재력으로서 항상 제곱(t^2)으로 표시된다.
그러므로 '양'의 값을 가지고 앞으로 진행하는 시간(t)을 그 반대 방향
으로 진행하는 '음'의 값을 지닌 시간($-t$)으로 대치해도 이 법칙은 변하
지 않는다. 이것은 결국 두 개의 시간이 서로 구별될 수 없음을 말해 준
다. 바로 여기서 시간 대칭이라는 개념이 성립된다. 앞으로 흐르는 시간
을 반대쪽으로 거꾸로 돌리는 것도 가능하다는 것을 역학 법칙에서 말
해 주고 있기 때문이다. 이러한 논리를 확대시킨다면, 모든 역학적 과정
들은 원칙적으로 되돌릴 수 있으며 환원 가능하다는 이른바 가역성의

---

18 Klaus Mainzer, *Zeit Von der Urzeit zur Computerzeit*(두행숙 역, 『시간이란 무엇인가』, 들녘,
2005, 48~52면.)

원리를 인정하게 된다. 즉 시간의 환원성은 그 운동 방향을 역으로 바꿈으로써 가능하며 하나의 운동은 그 이동 장소를 역으로 이동해 갈 때 환원 가능한 것처럼 보이는 것이다. 그렇지만 고전 역학의 이론에 따라 시간의 가역성을 인정한다고 하더라도 실제의 상황 속에서 모든 물체는 하나의 방향으로만 움직인다는 것이 사실이다. 어떤 물체라 하더라도 그 운동 과정은 결코 그 역운동을 관찰할 수가 없는 것이다. 모든 물체의 운동 과정은 그 반대의 방향으로 되돌릴 수 없다. 이러한 불가역성은 결국 고전 역학의 운동 법칙에서 내세우고 있는 절대 시간의 개념이라는 것이 분명한 문제성을 지니는 것임을 말해 준다.

그런데 이상은 아인슈타인의 상대성 원리에서 입증된 '모든 움직임은 빛의 속도를 넘을 수 없다.'는 원리를 놓고 사물에 대한 인식과 그 정보의 전달을 다양한 방식으로 재질문하면서 거기서 비롯되는 다양한 상념을 서술하고 있다. 시간의 본질에 대한 관념은 아인슈타인의 상대성 이론이 등장하면서 크게 바뀐다. 유일한 절대적 시간의 존재에 대한 신념은 상대성 이론에 의해 밀려난다. 모든 물질의 이동 속도는 물론, 힘의 매개체인 보존도 빛의 속도를 넘어서 전달될 수 없다. 질량이 없는 물체는 빛의 속도로 전파된다. 이는 인과율에 중요한 영향을 준다. 예컨대 어떤 정보에 대한 인식과 그 전달이 빛보다 빨리 일어날 가능성이 있다고 하면, 이 경우 자신이 보낸 정보가 보내기도 전에 상대방에게 도착하게 되는 역설에 빠지게 되고 심지어는 자신의 탄생을 두 번 경험하게 되는 경우도 상상할 수 있다.

다음의 시를 보자.

(1)

彈丸이一圓壔를疾走했다(彈丸이一直線으로疾走했다에있어서의誤謬等의

修正)

正六雪糖(角雪糖을稱함)

瀑筒의海綿質塡充(瀑布의文學的解說)

—「線에關한覺書 4」

(2)

사람은光線보다빠르게달아나면사람은光線을보는가, 사람은光線을본다, 年
齡의眞空에있어서두번結婚한다, 세번結婚하는가, 사람은光線보다도빠르게
달아나라.

未來로달아나서過去를본다, 過去로달아나서未來를보는가, 未來로달아나는
것은過去로달아나는것과同一한것도아니고未來로달아나는것이過去로달아
나는것이다. 擴大하는宇宙를憂慮하는者여, 過去에살으라, 光線보다도빠르
게未來로달아나라.

사람은다시한번나를맞이한다, 사람은보다젊은나에게적어도相逢한다, 사
람은세번나를맞이한다, 사람은젊은나에게적어도相逢한다, 사람은適宜하
게기다리라, 그리고파우스트를즐기거라, 메퓌스트는나에게있는것도아니
고나이다.

速度를調節하는날사람은나를모은다, 無數한나는말[譚]하지아니한다, 無數
한過去를傾聽하는現在를過去로하는것은不遠間이다, 자꾸만反復되는過去,
無數한過去를傾聽하는無數한過去, 現在는오직過去만을印刷하고過去는現
在와一致하는것은그것들의複數의境遇에있어서도區別될수없는것이다.

聯想은處女로하라, 過去를現在로알라, 사람은옛것을새것으로아는도다, 健
忘이여, 永遠한忘却은忘却을모두求한다.

來到할나는그때문에無意識中에서사람에一致하고사람보다도빠르게나는달아
난다, 새로운未來는새로움게있다, 사람은빠르게달아난다, 사람은光線을드
디어先行하고未來에있어서過去를待期한다, 于先사람은하나의나를맞이하
라, 사람은全等形에있어서나를죽이라.

사람은全等形의體操의技術을習得하라, 不然이라면사람은過去의나의破片
을如何히할것인가.

思考의破片을反芻하라, 不然이라면새로운것은不完全이다, 聯想을죽이라,
하나를아는者는셋을아는것을하나를아는것의다음으로하는것을그만두어
라, 하나를아는것은다음의하나의것을아는것을하는것을있게하라.

사람은한꺼번에한번을달아나라, 最大限달아나라, 사람은두번分娩되기前에
××되기前에祖上의祖上의祖上의星雲의星雲의星雲의太初를未來에있어서
보는두려움으로하여사람은빠르게달아나는것을留保한다, 사람은달아난다,
빠르게달아나서永遠에살고過去를愛撫하고過去로부터다시過去에산다, 童
心이여,童心이여, 充足될수없는永遠의童心이여.

—「線에關한覺書 5」

앞에 인용한 두 작품은 아인슈타인의 상대성 원리 이후의 절대 시간
과 공간의 개념이 바뀜에 따라 야기되는 여러 가지 문제들에 대한 상념
들을 나열하고 있다.

(1)의 경우 첫 행에서 "탄환(彈丸)이 일원도(一圓壔)를 질주(疾走)했다"는 진술은 문자 그대로 '탄환(彈丸)이 일직선(一直線)으로 질주(疾走)했다에 있어서의 오류(誤謬) 등(等)의 수정(修正)'을 의미한다. 이 대목은 아인슈타인의 일반 상대성 이론에서 제기된 '휘어진 공간'[19]의 개념을 구체적으로 설명한 부분이다. 일반 상대성 이론에서 물체는 항상 4차원 시공 속에서는 측지선을 따라서 움직인다. 물질이 없으면 4차원 시공에서의 측지선은 3차원 공간에서의 직선과 동일하다. 물질이 있으면 4차원 시공은 변형되고 3차원 공간 속의 물체의 경로는 휘어진다. 그러므로 탄환이 일직선으로 질주한다는 것은 엄격히 말하면 잘못된 표현이다. 오히려 측지선에 해당하는 '일원도'를 질주한다고 표현해야 한다. 둘째 행에서 문제가 된 것은 '각설탕(角雪糖)'이라는 말이다. '각'은 평면 위에서 두 직선이 서로 만나는 경우에 생겨나는 교차점에서의 간격을 말한다. 그런데 '각설탕'은 그 형태가 입체형이므로 '각설탕'이라는 용어는 부적절하다. 오히려 정육면체의 설탕이라는 뜻으로 '정육설탕'이라고 말하는 것이 옳다고 진술하고 있다. 마지막 행은 '폭포'라는 말을 재정의한다. 폭포라는 것을 두고, 해면질처럼 물을 빨아들여서 통을 가득 채운 '폭통(瀑筒)'이라고 설명하고 있다. 문학적 해석이라는 단서를 달고 있다.

(2)의 경우에는 시간의 가역성이라는 문제를 전제하면서 과거나 미래로의 여행을 꿈꾸는 시적 화자의 상념을 그려 낸다. 물론 아인슈타인의 상대성 이론은 고전 역학의 시간 대칭 이론을 확장시켜 놓고 있는 것처럼 보인다. 그러나 궁극적으로 이 이론은 시간 여행이란 것이 불가능

---

19 Stephen Hawking and Leonard Mlodinow, *A Briefer History of Time*(전대호 역, 『시간의 역사』, 까치, 2006, 61~65면.)

하다는 점을 암시한다. 상대성 이론에 의하면 물체가 광속에 가까워질 수록 질량은 점점 빠르게 증가한다. 따라서 좀 더 속도를 높이기 위해서는 더 많은 에너지가 필요하게 된다. 이런 식으로 물체의 속도가 광속에 도달하면 그 물체의 질량은 무한대가 된다. 그리고 질량과 에너지의 등가 원리에 의해 물체를 광속에 도달시키려면 또한 무한대의 에너지가 필요하다는 계산이 나온다. 이런 이유 때문에 일반적인 물체는 결코 광속과 같거나 더 빠르게 움직인다는 것이 불가능하다. 그러나 이 작품에서 시적 화자는 과거의 시간으로 돌아가거나 미래의 시간으로 점프하는 상황을 상상하고 있으며, 그 가능성 위에서 인간 존재의 의미를 새롭게 따져 보고 있는 것이다.

연작시 「선에 관한 각서」는 주체로서의 인간과 사물을 보는 시각의 문제를 그 결론으로 내세우면서 시상을 매듭짓는다. 이상은 먼저 인간의 감각 가운데 시각은 빛과 밀접한 관련을 가지며 삶의 모든 과정이 빛을 통한 시각에서 이루어진다는 점을 강조한다. 그리고 사물에 대한 인식이 시각을 통해 이루어지는 것이며, 모든 사물의 존재를 드러내는 이름이라는 것이 결국 시각의 표현이라는 점을 주목하고 있는 것이다.

(1)

數字의方位學

4　ㅓ　ㅗ　ㅕ

數字의力学

時間性(通俗思考에依한歷史性)

速度와座標와速度

4 + 4

4 + 4

4 + 4

4 + 4

etc

사람은靜力學의現象하지아니하는것과同一하는것의永遠한假說이다、사람
은사람의客觀을버리라.

主觀의體系의收歛과收歛에依한凹렌즈.

　4　第四世

　4　一千九百三十一年九月十二日生.

　4　陽子核으로서의陽子와陽子와의聯想과選擇.

原子構造로서의一切의運算의研究.

方位와構造式과質量으로서의數字와性狀性質에依한解答과解答의分類.

數字를代數的인것으로하는것에서數字를數字的인것으로하는것에서數字를
數字인것으로하는것에서數字를數字인것으로하는것에(1234567890의疾
患의究明과詩的인情緒의棄却處)

(數字의一切의性態　數字의一切의性質　이런것들에依한數字의語尾의活用에
依한數字의消滅)

數式은光線과光線보다도빠르게달아나는사람과에依하여運算될것.

사람은별 ― 天體 ― 별때문에犧牲을아끼는것은無意味하다, 별과별과의引
力圈과引力圈과의相殺에依한加速度函數의變化의調査를于先作成할것.

―「線에關한覺書 6」

(2)

空氣構造의速度 ― 音波에依한 ― 速度처럼三百三十메－터를模倣한다(光線에比할때참너무도劣等하구나)

光線을즐기거라、光線을슬퍼하거라、光線을웃거라、光線을울거라.

光線이사람이라면사람은거울이다.

光線을가지라.

　　　―

視覺의이름을가지는것은計畵의嚆矢이다. 視覺의이름을發表하라.

　□　나의이름

　△　나의안해의이름(이미오래된과거에있어서나의 AMOUREUSE는이와같이도聰明하니라)

視覺의이름의通路는設置하라、그리고그것에다最大의速度를附與하라.

　　　―

하늘은視覺의이름에對하여서만存在를明白히한다 (代表인나는代表인一例를들것)

蒼空、秋天、蒼天、靑天、長天一天、蒼穹 (大端히갑갑한地方色이나아닐른지)하늘은視覺의이름을發表하였다.

視覺의이름은사람과같이永遠히살아야하는數字的인어떤一點이다. 視覺의이름은運動하지아니하면서運動의코오스를가질뿐이다.

　　　―

視覺의이름은光線을가지는光線을아니가진다. 사람은視覺의이름으로하여光線보다도빠르게달아날必要는없다.

視覺의이름들을健忘하라.

視覺의이름을節約하라.

사람은光線보다빠르게달아나는速度를調節하고때때로過去를未來에있어서
淘汰하라.

―「線에關한覺書 7」

앞의 (1)에 인용한 「선에 관한 각서 6」은 물리학의 기초가 되는 요소들, 힘, 시간, 방향, 속도 등의 개념을 도식화하여 제시하면서 새로운 4차원의 시공계의 가능성에 대한 여러 가지 상념을 기록하고 있다. 아인슈타인의 상대성 이론에서 제시하고 있는 3차원의 세계를 넘어서는 4차원의 시공계는 이 작품에서 '4'라는 숫자로 기호화되어 있다. 여기서 4는 「선에 관한 각서 2」에서 제시했던 '3 + 1'의 값에 해당하며, 3차원의 공간에 속도의 개념이 덧붙여져서 만들어진 것이다. 이러한 인식을 기반으로 할 때 '삼차각'의 의미도 그 범위가 정해진다. 왜냐하면 삼차각이라는 개념을 3차원 공간에서의 각의 의미로 규정할 경우 그것은 결국 빛의 속성을 전제하지 않고서는 설명할 수 없는 것이다.

(2)의 「선에 관한 각서 7」은 모든 사물에 대한 인식의 주체가 인간이라는 점, 그리고 사물에 대한 인식이라는 것이 결국은 시각에 의한 것임을 강조하면서 그 시상의 결말에 도달한다. 시각이란 사물을 본다는 것을 의미한다. 이것은 언어보다 늘 앞선다. 말로 표현하기 전에 먼저 보는 행위가 이루어진다. 그런데 여기서 사물을 본다는 것은 대상에 대한 인식 이전에, 보는 행위의 주체로서의 '나'의 존재와 그 위상을 또한 드러내어 준다. 그러므로 주체가 어디에 있느냐에 따라서 보는 대상의 범위가 정해지는 것이다. 그런데 여기서 사물에 대한 시각은 빛의 자극에

의해 이루어지는 감각적 반응이라는 기계적인 의미 이상의 뜻을 가진다. 시각이란 시선이 미치는 범위 안에서만 의미를 가진다. 그러므로 시각은 일종의 선택이다. 이 선택에 의해 보는 것의 범위가 정해지며 그 의미가 인식된다. 시각은 하나로 고정되는 것이 아니라 언제나 움직이며 변화한다. 그리고 이것이 바로 현실에 대한 감각을 결정한다. 그러므로 어떤 시각을 가진다는 것은 사물에 대한 인식의 출발점이 된다는 것을 알 수 있다.

이상의 연작시 「삼차각설계도」는 주체의 존재를 규정하는 근본 원리로서 시간과 사물에 대한 인식의 기초가 되는 시각(視覺)의 문제를 새롭게 해석하고 있다. 이상이 시간의 문제에 관하여 관심을 가지게 되는 과정은 아인슈타인의 상대성 이론에 대한 인식 과정에서 자연스럽게 드러난다. 상대성 이론이 등장하기 전에는 시간의 불가역성(不可逆性) 또는 비가역성을 의심하는 경우가 없었다. 그러나 아인슈타인은 절대적인 주체와 그 존재의 기반이 되는 시간의 의미를 상대적인 것으로 바꾸어 놓음으로써 모든 사물에 대한 인식 방법에 근본적인 반성을 제기한다. 여기서 가장 빛나는 부분은 사물에 대한 새로운 시각의 발견이다. 그는 본다는 것이 단순히 눈앞에 존재하는 사물의 외적 형상을 인지하는 것이라고 여기지 않는다. 그것은 사물을 관찰하는 과정과 함께 주체를 둘러싸고 있는 환경 속에서 관찰자로서의 주체까지도 포함하는 여러 개의 장(場)을 함께 파악하는 일이다. 이상은 사물에 대한 물질적 감각을 정확하게 파악하기 위해 사물의 전체적인 형태나 중량감, 윤곽, 색채와 그 속성까지도 설명할 수 있는 특이한 시선과 각도를 찾아내고자 한다. 그리고 끊임없이 발전하는 기술 문명의 세계를 놓고, 그것의 정체를 포착하면서 동시에 주체의 의식의 변화까지도 드러낼 수 있는 새로운 그림을 상상하게 된다. 이것은 세계에 대한 인식뿐만 아니라 사물을 대하는 주체의 시각을 새롭게 변형시킬 수 있다는 점에서 획기적이다. 바로 그 것이 이상 문학의 출발점에 놓여 있는 연작시 「삼차각설계도」라고 할 수 있다.

육체의 물질성에 대한 인식

이상의 일본어 시들은 대상과 시적 기법에 따라 여러 가지 내용으로 나누어 볼 수 있지만, 자신의 개인사적 경험과 관련하여 폐결핵을 진단 받은 후 병으로 인한 정신적 좌절과 죽음에 대한 공포를 표현한 것들이 많다. 「BOITEUX · BOITEUSE」, 「공복(空腹)」, 「진단(診斷) 0:1」, 「이 십이년」 등이 이에 해당한다. 이 작품들에서 볼 수 있는 자기 집착은 이 른바 '병적 나르시시즘'의 세계와도 관련된다고 할 수 있다. 그리고 「수 염」, 「LE URINE」, 「얼굴(顔)」, 「광녀의 고백(狂女の告白)」, 「흥행물천 사(興行物天使)」 등의 경우는 대체로 육체의 물질성에 대한 인식과 발견 을 특이한 비유와 상징을 통해 시적으로 형상화하고 있다.

이상이 육체의 물질성에 대한 인식에 어떤 방식으로 도달하고 있는 가를 보여 주는 흥미로운 작품이《조선과 건축》(1931. 7)에 발표한 「수 염」이다. 이 작품의 일본어 원문을 보면 '수염'이라는 제목 아래 부제로 '수(鬚) · 수(鬚) · 그밖에 수염일 수 있는 것들 · 모두를 이름'(鬚 · 鬚 · ソノ外ひげデアリ得ルモノラ · 皆ノコト)이라는 구절이 ( ) 속에 묶여 있 다. 여기에 '수(鬚)'라는 동일한 한자가 두 번이나 등장한다. 이것은 귀 밑이나 입언저리에 난 수염을 지시하기 위한 기호적 표시라고 할 수 있 다. 인간의 얼굴에 돋아나는 수염은 남성적 권위의 상징이다. 수염이 자 라나는 것은 육체적으로 성숙한 남성이 되고 있음을 말해 준다. 일반적 으로 남성은 사춘기에 접어들면서 코밑이 거뭇거뭇해지고 사타구니와 겨드랑이에 털이 나기 시작한다. 윗입술 가장자리에서 거뭇거뭇하게 돋

아나기 시작한 털이 코밑 가운데로 퍼지면서 콧수염을 이룬다. 다음에
는 귀밑으로부터 턱 아래까지 털이 자라나면서 사나이의 징표인 구레나
룻이 된다. 수염은 청년기를 지나면서 완전한 형태를 이루게 되는데, 성
인으로서의 남성을 상징하는 징표로 자리 잡게 된다. 수염은 피부 속 모
공에 뿌리를 내리고 있으면서 깎아 내도 빠르게 자라난다. 수염의 성장
은 식물과 비슷하다. 턱수염은 나이를 먹으면서 빠르게 털이 자라나고
그 영역 또한 계속 넓어진다. 그리고 그 뿌리가 뽑혀도 대개는 다시 털
이 돋아나온다. 이처럼 수염은 다른 부위의 털도 마찬가지이지만 인간
의 육체에 속하는 조직 가운데 생식(生殖)이 가능한 유별난 조직이다.
손톱이나 발톱도 이와 비슷한 성질이 있다. 손가락이 잘려 나가면 영구
적인 불구가 된다. 눈을 다치면 다시는 앞을 볼 수 없다. 다리가 잘리면
의족을 달지 않는 한 걸음이 불가능하다. 그러나 수염은 매일 깎아 버려
도 빠르게 다시 돋아난다. 수염은 육체의 일부이지만 육체의 살아 있는
조직 자체와는 구별된다. 수염은 모든 피부 위의 털과 마찬가지로 피부
에서 돋아나오면서 이미 그 조직이 죽어 버린다. 살아 있는 인간의 육체
에 죽어 버린 조직이 자라난다는 것은 특이한 일이다. 수염은 죽은 조직
이므로 아무런 감각이 없으며, 깎아도 아프지 않고, 별다른 지장을 초래
하지 않는다. 그러나 곧 다시 자란다. 죽어도 다시 생식하는 육체의 조
직, 살아 있는 것과 죽어 버린 것의 경계를 넘나드는 특이한 존재가 바
로 수염이다.

시 「수염」은 텍스트 자체가 모두 10개의 단락으로 구분되어 있다. 이
러한 시적 형태의 단락 구분은 특별한 고안을 염두에 둔 것으로 보이지
는 않는다. 그러나 시적 공간 자체를 일종의 몽타주 기법으로 질서화한
다. 사람의 얼굴에 나 있는 수염을 포함한 여러 가지 형태의 털을 대상으
로 하여 그 특징적인 인상을 병렬적으로 나열하고 있기 때문이다. 『이상

전집 1 시』(권영민 편, 2009)에 따라 이 작품을 다시 음미해 보기로 한다.

  1

눈이있어야하지아니하면아니될자리에는森林인웃음이存在하고있었다

  2

홍당무

  3

아메리카의幽靈은水族館이지만大端히流麗하다
그것은陰鬱하기도하다

  4

溪流에서 ―
乾燥한植物性인
가을

  5

一小隊의軍人이東西의方向으로前進하였다고하는것은
無意味한일이아니면아니된다

運動場이破裂되고龜裂될따름이니까

   6

三心圓

   7

조[粟]를그득넣은밀가루布袋
簡單한須臾의달밤이었다

   8

언제나도둑질할것만을計劃하고있었다
그렇지는아니하였다고한다면적어도求乞이기는하였다

   9

疎한것은密한것의相對이며또한
平凡한것은非凡한것의相對이었다
나의神經은娼女보다도더욱貞淑한處女임을바라고있었다

   10

말[馬] 一

땀[汗] —

<blockquote>
나는, 事務로써散步라하여도無妨하도다

나는, 하늘의푸르름에지쳤노라이같이閉鎖主義로다[20]
</blockquote>

이 시의 전반부에 해당하는 1~4 단락은 얼굴의 윗부분에 돋아나는 머리털과 눈썹을 묘사의 대상으로 삼고 있다. 첫 단락의 진술은 고도의 비유와 암시를 포함한다. "눈이있어야하지아니하면아니될자리"라는 말은 인간의 얼굴에서 시각의 기능을 담당하는 '눈'이 붙어 있는 위치를 뜻한다. 일반적으로 동물의 눈은 머리 꼭대기나 앞쪽에 붙어 있다. 사람의 경우는 전면을 향하도록 얼굴 중앙에 좌우로 한 쌍의 눈이 있고 그것을 보호하도록 눈 주변에 눈썹이 나 있다. "森林인웃음이存在하고있었다."라는 말 속에는 몇 가지의 비유적 표현이 겹쳐 있는데, 먼저 '웃음'이라는 말을 주목할 필요가 있다. 눈은 웃음과 밀접한 관계가 있다. '눈웃음'이라는 말도 널리 쓰인다. 그런데 눈을 깜박거리거나 실제로 웃음을 웃는 경우 그 동작은 눈을 둘러싸고 있는 눈꺼풀과 눈썹의 움직임을 통해 감지된다. 이런 사실을 통해 여기서 비유적으로 쓰이고 있는 '삼림'이라는 말이 '눈썹'을 뜻한다는 것을 유추해 볼 수 있다. 둘째 단락은 '홍당무'라는 하나의 명사가 제시되어 있다. 일본어로 발표한 원문을 보면 이 대목이 '人參'이라고 표시된 것을 확인할 수 있다. 일본어에서 이 말은 '당근(홍당무)'을 뜻한다. 여기서 당근의 잎이 무성한 모습은 덥수룩한 사람의 머리 모양을 암시하는 것이 아닌가 생각된다. 그런데 이 말은 프랑스의 작가 쥘 르나르(Jules Renard, 1864~1910)의 대표 소설 「홍

---

20 권영민 편, 『이상 전집 1 시』, 뿔, 2009, 203~204면.

당무(Poil de Carotte)」(1893)를 인유(引喩)하고 있는 것으로 볼 수 있다. 시인 이상이 르나르의 산문집인 『전원수첩(田園手帖)』(일본어 번역판, 1934)을 즐겨 읽었다는 사실과 그 특이한 단문주의(短文主義)의 수사학이 이상의 문체 속에 스며들어 있다는 점은 이미 밝혀진 바 있다.[21] 르나르의 소설 「홍당무」는 작가 자신의 자전적 체험을 바탕으로 하는 농촌 생활의 에피소드를 풍부한 시정으로 담아낸 소설이다. 이 작품의 주인공이 바로 '홍당무'라는 별명으로 불리는 오줌싸개 소년이다. 르피크 씨의 막내아들인 '홍당무' — 주근깨투성이에 빨간 곱슬머리인 이 소년은 집안 식구들로부터 따돌리고 어머니한테 구박을 당하지만 천성이 대범하여 모든 일을 웃음으로 넘긴다. 그러므로 관대한 아버지, 신경질적인 어머니, 비겁하고 교활한 형과 누이들 틈에서도 '홍당무'는 단연코 생생하게 빛나는 존재가 된다. 이 소설의 제목인 '홍당무'가 붉은색의 곱슬머리에서 연유된 것임을 생각한다면 머리털을 설명하는 대목에 이 말이 연결될 수 있다는 것은 자연스러운 일이다. 셋째 단락의 '아메리카 유령(幽靈)'은 1930년대 새로운 헤어스타일로 유행한 여성들의 '길게 풀어 헤쳐 늘어트린 머리 모양'을 비꼬아 표현한 말이다. 한국에서는 전통적으로 혼전의 여성인 경우는 머리를 땋지만 결혼 후에는 쪽머리를 한다. 그런데 서양의 풍습이 전래되면서 한국 여성들도 단발을 하거나 파마머리를 한다. 그리고 머리를 풀어헤쳐서 길게 늘어트린 모양도 하게 된다. 여기서 '아메리카 유령'이라는 말도 생겨난다. 머리를 풀어 버린 모양을 귀신의 모양으로 생각해 온 습속에 따라 이런 식의 새로운 말이 등장한 것으로 보인다. 길게 풀어헤쳐 늘어트린 머리가 유려한 모양이긴 하지

---

21   박현수, 「이상 시학과 〈전원수첩〉의 수사학」(『이상 연구 – 모더니즘과 포스트모더니즘의 수사학』, 소명출판, 2003, 233~265면.)

만 어딘지 음울한 느낌을 준다고 설명하고 있다. 넷째 단락에서는 머리털의 속성을 비유적으로 설명하고 있다. 머리털은 마치 골짜기를 흐르는 물처럼 부드럽지만 실상은 물이 없이도 자라난다. 머리털이 자라나는 것은 식물과 비슷하다. 털의 성장 속도는 나이를 먹으면서 빨라지고 털이 자라는 영역 또한 계속 넓어진다. 또한 털이 나는 속도도 계절에 따라 다르다. 식물처럼 겨울보다 여름에 털이 나는 속도가 빠르다. 그리고 가을에 풀과 나뭇잎에 단풍이 드는 것처럼 나이가 들면 머리 색깔이 희게 된다.

이 시의 중반부라고 할 수 있는 5~6 단락은 눈썹에 돋아난 털과 눈의 모양을 시적 묘사의 대상으로 삼고 있다. 두 눈썹이 미간을 사이에 두고 양쪽으로 벌어져 있는 모양을 "一小隊의軍人이東西의方向으로前進하였다"라고 비유적으로 묘사하고 있다. 두 개의 눈썹은 머리에 비해 털이 많지 않다. '일 소대의 군인'이라는 표현이 여기서 비롯된다. 그리고 두 눈썹이 양쪽으로 벌어진 채 눈 위에 자리하고 있는 모양을 놓고 '동서의 방향으로 전진'하고 있다고 묘사한다. 사람 얼굴의 인상을 말할 때 눈썹의 위치와 모양에 따라 미간이 넓다든지 좁다고 하는 표현이 여기서 생긴다. 얼굴을 찌푸리고 눈을 부릅뜨고 눈초리를 치켜세우는 등의 모든 얼굴 표정의 변화(운동장이 파열하고 균열하는 것)가 눈썹의 움직임과 그 모양에 따라 가능해진다는 점을 주목할 필요가 있다. 여섯째 단락에 등장하는 '삼심원(三心圓)'이라는 말은 시인이 만들어 낸 용어이다. 기하학적인 개념으로는 '삼심원'이란 존재하지 않는다. 평면 위의 두 정점으로부터의 거리의 합이 일정한 점을 이루는 궤적을 타원(楕圓)이라고 하는데, 이 두 정점을 타원의 초점이라고 한다. 타원은 두 개의 초점을 가지기 때문에 '이심원'에 해당한다. 그러나 초점이 세 개가 되는 원은 존재하지 않는다. 그럼에도 불구하고 '삼심원'이라는 용어를 쓴 것은 얼굴 위에 나 있는 털과 관련된 어떤 형상에서 착안한 것이 아닌가 생각된다. 여기서 둥근 얼굴에 자리하고 있는 두 개의 동그란 눈(눈꺼풀의 가장자리에 속눈썹이 나와 있음)의 형상을 떠올릴 수 있다. 커다란 하나의 원(얼굴의 둥근 모양)에 두 개의 작은 원(동그란 두 눈)이 나란히 자리하고 있으므로 '삼심원'이라는 표현을 쓴 것이라고 할 수 있다.

시「수염」의 후반부인 7~10 단락에서는 수염 자체가 묘사의 대상이 된다. 수염을 깎은 모양과 수염이 자라나는 과정을 특이한 비유적 방법으로 묘사하고 있다. 일곱째 단락은 수염을 면도질하여 깎아 낸 후의 모양을 묘사하고 있다. 성인 남성의 수염은 하룻밤 사이에도 0.5mm 이상 자라나기 때문에 수염이 많은 사람은 아침마다 면도질을 하여 수염을 깎는다. 수염을 면도칼로 밀어내면 피부가 뽀얗게 드러난다. 그러나 곧 수염이 자라나게 되어 그 털 자국이 가뭇가뭇 드러나 보인다. 이 모양을 비유적으로 표현한 대목이 "조를 가득 넣은 밀가루 포대"이다. 면도질을 자주 해 본 사람이면 이 표현의 감각을 충분히 이해할 수 있을 것이다. 뒤에 이어지는 "간단한須臾의달밤이었다."라는 구절은 이러한 감각을 다시 비유적으로 표현한 대목이다. '수유(須臾)'는 '잠시 동안'을 뜻하는 말인데, 수염을 깎고 나서 하룻밤만 지나면 어느새 다시 수염이 돋아나는 것을 암시한다. 여기서 '수(須)' 자는 원래 '혈(頁)', 즉 얼굴에 수염, 즉 '삼(彡)'이 자라나다는 뜻을 가진 말이므로, '수(須)'라는 한자어를 가지고 일종의 '기호 놀이'를 하고 있는 것으로 볼 수도 있다. 여기서는 면도한 자리가 오래가지 못하고 곧바로 수염이 가뭇가뭇하게 돋아나는 모양을 시간적 공간적으로 비유하여 표현하고 있는 셈이다. 여덟째 단락은 바로 앞의 일곱째 단락과 서로 대조를 이루는 부분이다. 면도를 하지 않아 텁수룩하게 자라난 수염 털의 모양을 묘사하고 있다. "언제나도둑질할것만을計劃하고있었다."라는 표현은 수염이 더부룩하고 무성하게 돋아난 모습을 말한다. 흔히 이럴 경우 '산적(山賊) 같다.'라고 비유적으로 표현한다. 뒤로 이어지는 "그렇지는아니하였다고한다면적어도求乞이기는하였다."라는 구절은 수염을 제대로 손질하지 않아 보기에 지저분함을 암시한다. '거지같다.'라는 표현에 잘 어울린다. 아홉째 단락에서는 수염이 많이 난 것과 듬성듬성 난 것을 대조하고, 특이한 수염의 모습과 평범한 모습을 상대적으로 하여 말하기도 한다. 대개의 남성들은 누구나 수염을 잘 간수하고 다듬어 깨끗하게 유지하고 싶어 하는 마음을 가진다. 이 대목은 수염을 잘 기르고 간수하기를 바라는 심정을 비유적으로 표현한 것이라고 할 수 있다. 시「수염」은 열째 단락에서 모든 시상을 종결한다. 여기 쓰인 '말'과 '땀'이라는 두 단어는 수염의 형태를 연상하도록 유도하고 있다. '말'이라는 단어는 길게 자라난 턱수염을 놓고 말의 등줄기에 돋아난 말갈기를 연상하게 한다. '땀'이라는 말은 물을 마시거나 술을 마실 때 그것이 흘러내려서 수염에 방울처럼 맺히는 것을 암시한다. 사람들은 물을 마시거나 술을 마신 후에 수염을 쓰다듬는다. 입에서 흘러나와 수염에 맺힌 물방울을 마치 땀방울을 씻어내듯 씻어 버리기 위해서이다. 마지막에 제시된 "나는, 事務로써散步라하여도無妨하도다 / 나는, 하늘의푸르름에지쳤노라이같이閉鎖主義로다"라는 두 개의 구절에서는 시적 어조의 변화가 드러난다. 이 대목에서 '나'는 얼굴에 나 있는 수염 털을 인격화하여 '나'라고 지칭한 것이다. 수염이 자라는 것은 무슨 특별한 역할이 있는 것도 아니고, 대단한 생리적 기능을 논할 수 있는 일도 아니다. 수염을 기르는 것은 일에 비유한다면 가볍게 산보하는 것 정도에 지나지 않는다. 수염 털은 그 색깔이 하늘과 같은 푸른색이 아니고 돋아나는 식물처럼 초록빛도 아니다. 처음부터 어둔 검정 색으로 돋아나며 나이 든 후에 늙어지면 그 색깔이 회색과 흰색으로 변한다. 검정 색과 회색, 그리고 하얀색을 고집하는 수염의 성격을 비유한다면 '폐쇄주의자'의 성격과 같은 것이 아닐까 생각하게 된다.

앞에서 살펴본 대로, 일본어 시 「수염」에서 시적 진술의 대상이 되고 있는 것은 머리에서부터 턱에 이르기까지 사람의 얼굴에서 볼 수 있는 여러 가지 형태의 '털'이다. 특히 귀밑과 입언저리에 돋아나는 수염이 관심의 초점을 이룬다. 머리카락이나 수염은 인간의 육체의 표피에 돋아나는 것이지만 피부가 지니고 있는 감각적 기능이 소멸된 죽어 버린 조직이다. 이 작품은 머리카락, 눈썹 그리고 수염이라는 특수한 육체의 조직을 대상으로 인간 육체의 물질성에 대한 시인의 관심을 파격적인 비유로 표현하고 있다. 이상이 자신의 그림 속에서 그리고 시에서 그려 낸 자기 얼굴 모습은 헝클어진 머리와 덥수룩한 수염을 특징으로 한다. 머리카락과 수염은 잘라 내도 다시 돋아나는 육체의 조직이다. 이것들은 훼손이 되어도 재생한다. 살아 있는 것처럼 성장을 하면서도 죽은 것처럼 아무 감각이 없는 이 조직은 인간 육체의 물질성을 그대로 보여 준다. 시인 이상은 바로 이러한 육체의 물질성을 수염을 통해 주목한다. 병에 의해 훼손된 자신의 폐부(肺腑)는 다시 재생이 불가능하다. 그러나 머리털과 수염은 깎아 내도 귀찮게 다시 자라난다. 몸에 돋아나지만 별 소용이 없어 다시 깎아야 하는 수염, 깎아도 아무런 느낌이 없이 다시 자라나는 머리털―삶과 죽음의 의미를 동시에 담고 있는 이 수염 기르기와 깎기를 놓고 이상은 한가로운 '산보(散步)'를 떠올리고 있는 것이다.

다른 예를 하나 들어 보기로 하자. 시 「광녀의 고백」과 「흥행물 천사」[22]는 1931년 8월 《조선과 건축》에 발표된다. 이 작품들은 평단에서 크게 주목된 적이 없다. 기존의 전집들을 보면 대체로 여성과 성애(性愛)에 관련된 주제를 담고 있는 것으로 설명하고 있다. 이 작품에 등장하는 관

------

22 권영민, 「말하는 '눈'과 육체의 물질성」(『이상 텍스트 연구』, 뿔, 2009, 124~146면.)

능적 요소들이 시의 내용을 여인의 육체와 남녀 간의 섹스에 관련지어 해석하도록 유인하고 있기 때문이다. 그러나 이 시는 텍스트의 표층에 드러나 있는 진술 내용만으로 그 의미를 해석하기 어렵다. 이 작품의 텍스트 구조에 동원되고 있는 다양한 기표들은 대부분 교묘하게 조작되어 의미의 혼동을 야기한다. 그리고 그 비유적 기법도 시적 대상의 실체를 숨기기 위한 고도의 수사적 전략에 의해 고안된 것들이다. 이러한 특징을 제대로 파악하지 못할 경우 시적 의미의 심층 구조를 밝혀낼 수 없다.

(1)
蒼白한여자
얼굴은여자의履歷書이다.여자의입[口]은작기때문에여자는溺死하지아니하면아니되지만여자는물과같이때때로미쳐서騷亂해지는수가있다.온갖밝음의太陽들아래여자는참으로맑은물과같이떠돌고있었는데참으로고요하고매끄러운表面은조약돌을삼켰는지아니삼켰는지항상소용돌이를갖는褪色한純白色이다.

—「광녀의 고백」

(2)
整形外科는여자의눈을찢어버리고形便없이늙어빠진曲藝象의눈으로만들고만것이다. 여자는싫것웃어도또한웃지아니하여도웃는것이다.

—「흥행물 천사」

이상의 일본어 시 「광녀의 고백」과 「흥행물 천사」는 인간의 육체에서 감각의 중심을 이루고 있는 '눈'을 시적 대상으로 삼고 있다. 인간의 육체 가운데 눈은 사물에 대한 인식의 중추적인 감각 기관이다. 눈으로 본다는 것은 사물에 대한 인식을 가지게 된다는 것의 출발점이다. 사실주의적 관점을 내세울 필요도 없이 인간은 눈으로 보지 않고서는 어떤 사물을 전체적으로 이해하기 어렵다. 그런데 눈에 이상이 생길 경우에는 이러한 감각적 기능을 제대로 발휘하지 못한다. 눈에 관련된 질환은 아무리 사소한 것이라도 견디기 어려운 고통을 수반한다. 이상은 이러한 감각 기관으로서의 눈의 기능과 그 질환으로 인한 장애를 시적 대상으로 삼아 육체의 물질성에 대한 새로운 인식의 지평을 열어 놓고 있다. 시 「광녀의 고백」과 「흥행물 천사」에서 가장 주목되는 것은 사물에 대한 인식의 과정에서 '눈'이라는 감각의 중추가 그 자체의 존재를 소외시키고 있는 현상을 시적으로 형상화하고 있는 점이다. 이 두 편의 시에서 고도의 비유를 통해 재현하고 있는 '눈'은 단순한 육체의 한 부분을 의미하는 것은 아니다. 이것은 외부 세계에 대한 인식의 기반이 되는 시각(視覺)의 문제에 대한 관심에서 비롯된 것으로 볼 수 있다. 그러나 눈은 모든 것을 보면서 자신을 보지 못한다. 눈은 그 육체적 물질적 요소의 장애가 생겨날 때 비로소 그 존재의 의미를 드러낼 뿐이다. 시인 이상은 바로 이 같은 문제성을 눈의 질병 또는 정상적 상태를 벗어난 눈의 기능성을 통해 새롭게 질문한다. 눈의 이상(異常) 또는 질병이라는 것은 그것이 아무리 사소한 것일지라도 매우 예민하게 작용한다. 그리고 인간의 정신과 사고뿐만 아니라 인간 존재 자체를 뒤흔드는 근본적인 경험으로 작용하기도 한다. 이 육체의 문제성을 중심으로 시인 이상은 '말하는 눈'을 고안하고 '눈이 하는 말'을 듣고자 한다. 이러한 기호적 전략은 '눈'이라는 감각 기관을 통해 인간의 삶과 거기서 비롯되는 문화의 영역에 육체가 어떻게 자리매김할 수 있는지를 보여 주게 된다.

인간이 사물을 본다는 것은 언제나 남성적 권위의 영역으로 규정된다. 보는 것은 남성적인 주체의 행위이다. 그런데 시인 이상은 이러한 관습적 의미를 거부한다. 「광녀의 고백」이나 「흥행물 천사」에서는 감각 기관으로서의 눈이 모두 여성화되어 있다. 눈을 여성적 주체로 내세움으로써 여성의 입장에서 보고 여성의 목소리로 말한다. 이상이 그려 내고 있는 '말하는 눈'은 사물에 대한 남성적 인식의 이념화 경향에서 벗어나 육체의 물질성 그 자체에 대한 섬세한 감각적 재현을 가능하게 한다. 물론 이 경우에 눈은 부분적으로 그리고 환유적으로 제시될 수밖에 없다. 시각적 인식을 방해하는 '눈곱'이 '초콜릿'으로 그려지고, 눈 다래끼와 같은 질환이 '천사의 흥행물'로 그려지고 있는 것을 보면 이를 확인할 수 있다. 인간의 눈은 어떤 특수한 형태의 시선(視線)이 출발하는 장소이다. 이 시선 속에는 타자를 향한 주체의 욕망이 담긴다. 눈은 곧 욕망에 해당한다. 「광녀의 고백」이나 「흥행물 천사」에서 그려 내고 있는 눈은 육체와 정신의 접점으로 그려진다. 눈으로 보는 대상으로서의 세계, 말하자면 욕망의 대상은 본질적으로 상상적인 것이지만 육체의 물질성을 떠나서는 인식이 불가능하다.

식민지 현실에 대한 비판적 인식

이상의 일본어 시에는 식민지 사회 현실이나 현대 문명의 속성 등에 대한 비판적 인식을 표현하고 있는 것들도 많이 있다. 일본 자본주의 세력이 식민지 조선의 도시에 자리 잡게 되는 과정을 상징적으로 보여 주는 경성 미쓰코시(三越) 백화점의 개관(1930. 10)을 보면서 이상이 그려 낸 것이 「AU MAGASIN DE NOUVEAUTES」이라는 시이다. 이상은 만주사변 이후 일본 군국주의가 확대되면서 언론 출판에 대한 검열이 강화되자 이를 우회적으로 비판한 「출판법(出版法)」을 쓴다. 만주사변 자체를 영화관의 뉴스를 통해 구경하게 되는 암울한 심경은 「열하약도 (熱河略圖) No.2」를 통해 엿볼 수 있다. 인간의 폭력성과 종교의 타락을 꼬집고 있는 「2인」이라는 시도 있고, 도시의 룸펜으로 태양을 등지고 살아가는 지식인의 어두운 뒷모습을 스케치한 「대낮」이라는 작품도 있다. 이 작품들에서 이상은 현대 도시 문명에 대한 비판적 인식과 함께 인간의 삶의 방식과 그 가치를 새로이 질문하고 있다.

이상의 일본어 시 「출판법」은 1932년 7월 《조선과 건축》에 발표된다. 이 시에서 볼 수 있는 타이포그래피의 과정은 국문 시 「파첩(破帖)」의 시적 모티프로 다시 변용되고 있는 것으로 보인다.[23] 이 시의 제목이 된 '출판법'이라는 말은 두 가지의 의미를 지닌다. 하나는 글자 그대로 인쇄 출판의 방법을 의미하는 타이포그래피를 뜻한다. 활자의 선택과 배열, 인쇄의 방법과 인쇄물의 제작 등은 모두 그 기술적인 특성으로 인하여 스스로에게 부과하는 규칙과 제약을 가지는 것이다. 하지만 이러한 기술적 영역은 그 자체가 사회적 활동과 변화를 추동하는 지식과 정보와 이데올로기의 산출 작업에 직결된다. 그러므로 이것은 단순한 기술 영역으로 분리되기 어렵다. 어떤 정보를 생산하여 물질적 현실로 바꾸어 놓는 일에 대한 사회적 규범이 작동하기 때문이다. 이 경우에 '출판법'은 법률이라는 이름으로 또는 사회적 관습이나 제도라는 이름으로 타이포그래피에 간섭한다. 이 사회적 간섭은 타이포그래피 자체가 추구하는 텍스트의 자립성을 훼손하기도 하고 그것이 만들어 내는 지식과 정보를 왜곡한다. 심지어는 텍스트 구성 자체의 붕괴를 강제하기도 한다. 결국 출판법이라는 말은 타이포그래피의 원리와 방법에 의해 텍스트를 구성하고 산출하는 방법을 뜻함과 동시에 그 텍스트를 방해하고 규제하고 해체시키기도 하는 법적 제도와 간섭을 의미하기도 한다. 바로 이러한 아이러니의 현실을 이상은 시 「출판법」을 통해 기호적으로 재구성한다.

---

23 권영민, 「타이포그래피의 공간과 시적 상상력」(『이상 텍스트 연구』, 뿔, 2009, 242~270면.)

I

虛僞告發이라는罪名이나에게死刑을言渡하였다. 자취를隱匿한蒸氣속에몸
을記入하고서나는아스팔트가마를睥睨하였다.

― 直에関한典古一則 ―

其父攘羊　其子直之

나는아아는것을아알며있었던典故로하여아알지못하고그만둔나에게의執行
의中間에서더욱새로운것을알지아니하면아니되었다.

나는雪白으로曝露된骨片을줏어모으기始作하였다.

「筋肉은이따가라도附着할것이니라」

剝落된膏血에對하여나는斷念하지아니하면아니되었다.

II 어느警察探偵의秘密訊問室에있어서

嫌疑者로서檢擧된사나이는地圖의印刷된糞尿를排泄하고다시그것을嚥下한
것에對하여警察探偵은아아는바의하나를아니가진다. 發覺當하는일은없는
級數性消化作用. 사람들은이것이야말로即妖術이라말할것이다.

「물론너는鑛夫이니라」

參考男子의筋肉의斷面은黑曜石과같이光彩가나고있었다고한다.

III 號外

磁石收縮을開始

原因極히不明하나對內經濟破綻에因한脫獄事件에関聯되는바濃厚하다고보
임. 斯界의要人鳩首를모아秘密裡에硏究調査中.

開放된試驗管의열쇠는나의손바닥에全等形의運河를掘鑿하고있다. 未久에
濾過된膏血과같은河水가汪洋하게흘러들어왔다.

IV

落葉이窓戶를滲透하여나의正裝의자개단추를掩護한다.

暗 殺

地形明細作業의只今도完了가되지아니한이窮僻의地에不可思議한郵遞交通은벌써施行되었다。나는不安을絶望하였다。
日曆의反逆的으로나는方向을紛失하였다。나의眼睛은冷却된液體를散散으로切斷하고落葉의奔忙을熱心으로幫助하고있지아니하면아니되었다。
(나의猿猴類에의進化)[24]

시「출판법」에는 '나'라는 시적 화자가 전면에 등장한다. '나'는 실제적인 인물이 아니다. 인쇄에 필수적인 '활자'를 의인화한 가상적 인물이라고 할 수 있다. 전체 텍스트가 네 부분(I~IV)으로 구분되어 있는데, 여기서는 신문(新聞)이라는 공공적 텍스트의 제작 과정에서 특히 중시되는 교정과 정판 그리고 인쇄 방법을 그 절차와 순서에 따라 서술하고 있다. I, II 부분은 문선 과정과 교정, 그리고 정판의 단계를 보여 준다. 그리고 III, IV 부분에서는 판을 인쇄기에 걸고 기계를 작동시켜 종이 위에 인쇄하게 되는 과정을 그려 낸다. 오늘날은 컴퓨터를 이용한 인쇄 출판이 성행하고 있기 때문에 채자, 식자, 교정, 정판, 지형, 연판, 인쇄 등의 단계를 대부분 생략한다.

시「출판법」의 텍스트에서 제1연에 해당하는 부분을 먼저 살펴보기로 하자. 이 작품에서 시적 진술 주체로 등장하고 있는 '나'는 언어가 문자라는 기호로 바뀌고 그것이 다시 활자의 배열을 통해 텍스트를 구성하게 되는 과정을 조밀하게 그려 낸다. 이러한 특징적 장면은 이미 이어령 교수(이어령 편, 『이상 시 전작집』, 1978)가 이 작품에 대한 주석을 통

---

24 권영민 편, 『이상 전집 1 시』, 뿔, 2009, 336~337면.

해 부분적으로 지적한 바 있다. 그러나 여기서는 이 물질화된 기호로서의 활자들이 구축하고 있는 타이포그래피의 공간과 거기서 생산된 텍스트의 의미를 정밀하게 해독하는 일이 중요하다. 제1연은 조판 과정에서 중요시되는 교정의 절차와 방법을 그려 낸다. 조판에서 오식으로 판명된 글자는 교정 작업을 통해 바로잡아야 한다. 인쇄 원판에 잘못 배열된 활자를 찾아 뽑아내고 다른 활자로 바꾸는 작업, 이것은 활자라는 물질적 기호가 구축하고자 하는 새로운 텍스트의 세계로부터 오식된 활자를 영구 추방하는 과정(사형)에 해당한다. 텍스트에서 등장하는 "虛僞告發이라는罪名이나에게死刑을言渡하였다."라는 진술은 바로 이러한 경우에 해당한다. 그 다음 대목은 원문의 번역에 문제가 있어 보인다. 일본어 원문은 "樣姿を隱匿した蒸氣の中に身を構へて僕はアスフアルト釜を睥睨した."라고 나와 있다. 이를 굳이 "자취를隱匿한蒸氣속에몸을記入하고서나는아스팔트가마를睥睨하였다."라고 번역할 필요는 없을 듯하다. "자태를 숨겼던 증기(蒸氣) 속에서 움칫하며 나는 아스팔트 가마를 노려봤다."라고 해야 의미가 자연스럽게 살아난다. 교정쇄를 인쇄할 때 생기는 증기 때문에 '나(활자)'의 모습이 잘 드러나지 않는다. 그러나 오식임이 판명되어 판에서 제거당할 처지에 놓여 있기 때문에, 몸을 움칫하고 검은 인쇄기(인쇄 잉크가 묻어 있으므로 아스팔트 가마라고 칭함)를 노려보는 것으로 묘사하고 있다.

　이러한 교정의 절차와 방법을 놓고 "곧고 바른 것에 관한 전고 한 가지(直에関한典古一則)"이라고 하여 『논어(論語)』의 한 대목을 패러디하고 있는 것도 흥미롭다. 바로 뒤에 이어지는 "기부양양 기자직지(其父攘羊 其子直之)"라는 구절이 바로 그것이다. 『논어』「자로(子路)편」에 다음과 같은 이야기가 나온다. 섭공이 공자에게 말한다. "우리들 중에 정직한 사람이 있는데, 그 아버지가 남의 양을 훔친 것을 아들이 증언했습니다.” 이에 공자께서 말씀하시길, “우리들 중의 정직한 사람은 그와 다릅니다. 아버지가 아들을 위해 숨겨 주고 아들이 아버지를 위해 숨겨 주는데, 정직한 것은 그 속에 있습니다.(葉公語孔子曰吾黨有直躬者 其父攘羊 而子證之 孔子曰吾黨之直者 異於是 父爲子隱 子爲父隱 直在 其中矣.)” 이 짤막한 이야기에 등장하는 ‘其父攘羊 而子證之(기부양양 이자증지)’라는 구절을 시인 이상은 ‘其父攘羊 其子直之(기부양양 기자직지)’라고 고쳐 놓고 있다. ‘아버지가 양을 훔쳤는데 그 아들이 그것을 증언하였다.’는 뜻에서 ‘아버지가 양을 훔쳤는데 그 아들이 그것을 바로잡았다.’라는 뜻으로 그 의미가 바뀐다. 여기서 『논어』 문구의 패러디는 식자공(植字工)이 활자를 잘못 조판한 것을 원고에 따라 바로잡아 가는 교정 과정의 메커니즘을 그대로 암시한다. 이것은 텍스트의 구축에 동원되는 문자 기호의 물질성이 엄격한 자기 규율에 의해 조정되는 것임을 의미한다. 그런데 『논어』에서 볼 수 있는 공자의 말씀은 아비가 아들을 덮어 주고 아들이 그 아비를 감싸는 인간적 정서와 덕망을 강조한 것이다. 하지만 정확한 지식과 정보를 산출하는 텍스트의 세계는 이 같은 인간적인 정서와 아무 관계가 없다. 만일 이러한 정서적 가치를 내세울 경우, 텍스트의 구축에서 가장 중시되는 엄밀한 과학성 또는 정확성이라는 자기 규율이 무너진다. 그렇기 때문에 문자 기호가 활자라는 물질성에 근거하여 구축하는 텍스트의 세계에서는 틀린 것을 즉시 바로잡고 잘못된 것을 고쳐야만 한다. 아비가 한 일이라도 잘못된 것이면 그 아들이 바로잡아야 하는 것이다. 이러한 엄격함과 냉정함이 텍스트의 세계가 추구하는 과학성의 미덕을 뒷받침하는 것이라고 할 수 있다. 그러므로 제1연에서 시적 화자인 ‘나’는 이러한 교정의 절차와 방법을 비로소 새롭게 깨닫는다. 원고에 기록된 사실 그 자체만을 그대로 구현하는 것으로 알고 있던 ‘나’는 교정 과정의 저변에 숨겨진 자기 규율의 속성을 알게 되면서 뽑혀져 흩어진 활자들과 함께 모아진다. 그리고 현재 이루어지고 있는 텍스트의 구축 과정에 대해 더 이상의 미련을 가지지 않게 된다.

제2연에는 "어느 警察探偵의 秘密訊問室에 있어서"라는 구절이 소제목처럼 앞에 붙어 있다. 여기서는 정판 작업의 한 장면을 그대로 제시한다. 오식된 활자를 판에서 찾아내어 바로잡는 정판 작업은 간단한 일은 아니다. 활자가 눕혀 있다든지 거꾸로 놓인 것은 쉽게 찾아내어 바로잡을 수 있다. 그러나 활자가 뒤집혀서 검정 색 네모꼴이 그대로 찍히는 경우도 있다. 텍스트에서는 이러한 현상을 "地圖의印刷된糞尿를排泄하고다시그것을嚼下한것"이라고 묘사한다. 이 경우 판 위에서 그 오식을 찾기가 쉽지 않다. 오식된 활자가 활자 간격을 표시하기 위해 끼워 넣는 공목이나 빈 활자와 혼동되기 때문이다. 그러므로 이러한 현상을 다시 "發覺當하는일은없는級數性消化作用"이라고 비유적으로 표현하고 있다. 검정색의 판을 앞에 놓고 식자공이 오식된 활자를 교정하는 작업을 보면서 '광부'의 작업에 빗대고 있는 것도 흥미롭다. "男了의筋肉의斷面은黑曜石과같이光彩가나고있었다"라는 대목은 드디어 오식된 활자를 찾아낸 장면이다. 활자의 뒷면에서 느낄 수 있는 광채를 흑요석에 비유한다.

제3연에는 '호외(號外)'라는 소제목이 붙어 있다. 제1연부터 묘사된 타이포그래피의 과정이 사실은 신문사에서 이루어지는 호외판의 제작 과정임을 여기서 확인할 수 있다. 실제 텍스트가 되는 호외 기사의 내용도 "原因極히不明하나對內經濟破綻에因한脫獄事件"이라는 구절을 통해 부분적으로 암시된다. "斯界의要人鳩首를모아秘密裡에硏究調査中"이라는 구절은 인쇄 직전 원판의 이상 유무를 최종적으로 점검하는 과정에 해당한다고 할 수 있다. 정판 작업이 끝난 후 인쇄기에 판을 걸어 인쇄를 개시하는 장면이 뒤로 이어진다. 활판 인쇄에서는 일반적으로 정판 후에 지형을 뜨고 연판을 만들어 그것을 인쇄기에 걸게 되지만 이 시에서는 원판을 그대로 직접 인쇄하는 것으로 그려져 있다. 이러한 방식은 신문사에서 긴급 뉴스나 사건 상황을 빠르게 보도하기 위해 '호외'를 발행할 경우 시간 절약을 위해 행하는 인쇄 방식이다. 물론 인쇄 물량이 많지 않은 경우에도 원판을 직접 사용한다. "全等形의運河를掘鑿", "膏血과같은河水"는 인쇄 작업이 시작되기 직전에 인쇄기에 올려진 판 위로 인쇄 잉크를 주입하는 과정을 과장적으로 그려 낸 부분이다.

제4연은 종이에 호외판 인쇄가 시작되는 광경을 묘사한다. 인쇄기로 물려 들어가는 종이를 '낙엽'에 비유하고 오톨도톨하게 글자가 새겨진 활자 위로 종이가 덮이면서 글자가 찍히는 것을 "자개단추를 엄호"한다고 비유하기도 한다. 네모 상자 안에 '暗殺'이라는 활자가 찍힌 것을 보면 '호외'로 내보내는 뉴스가 매우 긴박한 사건임을 말해 준다. 이것은 어떤 의미에서 소리로서의 말과 활자라는 물질적인 문자 기호가 만들어 낸 공간적 상호 작용의 절정에 해당한다. 굵게 박힌 '暗殺'이라는 두 글자와 그 글자를 둘러싸고 있는 네모난 상자는 이 글자가 환기하는 소리의 공명을 매우 강렬하게 시각화한다. 그리고 상황의 긴박성을 감각적으로 빠르게 전달한다. 그러므로 이 문자 기호는 사실 소리를 내어 읽지 않아도 된다. 문자 텍스트성의 한계를 뛰어넘는 감각적 호소력을 살려 내고 있기 때문이다. "不可思議한郵遞交通"이라는 표현도 흥미롭다. 활자라는 물질화된 문자 기호를 조작하여 만들어 내는 하나의 텍스트, 활자와 활자가 서로 배열되면서 서로 의미가 통하는 문자 텍스트로 만들어지는 과정을 이렇게 표현하고 있는 것이다. 텍스트의 마지막 구절들은 인쇄기가 빠르게 작동하기 시작하면서 종이가 인쇄되어 넘어가는 모습을 묘사하고 있다. "나는 猿猴類에의 進化"라고 적고 있는 것은 인간이 언어와 문자를 가지고 문명을 발전시켜 온 과정을 암시하고 있는 것으로 볼 수 있다.

이상의 난해시 가운데 하나로 지목되어 온 「출판법」은 이처럼 신문 호외판의 제작 과정의 한 단면을 실제의 타이포그래피를 염두에 두고 서술하고 있다. 이 작품에 그려지고 있는 문자 텍스트의 구축 과정은 모두가 타이포그래피의 인공적 기술적 단계를 거친다. 입에서 발화되는 말을 문자 기호로 전화시키는 것은 특정한 규칙에 지배된다. 하지만 텍스트의 구성을 위해 문자가 배열되는 조건은 말이 발화되는 조건과는 전혀 다르다. 문자 텍스트는 그 기호적 콘텍스트 안에서 고립된 채 쓰인다. 그러므로 시인 이상은 이 작품에서 음성적 성질이 결여된 시각적인 문자 텍스트를 놓고 그 음성적 요소의 소생을 꿈꾼다. 그는 "**直에関한典古一則**"이라든지 "**磁石收縮을開始**"와 같은 구절에서 문자 기호의 크기를 일부러 크게 확대하여 표시하기도 하고, "筋肉은이따가라도附着할것이니라"라든지, "물론너는鑛夫이니라" 등에서처럼 어조가 다른 말을 바꾸어 삽입하여 놓기도 한다. 이러한 노력은 일종의 '말소리 살려 내기'의 고안에 해당한다. 말하자면 이것은 음성적 기호의 시각화를 시도하는 것이라고 할 수 있다. 특히 '암살(暗殺)'이라는 충격적 사건을 텍스트화하기 위해 네모 안에 활자를 박아 놓고 그 자체를 하나의 기호로 시각화한 것은 타이포그래피의 공간 속에 던져진 커다란 외침이면서 동시에 엄청난 침묵의 등가물이 된다. 그러므로 이 문자 기호가 지시하는 것은 시적 상상 속의 것이긴 하지만 시각적으로 감지되는 현실 공간의 어떤 부문과 합치될 수 있는 일이다.

그런데 이상의 시 「출판법」은 표면적으로 타이포그래피의 기술적 메커니즘을 통해 하나의 텍스트가 구축되는 과정을 보여 주고 있지만, 식민지 시대 정치 현실과 함께 신문 기사를 통제하는 일본 경찰의 검열(censorship) 과정을 교묘하게 텍스트 내에 감추어 놓는다. 검열이란 하나의 텍스트가 구축되는 과정에 대한 강제적인 외부 간섭을 의미한다.

이것은 자기 규율을 통해 하나의 완성을 지향하고자 하는 텍스트의 자율적 속성을 무력하게 만들어 버리는 폭력적인 파괴 행위에 해당한다. 검열은 권력의 힘으로 타이포그래피의 공간을 강제적으로 점령하여 활자라는 문자 기호의 지시 기능을 마비시키고 텍스트 안에 담기는 메시지를 왜곡한다.

일본 총독부의 언론 출판에 대한 검열은 조선인에게 언론의 자유를 허용하지 않는다는 식민지 지배 정책의 기조 위에서 진행된 일이다. 일본 총독부는 1919년 이후 민간인 신문의 발행을 제한적으로 허가하였지만 철저하게 언론을 통제한다. 이러한 언론 통제의 법적인 근거는 조선 통감부 시대에 이미 제정 공포한 '신문지법'(1907)에 두고 있다. '신문지법'은 신문 발행의 허가 원칙을 내세우면서, 발매 반포의 금지, 압수, 발행 정지 등의 행정 처분과 언론인에 대한 체형과 같은 사법 처분에 따르는 처벌 조항을 담고 있다. 이 법의 규정 가운데 주목해야 할 것이 바로 신문에 대한 사전 검열 조항이다. '신문지법'에는 신문을 일반에게 발행하여 돌리기 전에 관할 관청에 반드시 검열용 2부를 미리 납부하도록 규정하고 있다. 신문을 배포하기 전에 검열을 실시하고 검열이 끝난 후에 발행 배포를 허가하는 것이다. 그렇기 때문에 한일 합병 직전에는 대개 신문을 조판한 후 그 대장을 일본 헌병사령부에 가지고 가서 검열을 받은 후에 인쇄할 수밖에 없게 된다. 1920년 이후에는 대장 검열을 하지 않고, 인쇄된 신문의 첫 판을 총독부 경무국 도서과에 납본하는 방식으로 검열 제도가 바뀐다.[25] 신문사에서는 검열이 진행되는 동안 인쇄된 신문을 배포할 수 있지만, 검열에서 지적 사항이 생기면 인쇄를 중단하고 문제된 기사를 삭제하지 않으면 안 된다.

---

25 정진석, 『조선총독부의 언론 검열과 탄압』, 커뮤니케이션북스, 2007, 93~94면.

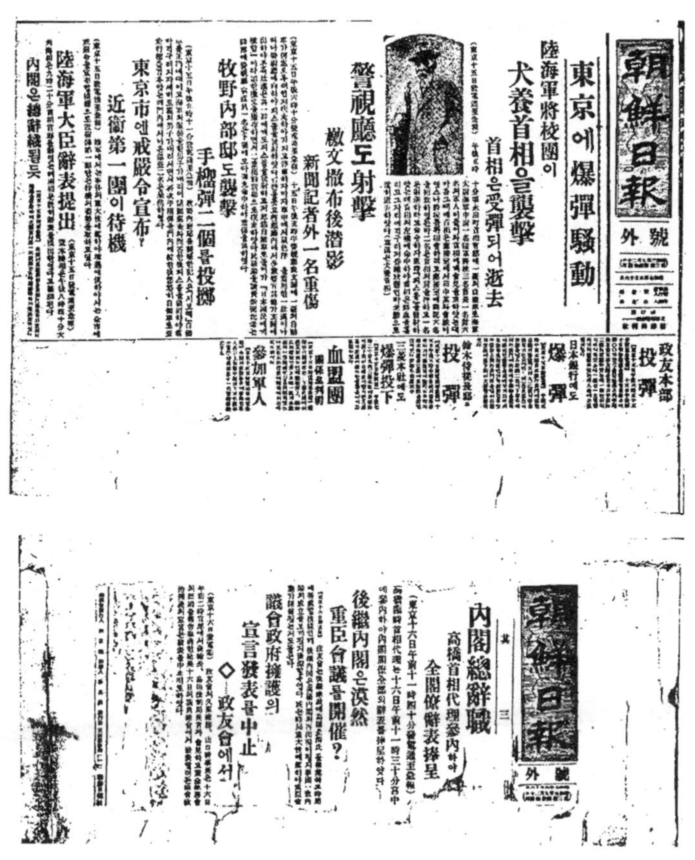

수상 암살 사건을 긴급 보도한 1932년 5월 16일 《조선일보》 호외

　시 「출판법」의 텍스트에서 암시하고 있는 신문 호외 기사에 대한 검열은 이른바 '5.15 사건'으로 알려지고 있는 일본의 정치 테러 사건 보도와 관련되어 있다. 1932년 5월 15일 헌정주의자로 신망이 높았던 일본 이누카이 쓰요시(犬養毅) 수상이 일본 해군 장교들에 의해 관저에서 암살당하는 정치적 테러 사건이 발발한다. 일본의 정계는 완전 공황 상태에 빠져들고 대혼란을 겪는다. 이 정치 테러는 일본 현대 정치사에서

　　2 《조선과 건축(朝鮮と建築)》의 일본어 시

정당 정치의 후퇴와 함께 군국주의가 크게 대두되는 결정적 계기를 이
룬다. 당시 한국 내에서는 모든 언론이 앞다투어 이 사건을 보도하면서
호외를 발간한 바 있다. 시「출판법」은 이 엄청난 정치적 사건의 보도와
관련하여 행해진 신문의 검열과 언론 통제의 방식을 패러디하여 그 내
용을 텍스트 내부에 교묘하게 감춘다. 작품에서 부분적이며 단편적으
로 언급되고 있는 '대내 경제 파탄', '탈옥 사건', '암살' 등의 문구는 모
두 '5.15 사건'의 동기와 그 핵심 내용을 암시하고 있다.[26] 이 작품의 발
표 시기가 '5.15 사건' 직후라는 점도 그 관련성을 방증할 수 있게 한다.
「출판법」의 텍스트에 감추어진 검열 과정은 제1연에서부터 부분적으로
확인된다. 작품 속에 등장하는 '나'라는 시적 진술의 주체는 검열에 의
해 삭제당하게 된 신문 '기사'로 대치시켜도 큰 무리가 없다. 검열관에
의해 허위 사실이라고 지적된 기사는 원판에서 그 활자들을 제거해야 한
다. 텍스트 자체가 지향하던 객관성이나 공정성과는 관계없이 권력의 강
압에 의해 판이 해체되면 무수한 활자(골편)가 판에서 빠져나오게 된다.
제2연에서는 보도 기사에 대한 검열 과정을 직접 묘사한다. 검열관에 의
해 기사의 삭제 내용이 지시된다. 그런데 기사를 삭제한 후에 그 빈자리
를 다른 기사로 채울 시간이 없기 때문에 검열로 삭제된 기사가 들어 있
던 자리의 활자를 뒤집어 놓게 된다. 이렇게 되면 삭제 부분의 공간이 검
은 벽돌 모양으로 종이에 찍힌다. 그러므로 독자들은 어떤 기사가 왜 삭
제되었는지를 전혀 알아채지 못한다. 그 제3연에는 검열을 통과한 기사
를 중심으로 호외가 인쇄되기 시작하는 과정을 보여 준다. 호외에 실린
기사 내용의 일부가 '대내 경제 파탄', '탈옥 사건', '암살' 등의 문구를
통해 부분적으로 제시된다. 이 중대 사건의 내용이 구체적으로 보도되

---

26 '5.15 사건'의 내용에 대해서는 《조선일보》(1932. 5. 17) 해당 기사 참조.

지 못하고 있는 것 자체가 검열에 의한 텍스트의 왜곡을 암시한다.

이러한 사실에 비추어 본다면, 시「출판법」의 텍스트 구조는 그 의미의 중첩성을 전제하지 않고서는 이해하기 어렵다. 물론 타이포그래피의 방법에 의해 하나의 텍스트가 구축되는 과정이 중심에 놓여 있다. 그리고 그 기호적 공간에 실제 텍스트에 대해 강제로 행하여지는 검열이라는 외부적 간섭을 중첩시킨다. 이러한 시적 구상은 식민지 시대에 이루어진 모든 담론의 모순 구조를 우회적으로 비판하는 의미까지 포괄하고 있는 것이다.

3. 일본어 텍스트의 번역과 뒤집어 보기

이상의 일본어 시의 의미 영역

이상의 일본어 시들은 그 소재 영역과 기법에 있어서 시인 자신이 지니고 있던 근대 과학에 대한 특별한 관심을 표현한 것이 많다. 「삼차각설계도」라는 제목 속에 연작의 형태로 이어진 「선에 관한 각서 1~7」을 비롯하여, 「이상한 가역반응」, 「운동」 등 여러 작품들이 이에 해당한다. 이들 작품에는 수학이나 물리학 등에서 사용하는 일본어로 번역된 용어들이 그대로 활용되고 있으며, 근대 과학으로서의 기하학의 발전이라든지 상대성 이론과 같은 이론의 등장에 관한 특이한 상념을 이른바 '기하학적 상상력'에 기초하여 새로이 형상화하고 있다. 이상 자신의 개인사적 경험과 관련하여 폐결핵을 진단 받은 후 병으로 인한 정신적 좌절과 죽음에 대한 공포를 표현한 것들도 많다. 「BOITEUX・BOITEUSE」, 「공복(空腹)」, 「진단 0:1」, 「二十二年」 등이 이에 해당한다. 그리고 「수염」, 「LE URINE」, 「얼굴」, 「광녀의 고백」, 「흥행물 천사」 등의 경우는 대체로 육체의 여러 부위에 관한 특이한 관심을 과도하게 드러냄으로써 이른바 '병적 나르시시즘'의 세계를 시적으로 형상화하고 있다. 그리고 당대의 사회 현실이나 현대 문명의 속성 등에 대한 비판적 인식을 시적으로 형상화하고 있는 작품들도 발표하고 있다. 「AU MAGASIN DE NOUVEAUTES」, 「출판법」, 「열하약도 No.2」, 「2인」, 「대낮」 등의 작품이 이에 해당한다. 이 작품들은 현대 도시 문명의 비판적 인식과 함께 인간의 삶의 방식과 그 가치를 새로이 질문하고 있다. 일상적인 생활 체험에서 얻어 낸 특이한 시적 모티프를 중심으로 시적 형상화를 시도하고 있는 작품들도 주목된다. 「파편의 경치」, 「▽의 유희」, 「신경질적으로 비만한 삼각형」, 「차8씨의 출발」 등을 들 수 있다. 이 작품들은 일상의 삶에서 빼놓을 수 없는 촛불이라든지 자신의 친구를 소재로 하여 그의 예리한 시각과 판단을 시적으로 형상화해 내고 있다.

그런데 이상의 일본어 시는 1933년 이후 국문 시 창작 단계에서 새로이 개작하거나 그 시적 모티프를 부분적으로 패러디하여 새로운 형태로 재창조된 경우도 많이 있다. 예컨대 일본어 시 「이상한 가역반응」과 「LE URINE」은 변소라는 공간에서 이루어지는 배설의 욕망을 그려 낸 「정식(正式)」과 연관되어 있으며, 일본어 시 「수염」과 「얼굴」은 「자상(自像)」의 모티프를 제공하고 있다. 「선에 관한 각서 5」의 경우에는 시간의 비가역성에 대한 시적 상념을 형상화한 「오감도 시제3호」와 이어지고 있으며, 일본어 시 「대낮」의 시적 발상법은 「백화(白晝)」의 심상과 깊은 관련이 있는 것으로 보인다. 일본어 시 「출판법」에서 볼 수 있는 타이포그래피의 과정은 「파첩(破帖)」의 시적 모티프로 다시 변용되어 복제로서의 현대 문명에 대한 비판적 인식을 형상화하고 있으며, 일본어 시 「진단 0 : 1」은 「오감도 시제4호」로 개작되고 있다. 「二十二年」은 병으로 인한 정신적 좌절감을 특이한 시적 공간에서 기호적으로 재구성한 「오감도 시제5호」로 개작되기도 하고 또한「행로」의 시적 모티프를 제공하기도 한다. 이러한 사실은 이상의 일본어 시가 "이천 점에서 삼십 점을 고르는데 땀을 흘렸다."(「오감도」 작자의 말)고 이상 스스로 언명한 바 있듯이 습작 시기에 일본어로 쓴 작품들 가운데 선별되어 국문 시로 개작되었을 가능성을 말해 준다. 이 문제는 앞으로 이상 문학의 텍스트 전반에 걸친 치밀한 해독과 분석을 거쳐 더 깊이 있게 연구되지 않으면 아니 된다.

일본어 시와 텍스트의 번역 문제

이상의 일본어 시는 해방 직후 김기림이 엮은『이상 선집(李箱選集)』(백양당, 1949)에는 단 한 편도 수록되지 못하고 모두 제외된 바 있다. 이상의 문학적 재능과 그 천재성을 일찍부터 알아차리고 있었던 김기림이 이 작품들에 주목하지 않은 까닭은 아마도 일본어로 썼다는 점이 문제가 된 것이 아닌가 생각된다. 해방 직후 일제의 식민지 문화 잔재를 청산해야 한다는 사회 문화적 요구가 비등했던 사실을 미루어 볼 때 김기림의 선택은 당연한 일이었다고 할 것이다.

이상의 일본어 시가 일반 독자들에게 처음으로 알려지게 된 것은 임종국(林鍾國) 편『이상 전집(李箱全集) 1. 2. 3』(1956)의 출간에서 비롯된다. 임종국은 이 새로운 전집에서《조선과 건축》의 일본어 시와 함께 유고로 남아 있던 일본어 시「육친의 장(章)」 등 9편을 추가하여 번역 소개함으로써 이상 문학의 세계를 더욱 풍성하게 만들어 주고 있다. 이상의 일본어 시는 결국 임종국과 유정의 번역으로『이상 전집』에 수록되면서 그 텍스트의 전모가 드러나게 된 셈이다. 특히 이 전집의 일본어 시 번역본은 이후에 새롭게 발간되는 대부분의 이상 작품 선집이나 전집류에서 정본처럼 계속 활용되면서 이상의 국문 시와 함께 읽히고 함께 연구되어 오고 있다.

그런데 임종국 편『이상 전집』의 일본어 시 번역본을 자세히 살펴보면 특이한 번역 방식과 태도가 드러난다. 임종국은 일본어 시 번역본을 놓고 "되도록 고인(故人)의 어투(語套)를 모방하여 근사(近似)한 역문(譯文)으로 하고저 애쓴 것"(『이상 전집 2』, 1956, 3면)이라고 밝힌 바 있다. 실제로 번역문을 보면, 일본어 시의 원전에 쓰인 난삽한 한자어를 우리말로 번역하지 않고 거의 그대로 옮겨 놓았으며, 원래 띄어쓰기가 없는 일본어 텍스트와 동일하게 띄어쓰기를 하지 않고 있다. 이러한 특징은 이상 자신의 시적 진술법을 그대로 모방하고자 하는 의도에 따른 것이지만, 그 자체로서 간과하기 어려운 몇 가지 문제성을 드러낸다. 문학 작품의 번역은 대상이 되는 언어의 속성을 우선적으로 따라야 한다는 원칙이 있다. 그러므로 이상의 일본어 시의 한국어 번역은 한국어의 통사적 규범에 따라 이루어져야 한다. 그럼에도 불구하고 이상의 일본어 시 번역본은 모두 띄어쓰기를 따르지 않고 있다. 모든 작품의 번역본이 한글 표기법의 띄어쓰기 원칙을 따르지 않은 것은 이상 문학 텍스트에 대한 번역자의 과도한 간섭으로 생각된다. 이상의 시 가운데에는 일부 작품에서 띄어쓰기를 무시하고 있기는 하지만 그것은 해당 작품에만 국한되는 일종의 '수사적(修辭的) 의장(意匠)'에 해당한다. 모든 일본어 작품에 이러한 '수사적 의장'이 적용되었을 것이라고 미리 가정하고 작품을 번역하는 것은 작품의 텍스트적 성격을 왜곡할 우려가 있다. 그러므로 이상의 일본어 시를 원문과 정밀하게 대조하면서 현대 한국어의 어법과 한글 맞춤법 규정에 따라 제대로 띄어쓰기를 하면서 새로운 번역을 시도해 보는 일이 필요하다. 이상의 일본어 시 가운데에서 그 텍스트의 실체와 의미가 제대로 밝혀지지 못한 것들이 많은 것은 이 작품들에 대한 일차적인 정리와 해석이 여전히 미비한 데에서 비롯된 문제가 아닌가 생각된다.

3 「오감도(烏瞰圖)」
그 영원한 숙제

—「오감도」를 어떻게 볼 것인가?

왜 미쳤다고들 그리는지 대체 우리는 남보다 수십 년씩 떨어져도 마음 놓고
지낼 작정이냐. 모르는 것은 내 재주도 모자랐겠지만 게을러빠지게 놀고만
지내던 일도 좀 뉘우쳐보아야 아니 하느냐. 여나믄 개쯤 써보고서 시 만들
줄 안다고 잔뜩 믿고 굴러다니는 패들과는 물건이 다르다. 2천 점에서 30점
을 고르는 데 땀을 흘렸다. —이상

이상은 《조선중앙일보(朝鮮中央日報)》에 연재한 연작시 「오감도(烏瞰
圖)」를 통해 그의 문학적 천재성을 유감없이 발휘한다. 소설가 박태원
과 이태준 등의 호의적인 주선에 의해 발표할 수 있게 된 이 작품은 특
이한 시적 상상력과 사물을 보는 새로운 시각으로 인하여 시인으로서
의 이상의 문단적 존재를 새롭게 각인시킨 화제작이 된다. 「오감도」는
전체 텍스트가 지금도 여전히 대표적인 난해시로 손꼽히고 있지만, 인
간의 삶의 세계와 사물을 보는 시각의 문제에 대한 새로운 도전을 의미

한다. 이 시에서 '오감도'의 의미는 인간이 까마귀가 되는 것을 전제한다. 하늘에 떠 있는 까마귀의 시선과 각도로 인간 세계를 내려다보는 것을 의미한다. 이 새로운 시각은 사물의 세계를 그보다 높은 시각에서 장악할 수 있게 됨을 암시하는 것이다. 그러므로 시 「오감도」에서 가장 빛나는 부분은 사물에 대한 새로운 시각의 발견이라고 할 수 있는 것이다. 「오감도」란 무엇인가? 기존의 시법을 거부하면서 이상이 「오감도」를 통해 시도하고 있는 파격적인 기법과 진술 방식은 과연 어떠한 미학적 성취에 도달하고 있는가? 이 작품 속에 숨겨진 영원한 숙제를 우리는 어떻게 풀어내야 하는가?

1. 「오감도(鳥瞰圖)」의 의미

「오감도」의 탄생

'오감도'라는 말은 이제 더 이상 하나의 고유명사가 아니다. '오감도'는 새로운 세계를 꿈꾸는 자들의 주문(呪文)이며 기도(祈禱)이다. 이 말은 비록 국어사전에 표제어로 오르지는 못하고 있지만 한국 문학의 새로운 시각과 특이한 형식을 대변하는 제유(提喩)의 방식으로 쓰인다. '오감도'는 때로는 기성적인 모든 것에 대한 도전을 의미하고, 때로는 새로운 고안의 기법을 의미한다. 어떤 경우에는 받아들이기 어려운 개인적 일탈을 지적하기도 하고, 상상을 초월하는 파격을 뜻하기도 한다. 그러므로 '오감도'는 한국 문학사가 빚어낸 최대의 모험이며 해결하지 못한 스캔들이기도 하다.

이상의 '오감도(鳥瞰圖)'는 《조선중앙일보(朝鮮中央日報)》에 연재한 연작시의 표제이지만 시인으로서의 이상의 문학적 천재성이 모국어의 세계에서 시를 통해 유감없이 발휘된 첫 번째의 사례에 해당한다. 「오감도」는 전체 15편의 작품이 모두 열 차례에 걸쳐 연재된 바 있는데, 「오감도 시제1호」가 1934년 7월 24일 처음 발표되었고, 다음 날인 7월 25일에는 '오감도'라는 표제 아래 「시제2호」와 「시제3호」가 잇달아 발표되기도 한다. 이 시의 마지막 연재 작품이 된 「오감도 시제15호」는 1934년 8월 8일에 발표된다. 소설가 박태원과 이태준 등의 호의적인 주선에 의해 신문 연재의 방식으로 발표할 수 있게 된 이 작품은 특이한 시적 상상력과 사물을 보는 새로운 시각으로 인하여 시인으로서의 이상의 문단적 존재를 새롭게 각인시킨 화제작이 된다. 이상은 이 작품에서 기존의 시법을 거부하고 파격적인 기법과 진술 방식을 통해 새로운 시의 세계를 열어 놓는다. 그렇기 때문에 이 작품은 시라는 양식에서 가능한 모든 언

어적 진술과 기호의 공간적 배치를 통해 사물을 보는 새로운 시각의 가
능성을 보여 주게 된다.

그렇지만 이상의 「오감도」는 그 실험적인 구상과 문제의식에도 불구
하고 당시의 문단과 대중 독자로부터 철저하게 외면당한다. 이 해에 발
표된 중요한 평문 가운데 「오감도」를 언급한 경우를 거의 찾아볼 수 없
기 때문이다. 이러한 당대의 상황은 박태원의 술회 속에 잘 나타나 있다.

어느 날 나는 이상과 당시 《조선중앙일보(朝鮮中央日報)》에 있던 상허
(尙虛)와 더불어 자리를 함께하여 그의 시를 《중앙일보》 지상에 발표할 것
을 의논하였다. 일반 신문 독자가 그 난해한 시를 능히 용납할 것인지 그것
은 처음부터 우려할 문제였으나 우리는 이미 그 전에 그러한 예술을 가졌어
야만 옳았을 것이다.

그의 「오감도(烏瞰圖)」는 나의 「소설가 구보(仇甫)씨의 일일(一日)」과 거
의 동시에 《중앙일보》 지상에 발표되었다. 나의 소설의 삽화도 '하융(河戎)'
이란 이름 아래 이상의 붓으로 그려졌다. 그러나 예기(豫期)하였던 바와 같
이 「오감도」의 평판은 좋지 못하였다. 나의 소설도 일반 대중에게는 난해하
다는 비난을 받았던 것이나 그의 시에 대한 세평(世評)은 결코 그러한 정도
의 것이 아니다. 신문사에는 매일같이 투서가 들어왔다. 그들은 「오감도」를
정신이상자의 잠꼬대라 하고 그것을 게재하는 신문사를 욕하였다. 그러나 일
반 독자뿐이 아니다. 비난은 오히려 사내(社內)에서도 커서 그것을 물리치고
감연(敢然)히 나가려는 상허의 태도가 내게는 퍽이나 민망스러웠다. 원래 약
1개월을 두고 연재할 예정이었으나 그러한 까닭으로 하여 이상은 나와 상의
한 뒤 오직 십수 편을 발표하였을 뿐으로 단념하여 버리지 않으면 안 되었다.

그러나 당시에 이상이 느낀 울분은 제법 큰 것이어서 미발표대로 남아 있
는 〈오감도 작자의 말〉이라는 것은 다음과 같다.

왜 미쳤다고들 그리는지 대체 우리는 남보다 수십 년씩 떨어져도 마음 놓고 지낼 작정이냐. 모르는 것은 내 재주도 모자랐겠지만 게을러빠지게 놀고만 지내던 일도 좀 뉘우쳐보아야 아니 하느냐. 여나믄 개쯤 써보고서 시 만들 줄 안다고 잔뜩 믿고 굴러다니는 패들과는 물건이 다르다. 2천 점에서 30점을 고르는 데 땀을 흘렸다. 31년 32년 일에서 용대가리를 떡 꺼내어놓고 하도들 야단에 배암 꼬랑지커녕 쥐 꼬랑지도 못 달고 그만두니 서운하다. 깜빡 신문이라는 답답한 조건을 잊어버린 것도 실수지만 이태준(李泰俊), 박태원(朴泰遠) 두 형이 끔찍이도 편을 들어준 데는 절한다. 철(鐵) — 이것은 내 새 길의 암시요 앞으로 제 아무에게도 굴하지 않겠지만 호령하여도 에코 - 가 없는 무인지경은 딱하다. 다시는 이런 물론 다시는 무슨 다른 방도가 있을 것이고 우선 그만둔다. 한동안 조용하게 공부나 하고 딴은 정신병이나 고치겠다.

그러나 「오감도」를 발표하였던 것은 그로서 아주 실패는 아니었다. 그는 일반 대중의 비난은 받은 반면에 그것으로 하여 물론 소수이기는 하여도 자기 예술의 열렬한 팬을 이때에 이미 확실히 획득하였다 할 수 있다.[27]

이상의 「오감도」는 성공한 작품은 아니다. 여기서 '성공'이라는 것은 작품 자체의 완결성을 염두에 둔 판단이다. 앞의 인용에서 볼 수 있듯이 이 작품은 당초에 한 달 정도의 연재 기간을 예정하였고, 이상 자신도 「오감도」의 연재를 위해 30편의 작품을 힘들여 골랐다고 밝히고 있다. 그러므로 15편의 연재로 중단된 「오감도」는 작품의 완결에 이르지 못한 셈이다. 이 신문의 지면에 발표하지 못한 작품들의 존재는 현재까지

27　박태원, 「이상의 편모」, 《조광》, 1937. 6.

확인된 바 없다.

하지만 박태원의 지적처럼 「오감도」의 연재 자체가 실패로 끝난 것은 아니었음을 알 수 있다. 비록 일반 대중 독자의 비난을 받기는 하였지만 시인으로서의 이상의 문단적 존재를 알리게 된 계기가 되었기 때문이다. 특히 이상 자신이 실험하고자 했던 새로운 예술적 구상과 그 기법은 한국 현대 문학에서 문제 삼게 되는 모더니티의 새로운 인식을 의미한다는 점에서 그 의미의 중요성을 인정할 만하다.

이상과 국문 시 쓰기의 도전

「오감도」란 무엇인가? 이상의 삶에서 「오감도」가 지니는 의미를 어떻게 규정할 수 있는가? 이러한 질문에 답하기 위해서는 「오감도」를 발표할 무렵의 이상의 삶을 일별할 필요가 있다. 「오감도」의 산실(産室)은 이상이 경영하던 다방 '제비'라고 할 수 있다. 1930년대 중반 식민지 조선의 중심지였던 경성의 한복판에 자리했던 '제비'는 이상이라는 한 개인에게 있어서는 실패의 공간에 다름 아니다. 다방 '제비'는 이상이 폐결핵이라는 병환으로 인하여 조선 총독부 건축 기사를 사직하면서 새롭게 구상했던 생업이다. 그는 배천 온천의 기생 금홍이와 동거하면서 '제비'를 개업하였지만 그 운영에 실패함으로써 경제적 궁핍에 시달리게 된다. 그리고 금홍이와도 결별하게 되자 그 스스로 절망의 늪에 빠져들게 된다.

그렇지만 그는 다방 '제비'의 공간에서 자신의 젊음을 탕진했던 것은 아니다. 이 특이한 공간은 1930년대 중반을 살았던 경성의 문학인들에게는 하나의 '살롱'이 되었고, 여기에 모여드는 문인들과의 교류가 가능해지면서 이상은 그 자신의 욕망의 새로운 출구를 찾아갈 수 있게 된다. 그 출구가 바로 문학적 글쓰기의 세계이다. 조선 총독부 건축 기사 시절부터 관심을 가지게 된 이상의 글쓰기는 잡지《조선(朝鮮)》에 발표한 소설과《조선과 건축(朝鮮と建築)》에 발표한 일본어 시 등으로 그 능력을 인정받을 만한 것이었지만 당대의 문단과는 소통과 수용의 공간을 공유하지 못했던 것이 사실이다. 이상은 다방 '제비'를 운영하면서 당시 새로운 문학 동인으로 구성된 '구인회(九人會)'의 구성원들을 '제비'라는 공간에서 자연스럽게 만날 수 있게 되었고 이들과 교류할 수 있는 계기를 만들게 되었던 것이다.

이상의 문학적 글쓰기에 먼저 호감을 표시하게 된 것이 소설가 박태원이었고, 시적 재능을 먼저 간파한 것은 당대 최고의 시인 정지용이었다. 정지용은 동인지《시문학》(1930) 시절부터 선명한 심상과 절제된 감각의 언어로 시적 대상을 포착해 내면서 새로운 시의 경향을 주도하였던 당대 최고의 시인이다. 그는 시를 통해 감정을 절제하고 시적 대상을 감각적으로 형상화하는 기법을 확립함으로써 1930년대 시단에서 이른바 모더니즘 시 운동의 중심에 서 있었다. 정지용은 이상의 시적 천재성을 알아차리고는 자신이 편집하던 잡지《가톨릭청년(靑年)》(1933. 7)을 통해 이상의 국문 시를 처음으로 소개하였다. 이상이 정지용을 만나게 된 것은 문단의 외곽에 서 있던 그가 당대 한국 문단의 중심부로 들어서게 되었음을 의미한다고 할 수 있다.

이상의 시가《가톨릭청년》에 서너 번 났었는데 그것은 순전히 지용의 객기에서 출발한 것이었다. 이상이 김소운(金素雲)의 소개로 잡지사로 지용을 찾아가서 제 시를 보아달라고 했을 때에, 다른 때 같으면 나중에 볼 테니 그냥 두고 가라고 할 텐데 무슨 생각에서인지 그 당장에 그 시를 읽고 나서 안경 너머로 눈을 깜박거리더니,

'괴짠데……'

하고 탄성을 올렸다. 그리고는 이상을 보고 어느 학교를 나왔느냐고 물었다. 이상이 학교 이름과 현재의 직업을 대니까 깜짝 놀라서,

'무어, 고등공업학교 건축과를 나와서 전매청 건축 현장에서 십장(什長) 일을 보고 있다구요. …… 그리고 시를 쓴단 말이죠. 이건 참 괴짠데……'

이렇게 해서 지용은 이상의 시를 그 다음 달《가톨릭청년》에 실어 주었다. 편집기자가 그게 무슨 시냐고 타박했더니 지용은,

'괜찮아. 우리나라에도 그런 괴짜 시를 쓰는 사람이 한 사람쯤은 있어야 해……'

하고 이상을 두둔하였다. 그리고는 이상이 가져오는 대로 두어 번 그의 괴상한 시를 내어주었다.[28]

조용만의 술회 가운데에는 이상의 시적 천재성을 '괴짜'라는 말로 지목했던 정지용의 안목이 잘 드러나고 있다. 이상은 정지용의 배려로《가톨닉청년》에 「꽃나무」, 「이런 시」, 「1933. 6. 1」을 발표하였다. 이 작품들이 정지용의 주선으로 잡지에 소개된 것은 이상의 문학적 재출발을 의미한다. 이상은 정지용을 만남으로써 최고 시인의 문학적 지지를 받으면서 문단의 중심에 내세워진다. 그는 금홍과의 불화로 인한 정신적인 고뇌와 다방 '제비'의 경영난에서 비롯된 곤궁 속에서 용케도 모국어의 세계로 들어와 시 창작의 꿈을 실현하게 된 것이다.

(1)
벌판한복판에 꽃나무하나가잇소 近處에는 꽃나무가하나도업소 꽃나무는제가생각하는꽃나무를 熱心으로생각하는것처럼 熱心으로꽃을피워가지고섯

---

28   조용만, 「이상 시대 젊은 예술가들의 초상」, 《문학사상》, 1987. 4.

소. 꼿나무는제가생각하는꼿나무에게갈수업소 나는막달아낫소 한꼿나무를
爲하야 그러는것처럼 나는참그런이상스러운숭내를내엿소.

—「꼿나무」

(2)

역사를하노라고 쌍을파다가 커다란돌을하나 쓰집어내여놋코보니 도모지어
데서인가 본듯한생각이들게 모양이생겻는데 목도들이 그것을메고나가드니
어데다갓다버리고온모양이길내 쪼차나가보니 危險하기짝이업는큰길가드라.
그날밤에 한소낙이하얏스니 必是그돌이쌔끗이씻겻슬터인데 그잇흔날가보
니까 變怪로다 간데온데업드라. 엇던돌이와서 그돌을업어갓슬가 나는참이
런悽량한생각에서 아래와가튼作文을지엿도다.
「내가 그다지 사랑하든 그대여 내한平生에 참아 그대를 니즐수업소이다. 내
차례에 못올사랑인줄은 알면서도 나혼자는 꾸준히생각하리다. 자그러면 내
내어엿부소서」
엇던돌이 내얼골을 물끄럼이 치여다보는것만갓서서 이런詩는 그만찌저버
리고십드라.

—「이런 詩」

(3)

天秤우에서 三十年동안이나 살아온사람 (엇던科學者) 三十萬個나넘는 별
을 다헤여놋코만 사람 (亦是) 人間七十 아니二十四年동안이나 쌘々히사라
온 사람 (나)
나는 그날 나의自敍傳에 自筆의訃告를 揷入하엿다 以後나의肉身은 그런故
鄕에는잇지안앗다 나는 自身나의詩가 差押當하는꼴을 目睹하기는 참아 어
려윗기쌔문에.

—「一九三三, 六, 一」

《가톨닉청년》에 발표된 세 편의 시는 이상의 글쓰기가 지향하게 될 하나의 방향을 암시한다. (1) 「꽃나무」의 텍스트에는 두 가지의 시적 진술이 결합되어 있다. 하나는 시적 대상인 '꽃나무'에 관한 객관적 기술이고, 다른 하나는 시적 화자인 '나'의 태도에 대한 진술이다. '꽃나무'를 통해 사물의 존재 방식을 설명하고 거기에 '나'의 태도를 견주어 보고 있는 셈이다. 말하자면 현실적인 것과 이상적인 것의 거리 문제를 놓고 사물의 존재 방식과 인간의 존재 방식을 대비하여 제시한다. 여기서 '꽃나무'는 이상의 시가 지향하는 지표이며, 하나의 '황금가지'에 해당한다. 이상은 이제 스스로 시를 통해 황금의 꽃나무를 키워야 한다.

(2) 「이런 詩」는 시적 텍스트 자체가 일종의 알레고리를 구축하고 있다. 이 작품의 전반부는 일터에서 파낸 '돌'에 관한 이야기를 담고 있다. 공사장 인부들이 커다란 돌을 파내어 큰길가에 버린다. 그날 밤 소나기가 내려 돌에 묻은 흙이 모두 씻겨 버렸을 것으로 생각하고 시적 화자는 다음 날 길가로 나가 본다. 그런데 누군가 그 돌을 치워 버려 자리에 없다. 작품의 후반부는 없어져 버린 돌에 대한 아쉬움의 감정을 '사랑하면서도 자신이 그 사랑을 차지하지 못한 안타까움'에 빗대어 표현한다. 이 작품의 텍스트에서 '돌'을 일반적인 사물이라고 한다면, 그 사물의 본질이나 실체를 제대로 알아보는 일이 중요하고 또 그것을 알아보게 되었을 때 그것을 취할 수 있는 기회를 포착하고 그것을 소유하는 용기도 필요하다는 것을 암시한다. '돌'의 의미는 옥구슬일 수도 있고, 연모의 대상일 수도 있다. 그러나 그 대상을 제대로 알아보지 못하고 적극적으로 취하지 못하면 아무 소용이 없어진다.

(3) 「一九三三, 六, 一」의 텍스트에서 전반부는 역사상 위대한 업적을 남긴 과학자들의 생애에 관한 단상을 기록하고 있다. 중력의 법칙을 발견한 뉴턴이라든지 수많은 별들의 크기와 움직임을 관측해 낸 갈릴레오

의 연구를 떠올릴 수 있다. 그리고 여기에 24세에 이르기까지 시적 화자 자신이 살아온 초라한 삶이 얼마나 부끄러운 것인가를 대비한다. 후반부의 경우는 시적 화자가 자신의 삶에 대해 가지게 된 일종의 자괴감 같은 것을 드러내면서 스스로 자신의 현실적인 삶에 대해 사망을 선고(訃告를 揷入)하게 된다. 이 작품은 시인 자신의 사적 체험을 중요한 시적 모티프로 활용함으로써 자신의 과거의 삶을 반성하고 새로운 삶에 대한 기대를 담아낸다. 텍스트상에서 지시하고 있는 '그날'이란 작품의 제목에 해당하는 '1933년 6월 1일'이다. 이상이 처음으로 잡지《가톨닉청년》에 국문으로 시를 발표하게 된 날짜와 관련되는 것이 아닌가 생각된다. 시인으로서의 새로운 출발이 이루어진 날 시적 화자는 자기반성의 자세를 보여 주고 있는 셈이다. 여기에 표시되어 있는 '1933년 6월 1일'이라는 날짜는 이상이 조선 총독부에서 정식으로 사직(자서전에 자필의 부고를 삽입)한 날짜일 가능성도 있다. 어쩌면 다방 '제비'를 시작한 날일 수도 있다. 하지만 이 날짜가 어디에 해당하든지 간에 새로운 삶으로서의 시의 세계로 나아가기 위한 결심을 스스로 표명한 날이라는 점은 부인할 수 없다.

2. 「오감도」란 무엇인가?

「오감도」와 연작성의 의미

이상의 시 「오감도」를 어떻게 이해할 것인가?

한국 현대시 연구에서 최대의 과제가 되어 오고 있는 이 질문에는 수많은 해석이 따라붙는다. 이 질문을 놓고 먼저 주목해야 할 것은 「오감도」라는 시에서 볼 수 있는 연작 형식이라는 형태적인 특성이다. 이 작품은 '오감도(鳥瞰圖)'라는 표제 아래 「오감도 시제1호」부터 「오감도 시제15호」까지 모두 15편이 이어지는 연작 형식을 유지한다. 각각의 작품은 그 형태와 주제 내용이 독자성을 지니고 있지만 '오감도'라는 커다란 틀 안에서 연작으로서의 성격을 유지하면서 서로 묶여 있는 것이다. 더구나 각 작품의 텍스트에서 모든 어구들을 띄어쓰기 없이 붙여 쓰고 있다. 이 특이한 연작 형식은 한국 현대시에서 이상 이전에는 누구도 시도한 적이 없다.

「오감도」의 시적 형식으로서의 연작성은 주제의 유기적 통일성이나 형식의 구조적 일관성을 전제한 것은 아니다. 「오감도」에 포함되어 있는 15편의 시는 각각의 작품이 지니는 시적 주제와 그 형식의 독자성을 유지하면서 내적으로 연결되어 있다. 그러므로 「오감도」의 작품들이 어느 정도의 규모로 이어져야만 하는 것인지는 알 수가 없다. 당초 이 시는 30편 정도를 예상했던 것으로 알려져 있지만 연재 중단으로 그 전체적인 모습은 확인할 수 없다. 하지만 이 작품에서 시도하고 있는 연작성의 형식은 새로운 주제의 중첩과 병렬이라는 특이한 구조를 드러내고 있다. 각각의 작품들은 「오감도」 시제1호에서부터 순번을 달고 이어진다. 새로운 작품이 추가되는 순간마다 새로운 정신과 기법과 무드가 전체 시적 정황을 조절한다. 이를 달리 표현한다면 일종의 '병렬의 미학'이 성립된다고 할 수 있을 것이다. 물론 「오감도」의 작품들은 분명 순번을 달고 있지만 그것이 작품의 결합 과정에서 필연적으로 요구하는 순서 개념을 말해 주는 것은 아니다. 이 연속적인 순번은 각 작품의 제목을 대신하면서 시적 주제의 병렬과 반복과 중첩을 말해 준다.

그런데 여기서 주목되는 연작 형식은 이상이 이미 《조선과 건축》에 연재했던 일본어 시에서부터 자주 활용했던 것이다. 이상의 일본어 시 「조감도(鳥瞰圖)」(《조선과 건축》, 1931. 8)는 「얼굴(顔)」, 「운동(運動)」,

「광녀의 고백(狂女の告白)」 등 8편의 작품으로 구성되어 있고, 「삼차각 설계도(三次角設計圖)」(《조선과 건축》, 1931. 10)에는 「선에 관한 각서(線に關する覺書)」라는 제목으로 7편의 시가 이어져 있다. 「건축무한육면 각체(建築無限六面角體)」(《조선과 건축》, 1932. 7)의 경우도 「열하약도(熱河略圖) No . 2」, 「출판법(出版法)」 등 7편의 작품으로 구성된 연작 형식이다. 이상은 이 같은 연작 형식을 통해 시적 상상력의 공간적 확장을 자유롭게 시도한다. 특히 「삼차각설계도」의 경우에는 시적 주제의 전개 자체에 내적 논리를 부여하고 현대 과학의 발전과 인간의 존재에 대한 인식자체를 다양한 기호적 형상으로 구현하는 데에 성공하고 있다.[29]

이상의 시 「오감도」는 1934년 7월 24일《조선중앙일보》학예면에 「시제1호」가 발표되면서 연재가 시작된다. 다음 날인 7월 25일에는 '오감도'라는 표제 아래 「시제2호」와 「시제3호」가 잇달아 발표된다. 이 연재의 마지막 작품이 된 「오감도 시제15호」는 1934년 8월 8일에 발표되는데, 이 작품과 함께 「오감도」의 연재도 끝이 난다. 연작시 「오감도」에 포함되어 있는 15편의 작품들은 시적 지향 자체가 두 가지 계열로 크게 구분된다. 하나는 시적 자아에 대한 발견 자체가 인간과 현대 문명에 관한 비판적 인식으로 확대되는 경우이며, 다른 하나는 병으로 인하여 불안정한 시적 자아의 형상에 대한 나르시시즘적인 자기 관조를 보여 주는 경우이다. 「오감도 시제1호」를 비롯하여 「오감도 시제2호」, 「오감도 시제3호」, 「오감도 시제12호」 등은 전자에 속하고, 「오감도 시제4호」, 「오감도 시제5호」, 「오감도 시제6호」, 「오감도 시제15호」 등은 모두 후자의 경우에 해당한다. 시적 텍스트의 진술 방식도 작품마다 서로 다르다. 「오감도 시제2호」와 「오감도 시제3호」의 경우는 전체 텍스트 자체

---

29 권영민, 『이상 텍스트 연구』, 뿔, 2009, 98~123면.

가 하나의 문장으로 이어져 있으며, 「오감도 시제4호」와 「오감도 시제
5호」의 경우는 언어적 텍스트와 시각적 도판을 서로 결합시켜 전혀 새
로운 텍스트를 구성한다. 「오감도 시제7호」와 「오감도 시제8호 해부(解
剖)」의 경우는 난해한 한문 구절을 연결시켜 놓음으로써 전체적인 맥락
의 이해를 힘들게 만든다. 이 같은 「오감도」의 파격적인 형식과 기법은
그 실험적인 구상과 문제의식에도 불구하고 당시의 문단과 대중 독자로
부터 철저하게 외면당한다. 이러한 상황에 대해 조용만은 다음과 같이
술회한 바 있다.

　이상은 정지용(鄭芝溶)을 끼고 상허(尙虛)를 졸라대서 필경 중앙일보 학
예면에 「오감도(烏瞰圖)」를 내었다. 조감도(鳥瞰圖)가 옳은 말이지만 이것
을 비꼬아서 새 '조(鳥)' 자에 한 획을 뺀 까마귀 '오(烏)' 자를 만들어서 '오
감도(烏瞰圖)'로 제목을 붙인 것이다.
　이 괴상한 제목을 붙인 괴상한 시가 삼사일을 두고 나타나자 독자들이 전
화와 투서로 중단하라고 야단을 쳤다.
　'이게 시냐? 미친놈의 잠꼬대, 어서 집어치워라.'
　'무슨 개수작이냐? 그따위 시를 내면 신문 안 볼 테다.'
　이런 투서가 자꾸 들어오고 바깥 독자들뿐만 아니라 신문사 안에서도 반
대소리가 시끄러워져서 학예부장인 상허가 견딜 수가 없었다. 그래서 상허
는 이상과 가까운 구보(仇甫)를 불러 이것을 호소하고 중단할지도 모른다는
뜻을 이상에게 전하라고 하였다. 구보는 정인택(鄭人澤)을 불러 가지고 둘
이서 〈제비〉로 가서 이상을 만난 것이다. (중략)
　'박형, 당신도 알다시피 불란서의 보들레르는 지금부터 백년전인 1850년
에 「악(惡)의 꽃」을 발표해서 그 유명한 악마파(惡魔派)의 선언을 하지 않
았소? 이것에 비하면 우리는 너무 떨어졌어요. 왜 우리나라는 불란서만 못

합니까. 우리나라도 찬란한 시의 역사를 갖고 있지 않아요? 이번에 내 「오감
도」는 「악의 꽃」에 필적할 세기적인 작품이라고 나는 감히 생각해요.'

　이상의 기고만장한 장광설은 그칠 줄 몰랐다. 어이가 없어서 이상의 떠드
는 것을 듣고만 있던 구보는 천천히 입을 열었다.[30]

　이상의 「오감도」는 그 제목에서부터 논란의 대상이 되어 왔다. 조
용만이 지적한 대로 이 제목은 "조감도(鳥瞰圖)가 옳은 말이지만 이
것을 비꼬아서 새 조(鳥) 자에 한 획을 뺀 까마귀 오(烏) 자를 만들어
서 오감도(烏瞰圖)"로 바꾸었다는 설명이 설득력이 있다. 그런데 이상
은 1931년 8월 「조감도(鳥瞰圖)」라는 제목 아래 모두 8편의 일본어 시
를 연작의 형식으로 《조선과 건축》(1931. 8)에 발표한 바 있다. 이 여
덟 편의 시는 당시의 제목 그대로 옮겨보면 '二人…· 1…·' / '二人
…· 2…·' / '神經質に肥滿した三角形 – ▽は俺のAMOUREUSEであ
る' / 'LE URINE' / '顔' / '運動' / '狂女の告白' / '興行物天使 — 或る後
日譚として —' 등으로 이어진다. 이상이 여기서 표제로 사용하고 있는
'조감도'라는 말은 미술 용어다. 공중에 떠 있는 새가 아래를 내려다볼
경우 넓은 범위의 지형, 건물과 거리 등의 형상을 상세하게 알아낼 수가
있다. 조감도는 회화 기법의 하나로서 이미 중세 유럽에서는 다양한 형
태의 도시 조감도(都市鳥瞰圖)가 많이 만들어졌다. 오늘날 도시의 건축
공사장에 세워 놓은 빌딩의 조감도는 공중에서 45°의 비스듬한 각도로
내려다볼 경우 눈에 드러나는 빌딩의 지붕과 창문 모양까지 정밀하게
그려놓고 있다. 이상은 건축 기사로 일하고 있었기 때문에 아마도 '조감
도'의 형태로 그려 낸 공사 안내도를 자주 접했을 것이다.

30　조용만, 「이상 시대 젊은 예술가들의 초상」, 《문학사상》, 1987. 5.

鳥瞰圖……(一〇)

漫筆

鳥瞰圖

金海卿

ふこゝは有名ながら尤もな話ではないか。
　　　　　一九三一、八、一一

◇神經質に肥滿した三角形
▽は俺のAMOUREUSEである

野鼠の様な地球の險しい背なかを匍匐することはそも誰が始めたかを痩せて矮少であるOR GANE を愛撫しつゝ歴史本の空ベェヂを翻へす心は平和な文弱である。その間にも埋葬され行く考古學は果して性慾を麩へしむることはない所の最も無味であり神聖である微笑と共に小規模ながら移動されて行く糸の様な童話でなければならないことでなければ何んであつたか。

濃綠の扁平な蛇類は無害にも水泳する硝子の流動體は無害にも半島でもない或る無名の山岳を島嶼の様に流動せしめるのでありそれで驚異と神秘と又不安をもを一緒に吐き出す所の透明な空氣は北國の様に冷くあるが陽光を見よ。鴉は恰かも孔雀の様に飛翔し鱗を無秩序に閃かせる半個の天體に金剛石と毫も變りなく平民的輪廓を日沒前に礎せて贐ることはなく所有してゐるのである。

▽よ 見れば外套にブッつゝまれた背面しかないよ。
▽よ 角力に勝つた経験はこれ丈あるか。
▽よ 俺はその呼吸に砕かれた樂器である。
▽よ 俺に如何なる孤獨は訪れ来様とも俺は××しないことであらう。であればこそ。
俺の生涯は原色に似て豊富である。
しかるに俺はキャラバンだと。
しかるに俺はキャラバンだと。
　　　　一九三一、六、一

◇二人‥‥1‥‥

キリストは見窄らしい着物で説教を始めた。アアルカアボネは橄欖山を山のまゝ拉撮し去つた。
　×
一九三〇年以後のこと―。
ネオンサインで飾られた或る教會の入口では肥つちよのカアボネが頬の傷痕を伸縮させながら切符を買つてゐた。
　　　　　一九三一、八、一一

◇二人‥‥2‥‥

アアルカアボネの貨幣は迚も光澤がよくメダルにしてゐゝ位だがキリストの貨幣は見られぬ程緩弱で何ところカネと云ふ資格からは一歩も出てゐない。

カアボネがプレッサンとして送つたフロックコオトをキリストは最後迄突返して己んだと云である。

◇LE URINE

焔の様な風が吹いたけれども氷の様な水晶體はある。憂愁はDICTIONAIREの様に純白である。綠色の風景は網膜へ無表情をもたらしそれで何んでも皆灰色の朗らかな調子を傾聽してゐるか。

数字のCOMBINATIONをかれこれと忘却してゐた若干小量の腦髓には砂糖の様に清廉な異國情調故に假睡の状態を唇の上に花咲かせながらいる時繁華な花共は皆イヅコへと去られそれを木彫の小さい羊が兩脚を枉ぢジッと何事かに傾聽してゐるか。

「조감도(鳥瞰圖)」,《조선과 건축》, 1931. 8.

이상의 연작시 「오감도(烏瞰圖)」에서 '오감도'라는 말은 일본어 연작시 「조감도(鳥瞰圖)」와는 직접적인 연관성을 가지지 않는다. 그러나 이 단어가 '조감도(鳥瞰圖)'라는 용어와 연관되는 일종의 '문자 놀이

(paronomasia)'의 산물이라는 점은 분명하다. '조감도(鳥瞰圖)'와 '오감도(烏瞰圖)'라는 말을 보면 '조(鳥)'와 '오(烏)'의 한자가 모양이 비슷하고 그 음도 유사하다. '조(鳥)'는 '새'라는 뜻을 가지는데, 이 한자에서 획(一) 하나를 제거하면 바로 '오(烏)' 자가 된다. 이 글자는 '까마귀'라는 뜻을 나타낸다. 까마귀도 새의 한 종류라는 점을 생각한다면, '오감도'라는 말이 '까마귀가 공중에서 내려다본 형상을 그려 낸 그림'이라는 뜻을 지니게 됨을 알 수 있다. '까마귀'가 환기하는 독특한 분위기를 통해 암울한 현대인들의 삶의 모습을 전체적으로 그려 보고자 했던 것이 아닌가 생각된다.

이상의 연작시 「오감도」는 인간의 삶의 세계와 사물을 보는 시각의 문제에 대한 새로운 도전을 의미한다. 인간은 언제나 땅 위에 발을 디디고 살아간다. 땅 위에 서서 하늘을 쳐다보고 높은 산과 키가 큰 나무의 꼭대기를 올려다본다. 자신의 눈높이에 맞는 시선과 각도에 들어오는 사물만을 감지하기 때문에 자신의 눈에 들어오는 것들만을 사물의 실재적 양상인 것처럼 생각한다. 그러므로 하늘을 나는 새의 눈을 가장하여 세상을 내려다본 풍경을 가상해 본다는 것은 매우 특이한 발상이다. 이러한 인식의 방법은 사물을 보는 새로운 시각을 예비하고 있음을 의미한다. '오감도'의 의미는 인간이 한 마리의 '까마귀'가 되는 것을 전제한다. 물론 새처럼 하늘 높이 날아다니기 위한 것은 아니다. 하늘에 떠 있는 '까마귀'의 시선과 각도로 인간 세계를 내려다보는 것을 의미한다. 이 새로운 시각은 매우 중요하다. 그것은 모든 사물이 하늘 높이 날고 있는 '까마귀'의 눈(또는 시선)에 집중되어 있음을 뜻한다. '까마귀'의 위치에서 가질 수 있는 시선의 높이와 그 각도로 인하여 지상의 모든 사물의 새로운 형태와 그 지형도가 드러난다. 그리고 그 위치와 거리가 감지된다. 그러므로 '오감도'의 시선과 각도를 가진다는 것은 사물에 대한 감각적 인지를 전체적으로 가능하게 하는 시선과 각도를 가진다는 것을 말한다. 그리고 이것은 사물의 세계를 그보다 높은 시각에서 장악할 수 있게 됨을 암시하는 것이다.

「오감도 시제1호」와 공포(恐怖)의 근원

이상의 연작시 「오감도」의 첫머리에 자리하고 있는 「오감도 시제1호」를 보기로 하자. 이 작품은 「오감도」의 전체적인 구도를 드러내고 있기 때문에, 수많은 질문과 화제를 불러일으키고 있다. 그러나 이 작품의 텍스트를 놓고 보면 그 시적 구조가 의외로 단순하다는 점에 놀라게 된다. 이 텍스트에는 '막다른 골목'에서 '13인의 아해(兒孩)'가 '질주'하고 있는 상황이 제시된다. '13인의 아해'들은 모두가 자신들이 처해 있는 상황을 '무섭다'라고 진술한다. 각각 스스로 무서운 존재임을 내세우기도 하고 무서워하는 존재가 되기도 한다. 이 같은 의미 구조를 놓고 그동안 '13인의 아해'에 대한 논의가 분분했던 것이 사실이다. 그러나 이 '13'이라는 숫자에 어떤 의미를 부여하고 거기에 집착하게 되면 다른 중요한 요소들을 놓치기 쉽다. 오히려 이 '13인의 아해'라는 대상을 어떤 방식으로 서술하고 있는지를 주목할 필요가 있다. '13인의 아해'가 누구이며 '13'이라는 숫자가 무엇을 상징하는지에 매달리기보다는 막다른 골목을 질주하며 느끼게 되는 공포의 실체가 무엇인가를 밝혀내는 것이 더 중요하다. 「오감도 시제1호」는 이러한 문제의식으로부터 다시 읽어가야만 그 시적 의미에 도달할 수 있다.

十三人의兒孩가道路로疾走하오.
(길은막달은골목이適當하오.)

第一의兒孩가무섭다고그리오.

第二의兒孩도무섭다고그리오.

第三의兒孩도무섭다고그리오.

第四의兒孩도무섭다고그리오.

第五의兒孩도무섭다고그리오.

第六의兒孩도무섭다고그리오.

第七의兒孩도무섭다고그리오.

第八의兒孩도무섭다고그리오.

第九의兒孩도무섭다고그리오.

第十의兒孩도무섭다고그리오.

第十一의兒孩가무섭다고그리오.

第十二의兒孩도무섭다고그리오.

第十三의兒孩도무섭다고그리오.

十三人의兒孩는무서운兒孩와무서워하는兒孩와그러케뿐이모혓소.(다른

事情은업는것이차라리나앗소)

그中에一人의兒孩가무서운兒孩라도좃소.

그中에二人의兒孩가무서운兒孩라도좃소.

그中에二人의兒孩가무서워하는兒孩라도좃소.

그中에一人의兒孩가무서워하는兒孩라도좃소.

(길은뚫닌골목이라도適當하오.)

十三人의兒孩가道路로疾走하지아니하야도좃소.[31]

---

31 권영민, 편, 『이상 전집 1 시』, 뿔, 2009, 42~43면.

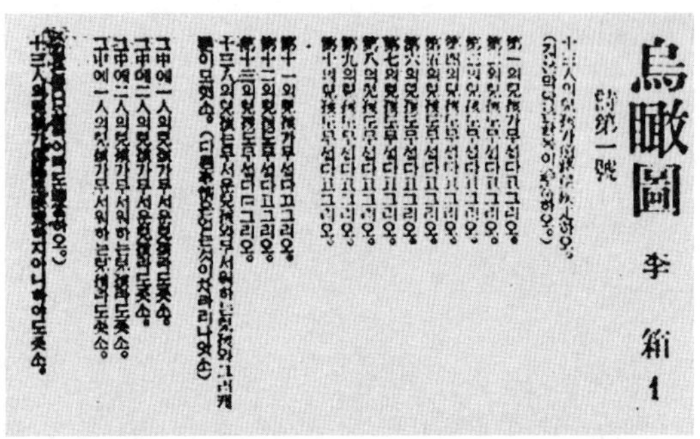

「오감도 시제1호」

　「오감도 시제1호」의 텍스트는 타이포그래피의 속성을 활용하여 외형상 시각적인 속성을 강조하고 있다. 텍스트 구성에 동원되고 있는 인쇄 활자의 모습 자체는 굵은 고딕체의 글자로 이루어져 있으며, 일반적인 띄어쓰기 방식을 무시한 채 각각의 시적 진술이 일정한 규칙에 따라 배열되어 있다. 전체 5연으로 구분되어 있는 시적 텍스트에서 전반부의 1, 2연은 각 행이 모두 13개의 글자로 이루어진 문장을 단위로 하여 반복되고 있다. 이 시의 텍스트에서 볼 수 있는 타이포그래피적 고안 가운데 특기할 만한 요소는 시적 진술 속에 문장 부호 ( )를 사용하고 있는 점이다. 「오감도 시제1호」 이전에는 시의 텍스트에서 ( )를 사용한 예를 찾아보기 어렵다. 문장 부호로서 ( )는 텍스트 내에서 진술되고 있는 숫자, 문자, 문장 등의 앞뒤를 가로막으면서 ( ) 속에 담긴 부분을 함께 쓰인 문자열과 구분 짓는다. 대개는 어구나 문장 뒤에 그것에 대한 설명이나 보충 사항을 덧붙일 때 쓰인다. 이러한 방식은 ( ) 라는 부호가 그만큼 시각적 속성을 강조하는 것임을 뜻한다. 이 시의 텍스트에 동원하고 있는 시어의 경우에도 극히 단순한 몇 가지 형태로 국한되어 있다는 점이 주목된다. '1'에서부터 '13'까지 이어지는 숫자와 '아해(兒孩)'라는 명사, 그리고 '질주하다'라는 동사와 '무섭다'라는 형용사가 반복적으로 쓰인다. '도로'라는 명사에 대응하여 이를 메타적으로 서술하고 있는 '길', '막다른 골목', '뚫린 골목' 등도 등장한다. 그러나 이러한 시어들의 통사적 결합과 그 용법을 유의하지 않으면 시적 진술의 특징을 제대로 이해하기 어렵다.

먼저 시적 텍스트의 첫째 연과 다섯 째 연이 어떤 방식으로 이루어져 있는지 보기로 하자.

(1)
十三人의兒孩가道路로疾走하오.
(길은막달은골목이適當하오.)

(2)
(길은뚫닌골목이라도適當하오.)
十三人의兒孩가道路로疾走하지아니하야도좃소.

앞에 인용한 (1) 첫째 연에서는 "十三人의兒孩가道路로疾走하오."라는 진술을 통해 시적 정황을 제시하고 있다. 열 세 명의 '아해'가 도로를 질주하고 있다는 아주 단순한 내용이다. '아해'라는 말은 고유어인 '아이'에 해당하는 한자어다. 지금은 거의 쓰이지 않는데, 어떤 경우에는 '아들'이라는 뜻을 나타내기도 한다. 그렇지만 여기서 사용하고 있는 '아해'라는 시어를 단순하게 '아이' 또는 '어린애'라고 풀이하면 그 숨겨진 의미를 이해하기 어려워진다. 이 시가 공중에 떠 있는 '까마귀'의 시각을 활용하고 있는 것이라는 사실을 전제할 경우, '아해'라는 말은 마치 어린애처럼 작게 내려다보이는 땅 위의 사람들의 모습을 단순화한 것임을 알 수 있다. 도로를 질주한다는 진술도 역시 마찬가지다. '질주'라는 말은 매우 빠르게 달린다는 뜻이지만, 이 말은 달린다는 동작 자체보다는 '빠르다'라는 속도의 문제를 강조한다. 현대 문명의 가장 중요한 특징이 속도다. 새로운 과학 기술이 인간의 삶에 영향을 미치면서 빠르게 변화한다. 땅 위로 기차가 생기고 자동차가 등장하고 하늘을 비행기가 날게 되면서 인간의 시간 공간에 대한 개념이 바뀐다. 그런데 문제가 되는 것은 이 속도에 한번 올라타면 다시는 느림의 생활로 돌아가기 어렵다는 점이다. 그러므로 현대의 인간은 계속 달려야만 하는 고단한 삶을 유지할 수밖에 없다. 여기서 왜 하필이면 '13인'인가를 묻게 되면 논의를 진전시키기 어렵다. 이 문제에 대해서는 잠시 뒤로 미루어 두자.

시의 텍스트에서 ( ) 속에 담긴 둘째 행의 문장으로 넘어가 보자. ( ) 속에 담긴 "길은막다른골목이適當하오."라는 진술은 바로 앞의 행에서 "十三人의兒孩가道路로疾走하오."라고 진술한 내용에 대한 어떤 조건을 보충하는 역할을 담당한다. 아해가 달려가는 도로가 '막다른 골목'이어야 한다는 것이다. '막다르다'라는 형용사는 '더 나아갈 수 없도록 앞이 막혀 있다.'라는 뜻을 가진다. 그러나 '막다른 골목'이라는 말 자체가 관용적으로 굳어져서 '더는 어떻게 할 수 없는 절박한 경우'를 비유적으로 이르기도 한다. 이 첫 연의 내용 속에 시적 긴장이 담기는 까닭은 '막다른 골목'을 '13인의 아해'가 질주하고 있기 때문이다. 움직이는 주체인 아해들은 속도를 늦추지 않고 달리는데, 그들이 달리는 길은 막힌 채 폐쇄되어 있다. 폐쇄된 공간과 질주하는 속도가 서로 부딪친다. 나아갈 수 없는 길을 질주한다면 어찌될 것인가? 앞으로 더 나아갈 수 없도록 막혀 버린 막다른 골목에서 어떻게 질주할 수 있겠는가? 이런 질문을 제기하게 되는 순간, 「오감도 시제1호」의 텍스트가 모순의 글쓰기에 해당한다는 것을 알 수 있다.

그런데 이러한 모순 어법이 그대로 (2)의 제5연에서도 등장한다. 여기서는 먼저 ( ) 속에 "길은뚫닌골목이라도適當하오."라는 조건을 보충한다. (1)의 경우와는 반대로 시적 진술이 이어지는 셈이다. 앞이 가로막혀 더 이상 나아갈 수 없는 길이 아니라 뚫린 골목이라도 좋다는 내용이다. 길은 개방되어 있고, 그 길 위로 "十三人의兒孩가道路로疾走하지아니하야도좃소."라고 진술한다. (1)의 경우와 정반대의 시적 진술이 이루어지고 있는 것이다. 이 진술에 이르러서도 (1)에서 생겨난 시적 긴장은 해소되지 않는다. 그 이유는 제2연과 3연을 통해 밝혀진다.

第一의兒孩가무섭다고그리오.
第二의兒孩도무섭다고그리오.
第三의兒孩도무섭다고그리오.
第四의兒孩도무섭다고그리오.
第五의兒孩도무섭다고그리오.
第六의兒孩도무섭다고그리오.
第七의兒孩도무섭다고그리오.
第八의兒孩도무섭다고그리오.
第九의兒孩도무섭다고그리오.
第十의兒孩도무섭다고그리오.

앞의 인용을 보면 둘째 연은 첫째 연에서 이루어진 "13인의아해(兒孩)가도로(道路)로질주(疾走)하오."라는 진술을 구체적으로 설명한다. "제1의아해가무섭다고그리오."라는 문장이 13음절로 구성되어 있다는 것도 우연이 아니다. 텍스트의 타이포그래피적 특성과 그 시적 의미를 강조하기 위한 고안이다. "제1의아해가무섭다고그리오."라는 문장과 동일한 내용의 진술도 '제1의아해'부터 '제13의아해'에 이르기까지 열 세 번이나 반복되고 있다. 그런데 이러한 반복적 진술에도 불구하고 "제1의아해가무섭다고그리오."와 "제2의아해도무섭다고그리오."라는 문장에는 미묘한 어법의 차이가 드러난다. '제1의아해가'에 사용된 조사 '-가'와 '제2의아해도'에 사용된 조사 '-도' 사이에는 분명한 기능과 의미상의 차이가 존재한다. '-가'는 어떤 상태나 상황에 놓인 대상, 또는 상태나 상황을 겪거나 일정한 동작을 하는 주체를 나타내는 격조사이며, 앞말이 서술어와 호응하는 주어임을 나타내는 문법적 기능을 한다. '-도'는 이미 어떤 것이 포함되고 그 위에 더함의 뜻을 나타내는 보조사이다. 그러므로 "제2의아해도무섭다고그리오."라는 문장부터는 "제1의아해가무섭다고그리오."라는 문장 위에 동일한 의미의 문장이 더해진 것임을 말한다. 여기서 시적 진술의 수사적 장치로서 활용되는 열거와 반복은 진술되는 내용 자체의 의미 공간을 내적으로 확장하고 그것을 강조하는 기능을 수행한다. 이 단순한 반복과 열거를 통해 시적 진술의 주체인 '아해'가 표명하고 있는 '무섭다'라는 서술 내용 자체가 긴박감을 고조시키면서 이어지고 있기 때문이다.

第十一의兒孩가무섭다고그리오.
第十二의兒孩도무섭다고그리오.
第十三의兒孩도무섭다고그리오.
十三人의兒孩는무서운兒孩와무서워하는兒孩와그러케뿐이모혓소.(다른事情은업는것이차라리나앗소)

그런데 "第十一의兒孩가무섭다고그리오."라는 문장부터는 앞의 문장과 단락이 구분되도록 간격을 두고 있다. 각 문장을 구성하는 음절의 숫자도 14개의 음절로 늘어난다. 시각적으로 볼 때 '第一의아해'에서부터 '第十의아해'까지의 13음절과 차이가 생긴다. 그리고 이 차이는 그대로 그 의미상의 차이로 이어진다. 여기서 셋째 연의 끝에 붙어 있는 "13인의아해는무서운아해와무서워하는아해와그렇게뿐이모였소."라는 설명적 진술을 주목해야 한다. '13인의아해'가 각각 밝히고 있는 '무섭다'라는 서술어 자체의 의미를 다시 메타적으로 해명하고 있기 때문이다. 13인의 아해가 각각 '무서운 아해'와 '무서워하는 아해'로 크게 구분되고 있는 것이다. 말하자면, '무섭다'라는 말 자체를 놓고 그 의미를 '무섭다'와 '무서워하다'로 구분하여 놓고 있는 셈이다. 이러한 해석을 더욱 발전시킨다면, 13인의 아해는 동질적 부류가 아니라 그 가운데 일부는 '무서운 아해'이며 다른 일부는 '무서워하는 아해'임을 알 수 있다. 셋째 연의 첫 문장인 "第十一의兒孩가무섭다고그리오."라는 문장이 둘째 연의 문장들과 동일한 것인데도 불구하고 이를 구분하여 단락을 나눈 것은 이러한 의미상의 차이를 텍스트상에서 시각적으로 구현하기 위한 것으로 생각된다.

여기서 '무섭다'라는 형용사의 의미에 관해 좀 더 깊이 있게 검토할 필요가 있다. 이 말은 "나는 호랑이가 무섭다."라는 문장에서 볼 수 있는 것처럼 '어떤 대상에 대하여 두려운 느낌이 있고 마음이 불안하다.'는 뜻을 지닌다. 그러나 "무서운 호랑이가 나타났다."라는 문장에서는 '두려움이나 놀라움을 느낄 만큼 성질이나 기세 따위가 몹시 사납다.'라는 뜻을 지닌다. 그러므로 이 말은 대상에 대한 느낌을 표시하기도 하고 주체의 상태 자체를 말해 주기도 한다. 아해들은 어떤 대상을 무서워하는 아해들과 상대방에게 두려움을 불러일으키는 무서운 아해들로 나누어진다. 다음의 제4연에서 이를 확인할 수 있다.

그中에一人의兒孩가무서운兒孩라도좃소.

그中에二人의兒孩가무서운兒孩라도좃소.

그中에二人의兒孩가무서워하는兒孩라도좃소.

그中에一人의兒孩가무서워하는兒孩라도좃소.

앞의 제4연에서 그려 내고 있는 시적 정황을 자세히 살펴보면, 시적 화자는 막다른 골목길을 질주하면서 무섭다고 하는 '13인의 아해'를 두고, 그 가운데 하나둘씩 각각 무서운 아해와 무서워하는 아해로 구분하고 있다. 앞에서 설명한 대로 '무섭다'라는 말이 결국은 그 주체인 '아해'를 서술하기도 하고 대상화하기도 한다는 점을 주목할 필요가 있다. 이를 더욱 명확히 하기 위해서는 무서운 존재가 누구인가? 누구를 무서워하고 있는가를 질문해 보면 그 뜻이 분명하게 드러난다. 이 두 가지 질문에 대한 답은 모두 '아해'이다. 결국 공포의 대상이 아해 자체라는 것이다. 다시 말하자면 아해 가운데 무서운 아해가 있고, 그 무서운 아해를 다른 아해가 무서워하고 있는 것이다.

이러한 설명을 통해 이 시가 그려 내고자 하는 아해의 공포(무서움)가 무엇인지 그 실체가 드러난다. 아해들이 무서워하는 것은 괴물이라든지 귀신이라든지 하는 다른 어떤 대상이 아니다. 아해들 가운데에는 아주 무서운 아해도 있다. 그러므로 아해들은 그 무서운 아해를 공포의 대상으로 여기며 무서워하고 있는 것이다. 이러한 진술 내용을 확대 해석할 경우, 아해들은 서로가 서로를 공포의 대상으로 여기고 있다는 설명이 가능하다. 아해들이 서로를 무서워하는 까닭은 시적 텍스트에서 설명하고 있지는 않다. 그러나 도로를 질주하면서 경쟁하고 있는 아해들을 보면 이들이 서로 분열되어 대립하고 있음을 짐작할 수 있는 일이다. 이 시의 마지막 5연은 이 같은 결론을 더욱 분명하게 만들어 준다. 마지막 연을 보면, 첫째 연에서 제시한 시적 정황에 대한 반대 진술의 가능성을 열어 놓는다. '막다른 골목'이 아니라 '뚫린 골목'이어도 좋고, '질주하지 아니하여도' 좋다고 설명하고 있다. 이러한 반대 진술은 이 시에서 말하고자 하는 내용이 어떤 경우라도 실상은 마찬가지라는 점을 암시한다. 아해들은 막다른 골목을 질주하든, 뚫린 길을 질주하지 않든지 간에 어떤 경우에도 자신을 무서운 존재로 내세우기도 하고 상대방을 공포의 대상으로 여기기도 하는 것이다. 여기서 상호 대립과 갈등과 불신이 아해들의 공포를 조장하고 있음을 알 수 있다.

「오감도 시제1호」의 시적 텍스트에서 '13인'이라는 숫자가 어떤 의미를 지니는 것인가를 따지는 것은 본질적인 문제는 아니다. 하지만 이상 자신도 '13'이라는 숫자 자체의 의미에 덧붙여진 다양한 미신(迷信)을 주목했기 때문에 이 시에 그것을 끌어들이고 있는 것은 분명하다. 물론 여기서 '13'에 붙어 있는 '종말의 의미'를 아무리 강조한다고 해도 시적 의미의 깊이에 도달하기는 어렵다. '13'이라는 숫자를 '조선 13도'로 환원해 보거나 이상과 함께 경성고등공업학교 건축과에 입학했던 '동기생 13명'의 숫자와 일치한다는 점을 강조해도 상황은 마찬가지다. 그럼에도 불구하고 굳이 설명이 필요하다면, 「오감도 시제1호」에서 그려내고 있는 '13인의 아해'가 지구상에 살고 있는 인간의 존재를 상징하고 있는 것으로 보는 것이 어떨까 하는 생각이 든다. 이 시가 '까마귀'처럼 공중에서 땅을 내려다보는 '오감도'의 관점에서 씌어진 것이라는 점을 생각한다면, 땅 위에서 살아가는 인간의 왜소한 모습이 '아해들'처럼 보인다는 것은 당연하다. '13'은 종말의 숫자이며 인간 존재의 위기를 암시한다. 이것은 현실 속에 살고 있는 인간의 실체를 '무섭다'라고 하는 하나의 형용사로 묘사한 것과도 그 성격이 일맥상통한다. 20세기 문명의 발전 과정에서 드러나는 휴머니즘의 붕괴를 생각한다면, 인간의 인간에 대한 공포는 현대 문명이 만들어 낸 죄악이다. 속도와 경쟁을 부추겨 온 물질문명이 인간의 상호 불신과 대립, 적대감과 경쟁의식, 공포와 저주 등의 문제를 초래하고 있기 때문이다. 「오감도 시제1호」의 참주제는 바로 이 같은 문제 인식에 기초하고 있는 것이다.

「오감도 시제3호」 혹은 존재와 시간의 문제

이상의 연작시 「오감도」에 포함되어 있는 15편의 작품 가운데에는 텍스트 전체가 하나의 문장으로 이루어진 특이한 진술 형태를 보여 주는 작품 두 편이 있다. 「오감도 시제2호」와 「오감도 시제3호」의 경우가 바로 여기에 해당한다. 이 두 편의 작품은 시적 텍스트 전체가 행의 구분 없는 하나의 문장으로 구성되어 있는데, 모든 어구의 띄어쓰기를 거부하고 줄글로 붙여 써 놓고 있다. 이 중에서 「오감도 시제3호」의 경우를 보기로 하자. 이 작품은 시적 진술 전체가 한 개의 문장으로 이루어져 있는데, 전체 텍스트가 아주 복잡한 복합문(複合文)의 구조를 드러낸다.

싸홈하는사람은즉싸홈하지아니하든사람이고또싸홈하는사람은싸홈하지아니하는사람이엇기도하니까싸홈하는사람이싸홈하는구경을하고십거든싸홈하지아니하든사람이싸홈하는것을구경하든지싸홈하지아니하는사람이싸홈하는구경을하든지싸홈하지아니하든사람이나싸홈하지아니하는사람이싸홈하지아니하는것을구경하든지하얏으면그만이다[32]

「오감도 시제3호」의 텍스트에는 시적 화자가 작품 내적 공간에 등장

---

32 권영민 편, 『이상 전집 1 시』, 뿔, 2009, 49면.

하지 않는다. 시적 화자는 텍스트의 밖에 자리하면서 모든 진술을 주도하고 있다. 이 작품의 첫머리에 등장하는 "싸움하는사람은즉싸움하지아니하던사람이고또싸움하는사람은싸움하지아니하는사람이었기도하니까"라는 대목은 어떤 사실의 전제 또는 조건을 나타내면서 전체 진술에 종속되어 있다. 이 부분은 다시 '싸움하는사람은즉싸움하지아니하던사람이다'와 '싸움하는사람은싸움하지아니하는사람이었다'라는 두 가지 진술로 그 내용을 구분할 수 있다. 여기서 등장하는 시적 대상으로서의 '싸움하는 사람'은 '사람이 싸움한다.'라는 서술적 문장으로 바꾸어 보면 그 존재와 행위의 의미가 분명해진다. 현재라는 시간적 위상을 통해 그 구체성이 드러나고 있기 때문이다. 그러나 현재라는 시간적 위상을 떠나서 생각할 경우, '싸움하는 사람'은 과거에 '싸움하지 아니하던 사람'일 수도 있고 '싸움하지 아니하는 사람'일 수도 있다. 이 같은 사실을 전제할 경우, 텍스트의 후반에 이어지는 "싸움하는사람이싸움하는구경을하고싶거든싸움하지아니하던사람이싸움하는것을구경하든지싸움하지아니하는사람이싸움하는구경을하든지싸움하지아니하던사람이나싸움하지아니하는사람이싸움하지아니하는것을구경하든지하였으면그만이다"라는 구절의 의미도 쉽게 파악된다. 이 후반부의 진술에서도 "싸움하는사람이싸움하는구경을하고싶거든"이라는 부분이 하나의 조건에 해당한다. 그리고 실제로 '싸움하는구경'을 하기 위해서는 세 가지 상황을 구분하여 보아야만 한다. 첫째는 '싸움하지아니하던사람이싸움하는것을구경'하는 일이다. 둘째는 '싸움하지아니하는사람이싸움하는것을구경'하는 것이다. 그리고 셋째로는 '싸움하지아니하던사람이나싸움하지아니하는사람이싸움하지아니하는것'을 구경하는 경우이다. 이처럼 시간적 위상에 따라 사물의 움직임과 형태가 서로 바뀐다는 점을 주목할 필요가 있다.

　이 작품에서 시적 진술의 대상이 되는 것은 '싸움하는 사람'이다. 여기서 '싸움'이라는 시어는 특별한 상징적 의미를 가지는 것은 아니다. 일반적인 인간의 행위를 '싸움'이라는 말로 지칭한다. '싸움하다'라는 동작은 현재의 시간에 묶여 있으며 지금 현재 '사람이 싸움한다.'는 사실을 서술하고 있다. 그런데 '싸움하는 사람'이라는 시적 대상의 존재와 그 본질적 속성은 시간적 위상에 따라 그 이전의 상태와 그 이후의 상태를 서로 연결 지어 생각할 때 비로소 그 행위의 구체성을 드러낸다. 모든 실재하는 대상은 엄격하게 말할 경우, 'A라는 상태가 B라는 상태에 선행하거나 B라는 상태가 A라는 상태에 선행하는 방식'으로 나타나게 된다. 이것은 단순한 경험적 지각을 넘어서 오성의 개념과 연결된 시간의 선후 관계에 따른 인과 법칙으로 규정할 수 있는 것이다. 모든 실재하는 대상들 사이의 이러한 선후 관계는 말할 것도 없이 시간의 계기를 전제해야만 인식 가능하다. 여기서의 시간은 인과성에 따르는 대상의 운동의 척도가 된다. 그러므로 이와 같은 논리를 전제할 때, '싸움하는 사람'은 그 선행의 상태로서 '싸움하지 아니하던 사람'일 수도 있고 또한 '싸움하지 아니하는 사람'일 수도 있다는 진술이 가능해진다. 이를 근거로 이 시의 텍스트의 후반부는 "싸움하는사람이싸움하는구경을하고싶거든"이라는 좀 더 복잡한 행위에 대한 인식의 가능성을 다시 전제하면서 논의가 확대된다. 그리고 결국은 "싸움하지아니하던사람이싸움하는것을구경하든지", "싸움하지아니하는사람이싸움하는것을구경하든지", "싸움하지아니하던사람이나싸움하지아니하는사람이싸움하지아니하는것을구경하든지" 하였으면 그만이라는 결론에 도달하고 있다. 이 같은 논리를 발전시키면 '싸움하는사람'은 스스로 자신이 싸움하는 장면을 구경하는 사태로 발전할 수도 있다. 이 텍스트가 노리고 있는 것은 바로 이 같은 새로운 차원에서 이루어지는 대상에 대한 인식의 가능성이다. 물론 그 기반을 이루는 시간성에 대한 의식이 얼마나 중요한 것인가를 먼저 주목해야만 한다.

이상은 「오감도 시제3호」를 통하여 사물에 대한 인식이 시간의 위상에 따라 얼마든지 다양하게 달라질 수 있음을 제시하고자 한다. 물론 시간이라는 것이 주관에 속하면서 모든 인식을 가능하게 하는 초월적 관념에 해당하지만 그 자체가 경험적 실재성이라는 사실을 직시할 필요가 있다. 여기서 주목되는 것이 시적 대상의 존재에 대한 인식 방식이다. 모든 실재하는 대상의 가능 / 불가능, 현존 / 부재, 필연 / 우연의 구분은 시간 조건과의 결합에 의해 결정된다. 그러므로 현재 '싸움하는 사람'은 과거에는 '싸움하지 아니하던 사람'이라는 인식이 가능하다. 시적 대상에 대한 시인의 인식은 객관적인 사물에 대한 인식 그 자체에 해당한다. 그러나 그 대상의 존재는 객관적 시간, 즉 계기를 본질로 하는 시간 속에 존재함을 뜻한다. 바로 여기서 어떤 동작을 행하는 대상을 인식하는 데에 있어서 시간이 절대적인 조건이 된다는 사실을 확인할 수 있게 된다. 이러한 시간성의 인식은 후설(E. Husserl)의 시간 의식에 관한 현상학적 해석을 연상하게 한다. 소광희 교수가 『시간의 철학적 성찰』(2001)에서 논하고 있는 '후설의 의식 시간론'[33] 에 의거하면, 자아(ego)는 살아 있는 자아이며 유동하는 현재 속의 자아이다. 여기서 모순되는 문제가 발생한다. 그것은 흐르는 시간 속에서 자아가 언제나 자기 부정적 계기를 가지게 되면서 동시에 자기 동일성을 견지하고 있기 때문이다. 이 모순점을 해결하기 위해 시간에 있어서의 지향성을 문제 삼지 않을 수 없게 된다. 후설은 지각하고 반성하는 자아(cogito)와 지각되고 반성되는 자아(cogitatum)를 구별한다. 그러나 사실 이 양자는 동일한 자아이다.

---

33 소광희, 『시간의 철학적 성찰』, 문예출판사, 2001, 445~545면 참조.

여기서 반성되는 자아는 '바로 전에' 반성하던 자아이다. 반성은 '지금' 과 '바로 전' 사이의 다리를 놓는 간격이지만, 이것이 곧 자아의 자기 분열을 의미하기도 한다. 여기서 반성은 바로 '있었다'와 '있다'의 긴장을 간취하고 그것을 하나로 연결해 주는 시간성이기도 한 것이다. 이 같은 후설의 견해를 따르면 자아는 자기 자신과 구별되며, 반성하는 자아와 반성되는 자아의 구별을 통해 자아의 자기 동일성이 지양되지 않을 수 없다는 사실을 알 수 있다.

「오감도 시제3호」의 시적 진술 속에서 '싸움하는 사람'은 시간적으로 현재에 속한다. 그러나 '바로 전'에는 '싸움하지 아니하던 사람' 또는 '싸움하지 아니하는 사람'이었다고 할 수 있다. 물론 여기서 현재 '싸움하는 사람'과 '바로 전'에 '싸움하지 아니하던 사람'은 동일한 존재이다. 그럼에도 불구하고 이들이 서로 분열되어 마치 서로 다른 존재처럼 의식되는 것은 시간성의 문제에 따른 것임은 물론이다. 일찍이 이 시를 놓고 이승훈 교수는 "시제만을 문제 삼을 때 이 시는 현재와 과거의 동일성을 노래하며 문장의 지정사만을 중시할 때 긍정과 부정의 동일성을 노래한다."라고 평한 바 있다.[34] 그러나 여기서 문제가 되는 것은 동일성 그 자체가 아니라 존재의 동일성에도 불구하고 그것이 '지금'과 '바로 전'이라는 시간 의식에 따라 서로 다른 속성을 드러내는 것처럼 분열적으로 인식된다는 사실이다. 말하자면 자기 동일성의 분열 상태가 시간 의식에 따라 필연적으로 드러난다는 점을 보여 주고 있다고 할 것이다. 그러므로 「오감도 시제3호」는 하나의 대상을 놓고 그 자체의 존재 의미가 현재와 과거라는 시간에 따라 서로 분열되어 나타나고 있음을 진술하고 있는 셈이다. 이 작품에서 자기 동일성의 분열 양상을 시인이

34　이승훈 엮음, 『이상문학전집 1 시』, 문학사상사, 1989, 24면.

어떻게 파악하고자 하는가를 명확하게 인식하지 못하는 경우 시적 의미의 핵심에 도달하기 어렵다.

「오감도 시제4호」와 '보는 시'의 가능성

이상의 연작시 「오감도」는 한국의 현대시 가운데 본격적인 의미에서 '보는 시' 또는 '시각시(visual poetry)'라는 새로운 양식 개념의 문제를 제기하고 있다. 여기서 말하는 '보는 시'는 언어 텍스트로 이루어지는 시의 형태에 시각적 요소를 부여함으로써 텍스트 자체가 시각적 형태를 드러내도록 고안된 것이다. 「오감도 시제4호」와 「오감도 시제5호」는 '보는 시'의 대표적인 형태라고 할 수 있다. 이 두 작품은 시적 텍스트가 지향하는 시각적 요소 자체가 시적 의미를 규정한다. 이 같은 새로운 시 형식은 1950년대 이후 유행한 독일의 '구체시(concrete poetry)'가 대표적인 것이지만, 시적 형식을 시각적 형태로 구현하고자 하는 노력은 그 이전의 '다다 운동'이나 '초현실주의 운동'에서도 흔히 볼 수 있었던 일이다.

이상이 새롭게 시도하고 있는 '보는 시'는 시적 텍스트 자체에서 활자 크기의 조절, 행간의 조정과 행의 구분, 시각적 도형이나 도판의 삽입 등과 같은 타이포그래피의 기법을 자유롭게 활용하고 있는 점에 그 특징이 있다. 이것은 시적 텍스트 자체를 언어 문자적 진술의 형태로 구성하는 것이 아니라 하나의 시각적 형상으로 표현하고자 하는 의도를 담고 있다. 이러한 시도를 통해 이상은 '보는 시'에의 지향을 강하게 드러내고 있음을 말해 주는 것이다. 시적 텍스트에서 시각적 요소는 텍스트의 내적 의미 영역을 확대하면서 시적 형태 자체를 일종의 공간적 형식으로 구조화한다. 그러므로 '보는 시'에서는 그 시각적 요소가 구현하는 이미지 자체가 어떤 의미를 지니고 있는가가 중요하다.

「오감도 시제4호」의 경우를 보기로 하자. 이 작품은 텍스트 자체가 특이한 구조를 드러낸다. 일반적으로 시적 텍스트는 언어적 진술을 통사적으로 배열하여 그 구조가 결정된다. 그러나 이 작품은 텍스트가 언어적 진술로만 구성되어 있지 않다.

患者의容態에關한問題。

·1234567890
1·234567890
12·34567890
123·4567890
1234·567890
12345·67890
123456·7890
1234567·890
12345678·90
123456789·0
1234567890·

診斷 0·1

26·10·1931

以上 責任醫師 李 箱[35]

앞의 인용에서 볼 수 있는 것처럼, 이 작품의 텍스트는 아주 간단한 '患者의容態에關한問題'라는 언어적 진술 뒤에 '1234567890'이 뒤

---

35 권영민 편, 『이상 전집 1 시』, 뿔, 2009, 51면.

집힌 채 열 한 줄로 반복 배열된 특이한 숫자의 도판(圖版)이 하나 끼어 있다. 그리고 '診斷 0·1 / 26·10·1931 / 以上 責任醫師 李 箱'이라고 표시하면서 텍스트가 끝난다. 언어적 진술이 아닌 시각적 도판을 시적 텍스트의 일부로 활용하고 있다. 이처럼 언어적 진술과 시각적 도판의 결합에 의해 구조화된 시적 텍스트는 한국의 현대시에서 이상의 시 이전에 등장한 적이 없다.

그런데 이 작품은 이상 자신의 일본어 연작시 「건축무한육면각체(建築無限六面角體)」에 포함되어 있는 「진단(診斷) 0:1」(《조선과 건축》, 1932. 7)과 아주 유사하다. 기존의 선집들 가운데에는 두 작품을 동일 작품으로 다룬 경우도 많다. 하지만 일본어로 된 「진단 0:1」에서 언어적 진술 내용을 번역하면 「오감도 시제4호」의 경우와 완전히 일치하지만, 중간에 삽입된 숫자의 도판이 「오감도 시제4호」에서는 뒤집혀 있다. 이 같은 텍스트의 변형은 여러 가지 방향으로 해석이 가능하다. 물론 두 작품의 제목도 서로 다르므로 동일 작품으로 취급할 수는 없는 일이다.

이 작품 텍스트에서 먼저 주목해야 할 것은 첫 행의 "患者의容態에關한問題"라는 짤막한 진술이다. 이 진술에는 다른 어떤 설명도 개입될 여

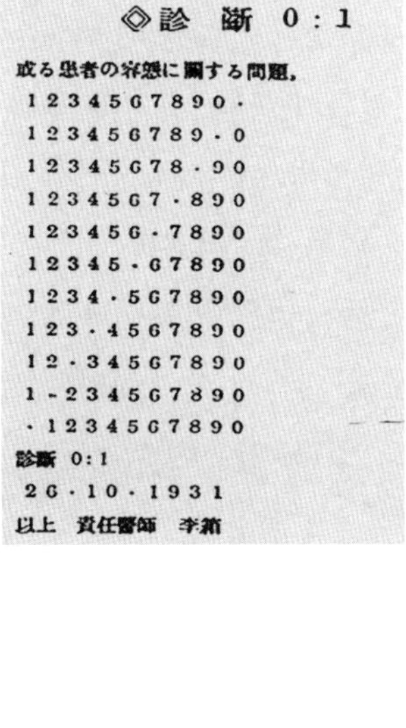

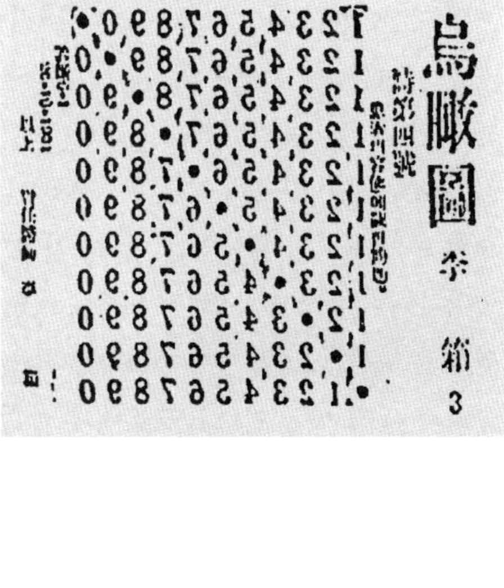

지가 없다. 여기서 말하고 있는 '환자'가 어떤 병환을 앓고 있는지, 어떤 상태를 보이고 있는지 알 수 없다. 이러한 상황에서 텍스트의 중간에 뒤집힌 숫자의 도판이 제시된다. 이 시의 텍스트에서 "患者의容態에關한問題"라는 언어적 진술과 이 숫자의 도판 사이에는 대등한 병치 관계가 성립된다. 시의 텍스트에서 진술하고 있는 "환자의용태에관한문제"를 시각적으로 도식화할 경우 바로 숫자의 도판으로 표시되는 것이다. 그러므로 이 숫자의 도판을 통해 기호로 추상화된 어떤 상태가 바로 '환자의 용태'에 해당하는 셈이다. 시적 텍스트의 말미에서는 숫자의 도판을 통해 시각적으로 제시한 환자의 용태를 보고 그 진단 결과를 '0·1'이라는 숫자로 다시 정리해 놓고 있다. 그리고 이 진단 결과는 1931년 10월 26일 '의사 이상'에 의해 도출된 것이라는 사실이 텍스트의 말미에서 확인된다.

그런데 이러한 텍스트의 구성에서 시적 대상인 '환자'와 그 '환자'의 용태를 진단하고 있는 '의사 이상(李箱)'의 관계를 어떻게 설명해야 할 것인지가 문제다. 텍스트 내에서는 시적 대상으로 내세우고 있는 '환자'가 어떤 인물인지 확인할 수 있는 근거를 찾아볼 수 없다. 그러나 환자의 용태를 진단한 의사를 '이상'이라고 내세움으로써 경험적 자아로서의 시인 자신의 위상을 강조하고 있다. 이러한 시적 정황으로 볼 때 이 시는 시인 자신인 '이상'에게 의사라는 자격을 부여하여 어떤 '환자의 용태'를 진단하고 있는 것이라고 설명할 수 있다. 일반적으로 서정시에서 시적 진술은 시적 자아에 해당하는 시인 자신에 의해 이루어진다. 시적 진술의 주체가 시인 자신임을 내세우지 않아도 독자들은 그 사실을 쉽게 인지하게 된다. 물론 시적 정황 속에 어떤 인물을 내세워 시적 자아인 시인의 존재를 숨기고 자기 목소리를 감출 수도 있다. 이 시에서 시적 진술의 주체를 '이상'이라고 드러내 놓고 있는 점은 주목을 요한다.

　이제 시의 텍스트 중간에 끼어 있는 숫자의 도판을 검토해야할 차례다. 이 숫자의 도판에서 '1 2 3 4 5 6 7 8 9 0 · '이라는 숫자가 뒤집혀 열한 번이나 반복적으로 배열된 것은 그 하나하나의 배열과 반복 자체에 어떤 의미를 부여하기 위한 전략이라고 이해할 수 있다. 그러나 이 같은 숫자의 반복 배열 자체의 의미를 따지기 전에 이 숫자 전체가 어떤 사실(환자의 용태)에 대한 언어적 진술을 약호화(略號化)하기 위한 도판이라는 점을 다시 강조해 둘 필요가 있다. 이 도판은 언어 텍스트의 진술 내용과 연관되는 어떤 문제를 시각적으로 형상화한 것이기 때문이다.

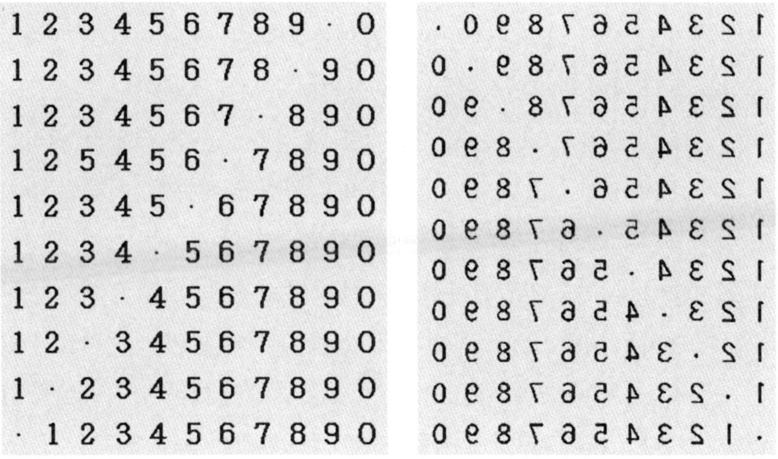

```
1 2 3 4 5 6 7 8 9 · 0
1 2 3 4 5 6 7 8 · 9 0
1 2 3 4 5 6 7 · 8 9 0
1 2 3 4 5 6 · 7 8 9 0
1 2 3 4 5 · 6 7 8 9 0
1 2 3 4 · 5 6 7 8 9 0
1 2 3 · 4 5 6 7 8 9 0
1 2 · 3 4 5 6 7 8 9 0
1 · 2 3 4 5 6 7 8 9 0
· 1 2 3 4 5 6 7 8 9 0
```

(a)

```
· 0 9 8 7 6 5 4 3 2 1
0 · 9 8 7 6 5 4 3 2 1
0 9 · 8 7 6 5 4 3 2 1
0 9 8 · 7 6 5 4 3 2 1
0 9 8 7 · 6 5 4 3 2 1
0 9 8 7 6 · 5 4 3 2 1
0 9 8 7 6 5 · 4 3 2 1
0 9 8 7 6 5 4 · 3 2 1
0 9 8 7 6 5 4 3 · 2 1
0 9 8 7 6 5 4 3 2 · 1
```

(b)

　앞의 (a) (b)는 일본어 시 「진단 0:1」과 「오감도 시제4호」의 텍스트에 삽입되어 있는 숫자의 도판이다. 「오감도 시제4호」의 숫자 도판 (b)는 일본어 시 「진단 0:1」에서 볼 수 있는 도판 (a)를 뒤집어 놓은 형태로 보인다. 그런데 이것을 뒤집힌 상태라고 규정할 수만은 없다. 실제로는 뒤집어 놓지 않고 도판 (a)를 들고 거울 앞에 서서 이를 비춰 보면 (b)와 같은 형태로 나타나기 때문이다. 여기서 중요한 것이 바로 '거울에 비춰 보기'라는 행동이다. 이상의 문학에서 자주 등장하는 '거울'이라는 이미지가 나르시시즘의 징후를 담고 있다는 점도 상기할 필요가 있다. 여기서 도판 (a)를 거울에 비춰 본 모습이 도판 (b)와 같이 거꾸로 뒤집힌 형태로 나타난다는 사실을 전제하고 본다면, 이 시에서 시적 대상으로 다루고자 하는 '환자'가 바로 시인 자신이라는 사실을 알아차리는 것은 어렵지 않다. 시인 이상은 스스로 의사가 되어 환자인 자신의 용태를 마치 거울에 비춰 보듯 진단하고 있는 셈이다. 결국 「오감도 시제4호」에서 시인은 스스로 의사가 되어 자신을 한 사람의 환자로 대상화(對象化)하고 있다. 시적 주체가 곧 시적 대상으로 변환되고 있는 것이다. 이 같은 자기 진단의 방식을 통해 시인의 자의식이 강하게 드러나게 됨은 물론이다.

그런데 이 숫자의 도판은 내리읽기를 할 경우 오른편 끝에 '1'이라는 숫자가 줄지어 있음을 보게 된다. 그리고 왼편 끝에는 '0'이라는 숫자가 마찬가지로 줄지어 있다. 중간에 배열된 숫자의 변화는 그것이 어떻게 표시되어 있든지 간에 결과적으로 이 숫자 도판은 '1'과 '0'이라는 두 숫자의 대비를 시각적으로 구현하고 있다. 이 시의 말미에 제시되어 있는 '진단 0 · 1'이라는 문구는 바로 이 같은 도판의 대비적인 형상을 압축한 것이다. 그리고 이것은 서두에 제시한 '환자의 용태에 관한 문제'에 대한 진단의 결과에 해당한다는 점을 알 수 있다. 결국 「오감도 시제4호」에서 제시하고 있는 자기 진단의 결과는 '0 · 1'이라는 두 개의 숫자로 표시되고 있다. 이 두 숫자는 오늘날 아주 흔하게 쓰이는 디지털(digital)의 세계를 압축해 보여 주는 기호이지만, 이 시의 텍스트에서 디지털의 세계까지 추론한다는 것은 무리가 있어 보인다.

그렇다면 이 시에서 '진단 0 · 1'이라는 문구는 어떤 의미를 지니는 것인가? 먼저「오감도 시제4호」에서 볼 수 있는 '0·1'과 일본어 시「진단 0:1」에 표시된 '0:1'을 생각해 보자. 기왕의 전집 가운데에는「오감도 시제4호」의 '0·1'을 일본어 시「진단 0:1」에서 볼 수 있는 '0:1'의 오식(誤植)으로 간주한 경우가 많다. 그러나 이것은 오식이 아니다. 앞의 원문 텍스트를 보면 두 작품의 표기가 명확하게 차이를 드러낸다.「오감도 시제4호」의 경우는 숫자의 도판에 표시되어 있는 ' · '(가운뎃 점)의 의미를 분명하게 표시하기 위해 '0:1'이 아닌 '0·1'로 변환하여 놓고 있다고 설명하는 것이 타당할 것이다. '0'과 '1'이라는 숫자의 의미를 따져 보면, '0'은 ' −1'보다 크고 '1'보다 작은 정수이다. 이 정수를 표시하기 위한 숫자가 바로 '0'이다. '0'은 수학에서 정수, 실수, 또는 방정식 구조에서 덧셈에 대한 항등원이 된다. 숫자로서의 '0'은 수 체계에서 자리를 표시하는 역할을 하기도 한다. 음의 값이 없는 양(量)을 표시할 때 '0'은 '무(無)'와 같은 의미를 지닌다. '1'은 가장 작은 자연수로서, '0'과 '2' 사이의 정수이다. '1'은 소수도, 합성수도 아니며, 모든 수의 약수에 해당하며 어떤 수도 '1'을 곱하면 그 수 자신이 된다. '1'은 곱셈에 대한 항등원이다. 사물의 세계에서 '1'은 유일한 하나의 존재를 표시한다.

그런데 '0·1'은 무슨 의미인가? 수학에서는 ' · '(가운뎃점)이 곱하기의 부호로 쓰인다. 그러므로 '0·1'은 '0×1'을 뜻한다. 물론 그 값은 다시 '0'이 된다. 그러나 문장 부호로서의 ' · '(가운뎃점)은 동위부(同位符)로서 성질이 비슷한 몇 개의 단어를 '미국·영국·독일'과 같이 나열할 때에 그 사이에 쓴다. 그리고 두 숫자로 된 말 사이에도 '3·1 만세 운동', '4·19 학생 혁명' 등과 같이 표시한다. 이 경우에는 '0과 1'이라는 뜻으로 풀이된다. 일본어 시「진단 0:1」에서 '0:1'에는 ':'(쌍점)이 있다. 쌍점은 수학에서 비율 표시로 쓰이기 때문에 '0 대 1'이라고 읽는다. 여기서 '0:1'이라는 수식은 '0÷1'과 같은 의미를 지니며 그 값은 '0'이다. 하지만 문장 부호로서의 쌍점은 앞에 제시된 말에 내포되는 사항을 다시 뒤에서 자세히 설명하거나 그 사례를 들어 보일 때 쓰인다. 예컨대 '푸짐한 햇과일: 사과 · 배 · 감 · 대추 등'이 이에 해당한다. 그리고 한 문장이 끝나면서 다음 문장과 의미상 연결됨을 보일 때에도 쌍점을 표시한다. 그러므로 '0:1'에서 사용된 쌍점의 의미를 문장 부호의 하나로 읽게 되면, '0은 곧 1이다.'라는 의미로 해석될 수 있으므로 의미상 모순을 일으킨다.

이와 같은 기호의 해석에 근거하여 전체 숫자의 도판에 대해 생각해 보기로 한다. 「오감도 시제4호」에서 숫자의 도판이 지니는 성격에 대해서는 김명환 교수의 설명이 설득적이다. 수학자인 김 교수는 「이상의 시에 나타나는 수학기호와 수식의 의미」(『이상 문학 연구 60년』, 권영민 편, 170~171면)에서 이 숫자 판의 맨 위에 '1234567890'이라는 숫자가 있는데, 이 숫자가 한 줄씩 아래로 내려오면서 1/10씩 곱해지는 등비수열의 형태를 나타내고 있다고 해석하고 있다. 그리고 이렇게 계속 내려가면 아무리 큰 수부터 시작해도 결국은 0으로 수렴하게 된다는 사실을 지적하고 있다. 이러한 해석을 따라가 보면, 결국 시적 텍스트에서 제시되고 있는 '진단 0 · 1'이라는 문구가 '0'으로 수렴되고 있는 형상 자체를 수식으로 표시한 것이라는 설명이 가능해진다. 하지만 나는 '진단 0 · 1'에서 '0 · 1'의 의미를 '0과 1'이라고 읽고 싶다. 여기서 '0'은 '없음' 또는 '소멸'의 뜻으로 '1'은 '있음' 또는 '유일한 존재'를 의미한다. 따라서 '진단 0 · 1'은 '진단 결과 한쪽은 없고 다른 한쪽은 있다.'는 뜻으로 풀이하고자 한다. 이를 확대 해석한다면 두 개 가운데 하나는 훼손되어 없어지고, 다른 하나는 온전하게 남아 있다는 뜻이 된다.

이와 같은 해석은 「오감도 시제4호」의 의미가 시인 자신의 용태에 대한 자기 진단적 성격을 띤다는 점으로 볼 때 설득력을 가진다. 이 시에서 '환자'로 대상화되고 있는 것은 폐결핵을 앓고 있던 시인 자신이었기 때문이다. 이상은 스스로 의사가 되어 자신의 건강 상태와 병환의 진전 상황을 진단하면서 그 결과를 '보는 시'의 형태로 제시한다. 그는 조선 총독부 건축 기사로 재직하던 중에 X선 검사를 통해 폐결핵이 중증 상태임을 확인했던 것이다. 그러므로 정상적으로 작동하고 있는 한쪽의 폐는 '1'로, 결핵이 상당히 진전되어 있는 다른 한쪽의 훼손된 폐는 '0'으로 표시하고 있다는 설명도 가능해진다. 이 시에서 활용하고 있는 시각적 요소로서의 숫자의 도판 자체가 X선 촬영의 결과를 보여 주는 필름의 영상을 기호화한 것이라고 추측할 수도 있다. 더구나 이 시에서 이상 자신이 빠져들었던 병적 나르시시즘의 징후를 확인할 수 있다는 것은 중요한 일이다. 그러나 더 중요한 것은 이 시에서 병에 대한 고통이나 괴로움 등을 모두 내면화하기 위해 주관적 감정을 억제하고 철저하게 자기 세계를 대상화하고 있는 '의사(醫師)'의 입장에서 자신을 진단하는 이상의 태도를 읽어 내는 일이다. 이것은 이 시를 보고 그 숫자 도판의 이미지를 '읽는' 독자의 몫이 된다.

「오감도 시제12호」와 일상성의 시적 인식

「오감도 시제12호」는 단조로운 시적 형태에도 불구하고 고도의 상징을 내포한다. 이 시에서 그려 내고 있는 시적 대상은 시냇가 빨래터에서 이루어지는 빨래하는 장면이다. 빨래는 일상생활 속에서 일어나는 일과의 하나이다. 옷을 입고 지내다가 그것이 더러워지면 빨래를 한다. 더러워진 옷을 깨끗하게 만든다는 의미에서 본다면 빨래는 일종의 '정화(淨化)' 과정에 해당한다. 이전에는 마을 어귀의 시냇가에서 아낙네들이 빨래를 했다. 빨랫감을 머리에 이고 빨래터로 나와서는 더러워진 빨래를 내려놓고 흐르는 냇물에 빨래를 한다. 더럽혀진 때가 잘 빠지도록 비누질을 하고는 방망이로 빨랫감을 두드린다. 마치 전쟁이라도 치르는 것처럼 격렬하게 이루어지는 방망이질을 통해 빨래의 더럽혀진 때가 씻겨나간다. 빨래가 끝나면 이를 햇볕에 널어 말린다. 그리고 다시 손질하여 입게 된다. 이렇게 되풀이되는 빨래의 과정 자체로 놓고 본다면, 이는 반복적인 일상의 한 장면에 틀림없으며 그 자체가 평화로운 일상적 삶의 의미를 암시한다. 그렇지만 이 시에서 그려 내고자 하는 것은 빨래 자체는 아니다. 시냇가에서 이루어지는 빨래라는 일상적인 활동은 새로운 시적 의미로 변용된다. 그것은 바로 빨래터에 날아와 앉는 비둘기 떼의 모습을 통해서 가능해진다. 도심의 하늘을 날아다니는 비둘기는 일상생활에서도 흔히 볼 수 있는 자연물에 불과하다. 이 시에서는 바로 이러한 자연물로서의 비둘기가 구체적인 시적 대상으로 등장하면서 빨래하는 장면과 겹쳐진다.

때무든빨내조각이한뭉탱이空中으로날너떠러진다. 그것은흰비닭이의떼다. 이손바닥만한한조각하늘저편에戰爭이끗나고平和가왔다는宣傳이다. 한무덕이비닭이의떼가깃에무든때를씻는다. 이손바닥만한하늘이편에방맹이로흰비닭이의떼를따려죽이는不潔한戰爭이始作된다. 空氣에숫검정이가지저분하게무드면흰비닭이의떼는또한번이손바닥만한하늘저편으로날아간다.[36]

이 시의 텍스트에서 시적 화자는 두 개의 장면을 하나의 시적 공간 속으로 끌어넣고 있다. 그 하나는 텍스트의 전반부에 그려 놓고 있는 비둘기 떼이며, 다른 하나는 텍스트의 후반에 그려 놓고 있는 빨래터에서의 빨래 방망이질이다. 이 두 개의 장면은 표면상 아무런 관련성을 지니

---

36 권영민 편, 『이상 전집 1 시』, 뿔, 2009, 76면.

지 않고 있지만 시적 상상력에 의해 하나의 의미 체계를 구성한다. 텍스트의 첫 문장 "때무든빨내조각이한뭉탱이空中으로날너떠러진다."라는 진술에서 '때무든빨내조각'은 은유에 해당한다. 바로 뒤에 이어지는 "그것은흰비닭이의떼다."라는 문장을 통해 '때무든빨내조각'이 '비닭이의떼'를 암시한다는 사실을 확인할 수 있다. 이 두 개의 문장을 연결시켜 보면, 흰 비둘기 떼가 마치 공중에서 때 묻은 빨래 조각 한 뭉텅이가 떨어지는 것처럼 내려앉고 있음을 알 수 있다. 이 비둘기 떼가 내려앉은 곳이 바로 동네의 빨래터임은 물론이다. 시적 텍스트의 세 번째 문장 "이손바닥만한한조각하늘저편에戰爭이끗나고平和가왓다는宣傳이다."라는 진술은 하늘을 날고 있던 비둘기가 땅 위로 내려와 앉는 모습을 통해 '평화로움의 상태'를 말해 준다. 일반적으로 흰 비둘기가 '평화'의 상징이라는 사실은 부인할 수 없는 일이다.

그런데 이 시는 "한무덕이비닭이의떼가깃에무든때를씻는다."라는 네 번째 문장에서 그 시적 의미의 전환이 이루어진다. 비둘기 떼가 냇가에 앉아 주둥이로 물을 묻혀 날개깃을 다듬는 모습을 그려 낸 이 문장은 시냇가에서 벌어지고 있는 아낙네들의 빨래 장면과 겹치면서 새로운 의미의 비약을 이룬다. "이손바닥만한하늘이편에방맹이로흰비닭이의떼를따려죽이는不潔한戰爭이始作된다."라는 다섯째 문장은 더럽혀진 빨래를 방망이로 두드리는 장면을 그려 낸다. 더러운 빨래를 방망이로 두드리는 것이 마치 비둘기를 방망이로 때리는 무자비한 학살의 장면처럼 그려진다. 빨래터에 내려앉았던 비둘기 떼는 빨래 방망이 소리에 놀라 하늘 저편으로 다시 날아가 버린다. 이 장면은 시적 텍스트의 마지막 문장에서 "空氣에숫검정이가지저분하게무드면흰비닭이의떼는또한번이손바닥만한하늘저편으로날아간다."라고 기술되어 있다. 이 시에서 비둘기를 통해 암시되는 '전쟁'과 '평화'의 대립적 의미는 빨래를 통해 드러나는 '더러운 것'과 '깨끗한 것'의 대응 관계와 서로 병치되면서 일상의 차원을 넘어서는 새로운 의미를 만들어 낸다.

이 시에서 그려 내는 빨래하는 장면은 빨래터로 날아와 내려앉은 비둘기 떼의 모습과 겹쳐지면서 평화로운 일상을 그대로 보여 준다. 그런데 이 겹쳐진 그림 속에는 놀랍게도 '전쟁'과 '평화'라는 새로운 의미의 긴장 관계가 작용한다. 그것은 전반부의 은유적 진술이 후반부에서는 환유적인 것으로 바뀌면서 생겨난 변화이다. '빨래 방망이질'을 그 행위에서 드러나는 폭력성을 통해 전쟁의 의미로 환치시켰다고 할 수 있다. 실제로 비둘기 떼는 방망이 소리에 놀라 하늘로 날아가 버리고 만다. 이 방망이질은 위험스럽게도 비둘기를 때려죽이는 장면으로 느껴졌던 것이다. 결국 「오감도 시제12호」는 평화롭게 일상적으로 되풀이되는 빨래의 장면을 놓고 거기에 잠재되어 있는 폭력과 전쟁의 의미를 들춰낸다. 이 과정에서 이루어지는 시적 이미지의 중첩과 환치의 기법이 매우 이채롭다는 점도 주목된다.

「오감도 시제15호」와 '거울 속의 나'

이상의 「오감도」는 「오감도 시제15호」를 끝으로 연재가 중단된다. 1934년 7월 24일 첫 연재가 이루어진 후 보름이 지난 8월 8일의 일이다. 「오감도 시제15호」의 텍스트에는 시적 화자인 '나'와 대상으로서의 '거울 속의 나'가 등장한다. 시에서 핵심적인 의미를 함축하고 있는 '거울'은 시 「거울」(《가톨닉靑年》, 1933. 10)에서와 마찬가지로 특이한 시적 의미로 형상화되고 있다. 시적 화자인 '나'는 '거울'을 들여다보면서 '거울 속의 나'와 마주한다. 이때 현실 속에 존재하고 있는 경험적 자아로서의 '나'와 '거울 속의 나' 사이에는 외형상 아무런 차이가 없음에도 불구하고 근접할 수 없는 거리감과 부조화가 드러난다. 이러한 현상은 시적 화

자의 내면에서 비롯된 자기 정체성의 혼란과 연관되는 것이지만, '거울'
이라는 대칭면을 중심으로 일어나는 물리적 현상으로서의 반사 작용 그
자체를 통해서도 확인된다.

거울은 빛의 반사 작용을 이용하여 물체의 형상을 비추어 볼 수 있는
도구이다. 거울은 표면이 평평하고 매끈한 유리판의 뒷면에 수은(水銀)
을 고루 바르고 그 위에 습기를 차단할 수 있도록 연단(鉛丹)을 칠하면
간단하게 만들어진다. 유리판의 뒷면에 수은 대신에 은이나 알루미늄
등을 진공 상태로 증착(蒸着, 증발시켜 붙임)시켜 거울을 만들기도 한다.
보통 거울이라고 하면 평면을 반사면으로 한 평면거울을 말한다. 거울
속에 물체의 상이 만들어지는 원리는 빛의 반사 작용을 이용한 것이다.
빛은 어떤 물체의 표면에 닿으면 그 일부가 반사한다. 거울처럼 표면이
매끈하면 일정한 방향으로 반사되고 그 표면이 울퉁불퉁하면 사방으로
반사된다. 물체의 형상을 어떤 방향에서든지 볼 수 있는 것은 이 같은
반사 작용 때문이다. 평면거울에서는 유리 평면에 의한 반사를 이용하
므로 물체의 위치에 관계없이 완전한 1:1의 배율로 거울 속에 상(像)이
생긴다. 이때 빛은 실제로 상점(像點)을 지나지 않고, 반사 광선을 반대
로 연장한 상점에서 교차하므로, 거울 뒤쪽의 대칭적인 위치에 물체의
상(像)이 허상(虛像)으로 맺어진다. 그러므로 거울을 마주 대하면 좌우
가 바뀌어 보인다.

이러한 거울의 원리를 놓고 「오감도 시제15호」의 텍스트를 살펴보
자. 이 시에서 시적 화자인 '나'는 현실 속에 실제로 살아 움직이고 있는
경험적 자아로서의 '나'이며, 모든 사고와 행동의 주체로서의 '나'이다.
'나'와 상대를 이루고 있는 '거울 속의 나'는 '거울'이라는 반사면에 나
타나는 '나'의 '허상(虛像)'에 불과하다. 현실 속의 '나'는 '거울'이 없이
는 자신의 모습을 대상화하여 볼 수 없다. '거울'을 통해서만 '나'의 모

습을 확인할 수 있는 것이다. 그러므로 '나'는 '거울' 속에 나타나는 '나'
의 허상을 보고 그것이 바로 '나' 자신의 참모습이라고 생각하게 된다.
현실 속의 실재하는 '나'는 '거울' 속에 맺어지는 '허상'으로서의 '나'의
모습을 보고 그것을 자신의 참모습과 동일시하게 되는 것이다. 바로 여
기서 시적 화자인 '나'와 '거울 속의 나' 사이에 야기되는 실재와 허상
사이의 본질적인 불일치가 드러난다. 이 시에서는 이러한 불일치가 일
종의 자기 분열적 현상처럼 묘사되면서 더욱 증폭되고 내적인 갈등 상
태로 발전하고 있는 것이다.

    1

  나는거울업는室內에잇다. 거울속의나는역시外出中이다. 나는至今거울
속의나를무서워하며떨고잇다. 거울속의나는어디가서나를어떠케하랴는陰
謀를하는中일가.

    2

  罪를품고식은寢床에서잣다. 確實한내꿈에나는缺席하얏고義足을담은 軍
用長靴가내꿈의 白紙를더럽혀노앗다.

    3

  나는거울잇는室內로몰래들어간다. 나를거울에서解放하려고. 그러나거
울속의나는沈鬱한얼골로同時에꼭들어온다. 거울속의나는내게未安한뜻을
傳한다. 내가그때문에囹圄되어잇듯키그도나때문에囹圄되여떨고잇다.

4

내가缺席한나의꿈. 내僞造가登場하지안는내거울. 無能이라도조흔나의
孤獨의渴望者다. 나는드듸어거울속의나에게自殺을勸誘하기로決心하얏다.
나는그에게視野도업는들窓을가르치엇다. 그들窓은自殺만을爲한들窓이다.
그러나내가自殺하지아니하면그가自殺할수업슴을그는내게가르친다. 거울
속의나는不死鳥에갓갑다.

5

내왼편가슴心臟의位置를防彈金屬으로掩蔽하고나는거울속의내왼편가
슴을견우어拳銃을發射하얏다. 彈丸은그의왼편가슴을貫通하얏스나그의心
臟은바른편에잇다.

6

模型心臟에서붉은잉크가업즐러젓다. 내가遲刻한내꿈에서나는極刑을바
닷다. 내꿈을支配하는者는내가아니다. 握手할수조차업는두사람을封鎖한巨
大한罪가잇다.[37]

이 작품의 텍스트는 모두 6연으로 구분되어 있다. 제1연에서 그려 내
고 있는 시적 공간은 '거울 없는 실내'이다. 시적 화자인 '나'는 '거울 없
는 실내'에 있다. 그렇기 때문에 '나' 자신의 모습을 확인하여 볼 수가

---

37 권영민 편, 『이상 전집 1 시』, 뿔, 2009, 84~85면.

없다. 다시 말하자면 이 공간에서 '나'는 '거울 속의 나'와 만날 수 없다. 시적 텍스트에서는 이러한 상황을 "거울속의나는역시外出中이다."라고 설명하고 있다. 그런데 여기서 '거울 속의 나'의 부재는 결국 실재하는 '나'의 모습과 그 존재를 확인할 수 없는 상태를 암시한다. 그러므로 "거울속의나를무서워하며떨고잇다."라는 진술은 결국 자기 존재를 확인할 수 없는 상태에 대한 불안과 공포를 의미하는 것이다. 제1연의 마지막 문장에서 "거울속의나는어디가서나를어떠케하랴는陰謀를하는中일가."라고 하는 질문은 자기 존재를 확인할 수 없는 상황에서 느끼게 되는 존재에 대한 두려움의 정서를 공간적으로 확장하고 있는 것이다.

이 시의 제2연은 "罪를품고식은寢床에서잣다. 確實한내꿈에나는缺席하얏고義足을담은 軍用長靴가내꿈의 白紙를더럽혀노앗다."라는 두 문장으로 이어진다. 첫 문장은 시적 진술의 주체인 '나'라는 화자가 '죄(罪)를 품고' 식은 침상에서 잠을 잤다는 내용이다. 여기서 '죄를 품고'라는 구절의 해석이 문제다. '나'라는 화자가 어떤 형벌이나 재앙을 당한 채로 식은 침상에서 잤다고 풀이할 경우, 그 '형벌과 재앙'의 정체가 무엇인지를 알아야만 의미를 파악할 수 있다. 뒤로 이어지는 두 번째 문장은 "確實한내꿈에나는缺席하얏고"라는 어절과 "義足을담은 軍用長靴가내꿈의 白紙를더럽혀노앗다."라는 어절로 나누어진다. "확실한 내 꿈에 내가 결석하였고"라는 표현은 모순 어법을 이용한 진술이다. "내 꿈에 나는 결석하였고"라는 설명은 '나'에 대한 꿈을 꿀 수 없는 상태를 말하는 것으로 볼 수도 있고, 주체가 부재하는 꿈을 뜻하는 것으로 볼 수도 있다. "義足을담은 軍用長靴가내꿈의 白紙를더럽혀노앗다."에서 '의족을 담은 군용장화'는 고도의 비유적 의미와 상징성을 지닌다. 여기서 '의족(義足)'은 '다리가 절단된 사람이 나무나 고무로 만들어 붙인 인공의 다리 또는 발'을 말한다. '의족'을 붙였다면 발과 다리가 자연 상태로 온전하지 못함을 알 수 있다. 결국 '의족을 담은 군용장화'는 온전하지 못하여 나무나 고무로 만들어 붙인 인공의 발에 신겨진 커다란 군용장화를 의미한다고 할 수 있다. 하지만 이러한 설명은 동어 반복에 불과하여 이것만으로 그 속에 담긴 비유적 의미나 상징성에 접근하기는 어렵다. 이 둘째 문장에서 시적 화자인 '나'는 꿈을 꿀 수 없게 되었으며, 온전하지 못한 인공의 발에 신겨진 군용장화로 인하여 '나'의 꿈이 모두 망가져 버렸음을 말해 주고 있다고 할 것이다.

이 시의 제2연에서 '죄'라는 시어가 의미하는 '형벌 또는 재앙'을 어떻게 이해할 것인가 하는 문제는 '의족을 담은 군용장화'로 비유되고 있는 것은 대체 무엇인가라는 질문과 함께 여전히 미궁에 갇혀 있다. 필자가 펴낸 바 있는 『이상 전집 1 시』(84~86면)에서는 '죄를 품고'라는 구절이 제1연에서 '무서워하며 떨고'라는 말로 표현된 바 있는 시적 화자의 심리 상태를 암시한다고 풀이한 바 있으며, '두려움과 공포를 느끼면서 잠자리에 들고 있음'을 말하는 것으로 설명한 바 있다. '의족을 담은 군용장화'는 이상의 소설 「12월12일」에서부터 등장하는 아픈 다리의 이미지와 연결시켜 보기도 하였다. 그러나 나 자신의 이러한 설명에 대해 여전히 불만이다. 그러므로 여기서는 '죄'라는 말과 '의족을 담은 군용장화'라는 구절의 어떤 연관성을 상정하고 이에 대한 새로운 해석을 시도해 보려고 한다. 나는 '군용장화'라는 말을 어떤 추상적인 개념이나 의미로 읽는 것보다는 구체적인 사물로서의 '군용장화'의 형상과 그 이미지로 보는 것이 좋겠다고 생각한다. 이와 유사한 이미지는 시 「가외가전」의 "어디로避해야저어른구두와어른구두가맞부딧는꼴을안볼수있스랴."라는 구절에 등장하는 '구두'에서도 발견된다. 이것은 그대로 인간 육체의 장기(臟器) 가운데 '폐(肺)'의 형상을 이미지화한 것이다. 그러므로 '의족을 담은 군용장화'도 온전하지 못한 '폐'의 형상을 구체적인 사물인 '군용장화'의 형상으로 이미지화한 것으로 볼 수 있다. 이러한 해석을 놓고 보면 '죄를 품고'라는 구절에서 '죄'가 암시하는 형벌과 재앙의 의미가 곧바로 폐결핵이라는 육체의 병환을 뜻한다는 점도 이해할 수 있는 것이다. 결국 제2연은 폐결핵이라는 병환에 시달리는 온전하지 못한 육체로 인하여 시의 화자는 자신의 꿈을 펼칠 수가 없게 되었고, 그 병환 자체가 꿈을 망쳐 버렸다는 것을 말해 준다.

제3연부터 제6연까지는 '거울 있는 실내'로 시적 공간이 바뀐다. '나'는 거울을 들여다보면서 '거울 속의 나'를 발견한다. 거울을 통해 자신의 모습을 확인하는 것이다. 제3연에서는 이러한 자기 확인으로서의 '거울 보기'를 그대로 설명하고 있다. "나는거울잇는室內로몰래들어간다. 나를거울에서解放하려고. 그러나거울속의나는沈鬱한얼골로同時에꼭들어온다."라는 구절에서 볼 수 있듯이 '나'는 존재에 대한 두려움으로부터 벗어나기 위해 아무도 모르게 가만히 거울을 들여다본다. 그러나 거울을 보는 순간 '거울 속의 나'는 피곤한 모습으로 거울에 나타난다. 그리고 '나'를 향하여 미안하다는 뜻을 표시한다. 이같이 거울에서 '나'의 모습을 확인하게 되는 자기 발견의 방식을 통해 '나'는 자신의 존재로부터 벗어날 수 없다는 사실을 인식하게 된다. "내가그때문에囹圄되어잇듯키그도나때문에囹圄되여떨고잇다."라는 마지막 문장이 이를 설명하고 있다.

제4연에서는 2연과 3연에서 이루어진 진술 내용을 놓고 시적 의미의 전환을 시도한다. 이미 설명한 대로 '내가缺席한나의꿈'은 꿈속에 그 꿈의 주체인 '나'가 없음을 말한다. '꿈'이라는 것이 어떤 구체적인 목표를 의미하는 것이라면, 그 '꿈'을 향해 실현하고자 하는 '나'의 부재는 결국 꿈 자체의 실현 불가능을 뜻한다. 그러므로 '나'는 '내僞造가登場하지안는내거울'을 생각한다. '나'의 참모습을 발견하고 싶은 것이다. 하지만 이것도 불가능하다. 여기서 시적 화자인 '나'는 새로운 방법을 찾아낸다. 그것이 바로 '거울 속의 나'의 자살이다. "나는드듸어거울속의나에게自殺을勸誘하기로決心하얏다."라는 진술을 통해 이를 확인할 수 있다. "나는그에게視野도업는들窓을가르치엇다. 그들窓은自殺만을爲한들窓이다."라는 두 개의 문장은 자살의 방법을 행동으로 지시하는 대목이다. 여기서 '視野도업는들窓'이란 '거울' 그 자체를 말한다. 이 특이한 은유는 소설 「지도의 암실」(『이상 전집 2 단편소설』, 23면)에 등장한다. "거울에 열린 들창에서 그는 리상 ― 이상히 이 이름은 그의 그것과 똑같거니와 ― 을 만난다 리상은 그와 똑같이 운동복의 준비를 차렸는데 다만 리상은 그와 달라서 아무것도 하지 않는다 하면 리상은 어디가서 하루 종일 있단 말이오 하고 싶어한다."라는 구절에서 '거울에 열린 들창'이 바로 거울 자체를 지시하는 말이다. 거울은 속이 들여다보이는 것처럼 거울 바깥의 사물을 그대로 반사시켜 보여 주지만 실상은 앞이 탁 트인 것은 아니다. '視野도업는들窓'이라는 은유는 바로 이 같은 거울의 속성을 그대로 말해 주는 셈이다. 이러한 설명을 그대로 따른다면 "나는그에게視野도업는들窓을가르치엇다."라는 구절은 거울을 향해 손가락질을 하는 행위를 그대로 설명한 것이라고 할 수 있다. 그런데 바로 그러한 행위 자체가 '거울 속의 나'를 향해 총을 겨냥하는 행동처럼 드러난다. 뒤에 이어지는 제5연에서 총을 발사하는 장면을 묘사하고 있는 것은 바로 이 대목을 통한 연상(聯想) 작용으로 이해할 수 있다. 하지만 '거울 속의 나'의 자살은 가능하지 않다. '거울 속의 나'는 현실 속의 '나'의 허상에 불과하기 때문이다.

　제5연과 제6연은 5연에서 언급한 '자살'을 시도하는 장면을 묘사한다. '나'는 '거울 속의 나'의 왼쪽 가슴을 겨누고 권총을 발사한다. 탄환이 '거울 속의 나'의 왼쪽 가슴을 관통한다. 그러나 '거울 속의 나'의 심장을 꿰뚫는 데에는 실패한다. 거울 속에 비친 '나'의 모습은 반사의 원리에 따라 좌우가 바뀌어 보이므로 바른편에 있는 심장을 맞추지 못한 때문이다. 그런데 제6연의 첫 문장에서는 "模型心臟에서붉은잉크가업즐러젓다."라고 진술하고 있다. 이 대목은 총탄에 맞아 심장에서 피가 흘러나오는 장면을 선명하게 묘사한 것처럼 보이지만 실상은 그렇지 않다. 이 대목을 제대로 이해하기 위해서는 「오감도 시제9호 총구」를 다시 읽을 필요가 있다. 이 작품은 폐결핵의 증상 가운데 하나인 기침과 거기에 이어지는 '객혈(喀血)'의 고통스러운 순간을 감각적으로 포착해 내고 있다. 이 시의 마지막 구절 "그리더니나는총(銃)쏘으드키눈을감으며한방총탄(銃彈)대신에나는참나의입으로무엇을내어배알었더냐."라는 의문형 문장은 객혈의 고통을 견디기 위해 눈을 감고 입으로 피를 토하게 되는 순간을 묘사한 대목이다. 과녁을 겨냥하기 위해 한 눈을 감고 총을 쏜다. 총탄이 총구에서 격발되는 순간 번쩍 불꽃이 튄다. 여기서 불꽃 속으로 튕겨 나가는 총탄의 모습을 목구멍을 격하게 넘어와 입 밖으로 내뿜게 되는 객혈의 피와 겹쳐 놓고 있다. 객혈의 순간이 마치 총구에서 총탄이 격발되는 순간처럼 격렬하게 묘사되고 있는 것이다. 극한의 고통과 격렬한 파괴의 이미지가 여기에 덧붙여지고 있음을 알 수 있다. 「오감도 시제9호 총구」에서 볼 수 있는 극렬한 고통의 장면은 "模型心臟에서붉은잉크가업즐러젓다."라는 「오감도 시제15호」의 구절과 연결시켜 보면 그 의미가 분명해진다. 여기에 제시되고 있는 '模型心臟'은 '거울 속의 나'의 심장을 가리킨다. 거울에 비친 '허상'이기 때문에 '모형심장'이라는 표현을 쓰고 있다. "붉은잉크가업즐러젓다."는 장면은 '기침'을 하는 순간 '객혈'이 일어나면서 피가 튀겨 '거울' 위로 흘러내리는 것을 은유적으로 표현한 것이다. 이 객혈의 순간을 넘기면서 시적 화자인 '나'는 "내가遲刻한내꿈에서나는極刑을바닷다. 내꿈을支配하는者는내가아니다. 握手할수조차업는두사람을封鎖한巨大한罪가잇다.”
라고 진술하면서 시적 의미의 매듭을 짓는다. 결국 이 시의 마지막 대
목은 거울을 보고 있는 순간 기침이 일어나고 객혈하게 되어 거울에 핏
방울이 묻어 흐르는 장면을 보면서 느끼는 처절한 비애와 부정적인 자
기 인식을 보여 준다. 시적 화자가 겪는 현실적 고통으로서의 기침과 객
혈의 과정을 암시하는 대목으로 결말을 매듭짓고 있는 것은 현실 속의
‘나’에게 가장 큰 ‘죄’가 바로 병이라는 재앙임을 암시한다고 할 수 있다.

「오감도 시제15호」는 병든 육체의 고통을 견디면서 살아야 하는 ‘나’
라는 시적 화자가 거울을 통해 자신의 모습을 확인하고 거기에 집착하는
일종의 ‘병적 나르시시즘’을 드러낸다. 현실 속의 ‘나’는 자신의 병을 커
다란 죄업으로 여길 정도로 병든 자신의 모습을 견디기 어렵다. ‘나’의 모
습을 반사하여 보여 주는 ‘거울 속의 나’는 하나의 허상(虛像)에 불과하지
만 ‘나’는 자신의 존재를 이 거울 속의 허상을 통해서만 확인할 수 있다.
그러므로 ‘나’는 ‘거울 속의 나’를 부정하고 거부한다. 진정한 ‘나’의 모습
을 찾기 위해 ‘위조’된 ‘나’를 거부하고 그 존재를 부인하는 것이다.

3. 「오감도」와 모더니티의 초극

「오감도」에서 가장 빛나는 부분은 사물에 대한 새로운 시각의 발견
이라고 규정할 수 있다. 이상은 사물을 본다는 것 자체를 단순히 눈앞에
존재하는 사물의 외적 형상을 인지하는 것이라고 여기지 않는다. 그것
은 이상에게 있어서 사물을 관찰하는 과정과 함께 주체를 둘러싸고 있
는 환경 속에서 관찰자로서의 주체까지도 포함하는 여러 개의 장(場)을
함께 파악하는 일이다. 이상은 사물에 대한 물질적 감각을 정확하게 파

악하기 위해 사물의 전체적인 형태나 중량감, 윤곽, 색채와 그 속성까지도 설명할 수 있는 특이한 시선과 각도를 찾아낸다. 이러한 방법에 대한 관심은 이상의 학업 과정 자체와 연관되는 것이라고 할 수 있다. 그가 공업 학교의 건축과에서 수학하면서 익힌 모든 지식은 20세기 초반의 기계 문명 시대를 결정한 여러 가지 기초적인 이론에 대한 이해를 통해 이루어진 것이라고 할 수 있다. 사물에 대한 감각적 인식을 둘러싼 문화적 조건의 변화에 일찍 눈을 뜬 그는 어린 시절부터 미술에 관심을 두면서 근대 회화의 기본적 원리를 터득하였고, 경성고등공업학교에 재학하는 동안 근대적 기술 문명을 주도해 온 물리학과 기하학 등에 관한 깊은 이해를 가지게 된다. 그리고 새로운 예술 형태로 주목되기 시작한 영화에 유별난 취미를 키워 나간다. 그 결과 이상은 그의 문학에서 광선, 사물의 역동성, 구조 역학, 기하학 등 기계 시대를 이끌어 오고 있는 특징적인 이미지들을 작품의 주제로 채택하고 이를 작품을 통해 새롭게 형상화하고자 하였던 것이다.

이상은 끊임없이 발전해 가는 기술 문명의 세계를 놓고, 그것의 정체를 포착하면서 동시에 주체의 의식의 변화까지도 드러낼 수 있는 새로운 그림을 상상한다. 그것이 바로 연작시 「오감도」의 세계라고 할 수 있다. 이 작품은 그러므로 1920년대까지 한국에서 유행하던 서정시의 시적 진술 방법만으로는 이해되지 않는다. 이 새로운 시는 한국 사회의 근대화 과정에서 등장하기 시작한 부르주아 계급의 삶을 전체적으로 묘사하고 그 전망을 노래했던 방식과는 달리, 사물에 대한 보다 직접적이고 감각적인 접근법을 채택한다. 이것은 세계에 대한 인식뿐만 아니라 사물을 대하는 주체의 시각을 새롭게 변형시키기 위한 획기적인 방안이었다고 할 수 있다. 연작시 「오감도」에서 볼 수 있는 모더니티의 초극이야말로 바로 그 최초의 시적 실험이자 가장 구체적인 문학적 성취에 해당한다.

4 구인회(九人會) 혹은 모더니즘의 시대

— 구인회란 무엇인가?

구인회 그 자체에게 어떤 정치적인 행동을 기대하는 것은 구인회의 성격을 모르기 때문이다. 구인회원이 작가가 개인으로나 혹은 다른 단체에 끼어선 어떤 행동이든 할 수 있되 구인회로서는 글공부 그 이상에 나서지 못한다. 그렇다고 그것이 구인회를 위해서 슬퍼하거나 못마땅해 할 이유는 아무것도 없다. 애초에 붓으로 맨 것은 글을 쓰는 것으로 마땅하고 비로 맨 것은 마당을 쓰는 것만으로 마땅한 것이다. — 이태준

이상은 조선총독부 건축과 기사를 사직한 후 1933년 6월 종로에서 다방 '제비'를 개업한다. 그러나 이 새로운 사업은 뜻대로 운영되지 못한다. 일본 식민지 지배 아래 근대적 도시로 변모하기 시작한 경성(京城)의 한복판에 자리 잡은 '제비'는 두 해를 겨우 넘기고는 문을 닫는다. 이상은 동거했던 여인 금홍과 결별하고 다방 '제비'의 운영 실패로 인하여 경제적 궁핍에 빠져들게 된다. 하지만 이상은 '제비'를 통해 모든 것을 잃어

버린 것만은 아니다. 그는 다방 '제비'를 찾아온 당대의 문인들과 교유할 수 있는 기회를 갖게 되었고, 소설가 박태원 이태준, 시인 정지용 김기림 등의 도움으로 시를 발표하면서 1930년대 문단의 한복판에 들어서게 된다. 그리고 이들 문인들이 중심이 되어 결성한 문학 동인 '구인회(九人會)'에 가담하여 새로운 문학 운동에 앞장선다. 이상의 문학 활동의 실질적인 기반이 되었던 문학 동인 '구인회'란 무엇인가? 이상은 '구인회'를 통하여 무엇을 실천하고자 하였는가? 그리고 '구인회'에서 무엇을 얻을 수 있었는가? 이상 문학의 정신은 '구인회'와 어떤 연관성을 가지는 것인가?

1. '구인회(九人會)'와 1930년대 문단

'구인회'의 등장

이상과 '구인회'의 문학적 활동은 1930년대에 이루어진 새로운 문학적 성과를 보여 준다. '구인회'의 회원들이 추구했던 모더니즘 문학은 계급 문단의 붕괴와 리얼리즘적 경향의 퇴조에 뒤이어 등장하면서 정치적 이념성을 거부하고 있었다는 점에서 문학적 순수주의 또는 순수 문학의 경향으로 평가된 적도 있다. 이 새로운 문학이 집단주의적 논리와 역사에 대한 과도한 전망 자체를 부인하고 있는 것은 문학이 개인주의적인 취향으로 회귀하고 있음을 의미하며, 문학적 주제 의식에서 일상성의 의미가 그만큼 중시되고 있음을 의미한다.

1930년대 초반 문단에서 '구인회'의 등장은 하나의 작은 '사건'으로 기록되고 있다. '구인회'는 그 결성에서부터 당대 문단의 관심사로 대두된다. 그 이유는 여러 가지 측면에서 검토해 볼 수 있다. '구인회'는 하나의 문학 동인에 불과하지만 다른 문학 동인들과는 분명하게 구별되는 성격을 지닌다. 대개의 문학 동인은 그 출발이 문단 신인들로 이루어진다. 그리고 이들이 새로운 문단 활동의 기반으로 동인지를 간행하면서 면모가 드러난다. 1920년대의 《창조》, 《백조》 등의 동인지가 바로 거기에 해당한다. 그러나 '구인회'는 기성 문인들이 모여 만들어 낸 작은 단체다. 특히 당대 문단을 주도했던 계급 문학 운동의 정치성에 대해 무관심으로 일관하면서 그 구성원들 각자가 자신의 문학적 역량에 기대고 있었다는 점이 주목된다. '구인회'의 기관지로 출간된 《시(詩)와 소설(小說)》(1936)은 이 문제적인 문단 조직의 출현을 알리는 동인지로서보다는 오히려 하나의 사화집(詞華集)처럼 생각될 정도이다.

1930년대 문단에서 계급 문학 운동이 일본 경찰의 사상 탄압으로 퇴조하기 시작하자, 크고 작은 새로운 문학 동인이 헤아리기도 어려울 정도로 많이 등장한다. 문학의 새로운 경향이 소그룹의 동인 활동을 중심으로 전환되면서 '구인회'도 그 가운데 하나로 자리 잡게 된다. '구인회'의 결성을 보도한《조선일보》의 학예면 기사는 '구인회 창립(創立)'이라는 제목으로 "純然한 硏究的 立場에서 相互의 作品을 批判하며 多讀多作을 目的으로 하고 아래의 9명은 금번 九人會라는 社交的 클럽을 맨들럿다. 이태준 정지용 이종명 이효석 유치진 이무영 김유영 조용만 김기림"[38] 이라고 기록하고 있다.

여기서 '구인회'라는 동인의 실체부터 살펴볼 필요가 있다. 조용만의 회고에 의하면 이 새로운 문단적 모임의 결성을 먼저 주장했던 인물로 소설가 이종명과 영화인 김유영을 지목하고 있다. 그러나 카프의 계급 문학 운동에 대항할 수 있는 새로운 문학 단체를 기획하였던 이종명과 김유영의 생각과는 달리 '구인회'는 아홉 명의 문학인이 모이는 소그룹의 동인 형태가 되었다.

이효석이 7월 스무날께 여름방학으로 상경하였으므로 스무 며칠날이던가 종로 광교 천변에 있는 조그마한 양식집에서 저녁때 모여 발회식을 가졌다. 모든 것을 상허 이태준이 리드하게 되어 사실상 회장은 그였고 지용은 해학으로 옆에서 거들었다. 부회장격이었다.

먼저 회 이름을 정하는 일인데 회원들로부터 여러 가지 이름이 나왔지만 다 마땅치 않았다. 마침내 상허가 아홉 사람이 모였으니 아주 평범하게 구인회라고 하자고 제의하였다. 여러 사람이 찬성하는 눈치였지만 내가 일본의 십삼인구락부(十三人俱樂部)를 본뜨는 것 같아 챙피하다고 했더니 모두들

---

38 《조선일보》, 1933. 8. 30.

그러면 어떠냐고 그래서 구인회로 결정되었다.

이야기란 그달에 발표된 회원들의 작품평, 카프측 작가들의 작품에 대한 논란을 주로해서 잡담을 두어 시간 떠들었다. 이종명 김유영은 아무 말도 안 하고 끝까지 묵묵히 듣고만 있었다. 이렇게 해서 다음 번 모임날짜를 정하고 헤어졌는데, 벌써 틈이 벌어져 유치진이 안 나오고 세번째 모임부터는 이종명 김유영이 탈퇴하겠다고 통고하고 안 나왔다. (중략) 세번째 회의에는 종명 유영 치진이 불참하고 이효석이 경성으로 돌아가 네 사람이 빠졌다. 나머지 다섯 사람이 모였는데 제일 궁지에 빠진 것이 나였다.[39]

'구인회'의 출발은 앞의 회고대로 우여곡절을 겪고 있다. 특히 동인의 결성 직후 그 구성원의 절반 가까이가 교체될 수밖에 없었다는 것은 당연히 문제가 되지 않을 수 없는 일이다. '구인회'가 동인으로서의 결속력을 보여 주지 못하게 된 것은 그 조직의 목표 자체가 가지는 '사교적 모임'으로서의 성격에 기인하는 것이라고 할 수 있다. 카프의 계급 문학 운동에 참여했던 김유영이 카프 조직을 이탈하고 이에 대응하기 위한 새로운 문단 조직을 꿈꾸었다는 것은 모임의 초기부터 이미 짐작할 수 있는 일이었다. 그리고 김유영의 이 같은 의도에 이종명 또한 동조했던 것이 사실이다. 하지만 이태준이나 정지용 등은 애초부터 이념적 색채를 드러낸 문단 조직에 관심이 없었다. 그들은 하나의 사교적 모임 정도로 여겼을 뿐이었다. 실제로 '구인회'는 동인으로 참여하게 된 구성원들 사이에 이들의 결속력을 가능하게 하는 학연이나 지연(地緣)도 없었고, 이념적 성향의 공통점도 확인할 수가 없었다. 그야말로 자유로운 사교적

39　조용만, 「구인회 이야기」(『울밑에 핀 봉선화야 - 30년대 문화계 산책』, 정음사, 1984, 134~135면.)

모임이었을 뿐이었다. 창립 초기에 의욕적으로 시도했던 '구인회 월평회'[40]도 지속적인 모임이 되지 못한 상태로 지지부진했다. 당시 임화 등과 함께 카프 조직에 깊이 관여하고 있던 백철은 '구인회'의 무정견성을 이렇게 비판했다.

구인회 - 처음 이 그룹과 그를 구성한 사도(使徒)들의 이름이 발표되었을 때 나는 여러 가지 의미로서 될 수 있으면 일정한 의의를 붙여서 그것을 생각하고 싶었다. 그러나 아무리 생각하여보아도 이 그룹의 생존은 실천 있는 내용 차 방면을 가진 관찰된 존재는 아니었다.

첫째로 이 그룹은 과거의 자연주의파, 사실주의파, 이상주의 등의 시대적 조류를 대표하고 있는 의미의 존재는 본래부터 아니었다. 그렇다고 하여서 그것은 부분적으로 예술적 경향을 같이 하고 있는 예술가의 일정한 존재 예를 들면 미래파, 입체파, 초현실주의파, 그리고 일본의 신흥예술파 같은 내용을 가진 그룹도 아니었다. 왜 그러냐 하면 나는 이 그룹의 구성된 멤버를 볼 때에 이효석 씨와 이태준 씨 사이에 아무 공통적 경향을 발견할 수 없으며 그렇다고 하여 김기림 씨의 시적 경향을 정지용 씨의 가톨릭 시와 합치시킬 수도 없으니까……

그들 자신이 발표한 구인회의 주지를 보면 서로 친목을 도모하는 것이 첫째 조건이고 독서와 연구를 하는 것이 둘째 목적으로 되어 있는 듯싶다. 구인회와 같은 산만한 성질을 가진 회합에서 천하를 공취하기보다 어려운 문학의 사업이 연구되리라고는 본래부터 믿을 수 없거니와 가사로 이 회합에서 일정한 독서와 연구가 된다고 가정해도 그것만으로는 구인회가 현실적으로 존재될 아무 의의가 없는 것이다. 과거의 일본 신흥예술파의 전신으로

<hr>

40 '구인회'의 초기 활동을 확인할 수 있는 글로는 「구인회 월평 방청기」(《조선문학》, 1933. 10)가 있다.

서의 '13인구락부' 등에 비하여도 일층 공허한 내용을 갖고 있는 이 구인회
는 결국에 있어 무의미하고 방향을 잃은 존재에 불과한 것이다.

그러한 의미에서 나는 이 구인회를 가리켜서 무의지파, 내지 자유주의 전
파라고 부르려고 한다. 그리고 이와 같이 구인회를 명명하고 있는 것은 나의
단순한 호기심적 변명이 아닌 것은 물론이다.

벌써 지적한 바와 같이 현실적으로 존재할 적극적 의의를 갖고 있지 못한
구인회는 의지와 방향을 잃고 있는 존재이며 따라서 그 무의지한 존재는 그
들의 일시적 흥분이 없어지자 그대로 자연 소멸이 되기 쉽다. 그러한 한에서
그들은 무의지파다. 그리고 그것이 즉시 소멸되지 않는 한에 있어서는 그것
은 어떤 것의 전파가 되지 않으면 아니 된다. 구인회는 무엇보다도 그 조직
의 내용으로 보아서 그대로 오랫동안 머물러 있을 성질의 것이 아니고 곧 다
른 의상을 바꾸어 입어야 할 운명을 갖고 있다.

전파(前派)! 그러면 그것은 무엇의 전파일까. 여기서 나는 그것을 자유주
의 전파라고 부른다. 전절에서 논한 비상시기적 분위기와 관련하여 생각할
때에 이 시기에 있어 조선에 있어도 자유주의를 위한 일정한 분위기가 촉진
되고 있으며 그 분위기 위에 광범한 의미의 자유주의 작가 그룹의 결성이 가
능한 까닭이다. 그리고 구인회의 구성 멤버의 대부분이 자유주의 경향을 가
질 것이라는 것 기타로 보아서 이 그룹은 그것의 전파 이외에는 나갈 길이
없다는 것을 결정키 어려운 일이 아니다. 그리고 그들은 그러한 의미의 자유
주의파까지 발전하는 데에서 비로소 일시적이나마 사회적으로 존재할 의의
를 갖게 될 것이며 또 그러한 한에서만 그것은 일정한 진보적 임무를 다하게
도 될 것이다.[41]

---

41 백철, 「사악한 예원의 분위기」, 《동아일보》, 1933. 10. 1.

　　백철은 '구인회'와 같은 문단 조직이 등장하여 그 존재를 드러낼 수 있게 되기 위해서는 하나의 문단 유파적 성격을 가져야 할 것을 주문하고 있다. 이러한 태도는 '카프'라는 조직 자체가 지향하고 있었던 이념과 노선에 근거할 경우에는 어느 정도 수긍할 만하다. 그러나 '구인회'를 어떤 하나의 유파적 개념으로 인식한다는 것은 애당초부터 잘못된 관점이다. 그 이유는 '구인회' 자체가 하나의 기획에 동조하는 예술가들의 집단적 결의를 거쳐 나온 공식적인 성격의 조직체는 아니었기 때문이다. 게다가 구인회는 그들 스스로 명명하고 규정하고자 하는 어떤 경향을 드러내고 있는 집단도 아니었던 것이다. 이러한 이유 때문에 백철은 '구인회'의 등장을 놓고 당대 현실의 불안과 암담한 분위기에서 새로운 도피처를 구하고자 하는 일군의 문학인들의 도피 행각으로 치부하였다. 그는 '구인회'의 구성원들이 어느 곳을 향하여 어떻게 나아갈 것인지 아무런 지침도 없이 현실로부터 도피하는 데에만 급급한 '황혼(黃昏)의 사도(師徒)'들이라고 규정했다. 그러므로 '구인회'는 현실적으로 존재할 아무런 의미가 없으며, 자연 소멸될 것이라고 진단하면서, 다만 객관적 정세의 불안으로 보아 이들이 추구하는 자유주의적 색채가 일정 부분 의미 있는 요소가 될 가능성이 있다고 평가하였다.

　　이 같은 백철의 비판에 대해 '구인회'를 대변하게 된 것은 이태준이다. 이태준은 '구인회'의 구성원 가운데 연장자에 속했고 문단 경력 또한 10년 가까운 중진이었다. 그는 백철이 지적한 '무의지파'로서의 '구인회'의 성격에 대해서도 크게 반발하지 않았고 하나의 통일된 이념과 목표를 가지지 못하고 있는 '구인회' 구성원의 문학적 태도 문제에 대해서도 변명하지 않았다. '구인회' 구성원들의 다양한 문학적 관심과 자유주의적 성향 자체를 들어 '구인회'의 반유파적 성격을 해명하고자 하였던 것이다.

요즘 백철 씨가 평을 많이 쓴다. 이분도 자주 무겸손한 문구를 보여준다. 중앙일보에 구인회도 여지없이 눌러볼 셈을 차리었다. 씨는 원체 번쩍하면 악취미니 소독을 해야 하느니 하는 말을 금언처럼 즐기는 분이지만 구인회를 들춘 것도 평가의 태도에서 멀다. 구인회가 생겼으니 거기 대해서 무얼 쓰시오 해서 억지로 썼든 그렇지 않으면 소독광의 발증 밖에는 아무것도 아닌 것이 이효석과 이태준이 같지 않고 김기림과 정지용도 같은 데가 없고 그런데 어떻게 회가 성립되느냐고 하였다. 같은 사람만 모여야 회가 성립된다는 회학(會學)을 우리는 모르거니와 믿지도 않는다. 사회는 감옥이 아니거든 제복을 즐길 필요는 없는 것이다. 애초부터 우리는 문예 공부를 위해서 단순한 우의로 모인 것이다. 우리가 가끔 만나 문예공부를 함에 조선문단에 해독이 될 것은 무엇인가? 이야말로 천하의 불가사의다.[42]

'구인회'의 조직 결성을 두고 하나의 문단적 유파로 해석하기 어려운 무의지적 특징을 들어 그 지속 가능성에 회의했던 백철의 견해와는 달리, 이태준은 '구인회'가 가지는 문단적 사교성에 오히려 역점을 두어 그 가능성을 주장하고자 한다. 이러한 이태준의 주장 속에는 '구인회'라는 조직 자체의 이념적 속성보다는 이에 가담하고 있는 문인들의 개인주의적 성향에 대한 관심을 더욱 강조하고자 하는 의도가 담겨 있다. 그러므로 '구인회'는 그 구성원들을 결속시키면서 조직을 강화할 만한 구심점을 가지지 못한 것이 사실이지만, 특이한 개성적 집단이라는 점을 부인할 수 없다.

이상과 '구인회'

'구인회'가 대중적인 관심의 대상이 된 것은 1934년도에 들어서면서

---

42   이태준, 「평가여 좀더 겸손하여라」, 《조선일보》, 1933. 10. 14.

부터이다. '구인회'는 1934년 6월 30일 첫 번째의 '문예 강연회'를 열었
다. 이른바 '신건설사 사건'이라는 이름으로 일본 경찰에 의해 카프의
맹원들이 모두 구속된 제2차 카프 검거 사건이 일어난 때였지만, 대중
독자들의 커다란 호응을 얻었다. '시와 소설의 밤'이라는 제목을 내걸고
이루어진 이 문예 강연회는《조선중앙일보》학예부가 후원했으며, 종로
에 자리 잡고 있는 중앙 기독교 청년 회관에서 개최되었다. 당시 이 소
식을 전한《조선중앙일보》의 기사 내용을 보면 다음과 같다.

문단(文壇)의 일성사(一盛事)
〈시와 소설의 밤〉 '구인회' 개최와 본사 학예부 후원
구인회는 작년 8월15일에 창립한 김기림 박팔양 박태원 정지용 이무영 유치
진 조용만 이효석 조벽암 이종명 이태준 11씨의 작가 단체로서 조선 문단 위
에 거대한 존재임은 물론이다. 이 구인회는 월례연구회만 계속해 오던 바 이
번에는 〈시와 소설의 밤〉이란 이름에서 본사 학예부 후원으로 일반에 공개
하기로 되었다. 잠잠한 조선 문단에 있어 일성사라 아니할 수 없으며 특히
시와 소설에 관심하는 문학학도들을 위하야 적당한 기회가 될 것을 미리 말
할 수 있다. (중략) 시일은 본월 30일(토요일) 밤 8시15분이며, 장소는 부내
중앙기독교청년회관이다. 회비는 일반 10전, 학생 5전.[43]

'구인회'의 문예 강연회는 정지용의 시 낭송과 함께 '창작의 이론과 실
제(이태준)', '문장과 언어(박태원)', '시의 근대성(김기림)'이라는 주제의
문학 강연으로 이루어졌다. 대중을 상대로 하는 문예 행사로서 입장료까
지 받은 이 강연회는 상당한 화제를 모았다. "구인회 주최로 〈시와 소설

---

43 《조선중앙일보》, 1934. 6. 25.

의 밤〉이라는 회합을 열었는데 그 중 이태준씨의 강연이 가장 훌륭하였고 더욱이 정지용씨의 시 낭독은 가장 인기가 좋았다."라는 방청기[44] 가 나오기도 했다.

그런데 이 문예 강연회의 개최 소식 가운데 주목되는 것은 '구인회'에 참여하고 있는 문인 명단이다. 김기림, 박팔양, 박태원, 정지용, 이무영, 유치진, 조용만, 이효석, 조벽암, 이종명, 이태준 등 11인의 명단이 소개되고 있기 때문이다. 이 명단을 보면 '구인회'의 초기 구성원 가운데 김유영의 이름만 보이지 않고, 박팔양, 박태원, 조벽암 등의 새로운 인물이 참여하고 있다. 조용만이 그의 회고에서 초기부터 탈퇴했다고 밝혔던 유치진과 이종명이 일 년 뒤까지 '구인회' 구성원으로 소개되고 있는 점이 눈에 띈다. 영화 운동가였던 김유영이 빠진 대신에 시인과 소설가 중심으로 참여 문인이 확대된 것을 알 수 있다.

이상이 '구인회'에 참여하게 된 것은 시 「오감도」의《조선중앙일보》 연재가 중단(1934. 8. 8)된 후의 일로 추측된다. 이상의 이름이 '구인회' 구성원으로 공식 등장하고 있는 자료는 1935년 2월 18일부터 5일간 계속된 '구인회' 문예 강좌에 관한 신문 기사이다. 이 기사로 미루어 보면 이상은 1934년 하반기에서 1935년 연초 사이에 '구인회'에 가입했음을 알 수 있다.

구인회(九人會) 주최로 조선문예강좌(朝鮮文藝講座)가 개시된다 함은 부내 처처에 걸려있는 포스터에 의하야만도 시청(視聽)을 집중하고 있거니와 이 강좌는 조선문단의 효장(驍將)을 망라한 것만치 인기가 높아 문예 관심자는 그 개강을 기다리고 있는데 개강은 18일 밤 7시 반부터이며 5일간에 긍하여

---

44 《신인문학》, 1934. 10. 88면.

계속 개강되는 바 후원은 본사 학예부이오 장소는 청진동 경성보육 대강당 인데 강사 제씨는 아래와 같다. 이광수 김상용 김동인 정지용 박팔양 김기림 박태원 이태준 이상[45]

이 신문의 기사 내용은 '구인회'가 주최하는 문예 강연이 여전히 1935년에도 지속되었음을 말해 주고 있다. 특히 구인회의 문예 강좌에 문단의 원로격인 이광수와 김동인이 참여하고 있음을 보도함으로써 계급 문단과 대척점에 서 있던 '구인회'의 이념적 성격을 더욱 분명하게 드러낼 수 있게 한다. 이상은 이 문예 강좌에서 '시와 형태'라는 주제로 강연한 것으로 알려져 있지만 그 내용은 확인할 길이 없다.

이상이 '구인회'에 참여하게 된 것은 박태원의 주선에 의한 것으로 알려져 있다. 이상이 종로 한복판에서 문을 연 다방 '제비'는 두 해를 넘기고는 운영난에 빠져든다. '제비'는 한낱 서생에 불과한 이상을 경제적 곤궁으로 내몰았지만, 이 시련의 공간이 그의 새로운 문학적 산실이 되었다는 사실은 참으로 아이러니하다. 그는 다방 '제비'에서 자연스럽게 당대의 소설가 박태원과 만났고, 이태준, 정지용, 김기림 등과 접촉할 수 있는 기회를 얻었다. 그리고 이 같은 만남의 과정 속에서 연작시 「오감도」를 발표함으로써 자신의 존재를 한 사람의 문단인으로 내세울 수 있게 된다. 그리고 여기서 '구인회'에 참여하여 당대의 문사들과 어깨를 나란히 할 수 있게 된 것이다.

---

45 《조선중앙일보》, 1935. 2. 18.

2. '구인회'와 동인지 《시(詩)와 소설(小說)》

《시와 소설》의 창간

이상은 '구인회'에 참여하면서 문단적 활동 기반을 마련하게 되었지만 개인적으로 견디기 어려운 시련의 시기를 맞게 된다. 그가 경영하던 다방 '제비'는 적자에 허덕이다가 문을 닫게 되었고, 금홍이도 이상의 곁을 떠나가게 된 것이다. 이상은 인사동에 카페 '쓰루(鶴)'를 인수 운영하기도 하고, 다방 '69'를 개업 양도하고 명동에서 '무기(麥)'를 경영하기도 하지만 일이 뜻대로 성사되지 못한다. 그는 자신이 계획한 새로운 사업들이 제대로 진척되지 못하게 되자, 모든 일을 접어 두고 성천, 인천 등지로 떠돌기도 한다. 1935년 한 해 동안 그는 거의 제대로 된 집필 활동을 하지 못한 채 경제적 궁핍에 쪼들린다. 그런데 이상은 친구 구본웅의 도움으로 정신적 좌절과 절망의 현실에서 벗어날 수 있게 된다. 구본웅이 자기 부친이 운영하던 인쇄소 창문사(彰文社)로 이상을 끌어들였기 때문이다.

이상은 1935년 하반기부터 창문사 인쇄소에서 주로 원고 교정을 담당하면서 다시 마음을 다잡고 글쓰기에 매달리게 된다. 그가 창문사에서 일하는 동안 '구인회'의 문단적 위상을 위해 기획한 것이 동인지 형태의 기관지 발간이다. 이상이 편집을 맡아 발간하게 된 '구인회'의 기관지는 《시와 소설》이라는 이름을 내걸고 1936년 3월에 세상에 나온다. 이 새로운 잡지의 등장을 당시 《조선일보》(1936. 3. 21)는 '구인회 동인지 《시와 소설》 창간'이라는 제목 아래 "구인회에서는 그 동인 잡지인 《시와 소설》을 월간으로 창간해서 방금 반책(頒冊) 중인데 발행소는 시내 서대문통 창문사이고 반가(頒價)는 10전이라고 한다."라고 소개하고 있다. 이 기사의 내용으로 본다면 《시와 소설》은 동인지의 형태임에도

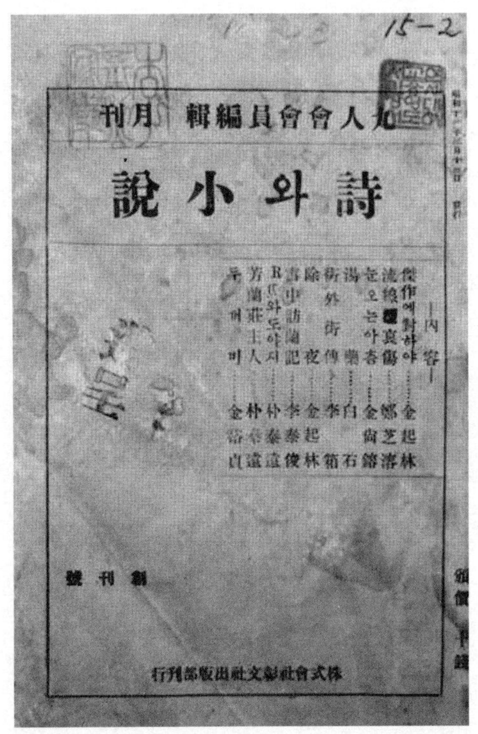

《시와 소설》 창간호

불구하고 당초에는 월간으로 기획되었던 것임을 알 수 있다. 판매 가격이 10전에 불과하고 전체 50면을 넘지 않는 이 동인지는 전문 용어를 빌린다면 일종의 '소잡지(小雜誌)'에 해당한다. 이 새로운 동인지는 이상 자신의 야심 찬 기획에 의한 것이지만 제한된 발행 부수와 선별적인 유통 기획 자체의 비상업성 등으로 성공을 거두지 못한 채 창간호에서 더 이상 지속되지 못한다.

그런데 《시와 소설》의 창간은 1930년대 중반 한국 문단에서 '구인회'라는 동인의 존재와 그 문학적 성향을 분명하게 드러내어 보여 주는 증거가 되고 있다. 이 잡지에서는 발간 당시의 '구인회' 회원으로 박팔양,

김상용, 정지용, 이태준, 김기림, 박태원, 이상, 김유정, 김환태를 직접 소개하고 있다. '구인회'의 출범 당시 이태준, 정지용, 이종명, 이효석, 유치진, 이무영, 김유영, 조용만, 김기림 등이 참여했던 점과 비교해 보면 초기 구성원 가운데 이태준, 정지용, 김기림만이 남아 있고, 이종명, 이효석, 유치진, 이무영, 김유영, 조용만이 빠졌다. 박팔양, 김상용, 박태원이 중간에 참여하고 이상, 김유정, 김환태가 뒤에 합류한 것이다. 결국 '구인회'는 이태준, 정지용, 김기림이 그 중심에 자리하고 있음을 알 수 있다.

《시와 소설》의 창간호에 수록된 작품으로는 시의 경우 정지용의 「유선애상(流線哀傷)」, 이상의 「가외가전(街外街傳)」, 김기림의 「제야(除夜)」, 김상용의 「눈오는 아침」, 「물고기 하나」, 백석의 「탕약(湯藥)」, 「이두(伊豆) 국주가도(國湊街道)」 등이 있고, 소설의 경우 박태원의 「방란장(芳蘭莊) 주인」, 김유정의 「두꺼비」 등을 수록하고 있다. 김기림의 「걸작에 대하여」, 이태준의 「설중(雪中) 방란기(訪蘭記)」, 김상용의 「시」, 박태원의 「R씨와 도야지」 등의 산문도 함께 실렸다. 구성원 가운데 박팔양과 김환태의 작품이 빠져 있는 대신에 '구인회'의 정식 회원이 아닌 백석의 시 두 편이 수록되어 있는 점이 특기할 만하다.

《시와 소설》은 구인회의 기관지로 간행된 것이지만 이 잡지의 어디에서도 구인회의 문학적 경향이나 주장이나 계획을 하나의 목소리로 내세우지 않고 있다. 이 잡지의 출간 경위에 대해서는 이상이 직접 쓴 '편집 후기'에 다음과 같이 설명되어 있다.

전부터 몇 번 궁리가 있었으나 여의치 못해 그럭저럭 해오던 일이 이번에 이렇게 탁방이 나서 회원들은 모두 기뻐한다. 위선 고우(高友) 구본웅(具本雄) 씨에게 마음으로 치사해야 한다. 쓰고 싶은 것을 써라 책을랑 내 만들어

주마 해서 세상에 흔히 있는 별별 글탄 하나 겪지 않고 깨끗이 탄생했다. 일후도 딴 걱정 없을 것은 물론이다. 깨끗하다니 말이지 겉표지에서 뒷표지까지 에서 더 더할 수 있으랴. 보면 알게다.

구인회처럼 탈 많을 수 참 없다. 그러나 한번도 대꾸를 한 일이 없는 것은 말하자면 그런 대꾸 일일이 하느니 할 일이 따로 많으니까다. 일후라도 묵묵부답 채 지날게다.

으쩌다 예회(例會)라고 모이면 출석보다 결석이 더 많으니 변변이 이야기도 못하고 흐지부지 헤어지곤 하는 수가 많다. 게으른 탓이겠지만 또 다 각각 매인 일이 있고 역시 그도 그럴 수밖에 없다고 해서 회원을 너무 동떨어지지 않는 한에 맞아보자고 꽤 오래 전부터 말이 있어 왔는데 그도 자연 허명무실해 오던 차에 이번 기회에 김유정(金裕貞), 김환태(金煥泰) 두 군을 맞았으니 퍽 좋다. 두 군은 전부터 회원들과 친분이 없지 않던 터에 잘 됐다.

차차 페이지도 늘일 작정이다. 회원 밖엣분 것도 물론 실린다. 지면 벼르는 것은 의논껏하고 편집만 인쇄소 관계상 이상(李箱)이 맡아보기로 한다. 그것도 역 의논홋 일이지만.

지난달에 태원이 첫 따님을 낳았다. 아주 귀애 죽겠단다. 명명왈 '설영(雪英)'—장래 기가 막힌 모던 걸로 꾸미리라는 부친 태원의 원대한 기업이다.

「시와 소설」에 대한 일체 통신은 창문사 출판부 이상한테 하면 된다.

이 '편집 후기'의 내용에 따르면 구인회는 1935년 중반 이후 특기할 만한 움직임을 보여 주지 못한 것을 알 수 있다. 연초에 개최했던 문학 강연을 빼놓고는 별다른 활동이 없었던 구인회는 이상이 창문사에서 일하게 된 것을 계기로 화가 구본웅의 호의에 의해 동인지 출판을 계획하고 새로운 동인으로 김유정, 김환태를 영입함으로써 다시 그 구성원을 아홉 사람으로 채우게 된다. 그러므로 이들 구성원들은 각자가 지니고 있는 예술에 대한 인식과 방법이 완전히 일치하는 것은 아니다. 각각의 개성적인 목소리로 자신들의 포부를 간략하게 제시하고 있는 다음과 같은 글에서도 이를 확인할 수 있다.

값있는 삶을 살고 싶다. 비록 단 하루를 살더라도. (여수)
결국은 '인텔리겐차'라고 하는 것은 끊어진 한 부분이다. 전체에 대한 끊임없는 향수와 또한 그것과의 먼 거리 때문에 그의 마음은 하루도 진정할 줄 모르는 괴로운 종족이다. (기림)
소설은 인간사전이라 느껴졌다. (상허)
벌거숭이 알몸이면 가시밭에 둥그러져 그님 한번 보고지고. (유정)
노력도 천품이다. (태원)
어느 시대에도 그 현대인은 절망한다. 절망이 기교를 낳고 기교 때문에 또 절망한다. (이상)
언어예술이 존속하는 이상 그 민족은 열렬(熱烈)하리라. (지용)
불 탄 잔디의 싹이 더욱 푸르다. (상용)
예술이 예술 된 본령은 묘사될 대상에 있는 것이 아니라 그를 종합하고 재건설하는 자아의 내부성에 있다. (환태)

이들은 자신들이 지니고 있는 예술적 주장을 작품을 통해 직접 독자들에게 전달하고자 한다. 다시 말하면 시와 소설이라는 문학 창작 행위 자체로서 자기들의 행동과 실천을 증거하고자 했던 것이다. 이와 같은 구인회의 성격에 대해서는 이 조직의 좌장 격이었던 이태준이 다음과 같이 해명한 바 있다.

구인회는 한낱 문학적 사교성을 가졌을 뿐이다. 우리 구인회원들은 이런 회합이 필요하였다. 대개는 창작에만 전심하지 못하고 기자니 교원이니 하는 번무(繁務)에 매여 무엇보다도 예술가로서의 기분 감정에부터 주으린 우리들이다. 종일 만나는 사람들이 예술가 아닌 사람들이요 종일 듣는 소리가 예술 아닌 소리들이다. 그러다가 우연히 글쓰는 사람끼리 만나면 그때의 반가움이란 또 될 수 있으면 문학적인 회화를 가고 싶을 것이란 결코 적은 욕망이 아니었다. 그리고 그와 헤어질 때는 가뭄에 풀이 몇 방울 비에 젖는 갱생의 기가 나고 창작욕의 요동을 가슴 하나 느끼는 것이 사실이었다.

야, 자주 만나기만이라도 해야겠다. 이래서 그 우연히 만나는 것을 계획적으로 정기적으로 만나기 위해 생긴 것이 구인회다. 그래서 된 것이니 다른 일이 있을 리 없다. 회원의 것을 본위로 작품의 음미 비판이 있고 논제가 있으면 서로 생각해 가지고 와 공개한다. 그것 중에 일반적으로 공개할 만한 것이면 임시임시로 무슨 회를 개최하기도 하는 것이다. 가장 자유스러운 무지도자의 문학 사숙으로 알면 그리 틀리지 않을 것이다.

우리는 회원의 사상을 강제하지 않는다. 어느 단체에 끼어 어떤 사상 행동을 하거나 어떤 경향을 작품에서 강조하거나 절대 자유다. 다만 구인회 그것을 자기가 이용하려 들어서도 안 된다. 그런 야심인이 생기면 벌써 우의에 불순이 생기기 때문에 불가불 남이 될 수밖에 없는 것이다. 이러한 의미에서 우리들에게 이미 남 되어 주기를 요구 받은 회원도 있었다. 그러므로 구인회 그 자체에게 어떤 정치적인 행동을 기대하는 것은 구인회의 성격을 모르기 때문이다. 구인회원인 작가가 개인으로나 혹은 다른 단체에 끼어선 어떤 행동이든 할 수 있되 구인회로서는 글공부 그 이상에 나서지 못한다. 그렇다고 그것이 구인회를 위해서 슬퍼하거나 못마땅해 할 이유는 아무것도 없다. 애초에 붓으로 맨 것은 글을 쓰는 것으로 마땅하고 비로 맨 것은 마당을 쓰는 것만으로 마땅한 것이다. 쓸데없이 무슨 청년웅변대회에서나 처럼 주먹을

부르쥐고 '구인회는 백해무익'일러니 '구인회 작가여 용감하여라 민중도 생
각하여라.'하는 것들은 참으로 무엇에 그리 놀란 사람들인지 알 수가 없다.
우리도 그만한 민중 관념 그만한 자기반성에 게으르지 않는다. 그냥 공연히
민중 운운 한다고 지금은 수가 아니다.

　회에도 여러 가지가 있는데 구인회 같은 회도 있거니 하는 것은 회에 대
한 상식일 것이다.[46]

이태준의 지적대로 구인회는 어떤 사상이나 이념을 표방하지 않으면
서도 이 구성원들의 개성 자체가 이미 문단의 새로운 경향으로 자리 잡
게 된다. 그것은《시와 소설》에 발표한 작품들이 당대 문학의 기법적 실
험을 뜻하는 새로운 방식들을 각각 특이한 언어로 실천해 보이고 있기
때문이다.

이상의 시「가외가전(街外街傳)」

《시와 소설》에 수록된 작품 중에는 매우 특이한 논란의 대상이 되어
오고 있는 정지용의「유선애상」과 이상의「가외가전」이라는 시가 포함
되어 있고, 박태원의 소설「방란장 주인」도 끼어 있다. 이 작품들은 '구
인회'가 지향했던 문학 정신과 그 기법적 실험을 유감없이 보여 주고 있
기 때문에 여전히 그 해석과 평가가 다양하다. 시적 이미지와 공간성의
의미에 대한 해석을 놓고 그 대상의 실체를 읽어 내기의 문제에서부터
논란을 빚어 온「유선애상」은 서로 다른 시간과 공간 속에서 하나의 대
상이 어떤 이미지를 통해 인식될 수 있는가를 기법적으로 실험한다.「방
란장 주인」의 경우에는 서사에서 시간과 공간의 질서를 뛰어넘는 서술

46　이태준,「구인회에 대한 난해 기타」,《조선중앙일보》, 1935. 8. 11.

성을 확보하기 위해 하나의 문장 안에서 모든 등장인물의 행동을 묘사하고 상황을 진술하고자 하는 유별난 실험을 감행한다. 이른바 '동시성'의 문제에 대한 문학적 인식이 이들 작품에서 공통적인 관심사가 되고 있다는 것은 '구인회' 동인들이 서로 공유하고 있는 문학적 경향과 기법의 특성이 무엇인가를 말해 주는 요소가 된다.

먼저 이상의 시 「가외가전」을 보기로 하자. 이상의 시 가운데 대표적인 난해시의 하나로 손꼽히고 있는 이 작품은 그 제목인 '가외가전(街外街傳)'이라는 말 자체부터 의미를 제대로 이해할 수 없다. 더구나 작품 속에서 그려 내고 있는 시적 정황 자체가 매우 특이한 우의성(寓意性)을 지니고 있기 때문에 시적 의미의 심층에 접근하기도 어렵다. 외형상 6연으로 구분되어 있는 이 시의 텍스트에서 각 연에 등장하는 시적 대상은 특유의 비유와 암시로 그 형태와 기능이 묘사되거나 서술된다. 그리고 시상의 전개를 위해 각 연을 일종의 몽타주의 기법을 활용하여 연결하고 있다. 그러므로 시적 의미의 파악을 위해서는 은유 구조의 원관념과 보조 관념의 관계를 정확하게 이해하는 것이 중요하다.

喧噪때문에磨滅되는몸이다。 모도少年이라고들그리는데老爺인氣色이많다。 酷刑에씻기워서算盤알처럼資格넘어로튀어올으기쉽다。 그렇니까陸橋우에서또하나의편안한大陸을나려다보고僅僅이삵다。 동갑네가시시거리며떼를지어踏橋한다。 그렇지안아도陸橋는또月光으로充分히天秤처럼제무게에끄덱인다。 他人의그림자는위선넓다。 微微한그림자들이얼떨김에모조리앉어버린다。 櫻桃가진다。 種子도煙滅한다。 偵探도흐지부지 — 있어야옳을拍手가어쩔서없느냐。 아마아버지를反逆한가싶다。 黙黙히 — 企圖를封鎖한체하고말을하면사투리다。 아니 — 이無言이喧噪의사투리리라。 쏙으랴는노릇 — 날카로운身端이싱싱한陸橋그중甚한구석을診斷하듯어루맞이

기만한다. 나날이썩으면서가르치는指向으로奇蹟히골목이뚤렸다. 썩는것
들이落差나며골목으로몰린다. 골목안에는侈奢스러워보이는門이있다. 門
안에는金니가있다. 金니안에는추잡한혀가달닌肺患이있다. 오ー오ー。
들어가면나오지못하는타잎기피가臟腑를닮는다. 그우로짝바뀐구두가비철
거린다. 어느菌이어느아랫배를잃게하는것이다. 질다.

反芻한다. 老婆니까. 마즌편平滑한유리우에解消된政體를塗布한조름오는
惠澤이뜬다. 꿈ー꿈ー꿈을짓밟는虛妄한勞役ー이世紀의困憊와殺氣가
바둑판처럼넓니깔였다. 먹어야사는입술이惡意로구긴진창우에서슬몃이食
事흉내를낸다. 아들ー여러아들ー老婆의結婚을거더차는여러아들들의육
중한구두ー구두바닥의징이다.

層段을몇벌이고아래도나려가면갈사록우물이드믈다. 좀遲刻해서는텁텁한
바람이불고ー하면學生들의地圖가曜日마다彩色을곷인다. 客地에서道理
없어다수굿하든집웅들이어물어물한다. 卽이聚落은바로여드름돋는季節이
래서으쓱거리다잠꼬대우에더운물을붓기도한다. 渴ー이渴때문에견듸지
못하겠다.

太古의湖水바탕이든地積이짜다. 幕을버틴기둥이濕해들어온다. 구름이
近境에오지않고娛樂없는空氣속에서가끔扁桃腺들을알는다. 貨幣의스캔
달ー발처럼생긴손이염치없이老婆의痛苦하는손을잡는다.

눈에띠우지안는暴君이潛入하얏다는所聞이있다. 아기들이번번이애총이되
고되고한다. 어디로避해야저어른구두와어른구두가맞부딧는꼴을안볼수있
스랴. 한창急한時刻이면家家戶戶들이한데어우러저서멀니砲聲과屍斑이제

법은은하다.

여기있는것들은모두가그尨大한房을쓸어생긴답답한쓰레기다. 落雷심한그尨大한房안에는어디로선가窒息한비들기만한까마귀한마리가날어들어왔다. 그렇니까剛하든것들이疫馬잡듯픽픽씰어지면서房은금시爆發할만큼精潔하다. 反對로여기있는것들은통요사이의쓰레기다.
간다. 「孫子」도搭載한客車가房을避하나보다. 速記를펴놓은床几웅에알뜰한접시가있고접시우에삶은鷄卵한개 — 또 - 크로터뜨린노란자위겨드랑에서난데없이孵化하는勳章型鳥類 — 푸드덕거리는바람에方眼紙가찌저지고氷原웅에座標잃은符牒떼가亂舞한다. 卷煙에피가묻고그날밤에遊廓도탔다. 繁殖한고거즛天使들이하늘을가리고溫帶로건는다. 그렇나여기있는것들은뜨뜻해지면서한꺼번에들떠든다. 尨大한房은속으로골마서壁紙가가렵다. 쓰레기가막붙ㅅ는다.[47]

이 시의 텍스트를 원문 그대로 인용해 보면 위와 같다. 외형적으로는 여섯 개의 연으로 구분되어 있지만, 그 내용상 크게 세 개의 단락으로 나누어진다. 1연과 2연을 내용상 첫 단락으로 볼 수 있고, 3연과 4연을 둘째 단락으로 하고 5연과 6연을 셋째 단락으로 나누어 볼 수 있다.

첫째 단락에 해당하는 1연과 2연은 인간의 입 안을 주로 묘사하고 있다. 입술 부분은 바깥으로 뚫려 있지만 안쪽은 목구멍으로 연결된다. 입 안에서 윗부분은 구개(口蓋)로 둘러싸여 있고 아래쪽은 혀가 나와 있다. 위아래로 둥근 활 모양의 턱뼈에는 이가 나 있다. 입 안의 내부는 점막으로 덮여 있는데 많은 침샘이 분포되어 있고 거기서 타액(唾液)이 흘

206

러나온다. 시의 텍스트에서 "喧噪때문에磨滅되는몸이다. 모도少年이라고들그리는데老爺인氣色이많다. 酷刑에씻기워서算盤알처럼資格넘어로튀어올으기쉽다. 그렇니까陸橋우에서또하나의편안한大陸을나려다보고僅僅이삻다."라는 1연의 서두 부분을 보면 모든 시적 진술이 통사적으로 주체(주어)를 생략하고 있다. 그러므로 무엇에 대해 서술하고 있는지, 무엇이 묘사되고 있는지 표면적으로 드러나지 않는다. 시적 대상의 정체를 지배적인 인상에 대한 묘사와 비유적 표현에 의해 서술하고 있기 때문이다. 작품 속에서 진술하고 있는 시적 대상이 무엇인가를 숨기면서 고도의 상징과 비유를 통해 그 정체를 확인하도록 유도하는 이 특이한 시적 진술 방법은《시와 소설》에 함께 수록된 정지용의 「유선애상(流線哀傷)」에서도 비슷한 방식으로 활용되고 있다. 이 두 작품에서 발견되는 특이한 기법적 대응은 '구인회'가 지향하는 문학의 가치를 암시하고 있다는 점에서 주목된다.

주어를 생략한 채 서술부만을 제시하고 있는 "훤조(喧噪) 때문에 마멸(磨滅)되는 몸이다."라는 첫 문장에서 '훤조(喧噪)'라는 말은 '지껄이고 떠들다(말하다).'는 뜻을 가지며, '마멸(磨滅)'은 '닳아지다'는 뜻을 지닌다. 이 첫 문장에서 생략된 주어가 무엇인지를 알아내기 위해서는 '훤조'와 '마멸'이라는 두 개의 단어가 암시하고 있는 생략된 주어의 기능과 형태를 주목해야만 한다. 우선 '훤조'라는 단어가 '말하기'와 관련된다는 점에서 착안하여 그 대상을 인간의 입과 연관하여 생각해 볼 수 있다. 특히 '마멸'이라는 단어가 암시하는 바에 따라 입안의 조음 기관(調音器官) 가운데 마모(磨耗)가 되는 것으로 그 범위를 압축해 본다면, 자연스럽게 유추해 낼 수 있는 것이 바로 입 안에 있는 '치아(齒牙)'이다. 여기서 문장의 주어를 '치아(이빨)'라고 써넣고 보면 문맥이 자연스럽게 이어진다. 둘째 문장인 "모두 소년이라고들 그리는데 노야(老爺)

인 기색(氣色)이 많다."라는 진술에도 마찬가지로 주어가 없지만, '치아'를 주어로 놓고 보면 그 비유적 표현에서 암시하고 있는 의미가 분명해진다. '소년'이라는 말과 '노야(老爺)'라는 말은 모두 치아의 형태를 암시하고 있는데, 나이가 어리지만 치아의 상태가 그리 건강하지 않음을 뜻한다. 셋째 문장에서는 '치아'가 가지런하지 못하고 불규칙하게 울퉁불퉁하게 튀어나와 있는 모습을 '주판의 알이 솟아 나와 있는 모양'에 비유하고 있다. 넷째 문장에서 '동갑네'는 비슷한 시기에 나와서 가지런히 자리를 잡고 있는 치아들을 말하는데, 잇몸 위에 치아가 나란히 나와 있는 모습을 '답교놀이'를 하는 모습에 비유하고 있다. 다섯째 문장에서 '육교(陸橋)'는 치아가 나와 있는 '치골'을 말한다. 입을 벌리거나 다물거나 할 때 그 움직임에 따라 치골이 함께 움직이는 것을 "육교가 끄덕인다."고 표현하고 있다. 이처럼 시의 서두에서 입 안의 치아를 묘사의 대상으로 삼고 있다는 것은 뒤에 이어지는 시적 묘사에서도 확인이 가능하다.

그렇지만 "他人의그림자는위선넓다。 微微한그림자들이얼떨김에모조리앉어버린다。 櫻桃가진다。 種子도煙滅한다。 偵探도흐지부지 ─ 있어야옳을拍手가어쨓서없느냐。 아마아버지를反逆한가싶다."라는 몇 개의 문장은 그 의미를 정확하게 파악하기 어렵다. "아마 아버지를 반역(反逆)한가 싶다."라는 말은 새로운 치아가 헌 이빨을 빼낸 자리에 나오는 것을 비유적으로 표현한 것이 아닌가 생각된다. 여기서 '아버지'는 '젖니'를 말하고 그 자리에 새로 나온 치아는 '간니'에 해당하는 셈이다. 뒤에 이어지는 "묵묵히 ─ 기도(企圖)를 봉쇄(封鎖)한 체하고 말을 하면 사투리다. 아니 ─ 이 무언(無言)이 훤조(喧噪)의 사투리리라."라는 표현은 입을 다물고 (이를 물고) 말을 하면 제대로 발음이 되지 않는다는 것을 의미한다. "날카로운身端이싱싱한陸橋그중甚한구석을診斷하듯어루많이기만한다."라는 문장은 입을 다물고 있을 때는 입 안에서 혀끝(날카로운 신단)이 아래위의 치아에 닿으면서 마치 구석구석을 진단하듯 스친다는 것을 비유적으로 표현한 것이다. 첫 연의 후반부는 치아에 충치가 생겨 구멍이 뚫어져서 음식물 찌꺼기가 그곳에 자꾸 끼이는 것을 묘사한다. "기적히 골목이 뚫렸다. 썩는 것들이 낙차 나며 골목으로 몰린다."라는 대목이 이를 말해 준다. 이렇게 되면 누구나 치과에 가서 충치를 치료하면서 치아의 구멍을 메우게 된다. 여기서 '금니'라는 것은 바로 충치의 치료를 위해 금으로 상한 치아를 감싸거나 구멍을 메운 것을 말한다. 그러나 금니를 해 넣는 경우에도 치아의 내부가 상해 들어갈 수도 있고 제대로 맞지 않아 고생을 겪기도 한다. 금니를 해 넣은 것이 아래윗니와 제대로 맞지 않는 것을 '짝 바뀐 구두'라고 표현하기도 한다.

이 시의 2연도 여전히 입 안에서 이루어지는 치아의 작용을 묘사한다. "反芻한다。 老婆니까"라는 구절에서 '반추(反芻)'라는 말은 글자 그대로 '되새김질'을 뜻하는데, 치아의 저작(詛嚼) 운동을 말하는 것으로 볼 수 있다. 음식을 먹지 않고 입맛을 다시거나 침을 삼킬 때 치아가 자연스럽게 저작 운동을 한다. 이 무의식적으로 이루어지는 저작 운동은 '허망한 노역'에 불과하다. 이때 입술도 마치 '식사 흉내를 내는 것'처럼 함께 움직인다. 아래윗니가 서로 부딪치는 것이 마치 '구두 바닥의 징'이 부딪치는 것처럼 느껴진다. "아들 — 여러아들 — 老婆의結婚을거더차는여러아들들"이란 젖니가 빠진 후에 새로 나온 여러 개의 치아들, 즉 간니를 말한다. 어금니는 영구치이기 때문에 중간에 빠지고 새로 이가 나는 법이 없다. 그러므로 평생을 가는 어금니를 '노파'에 비유한다. 그런데 이 어금니에 충치가 생겨서 금니를 덧씌웠기 때문에 이를 두고 '노파의 결혼'이라고 비유적으로 표현하고 있다.

이 시의 텍스트에서 내용상 둘째 단락에 해당하는 3연과 4연은 혀뿌리에서 인두 부분에 이르는 목구멍을 묘사한다. 이 부분은 특이하게도 음식물이 넘어가는 식도의 기능과 호흡을 할 수 있는 기도의 기능을 동시에 수행하는 부분이다. 입을 크게 벌리고 구강의 맨 안쪽 윗부분을 보면 그 중앙에서 밑으로 처져 있는 목젖(구개수(口蓋垂))이 보인다. "層段을몇벌이고아래도나려가면갈사록우물이드믈다."라는 3연의 첫 문장에서 볼 수 있듯이 시적 묘사의 대상이 입 안에서 안쪽의 후두(목구멍) 부분으로 이동하고 있는 것을 확인할 수 있다. 구강의 안쪽 부분부터는 침샘이 없어서 침이 나오지 않는다. 이것을 두고 "우물이 드물다."라고 표현하고 있다. "좀遲刻해서는텁텁한바람이불고 — 하면學生들의地圖가曜日마다彩色을곷인다。 客地에서道理없어다수굿하든집웅들이어물어물한다。 卽이聚落은바로여드름돋는季節이래서으쓱거리다잠꼬대우에더운물을붓기도한다."라는 부분은 정확하게 어떤 상태를 말하고 있는 것인지 알 수 없다.[48] 그러나 "좀遲刻해서는텁텁한바람이불고"라는 표현은 목구멍을 통해 올라오는 트림을 암시하는 것 같기도 하고, "잠꼬대우에 더운 물을 붓기도 한다."라는 진술은 수면 중에 침을 흘리는 현상을 비유적으로 설명한 것이 아닌가 생각되기도 한다. "渴 — 이渴때문에견듸지못하겠다."라는 표현은 '목이 마르다.'라는 말을 바꾸어 놓은 것으로 본다. 4연에서도 모든 진술이 고도의 비유와 암시로 일관하고 있다. "太古의湖水바탕이든地積이짜다."라는 문장은 구강에서부터 목구멍에 이르기까지 심하게 일어나고 있는 갈증을 '짜다'라는 형용사로 표현한다. 기관지에 가래가 생기고(기둥이 습해 들어온다) 편도염을 앓기도 한다. 마지막 문장에서 '발처럼 생긴 손'은 편도염으로 붓고 늘어진 '목젖'을 말한 것이 아닌가 생각된다. 여기서 '남의 돈을 꿀꺽 삼킨다.'는

---

48 권영민 편, 『이상 전집 1 시』(뿔, 2009)에서는 이 대목을 호흡기를 통해 전염하는 '홍역'의 증상을 묘사한 것으로 분석한 바 있다.

데에서 유래된 것으로 보이는 '화폐의 스캔들'이라는 말을 비유적으로 활용한 것이 매우 재미있다. 사실은 음식이나 침을 꿀꺽 삼키기조차 힘들다는 것을 암시하고 있다.

이 시에서 내용상 셋째 단락에 해당하는 5연과 6연은 직접 눈으로 확인하기 어려운 호흡 기관의 중심에 해당하는 폐부(肺腑)를 묘사의 대상으로 삼고 있다. 5연의 경우는 "눈에띠우지안는暴君이潛入하얏다는所聞이있다."라는 첫 문장에서 공기를 통해 전염되는 병균(폭군)이 폐부에 침입하게 된 것을 암시한다. "아기들이번번이애총이되고되고한다."라는 둘째 문장에서는 아기들의 죽음에 대하여 진술하고 있는데, 홍역에 걸린 아기들이 폐렴이 생겨서 목숨을 잃게 되는 현상을 암시하는 것으로 보인다. 폐렴은 극심한 호흡 곤란을 야기하고 가슴과 폐 사이 늑막에 물이 고이는 늑막염 등의 합병증을 일으키기도 한다. 심한 기침과 많은 양의 가래를 분비하며 각혈을 동반하기도 한다. 이를 잘못 다스리면 치명적인 상태에 빠져든다. '애총'은 아기들의 무덤을 말한다. "어른 구두와 어른 구두가 맞부딪는 꼴"이라는 표현은 폐렴이라는 병환의 증상을 비유적으로 표현한 것이 아닌가 생각된다. 여기서 '어른 구두'라는 것이 폐(허파)의 모양을 빗대고 있는 것으로 본다면, 홍역이 폐렴으로 발전하게 되어 가슴과 폐 사이에 물이 고이거나 기관지가 확장되는 모양을 비유적으로 표현한 것이라고 할 수도 있다. "한창急한時刻이면家家戶戶들이한데어우러저서멀니砲聲과屍斑이제법은은하다."라는 마지막 문장은 홍역이 아주 심할 때 그 전염을 막기 위해 환자를 격리시키고 사람들이 서로 출입을 삼가던 일을 서술한 것으로 보인다.

이 시의 마지막 6연을 보면 그 전반부에서 '폐부'의 내면에 관한 묘사가 이루어진다. 여기서 '방대(尨大)한 방'이란 바로 폐부(肺腑)를 비유적으로 표현한 말이다. 온몸을 순환한 혈액이 폐부에 와서 새로운 산소를 공급받고 탄산가스를 내보낸다. 이 방 안으로 날아 들어왔다고 하는 '비둘기만한 까마귀 한 마리'는 '오염된 공기'를 암시하는 비유적인 표현인데, 실제로는 담배를 피울 때 들이켜는 담배 연기가 아닌가 한다. 뒤에 "권련에 피가 묻고"라는 대목이 나오는 것으로 보아 이를 짐작할 수 있다. 산소가 혈액에 공급되고 나면 폐부에는 탄산가스가 주로 남게 된다. 이를 두고 '쓰레기'가 남아 있다고 표현하고 있다. 6연의 중반부는 '간다'라는 동사 하나로 어떤 대상의 움직임을 그려 낸다. 이것은 들이켰던 담배 연기가 폐부에 남아 있는 탄산가스와 함께 내쉬는 숨결을 타고 밖으로 나가게 되는 상황을 말해 준다고 할 수 있다. '손자(孫子)'는 폐부 내에서 증식된 병균(결핵균)을 암시한다. 뒤에 이것을 다시 '번식한 거짓 천사'라고 지칭하고 있다. 폐부에서 몸 밖으로 내쉬는 숨결에 따라 담배 연기를 그대로 내뿜는 형상을 기차가 가는 것처럼(객차가 방을 피하다) 비유하고 있다. 그런데 6연의 후반부는 시적 화자가 폐부에 맞춰 놓고 있던 초점을 현실 공간(방)으로 옮겨 놓고 있음에 유의해야 한다. 책상 위에 접시가 있고, 그 접시에 하얀 양초에 발갛게 불이 켜져 있다. 양초가 녹아내려 촛농이 응고된 것을 '삶은 계란'으로 비유하고 있으며, 곱게 타오르는 불꽃을 '포크로 터뜨린 노른자에서 부화하는 훈장형 조류'라고 비유하여 표현하고 있다. 그런데 갑작스럽게 기침이 나온다. 담배 연기로 인하여 재채기가 나오게 되었다고 할 수도 있다. '푸드덕거리는 바람'(기침이 나옴)으로 인하여 삽화를 그리기 위해 펼쳐 놓은 종이(방안지)가 방바닥에 이리저리 흩어진다. 피우던 담배 위로 객혈이 묻어난다. 핏빛의 감각적 이미지를 강조하기 위해 '유곽(遊廓)'의 화재를 한데 묶어 놓는다. 그리고 기침을 통해 밖으로 나온 병균(번식한 거짓 천사)이 공기 중에 떠돌아다니게 된다는 것을 암시한다. "방대한 방은 속으로 곪아서 벽지(壁紙)가 가렵다. 쓰레기가 막 붙ㅅ는다."라는 마지막 두 문장은 다시 시점을 폐부로 이동하여 폐병이 더욱 심해지고 있음을 암시한다.

　시 「가외가전」은 결국 인간의 육체와 병에 관한 시인의 우울한 공상이 시적 의미를 형성한다. 이 작품에서 이상은 인간의 호흡 기관의 구조와 기능을 병적인 것과 결부시켜 시적으로 형상화하고자 한다. 이 시에 동원하고 있는 모든 시적 진술은 언어적 리듬을 전혀 고려하지 않은 산문적 표현으로 일관한다. 시적 대상에 따라 이동적 관점을 활용하여 그 묘사 방식과 진술이 서로 다르게 이루어진다. 그리고 각각의 연이 시적 의미의 단절과 극복을 동시에 드러내는 일종의 몽타주 방식으로 결합되고 있다. 그렇기 때문에 전체적인 시의 의미 구조에 쉽게 접근하기 어렵다. 이러한 시적 특징은 매우 그로테스크한 취향에 속하는 일이지만, 이 작품이 시인 자신의 병환과 연관되는 병적 나르시시즘의 산물이라는 점을 부인할 수는 없다.

정지용의 시 「유선애상(流線哀傷)」

　정지용이 《시와 소설》에 발표한 「유선애상」의 경우에도 그 시적 방법이 이상의 「가외가전」과 유사하다. 시적 대상에 대한 묘사 기법이 어떤 하나의 패턴으로 고정되어 있지 않다. 다양한 비유적 표현으로 이루어져 있는 고도의 함축성을 이해하지 못하면 시적 진술의 내용을 파악하기 어렵다. 이 시는 시적 화자와 대상 사이의 간격도 일정하지 않기 때문에, 시적 묘사에서의 초점의 이동과 거기서 생겨나는 설명적 진술의 서사성을 이해하는 것도 중요하다. 이러한 여러 가지 문제 때문에 이 시는 그 의미 해석의 요체에 도달하지 못한 채 여전히 논란거리가 되고 있다. 특히 핵심을 이루는 쟁점은 이 작품에서 시적 묘사의 대상이 되고 있는 것이 무엇인가 하는 문제이다. 이 시의 복잡한 비유 구조와 묘사 방식이 시적 대상에 대한 접근조차 쉽게 허용하지 않는다.

생김생김이 피아노보담 낫다.
얼마나 뛰어난 燕尾服맵시냐.

산뜻한 이紳士를 아스깔트우로 꼰돌라인듯
몰고들 다니길래 하도 딱하길래 하로 청해왔다.

손에 맞는 품이 길이 아조 들었다.
열고보니 허술히도 半音키 ― 가 하나 남었더라.

줄창 練習을 시켜도 이건 철로판에서 밴 소리로구나.
舞臺로 내보낼 생각을 아예 아니했다.

애초 달랑거리는 버릇 때문에 궂인날 막잡어부렸다.
함초롬 젖여 새초롬하기는새레 회회 떨어 다듬고 나선다.

대체 슬퍼하는 때는 언제길래
아장아장 괙괙거리기가 위주냐.

허리가 모조리 가느래지도록 슬픈 行列에 끼여
아조 천연스레 굴던게 옆으로 솔쳐나자 ―

春川三百里 벼루ㅅ길을 냅다 뽑는데
그런 喪章을 두른 表情은 그만하겠다고 꽥 ― 꽥 ―

몇킬로 휘달리고나서 거북 처럼 興奮한다.

징징거리는 神經방석우에 소스듬 이대로 견딜 밖에.

쌍쌍이 날러오는 風景들을 뺨으로 헤치며

내처 살폿 엉긴 꿈을 깨여 진저리를 쳤다.

어늬 花園으로 꾀여내어 바눌로 찔렀더니만

그만 蝴蝶같이 죽드라.[49]

　「유선애상」은 그 시적 의미의 해석을 둘러싸고 여러 가지 논란이 이루어져 왔다. 특히 이 시에서 그려 내고 있는 시적 대상에 대해서는 해석자마다 그 시각을 달리한다.[50] 이 작품에서 주목되는 것은 섬세한 언어 감각과 특이한 비유적 표현이다. 특히 시적 대상에 대한 고정 관념을 모두 해체시켜 새롭게 재구성하고 있는 감각과 기법이 특이하다. 이 작품은 절제된 감정을 기반으로 언어적 소묘를 통해 시적 대상을 그려 낸다. 이 작품에 동원하고 있는 시어들은 상태와 동작을 동시에 드러내는 형용 동사가 많다. 그러나 이 언어들은 시적 대상에 대한 개개의 디테일을 추구하는 것이 아니라, 대상에 대한 지배적인 인상을 포착한다. 이를 위해 시적 화자는 스스로 위치와 관점을 바꾸면서 움직이는 시적 대상을 묘사해 낸다. 이 같은 묘사 방법을 동적 관점형(動的觀點型)이라고 말할 수 있는데, 동시적 표상으로 그려 내기 불가능한 대상을 상관적인 연

49　정지용, 『백록담』 문장사, 1941, 56~58면.

50　이숭원 교수의 『정지용 시의 심층적 탐구』(태학사, 1999)에서는 이 시가 '오리'를 대상으로 하는 것임을 분석해 보인 바 있다. 그런데 황현산 교수의 글 「정지용의 '누뤼'와 '연미복의 신사」(《현대시학》, 2000. 4)에서 이 시의 시적 대상을 '자동차'로 규정한 뒤 대체로 이 의견에 동조하는 듯하다. 이근화 교수는 '담배 파이프와 흡연의 경험'(「어느 낭만주의자의 외출」, 최동호 외, 『다시 읽는 정지용 시』, 월인, 2003)이라고 말한다.

속적 표상으로 변용하여 시적 형상성을 부여하는 데에 기능적이다. 그러나 시적 대상에 대한 묘사적 표현 자체가 하나의 서사를 구축하는 방식으로 이루어지고 있어서, 이러한 서사의 진행 과정을 놓치는 경우 시의 내용을 제대로 이해하기 어렵게 되기도 한다. 이 시가 난해한 작품으로 치부되는 이유가 여기 있다.

「유선애상」의 시적 의미 구조는 그 진술법의 특징을 통해 암시된다. 이 시의 첫 연은 두 개의 문장으로 구성되어 있다. 그러나 두 문장은 통사적으로 보아 서술부만 드러나 있다. 각각의 서술부에 호응하는 주체가 무엇인지 알 수 없다. 시적 화자는 비유적 표현을 위해 동원하고 있는 보조 관념들 속에 시적 대상을 숨겨 두고 있는 것이다. 이 같은 시적 대상에 대한 숨기기의 전략은 텍스트의 결말에 이르기까지 지속된다. 그리고 독자들의 상상을 자극하면서 시적 긴장을 고조시킨다.

제1연에서 시적 대상은 주로 그 생김생김과 모양새를 통해 숨겨진 실체를 암시한다. 시인은 시적 대상을 '피아노'와 비교하기도 하고 '연미복'의 맵시와 비교하기도 한다. '피아노'와 '연미복'이라는 보조 관념들을 통해 연상하고 유추해 낼 수 있는 요소들은 검은 색깔, 유선형의 날렵한 모양 등 여러 가지가 있다. 그러나 이러한 단편적인 암시만으로는 대상의 실체를 알아낼 수 없다. 뒤에 이어지는 시적 진술을 함께 검토하면서 연상 작용의 끈을 놓치지 말아야 한다. 제2연에서부터 제4연까지는 시적 대상과 연관되는 기능과 동작을 암시적으로 표현한다. 제2연은 '연미복'으로부터 연상되는 '신사'라는 새로운 보조 관념을 등장시킨다. 그리고 아스팔트 위로 '꼰돌라'인 듯 몰고 다닌다고 비유한다. 여기서 '꼰돌라'라는 보조 관념은 "몰고들 다니길래"라는 동사구와 결합됨으로써 이 시에서 묘사하고 있는 시적 대상이 '몰고 다니는 것'이라는 기능성을 지닌 것임을 암시한다. 어떤 연구자는 여기서 바로 '자동차'

를 떠올린다. 사람들이 마치 꼰돌라처럼 아스팔트 위로 몰고 다닌다는 것만 놓고 본다면, 이러한 직감이 설득력을 지닌다. 그러나 너무 섣불리 단정할 일은 아니다. "몰고들 다니길래"라는 말은 '꼰돌라'와 연결할 경우, 타고 다닌다는 말로 바꾸어도 될 것이다. 제3연의 경우에도 여전히 시적 진술을 구성하는 문장들이 통사적인 결함을 보여 준다. 첫 행은 시적 화자의 주관적 진술로 이루어져 있는데, '손에 맞다', '길이 들다'와 같은 서술부에 호응하는 주체가 드러나 있지 않다. '손에 맞다'라는 말은 손에 들어올 정도로 크기가 적절할 때 쓰는 표현이다. '길이 들다'는 말은 여러 번 사용하여 손때가 묻고 익숙하여 제대로 잘 작동이 된다는 뜻이다. 이러한 표현은 시적 화자와 대상과의 관계가 일반적인 의미에서 인간과 도구의 관계로 연결될 수 있다는 사실을 암시한다. 사람들이 직접 가지고 부리는 것, 어떤 도구나 물건이 아니고서는 이런 식의 표현을 하기 어렵다. 그러므로 여기서는 시의 서두에 등장한 '피아노'라는 보조 관념을 비유적으로 활용하여 대상화한 것으로 볼 수 있다. '반음 키'가 남았다든지 '연습'이라든지 '무대'라든지 하는 시어가 모두 '피아노'를 비유적으로 끌어들이고 있음을 말해 준다. 특히 "열고 보니 허술히도 반음 키가 하나 남았더라."는 진술을 주목할 필요가 있다. 피아노와 같은 생김새로 보아 여러 개의 키가 붙어 있을 것으로 여겼는데, 겉모양과는 다르게 '반음 키' 하나만 남아 있다고 설명하고 있는 것이다. 이 대목에서 시적 대상의 외양이 피아노 비슷하지만 '반음 키'가 하나뿐이라는 구조적인 특성을 암시한다. 제4연은 시적 화자가 연습을 시작하는 장면을 그린다. 그러나 아무리 해도 '반음 키 하나'만 가지고서는 피아노처럼 아름다운 소리를 내지 못한다. '철로판에서 밴 소리'만 낸다. "무대로 내보낼 생각을 아예 아니했다."는 것은 아무리 연습해도 신통하지 않음을 말한다. 여기서 암시되고 있는 '철로판에서 밴 소리'의 정체는 뒤에 구체적으로 의성화되어 나타난다. 그러나 모두가 비유적으로 표현되어 있기 때문에 실제로 무엇을 가지고 어떤 소리를 내는 연습을 했는지 알 수 없다. 이 부분에서 주목해야 할 것은 '철로판에서 밴 소리'를 내는 '반음 키'라는 보조 개념이다. 이미 밝혀진 대로 시적 대상은 피아노와 외양이 비슷하지만, 소리를 내는 키는 오직 '반음 키' 하나뿐이다. 그런데 여기서 그 '반음 키'가 '철로판에서 밴 소리'를 낸다는 사실이 밝혀진 것이다.

「유선애상」의 텍스트는 제5연에서부터 그 시적 진술법이 바뀐다. 시적 배경이 구체적으로 묘사되는 가운데 시적 화자 자신이 동작의 주체로 등장한다. 전반부에서 비유적으로 끌어들였던 '피아노'와 관련되는 진술은 더 이상 등장하지 않는다. 시적 화자는 궂은 날에도 불구하고, "막 잡아부렸다."고 진술한다. '피아노'라는 보조 관념 대신에 '꼰돌라'라는 보조 관념을 여기서부터 활용함으로써 시적 이미지의 전환과 비약을 시도한다. 시적 화자는 '꼰돌라'를 밖으로 끌고 나와 막 잡아 부린다. 비를 맞아 새초롬하기는커녕 빗방울을 떨어 버리며 밖으로 나선다. 여기서 비가 오는 가운데에도 부릴 수가 있다는 새로운 사실이 하나 더 첨가된다. 피아노와 같은 악기라면 빗속을 몰고 다닐 수 없는 일이다. 제6연에서 "대체 슬퍼하는 때는 언제길래 / 아장아장 꽉꽉거리기가 위주냐."는 진술은 구어적 산문체로 표현된다. 이러한 진술은 시적 대상에 하나의 생명체와 같은 정의적 요소를 부여함으로써 가능해진다. 시의 결말에 이르기까지 이러한 의인화의 기법이 유지된다. '아장아장'이라는 의태적인 표현과 '꽉꽉'이라는 의성적 표현은 비유적으로 끌어들인 '꼰돌라'의 움직이는 모습과 그것이 내는 소리를 암시한다. 이 부분에서 드러나는 감각적 표현에 착안하여 시적 대상을 '오리'라고 판단했던 연구자도 있다. 그러나 '아장아장'은 뒤뚱거리며 움직이는 모습을 비유적으로 표현한 것이며, '꽉꽉'이라는 소리는 사실 앞서 말한 바 있는 '반음키'에서 나는 소리라는 점을 놓쳐서는 안 된다.

「유선애상」의 후반부를 이루는 제7연부터 10연에서는 시적 대상의 이동에 따라 시적 화자의 묘사적 관점도 이동한다. 이 부분에서도 시적 화자는 '꼰돌라'라는 보조 관념의 기능성을 주목하여 그것을 몰고 다니는 장면을 그려 낸다. 제7연에서 "허리가 모조리 가느래지도록"이라는 표현은 몸의 균형을 잡기 위해 긴장하며 힘을 주는 모습을 말해 준다. 이 구절은 통사적으로 볼 때, 둘째 행의 '솔쳐나자'를 한정하는 것으로 보는 것이 가장 적절하다. '슬픈 행렬에 끼어 아조 천연스레 굴던게, 허리가 가느래지도록 솔쳐나자'와 같이 부사절의 위치를 변동시켜 보면 그 통사적 결합 관계가 분명하게 드러난다. 사람들이 오가는 속에 끼어서 자연스럽게 굴다가, 허리를 낮추고 힘을 주어(허리가 모조리 가느래지도록) 그 무리에서 빠져나와 앞서 가는 모습이 그려진다. 제8연은 춘천으로 가는 벼랑길로 달리는 모습이다. 사람들과 같은 슬픈 표정을 짓지 않겠다고 꽥꽥거리면서 속력을 내어 달린다. 이미 제6연에서도 시적 대상을 놓고 슬퍼하는 때가 없다고 진술한 바 있다. 그러나 제9연에서는 금방 힘이 빠진 모습이다. 몇 킬로를 휘달리니 힘에 부친다. "거북처럼 흥분한다."는 진술에 이르면 '꼰돌라'에 '거북'이라는 또 다른 보조 관념을 덧붙여 비유적으로 활용한다. 거북이는 아무리 빨리 달려가려고 해도 빨리 가기 어렵다. 발을 굴러도 앞으로 나가지 못하는 것을 두고, 거북이가 흥분하고 있다고 비유한 것이다. 더구나 길이 험하여 방석 위에 앉아 있는 몸이 덜그럭거리면서 솟으뜨기 일쑤다. 그러니 자칫 쓰러질까 조바심하며 참는다. 제발 그만 편하게 쉬었으면 하는 생각이 들 법하다. 제10연에서는 두 뺨으로 스치는 바람 속에 펼쳐지는 풍경들이 상쾌하다. 그 바람에 몸을 추스르고 다시 정신을 차린다.

「유선애상」의 마지막 연은 시상의 종결 부분이다. "어늬 花園으로 꾀여내어 바늘로 찔렀더니만 / 그만 蝴蝶같이 죽드라."는 대목은 제10연의 '살폿 엉긴 꿈'과 의미상의 연결이 이루어진다. 시적 화자는 더 이상 달리지 못하고 풀밭 위에서 쉬고 있다. '화원'이라는 말이나 '호접(나비)'이라는 말은 모두 쉬고 있는 시적 대상을 묘사하기 위해 비유적으로 동원된 보조 개념들이다. 화자는 풀밭에 있는 시적 대상의 형상을 놓고, 채집하여 바늘로 찔러 놓은 죽은 나비의 형상을 떠올린다. 마치 나비가 바늘에 찔린 채 두 날개를 펼치고 죽은 것처럼 그렇게 풀밭에 누운 것이다. 춘천 길의 힘든 달리기를 잠시 멈추고 죽음처럼 평화로운 휴식을 누리고 있는 셈이다.

「유선애상」의 시적 텍스트를 자세히 분석해 보면, 대상에 대한 비유적 표현에 동원하고 있는 여러 가지 보조 관념들 가운데 '피아노', '연미복', '꼰돌라', '거북', '호접' 등이 시적 진술의 핵심적인 내용을 구성한다는 점을 확인 할 수 있다. '꼰돌라'는 사람이 타거나 몰고 다닐 수 있는 것이라는 기능성을 암시하는 보조 관념이다. '꼰돌라'처럼 사람이 타고 다니는 것이라면, 더구나 그것이 땅 위로 다니는 것이라면, 그 범위가 별로 넓지 않다. 가장 손쉽게 생각할 수 있는 것이 자동차이다. 그리고 자전거, 오토바이 등을 추가할 수 있다. 이러한 것들을 놓고 나머지 보조 관념들과 관련지어 보면, 어느 정도 대상의 윤곽이 드러난다. 더구나 '피아노', '연미복', '호접'과 같은 보조 관념들이 암시하는 형상적 특징을 찾아내어 '꼰돌라'의 기능성과 결부시킨다면, 시적 대상이 무엇인가를 알아낼 수 있게 될 것이다.

시인 정지용이 「유선애상」에서 그리고 있는 시적 대상은 무엇일까? 어떤 연구자의 주장대로 '택시'일까? 아니면 다른 어떤 해석이 가능한가? 이쯤에서 나 자신이 이제껏 숨겨 둔 답을 먼저 공개하기로 하자. 이

시에서 그려 내고 있는 시적 대상은 자전거다. 시적 화자는 자전거 타는 방법을 익힌 후 자전거를 타고 춘천 길로 한번 나들이를 나간 것이다. 어떻게 그런 해석이 가능한가? 비유적 묘사에 스며들어 있는 시적 대상에 대한 다양한 이미지들을 주목하면서 다시 한 번 시를 살펴보자.

　제1연에서 '피아노'니 '연미복'이니 하는 것은 자전거의 검은 색깔과 특정 부위의 모양에서 연상된 이미지들이다. 자전거 앞뒤 바퀴의 바로 위에 바퀴를 덮는 덮개가 붙어 있다. 흙탕물이 튀어 오르지 못하도록 막기 위해 흙 받침이 그 덮개의 끝에 매달려 있다. 이 흙 받침의 모양에서 연미복의 꼬리 모양을 연상할 수 있다. 그런데 왜 하필 피아노일까? 여기에 대해서는 제3연의 시적 진술을 보아야만 구체적인 해명이 가능하다. 제2연에서 자전거는 '꼰돌라'에 비유되면서 사람이 타고 다니는 것이라는 기능성을 부각시킨다. 여기서 아스팔트 위로 몰고들 다닌다는 표현 때문에 이내 '택시(자동차)'라고 생각할 수 있다. 그러나 타고 다니는 것이 어찌 자동차뿐인가? 더구나 이 시기의 택시(자동차)는 결코 유선형의 외양을 갖추고 있지 않다. 1930년대 일본과 한국에서 운행되던 택시는 투박한 지프의 외양을 닮아 있다. 우리의 생활 속에서 자동차가 일반화된 것은 1970년대 이후의 일이다. 1960년대만 하더라도 자전거 한 대를 가지는 것이 얼마나 자랑스러웠던가?

　제3, 4연에서 처음 자전거를 만져 보고 타 보는 모습이 '피아노'를 만지는 것처럼 비유적으로 표현된다. 그리고 "열고보니 허술히도 반음 키 ― 가 하나 남았더라."라는 진술을 통해 시적 대상의 특징적인 형상을 하나 암시해 놓고 있다. 피아노의 뚜껑을 열어 보면 부챗살 모양으로 배치되어 있는 피아노의 현(絃)이 금방 눈에 들어온다. 자전거에도 두 바퀴의 원형(圓)을 제대로 지탱하기 위해 강철 철사로 된 수많은 살을 부챗살 모양으로 고정시켜 놓고 있다. 이 자전거 바퀴의 살이 마치 피아노의 현처럼 보인다. 피아노에 붙어 있는 수많은 현들은 모두 건반 위의 키와 연결되어 있어서 건반 위의 키를 두드리면 여러 가지 소리가 난다. 그러나 자전거 바퀴에서 볼 수 있는 현은 소리를 내기 위한 것이 아니다. 그러므로 시적 화자는 "열고보니 허술히도 반음 키만 하나 남았더라."라고 진술한다. 자전거에는 손잡이 부분에 오직 한 가지 소리(반음)만을 내는 경적과 연결된 까만 키가 달려 있을 뿐이다. 이 자전거의 경적 소리는 뒤에 '꽉꽉'과 '꽥꽥'이라는 의성어로 두 차례 묘사된다. 자동차에도 비슷한 경적(클랙슨)이 있지만, 피아노와 자전거처럼 따로 까만 키의 모습은 아니다. 더구나 자동차에는 피아노에서 소리를 내는 강철 철사로 된 현은 어디에도 없다. 이러한 사실에 착안한다면, 자동차가 이 시의 시적 대상이 되기 어려움을 일찍부터 짐작할 수 있다. 이 대목에서 시적 화자는 피아노와 자전거의 특징적인 부분에서 얻어 낸 공통적인 이미지를 지배적 인상으로 확대시켜 놓고 있는 셈이다. 아주 작은 부분에서 느낀 강한 인상을 보고 그것을 전체 사물의 형상으로 대체시키는 일종의 환유적 기법을 변용하고 있는 것이다.

제5, 6연에서는 드디어 자전거를 몰아 본다. 처음 자전거를 배우고 뒤뚱거리면서 달리는 모습이 그려진다. 자전거를 배우기 시작한 사람은 잠시도 참지 못하고 자전거를 타려고 한다. 심지어는 남의 가게 앞에 세워 둔 자전거도 몰래 끌어다가 타기도 하니까. 비가 오는 날에도 밖에 자전거를 끌고 나와 연습을 한다. 서툴게 자전거를 타는 뒷모습이 마치 오리 걸음 하듯 엉덩이가 뒤뚱거린다. 오리는 빗속에서도 몸에 젖은 빗물을 휘떨어 버리고 꽉꽉거리면서 뒤뚱뒤뚱 걸어간다. 빗속에서 엉덩이를 뒤뚱거리면서 서투르게 자전거를 타는 모습이 오리걸음처럼 보이는 것이다.

이 시의 후반부에 해당하는 제7연에서부터 자전거 타기에 점차 익숙해진다. 자전거를 타고 거리를 달리면서 사람들 사이를 지날 때는 천천히 조심한다. 그러다가 사람들 틈에서 벗어나려고 "허리가 모조리 가느 래지도록" 윗몸을 약간 앞으로 빼면서 내닫는다. 제8연에서는 자전거를 타고 야외로 나선다. 춘천 가는 벼룻길로 자전거를 몰아 본다는 것은 참으로 기분 좋은 일이다. 사람들 틈에서 천천히 조심스럽게 타는 그런 모양새가 아니다. 이제는 몸을 흔들며 힘을 주고 빠르게 달린다. 경적 소리도 '꽉꽉'이 아니라 '꽥꽥' 힘을 준다. 제9, 10연은 춘천 길을 달리는 힘든 과정이 그려진다. 자전거를 타고 춘천 가는 벼룻길을 달리는 것은 출발은 즐거웠지만 몹시 힘들다. 더구나 포장도 되지 않은 길이라 불과 몇 킬로를 달리자 지쳐 버린다. 힘이 들어 제대로 달리지도 못하면서도 열심히 몸을 움직인다. 자전거 위에 앉아 있기도 힘들다. 작은 돌부리에 걸려도 몸이 솟아 뜬다. 그러나 이 모든 고통을 견딜 수밖에. 두 뺨으로 바람이 스쳐 가고 산과 강의 경치가 함께 스친다.

제11연의 "어늬 花園으로 꾀여내어 바늘로 찔렀더니만 / 그만 蝴蝶같이 죽드라."는 자전거를 세우고 쉬는 장면을 비유적으로 묘사하고 있는 부분이다. 시적 화자는 자전거를 풀밭에 눕힌다. 표본 채집을 위해 바늘로 찔러 놓은 나비처럼 자전거가 죽은 듯이 풀밭에 눕혀져 있다. 자전거가 나비처럼 죽었다! '피아노'처럼 연습을 했던 자전거, '오리'처럼 뒤뚱거리면서 타기 시작한 자전거, 춘천 가는 길을 '거북처럼' 힘들게 달린 자전거가 바늘에 찔려 죽은 나비가 되어 풀밭에 눕혀져 있는 것이다! 죽은 나비가 된 자전거라는 이 놀라운 비유는 정지용만이 지니는 상상력의 소산이다.

이 대목에서 '나비'는 시적 대상인 자전거의 전체적인 모습을 그대로 보여 주는 보조 개념으로 활용된다. 풀밭의 자전거가 죽은 나비의 형상과 흡사하다. 자전거의 두 바퀴와 손잡이의 형상이 나비의 두 날개와 더듬이를 연상하게 한다. 그리고 시적 대상을 비유적으로 그리기 위해 동원한 '피아노', '연미복', '꼰돌라' 등의 보조 관념들을 통해 부분적으로 인상 지웠던 이미지들이 모두 여기서 '나비'라는 보조 관념과 결합되면서 자전거라는 시적 대상의 실체를 드러낸다.

그런데 이 같은 비유적 표현에서 주목해야 할 것은 자전거라는 것이 가지는 속성이다. 자전거는 달릴 때만 유선형을 이룬다. 그러므로 자전거는 언제나 바퀴를 돌리면서 땅 위로 굴러다녀야 한다. 자전거가 땅 위를 달리지 못하고 풀 위에 눕혀지면, 자전거로서의 가치와 기능을 잃는 것이다. 그것은 마치 바늘에 찔려 죽은 나비와 같다고 할 수 있다. 「유선애상(流線哀傷)」이라는 이 시의 제목이 바로 이 같은 자전거의 숙명을 암시한다. 길 위로 달릴 때에만 자신의 존재 의미와 가치를 드러낼 수 있다는 것은 얼마나 힘들고 고된 운명인가? 어쩌면 이것은 '유선형'이라는 형상적 특질로 규정되었던 현대적 문명의 속도와 움직임 자체가 안고 있는 슬픈 운명일지도 모른다.

정지용의 「유선애상」에서 볼 수 있는 시적 진술은 산문성(散文性)을 특징으로 한다. 이 시는 분명 아름다운 율조를 가진 언어로 이루어진 것이 아니다. 시인은 의도적으로 이른바 시적 언어라고 명명해 온 아름다운 리듬을 가진 부드러운 말들을 제거한다. 그 대신에 시인이 채용하고 있는 것은 비시적(非詩的)인 요소로 지목받았던 일상적인 구어와 산문적 표현이다. 이 작품에서 볼 수 있는 구어체의 산문은 시적 정감의 표현을 위해서라기보다는 경험적 현실감을 살리는 데에 더욱 기능적이다. 이것은 말할 나위도 없이 자연스러운 말로 들린다. 이 자연스러움을 달리 경험적 진실성이라고 할 수 있을 것이다. 이 산문적 표현은 한편으로는 시적 진술의 정확성을 드러내면서도 동시에 매우 까다로운 암시로 이루어진다. 그것은 산문적 진술을 이루는 문장 안에서 특정의 문장 구성 성분을 탈락시키고 있는 점을 통해 확인된다. 이 시의 첫 문장인 "생김생김이 피아노보담 낫다."라는 표현은 통사적으로 완전하지 않다. 시적 진술의 대상을 구체적으로 지시하는 말을 생략함으로써 얻어 내는 암시와 비유의 효과는 산문적 진술의 명료성을 방해하면서 시적 의미의 긴장을 살려 낸다. 이와 같은 진술법은 「유선애상」의 시적 공간 안에서 현실적 감각의 구체성과 암시적 표현의 추상성을 함께 펼쳐 낸다.

「유선애상」의 시적 텍스트를 이루는 각 연의 구성과 결합 방식은 매우 특이하다. 시적 텍스트의 구성은 일반적으로 동질성의 법칙을 기준으로 한다. 그리고 모든 요소들의 상위성(相違性)을 조정하는 데에는 질서와 균형을 추구하는 통합을 필요로 한다. 그러나 이 작품은 시적 이미지와 모티프들이 질서 있게 배열되지 않고 있다. 이 느슨하게 보이는 텍스트의 구조는 몽타주의 기법을 차용하고 있다. 영화의 편집 기법에서 비롯된 몽타주는 여러 가지 요소들을 하나의 작품 속에서 결합시켜 놓는 일종의 조립 기법이라고 할 수 있다. 「유선애상」은 모든 구성 요소들을 하나로 통일시키는 유기적 구조 대신에 몽타주의 기법을 활용하여 여러 가지 요소들의 불균형과 부조화를 극복한다. 이 작품에서 외견상 드러나는 동적인 이미지와 정적인 이미지의 대립, 시각적인 것과 청각적인 것의 부조화 등은 몽타주의 기법으로 본다면 오히려 자연스러운 일이다. 시적 대상을 따라 움직이는 동적 관점에 의해 통일성과 집중성을 잃고 있는 시적 진술도 마찬가지라고 할 수 있다. 시적 텍스트를 구성하는 요소들 사이의 이질성, 시적 모티프의 불연속성, 서로 관련성이 없어 보이는 모티프의 삽입, 시간과 공간의 비약 등을 통해 실제의 현실 속에서 일어나고 있는 다양한 이동성(移動性)을 어떻게 형상화하느냐 하는 문제는 이 작품의 섬세한 독법을 통해 확인할 수 있을 것이다.

그런데 정지용의 「유선애상」에서 더 중요한 것은 대상에 대한 묘사에 있어서 감각적인 시선과 각도를 발견하고 거리와 높이와 척도를 다양하게 바꿔 나가는 점에 있다. 이 시는 부분적인 것에 대한 세부적인 분석과 묘사를 통해 실재성의 감각을 높인다. 그리고 작품 속에서 그 수용의 공간을 새롭게 확장하고 보다 역동적으로 대상을 따라 움직이는 듯한 감각을 심어 준다. 특히 각각의 연을 몽타주의 기법으로 결합시켜 놓는다. 이때 중요한 것이 장면을 포착하는 시선의 위치와 그 이동이다. 어떤 각도에서 어떻게 특정의 대상을 묘사하느냐 하는 것은 시의 독자에게 어떤 특이한 정서적 감응을 유도하느냐 하는 문제와 직결된다. 시적 진술의 각도는 언제나 대상에 대한 새로운 이미지를 생산하면서 전혀 다른 관심을 드러낼 수 있기 때문이다. 그러므로 몽타주의 기법은 어떤 대상이나 개념에 대한 연상 작용을 시각적으로 표현한다. 이미지는 언제나 대상을 현재의 상태로 보여 준다. 과거나 미래의 것을 이미지로 보여 줄 수는 없다. 「유선애상」의 시적 공간에서 시인은 시적 이미지를 통해 구현할 수 있는 경험적 동시성의 문제를 놓고 그 진술의 언어적 한계를 고민하면서 몽타주의 기법을 활용한다. 이러한 특징은 앞서 소개한 이상의 시 「가외가전」에서도 마찬가지로 확인할 수 있다. 영화의 모든 장면들은 카메라의 각도 안에 들어오는 모든 대상들을 동시적으로 포착하여 한꺼번에 공간을 채워 놓는다. 이 새로운 방식은 말을 하거나 그림을 직접 손으로 그려 나가는 방식과는 구별된다. 화가가 그림을 그릴 때는 하나의 선, 하나의 형체를 만들어 가면서 어떤 순서에 따라 서서히 캔버스를 채워 간다. 이렇게 화가는 자신이 그려 내고자 하는 대상을 자신의 의식 속에서 스스로 통제하면서 순차적으로 시간적 선후 관계를 고려하여 그려 간다. 그러나 영화 속의 카메라는 이와 다르다. 카메라는 일단 각도가 정해지고 위치가 고정되면 시야에 들어오는 모든 것을 동시에 재현한다. 정지용은 이상과 마찬가지로 동시성의 감각을 최대한 구현할 수 있는 장면 묘사와 그 결합을 몽타주의 기법으로 실현해 보인다. 몽타주는 본질적으로 시각적인 세계 안에서의 분절과 그 한계를 제시하면서 동시에 그 분절과 한계를 뛰어넘는 방법이 된다. 그리고 서로 다른 관점과 시각을 병치시키면서도 모든 것을 하나로 통합할 수 있는 단일한 관점을 펼칠 수도 있다. 그러므로 몽타주의 기법에 의해 새로이 구성된 시적 텍스트는 여러 가지 서로 다른 경험적 요소들의 혼성물이 되고 다중적 관점을 보여 주면서 동시성의 감각을 살릴 수 있게 된다.

정지용의 「유선애상」은 시 읽기의 고통스러움과 즐거움을 동시에 보여 준다. 이 작품은 비유적 이미지의 결합 과정 자체가 시적 텍스트의 내부에서 하나의 '작은 이야기'를 형성하고 있다. 이 서사의 줄기를 따라 시적 정황 속으로 몰입하지 않으면, 다양한 비유적 표현과 산문적 진술들이 몽타주의 기법을 통해 새롭게 결합되면서 빚어내는 시적 의미를 이해하기 어렵게 된다. 이 시의 시적 진술 방법은 시적 대상에 대한 지배적인 인상을 중심으로 비유적 묘사를 이끌어 간다는 점에 그 특징이 있다. 이러한 비유적 묘사에서 암시하는 대상에 접근하는 것을 돕기 위해, 시적 화자는 정황의 변화를 요약적으로 제시하기도 하지만, 어떤 경우에는 그 접근을 지연시키기 위해 엉뚱한 비약을 시도하기도 한다. 그러므로 시인의 상상력을 따라잡기 위해 시를 읽으면서도 긴장을 늦춰서는 안 된다. 이 작품의 마지막 연에 이르러 '피아노', '연미복', '꼰돌라' 등의 부분적 이미지와 암시적 표현을 뒤로 하고 '나비가 된 자전거'를 읽어 낼 수 있게 되는 것은 독자의 입장에서 시인의 시적 상상력에 함께 동참하는 기쁨에 해당한다.

박태원의 소설 「방란장(芳蘭莊) 주인(主人)」

《시와 소설》에는 두 편의 소설이 수록되어 있다. 하나는 김유정의 소설 「두꺼비」이고 다른 하나는 박태원의 「방란장 주인」이다. 이 중에서 단편 소설 「방란장 주인」은 박태원이 추구하고자 했던 새로운 모더니즘의 서사 미학을 실험적 형식을 통해 보여 주는 문제작이다. 소설 속의 이야기 자체가 작가 자신의 경험적 일상을 기반으로 하는 '사적(私的) 요소'로 채워져 있으며, 전체 스토리를 하나의 문장 속에 담아내고 있는 특이한 서술 구조를 보여 준다. 부제로 표시하고 있듯이 소설 「성군(星群)」과는 2부작의 성격을 유지하고 있다. 이 소설에서 표제가 되고 있는 '방란장'은 젊은 화가가 개업한 끽다점(喫茶店)의 이름이다. '방란장 주인 젊은 화가'의 주변에는 예술가들이 모여 있다. 이들은 모두가 특별한 생업이 없이 예술 활동을 꿈꾼다. 그러나 이들 가운데 변변하게 자기 예술 세계를 지키고 있는 사람은 없다. 이들이 서로 의기투합하여 우연히 만나게 된 공간이 '방란장'이다. 하지만 '방란장'은 이웃에 크게 새로 낸 '모나미'가 등장하면서 그 경영이 어려워진다. 이러한 구도로 본다면 '방란장'은 물질주의의 확대와 자본의 횡포로 인하여 현실에서 밀려나게 되는 '예술'의 위기를 암시한다. 애당초에 돈벌이를 위한 것이라기보다는 한 동리에 살고 있는 불우한 예술가들 수경(水鏡) 선생, 만성(晚成), 자작(子爵) 등이 자기네 구락부처럼 드나들며 소일하는 장소처럼 출발했다고는 하지만 '방란장'의 주인은 마음이 심란하다. 무엇보다도 이 젊은 주인을 심란하게 하는 것은 끽다점의 종업원으로 일하고 있는 여성 '미사에'에 대한 대우 때문이다. 수경 선생의 천거로 이 집에 와서 일하게 된 '미사에'에게 주인은 끽다점 운영이 여의치 않게 되자 제대로 월급도 주지 못한다. 그러나 '미사에'는 찾아 주는 손님이 드문 이 다점을 열심히도 지켜 주고 있다. 수경 선생은 주인에게 아예 이참에 '미사에'와 결혼하는 것이 어떠냐고 말하기도 하였으나 적잖이 밀린 월급도 주지 못하고 있는 상황이 우선 다급하다. 집주인에게 집세 독촉을 당하면서 궁리 끝에 주인은 수경 선생 댁을 찾아 나선다. 그러나 새로운 소설을 구상한다던 수경 선생은 무슨 일 때문인지 집에서 그 부인으로부터 호되게 닦달을 당하고 있다. 중년 부인이 그 남편에게 아무것이나 마구 내던지고 깨뜨리면서 종알대고 있는 무서운 광태(狂態)를 보면서 방란장의 주인은 달음질치듯이 그곳을 벗어나 혼자 들판에서 고독에 휩싸인다.

그런데 이러한 전체적인 경개는 소설 「방란장 주인」의 끝 장면에 등장하는 "문득 黃昏의 가을 벌판우에서 自己 혼자로서는 아모렇게도 할 수 없는 孤獨을 그는 그의 全身에 느꼈다." 라는 마지막 구절을 주절(主節)로 하는 아주 긴 종속절(從屬節)의 내용으로 채워지고 있다. 다시 말하면 이 소설은 전체 내용이 아주 길고 복잡한 복문 구조의 한 개 문장으로 끝난다. 소설 속에서 그려 내고 있는 이야기를 한 개의 문장으로 표현하고 있다는 말이다. 이러한 표현 방식은 한국 근대 소설에서는 찾아보기 어려운 사례에 해당한다. 이상이 자신의 시에서 행의 구분을 하지 않고 전체 텍스트를 한 개의 긴 문장으로 이어 쓴 경우는 있지만 소설에서 이러한 방식을 취한 작품은 「방란장 주인」의 경우가 유일한 것이 아닌가 생각된다. 하나의 스토리를 한 개의 문장으로 서술하고자 하는 박태원의 의도적인 기법을 '장문화(長文化)'의 방식으로 이해하고자 하는 연구자들도 있지만 이것은 문장의 길이라든지 문장 구성 등과 같은 문체론적 특성만으로 설명하기 어려운 일이다.

소설 「방란장 주인」의 이야기가 한 개의 문장으로 서술되고 있다는 것은 대상에 대한 서술 자체를 여러 개의 문장으로 분절하지 않고 있음을 말해 주는 것이다. 일반적으로 문장이란 말과 글에서 그 기본적인 단위가 된다. 어떤 개념을 단어로 연결하여 하나의 온전한 의미를 전달할 수 있는 최소 단위의 언어 형식이 문장이다. 그런데 문장은 음의 연쇄체이지만 반드시 그 앞과 뒤에 휴지(休止)가 놓임으로써 서술되는 의미의 분절을 만들어 낸다. 그렇기 때문에 하나의 이야기를 서술하기 위해서는 수많은 문장이 동원되기 마련이다. 하지만 박태원은 소설 「방란장 주인」을 오직 하나의 문장으로 표현하기 위해 일체의 분절을 거부한다. 모든 어구는 연결 어미 또는 접속어로 이어져 있다. 한국어 표현에서 동원 가능한 모든 종류의 연결 어미와 접속어가 이 소설에 등장한다고 할 수 있을 정도이다. 이러한 표현법은 인간의 의식 속에서 이루어지는 사고(思考) 작용의 연속성(連續性)을 그대로 표현하고자 하는 의욕에서 비롯된 것이라고 할 수 있다. 언어를 문자로 표기할 경우 모든 어구와 문장은 의미상의 혼동을 피하기 위해 시각적으로 분절된다. 한국어 문장의 경우는 모든 단어를 띄어 쓰고 문장의 종결이 이루어지면 반드시 휴지부(休止符)를 표시한다. 그러나 인간의 의식 속에서 이루어지는 모든 사고 내용은 분명한 분절이 이루어지는 것도 아니고 휴지부를 통해 그 종결을 표시하는 것도 아니다. 모든 생각과 느낌은 끊임없이 지속된다. 박태원은 바로 이 같은 사고 작용의 지속성 자체를 하나의 문장으로 구현하고자 했던 셈이다.

「방란장 주인」은 박태원이 즐겨 시도하고 있던 한자 혼용의 글쓰기를 채용한다. 박태원의 한자 혼용은 소설 문체가 이미 순국문체로 일반화된 1930년대 문단에서는 유별난 특징에 해당한다. 이상이 그의 소설 「동해(童骸)」, 「종생기(終生記)」 등에서 시도했던 것과 마찬가지로 한자 혼용의 글쓰기는 이채로운 면이 없지 않다. 이상은 자신의 소설에서 표의 문자로서 한자가 지니는 기호적 특성을 시각적으로 활용하고자 했다. 그러나 박태원의 경우는 장문(長文)의 문장을 즐겨 쓰면서 문장의 호흡과 의미의 연결에 한자 단어의 의미 작용을 중시하게 된 것으로 보인다. 특히 이 소설이 인물의 대화 없이 서술적 지문으로만 구성되어 있다는 점도 한자 혼용과 관련성이 있는 것이 아닌가 생각된다.

《시와 소설》의 종간

이상이 그 편집을 주도하면서 발간한 '구인회'의 동인지《시와 소설》은 창간호가 나온 후에 더 이상 지속되지 못한다.《시와 소설》에 발표된 회원들의 작품 자체에서 확인할 수 있는 새로운 기법적 실험에도 불구하고 이 잡지는 대중적인 독자층의 지지를 받지는 못한다. '구인회' 자체의 동인 활동도 이 잡지의 창간 이후 실질적으로 중단되고 있다. '구인회'의 중심인물이었던 김기림이 1936년 봄 일본 동북제대(東北帝大)로 유학을 결행하면서 동인 활동의 구심점이 약화되었고, 당초 월간지로 기획되었던《시와 소설》도 속간되지 못했기 때문이다. 김기림이 유학을 떠난 뒤에 이상과 주고받은 서신을 보면 이러한 상황의 변화를 감지할 수가 있다.

(1)

기림(起林) 형

형의 그「부러진 못처럼 생긴 글자(折れ釘みたいな字)」로 된 글을 땀을 흘리며 읽었오이다. 무사히 착석(着席)하였다니 내 기억 속에「김기림」이라는 공석(空席)이 하나 결정적으로 생겼나 보이다.

구인회(九人會)는 그 후로 모이지 않았소이다. 그러나 형의 안착은 아마 그럭저럭들 다 아나봅디다.

사실 나는 형의 웅비(雄飛)를 목도하고「기선을 잡아 우위에 선 듯한 기분이 들어서(先手を打たれたような氣がして)」우울했오이다. 그것은 무슨 한 계집에 대한 질투와는 비교할 것이 못될 것이오. 나는 그렇게까지 내자신이 미웠고 부끄러웠소이다.

불행히 — 혹은 다행히 이상(李箱)도 이달 하순경에 동경사람이 될것 같소. 그러나 그것은 어디까지든지 형의 웅비와는 구별되는 것이오.

아마 이상은(도?) 그 「속이 뻔히 보이는(白白しい)」 문학은 그만 두겠지요.

「詩와 小說」은 회원들이 모두 게을러서 글렀오이다. 그래 폐간하고 그만 둘 심산이오. 2호(二號)는 회사 쪽에 내 면목이 없으니까 내 독력(獨力)으로 내 취미잡지를 하나 만들 작정입니다

그러든지 「지금도 늦지 않아서(今からでも遅くはない)」 「서둘러 빨리(すみやかに)」 원고들을 써 오면 어떤 잡지에도 지지 않는 버젓한 책을 하나 만들 작정입니다.

(2)

기림(起林) 형

어떻소? 거기도 더웁소? 공부가 잘 되오?

기상도(氣象圖) 되었으니 보오. 교정은 내가 그럭 저럭 잘 보았답시고 본 모양인데 틀린데는 고쳐보내오.

구(具)군은 한 천부 박아서 팔자고 그럽디다. 당신은 오십원만 내고 잠자코 있구려. 어떻소? 그 대답도 적어 보내기 바라오.

참 체재도 고치고 싶은대로 고치오.

그리고 검열본은 안보내니 그리 아오, 꼭 소용이 된다면 편지하오. 보내 드리리다.

이것은 교정쇄이니까 삐뚤삐뚤한 것은 「간조」에 넣지 마오. 그것은 인쇄 할 적에 바로 잡아 할 것이니까 염려 없오. 그러니까 두장이 한장 세음이오. 알았소?

그리고 페이지 번호(ンブル)는 아주 빼어버리는게 좋을것 같은데 의견이 어떻소? 좀 보는 데 방해되는 것(メザワリ) 같지 않소?

구인회(九人會)는 인간최대의 태만에서 부침중(浮沈中)이오. 팔양(八陽)이 탈회했오 — 잡지2호는 흐지부지요. 게을러서 다 틀려먹을것 같소. 내

일밤에는 명월관(明月館)에서 영랑시집(永郎詩集)의 밤이 있오. 서울은 그
저 답보중(踏步中)이오.

자조 편지나 하오. 나는 아마 좀 더 여기 있어야 되나보오.

참 내가 요새 소설을 썼오. 우습소? 자―그만 둡시다.

앞의 편지 (1)에는 발신 날짜가 '6일'이라고 표시되어 있다. 김기림
이 일본에 도착한 후에 보낸 편지에 대한 답신의 형태로 작성된 것이다.
김기림의 도일 이후 '구인회' 회원들이 한 번도 모임을 가지지 못했다는
소식이라든지 《시와 소설》을 더 이상 발간하지 않고 폐간해야 한다는
것도 전하고 있다. '구인회' 활동이 제대로 지속되지 못하고 있음을 말
해 준다.

편지 (2)의 경우는 발신 날짜를 확인하기 어렵다. 날씨 이야기라든지
시집 『기상도(氣象圖)』의 최종 교정본 이야기 등으로 보아 6월의 일로 추
측된다. 김기림의 시집 『기상도』는 1936년 7월 창문사에서 발간되었다.
편지의 사연 중에 "九人會는 人間最大의 怠慢에서 浮沈中이오. 八陽이 脫
會했오―雜誌二號는 흐지부지요. 게을러서 다 틀려먹을것 같소."라는
내용을 보면, '구인회' 구성원 가운데 박팔양이 탈회한 소식도 나와 있
고, 잡지 제2호는 출간 계획도 못하고 있음을 말해 주고 있다.

결국 '구인회'는 동인지 《시와 소설》의 창간 직후 여기에 참여했던
박팔양, 김상용, 정지용, 이태준, 김기림, 박태원, 이상, 김유정, 김환태
등 9인 가운데 박팔양이 이탈하고 있다. '구인회'의 동인이 8인만 남게
된 것이다. 더구나 김기림이 일본으로 떠나고 이상 자신도 일본행을 계
획하고 있었기 때문에 '구인회'라는 동인의 조직 자체도 유명무실한 상
태로 빠져들게 된 것이다.

3. 이상과 '구인회' 시대

소설 「지주회시(鼅鼄會豕)」와 「날개」

이상은 '구인회' 회원으로 가담하여 문단적 교유의 폭을 넓힌다. 그리고 창문사에서 근무하면서 생활의 안정을 찾고 자신의 문학적 글쓰기에도 활력을 되찾게 된다. 이 시기에 그는 자신의 문학적 재능을 과시하게 된 소설 「지주회시」(《중앙》, 1936. 6), 「날개」(《조광》, 1936. 9)를 발표하였으며, 연작시 「역단(易斷)」과 「위독(危篤)」을 발표한다. 《매일신보》에는 '조춘점묘(早春點描)'(1936. 3. 3~26)와 '추등잡필(秋燈雜筆)'(1936. 10. 14~28)이라는 표제 아래 짤막한 칼럼을 연재하기도 한다. 이것은 이상 문학이 '구인회' 시대를 통해 절정의 상태에 도달하고 있음을 말해 준다.

단편 소설 「지주회시」와 「날개」는 서사 구성에서 볼 수 있는 인물의 설정이라든지 이야기의 서술 과정에서 드러나는 묘사의 구체성을 공통적으로 보여 준다. 이 두 편의 소설 속에는 남성 주인공의 곁에 '아내'라는 인물이 공존한다. 서사의 구조라는 측면에서 '아내'의 존재는 일상의 의미를 더욱 구체화할 수 있는 '행동자'가 된다. 그리고 '나'라는 주인공의 내면 의식의 추이를 상대적으로 확장시켜 보여 주기도 하고 특이한 정서적 감응력을 드러내기도 한다. 연작시 「역단」과 「위독」의 경우는 모두 자신의 개인적 삶의 방식과 그 존재 의미에 대한 깊이 있는 추구 과정을 보여 준다.

소설 「지주회시」는 그 제목에서부터 애매성을 드러낸다. 여기서 '지(鼅)'와 '주(鼄)'는 모두 '거미'를 뜻하는 한자이다. 이 '지주'라는 한자어는 두 글자가 모두 각각 '거미'를 의미하는 것인데도 언제나 두 글자를 결합하여 '지주'라고 쓴다. 글자 그대로 한다면, '지주'라는 말은 한

마리의 거미를 뜻하는 단수(單數) 명사가 아니라 복수의 '거미들'에 해당하는 셈이다. 실제로 소설 「지주회시」는 '지'와 '주'라는 두 마리의 '거미'로 그 의미를 해체시켜 놓는다. 주인공으로 등장하는 '그'와 '그의 아내'가 모두 '거미'에 비유되고 있기 때문이다. '회시(會豕)'에서의 '회(會)'는 '만나다'라는 뜻을 가진다. '시(豕)'는 '돼지'라는 뜻으로 해석되는 7획의 '부수 자(部首字)'이다. '시(豕)' 부에 해당하는 글자들은 파(豝, 암돼지), 액(豟, 큰 돼지), 종(豵, 햇돼지), 희(豨, 큰 돼지), 해(豥, 네 굽 흰 돼지), 회(豗, 돼지가 흙을 파다) 등에서 볼 수 있는 것처럼 모두가 '돼지'와 관련되어 있다. 따라서 '시'라는 글자는 비록 한 글자이지만 그 의미 안에 '돼지들'이라는 복수(複數)의 뜻을 담고 있다고 풀이할 수 있다. 이렇게 읽게 되면 소설의 제목이 되는 '지주회시'라는 말은 '거미 두 마리가 돼지들을 만나다.'라는 뜻으로 이해할 수 있다.

「지주회시」의 서사는 '거미 두 마리가 돼지들을 만나다.'라는 이 해괴한 제목의 의미를 해체하는 과정에 대응한다. 먼저 '거미' 두 마리의 존재를 알아내야 하고, 이 두 마리의 거미가 만나게 되는 '돼지들'의 정체를 밝혀야 한다. '거미'란 무엇인가? 거미는 곤충과 흡사하면서도 날개와 가슴을 갖고 있지 않다. 그러므로 곤충으로 분류되지 않는다. 이 특이한 동물은 적당한 크기의 살아 있는 작은 동물이라면 어느 것이나 잡아먹는 육식성이다. 개체가 단독 생활을 하는 것이 특징이며 먹이 사냥을 위해서 거미줄을 활용한다. 이렇게 단순한 삶을 유지하고 있는 '거미'가 어떻게 '돼지들'과 만날 수 있는가? '거미'가 '돼지들'까지 잡아먹을 수 있겠는가?

소설 「지주회시」에는 '그'라는 주인공과 그의 아내가 등장한다. 이 부부가 살아가는 모습은 여러 텍스트에 유사한 형태로 등장한다. 거듭되는 아내의 출분과 귀가 ─ . 이것은 이들 부부의 심상치 않은 관계를 암시한다. 하지만 그는 면전에서 아내를 탓하지 않는다. 아내는 다시 집으로 돌아와서는 아무것도 하지 못하고 있는 그를 먹여 살리겠다고 팔을 걷어붙인다. 그리고 R회관이라는 술집의 여급으로 일을 시작한다. 이러한 부부 관계의 설정은 소설 「날개」의 경우에서도 비슷하게 나타난다.

이 소설의 전체 텍스트는 전반부와 후반부로 나뉘어 1, 2로 구분되고 있다. 각각의 서두에는 "그날 밤에 그의 안해가 층계에서 굴러 떨어지고"라는 사건의 실마리를 마치 단서 조항처럼 내세운다. 그리고 소설의 결말에서 다시 주인공의 입을 통해 "층계에서 나려 굴러라."라고 되뇌게 한다.

(1) 그날밤에그의안해가층계에서굴러떨어지고 — 공연히내일일을글탄말라고 어느눈치빠른어른이 타일러놓셨다. 옳고말고다. 그는하로치씩만잔뜩산(生)다. 이런복음에곱신히그는 덩어리(속지말라)처럼말(言)이없다. 잔뜩산다. 안해에게무엇을물어보리오? 그러니까안해는대답할일이생기지않고 따라서부부는식물처럼조용하다.

(2) 그날밤에안해는멋없이층계에서굴러떨어졌다. 못났다. 도저히알아볼수없는이깅가망가한꼿와그는어디서술을먹었다. 분명히안해가다니고있는R회관은아닌그러나역시그는그의안해와조금도틀린곳을찾을수없는너무많은그의안해들을보고소름이끼쳤다. 별의별세상이다.

(3) 전무는한번더안해를층게에서굴러떨어트려주렴으나. 또二十원이다. 十원은술값十원은팁. 그래도마유미가웅하지않거든 양돼지라고그래주고 그래도그만이면二十원은그냥뜨는것이다부탁이다. 안해야 또한번전무귀에다 대이고 양돼지 그래라. 거더차거든두말고층게에서나려굴러라.

앞의 인용에서 확인할 수 있는 것처럼 '아내가 층계에서 굴러 떨어지다.'라는 사건의 모티프는 이 소설의 텍스트를 전반부와 후반부로 분할하는 데에 결정적인 작용을 하게 된다. 그러므로 이 모티프를 내세우고 이를 다시 결말에 되뇌게 하는 것은 스토리의 전개를 위해 고도로 계산된 서사 전략에 해당한다고 할 수 있다. 이 사건의 모티프는 크리스마스 날 오후부터 그 이튿날 오후까지의 하루 동안으로 고정되어 있는 서사적 시간 속에서 가장 중요한 계기로 작용하고 있는 것이다.

「지주회시」의 이야기는 어느 크리스마스 날 오후로부터 시작된다. 아내는 방구석에만 박혀 있는 그를 채근한다. 수염 좀 깎고 밖에나 좀 한번 나가 보라고. 그는 아내의 말을 듣고 오랜만에 집을 나선다. 그가 집을 나와 찾아간 것은 '오(吳)'라는 친구다. 서울에 있는 'A 취인점' 사무실에서 일하고 있다. 주인공은 '오'와 십년지기로 친하게 지내 오던 사이이다. 함께 미술 공부를 꿈꾸었던 두 사람은 서로 각각 다른 삶의 길로 들어선다. '오'는 상당한 재력가인 아버지의 권유에 따라 미두 사업장에 직접 나선다. 인천의 'K 취인점'에서 '오'는 잘 나가는 젊은이가 된다. 그는 '오'의 살아가는 모습을 부러워도 하고 걱정도 하면서 자신의 가난한 처지를 빗대어 본다. 그러고는 아내를 채근하여 아내가 일하는 R회관의 뚱뚱보 사장한테서 일금 100원을 빌리게 된다. 그 돈은 석 달 후에 '5백 원'을 만들어 주겠다는 '오'에게 넘겨진다. 그러나 '오'의 부친의 미두 사업이 결딴이 나 버리면서 숱한 재산이 모두 날아가 버린다. 물론 그의 돈 '백 원'도 받을 길이 없게 된다. 그는 아내에게 그런 이야기를 전혀 할 수 없는 처지가 되고 만다. 그런데 아무 소식이 없던 '오'에게서 몇 달이 지난 후에야 한 통의 편지가 날아온다. '오'가 서울에 와 있단다. 그가 편지의 주소로 '오'를 찾은 것이 바로 그 크리스마스 날 오후이다. 그런데 뜻밖에도 거기서 아내가 일하는 R회관의 뚱뚱보 주인을 만난다. '오'에게 주었던 돈 100원을 빌리기 위해 아내와 함께 그 앞에서 고개를 조아리면서 도장을 찍었던 바로 그 인물이다. '오'는 자기네 회사의 망년회를 내일 R회관에서 가지게 되었다는 사실을 말해 준다. '오'가 그 준비 책임자란다.

「지주회시」의 전반부에 그려진 이 같은 이야기에서 서사의 두 축은 그와 그 아내의 관계, 그리고 그와 '오'라는 친구의 관계로 요약된다. 그런데 이들의 관계는 모두 신뢰를 저버린 속임수로 이루어진다. 아내는 그를 속이고 가출과 귀가를 반복한다. 하지만 그는 아내를 버리지 못하고, 아내는 아내대로 그를 떠나가지 못한다. 부부는 붙어 있으면서 서로를 갉아먹는 '거미'가 되어 사랑과 배반을 거듭한다. 그와 친구인 '오'의 관계는 투기와 그 실패를 의미한다. 그는 '오'의 허풍에 욕심이 생겨 아내를 충동질하여 술집 R회관의 뚱뚱보 주인으로부터 돈을 빌린 것이다. 물론 그 돈은 아내의 몸값이나 다름이 없다. 그가 그 돈을 '오'에게 넘긴 것은 물론 더 큰돈을 꿈꾸었기 때문이다. 그러나 이 돈은 '오'에 대한 신뢰를 무너뜨리면서 그대로 사라진다. 결과적으로 '오'는 이들 거미 부부를 더 크게 갉아먹은 셈이 된다. 소설 「지주회시」의 후반부는 '오'를 따라간 술좌석으로부터 시작된다. '오'는 여전히 호기 있게 술을 먹는다. '마유미'라는 뚱뚱한 술집 여급은 '오'가 거느리고 살고 있는 여인이다. 하지만 마유미는 자신이 '오'를 거느린다고 말해 준다. 그는 '오'의 모습에서 머리가 어지럽다. 그리고 자리를 일어나 집으로 돌아온다. 그런데 아내가 없다. 아직 집에 들어오지 않은 것이다. 그는 아내가 일하는 R회관으로 찾아가 본다. 그의 아내가 경찰서에 가 있다고 한다. A취인점의 전무인 뚱보 신사가 카페에서 술을 마시다가 그의 아내를 말라깽이라고 자꾸만 놀렸다는 것이다. 그러자 그녀가 뚱뚱한 양돼지라고 되받아 버린다. 술기운이 올라 있던 전무는 화가 나서 그녀를 층계 위에서 밀쳐 버린다. 아내는 층계에서 아래로 굴러 떨어지면서 부상을 당한다. 이것을 본 R회관의 종업원들이 경찰에 신고하자, 뚱보는 경찰서 유치장으로 끌려간다. 그가 경찰서를 찾아가자, '오'가 뚱뚱보 주인과 함께 그를 맞는다. 이들은 뚱보 전무를 유치장에서 빼내려고 그와 아내에게 화해를 종용하고 일을 무마시키려고 한다. 그는 친구인 '오'를 포함한 이들의 모습에 모든 것이 귀찮기만 할 뿐이다. 그는 이들을 뿌리치고 아내를 데리고 집으로 돌아온다. 다음 날 낮에 뚱보 전무는 '오'를 통해서 아내에게 20원의 위자료로 전해 준다. '오'에게 맡겼던 큰 돈 100원은 사라진 채 대신에 아내는 그 돈을 받고 공돈이 생겼다고 좋아하면서 10원을 그에게 준다. 그는 피곤해서 잠든 아내의 모습이 애처롭기 그지없다. 그는 아내가 받은 돈 20원을 모두 챙겨 집을 나온다. '오'의 여인 마유미를 만나기 위해 카페로 향한다.

「지주회시」의 서사는 결국 '그'와 아내를 중심으로 하는 거미의 세계와 '오'를 중심으로 하는 돼지들의 세계를 교묘하게 겹쳐서 보여 준다. 개체로서의 삶에 지족하면서 자기 자신을 갉아먹고 살아가는 그의 부부는 약자에 대한 착취 구조를 근거로 하는 돼지들의 세계를 감당할 수 없다. 그러므로 이 작품에서 일반적인 가치 규범이나 보편적 윤리 의식을 찾아내려는 시도는 당치않다. 이 작품에 그려진 주인공과 아내와의 관계, 돈을 둘러싼 친구와 주인공의 내면적 갈등, 돈으로 모든 것을 해결 보려고 하는 뚱보 전무나 R회관의 뚱뚱보 주인의 모습에서 가정과 사회의 퇴폐와 병리에 대한 작가의 조롱을 읽어 내는 것만으로도 족하다. 이 작품에서 주인공이 전무의 위자료 20원을 가지고 술을 마시러 간다는 결말은 이상 소설이 보여 주는 역설적 언어의 극치에 해당한다. '거미는 나밖에 없구나.'라고 하면서, 아내가 몸을 다치고 얻은 돈을 다시 탕진해 버리고자 하는 그의 일탈된 행위는 퇴폐와 병리의 극단에 몸을 던짐으로써 그 추악함의 본질을 드러내는 역설이 아니고 무엇인가. 이 역설의 언어가 결국 근대 사회에서의 자본주의적 착취 구조의 연결 고리를 풍자적으로 그려내는 데에까지 이른다고 말한다면 지나친 것인 가? 인간의 개인적 유대 의식의 상실과 그 물신화의 현상을 이처럼 잔 혹하게 그려 낸 소설을 어디에서도 찾아볼 수 없다.

소설 「날개」는 문장의 호흡과 띄어쓰기가 비교적 정제되어 있으며 감각적이고도 간결한 문체가 돋보인다. 이 작품이 발표된 후에 당대의 평단에 드러난 열띤 반응과 수많은 논의가 오늘날까지도 그대로 이어지 고 있는 것은 그 기법과 정신면에서 보여 주는 문제성을 그대로 말해 주 는 것이라고 할 만하다. 이 작품의 서두에는 에피그램적 성격을 띤 짤막 한 머리글이 붙어 있다. 발표 당시의 잡지 원문에서는 굵은 선으로 이루 어진 상자 안에 이 글이 담겨 있다. 그러므로 서사의 텍스트 내에서 진 행되는 이야기 자체와는 구별된다. 이 글은 소설 「날개」의 창작과 관련 되는 작가의 말에 해당한다. 그러나 이 글에 설정되어 있는 대화적 상 황은 그리 단순하지 않다. 이 글에 등장하는 '나'는 작가 자신을 위장한 다. 그러므로 소설 「날개」의 서사를 주도하고 있는 작중 화자 '나'와도 그 목소리를 일정 부분 공유하고 있다. 경험적 자아로서의 '나'와 위장 된 작가로서의 '나', 그리고 서사적 자아로서의 '나'가 각각 작용하고 있 다는 말이다. 이것은 결국 소설 「날개」가 메타적 글쓰기의 전략에 의해 서사화되고 있음을 말해 주는 것이기도 하다. 그런데 이보다 더 중요한 것은 이 짤막한 글이 상정하고 있는 대화적 공간의 극적인 구성이다. 이 글은 전체 내용이 작가 자신의 말로 채워져 있는 것처럼 이해되곤 하였 지만 그것은 중대한 오독(誤讀)이다. 이 글 속에는 '나'와 함께 '나'의 말 을 듣고 있는 가상적인 독자(또는 상대자)의 존재가 설정되어 있다. 그리 고 이 글의 진술 내용 자체도 '나'의 말로만 채워져 있지 않다. '나'의 진술 내용을 듣고 있던 가상의 독자가 '나'를 향하여 던지는 충고의 말도 함께 싣고 있다. 그러므로 '나'는 가상의 독자에게 말을 건네고, 그 가상의 독자는 다시 '나'를 향하여 '그대'라고 호칭하며 화답한다. 이 극적인 진술 방식을 통해 작가와 독자 사이에 소통이 이루어질 수 있는 새로운 대화적 공간을 열어 놓고 있는 것이다.

剝製가되어버린天才를 아시오? 나는 愉快하오. 이런때 戀愛까지가愉快하오.

肉身이흐느적흐느적하도록 疲勞했을때만 精神이 銀貨처럼 맑소 니코틴이 내 蛔ㅅ배알는 배ㅅ속으로숨이면 머리속에 의례히 白紙가準備되는법이오. 그우에다 나는 윗트와 파라독스를 바둑 布石처럼 느러놓ㅅ오. 可恐할常識의病이오.

나는또 女人과生活을 設計하오. 戀愛技法에마자 서먹서먹해진, 智性의極致를 흘낏 좀 드려다본일이있는 말하자면 一種의 精神奔逸者말이오. 이런女人의半 — 그것은온갖것의半이오 — 만을 領受하는 生活을 設計한다는 말이오 그런生活속에 한발만 드려놓고 恰似두개의太陽처럼 마조처다보면서 낄낄거리는 것이오. 나는 아마 어지간히 人生의諸行이 싱거워서 견댈수가없게쯤되고 그만둔모양이오. 꾿 빠이.

꾿 빠이. 그대는 있다금 그대가 제일실여하는 飮食을貪食하는 아일로니를 實踐해 보는것도 좋을것같ㅅ오. 윗트와파라독스와……

그대 自身을 僞造하는것도 할만한일이오. 그대의作品은 한번도 본일이없는 旣成品에依하야 차라리 輕便하고高邁하리다.

十九世紀는 될수있거든 封鎖하야버리오. 도스토 에프스키精神이란 자칫
하면 浪費인것같ㅅ오, 유-고-를 佛蘭西의 빵한조각이라고는 누가그랫는
지 至言인듯싶ㅅ오 그러나 人生 或은 그 模型에있어서 띠테일때문에 속는
다거나해서야 되겠오? 禍를보지마오. 부디그대게 告하는 것이니……

(테잎이끊어지면 피가나오. 傷차기도 머지안아 完治될줄믿ㅅ오. 꾿빠이)

感情은 어떤 포-스. (그 포-스의素만을 指摘하는것이아닌지나모르겠
오) 그 포-스가 不動姿勢에까지 高度化할때 感情은 딱 供給을停止합데다.

나는내 非凡한發育을回顧하야 世上을보는 眼目을 規定하얏오.
女王蜂과未亡人 — 世上의 허고많은女人이本質的으로 임이 未亡人아닌
이가있으리까? 아니!女人의全部가 그日常에있어서 개개「未亡人」이라는
내 論理가 뜻밖에도 女性에對한冒瀆이되오? 꾿 빠이.

이 글은 전체 내용을 크게 세 단락으로 구분할 수 있다. 첫째 단락은
"박제가 되어 버린 …… 그만둔 모양이오. 꾿 빠이." 부분이다. 이 부분
에는 경험적 세계의 작가 자신이 '나'라는 화자로 등장한다. '나'는 '나'
의 말을 들어줄 수 있는 가상의 독자 또는 상대자를 향하여 이야기를 전
개한다. 여기서 가장 주목되는 것은 '나' 자신의 의식의 내면을 드러내
면서 새롭게 설계하고 있는 소설의 내용이다. 백지를 준비하고 위트와
패러독스를 바둑판처럼 포석하는 새로운 소설은 그 내용이 '여인과의
생활'을 다루는 것이다. 바로 소설 「날개」의 소재 내용에 해당한다. 그
리고 이 소설에서 "女人의 半 — 그것은 온갖 것의 半이오 — 만을 領受하
는 生活"을 그린다는 점을 다시 강조한다. 이 새로운 서사 공간을 두고
"恰似 두개의 太陽처럼 마조 처다보면서 낄낄거리는 것"이라고 덧붙이

기도 한다. 이 대목만으로도 이미 소설「날개」의 세계는 그 전모가 드러난다.

둘째 단락은 "끝 빠이. 그대는 …… 완치될 줄 믿소. 끝 빠이" 부분이다. 이 부분은 첫째 단락을 통해 이루어진 '나'의 진술을 들은 가상의 독자가 '나'에게 건네는 일종의 충언(忠言)을 가장한다. 그러므로 그 어조도 바뀌고 있다. 이러한 서술적 장치를 암시하기 위해 이 대목에서는 앞 단락의 맨 끝에 나오는 '끝 빠이'라는 말을 그대로 다시 받아 이야기를 시작하는 것으로 꾸민다. 작가인 '나'를 '그대'라는 호칭을 사용하여 부르기도 한다. 가상의 독자의 입을 통해 진술되고 있는 것은 '나'로부터 들은 소설 창작의 설계, 다시 말하면 '여인과의 생활 설계'에 대한 의견이다. 여기서 '자신을 위조하는 일'이라는 이상의 소설 시학이 간접적으로 제시된다. 러시아의 도스토예프스키라든지 프랑스의 빅토르 위고라든지 하는 작가로 대변되는 19세기 소설의 방법과 정신을 넘어서야 하고 디테일의 과잉에도 주의해야 한다는 점을 주문한다. 이것이야말로 자기 관점에 대한 객관적 검증을 시도하는 대목이라고 할 만하다.

이 글의 셋째 단락은 "감정은 어떤 …… 모독이 되오? 끝 빠이." 부분이다. 여기서 다시 작가로서의 '나'가 등장한다. 디테일의 과잉을 경계한 독자의 말에 대해 '나'는 감정과 포즈의 문제를 거론한다. 이 말은 달리 내면 의식과 그 외현의 방법을 의미한다고 할 수 있다. 이 점에 있어서만은 사실 작가 이상을 따를 자가 없다. 소설의 새로운 설계를 여인과의 생활 문제로 한정할 경우 문제가 되는 것이 여성의 존재에 대한 인식이다. 이 문제를 거론하게 되면 벌써 이상 문학의 핵심에 들어서는 셈이다. 작가는 '여왕봉(女王蜂)'이라는 상징물을 내건다. 그리고 이것을 다시 '미망인(未亡人)'으로 환치한다. 이 둘 사이에 내재하고 있는 존재의 모순을 이해하는 길, 그것이 바로 소설「날개」의 세계인 것이다.

　　소설 「날개」는 자아의 형상과 그 존재 방식에 대한 회의와 그로부터의 탈출 욕망을 공간화의 기법으로 형상화한다. 이 소설의 화자는 ‘나’라는 지식인이다. 나는 도시의 병리를 대표하는 매춘부인 ‘아내’와 기형적인 삶을 살아가고 있다. 아무런 희망도 비판적 자각도 없는 무기력한 주인공이 좁은 방으로 표상되는 비정상적인 삶으로부터 탈출하고자 하는 욕망이 이 소설의 주제를 형성하고 있다. 주인공은 외적 현실과 정상적인 관계를 맺지 못하고 아내에게 기생하여 살아간다. 아내가 수상한 외출을 하거나 방에 외간 남자를 불러들여도 분노할 줄 모르며, 오히려 착한 어린이나 순한 동물처럼 ‘아무 소리 없이 잘 논다.’ 이 같은 비정상적인 현실에 대한 적응은 자신의 존재를 비하시키고 자아에 대한 모독과 부정을 일삼는 병리적 쾌락으로 전화되어 나타난다. 주인공은 자기 자신을 동물적 존재로 비하하거나 아내가 아스피린이라고 속이며 건네주는 수면제를 먹고 무자각의 상태에 빠짐으로써 무의미한 삶을 지탱하고 있다.

　　소설 「날개」의 서사 구조는 일상적 삶과 자의식의 세계로부터 탈출하려는 욕망을 반복적인 행위의 패턴으로 구체화한다. 이야기의 발단은 외부적인 현실 공간과 격리되어 있는 내부 공간으로서의 ‘나의 방’에서 이루어진다. 이야기의 전개 과정은 닫힌 공간으로서의 나의 방으로부터 벗어나고자 하는 탈출의 욕망에 의해 단계적으로 형상화된다. 그 첫 단계가 ‘아내의 방’으로 나오는 일이며, 뒤에 ‘아내의 방’을 거쳐 바깥세상에 발을 내딛는다. 반복적인 행위의 패턴화를 통해 구현되는 탈출의 욕망과 그 좌절의 과정은 모두 자아의 내면 의식의 복잡한 갈등 과정으로 채색되어 있다. 그러므로 서사 구조의 핵심을 이루는 공간성의 의미가 주체의 존재를 규정하는 데에 어떻게 작용하는가를 확인해 볼 필요가 있다.

　이 작품에서 방이라는 닫힌 공간의 폐쇄성과 바깥세상이라는 열린 공간의 개방성은 서사 구조 내에서도 상반된 성격을 드러낸다. 방으로부터 바깥세상으로의 공간 이동은 존재론적으로 불안정한 개인의 자아 인식의 과정과 대응한다. 방 안에서 주인공은 스스로 자신이 살아 있음을 내부로부터 확신하고 있는 경우가 별로 없다. 그리고 가장 기본적인 경험적 요건으로서 시간의 불연속성이 자주 나타난다. 이 작품의 이야기에서 시간은 어떤 연속적인 서사성을 인지하기 어렵게 분리되어 있다. 앞의 경험과 뒤의 경험이 서로 연관되어 있다기보다는 별개의 것으로 떨어져 있는 듯한 느낌으로 시간이 인지되고 있기 때문이다. 그러나 그 방 안을 벗어나기 시작하면서 주인공은 이 같은 시간적 경험의 분열 과정으로부터 어느 정도 자유로워지고 있다. 물론 주인공은 외부적으로 자신에게 가해 오는 또는 가해 올지도 모르는 위협을 스스로 차단하지 못하는 데에서 오는 불안감에 사로잡혀 있다. 그 결과로 자신의 온전함 자체에 대한 스스로의 신뢰를 잃어버리게 되며, 자기 행동과 사고 자체를 끊임없이 반복하여 다시 돌아본다. 그 결과로 자아의 생생한 자발성이 사라지고 있지만, 그가 꿈꾸는 것은 자기 존재의 정체성을 위협하는 현실적 공간으로부터 벗어나는 일이다. 소설 「날개」의 서두에서는 ‘나의 방’에 갇혀 있던 주인공의 무기력한 삶이 ‘박제’로 상징된다. 그러나 이 작품의 결말에서 ‘나의 방’을 벗어난 주인공은 한낮 거리에서 아예 하늘로 비상을 꿈꾼다. 이 탈출에의 의지가 ‘날개’로 상징된다. “날개야 다시 돋아라. 날자. 날자. 날자. 한 번만 더 날자꾸나.”라는 절규가 그것이다. 하지만 이 탈출에의 의지는 미래로의 적극적인 투기라기보다는 결코 행동화될 수 없는, 자의식 속에서만 드러나는 간절한 내적 원망의 표백에 더 가까운 것이다.

연작시 「역단(易斷)」과 「위독(危篤)」

이상의 연작시 「역단」은 1936년 2월 그의 국문 시를 처음 실었던 잡지 《가톨닉靑年》에 발표한 작품이다. '역단(易斷)'이라는 표제 아래 모두 5편의 시가 함께 수록되어 있다. 여기서 '역단(易斷)'이라는 말은 사전에 올라 있지 않은 이상 자신의 신조어이다. '역(易)'이란 흔히 『주역(周易)』을 일컫는데, 여기서 말하는 '역'은 『주역』의 괘를 이용하여 인간의 길흉화복을 따지는 점복(占卜)의 의미 또는 운명을 뜻한다고 할 수 있다. '단(斷)'은 '끊다', '결단하다' 등의 의미를 가진다. 그러므로 '역단'은 '운명에 대한 거역'이라는 뜻을 지니는 것으로 본다. 물론 '역(易)' 자를 '이(易)'로 읽을 수도 있다. 이 경우에는 '쉽다'라는 뜻을 가진다. '이단(易斷)'이라는 말은 '쉽게 자르다.' 또는 '손쉽게 끊어 내다.' 등의 뜻으로 풀이된다. 그러나 연작시에 포함된 작품 「역단(易斷)」을 보면 분명 '역(易)' 자로 읽어야 함을 확인할 수 있다. 이 '역단'이라는 표제 아래 묶인 「화로(火爐)」, 「아츰」, 「가정(家庭)」, 「역단(易斷)」, 「행로(行路)」라는 5편의 작품은 모두 이상 자신의 개인사(個人史)와 관련된 소재들—투병, 사업의 실패, 가족의 문제 등을 다루고 있다. 이 가운데 한 편을 보기로 하자.

門을압만잡아단여도않열리는것은안에生活이모자라는까닭이다. 밤이사나운꾸즈람으로나를줄른다. 나는우리집내門牌앞에서여간성가신게아니다. 나는밤속에들어서서제웅처럼작구만減해간다. 食口야封한窓戶어데라도한구석터노아다고내가收入되여들어가야하지않나. 집웅에서리가나리고뾰족한데는鍼처럼月光이무덨다. 우리집이알나보다그러고누가힘에겨운도장을찍나보다. 壽命을헐어서典當잡히나보다. 나는그냥門고리에쇠사슬늘어지듯매여달렷다. 門을열려고않열리는門을열려고.

—「가정(家庭)」

앞의 인용에서 볼 수 있듯이 시 「가정(家庭)」의 시적 진술은 모두 시적 화자인 '나'의 독백적 진술로 이루어진다. 이 작품에는 어둔 밤 집안으로 들어서지 못하고 문밖에서 서성대고 서 있는 '나'라는 시적 화자의 심경을 그려 놓고 있다. '나'라는 화자가 서성대는 바깥은 어둡고 춥다. 집(가정)은 밤의 바깥세상과는 다르게 식구들이 모여 있는 곳이지만, '나'는 집안으로 들어설 수가 없다. 집안으로 들어가는 문을 열 수가 없기 때문이다. '나'는 가정으로부터 소외되어 있고 그 고립감으로 인하여 더욱 위축되어 있다. 아무리 문을 잡아당겨도 문이 열리지 않는다. 여기서 '나'와 집안 사이의 단절은 경제적 궁핍에 의해 생겨난 문제이다. 따라서 이 궁핍의 현실을 타개하지 않고서는 '나'와 집안의 화해가 가능하지 않으며 '나'의 귀가가 쉽지 않음을 알 수 있다. 이러한 내용을 통해 이 시가 다방 '제비'의 운영난과 폐업 이후 이상이 처했던 경제적 위기를 배경으로 삼고 있다는 것을 짐작할 수 있다.

이상이 1936년 동경으로 떠나기 직전에 《조선일보》에 연재한 연작시 「위독(危篤)」(《조선일보》, 1936. 10. 4~9)에는 「금제(禁制)」, 「추구(追求)」, 「침몰(沈歿)」, 「절벽(絶壁)」, 「백화(白晝)」, 「문벌(門閥)」, 「위치(位置)」, 「매춘(買春)」, 「생애(生涯)」, 「내부(內部)」, 「육친(肉親)」, 「자상(自像)」 등 12편의 시가 포함되어 있다. 이 작품들은 모두 잡지 《가톨닉靑年》에 발표한 연작시 「역단」의 연장선상에 놓여 있다고 할 수 있을 정도로 그 주제와 기법이 유사하다. 개인적인 삶의 과정과 그 존재 의미를 끈질기게 추구해 오고 있음을 보여 준다.

여기는어느나라의떼드마스크다. 떼드마스크는盜賊마젓다는소문도잇다. 풀이極北에서破瓜하지안튼이수염은絶望을알아차리고生殖하지않는다. 千古로蒼天이허방빠저있는陷穽에遺言이石碑처럼은근히沈沒되어잇다. 그러면

이겨틀生疎한손짓발짓의信號가지나가면서無事히스스로워한다. 점잔튼內
容이이래저래구기기시작이다.

―「자상(自像)」

　시「자상(自像)」은 언어로 그려 낸 자화상에 해당한다. 시인이 그려
내고 있는 그대로 자신의 얼굴 모습을 시적 대상으로 삼고 있다. 시의
화자는 자신의 얼굴을 '데드마스크'에 비유함으로써, 얼굴을 통해 표현
되는 생의 이미지를 제거한다. 표정이 없는 얼굴은 살아 있는 느낌을 주
지 못한다. '데드마스크'라는 말은 생기를 잃고 있는 무표정한 자기 모
습에 대한 자조적인 느낌을 그대로 드러내고 있다. 하지만 "데드마스크
는 도적맞았다는 소문도 있다."라는 진술을 통해 첫 문장의 내용을 반
어적으로 돌려 버린다. 아직은 죽지 않고 살아 있는 얼굴이라는 것을 말
하기 위해 '데드마스크'를 도적맞았다고 언급하게 된 것으로 보인다.
　이 시에서 얼굴의 표정을 묘사하면서 관심을 집중하고 있는 부분은
바로 귀밑과 입언저리에 돋아나 있는 '수염'이다. 수염은 많아도 문제이
고 적어도 문제인데, 늘 자라나는 것이기 때문에 이를 손질하여 모양을
낸다. 그러나 이 시에 그려진 얼굴의 수염은 "생식하지 않는다." 새로
더 돋아나지 않는다는 말이다. 여기서 '풀'은 그대로 '수염'의 비유적 표
현에 해당한다. 풀이 땅에 뿌리를 내리고 돋아나와 자라는 것처럼 수염
도 피부에 뿌리를 박고 자라나기 때문이다. "풀이 극북(極北)에서 파과
(破瓜)하지 않던 이 수염"이라는 구절은 수염의 모양을 비유적으로 설
명해 준다. '극북'은 '수염의 끝' 부분을 말한다. 뒤에 이어지는 "파과(破
瓜)하지 않다."라는 말의 뜻에 유의할 필요가 있다. '파과(破瓜)'는 '파
과지년(破瓜之年)'의 준말이다. '과(瓜)'라는 한자는 파자(破字)할 경우,
그 형태가 '팔(八)'과 '팔(八)'로 나누어진다. 그러므로 '파과지년'은 '과

(瓜)' 자를 파자하여 생기는 두 개의 '팔(八)' 자를 합친 나이 또는 곱한 나이를 의미한다. 여자를 두고 말할 경우에는 '16세'의 젊은 여자 또는 생리를 시작하는 여자의 나이를 지칭하는 말로 쓰이기도 하고, 남자의 경우는 '64세'의 나이를 뜻하기도 한다. 하지만 이 시에서 '파과(破瓜)'라는 말은 관용적으로 쓰이는 '16'이나 '64'라는 숫자의 의미와는 거리가 멀다. '파과(破瓜)'라는 말 그대로 '과(瓜)' 자를 파자하여 생기는 '팔(八)'이라는 글자의 형태 자체를 시각적 기호로 제시하고자 하기 때문이다. 그러므로 "파과(破瓜)하지 않다."라는 말은 달리 해석될 여지가 없다. '수염의 꼬리가 팔(八) 자의 모양을 이루지 못한다.'는 뜻으로 자연스럽게 읽히게 되기 때문이다. 시적 화자는 근사한 '팔(八)' 자 모양으로 갈라져 자라지 않고 덥수룩하기만 한 수염에 대해 스스럽다. 자신의 수염에서 어떤 위엄도 발견하지 못하며, 그저 점잖지 못한 인상에 불만을 털어놓고 있을 뿐이다. 이 시의 다섯째 문장은 덥수룩한 수염에 둘러싸여 있는 입의 모양을 암시한다. "천고(千古)로 창천(蒼天)이 허방 빠져 있는 함정(陷穽)"은 바로 움푹 늘어간 입을 말한다. 그리고 "유언(遺言)이 석비(石碑)처럼 은근히 침몰(沈沒)되어 있다."는 것은 말을 하지 않고 이를 악물고 있는 입의 모양을 그려 놓은 것으로 볼 수 있다. 이 시의 마지막 구절은 입언저리의 수염을 손으로 쓰다듬어 보아도 도무지 위엄스러운 기품이나 점잖은 모습을 찾을 수 없는 자기 모습에 스스러워하는 화자의 심경을 드러낸다.

(1)

墳塚에게신白骨까지가내게血淸의原價償還을强請하고잇다. 天下에달이 밝아서나는오들오들떨면서到處에서들킨다. 당신의印鑑이이미失效된지 오랜줄은꿈에도생각하지안으시나요 — 하고나는으젓이대꾸를해야겟는

데나는이러케실은決算의函數를내몸에진인내圖章처럼쉽사리끌러버릴수
가참업다.

―「문벌(門閥)」

(2)
크리스트에酷似한襤褸한사나이가잇스니이이는그의終生과殞命까지도내게
떠맛기랴는사나운마음씨다. 내時時刻刻에늘어서서한時代나訥辯인트집으
로나를威脅한다. 恩愛 ― 나의着實한經營이늘새파랏게질린다. 나는이육중
한크리스트의別身을暗殺하지안코는내門閥과내陰謀를掠奪당할까참걱정이
다. 그러나내新鮮한逃亡이그끈적끈적한聽覺을벗어버릴수가업다.

―「육친(肉親)」

앞의 (1)「문벌」은 ‘나’라는 시적 화자를 통해 한 개인이 가문의 전통
과 그 굴레를 쉽사리 벗어나기 어렵다는 점을 이야기하도록 하고 있다.
한국 사회에서 가장 중요한 사회 구성 요소는 가족주의라는 특이한 이
념이다. 이것은 전통이라는 이름으로 또는 윤리와 도덕이라는 이름으
로 가족이라는 울타리 안에 개인을 속박한다. 이 작품에서 시적 화자는
결코 이 가족의 테두리를 벗어날 수 없는 자신의 처지를 놓고 고뇌한다.
(2)의「육친」은 시적 화자인 ‘나’의 ‘육친’에 대한 은애(恩愛)의 정을 역
설적으로 그려 내고 있다. 이 작품에는 ‘나’와 ‘나’를 억압하는 ‘사나이’
가 등장한다. 그리고 이 두 사람의 관계를 설명하는 말들이 ‘위협하다’,
‘질리다’, ‘암살하다’, ‘약탈당하다’와 같은 격렬한 의미의 단어로 서술
된다. 하지만 이것은 일종의 반어적인 표현에 불과하다. 이 작품에 등장
하는 ‘은애(恩愛)’라는 말이 이 격렬한 표현들을 무색하게 하고 있기 때
문이다. 가족들을 위해 희생한 육친의 존재를 결코 거역할 수 없다는 것

이 이 작품의 참주제다. 실제로 이상 자신은 가족과 가정으로부터 도피하고자 한 것이 아니라 가족을 제대로 돌보지 못하고 있음을 늘 후회하고 있음을 확인할 수 있다.

이상과 '구인회' 그리고 모더니즘 문학

이상을 비롯하여 이태준, 박태원, 이효석 등은 '구인회'를 기반으로 활동하면서 일상에서의 개인 의식의 추이를 다양한 서술 기법을 통해 포착하고 있는 모더니즘적 경향의 소설들을 많이 발표하고 있다. 이들의 소설 속에서 등장하는 인물들은 집단적인 이념이나 가치에 얽매이기보다는 개별화된 내면 의식을 드러내는 경우가 많다. 이들은 도시적 공간을 배회하면서 자기 존재의 의미를 찾아낸다. 이들 소설에 이르러서야 한국 문학이 도시적 풍경을 문학적 대상으로 문제화할 수 있게 된 것이다. 도시적 공간이라는 소설적 장치는 모더니즘 소설에서 단순한 배경적 요건으로 활용하고 있는 것만은 아니다. 도시의 확대와 각종 새로운 직업의 등장, 도시의 기정과 가족의 해체, 물질주의적 가치관의 팽배 현상, 환락과 고통의 변주, 소외된 개인과 반복되는 일상 등과 같은 모든 것들이 1930년대 도시 생활의 변모와 함께 그 다양한 분화를 보여 준다. 그렇기 때문에, 모더니즘 소설은 자칫 평범한 일상적인 이야기에 머물고 있는 듯한 느낌을 주기도 하지만, 개체화된 인간들의 삶을 통해 도시의 속성에서 문제시되고 있는 인간관계의 상실, 개인주의적 태도 등을 자연스럽게 표출하고 있다. 이들의 소설에서 활용되고 있는 기법은 소설의 형식을 치장하도록 고안된 의장이 아니다. 그것은 대상에 대한 인식의 방법이며, 소설의 장르적 규범을 새로이 정립해 보고자 하는 노력이다. 이른바 '의식의 흐름'이라는 심리주의적 소설 기법을 소설에서 시험하고 있는 것은 개인 의식의 내면적 공간을 확대하기 위한 방법적 천착으로 이해할 수 있다. 인간의 존재와 그 삶의 양상이 현실적인 공간 위에서만 의미 있게 규정되는 것이 아니라, 내면 의식의 흐름 속에서 보다 본질적인 것으로 자리 잡는다는 것이 이들이 보여 준 인간의 삶에 대한 소설적 인식 방법이다. 그러므로 이들이 추구했던 모더니즘 소설은 궁극적으로 창조의 삶 그 자체라고 할 수 있다.

정지용, 김기림, 이상 등으로 대표되는 '구인회' 회원들의 시적 경향은 순수 서정의 시에서뿐만 아니라 시적 기법의 실험과 주지적 태도, 주관적 정서의 절제, 도시적 감각과 시적 심상의 구성 등으로 그 특징이 요약되기도 하는 모더니즘적 시의 경향으로 특징지어진다. 특히 김기림의 모더니즘론은 「시작에 있어서의 주지주의적 태도」(1933)와 「모더니즘의 역사적 위치」(1939)로 집약되고 있다. 김기림은 모더니즘 운동이 문학사적으로 두 가지의 문학적 조류에 대한 부정과 반발임을 강조하고 있다. 하나는 낭만주의의 감상성에 대한 것이며, 다른 하나는 계급 문학 운동의 정치적 이념적 지향에 대한 것이다. 이 같은 지적은 물론 한국 문학에서 문제가 되는 문학적 조류를 근거하여 설명하고 있는 것이므로 모더니즘의 일반적인 특성을 폭넓게 제시하고 있는 것은 아니다. 그러나 시가 언어의 예술이라는 자각을 분명히 인식하고 있으며, 문명에 대한 일정한 감수를 기초로 한 다음 일정한 가치를 의식하고 씌어지는 시를 강조하고 있는 점에서 본격적인 시의 모더니즘론에 다가서 있음을 볼 수 있다. 1930년대 한국 시에서 모더니즘적 경향을 중심축에 놓고 볼 때, 가장 중요한 경향의 하나는 모더니티의 시적 추구 작업이다. 언어적 감각과 기법의 파격성을 바탕으로 자의식의 시적 탐구, 이미지의 공간적인 구성에 의한 일상적 경험의 동시적 구현, 도시적 문명과 모더니티의 추구 등을 드러내는 모더니즘적 시의 경향이 바로 그것이다. 하지만 현대 과학 문명의 비인간화의 경향에 반발하면서 인간의 존재와 삶, 생

명과 죽음의 문제, 고독과 의지와 같은 관념적인 주제도 이 시기 모더니
즘 시에서 추구하고자 했던 모더니티의 또 다른 측면이었다는 점도 주
목할 필요가 있다.

5   이상 문학과 《삼사문학(三四文學)》

— 이상의 추종자인가, 비판자인가?

기림(起林) 형 기어코 동경 왔소. 와보니 실망이오. 실로 동경이라는 데는 치
사스런 데로구려!

동경 오지 않겠소? 다만 이상(李箱)을 만나겠다는 이유만으로라도—.

삼사문학(三四文學) 동인들이 이곳에 여럿이 있소. 그러나 그들은 어디까지
든지 학생들이오. 그들과 어우러지지 못하는 것을 보면 우리는 이제 그만하
고 늙었나 보이다.

삼사문학에 원고 좀 주어주오. 그리고 씩씩하게 성장하는 새 세기의 영웅들
을 위하여 귀하가 귀하의 존중한 명성을 잠간 낮추어 삼사문학의 동인이 되
어줄 의사는 없는지 이곳 청년들의 갈망입니다. 어떻소? — 이상

이상은 무엇으로 남았는가? 이상은 그 이름만으로 새로운 문학적 도전
과 창조의 역사 앞에 서 있다. 그가 살았던 시대는 그의 이름이 최대의
스캔들이 되기도 하였지만, 그를 추종했던 사람들에게는 그의 이름이

하나의 산(山)이었음은 부인할 수 없다. 이상의 문학 뒤에는 이상의 도전을 넘어서고자 하는 문화적 충동이 넘쳐 난다. 그러나 누구도 이상의 후계자를 자처한 사람은 없다. 이상이 그랬듯이 이상이라는 산을 다시 넘어서야만 했기 때문이다.

이상의 시대에 이상 문학과 맞서고자 했던 하나의 움직임은 1934년에 등장한 동인지 《삼사문학(三四文學)》을 통해 확인된다. 이상이 《삼사문학》이라는 작은 동인지에 관심을 가지게 된 경위는 분명하지 않다. 그러나 그가 이 젊은이들의 도전에 대해 익히 알고 있었다는 것은 이상이 동경에서 쓴 여러 가지 형태의 글들을 통해 어느 정도 짐작할 수 있다.

《삼사문학》이란 무엇인가? 《삼사문학》은 이상 문학 이후 한국 근대 문학에서 어떤 의미를 지니는 것인가?

1. 이상과 이상 문학 이후

이상은 무엇으로 남았는가?

이상은 그 이름만으로 새로운 문학적 도전과 창조의 역사 앞에 서 있다. 그가 살았던 시대는 그의 이름이 최대의 스캔들이 되기도 하였지만, 그를 추종했던 사람들에게는 그의 이름이 하나의 산(山)이었음은 부인할 수 없다. 이상의 문학 뒤에는 이상의 도전을 넘어서고자 하는 문화적 충동이 넘쳐 난다. 그러나 누구도 이상의 후계자를 자처한 사람은 없다. 이상이 그랬듯이 이상이라는 산을 다시 넘어서야만 했기 때문이다.

이상의 시대에 이상 문학과 맞서고자 했던 하나의 움직임은 1934년에 등장한 동인지《삼사문학(三四文學)》을 통해 확인된다. 이상이《삼사문학》이라는 작은 동인지에 관심을 가지게 된 경위는 분명하지 않다. 그러나 그가 이 젊은이들의 도전에 대해 익히 알고 있었다는 것은 이상이 동경에서 쓴 여러 가지 형태의 글들을 통해 어느 정도 짐작할 수 있다. 그는 동경 간다의 진보쪼 하숙방에서 주로 글을 쓰는 일로 혼자서 시간을 보냈다. 그가 만난 것은 당대 일본의 문단에서 활동하던 일본인 시인이나 소설가가 아니었다. 실상 동경에는 식민지 조선에서 온 이 가난한 문필가를 반가이 맞이하여 줄 문인이 없었다. 이상은 제국 일본의 문화가 식민지 조선을 향하여 쌓아 놓은 높은 문턱 앞에서 머뭇거렸을 뿐이다. 일본 문단에서는 누구도 이상에게 눈길조차 주는 이가 없었던 것이 사실이다.

이상을 동경에서 맞아 준 것은 동경에서 유학하며 문학 공부에도 관심을 가지고 있던 젊은 조선인 학생들뿐이었다. 이들에게는 이상의 동경 체류 자체가 하나의 적잖은 화제였다. 특히 이들 가운데에는 이상의 실험적인 글쓰기에 관심을 기울이고 있던 동인지《삼사문학》의 몇몇 동인들도 끼어 있었다. 이상은 이 젊은이들의 열정을 통해 한국 문학의 새로운 가능성을 발견하고 싶어 했다. 이상의 동경 생활이 《삼사문학》 동인들과의 만남을 통해 정착되어 가고 있었다는 사실은 특기할 만하다.

2. 이상과 《삼사문학(三四文學)》

《삼사문학》의 정체

《삼사문학》이란 무엇인가?

이 동인지는 1934년 9월 서울에서 그 창간호가 발간된다. 이상의 시 「오감도」의 신문 연재가 중단된 후 그 특이한 글쓰기 자체가 문단의 화제로 떠오르던 시기에 이 작은 잡지가 등장하게 되었다는 것은 의미심장하다. 연희전문학교에서 공부하고 있던 신백수(申百秀)를 중심으로 이시우(李時雨), 정현웅(鄭玄雄), 조풍연(趙豊衍), 한상직(韓相稷) 등과 같은 문학 지망생들이 한데 어울려서 등사판으로 만들어 낸 이 초라한 동인지는 그해 12월 제2집을 활판 인쇄본으로 간행함으로써 자신들의 존재를 어느 정도 분명히 드러내기 시작한다. 《삼사문학》은 이 동인지 발간을 주도한 신백수가 1935년 일본 유학한 뒤에도 제3집(1935. 3)과 제4집(1935. 8)이 나왔고, 1936년 제5집(1936. 10)에 이상의 시 「I WED A TOY BRIDE」를 싣게 되면서 이상 문학에 대한 문단적 지지 세력으로 자리 잡고 있다. 이 동인지가 이후에 어떤 형태로 지속되었는지를 확인할 수 없지만 1937년 4월에 간행된 《삼사문학》 제6집이 그 종간호가 되었을 가능성이 크다.[51] 이상의 수필 「19世紀式」이 바로 여기에 실려

---

51 간호배 편, 『원본 「三四文學」』(이회, 2004) 참조. 이 책 속에는 제1집부터 제5집까지만 수록되

있음을 김기림이 그의 『이상 선집』(1949)에서 밝혀 놓은 바도 있다.

동인지《삼사문학》의 창간 당시 이 동인 모임을 주도했던 신백수[52]는 서울 태생으로 중앙고보에서 수학한 후 연희전문학교에서 영문학을 공부하고 있던 학생이었다. 그는《삼사문학》의 창간호 권두에 이른바 「3 4의 선언」을 통해 '새로운 예술로의 힘찬 추구'를 내세운다. 신백수는 이 글에서 '개개의 예술적 창조 행위의 방법 통일을 말하지 않는다.'는 개방적인 자유주의적 태도를 천명함으로써 비슷한 또래의 문학청년들이 지니는 예술적 욕망을 동인이라는 이름으로 한 '모듬'으로 묶어 내는 데에 성공한다. 동인지《삼사문학》의 서장을 장식하고 있는 신백수의 「3 4의 선언」은 다음과 같다.

모듬은 새로운 나래(翼)다.

― 새로운 藝術로의 힘찬 追求이다.

모듬은 個個의 藝術的 創造 行爲의 方法統一을 말치 않는다.

― 모듬의 動力은 끌는 意志와 섞임의 사랑과 相互批判的 分野에서 結成될 것이매.

이 한쪽의 묶음은 모듬의 낯이다.

어 있다. 그러나 이 동인의 주동적인 인물이었던 이시우는 「'曆'의 내력」(《상아탑》, 제7호, 1946. 6. 25)에서 "1937년 1월달에 제6집을 내고 「三四文學」이 폐간"되었다고 밝힌 적이 있고, 조풍연도 6집 발간 후 폐간되었음을 밝힌 바 있다.

52　신백수는 1915년 7월 6일 서울 태생으로 중앙고보에서 수학하였고, 1933년 연희전문학교 영문과에 입학하였다. 1934년 이시우, 정현웅, 주영섭, 한태천, 조풍연 등과《삼사문학》을 창간 주재하였다. 1935년 도일하여 동경 소재 메이지대학 신문연구과에서 수학하면서 잡지《창작》과《탐구》의 발간을 주도하고 시와 소설을 발표했다. 1943년 경기도 수원군청 서기로 취직하여 일하다가 1944년 제국섬유주식회사로 직장을 옮겼으며, 1945년 음력 4월 24일 발진 티푸스에 감염되어 사망했다.(「신백수 약력」,《상아탑》, 제7호, 1946. 6. 25. 참조)

이 묶음은 質的 量的 經濟的 …… 의 모든 '的'의 條件 環境에서 最大値를 年
二回에 둔 不定期 刊行이다.

聲援과 鞭撻을 앞세우고 이 쪽아리를 낯선 거리에 내세운다.

「3 4」는 1934의「3 4」며 하나 둘 셋 넷……의「3 4」이다.

여기서 주목되는 것은 예술의 새로운 나래를 자처하고 있는 신백수
의 야망이다. 그리고 '삼사문학'이라는 제호의 '3 4'는 1934년 동인 출
범과 동인지의 창간이 가지는 의미만을 강조하고자 하는 것은 아니다.
1934년의 문단적 의미는 '새로운 예술'의 탄생의 의미를 지닌다. 이상
의 연작시「오감도」가 발표된 것이 바로 이해의 일이요,「오감도」가 완
결을 보지 못한 상태로 연재 중단의 좌절을 맛본 것도 바로 이 1934년의
일이다. 1934년 9월 1일로 표시되어 있는 이 동인지의 창간호 발행일을
보면 이상의「오감도」연재가 중단된 직후에 동인지《삼사문학》이 등장
했음을 확인할 수 있다.
　신백수는 창간호부터 주로 시 창작에 주력하여 창간호에「얼빠진」,
「무게 없는 갈쿠리를 차고」등을 발표하였다. 그리고 제2집과 제3집에
도 시「떠도는」,「어느 혀의 재간」,「12월의 종기(腫氣)」등을 내놓았다.
그는 스스로 초현실주의자를 자처했지만 실제로 그가 발표한 시들은 서
정시의 전통적인 영역에서 크게 벗어나지 않았고, 또한 소설의 경우에
도 서사 기법상 주목할 만한 실험성을 확인하기 어렵다.
　신백수의 문학 활동은 그가 1935년 일본으로 건너가 메이지대학(明
治大學)에 입학하면서 일본 동경으로 그 무대가 넓어진다. 그는 동인지
《삼사문학》의 발간에만 주력한 것이 아니라 1935년 동경 유학생들과

함께 새로운 동인지《창작(創作)》을 간행하는 데에도 앞장선다.

1935년 11월 19일에 동경에서 발간한《창작》은 "동경에 있는 문학 청년을 중심으로 순문학 잡지《창작》제1호가 불일간 나오게 된다."라고 하는 짤막한 소식으로《조선일보》에 보도(1935. 11. 21)되기도 한다. 이 동인지에는 신백수를 비롯하여 주영섭, 정병호, 한천, 장영기 등의 시와 함께 한적선의 희곡과 김일영의 수필이 수록되어 있다. 이 동인지의 편집 후기에는 "《창작(創作)》은 주장을 가지려고 하지는 않는다. 조선문학을 진실히 생각하는 사람이면 누구나 포용하련다.《창작》은 출발할 때부터 서둘지는 않으려고 생각한다."라고 하는 동인들의 포부를 밝히고 있다. 동인지《창작》은 제2집이 1936년 4월에 동경에서 나왔는데, 여기에 황순원이 동인으로 가담하였으며, 제3집(1937. 7)을 서울에서 발간한 후 더 이상 지속되지 못한다. 신백수는 이 새로운 동인지에 시「용명기(溶明期)에 해안(海岸)이 잇든 전설(傳說)」(제1집)을 비롯하여 소설「송이(松茸)」등을 발표하고 있다.

신백수가 간여한 또 다른 동인지는《탐구(探求)》이다. 1936년 5월 창간호가 발간된 동인지《탐구》는 계간지 형태의 순문예지를 표방하고 있는데, 신백수의「무대장치」, 이용우의「외투」, 최인준의「이뿐이의 서름」등과 같은 단편 소설과 정병호의「의욕」, 주영섭의「바·노바」등의 시가 실려 있다. 한태천의 희곡 「산월(山月)이」와 이시우의 평론 「비판의 심리」를 여기서 읽을 수 있다. 동인지 《탐구》는 제2집(1936. 7)을 끝으로 더 이상 지속되지 못한 것으로 보인다.

1930년대 중반 《삼사문학》을 중심으로 하는 이 새로운 소그룹 문학 동인지들의 출현이 당대의 문단에 어떤 영향을 남길 수 있었는지를 판단하기는 어려운 일이다. 당시 동인 중의 한 사람이었던 이시우와 조풍연은 다음과 같이 《삼사문학》 시대를 회고하고 있다.

(1)

《삼사문학》은 침체한 조선문단에 던지는 하나의 돌이었고 무기력한 문단인에 대한 경고와도 같았다. 그즈음 〈구인회〉라는 소위 중견 문단인 단체가 있었는데 그 중에 김기림 씨가 꾸준한 성원을 보내었고 죽은 이상이 홀로 우리들과 함께 호흡을 맞췄을 뿐 다른 대부분의 문단인들은 《삼사문학》을 이해하기는 커녕 《삼사문학》의 존재조차 무시하였다. (중략) 《중앙》이라는 잡지에 이상의 「지주회시」란 걸작이 발표되어 우리들의 놀래움을 더욱 크게 하였지만, 그러나 이상의 「지주회시」 역시 그러하였지만 이 작품은 불행히도 읽어주는 사람이 없었다. (중략) 이상은 일년이나 넘어 뼈를 깎아 쓴 자기의 「지주회시」를 속중(俗衆)들이 이해하지 못한다 하여 멸시하는 의미로서 그의 말을 빈다면 유행 창가식으로 「날개」라는 작품을 썼다. 그리하였더니 과연 속중들은 들고 일어나서 손뼉을 쳤고 최재서니 무어니 하는 자들은 대학 시절의 노트를 별안간 들추어내면서 현대문학의 무슨 性이니 하고 떠들어냈다. 여기서 이렇게 말하는 것은 「날개」라는 작품이 조금동 바쁘다는 뜻이 아니라 왜 「날개」는 떠들면서 「지주회시」는 떠들지 않았느냐 말이다. (중략)

1937년 1월 말에 제6집을 내이고 《삼사문학》이 폐간된 후 신백수의 「역

(曆)」은 발표할 곳을 잃은 채 설합 속에서 몇 해를 굴렀다.《삼사문학》이 어찌하여 폐간하였던가는 지금 아무리 생각하여도 확실치가 않다. 그냥 흐지부지 한 권도 팔리지 않았기 때문에 더 계속할 흥도 일지 않았고 우리들은 또 떠들만큼 떠들었기 때문에 제풀에 지쳐 넘어져서 몇몇 아류들을 낳고는 누구의 발표조차 기다리지 않고 그냥 흐지부지 폐간하여 버렸다. 그 누구의 말마따나 젊은 시절의 한낱 자위행위에 지나지 않는 것일지도 모르겠으나 《삼사문학》이 한때 침체한 조선문단에 한 개 돌을 던져 창을 부수고 청신한 바람을 들이었다는 것과 그 효용을 더 실제적으로 말하면 조선이 장차 외국의 현대문학을 받아들일 준비를 하여 놓았다는 점만은 누구나 부인할 수 없는 사실일거라.[53]

(2)

1934년이었던 까닭에 《삼사문학》이다. 흘러간 23년 전의 이야기 - . 이 잡지는 6호를 내고 없어졌는데 그 여섯 번의 발간도 어떤 계통이 섰던 것도 아니고 문학사적으로는 더군다나 의의가 별로 없다는 간행 동인의 하나이던 나는 거침없이 말할 수 있다.

당시 내 나이 21세. 소설 창작에 뜻을 둔 나는 우연한 기회에 신백수라는 나보다 한 살 어린 청년을 알게 되었는데 이 사람의 체구가 몹시 왜소하고 나이에 비해 지독한 근시안이며 문학과 영화에 관한 이야기만 나오면 입에서 거품이 일며 열변을 토하였다. 그 행동이 심히 기이할 뿐만 아니라 이 사람이 동인 잡지에 대하여 관심이 큰 듯하여 무턱대고 잡지를 내자는 데에 합의되었다. (중략)《삼사문학》은 이를테면 문학을 하고 싶은 20대의 청년들이 발표욕에 못이겨 소꿉질처럼 잡지를 낸 것이 동기로 몇 사람의 문학 지망

---

53 이시우, 「'역(曆)'의 내력」,《상아탑》, 제7호, 1946. 6. 25, 13~15면.

생들이 길 가다가 잠깐 머물렀다는 것이라 하겠고 신백수라는 문학병자가
그곳에 짧은 족적을 남기었을 뿐이었다.[54]

앞의 회고 (1)에서 이시우는 《삼사문학》의 지지 세력으로 당시 문단
의 중심부에 자리 잡고 있던 '구인회'를 지목하면서 김기림과 이상이 이
들을 각별히 성원하였음을 밝히고 있다. 특히 "장차 외국의 현대 문학
을 받아들일 준비"를 위해 《삼사문학》의 문단적 의의를 인정할 수 있다
는 발언도 주목된다. 물론 (2)의 조풍연은 《삼사문학》을 문학 지망생들
의 소꿉장난에 비유하면서 그 문학사적 의의를 부정한다. 이러한 비판
적 관점은 동인 활동에 직접 참여했던 구성원에 의해 제기된 것이라는
점에서 그 타당성을 인정할 수 있다. 실제 《삼사문학》에 참여했던 동인
가운데 뒤에 소설가로 변신한 황순원을 제외하고는 주목할 만한 문학적
행보를 보여 준 문인이 없다는 점도 이 같은 부정적 평가를 어느 정도
수긍하게 한다.

《삼사문학》의 표정

동인지 《삼사문학》에 서로 겹쳐 있는 문예 동인지 《창작》과 《탐구》를
펼쳐 보면 이 동인지에 공통으로 등장하는 신백수, 이시우, 주영섭, 한
태천 등이 눈에 띈다. 이들의 이름은 1930년대 한국 문학사 연구에서 지
극히 주변적인 곳에 밀려나 있다. 그러나 이들의 문필 활동은 일본 식민
지 지배 권력이 군국주의로 치닫던 1930년대 중반 이후의 현실에 비추
어 볼 때 결코 간과할 수 없는 문제성을 지닌다. 특히 이상 문학과의 연
관성을 놓고 본다면 그 전위적 실험성의 의미가 주목된다.

54　조풍연, 「《삼사문학》의 기억」, 《현대문학》, 1957. 3.

(1)

1. アール는거울안의アール와같이슬프오

2. 喫煙을爲한喫煙에서煙氣의儼然한存在를認識할수없는0과같은アール의
一生이다

3. 쟈미없던어저께에서밖에ローマンチズ゛ム을發見하지못하는アール는
오늘도亦是쟈미없는ローマンチスズム을맨들고있더라 (ローマンチズ゛ム
을 爲한ローマンチスズ゛ム인0과같이쟈미없는아,0과같이쟈미없는0 – 과 –
같 – 이 – 쟈 – 미 – 없 – 는……)

4. 書架에끼겨져있는書籍과같은アール의憤怒는一 アール는尨大한辱의思
想인化石을거울에빛오일뿐이다

5. 너조차잠작고있으면또한개의アール는大體너에게다무엇을속삭일수있단
말이냐. アール의비보[55]

(2)

세월갓흔벽에일이의키가나날히자랄적에 일이의부서진작란감은꽂과갓치
나날히늘어갓다. 일이의부서진작란감이꽂과갓치늘어가든날 일이의아버지
는부서진작란감처럼길우에서절명한것을일이는모른다. 약병마테세월갓치

---

55   이시우, 「アールの悲劇」, 《삼사문학》, 1호, 1934. 9, 8면.

싸혀잇는부서진일이의작란감들. 일이는공일날갓치싸듯한미다지박그로작
고만나가겟다고하고, 일이의어머니는작고만나가지를말나고한다. 아아房처
럼슬픈일이의작란감들. 이럴째마다일이는이약이하지안흔이약이갓흔아름
다운이약이를房처럼담북진이고잇섯고, 일이의어머니는일이의얼골을房처
럼물그럼이바라다보고잇기만하는것이엇다. 일이는엇지하야작란감을부시
는게계일조흐냐. 겨울에서부터봄으로. 날마다오른편책상사랍에는가위와고
무공과오색가지색종히가, 외인편책상사랍에도만년필과편지와약이다아말
너붓흔옥도뎡긔의약병들이너혀잇섯스니까, 가위와고무공과오색가지색종
히도너혀잇섯든것이엇다. 겨울에서부터봄으로. 결국달은쓰지를안코, 밤마
다벽에서는별의소래가버레소래갓치들니여왓다. 이러는동안에세월갓흔房
은일이의房이철이의房으로바귀여지는날은과연어느날일넌지. 화원과갓흔
일이의향수등.[56]

《삼사문학》의 창간호에 수록된 이시우의 시 「アールの 悲劇」은 이상
의 「오감도」에서 보여 주었던 일탈의 글쓰기를 그대로 추종함으로써 이
미 이상이 추구하고자 했던 새로운 예술의 경지에 나름대로 다가서고
있다는 사실을 확인할 수 있게 한다. 앞의 인용에서 확인할 수 있는 것
처럼 이 시의 첫 연에서 "アールは거울안의アールと같이슬프오"라는
진술이 이상의 시 「오감도 시제15호」와 연결되어 있다는 점을 부인하
기는 어렵다. 《삼사문학》의 동인 가운데 시인 이시우의 경우야말로 이
상의 문학에 충격을 받은 당대 이상의 '에피고넨'에 해당하기 때문이다.
여기서 'アール'가 알파벳의 'R'을 의미한다는 것을 생각한다면, 이상
이 즐겨 쓰던 그의 성명의 이니셜 'R'을 연상하게 한다는 점도 놓칠 수

56　이시우, 「房」, 《삼사문학》, 3호, 1935. 3, 40~41면.

없는 일이다. 이시우는 「일인칭 시」, 「작일(昨日)」 등의 시를 통해 그의
실험 정신의 일단을 보여 주면서 이상의 시에 더욱 가깝게 다가서고 있
었던 것이다.

(2)에서 인용한 시 「房」은 표제인 '房'이라는 한자를 네모진 상자 안
에 가두어 놓음으로써 타이포그래피적으로 방 자체의 공간적 폐쇄성 또
는 그 닫혀 있음의 의미를 강조한다. 이상의 시 형식을 따라 띄어쓰기를
거부하고 있는 이 작품에서 이상이 그려 내고자 했던 특이한 공간성의
문제를 다시 읽어 볼 수 있다는 것은 흥미로운 일이다.

이시우는 평문 「絶緣하는 논리」(《삼사문학》, 제3호), 「19세기의 예술지상
주의와 20세기의 예술지상주의」(《삼사문학》, 제4호), 「SURREALISME」
(《삼사문학》, 제5호) 등을 통해 자신들이 주장하고자 하는 문학적 실험에
나름대로의 논리를 부여하고자 힘썼다. 특히 이상의 시적 실험에 대한
그의 아포리즘적인 설명이 눈에 띈다. 초현실주의자를 자칭하면서 예술
의 '쉬르리얼리즘'을 주창했던 그는 「절연하는 논리」에서 문학의 새로
운 변화를 추구하는 정신과 방법의 중요성을 이렇게 설명한다.

변화하지 않는 시인을 진보치 않는 시인과 한 가지 우리들은 인정할 수
없다. 시가에 진보적 의의가 없어진다는 것은 장송행진곡(葬送行進曲)을 듣
는 것이다. 사회는 발전성이 없는 여하한 것의 존재든지 허용할 만큼 관용
치 않는 까닭이다. (중략) 일반으로 금일에 시라고 부르면 무엇을 가리키느
냐고 하는 경우에 우리들은 최초에 현재 우리들이 규정하고 있는 '파아손
(passion)'을 중심으로 그 시의 성질과 범위를 한정한다. 설혹 그것이 과도기
이기 때문에 적지 않은 혼란이 허락되고 불명료한 약간의 보수적 시인에 의
하여 그들의 묵은 '파아손'을 고수시키는 약간의 여지를 남긴다 하더라도.
역사는 '파아손'의 '파아손'인 연유로서 조금도 그들을 허용치 않는다. 예를

들면 오늘날에 있어서 시라고 부르는 것은 명확히 종래로 '자유시' '산문시'
라고 불러왔던 것을 가리키고 결코 이러한 시가 나오기 이전에 있어서 시의
개념을 차지하고 있던 '시조'라든가 '한시'라든가 혹은 '운문시'라든가를 의
미하지 않는다. 이와 똑같은 의미로서 또한 '자유시'와 '산문시'(율적 산문)
을 우리는 인정하지 않는다. (중략)

　　사회 일반이 시 또는 시인에 대하여 몰이해하거나 무식한 것은 조금도 시
의 발전을 저해하지는 못한다. 우수한 비평정신에 기초된 금일의 시에 얼마
나 많은 금일의 소설가나 평론가가 이 발전에 뒤떨어진 것인가. 예술을 위한
예술이 문학적으로 당연히 한정된 그룹 그것으로서 퇴영하고 있는 것같이
보이는 것은 다만 그들의 공부의 부족함에 있다. 여하한 예술에 있어서도 우
수한 것이면 우수할수록 하등의 지적 파악, 개념적 근거조차 없이 흥미를 느
낄 도리가 없다. 사회적 일반에게 시를 이해시키고자 하는 욕구는 지당하기
도 하고 그것을 적극적으로 욕구하는 것도 구태여 불찬성은 아니나 당연히
스스로 구별될 차간(此間)의 소식을 혼동시키어 시 그것을 일반의 이해에까
지 끌어내리려고 초조하거나 의미를 모르는 시나 혹은 이해 못하는 시에 당
면할 때마다 아무 반성 없이 적의를 품는 것은 언어도단이다.[57]

이 글에서 이시우가 강조하고 있는 것은 시의 새로운 변화이다. 이 변
화는 현실과 사회의 변화를 따라가는 것이 아니라 그 새로운 변화를 요
구하는 것이어야 한다. 새로운 예술에 대한 몰이해를 놓고 "그것을 일반
의 이해에까지 끌어내리려고 초조하거나 의미를 모르는 시나 혹은 이해
못하는 시에 당면할 때마다 아무 반성 없이 적의를 품는 것은 언어도단
이다."라고 비판하고 있다. 그는 평문 「SURREALISME」을 통해 "새로

57　이시우, 「絶緣하는 論理」, 《삼사문학》, 3호, 1935. 3, 9~10면.

운 시의 이야기가 나오면 조선에서는 곧 이상이를 끄집어내지만 그것은
Amateur들의 숙명적인 감동에 불과하다.”라고 언명하면서 이상의 시를
통한 한국 현대시의 새로운 변화에 적극적인 지지를 표시하게 된다.

《삼사문학》과 이상의 시

　《삼사문학》의 문학적 실험은 기성 문단의 냉혹한 반응에 대해 좌절
감을 느끼고 있던 이상에게는 하나의 새로운 희망으로 보였을 가능성
이 크다. 이상은 자신이 추구하고 있는 문학 세계를 추종하고 있는 새
로운 젊은 문학도들의 등장에 크게 고무되어, 동경행을 결행하기 직전
에 간행된 《삼사문학》 제5집(1936. 10)에 자신의 시 「I WED A TOY
BRIDE」를 발표한다. 그리고 스스로 이 젊은 문학도들의 열정에 동참을
선언하게 된다. 앞서 인용했던 이시우의 회고 내용처럼 이상은 자신을
따르던 《삼사문학》의 동인들과 호흡을 맞추고 있었던 것이다. 현재 보존
되어 있는 《삼사문학》 제5집은 부분적으로 낙장이 생겨서 잡지의 표지
와 목차도 없고 판권란도 보이지 않기 때문에 이상이 이 동인지에 작품
을 싣게 된 자세한 경위를 확인할 수가 없다. 그러나 이상은 《삼사문학》
을 통해 자신이 추구하고자 했던 새로운 문학의 확산 가능성을 발견했던
것이다.

　1 밤

작난감新婦살결에서 이따금 牛乳내음새가 나기도한다. 머(ㄹ)지아니하야
아기를낳으려나보다. 燭불을끄고 나는 작난감新婦귀에다대이고 꾸즈람처
럼 속삭여본다.
「그대는 꼭 갓난아기와 같다」고…………

작난감新婦는 어둔데도 성을내이고대답한다.

「牧場까지 散步갔다왔답니다」

작난감新婦는 낮에 色色이風景을暗誦해갖이고온것인지도모른다. 내手帖처럼 내가슴안에서 따근따근하다. 이렇게 營養分내를 코로맡기만하니까 나는 작구 瘦瘠해간다.

    2 밤

작난감新婦에게 내가 바늘을주면 작난감新婦는 아모것이나 막 찔른다. 日曆. 詩集. 時計. 또 내몸 내 經驗이들어앉어있음즉한곳.

이것은 작난감新婦마음속에 가시가 돋아있는證據다. 즉 薔薇꽃처럼..........

내 가벼운武裝에서 피가좀난다. 나는 이 傷차기를곷이기위하야 날만어두면 어둔속에서 싱싱한密柑을먹는다. 몸에 반지밖에갖이지않은 작난감新婦는 어둠을 커 – 틴열듯하면서 나를찾는다. 얼른 나는 들킨다. 반지가살에닿는것을 나는 바늘로잘못알고 아파한다.

燭불을켜고 작난감新婦가 密柑을찾는다.

나는 아파하지않고 모른체한다.

이상이 《삼사문학》에 참여하면서 발표한 시 「I WED A TOY BRIDE」는 그의 개인적 체험의 세계와 맞닿아 있다. 특히 《조광》(1937. 2)에 발표한 단편 소설 「동해(童骸)」와는 상호 텍스트적 관계를 형성하면서 그 내적 공간을 확장한다. 이 시는 특이하게도 제목을 영어로 쓰고 있다. '나는 장난감 신부와 결혼한다.'라는 뜻으로 풀이된다. 작품의 텍스트가 크게 전반부와 후반부로 나누어져 있는데, 각각 '1 밤', '2 밤'이라는 소제목을 붙여 놓고 있다. 시적 화자인 '나'는 그 상대역에 해당하는 '장난감 신부'를 맞아 아늑하고도 따스한 일상을 회복한다. 전반부인 '1 밤'의 경우 '장난감 신부'의 앞에서 '나'는 일종의 유아적 본능을 감추지 못하고 그녀를 탐닉한다. "내 수첩처럼 내 가슴 안에서 따근따근하다."와 같은 표현에서처럼 사랑의 감정이 넘쳐흐르고 있음을 볼 수 있다. 후반부인 '2 밤'의 경우는 '장난감 신부'가 '나'를 채근하면서 일상의 품으로 돌아와 다시 시작(詩作) 활동을 할 것을 재촉한다. 텍스트 안에서 '일력, 시집, 시계'를 열거한 것은 이러한 뜻으로 풀이할 수 있다. 그리고 그녀는 '나'의 과거를 들춰내어 따지기도 한다. '나'는 가끔 이로 인해 상처를 받기도 하지만 육체적인 위무(慰撫)를 통해 이를 보상받는다.

　이러한 시적 텍스트의 의미를 놓고 볼 때 문제가 되는 것은 '장난감 신부'라는 말이다. 이 말은 '신부(新婦)'라는 말이 함축하는 처녀적 순결성과는 전혀 반대의 의미를 가진다. '장난감'이라는 말은 누구나 돈으로 살 수 있는 '놀이 기구'를 뜻하기 때문에 이 시에서 사용하고 있는 '장난감 신부'라는 말은 '돈을 주고 산 노리개 여성'으로 풀이하는 것도 가능하다. '가짜 신부'라고 바꾸어 놓아도 문제가 없어 보인다. 그런데도 불구하고 이 시의 화자인 '나'는 이 '노리개'에 불과한 '가짜 신부'를 어찌하지 못하고 오히려 그녀에게 빠져든다. 이 모순의 상황이 바로 이 시가 포착해 내고 있는 시적 정황이라고 할 수 있다.

　이러한 시적 정황과 그 의미는 소설 「동해」의 이야기를 통해 보다 구체적인 장면으로 그려진다. 이 소설은 하루 동안에 이루어진 아주 간단한 에피소드를 중심으로 이야기를 구성하고 있다. 이 작품의 중심에는 작중 화자를 겸하고 있는 '나'라는 인물이 자리하고 있는데, 어느 날 가방을 싸 들고 '나'를 찾아온 '임(姙)'이라는 여인이 그 상대역을 담당한다. '임'은 주인공의 친구인 '윤(尹)'이라는 사내와 살고 있는 여인이다.

친구의 아내가 집을 뛰쳐나와서는 '나'를 찾아온 것이다. 그 여인은 자신이 함께 살던 '윤'과 헤어졌으며, 이제 새로운 살림을 '나'와 꾸려 보겠다고 말한다. '나'는 적잖이 놀라면서도 이 여인을 내치지 않고 하룻밤을 집에서 재운다. 다음 날 아침 '임'은 마치 자신이 아내라도 된 듯이 아침 식사 준비까지 맡아 한다. 이런 식의 인물 설정이라면 쉽게 애정 갈등의 삼각 구도를 떠올릴 수 있다. 그러나 문제는 그리 간단하지 않다. '동해'라는 제목 자체가 암시하듯 '임'이라는 여인이 '나'와 '윤'이라는 사내 사이를 오가면서 벌이는 교묘한 애정 행각에 초점을 맞추고 있기 때문이다.

이상의 소설 「동해」의 이야기 가운데 '패배 시작'이라는 소제목이 붙어 있는 둘째 단락은 그 내용이 그대로 시 「I WED A TOY BRIDE」의 텍스트와 서로 겹친다. 이 둘째 단락은 '나'를 찾아온 '임'이라는 여인의 순진한 면모에 대한 관심을 보여 준다. '나'는 이 여인의 행동을 끝까지 미심쩍게 여기면서도 그녀가 보여 주는 여성다운 면모에 자신도 모르게 끌린다. 이 장면을 그대로 인용해 보면 이러한 사실을 확인할 수 있다.

나는 오랜동안을 혼자서 덜덜떨었다. 姙이가 도라오니까 몸에서 牛乳내가 난다. 나는 徐徐히 내 活力을 整理하야가면서 姙이에게 注意한다. 똑 간난 애기같아서 썩 좋다.

「牧場꺼지 갔다왔지요」

「그래서?」

카스텔라와 山羊乳를 책보에 싸 가지고왔다. 집시族 아침 같다.

그러고나서도 나는 내 本能以外의것을 지꺼리지 않았나보다.

「어이, 목말라죽겠네,」

대개 이렇다.

이 牧場이가까운郊外에는 電燈도水道도없다. 水道대신에 펌프.

물을길러갔다오드니 운다. 우는줄만알었드니 웃는다. 조런 — 하고보면 눈에 눈물이 글성 글성하다. 그려고도 웃고있다.

「고게 누우집 아일까. 아, 쪼꾸망게 나더러 너 담발했구나, 핵교 가니? 그리겠지, 고게 나알 제 동무루 아아나봐, 참 내 어이가없어서, 그래, 난 안간단다 그랬드니, 요게 또 헌다는소리가 나 발씻게 물좀 끼언저주려무나 애, 아주 이리겠지, 그래 내 물을 한통 그냥 막 쫙 쫙 끼언저 줬었지, 그랬드니 너두 발씻으래, 난 있다가씻는단다 그러구 왔어, 글세, 내 기가맥혀,」

누구나 속아서는 안된다. 해ㅅ수로 여섯해 전에 이 女人은 정말이지 處女대로 있기는 성가서서 말하자면 헐값에 즉 아모렇게나 내어주신분이시다. 그동안 滿五個年 이분은 休憩라는것을 모른다. 그런줄 알아야 하고 또 알고 있어도 나는 때마츰 변덕이나서

「가만있자, 거 얼마들었드라?」

나쓰미깡이두개에 제아모리 비싸야 二十錢, 올치깜빡 잊어버렸다 초한가락에 三錢, 카스델라 二十錢, 山羊乳는 어떻게해서그런지 거저,

「四十三錢인데」

「어이쿠」

「어이쿠는 뭐이 어이쿠예요」

「고눔이 아무數루두 除해지질 않는군 그래」

「素數?」

옳다.

신통하다.

「신통해라!」

앞의 인용에서 '나'는 '임'의 행동에서 발견되는 '갓난아기' 같은 느

낌에 끌려든다. 그리고 '나'를 찾아와 제법 한 가정의 주부 노릇까지 하려고 하는 태도에 놀란다. 근처 목장에서 우유와 카스텔라를 준비해 오고, 물을 길어 오는 모습에서 드러나는 여성적인 면모가 '나'의 마음을 움직이게 했던 것이다. 그러므로 '나'는 '임'의 모든 행동에 대해 그 진정성을 의심하면서도 한편으로는 그녀를 떼어 버리지 못한다. 여기서 서술하고 있는 서사적 상황 자체가 시「I WED A TOY BRIDE」의 내용과 그대로 일치한다는 것은 쉽게 확인할 수 있는 일이다.

소설「동해」의 제목이 되고 있는 '동해(童骸)'라는 말도 '장난감 신부'의 의미 영역 속에 포함된다. 이 소설의 제목은 이상의 수필 가운데 잘 알려져 있는 「행복(幸福)」(《여성》, 1936. 10)이라는 글의 한 대목에서 비롯된 것이다. 이 수필 가운데 "아니야! 나는 지금 나만을 사랑할 동정(童貞)을 찾고 있지. 한 남자 혹 두 남자를 사랑한 일이 있는 여자를 나는 사랑할 수 없어. 왜? 그럼 나더러 먹다 남은 형해(形骸)에 만족하란 말이람?"이라는 구절을 특히 주목할 필요가 있다. 여기 나오는 '동정(童貞)'이라는 말과 '형해(形骸)'라는 말은 서로 대립된 의미로 쓰이고 있는데, '동정(童貞)'은 '숫된 처녀'를 의미하고, '형해(形骸)'는 글자 그대로 '앙상하게 남은 잔해'로서의 '헌 계집'을 뜻한다. '동해(童骸)'라는 말은 이 작품이 그려 내고 있는 서사의 내용에 걸맞게 '동정(童貞)'과 '형해(形骸)'를 줄여 만든 새로운 단어에 해당한다. 이 신조어의 의미를 굳이 따진다면, 이것은 '처녀[童貞]의 잔해(殘骸)'인 셈이다. 이를 달리 말한다면 속된 말로 널리 쓰이고 있는 '헌 계집' 그 자체임을 알 수 있다. '장난감 신부(A TOY BRIDE)'라는 말도 이에 대응하는 것임은 물론이다.

이상은 잡지《삼사문학》에 발표한 시「I WED A TOY BRIDE」를 통해 자신이 실험하고 있는 새로운 글쓰기 방식을 그대로 보여 주고 있다. 이것은 이상 문학의 방법적인 기반이 기성 문단을 통해서만이 아니라

새로운 문학 동인지를 통해서 점차 확대될 수 있다는 가능성을 의미한
다. 그러므로 이상은 동경에 건너와서도《삼사문학》을 자신의 문학 활
동의 근거로 삼고자 했던 것이 아닌가 생각된다. 왜냐하면 이상을 동경
에서 적극적으로 환영한 것이 바로《삼사문학》동인들이었기 때문이다.
《삼사문학》의 동인 가운데 신백수는 이미 1935년 일본에 유학하여 메
이지대학 신문연구과에서 수학하면서 동인지《삼사문학》의 지속적인
출간을 주도하고 있었으며, 새로운 잡지《창작(創作)》을 동경에서 발간
하면서 당시 동경에서 유학하고 있던 주영섭, 황순원, 한적선, 김병기,
정병호, 한천 등과 회동하고 있었던 것이다. 그러므로 이상의 동경행은
자연스럽게《삼사문학》동인들과의 만남으로 이어진 셈이다. 이러한 사
실은 이상이 김기림에게 보낸 편지를 통해서도 확인된다.

(1)
기림 형
기어코 동경 왔소. 와보니 실망이오. 실로 동경이라는 데는 치사스런 데
로구려!
동경 오지 않겠소? 다만 이상(李箱)을 만나겠다는 이유만으로라도 -
삼사문학(三四文學) 동인들이 이곳에 여럿이 있오. 그러나 그들은 어디
까지든지 학생들이오. 그들과 어우러지지 못하는 것을 보면 우리는 이제 그
만하고 늙었나 보이다.
삼사문학에 원고 좀 쥐어주오. 그리고 씩씩하게 성장하는 새 세기의 영웅
들을 위하여 귀하가 귀하의 존중한 명성을 잠간 낮추어 삼사문학의 동인이
되어줄 의사는 없는지 이곳 청년들의 갈망입니다. 어떻소?
편지 주기 바라오. 이곳에서 나는 빈궁하고 고독하오. 주소를 잊어서 주소
를 알아가지고 편지하느라고 이렇게 늦었소. 동경서 만났으면 작히 좋겠소?

형에게는 건강도 부귀도 넘쳐 있으니 편지 끝에 상투(常套)로 빌을 만한 말을 얼른 생각해내기가 어렵소 그려.

(2)

기림 대인(大人)

여보! 참 반갑습디다. 鍛冶屋前丁 주소를 조선에 물어서 겨우 알아가지고 편지 했는데 답장이 얼른 오지 않아서 나는 아마 주소가 또 옮겨진게로군 하고 탄식하던 차에 참 반가웠소.

(중략)

사실 나는 요새 그따위 시 밖에 써지지 않는구려. 차라리 그래서 철저히 소설을 쓸 결심이오. 암만해도 나는 19세기와 20세기 틈사구니에 끼워 졸도하려 드는 무뢰한인 모양이오. 완전히 20세기 사람이 되기에는 내 혈관에 너무도 많은 19세기의 엄숙한 도덕성의 피가 위협하듯이 흐르고 있오그려.

이곳 34년대의 영웅(英雄)들은 과연 추호의 오점(汚點)도 없는 20세기 정신의 영웅들입디다. 도스토예프스키(ドストイエフスキ)는 그들에게는 오직 선조에 지나지 않는다는 것을 그들은 생리를 가지고 생리하면서 완벽하게 살으오. 그들은 이상(李箱)도 역시 20세기의 스포츠맨(スポーツマン)이거니 하고 오해하는 모양인데 나는 그들에게 낙망을(아니 환멸)을 주지 않게 하기 위하여 그들과 만날 때 오직 20세기를 근근히 포즈(ポーズ)를 써 유지해 보일 수 있을 따름이구려! 아! 이 마음의 아픈 갈등이어.

앞의 편지 (1)은 이상이 동경에 도착한 후 처음으로 김기림에게 보낸 글이다. 이 편지의 내용 가운데 핵심을 이루는 것이 바로 《삼사문학》 동인에 관한 사연이다. 동경에 도착한 이상을 맞아 준 문학도들이 바로 《삼사문학》 동인들이었음을 밝히고 있는 것이다. 물론 이상은 유학생

신분인 이 젊은 문학도들과 터놓고 어울리기 어렵다고 생각한다. 하지만 그는 "삼사문학에 원고 좀 주어주오. 그리고 씩씩하게 성장하는 새세기의 영웅들을 위하여 귀하가 귀하의 존중한 명성을 잠간 낮추어 삼사문학의 동인이 되어줄 의사는 없는지 이곳 청년들의 갈망입니다."라고 엉뚱한 제안을 김기림에게 하고 있다. 당대 한국 문학에서 가장 주목되는 시인이자 시론가였던 김기림에게《삼사문학》에 참여해 달라는 이 부탁은 격에 맞지 않는 것이지만 이상은 새로운 문학의 가능성을《삼사문학》을 통해 확인하고 싶었던 것이 분명하다. 그런데 이상의 이 같은 제안을 김기림이 어떻게 받아들였는지 알 수 없다.《삼사문학》은 신백수에 의해 동경에서 1936년 말 제6집을 간행한 것으로 알려져 있지만 이 잡지의 제6집이 현재까지 발견되지 않고 있기 때문에 김기림의 참여 여부를 확인할 길이 없다. 편지 (2)에서도 이상은 "이곳 34년대의 영웅 (英雄)들은 과연 추호의 오점(汚點)도 없는 20세기 정신의 영웅들입니다."라고《삼사문학》동인들의 순수한 문학적 열정을 높이 평가한다. 그리면시도 자신이 여전히 19세기의 정신을 크게 벗어나지 못하고 있음을 고뇌하면서 "그들은 이상(李箱)도 역시 20세기의 スポーツマン이거니 하고 오해하는 모양인데 나는 그들에게 낙망을(아니 환멸)을 주지 않게 하기 위하여 그들과 만날 때 오직 20세기를 근근히 ポーズ를 써 유지해 보일 수 있을 따름이구려! 아! 이 마음의 아픈 갈등이여."라고 술회하고 있는 것이다.

3.《삼사문학》혹은 퇴폐의 감각

이상이 동경에서 만난 것이《삼사문학》의 동인들이고 이들의 문학적 열정과 새로움의 세계를 높이 평가하고 있다면 마땅히《삼사문학》을 비롯한《창작》과《탐구》의 문학적 수준을 다시 짚어 볼 필요가 있는 것이 아닌가 생각된다.《삼사문학》의 문학적 감각을 어떻게 설명할 수 있을까? 이 질문을 놓고 떠올릴 수 있는 것이 소설「실화(失花)」의 한 장면이다. 소설「실화」는 작가 이상이 세상을 떠난 후에 유고의 형태로 소개된 작품으로 이상의 소설 가운데 동경 생활을 배경으로 하여 엮어진 유일한 작품이다. 이 소설의 이야기 시간은 주인공의 동경 생활의 하루로 그 배경이 제약되어 있는데, 전반부는 '나'라는 주인공이 동경 유학생 'C'의 방에 와 있는 장면을 그리고 있으며 후반부는 'C'의 방을 나선 주인공이 신주쿠의 'NOVA'라는 바에서 술을 마시는 장면으로 구성되어 있다. 그러나 이 소설의 이야기는 주인공인 '나'의 의식 속에서 재구성되는 과거와 현재라는 시간을 통해 경성과 동경이라는 두 개의 공간을 병치시킴으로써 주인공의 내면에 자리 잡고 있는 자의식의 그림자를 들춰 보이고 있다. 소설「실화」에는 경험적 자아로서 작가 이상의 사적 체험 영역이 상당한 비중으로 자리 잡고 있다. 그러나 이 체험의 영역은 허구적 서사로서의 텍스트 위에 그대로 미끄러져 들어오는 것은 아니다. 때로는 사실 자체가 왜곡되기도 하고 때로는 패러디의 장치를 통해 걸러지기도 한다. 매우 섬세한 소설적 장치와 치밀하게 계산된 서사화의 전략에 의해 새로운 이야기 공간을 만들어 내고 있는 것이다.

(1)

그렇나 C孃의房에는 지금 — 고향에서는 스케일을 지친다는데 — 菊花두 송이가 참 싱싱하다.

이房에는 C君과 C孃이 산다. 나는 C孃다려「夫人」이라고 그랬드니 C孃

은 성을 냈다. 그렇나 C君에게 물어보면 C孃은 「안해」란다. 나는 이두사람 중의 누구라고 정하지않고 내 東京生活이 하도 寂寞해서 지금 이房에 놀러 왔다.

언더 — 더 워취 — 시게아레서의 렉튜어는 끝났는데 C君은 조선곰방대를 피우고 나는눈을 뜨지않는다. C孃의목소리는 꿈같다. 인토내슌이 없다. 흐르는것 같이 긇임없으면서 아주 조용하다.

나는 그만 가야겠다.

「先生님(이것은 실로 李箱翁을 指摘하는 慘憺한 人稱代名詞다)왜 그리세요 — 이房이 기분이 나뿌세요?(기분? 기분이란 말은 필시 조선말은 아니리라)더 놀다 가세요 — 아직 주무실 시간도 멀었는데 가서 뭐하세요? 네? 얘 - 기나 하세요」

나는 잠시 그 溪間流水같은 목소리의 主人 C孃의 얼굴을 드려다본다. C君이 범과 같이 健康하니까 C孃은 血色이 없이 입설조차 파르스레하다. 이 오사게라는 머리를한 少女는 來日 學校에 간다. 가서 언더 — 더 윗치의 게속을 배운다.

사람이 —

秘密이 없다는것은 財産없는것처럼 가난하고 허전한 일이다.

(2)

아스팔트는 저젔다. 鈴蘭洞 左右에 매달린 그 鈴蘭꽃모양 街燈도 저젔다. 크라리넬 소리도 - 눈물에 - 저젔다.

그리고 내 머리에는 안개가 자옥 - 히 끼었다.

英京 倫敦이 이렇다지?

「李箱! 은 무슨생각을 그렇게 하십니까?」

男子의 목소리가 내 어깨를 쳤다. 法政大學 Y君, 人生보다는 演劇이 재미있다는이다. 왜? 人生은 귀찮고 演劇은 실없으니까.

「집에갔드니 안게시길래!」

「죄송합니다」

「엠프레스에 가십시다」

「좋—지오」

(중략)

MOZART의 四十一番은 「木星」이다. 나는 몰래 모차르트 의 幻術을 透視하랴고 애를쓰지만 空腹으로하야 저윽히 어지럽다.

「新宿 가십시다」

「新宿이라?」

「NOVA에 가십시다」

「가십시다 가십시다」

마담은 루파시카. 노-봐는 에스페란토. 헌팅을 얹인놈의心臟을 아까부터 벌레가 연해 파먹어 들어간다. 그렇면 詩人芝鎔이어! 李箱은 勿論 子爵의 아들도 아무것도 아니겠읍니다그려!

十二月의麥酒는 선뜩선뜩하다. 밤이나 낮이나 監房은 어둡다는 이것은 꼬-리키의「나드네」구슬픈노래, 이노래를 나는 모른다.

(중략)

NOVA의 웨-튜레스 나미꼬는 아부라에 라는 재조를가진 노라의따님 코론타이의 누이동생이시다. 美術家나미꼬氏와 劇作家Y君은 四次元世界의 테-머를 佛蘭西말로 會話한다.

佛蘭西말의 리듬은 C孃의 언더-더윗취 講義처럼 曖昧하다. 나는 하도 답답해서 그만 울어버리기로 했다. 눈물이 좔 좔 쏘다진다. 나미꼬가 나를 달랜다.

「너는뭐냐? 나미꼬? 너는 어쩌녁에 어떤 마찌아이 에서 방석을비고 十五
分동안 — 아니 아니 어떤삘딩에서 아까 너는 걸상에 포개앉었었느냐 말해
라 — 헤헤 — 飮碧亭? N삘딩 바른편에서 부터둘째 S의 사무실? (아 — 이 주
책없는 李箱아 東京에는 그런것은 없읍네)게집의 얼굴이란 다마네기다. 암
만베껴 보려므나. 마즈막에 아주 없어질지언정 正體는 안 내놓ㅅ느니」

　新宿의 午前 一時 — 나는 戀愛보다도 위선 담배를 피우고 싶었다.[58]

　소설 「실화」는 개인사적 동기에서 비롯된 이상 자신의 동경행에 대
한 반성을 주축으로 하여 이야기가 전개된다. 그런데 작가 이상은 개인
적인 내면의 세계를 객관화하기 위해 타자의 텍스트를 수없이 끌어들
이면서 하나의 커다란 패러디를 구축해 놓는다. 여기서 주목되는 인물
이 소설 속에 등장하는 'C'라는 인물이다. 'C'양과 함께 동거하는 'C'군
은 이상이 쓴 수필 「동경(東京)」에도 등장한다. "C君은 위선 졸려죽겠는
나를 築地小劇場으로 案內한다. 劇場은 지금 놀고 있다. 가지가지 포스터
를 부친 이 日本 新劇運動의 本據地가 내 눈에는 서툴은 設計의 喫茶店 같
았다. 그러나 서푼짜리 映畵는 놓지는 限이 있어도 이 小劇場마는 때때로
參觀하였으니 나도 演劇愛護家中의로는 高級이다. 「人生보다는 演劇이 재
미있다」는 C君과 反對로 H君은 懷疑派다."라는 대목에서 볼 수 있듯이
'C'군은 연극을 공부하는 학생임을 알 수 있다. 여기서 'C'군의 정체가
궁금해진다.

　이상의 동경 생활 주변에 있던 《삼사문학》 동인들 가운데 연극에 관
심을 가지고 있던 인물로 'C'라는 이니셜을 쓸 수 있는 사람은 1934년
재일 조선인 유학생을 중심으로 구성된 연극 운동 단체 '동경학생예술

58　권영민 편, 『이상 전집 2 단편 소설』, 뿔, 2009, 355~360면.

좌(東京學生藝術座)'를 주도했던 주영섭(朱永涉)을 지목할 수 있다. 주영섭은 평양 태생으로 평양 광성(光成)고보를 졸업한 후 경성 보성전문학교 문학부에서 수학한 바 있는 문학청년이다. 보성전문 재학 중 보성전문학교 학생회 연극부를 만들어 고리키의 「밤주막」을 공연하였고, 카프 산하 극단 '신건설(新建設)'의 제1회 공연인 「서부전선 이상 없다」(1933)에 찬조 출연하기도 하였다. 일본으로 유학하여 호세이대학(法政大學)에서 영문학을 전공하면서 연극 운동에 관심을 보였으며, 1934년 마완영(馬完英)·이진순(李眞淳)·박동근(朴東根)·김영화(金永華)와 더불어 '동경학생예술좌'를 창단하고 기관지《막(幕)》의 발간을 주도하면서 모임을 이끌었다. 1935년 일본에서 창간된 문예 동인지《창작(創作)》창간호에 시 「포도밭」을 발표하였고, 2호에 「세레나데」, 「해가오리」 등을 발표하였다. 그는 조선에서의 신극의 확립을 창작극에서부터 시작해야 한다는 목표를 세우고 1935년 6월 4일 동경의 '축지소극장(築地小劇場)'에서 유치진(柳致眞)의 「소」와 함께 자신의 창작 희곡 「나루」(단막극)를 공연하여 좋은 평을 받았다. 그리고 신백수, 이시우 등이 중심이 되었던 《삼사문학》에도 동인으로 참여하여 제5호(1936. 10)에 「거리의 풍경」, 「달밤」 등의 시를 발표하기도 한다. 그는 신백수, 이시우, 한태천 등과 동인지《탐구(探究)》에도 참여하여 그 창간호(1936. 5)에 「바-·노-애」를 발표한 바 있다.

이 같은 사실로 미루어 본다면 이상이 소설 「실화」에서 내세우고 있는 'C'군이 주영섭임을 알 수 있다. 법정대학 영문학과 학생으로 '동경학생예술좌'를 결성하여 자신의 창작극을 무대에 올린 바 있는 주영섭에 대해 이상은 "인생보다 연극이 더 재미있다."라고 말하는 바로 그 주인공으로 'C'군을 내세운 것이다. 앞의 인용에서 소설 「실화」 속의 주인공인 '나'는 (1) 부분에 그려진 대로 'C'군의 집에 있다가 자신의 하숙집으로 돌아온다. 그런데 (2)의 장면처럼 집으로 돌아오는 밤길에 '법정대학 Y군'을 만나 함께 신주쿠의 'NOVA'를 찾아간다. 그리고 '나'와 Y군은 'NOVA'에서 함께 맥주를 마신다.

'NOVA'란 무엇인가? 1930년대 제국의 수도 동경에서도 가장 번잡한 거리 신주쿠의 'NOVA', 그 풍경이 궁금해진다. 'NOVA'에는 프랑스 말을 흉내 내는 마담 나미코가 있다. 소설 「실화」의 주인공 '나'는 옆자리에 앉아 있는 일고(一高) 휘장의 핸썸 보이에게 주눅이 든다. '나'는 술기운에 횡설수설을 늘어놓는다. 이 장면에 등장하고 있는 'NOVA'의 풍경은 소설 속의 공간으로 구체화된 하나의 장소에 불과하다. 그러나 이곳은 단순한 술집은 아니다. 이상은 이 장면에서 '동경학생예술좌'의 두목 격이었던 주영섭을 끌어들인다. 주영섭이 동인지 《탐구》의 창간호에 발표한 바 있던 시 「바ー・노ー애」[59]의 공간이 바로 신주쿠의 'NOVA'였던 것이다. 주영섭의 시 「바ー・노ー애」를 보면 까닭 모를 암울 속으로 이 시를 읽는 독자들을 끌어들인다. 퇴폐와 열정으로 묘사된 술집 'NOVA'의 풍경이 정지용이 10년을 앞서 노래했던 「카페 프란스」와 좋은 대조를 이룬다는 것은 웬만한 독자라면 쉽게 눈치챌 수 있다.

불 꺼진 람프와 싸모왈ーㄹ
競馬場本柵 같은 교자.

실경우에뭉켜섯는 술병ー世界選手들
마음에맞는 술병을골라
「챤봉」을마시고

---

59 주영섭, 「바·노ー애」, 《탐구》, 1936. 5, 68~69면.

베레 - 氏
루바 - 슈카 君
마르세에유를부르고
아리랑을노래하자.

재주꾼인 마스터가
와인그래 - 스에비라미트를쌋는다
갓들어온「체리꼬」가
헛드리는아브상에 파 - 란불이붓는다
샴팡병과나무걸상
배 - 커스와 애 - 너스의肖像,
獨逸말하는 大學生이여
원카마시는 詩人이여
잠자쿠잇는「고루뎅」바지여
제각기色다른술을붓고
다가치 祝杯를들자!

낡은성냥갑을버려라,
한 대남은담배를피여물고
세시넘은 노 - 얘를나서자

　　주영섭의 시「바 - ·노 - 얘」에는 시인의 자의식 대신에 열정이라는
이름으로 가리어진 암울한 퇴폐가 자리 잡고 있다. 'NOVA'의 공간에는
불이 꺼진 램프와 러시아식의 물 끓이는 주전자(일종의 수통)인 '싸모왈
(samovar)'이 있고, 경마장의 목책처럼 테이블이 늘어 놓여 있다. 시렁 위

에는 세계 각국에서 들여온 온갖 종류의 술병들이 모여 있다. 'NOVA' 를 찾는 술꾼들은 자기가 좋아 하는 술병을 골라내어 술을 뒤섞어 '짬뽕'으로 마신다. 베레모를 쓴 사람, 루바슈카를 입은 학생이 함께 흥에 겨워 마르세유를 노래하고 아리랑을 부른다. 술집 주인은 와인글라스를 가지고 피라미드 모양으로 쌓아 올리는 재주를 부리는데, 갓 들어온 '체리꼬'가 그 글라스에 따르는 술 '아브상(압생트absinthe)'에 파란 불이 붙는다. 샴페인 술병이 이리저리 쓰러지는데 나무 의자에는 바커스와 비너스처럼 남녀가 걸터앉아 있다. 독일어를 지껄이는 대학생, '윈카(보드카vodka)'를 마시는 시인, 잠자코 앉아 있는 코르덴 바지의 사나이. 제각기 색다른 술잔에 축배를 든다. 어느새 밤이 깊어 새벽 3시가 넘어간다. 시적 화자는 이 열정의 공간에서 한 대 남은 담배에 불을 붙이면서 낡은 성냥갑을 구겨 던지고는 'NOVA'를 나선다.

「바－·노－애」의 시적 공간에서 시인의 내면 의식이 차지하는 구석은 그리 크지 않다. 이 열정의 공간에는 세계 각처에서 들여온 술병이 있고, 세계 각국의 특이한 문화가 거기 함께 묻어 있다. 거기 모여든 술꾼들은 모두가 자기 멋대로 자유롭다. 마음에 드는 술병을 골라 이것저것 섞어 '짬뽕'으로 마시는 술처럼 세계의 풍물과 사조가 함께 뒤섞여 독특한 퇴폐의 분위기를 만든다. 그러므로 여기에 까닭 모를 암울이 서려 있다. 제각기 서로 다른 술을 붓고 축배를 드는 것은 무엇을 위함인가? 이제 낡은 시대를 버려야 하는 것처럼 '낡은 성냥갑'을 버려야 하는 것이 시대적 숙명이라면 무엇을 버려야만 하는가?

그런데 바로 이 대목에서 이상은 주인공인 '나'의 의식을 통해 정지용의 시「카페 프란스」를 인유하면서 하나의 풍경을 연출한다. 정지용이 그려 냈던 '카페 프란스'는 1920년대 후반 교토(京都)의 대학가에 자리 잡고 있던 적막하기조차 한 한산한 카페의 풍경이었다. 그러나

'NOVA'의 어두운 풍경은 이와는 전혀 다를 수밖에 없다. '우리'라는 뜻
의 에스페란토어로 지어진 신주쿠의 'NOVA'는 1930년대 후반 제국의
수도 한복판에 자리하고 있던 최고의 낭만이 아니었던가? 그런데도 불
구하고 이상은 왜 이 대목에서 정지용의 시 「카페 프란스」를 떠올리고
있는가? 그 이유는 이 시가 그려 내는 특이한 시적 공간과 그 정서를 통
해 설명할 수밖에 없다.

옮겨다 심은 棕櫚나무 밑에
빗두루 슨 장명등,
카예 — · 뜨란스 에 가쟈.

이놈은 루바쉬카
또 한놈은 보헤미안 넥타이
뺏적 마른 놈이 압장을 섰다

밤비는 뱀눈 처럼 가는데
페이브멘트에 흐늙이는 불빛
카예 — · 뜨란스 에 가쟈.

이 놈의 머리는 빗두른 능금
쏘 한놈의 心臟은 벌레 먹은 薔薇
제비 처럼 젖은 놈이 뛰여 간다.

*

「오오 패롤(鸚鵡) 서방! 꿀 이부닝!」
「꿀 이브닝!」 (이 친구 어떠하시오?)

鬱金香 아가씨는 이밤에도
更紗 커 ― 틴 밑에서 조시는구려!

나는 子爵의 아들도 아무것도 아니란다.
남달리 손이 히여서 슬프구나!

나는 나라도 집도 없단다.
大理石 테이블에 닷는 내뺨이 슬프구나!

오오, 異國種강아지야
내발을 빨어다오.
내발을 빨어다오.[60]

「카페 프란스」의 시적 공간은 비가 내리는 밤거리의 풍경과 카페 내부의 암울한 분위기로 확연하게 구분된다. 그리고 시적 정조 자체도 서로 다른 두 가지의 무드를 통해 구체적인 형상성을 획득한다. 가벼움 또는 경박함의 정조와 무거움 또는 착잡함의 정조가 시의 전반부와 후반부에서 서로 갈등한다. 이 같은 양가적인 정서를 하나로 통합하는 힘을 시적 상상력이라고 한다면, 이 시는 시적 상상력의 어떤 성취를 보여 주는 셈이다.

이 시의 전반부는 비가 내리는 저녁에 '카페 프란스'를 찾아가는 길

---

60 정지용, 『정지용시집』, 시문학사, 1935, 46~47면.

이다. 이러한 공간의 설정 자체가 전반부의 시적 무드를 형성하는 기반이 된다. 소설「실화」는 이 시의 전반부 제4연을 먼저 인유한다. 종려나무 아래 장명등이 비스듬하게(빗두루) 서 있는 카페의 이국적 풍경과 함께 그곳을 찾아가는 두 사람이 그려진다. 시적 화자인 '이놈'은 '루바쉬카'로, '또 한 놈'이라고 지칭된 다른 친구는 '보헤미안 넥타이'로 소개하고 있다. 이 같은 옷차림과 외모를 통해 이 시절의 풍조가 어느 정도 암시된다. 제4연에서 시적 화자는 자신을 '빗두른 능금'이라고 말한다. 여기서 '빗두른'이라는 말은 '비뚤어진 능금'이라고 읽기보다는 '갓 익어서 약간 붉은색이 도는 능금' 또는 '설익은 능금'으로 보는 것이 타당할 듯싶다. 아직 설익은 지식뿐임을 자조적으로 표현한 셈이다. '보헤미안 넥타이'의 친구는 그 가슴이 벌레 먹은 장미로 비유된다. 상심한 열정의 소유자임을 암시한다. 이 시의 후반부는 전반부와 그 내용이 사뭇 다르다. 열려 있는 공간으로서의 밤거리를 그리는 것이 아니라, 닫혀 있는 카페의 내부로 들어선 모습을 그린다. 시적 묘사의 관점과 어조가 바뀐다. 울금향(鬱金香, 튤립)이라는 별명을 가진 여급이 늘어진 커튼 아래에서 졸고 있다. 이 젊은이들에게 눈길도 주지 않는 셈이다. 시적 화자는 졸고 있는 이 아가씨의 무심한 표정에 이내 주눅이 든다. 그리고 초라한 자신의 모습을 돌아보게 된다. 시적 화자의 내적 진술로 이루어져 있는 다음 대목에 이르러서 우리는 이 시의 주제에 도달한다.

나는 子爵의 아들도 아무것도 아니란다.
남달리 손이 히여서 슬프구나!

나는 나라도 집도 없단다.
大理石 테이블에 닷는 내 뺌이 슬프구나!

오오, 異國種 강아지야

내발을 빨어다오.

내발을 빨어다오.

시적 화자는 '울금향 아가씨'의 무관심한 표정을 보면서, 자신이 가난한 농가의 태생으로 아무것도 가진 것이 없고, 어떤 사회적 지위도 누리지 못하고 있으며, 돈 많은 난봉꾼도 아님을 밝힌다. "남달리 손이 히여서 슬프구나!"라는 구절은 가난한 유학생의 처지를 그대로 그려 낸다. 그리고 이 같은 개인적인 비탄의 감정만이 아니라 나라를 잃은 망국 민족이라는 인식에 이르러서는 현실의 냉혹함에 더욱 슬퍼하지 않을 수 없음을 보여 준다. 이 시의 마지막 구절에서 시적 화자는 이 같은 서러움을 달래기 위해 일시적이나마 육체적인 위무(慰撫)를 갈구한다. 마지막 구절인 "오오, 異國種 강아지야 / 내 발을 빨어다오. / 내 발을 빨어다오."는 이 같은 육체적 갈망을 직접적으로 표출한 것이라고 할 수 있다. 여기서 말하는 '이국종 강아지'는 졸고 있던 카페의 여급 '울금향 아가씨'를 지칭하는 것임은 물론이다.

소설 「실화」 속의 '나'는 신주쿠의 술집 'NOVA'에서 설익은 프랑스말로 파리의 낭만을 흉내 내는 암울한 퇴폐를 구경한다. 그리고 바로 이러한 모조된 공간으로 구성되는 동경에 대해 크게 실망한다. 서구 제국을 따라 흉내 내기에 목을 매고 있는 일본이라는 거대한 제국의 실체가 거기에 얼비치고 있었기 때문이다. 그러므로 주인공인 '나'는 'NOVA'의 분위기에 젖어 들기 전에 시인 정지용을 떠올린다. 「카페 프란스」에서 "나는 子爵의 아들도 아무것도 아니란다. / 남달리 손이 히여서 슬프구나! // 나는 나라도 집도 없단다. / 大理石 테이블에 닿는 내뺌이 슬프구나!" 하고 노래했던 식민지 지식인 청년의 비애를 그대로 느낄 수밖에 없었던 것이다. 그리고 이 같은 비애의 정서를 바탕으로 '나'는 스스로 잘못된 동경행을 반성한다. 현해탄을 건너면서 '망또' 깃을 날리던 청년 시인 정지용은 '망또'에 붙어 있는 '금단추'를 모두 떼어 내어 바다에 던짐으로써 자의식의 굴레를 벗어나지 않았던가?

결국 이상의 소설 「실화」의 결말은 주영섭의 시 「바-·노-애」의 실제 공간 속에서 정지용의 시 「카페 프란스」를 인유하는 것으로 끝이 난다. 이것은 이상 자신이 여전히 '구인회'의 정지용과 같은 자의식에 공감할 뿐임을 말해 준다. 주영섭의 「바-·노-애」가 그려 내는 퇴폐의 감각에 이상은 더 깊이 빠져들지 못한다. 그것이 바로 이상 자신의 '19세기적인 도덕'일지도 모르지만, '구인회'의 세대와 '삼사문학'의 세대가 가지는 감각의 차이일 수도 있는 일이다.

이상의 죽음을 전후한 시기에 《삼사문학》은 제6호를 발간하고 폐간된다. 김기림 편 『이상 선집』의 연보에는 이상의 수필 「十九世紀式」이 바로 여기에 발표되었던 것으로 표시되어 있다. 그러나 이 동인지의 종간호는 현재 소재가 밝혀져 있지 않다. 《삼사문학》은 이시우나 조풍연이 회고하는 것처럼 흐지부지 사라져 버렸지만 그 특별한 존재 의미를 드러내지 못한 것은 아니다. 이상 문학의 넓은 테두리 안에 《삼사문학》이 남아 있기 때문이다.

이상 문학의 새로운 발견

백남준, 그 실험과 도전

이상 문학의 새로운 시각을 현대 예술의 흐름 속에서 재해석하고자 할 때 주목해야 할 인물이 백남준(1932~2006)이다. 그는 일찍이 "내가 하는 모든 것이 문학이다."라고 말한 바 있다. 이 말은 세계적인 비디오 아티스트 백남준의 예술 세계와 그 내면을 들여다볼 수 있는 하나의 창구를 제공한다. 그는 대학에서 미학을 전공한 후 자신이 추구하는 특이한 예술적 신념을 위해 행위 예술에 도전한다. 그리고 거기에 새로운 매체로 등장한 TV를 접목시킴으로써 '비디오 아트'라는 전혀 새로운 예술 영역을 개척하게 된다. 그의 예술 활동은 어디에도 '문학'이라고 규정할 수 있는 특정의 글쓰기 영역과 직접적으로 관련된 양상을 드러내지는 않고 있다. 그럼에도 불구하고 그가 자신의 예술적 행위를 모두 문학이라고 스스로 규정한 것은 의미심장하다. 그 이유는 그가 문학이라는 말을 넓은 의미의 예술 또는 예술의 본연으로 이해하고 있는 것이 아닌가 생각되기 때문이다. 특히 비디오 아트의 시각성이라는 관점을 놓고 생각할 경우, 그가 사용하고 있는 문학이라는 별로 새롭지 않은 용어가 참으로 도전적인 의미를 드러낸다는 사실을 확인할 수 있다. 그러기에 백남준의 말을 앞에 두고 우리는 문학이 무엇인가를 다시 질문하지 않으면 안 된다.

백남준의 예술적 창조성이 빛을 보이기 시작한 것은 그가 1956년 독일 유학을 시작하면서부터라고 할 수 있다. 일본 동경에서 대학을 마친 그는 독일 유학을 통해 음악 공부를 계속하면서 전후 독일 예술계에 여전히 영향력을 미치고 있던 아방가르드 예술에 경도된다. 그리고 그는 1960년대에 접어들면서 음악을 하나의 시각적 행위로 변형시킨 다양한 해프닝을 구상한다. 그가 처음으로 시도한 행위 음악은 1961년에 발표한 「Action Opera」와 「Robot K - 456」 등이다. 이 해프닝 작품으로 백남준은 자신의 실험성을 드러내기 시작하였지만 그는 여기서 머물러 있지 않고 자신의 해프닝에 새로운 전자 매체인 텔레비전을 접목시킬 것을 꿈꾼다. 그는 1963년 「음악의 전시회 / 전자 텔레비전(Exposition of Music / Electronic TV)」이라는 최초의 개인전을 갖게 된다. 독일 부퍼탈 갤러리 파르나스에서 열린 이 전시회에서 그는 TV 수상기 13대를 예술로 변형시켜 놓음으로써 미술사상 최초의 비디오 아트를 창안하게 된다.

백남준은 음악을 시각화함으로써 '행위 음악'의 세계로 자신의 무대를 넓힌다. 그러므로 그가 그의 행위 음악에 TV라는 새로운 전자 매체를 끌어들여 비디오 아트를 창안하게 된 것은 그리 놀랄 일은 아니다. TV는 첨단의 전자 기술의 산물이지만 그 소통의 원리가 가지는 일방성으로 인하여 매체론자들 사이에 논란의 대상이 되어 온 것이 사실이다. 백남준은 통신 매체로서의 TV가 지니고 있는 속성을 넘어서서 대중과의 상호 소통이라는 참여의 퍼포먼스를 위한 예술의 매개물로 이를 활용한다. 그 결과 백남준의 비디오 아트에서 TV는 관객에 의해 조정되며 그 과정 자체가 하나의 예술적 창조에 해당하는 해프닝 자체가 된다. 이러한 백남준의 새로운 시도는 결국 비디오의 메커니즘에 관계되는 시간의 문제에 대한 새로운 해석을 유도할 수 있게 만들어 넘으로써 그의 비디오 아트가 시간과 공간을 동시에 포괄하는 하나의 예술로서 그 독자적 위상을 갖출 수 있도록 만들고 있는 셈이다.

백남준의 실험적 도전은 1964년 미국으로 건너가면서 지속된다. 그는 1967년 샬롯 무어맨과 함께 인간의 섹스를 음악으로 표현한 「오페라 섹스트로니크(Opera Sextronique)」를 공연함으로써 실험적 해프닝과 비디오의 요소를 결합시키면서 비디오 아트의 새로운 가능성을 보여 준다. 그리고 1981년 10월 12일 새로운 음악과 무용의 중심 무대인 뉴욕의 키친 센터(The Kitchen Center)에서 무용가 데니스 고던과 함께 「생의 야망이 실현되다(Life's Ambition Realized)」를 공연하기도 한다. 이 무대에서 무용가는 광란의 무도를 보여 주고 백남준은 음반을 깨며 바이올린을 부수는 퍼포먼스를 실연한다. 그런데 이 특이한 행위 음악은 일회성으로 끝난 것이 아니다. 고던의 춤과 백남준의 퍼포먼스가 하나의 해프닝을 만들어 가는 동안 이 모든 과정이 그대로 즉석에서 비디오로 녹화된 것이다. 그리고 퍼포먼스가 끝난 뒤에 이 비디오를 재생하여 화면으로 이를 재연하게 하는데, 여기서 퍼포먼스의 녹화 테이프는 공연 장면을 끝 장면에서부터 역으로 보여 줌으로써 옷을 하나씩 벗어던졌던 무용수가 비디오 화면에서는 다시 옷을 하나씩 입는 장면을 연출하도록 조작된다. 비디오라는 매체가 지닌 기계적 속성을 활용하여 퍼포먼스의 시간적 역행을 관객들이 추체험하도록 유도한 것이다. 이러한 비디오의 조작을 통해 관객은 경험의 혼란을 겪게 되고 일회성으로 그치는 행위 예술의 한계를 비디오라는 새로운 매체를 통해 반복적으로 체험한다.

    끼워넣기 : 이상 문학의 새로운 발견

결국 백남준은 비디오라는 전자 기기의 기계적 조작으로 모든 행위 예술의 복제를 가능하게 하고 있으며, 비디오의 영상 안에서 모든 행위 예술이 영원한 현재로 남아 있도록 만들어 낼 수 있게 된 것이다.

백남준의 「굿모닝 미스터 오웰(Good Morning Mr. Orwell)」은 1984년 1월 1일 파리의 퐁피두 센터와 뉴욕 WNET‒TV 스튜디오를 통해 세계 각 지역으로 위성 생중계됨으로써 세계인들의 관심을 모으게 된다. 이 작품은 조지 오웰의 소설 『1984』에 대한 일종의 패러디를 그 출발점으로 삼고 있다. 그러나 전제주의의 집단성을 고발하고자 한 이 소설의 주제는 백남준의 실험에 의해 전혀 새로운 유토피아적 상상으로 대체된다. 「굿모닝 미스터 오웰」은 인공위성이라는 새로운 매체를 통해 세계가 하나의 네트워크로 연결되면서 시공간의 차이를 넘어서서 하나의 가상적 이미지 속으로 세계인들의 이목을 끌어들인다. 실제로 이 작품에는 수많은 영상들이 하나의 화면 위에서 거침없이 교차되고 다양한 크기로 분할되면서 새로운 시각적 경험을 심어 준다. 불과 38분 정도에 지나지 않지만 이 세기적인 TV 쇼는 멀티미디어 예술의 새로운 경지를 열어 놓은 백남준의 천재적 상상력을 전 세계에 알리는 계기가 된다. 이후 백남준은 「바이 바이 키플링(Bye Bye Kipling)」(1986), 「세계는 하나(Wrap Around the World)」(1988) 등을 통해 인공위성을 활용한 비디오 아트의 새로운 창조자로 서게 되는 것이다.

백남준의 예술이 음악에서 출발하여 실험적 해프닝으로 이어지면서 거기에 비디오적 요소가 접목되어 새로운 비디오 아트의 영역을 열어 놓게 되는 과정은 그의 놀라운 창조적 상상력과 도전 의식에 의해 가능해진 것이다. 백남준은 서구의 미학과 미술사에 대한 폭넓은 교양을 바탕으로 자신의 예술적 관심을 음악의 영역에까지 확대시켜 나가게 되었지만 거기에 만족하지 않는다. 그는 자신이 추구하는 음악의 세계에 눈으로 보면서 모두가 함께 즐길 수 있는 행위를 덧붙이고자 한다. 이러한 그의 해프닝은 음악이라는 청각적 요소와 행위라는 시각적 요소가 결합된 일종의 복합적 형태로서의 '연극적 음악' 또는 '행위 음악'으로 확대된다. 백남준은 청각적 감수성에 호소하여 귀로 듣도록 하는 음악에 만족하지 않고, 눈으로 보는 음악을 시도하고 있는 셈이다. 실제로 백남준은 공연 도중 피아노와 바이올린을 부수면서 음악 텍스트가 추구하는 미적 질서를 파괴한다. 피아노를 연주하다가 자신의 연주를 관람하고 있던 존 케이지의 넥타이를 가위로 자르는 일종의 폭력을 휘둘러 청중을 경악시키기도 하였으며, 공연에 참여한 파트너의 지나친 노출로 공연 도중 경찰에 연행되는 해프닝을 연출하기도 한다. 그러나 이 돌발적인 행위는 그 선동적인 요건에도 불구하고 사실은 깊이 있게 고안된 의도적인 행위였다고 할 수 있다. 그는 예술적 창조의 과정 자체에 숨겨져 있는 파괴의 충동과 욕망을 여과 없이 드러냄으로써 청중들을 예술의 창조라는 신비의 영역 속으로 함께 끌어들인다. 이 충격적인 생생한 참여의 방식이야말로 예술의 자율성을 새롭게 환기시켜 줄 수 있는 방법이다.

이상을 만난 백남준

백남준의 비디오 아트는 그의 실험적인 행위 음악을 새로운 매체의 영역으로 확대시켜 놓은 결과에 해당한다. 그는 소리를 바탕으로 하는 음악과 움직이는 영상을 중심으로 하는 TV의 결합을 통해 가장 현대적인 매체를 활용한 비디오 아트를 창안하게 된다. 그가 이 충격적인 결합 과정에서 파생하는 기계적 미학에 인간적 의미를 불어넣기 위해 새롭게 끌어들인 것이 바로 문학이다. 그리고 그 문학이라는 것이 바로 한국 근

대 문학 최대의 스캔들로 손꼽히고 있는 이상(李箱)의 문학임을 확인할
수 있다. 백남준과 시인 이상의 만남. 이 세기적인 만남은 그러나 이상
의 생전에 가능한 일이 아니었음은 물론이다. 백남준은 이상이 조선총
독부 건축 기사로 활동하고 있던 시기에 서울에서 태어났지만, 그가 다
섯 살이 되었을 때 이상이 동경에서 세상을 떠났기 때문이다.

　백남준의 예술적 상상력이 이상의 문학과 내밀하게 연결되어 있다
는 것은 1963년의 첫 개인전인 「음악의 전시회 / 전자 텔레비전」에서
확인된다. 백남준은 프라이부르크대학에서 만난 존 케이지(John Cage,
1912~1992)의 음악에 매료되면서 그를 사사하게 되었으며,「존 케이지
에게 보내는 헌정」이라는 제목의 작품을 한 화랑에 전시한 적도 있다.
그는 '플럭서스(Fluxus)' 운동의 창시자인 요제프 보이스를 만나면서 음
악의 장르적 한계를 넘어설 수 있게 된다. '삶과 예술의 조화'를 기치로 내
걸면서 탈장르적인 전위적 예술 운동으로 발전하게 되는 보이스의 플럭
서스 운동이 백남준의 초기 예술 세계에 큰 영향을 미치게 되었던 것이다.

　1963년 독일에서 열린 백남준의 첫 개인전은 그 창조적인 실험에서
뿐만 아니라 그 해프닝의 성격 자체로도 유명하다. 이 전시회에는 '장치
된 비디오' 3대와 '장치된 TV' 13대가 준비된다. 그리고 이들 전시물과
함께 피가 뚝뚝 떨어지는 갓 잡은 황소 머리를 비치함으로써 더욱 큰 충
격을 불러일으킨다. 그런데 전시의 개막일에 플럭서스 운동을 주도하고
있던 요제프 보이스가 난데없이 도끼를 들고 나타나 전시 중인 피아노
한대를 부숴 버린다. 이 해괴한 해프닝은 소리의 시각화를 의도한 백남
준의 기획에 따라 이루어진 하나의 퍼포먼스였지만, 여기 동원된 '13대
의 TV'가 이상의 시 「오감도 시제1호」에 등장하는 '13인의 아해'와 일
치한다는 것은 우연스러운 일만은 아니다. 근대 문명의 부조화에 대한
공포를 단순한 시적 진술에 의거하여 반복적으로 보여 준 「오감도」의

‘13인의 아해’는 백남준에 의해 ‘13대의 TV’로 대체된 셈이다.

백남준의 행위 음악이 세간의 관심을 끌게 되자, 그는 1960년대 중반 자신의 활동 무대를 미국의 뉴욕으로 옮긴다. 당시에 그가 발표한 바 있는 「자서전(Autobiographie)」(1964)이라는 짤막한 글은 「오감도 시 제1호」의 서술 기법을 그대로 패러디하고 있다는 점에서 매우 흥미롭다. 이 글은 토마스 슈미트가 독일어로 번역한 위르겐 베커와 볼프 포스텔의 『해프닝, 플럭서스, 팝아트, 신사실주의』(1965)에 수록되어 있는데, 이를 옮겨 보면 다음과 같다.

> 포스텔이 내게 정확한 자서전을 써달라고 부탁했다.
> 예전에 별로 정확하지 않은 내 기록을
> 디트리히 데 칼렌데르(Dietrich de Kalender)에게 준 적이 있으나,
> 이번에는 최대한 정확하게
> 자서전을 쓰려고 한다.
> 1931년 9월, 나는 어머니와 아버지가 최고의 쾌락을 음미하는 동안 어머니의 자궁에 잉태되었다.
> 히틀러 암살미수 사건이 발생한 1932년 7월 20일, 나는 대한민국 서울에서 어머니와 아버지의 아들로, 그리고 할머니와 할아버지의 손자로 태어났다. 음력으로 하면 6월 17일(스탈린에 대항하여 봉기한 날)이다. 한국 전통에 따라 집에서는 음력 6월 17일에 생일을 축하해주었다. 하지만 학교서류와 여권에는 7월 20일이 내 공식적인 생일로 기록되어 있다. 나는 이날을 더 좋아했는데, 왜냐하면 독일국민이 히틀러에게 더 강하게 저항했더라면 스탈린 때문에 흘린 피는 헛된 것이 될 뻔했기 때문이다. 그래서 지금처럼 6월 17일뿐만 아니라 7월 20일도 국경일로 정해야 할 것이다.

1933년에 나는 한 살이었다.

1934년에 나는 두 살이었다.

1935년에 나는 세 살이었다.

1936년에 나는 네 살이었다.

1937년에 …… 다섯

1938년에 나는 여섯 살이었다.

1939년에 나는 일곱 살이었다.

1940년에 나는 여덟 살이었다.

1941년에 나는 아홉 살이었다.

1942년에 나는 열 살이었다.

1943년에 나는 열한 살이었다.

1944년에 나는 열두 살이었다.

1945년에 나는 열세 살이었다.

(1945년은 대한민국이 해방된 해다. 여전히 복잡하고, 결정적인 영향을 끼치는 외국 열강들의 지배하에 놓여 있었지만)

1946년에 나는 열네 살이었다.

1947년에 나는 열다섯 살이었다.

1948년에 나는 열여섯 살이었다.

1949년에 나는 열일곱 살이었다.

1950년에 나는 열여덟 살이었다.

(1950년은 한국 전쟁이 발발한 해로, 외국의 '원조'는 매우 복잡했고, 결정적인 영향을 끼쳤다. 우리가 거절할 권리도 없는데 과연 원조라고 부를 수 있는 것일까?)

1951년에 나는 열아홉 살이었다.

1952년에 나는 스무 살이었다.

1953년에 나는 스물한 살이었다.

1954년에 나는 스물두 살이었다.

(처음으로 여자와 섹스했다… 별로 대단치 않았다)

1955년에 나는 스물세 살이었다.

1956년에 나는 스물네 살이었다.

1956년에 나는 스물다섯 살이었다.

1957년에 나는 스물여섯 살이었다.

1957년에 나는 스물일곱 살이었다.

1958년에 나는 스물여덟 살이었다.

1959년에 나는 스물아홉 살이었다.

1959년에 나는 여전히 스물아홉 살이었다.

1960년에 나는 스물여덟 살이었다.

1961년에 나는 스물아홉 살이었다.

1962년에 나는 서른 살이었다.

1963년에 나는 서른한 살이었디.

1964년에 나는 서른두 살이다.

1965년에 만일 전쟁이 일어나지 않는다면 나는 서른세 살이 될 것이다.

1966년에 만일 전쟁이 일어나지 않는다면 나는 서른네 살이 될 것이다.

1967년에 만일 전쟁이 일어나지 않는다면 나는 서른다섯 살이 될 것이다.

1968년에 만일 전쟁이 일어나지 않는다면 나는 서른여섯 살이 될 것이다.

1969년에 만일 전쟁이 일어나지 않는다면 나는 서른일곱 살이 될 것이다.

1970년에 만일 전쟁이 일어나지 않는다면 나는 서른여덟 살이 될 것이다.

1971년에 만일 전쟁이 일어나지 않는다면 나는 서른아홉 살이 될 것이다.

1972년에 만일 전쟁이 일어나지 않는다면 나는 마흔 살이 될 것이다.

1973년에 만일 전쟁이 일어나지 않는다면 나는 마흔한 살이 될 것이다.

1974년에 만일 전쟁이 일어나지 않는다면 나는 마흔두 살이 될 것이다.

1975년에 만일 전쟁이 일어나지 않는다면 나는 마흔세 살이 될 것이다.

1976년에 만일 전쟁이 일어나지 않는다면 나는 마흔네 살이 될 것이다.

1977년에 만일 전쟁이 일어나지 않는다면 나는 마흔다섯 살이 될 것이다.

1978년에 만일 전쟁이 일어나지 않는다면 나는 마흔여섯 살이 될 것이다.

1979년에 만일 전쟁이 일어나지 않는다면 나는 마흔일곱 살이 될 것이다.

1980년에 만일 전쟁이 일어나지 않는다면 나는 마흔여덟 살이 될 것이다.

1981년에 만일 전쟁이 일어나지 않는다면 나는 마흔아홉 살이 될 것이다.

1982년에 만일 전쟁이 일어나지 않는다면 나는 쉰 살이 될 것이다.

2032년에 만일 내가 여전히 살아 있다면 나는 백 살이 될 것이다.

3032년에 만일 내가 여전히 살아 있다면 나는 천 살이 될 것이다.

11932년에 만일 내가 여전히 살아 있다면 나는 십만 살이 될 것이다.[61]

이 글에서 확인할 수 있는 서술의 단순성은 이른바 '유사 진술의 반복'에 의해 이루어진다. 이 반복의 방법은 단순한 수사적 차원을 넘어서 한 해, 두 해로 이어지는 시간의 흐름을 시각적으로 단순화하여 제시한다. 이러한 특징은 이상의 「오감도 시제1호」에서 이미 실험했던 진술법에 해당한다. 물론 백남준은 그의 「젊은 페니스를 위한 교향곡(Young Penis Symphony」(1962)[62]에서 이미 이 같은 방법을 직접적인 행위로 무대 위에서 펼쳐 보일 계획을 세운 적도 있다. '기원 후 1984년 무렵으로 예정된 세계 최초의 교향곡'이라는 단서를 붙인 이 작품은 다음과 같이 설명되고 있다.

---

61 『백남준 총서 I』, 백남준 아트센터, 2010, 335면.

62 백남준의 다섯 가지 교향곡 중 제1번 교향곡. 볼프 포스텔, 《데콜라주》(제1호, 쾰른, 1962. 6)에 게재.

관객에게는 무대 앞에 설치된 거대한 흰 종이만 보인다. 종이는 천장에서 바닥까지 그리고 왼쪽 끝에서 오른쪽 끝까지 펼쳐져서 무대를 완전히 가리고 있다. 이 종이 뒤의 무대 위에서 10명의 젊은이가 서 있다

… 준비

… 잠시 후

…

첫 번째 사람이 페니스로 종이를 뚫어서 관객에게 내보인다…
두 번째 사람이 페니스로 종이를 뚫어서 관객에게 내보인다…
세 번째 사람이 페니스로 종이를 뚫어서 관객에게 내보인다…
네 번째 사람이 페니스로 종이를 뚫어서 관객에게 내보인다…
다섯 번째 사람이 페니스로 종이를 뚫어서 관객에게 내보인다…
여섯 번째 사람이 페니스로 종이를 뚫어서 관객에게 내보인다…
일곱 번째 사람이 페니스로 종이를 뚫어서 관객에게 내보인다…
여덟 번째 사람이 페니스로 종이를 뚫어서 관객에게 내보인다…
아홉 번째 사람이 페니스로 종이를 뚫어서 관객에게 내보인다…
열 번째 사람이 페니스로 종이를 뚫어서 관객에게 내보인다…

이 작품에서 드러나는 파괴적이고도 외설적인 행위와는 관계없이 텍스트 자체의 구조와 진술은 이상의 시를 연상케 하는 반복의 단순성을 그대로 보여 준다. 물론 이 단조로운 진술의 반복은 그 반복 자체를 통해 내적 긴장을 고조시킬 수 있는 수사적 효과를 노리고 있음은 물론이다.

백남준이 자신의 작품에서 직접적으로 이상에 대해 거론한 것은

1968년에 쓴 「뉴욕 단상(斷想)」[63]이라는 글이다. 이 글은 비디오 아트의 창시자로 주목되기 시작한 그가 한국의 독자들을 향해 쓴 자기 고백에 해당한다는 점에서도 주목을 요한다.

詩人, 詩人이라고 불리우기가 역겨울 때야 前衛, 前衛라고 불리우는 것은 오직 송구스러울 바이에요.

音樂家가 풍악장이라면, 畫家는 도배쟁이고, 彫刻家는 미장이. 요즈음 흔히 말하는 'Kinetic Artist'는 목수이니 내 이름 석자가 아까워 '맹꽁이'라고 애칭해 주시는 家兄의 논거가 옳은 바 아니요?

'웃으운 소리' 하는 것을 '싱거운 소리' 한다고 일컬으게 취미가 발달한 다방골 不在地主의 바둑 두기. 새문밖 福德房의 장기 두기…

아마 John Cage의 시시한 創作을 잘 理解하리라.

(중략)

사랑아 사랑 사랑	사랑아 낭상 낭상
사랑아 살랑 살랑	사랑아 바닥 바닥
사랑아 달랑 달랑	사랑아 타각 타각
사랑아 팔랑 팔랑	사랑아 바싹 바싹
사랑아 갈랑 갈랑	사랑아 아작 아작
사랑아 담방 담방	사랑아 말랑 말랑
사랑아 빠각 빠각	사랑아 깔랑 깔랑
사랑아 바삭 바삭	사랑아 타박 타박

---

63 《공간(空間)》, 1968. 8.

사랑아 까닥 까닥　　　사랑아 바락 바락

사랑아 발칵 발칵　　　사랑아 상냥 상냥

사랑아 알랑 알랑

　이 글의 서두에 드러나 있는 시니컬한 어조는 이상의 소설 「날개」의 서두에 등장하는 "박제가 된 천재를 아시오?"로 이어지는 유명한 에피그램을 연상케 한다. 천재이기를 거부했던 이상과 전위(前衛)이기를 송구스러워하는 백남준의 태도가 서로 닮아 있다. 그런데 이 글의 말미에 「頌李箱 ○○○氏에게」라는 시가 붙어 있다는 점은 더욱 놀라운 일이다. 이 시는 소년기에 유치원에 함께 다녔지만 교동(校洞)과 수송(壽松)으로 학교가 서로 나뉘어 공일날에 같이 놀 수 있었던 한 소녀에 대한 애틋한 사랑의 기억을 노래하고 있다. 한국 전쟁 이후 서로 헤어져 볼 수 없게 된 여인에게 드리는 백남준식의 사랑의 헌시라고 할 수 있다.

　이 작품에는 '사랑'이라는 관념이나 정서에 대한 일체의 개인적 서술이 제거되어 있다. 모든 시적 진술은 '사랑아'라는 영탄적인 어절에 이른바 오노마토포이아(Onomatopoeia)를 중심으로 하는 서로 다른 음성 상징의 열거 행태로 구성된다. 이 극단적인 언어유희에서 '사랑'이라는 주제는 더 이상 어떤 관념도 어떤 정서도 아니다. 그것은 오직 눈에 보이듯 귀에 들리듯 하는 직감으로만 존재하며, 손에 만져지듯 입에 씹히듯 하는 경험으로만 감지된다. 그러므로 이 작품에서 사랑은 순수한 감각적 경험의 직접성을 떠나서는 이해하기 어렵다. 언어에 묻어 들어가는 일체의 관습과 가치와 이념을 제거할 경우, 그것은 단순한 하나의 소리에 불과하지만, 이 소리의 감각을 통해 백남준은 '사랑'을 직접적으로 감지하도록 이끈다. 이러한 시적 방법은 시인 이상이 시도했던 언어의 시각적 활용과 '타이포그래피의 상상력'에 맞닿아 있다.

2부

6 문학과 자의식 혹은 병적 나르시시즘

— 이상에게 폐결핵이란 무엇인가?

나의 폐(肺)가 맹장염(盲腸炎)을 앓다. 제4병원(第四病院)에 입원(入院). 주치의 도난(主治醫盜難) — 망명(亡命)의 소문나다.

철 늦은 나비를 보다. 간호부 인형(看護婦人形) 구입(購入). 모조맹장(模造盲腸)을 제작(制作)하여 한 장의 투명 유리(透明琉璃)의 저편에 대칭점(對稱點)을 만들다. 자택 치료(自宅治療)의 묘(妙)를 다함.

드디어 위병 병발(胃病倂發)하여 안면 창백(顏面蒼白). 빈혈(貧血). — 이상

1931년 이상의 나이 스물두 살. 이상 스스로도 이미 운명적 순간으로 생각했던 바로 그해. 조선총독부 기수(技手)라는 안정적 직장을 가졌던 이상은 조선 미술 전람회에 「자상(自像)」이 입선되는 기쁨을 맛본다. 그가 꿈꾸던 미술의 길이 어떤 구체적인 모습으로 그 앞에 드러나기 시작한다. 그리고 바로 그해에 잡지《조선과 건축(朝鮮と建築)》에 일본어 시를 발표하기 시작한다. 건축 기사의 길에서 화가로 그리고 시인으로 그는

자기의 꿈을 펼쳐 나갈 수 있는 모든 가능성을 한꺼번에 열어 놓는다. 그런데 이상은 자신의 예술적 열정을 제대로 펼쳐 보기도 전에 깊은 절망에 빠져든다. 이상의 나이 스물두 살이 되던 바로 그해 1931년, 그는 건설 공사 현장에서 심한 객혈로 쓰러진다. 그리고 병원으로 실려 가 자신이 폐결핵(肺結核)을 앓고 있으며, 병환이 매우 심각한 상태임을 확인한다. 그는 이 엄청난 사실에 충격을 받고 죽음에 대한 공포에 떨며, 때때로 찾아오는 객혈의 고통 속에서 훼손되어 가는 육체에 대한 특이한 자기 몰입의 과정을 겪게 된다. 스물여덟의 나이로 세상을 떠난 이상의 비극적 운명 — 시인 이상에게 운명의 고비라는 것이 있었을까? 이상은 폐결핵이라는 병을 어떻게 생각했는가? 폐결핵 환자로서 이상은 자기에게 다가오는 죽음의 그림자를 어떻게 받아들이고자 했는가? 병의 고통을 시적 모티프로 활용하여 훼손된 육체를 상상적으로 재구성한 그의 시를 어떻게 이해해야 할 것인가?

1. 이상의 삶과 병(病)

이상에게 있어서 병이란 무엇인가? 그는 자신의 병과 그 고통을 어떤 방식으로 내면화하고 있는가? 이상의 꿈과 열정을 망가뜨린 것은 폐결핵이라는 병이다. 이상이 조선총독부 건축 기사로 활동하면서 삶에 대한 꿈과 이상을 키우던 시기에 맞부딪쳤던 것이 폐결핵이다. 그때 그의 나이가 스물둘이었다. 그는 폐결핵을 앓고 있는 자신의 육체를 확인한 후 병의 고통을 안고 문학적 글쓰기로 살아간다. 1937년 스물여덟의 나이로 동경에서 생애를 마감하게 된 순간까지 그를 괴롭힌 가장 큰 고통이 폐결핵이었다. 그의 청춘과 열정의 삶과 비극적 죽음이 모두 폐결핵과 연관되어 있다.

이상의 삶에서 폐결핵의 고통을 생각할 경우 독일의 소설가 토마스 만(Thomas Mann, 1875~1955)의 대표작 「마(魔)의 산」(1924)이 먼저 떠오른다. 스위스 고산 지대의 휴양지인 작은 도시 다보스에 '베르크호프'라는 폐결핵 요양소기 등장한다. 작가 토마스 만은 이 격리된 공간을 죽음의 빛이 어둡게 드리운 '마의 산'이라고 명명한다. 소설 속의 주인공 한스 카스토로프는 스물세 살의 청년이다. 그는 조선(造船) 기사 시험에 합격하여 함부르크의 조선소에 취직하게 된다. 청년 한스는 조선소의 일을 시작하기 전에 다보스의 결핵 요양소를 찾는다. 그곳에 입원해 있는 사촌 형을 문병하기 위해서다. 한스는 3주일간을 예정으로 거기에 머물면서 환자인 사촌 형을 위로한다. 그러나 고향으로 돌아가야 할 시간에 한스는 이 요양소를 떠나지 못한다. 멀리 러시아에서 이곳으로 요양하러 온 여인 쇼샤 부인의 이상한 매력에 끌려 한스는 귀국 날짜를 미루고 독일로 돌아가지 못한다. 그리고 우물쭈물 시간을 보내면서 요양소에서 지내다가 자기도 모르는 사이에 그만 결핵에 감염되어 환자 신세가 된다. 함부르크의 청년 한스는 이 죽음의 공간인 요양소를 벗어나지 못하고 7년 세월을 허송하다가 제1차 세계대전이 발발하고 나서야 요양소에서 나와 참전하게 된다. 이 소설이 제1차 세계대전 이전의 암울한 시대적 분위기를 배경으로 삼고 있다는 점을 생각할 경우, '죽음'에 직면한 젊은이의 고뇌를 통해 삶의 의미를 다시 사고할 수 있도록 만들어 놓고 있는 것은 하나의 역설처럼 보이기도 한다.

소설 「마의 산」의 경우에서처럼 문학 작품 속에 가장 낭만적인 혼미와 열정의 상태로 기표화한 폐결핵은 한국 문학 작품에도 그대로 감염된다. 이광수의 장편 소설 「유정(有情)」(1933)의 경우 여주인공 남정임은 그녀를 아버지처럼 키워 준 최석에게 절대 유일한 애정을 느낀다. 그녀는 동경에 유학하는 동안 폐결핵으로 쓰러져 병석에 눕지만 자신에게 금지된 사랑을 혼자서 괴로워하며 꿈꾼다. 이 사랑의 열정 뒤에 폐결핵이라는 병의 고통이 도사리고 있다. 이태준의 대표작에 속하는 단편 소설 「까마귀」(1936)에 등장하는 창백한 얼굴의 여주인공은 신비로운 빛을 발산한다. 그러나 그 아름다움은 사랑의 감정을 통해서가 아니라 폐결핵으로 인한 육체의 붕괴 과정을 역설적으로 드러내는 데에서 비롯된다. 소설의 독자들은 그 여자 주인공의 슬픈 운명에 눈물을 흘리면서 그녀의 죽음을 안타까워하는 일종의 로맨티시즘을 경험한다.

이상이 세상을 떠난 후 유고의 형태로 발표된 수필 「병상(病床) 이후」(《청색지》, 1939, 5)를 보면 조선총독부 건축 기사 시절 폐결핵의 고통에 시달리며 병상에 누워 있던 이상 자신의 모습을 그려 놓고 있다. 1931년 이상의 나이 스물두 살이 되던 해의 일이다. 조선총독부 건축 기사로서 안정된 직장을 가졌던 이상은 혼자서 공부한 미술 실력으로 조선 미술 전람회에 「자상(自像)」이 입선되는 기쁨을 맛본다. 그가 꿈꾸던 화가의 길이 어떤 구체적인 모습으로 그 앞에 드러나기 시작한 것이다.

그리고 바로 그해에 잡지《조선과 건축(朝鮮と建築)》에 일본어 시를 발표하게 되면서 화가로서 뿐만 아니라 시인으로서 자신의 꿈을 펼쳐 나갈 수 있는 가능성을 한꺼번에 열어 놓는다. 그런데 이상은 자신의 예술적 열정을 제대로 펼쳐 보기도 전에 깊은 절망의 늪에 빠져든다. 1931년 가을 그는 조선총독부에서 시행하던 건축 공사의 현장 감독으로 일하던 중에 피를 토하고 쓰러졌던 것이다. 병원으로 옮겨져 응급 처치를 하고 정밀 진단을 통해 알게 된 것이 바로 폐결핵이다. 이상은 의사로부터 병환이 매우 심각한 상태라는 사실을 통보받은 후 충격을 받게 된다. 그는 자신을 향해 가까이 다가오는 죽음에 대한 공포에 떨며, 때때로 찾아오는 객혈의 고통 속에서 훼손되어 가는 육체에 대한 특이한 자기 몰입의 과정을 겪게 된다. 그 고통의 시간을 그는 "죽어 왔다."라고 적고 있다.

그동안 數個月 — 그는 極度의 絶望 속에 살아왔다. (이런 말이 잇을 수 잇다면 그는 '죽어왔다'는 것이 더 適確하겠다) 及其也 그가 病床에 씰어지지 아니히면 아니되였을 瞬間 — 그는 '죽엄은 果然 自然的으로 왔다'를 늣겼다. 그러나 하로 잇흘 누어있는 동안 生理的으로 죽엄에 갓가히까지에 빠진 그는 타오르는 듯한 希望과 野慾을 가슴 가득히 채웠든 것이다. 意識이 自己로 恢復되는 사히사히 그는 이 오래간만에 맛보는 새 힘에 졸니웠다. (보채워졌다) 나날이 말너들어가는 그의 體軀가 그에게는 마치 鋼鐵로 만든 것으로만 決코 죽거나 할 것이 아닌 것으로만 自信되였다.[1]

청년 이상을 죽음의 공포로 몰아간 폐결핵이란 어떤 병인가? 결핵균의 감염에 의하여 발병하는 만성 전염병 폐결핵은 대체로 폐에 감염되

---

1 이상, 「병상 이후」(권영민 편, 『이상 전집 4 수필』, 뿔, 2009, 303면.)

지만 전신의 모든 장기(臟器)에 침범하여 여러 병환을 일으키기도 한다. 처음 인체 내에 결핵균이 침입하여 증식할 경우 초기 감염 상태의 결핵증은 대개 병으로 진단되지 않으며 저절로 치유되기도 하기 때문에 언제 어떤 경로로 병이 발생하게 되었는지를 확인하기 어렵다. 이상의 시에서 중요 모티프로 활용되기도 한 폐결핵의 주된 증세는 미열 · 체중 감소 · 도한(盜汗) 등이다. 처음에는 감기와 같은 증세가 오래 계속되며 서서히 만성적으로 병이 진행되는 동안 기침 · 가래 · 흉통 · 호흡 곤란 · 권태감 · 식욕 부진 등이 나타난다. 때로는 기침을 하면서 피를 토해내는 객혈(喀血)이 나타난다. 객혈은 한 번 하고 멎을 수도 있지만 대개는 반복적으로 일어나기 때문에 환자를 공포감에 빠져들도록 만든다. 우리나라에서는 일본 식민지 시대부터 폐결핵을 전염병으로 인정하게 되었지만 행정 당국의 본격적인 예방 치료 조치가 이루어진 것은 해방 이후의 일이다. 1930년대 중반 일본에서 매년 15만 명 내외의 결핵 사망자가 발생할 정도로 널리 유행했던 점[2]을 생각한다면 이상이 살았던 시대의 국내 사정이 어떠했을지는 짐작할 만하다.

　이상은 1933년 봄 조선총독부 건축 기사를 사직하고 황해도 배천 온천으로 요양을 떠나게 된다. 그리고 여기서 운명의 여인 금홍이를 만난다. 요양 생활을 마치고 서울로 올라온 이상은 종로에 다방 '제비'를 개업하고 금홍이와 동거하지만 그리 오래가지 못한 채 파탄에 이른다. 이 두 사람의 만남은 이상 자신의 삶에 치명적인 상처가 되지 않을 수 없게 된다. 이상은 1936년 변동림과 다시 결혼한 후 혼자 일본으로 떠나게 되었고 동경에서 거동 수상자로 일본 경찰에 체포된다. 이상은 경찰서 유치장에서 지병이 크게 악화되어 거동조차 할 수 없는 지경이 되자 동경

2　福田眞人, 『結核の文化史』, 名古屋大學出版會, 1995, 50면.

제대 부속 병원에 입원한다. 그러나 그는 다시 건강을 되찾지 못하고 결국은 병원에서 세상을 떠난다.

2. 스물두 살과 폐결핵

이상은 폐결핵이라는 자신의 병환을 진단받은 직후 그 고통과 절망을 시적으로 형상화하여 발표한 바 있다. 일본어 시 「진단(診斷) 0:1」과 「二十二年」이 바로 그것이다. 이 두 작품은 1932년 7월 《조선과 건축》에 발표된 연작시 「건축무한육면각체」 속에 포함되어 있다. 이 중에서 「二十二年」을 살펴보기로 하자.

(1) 일본어 원문

二十二年

前後左右を除く唯一の痕跡に於ける

翼殷不逝　目大不覩

胖矮小形の神の眼前に我は落傷した故事を有つ。

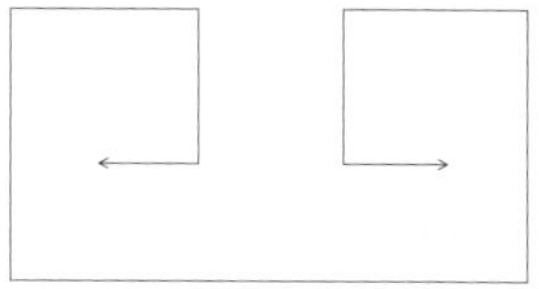

(臟腑　其者は浸水された畜舍とは異るものであらうか)[3]

3　《조선과 건축(朝鮮と建築)》, 1932. 7. 26면.

(2) 번역문

前後左右를除한唯一한痕迹이있어서

翼段不逝　目大不覩

胖矮小形의神의眼前에내가落傷한故事가있다.

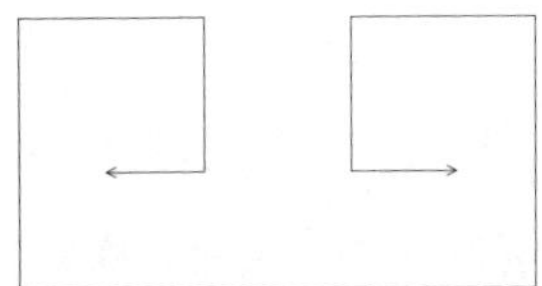

(臟腑　그것은浸水한畜舍와다를것인가)[4]

　이 작품의 제목인 '二十二年'은 시인 자신이 결핵을 처음 진단받은 나이를 의미한다. 이상에게는 운명의 고비를 이루었던 1931년의 일이다. 이 시의 텍스트에서 '二十二'라는 숫자는 예사롭지 않다. 이 숫자를 글자 그대로 놓고 보면 좌우 대칭의 균형을 이루는 기호가 된다. 이상은 바로 이러한 기호적 형상 자체를 자신의 스물두 살 나이와 대비시킨다. 이것은 건강한 상태의 두 날개로 비유되기도 하고, 반추형의 좌우 한 쌍으로 이루어진 건강한 인간의 폐를 기호적으로 암시하기도 한다. 그러나 이 스물두 살의 나이에 병으로 인하여 그 균형이 무너지면서 새로운 세계를 향하여 나아갈 수 있는 가능성이 무너지기 시작한다. 이상은 이 같은 자신의 건강 상태를 시적 정황 속으로 끌어들여 삶에 대한 절망감을 간략하게 설명하고 있다.

　시「二十二年」은 이상의 시 가운데 대표적인 난해시의 하나로 손꼽혀 왔다. 그 이유는 독특한 인유(引喩)의 방법과 기호로서의 도형의 제

4　권영민 편, 『이상 전집 1 시』, 뿔, 2009, 330~331면.

시 등이 전체 텍스트의 해독을 방해하고 있기 때문이다. 이 작품의 텍스트는 짤막한 몇 개의 진술과 하나의 도형으로 이루어져 있다. 그리고 그 의미 구조는 제1행과 제2행으로 구성된 전반부와 제3행 이하 부분의 후반부로 나누어 볼 수 있다. 이 시의 첫 행인 "전후좌우(前後左右)를 제(除)한 유일(唯一)한 흔적(痕迹)이 있어서"는 '二十二年'이라는 제목과 연결하여 읽을 경우 그 의미가 명확해진다. '22년 전후에 좌우를 없애 버린 하나의 흔적이 생겨났다.'라고 읽을 수 있기 때문이다. '二十二'라는 숫자 자체의 기호적 형상에 대한 메타적 진술로도 읽을 수 있다. '二十二'에서 '二' 자가 제거되면 '十'이라는 숫자만 남는데, 이것은 '죽음'을 연상케 하는 '십자가'이다. 건강한 육체의 균형이 병에 의해 무너졌음을 암시하고 있는 셈이다. 그런데 이 구절은 바로 뒤에 이어지는 둘째 행의 "익단불서(翼段不逝) 목대부도(目大不覩)"와 자연스럽게 이어지면서 병으로 인한 정신적 좌절과 절망의 상태를 더욱 구체적으로 형상화한다. 여기 등장하는 "익단불서 목대부도"라는 한문 구절이 중국의 대표적인 고전 『장자(莊子)』의 「산목편」에 나오는 한 대목을 패러디한 것임은 널리 알려진 사실이다. 원문의 전체 내용을 옮겨 보면 다음과 같다.

장주(莊周)가 조릉의 밤나무 밭 울타리 안을 거닐다가 이상한 까치 한 마리가 남쪽에서 날아오는 것을 본다. 그것은 날개 폭이 일곱 자요, 눈의 지름이 한 치나 되어 보인다. 그 새가 장주의 이마를 스치고 날아서 밤나무 숲에 내려앉으니 장주가 그걸 보고 중얼거린다. 저건 대체 무슨 새인고? 날개는 큰데도 제대로 날지 못하고 눈이 큰데도 제대로 보지를 못하는구나. 장주가 바지 자락을 걷고 빠른 걸음으로 다가가서 활을 겨누고 노리는데, 가만히 보니 매미 한 마리가 서늘한 나무 그늘에서 울면서 제 몸도 잊은 채로 있고, 사마귀가 잎에 몸을 숨기고는 매미를 잡으려고 거기에만 정신이 팔려 제 몸을 잊고 있다. 이상한 까치는 그 가운데에서 잇속을 챙기고자 눈앞의 먹이에 혹하여 제 몸을 잊고 있다. 장주는 이 꼴을 보고 놀라서 혼자 중얼거린다. 아 세상의 모든 사물은 본래 서로에게 해를 끼치고 서로의 이해를 불러들이고 있구나. 그는 활을 버리고 돌아서서 달려가는데, 밤나무 밭을 지키는 이가 쫓아오며(밤을 몰래 따낸 줄 알고) 심한 욕을 퍼붓는다.

이 이야기 가운데 "날개가 큰데도 제대로 날지 못하고 눈이 큰데도 제대로 보지 못한다."라는 장주의 말이 그 원문에 "익은불서(翼殷不逝) 목대부도(目大不覩)"라고 표시되어 있다. "익은불서(翼殷不逝)"라는 구절에서 '익은(翼殷)'이라는 말은 '날개가 크다.'라는 뜻을 가진다. 그런데 시 「二十二年」의 텍스트에서는 '익은(翼殷)'이 '익단(翼段)'으로 바뀌어 있다. 여러 연구자들이 이것을 모두 오식(誤植)으로 보고 간단히 넘겨 버렸지만, 나는 시인 자신이 의도적으로 '은(殷)' 자의 획 두 개를 제외시켜 '단(段)' 자로 변형한 것이라고 본다. 이러한 파자(破字)의 방식을 활용한 패러디 수법은 첫 행의 "전후좌우를 제한 유일한 흔적이 있어서"라는 진술을 통해 그대로 설명해 놓고 있기 때문이다. '단(段)'이라는 한자는 '조각', '구분', '토막', '층' 등의 뜻을 지닌다. '익단(翼段)'이라는 말은 좀 부자연스럽긴 하지만 '날개가 조각나다.' 또는 '날개가 토막나다.'라는 뜻으로 읽힐 수 있다. 그러므로 "익단불서(翼段不逝)"라는 말은 『장자』의 원전과는 전혀 다르게 '날개가 부러져서(조각나서) 날지 못한다.'라는 새로운 뜻의 문구로 변형되고 있음을 알 수 있다. '조감도(鳥瞰圖)'라는 말을 '오감도(烏瞰圖)'라고 고쳐 놓은 것처럼, '파자' 방식을 통해 고전의 익숙한 어구의 글자를 바꾸어 전혀 새로운 의미의 어구로 고쳐 놓은 셈이다. 여기서 '날개가 부러져서 날지 못한다.'라는 구절은 폐결핵으로 인

하여 건강을 상실하고 정신적 좌절감에 빠져들어 있는 시인의 내면 심리
를 그대로 드러내고 있다고 할 수 있다. "익단불서(翼段不逝)"와 이어지
는 "목대부도(目大不覩)"라는 구절은 『장자』의 원문 그대로 '눈이 큰데
도 제대로 보지를 못한다.'라고 풀이된다. 이 구절이 시 「二十二年」의 텍
스트 내에서 어떤 의미를 드러내는 것인지 이해하기 위해서는 시적 화자
가 '무엇을', '왜' 보지 못하고 있는지를 밝혀야만 한다. 이것은 폐결핵이
라는 병이 표면상으로 전혀 그 진행 과정이나 상태를 알아볼 수 없는 것
임을 암시한다. 나이 스물두 살이 될 때까지 겉으로는 전혀 병환의 상태
가 드러나지 않았으므로 폐결핵이 심각한 상태로 진전되고 있었다는 사
실을 전혀 알아볼 수 없었던 것이다. 병이 자신도 모르게 찾아왔고, 그렇
기 때문에 병환의 상태를 전혀 알아채지 못한 것이다.

　　시 「二十二年」은 "반왜소형(胖矮小形)의 신(神)의 안전(眼前)에 내
가 낙상(落傷)한 고사(故事)가 있다."라는 셋째 행에서부터 후반부로
이어진다. 이 작품에서 또 하나의 난해 어구로 지목되고 있는 '반왜소
형의 신'은 글자 그대로 풀이할 경우 '살이 찌고 키가 작은 모습의 신'
이라는 의미가 된다. 이것을 놓고 여러 가지 해석이 제기된 바 있지만,
나는 시적 화자를 진찰했던 병원 의사의 모습을 묘사한 것으로 생각
한다.

　　그는 의사의 얼굴을 몇 번이나 치어다보았다. '의사도 인간이다. 나하고
조금도 다를 것이 없는!' 이렇게 속으로 아무리 부르짖어 보았으나 그는 의
사를 한낱 위대한 마법사(魔法師)나 예언자(豫言者) 쳐다보듯이 보지 아니
할 수 없었다. 의사는 붙잡았던 그의 팔목을 놓았다. (가만히) 그는 그것이
한없이 섭섭하였다. 부족하였다. '왜 벌써 놓을까, 왜 고만 놓을까? 그만 보
아가지고도 이 묵은 노(老) 중병자(重病者)를 뚫어 들여다볼 수 있을까.' 꾸

지람 듣는 어린 아해가 할아버지 눈치를 쳐다보듯이 그는 가련(可憐)(참으로)한 눈으로 의사의 얼굴을 언제까지라도 치어다보아 고만 두려고는 하지 않았다.[5]

이상이 쓴 수필 「병상 이후」의 서두에서는 병원에 입원한 환자에게 의사의 존재가 얼마나 위대하게 생각되는지를 잘 그려 낸다. 그러므로 이 시에서 병들어 죽어 가는 사람을 살려 낼 수 있는 능력을 가진 의사를 '신(神)'이라는 말로 지칭하고 있는 것은 과장적인 표현이 아니다. "내가 낙상한 고사가 있어서"라는 구절은 시적 화자가 결핵 진단을 받은 후 그 충격으로 의사 앞에서 졸도했다는 뜻으로 읽힌다. 자신의 병이 심각한 상태임을 알게 된 후에 엄청난 정신적 충격을 받고 그만 쓰러졌음을 말해 준다. 이러한 사실은 이상의 유작으로 발굴 소개된 바 있는 일본어 작품 「1931년 – 작품 제1번」에도 암시되고 있다.

—

나의 폐(肺)가 맹장염(盲腸炎)을 앓다. 제4병원(第四病院)에 입원(入院). 주치의 도난(主治醫盜難) — 망명(亡命)의 소문나다.

철 늦은 나비를 보다. 간호부 인형(看護婦人形) 구입(購入). 모조맹장(模造盲腸)을 제작(制作)하여 한 장의 투명 유리(透明琉璃)의 저편에 대칭점(對稱點)을 만들다. 자택 치료(自宅治療)의 묘(妙)를 다함.

드디어 위병 병발(胃病併發)하여 안면 창백(顏面蒼白). 빈혈(貧血).

二

심장(心臟)의 거처불명(去處不明). 위(胃)에 있느니, 가슴에 있느니, 이설
분분(二說紛紛)하여 걷잡을 수 없음.
다량(多量)의 출혈(出血)을 보다. 혈액 분석(血液分析)의 결과(結果), 나의
피가 무기물(無機物)의 혼합(混合)이라는 것 판명(判明)함.
퇴원(退院). 거대(巨大)한 샤프트의 기념비(紀念碑) 서다. 백색(白色)의 소
년(少年), 그 전면(前面)에서 협심증(狹心症)으로 쓰러지다.[6]

앞에 인용한 작품 제목에서 '1931년'은 이미 살펴본 이상의 개인사
에 비춰 볼 때 바로 나이가 스물두 살 되던 때에 해당한다. 작품의 텍
스트에서는 폐결핵이라는 진단을 받게 된 사실을 "폐가 맹장염을 앓다."
라고 비유적으로 설명한다. 병원에 입원을 하게 되었지만 주치의를 제
대로 정하지 못한 것으로 보인다. "주치의 도난"이라는 표현이 이를 암
시한다. "보조맹장"을 제작하여 그것을 투명 유리에 대칭점으로 만들어
놓았다는 표현은 폐의 X선 사진을 촬영하여 병환의 진전 상태를 사진
을 보고 살피는 과정을 말해 준다. X선 사진에는 폐부의 모습이 제대로
드러나 있지 않다. 병환의 상태에 대한 의사의 설명에 충격을 받고 졸도
하게 된 경위를 마지막 행에서 "협심증으로 쓰러지다."라고 서술하고
있다. 이러한 장면은 그대로 시 「二十二年」의 제3행과 상호 텍스트적 관
계를 유지하고 있는 셈이다.
시 「二十二年」의 제3행 뒤에는 아무 설명 없이 추상적인 도형이 제시
되어 있다. 이 도형이 어떤 의미를 지니는 것인지에 대해서도 그 해석이

---

6 권영민 편, 『이상 전집 4 수필』, 뿔, 2009, 339면.

구구하다. 어떤 연구자는 이것을 시적 주체의 성격, 또는 욕망과 연결시켜 해석하기도 하고, 어떤 연구자는 일종의 성적(性的) 상징물로 해석하기도 한다. 하지만 이러한 해석은 전체적인 텍스트의 연결 관계를 지나치게 확대하거나 초월해 버린 결과라고 할 것이다. 이 도형이 상징하고 있는 의미는 시 「二十二年」의 텍스트 내에서 설명적인 문장으로 재문맥화할 때 더욱 분명하게 드러난다. 몇 개의 직선에 의해 윤곽만 드러내고 있는 이 도형은 제1행에서 설명한 대로 "전후좌우를 없앤 흔적"에 해당한다. 그리고 『장자』의 문구를 패러디하고 있는 "익단불서 목대부도(翼段不逝 目大不覩)"라는 구절의 '날개가 부러져서 제대로 날지 못하고 눈이 큰데도 제대로 보지 못한다.'는 의미와도 직접적으로 연결된다. 나는 이 도형이 병원에서 찍은 흉부 X선 사진을 평면 기하학적으로 추상화하여 그려 낸 것이라고 생각한다. 도형을 이루고 있는 선은 X선 사진의 윤곽을 표시하며 안쪽으로 굽어 들어간 화살표는 폐부와 연결되는 혈관에 해당한다. 그러나 정작 이 혈관과 연결되어야 할 폐가 손상되어 그 흔적이 제대로 드러나지 않는다. 앞에 인용한 「1931년」에서도 "심장의 거처불명"이라고 비유적으로 표현한 바 있다. 폐결핵이 중증 상태라는 것을 여기서 확인할 수 있다. X선 사진에 드러난 폐부의 상태로 보아 병은 상당히 심각한 정도로 진전되어 있다. 그러므로 시적 화자는 한창 젊은 시기에 폐결핵 환자가 된 자신의 처지를 놓고 날개가 부러져 날아갈 수 없다고 말한다. 더구나 폐부에서 진행된 병은 겉으로 드러나는 외상(外傷)이 전혀 없기 때문에 아무리 눈이 커도 어떤 상태에 이르고 있는지를 알아볼 수 없다고 탄식한다. 이러한 의미로 앞뒤의 구절을 연결하여 읽게 되면 이 도형은 병에 의한 '신체 내부의 훼손과 결여 상태'를 기호적으로 표상하고 있는 것임을 확인할 수 있다.

이 작품의 마지막 구절은 "장부(臟腑) 그것은 침수(浸水)한 축사(畜舍)

와 다를 것인가"라는 자문(自問)의 형식으로 ( ) 속에 묶여 있다. X선 사진의 영상을 보면서 그 희끄무레한 모양이 마치 물속에 잠긴 축사의 모습처럼 엉성하다는 생각을 하고 있음을 보여 준다. 병으로 인한 폐부의 손상 상태를 사진을 통해 살펴보고 있는 시적 화자의 망연한 심경을 엿볼 수 있는 대목이다.

　시「二十二年」은 시적 화자가 22세에 폐결핵이 심각한 상태에 있음을 X선 검사를 통해 자신의 눈으로 직접 확인하게 되는 과정을 요약적으로 제시한다. 여기서 자기 육체 내부에 자리하고 있는 장부(臟腑)가 병으로 인하여 훼손되어 버렸다는 사실을 시각적으로 인식하는 순간 시적 화자가 느꼈을 병에 대한 공포와 삶에 대한 절망감이 어떤 것이었을까는 설명할 필요조차 없는 일이다. 시적 화자는 병으로 인한 육체의 훼손과 그 기능의 결여 상태를 『장자』의 한 대목을 패러디하여 간략하게 그려 내고, X선 사진을 추상화하여 그 절망적인 상태를 묵언(黙言)으로 보여 주고 있는 것이다. 그런데 이 시의 텍스트를 구성하고 있는 간략한 몇 개의 진술과 시적 모티프들은 이 작품의 텍스트 내에만 고정되어 있는 것은 아니다. 다른 여러 작품들과 내적 상호 연관성을 유지하면서 시적 의미를 확대시킨다. 이 작품에서 그려 내고 있는 병에 대한 불안과 공포, 삶에 대한 절망과 좌절은 여러 작품에서 반복적으로 나타난다. 특히 병에 대한 진단 과정에서 겪게 되는 의사의 인상, X선 촬영의 체험, 규칙적으로 복용해야 하는 약에 대한 거부 반응 등은 다양한 시적 모티프로 변형되어 이상의 많은 시 텍스트 속에 숨겨진다. 그러므로 이 작품은 '상호 텍스트성'의 문제에 대한 면밀한 분석을 필요로 한다.

　그런데 이상은 일본어 시「二十二年」을 1934년《조선중앙일보》에「오감도 시제5호(詩第五號)」로 개작 발표하고 있다. 기왕의 연구자들 가운데에는「二十二年」과「오감도 시제5호」를 동일 작품으로 판단한 경우도 많이 있지만, 두 텍스트는 여러 군데 새로운 변형을 통해 미묘한 의미의 차이를 드러낸다. 「二十二年」은 일본어로 쓴 시이지만 「오감도 시제5호」는 일본어 글쓰기에서 벗어나 한자를 혼용한 국문으로 창작한 작품이다. 그 제목도 새롭게 바꾸고 여러 군데 표현을 고친다. 그러므로 각각 서로 다른 작품으로 만들어진다.

其後左右를除하는唯一의痕迹이잇서서

翼殷不逝　目大不覩

胖矮小形의神의眼前에我前落傷한故事를有함.

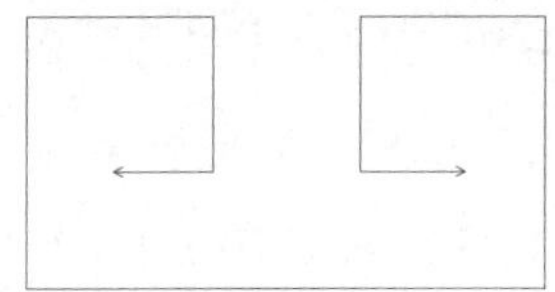

臟腑타는것은 浸水된畜舍와區別될수잇슬른가.[7]

앞의 인용에서 확인할 수 있는 것처럼 「오감도 시제5호」의 첫 행은 "전후좌우(前後左右)"라는 어구가 "기후좌우(其後左右)"로 바뀐다. "其後左右를除하는唯一의 痕迹이잇서서"에서 '기후(其後)'라는 말은 '어떤 일이 있고 난 뒤에'라는 뜻으로 풀이된다. "左右를除하는唯一의痕迹이잇서서"는 '좌우가 제거된 하나의 흔적이 있어서'라고 읽을 수 있다. 앞서 풀이한 시 「二十二年」의 경우를 놓고 본다면, 이 첫 행은 '병이 생긴 후로 좌우가 제거된 흔적이 하나 있다.'라는 뜻으로 풀이된다.

둘째 행의 "익은불서(翼殷不逝) 목대부도(目大不覩)"라는 구절은 시 「二十二年」에서 "익단불서 목대부도(翼殷不逝 目大不覩, 날개가 부러져 날

7　권영민 편, 『이상 전집 1 시』, 뿔, 2009. 54면.

지 못하고 눈이 커도 보지 못한다.)"라고 표현되었던 부분이다. 이것을 『장자』의 원문 그대로 "익은불서 목대부도(翼殷不逝 目大不覩, 날개가 커도 날지 못하고 눈이 커도 보지 못한다.)"라고 바로잡아 놓는다. 그리고 그 글자의 크기를 확대하여 앞뒤 문맥 관계를 교란시키는 일종의 타이포그래피적인 기법을 활용하고 있다. 이 구절을 제1행의 진술 내용과 연결시켜 보면, 병이 생긴 뒤로 좌우를 제거해 버린 흔적이 있어서 날개가 커도 제대로 날지 못하고 눈이 커도 제대로 보지 못한다는 의미를 드러내게 된다. '은(殷)' 자를 '단(段)' 자로 바꾸어 놓지 않더라도, 병으로 인해 자신이 품고 있던 큰 뜻을 펼칠 수 없게 된 것에 대한 좌절감과 절망감을 자연스럽게 표현하고 있는 셈이다.

셋째 행에서 "반왜소형(胖矮小形)의 신(神)의 안전(眼前)"은 시 「二十二年」의 경우와 그대로 일치한다. 시적 화자의 병환 상태를 진찰했던 키가 작고 뚱뚱한 의사를 묘사한 것으로 풀이한 바 있다. 뒤로 이어지는 "아전낙상(我前落傷)한 고사(故事)를 유(有)함"이라는 구절은 「二十二年」에서 "내가 낙상한 고사가 있어서"라는 구절을 바꾼 것이다. '전(前)'이라는 글자를 추가하여 지나간 날에 있었던 일임을 상기시켜 놓고 있다. 전체적으로 '살이 쪄서 뚱뚱하며 키가 작은 의사의 눈앞에서 내가 전에 쓰러졌던 일이 있다.'라고 풀이된다. 셋째 행의 뒤에 붙어 있는 도형은 「二十二年」에 그려졌던 대로 아무 변화가 없다. 흉부의 X선을 촬영한 사진 모양을 평면 기하학적 도형으로 그려 낸 것이다. 흉부와 기관지의 윤곽만을 보여 주면서 폐부는 그 형상을 알아볼 수 없도록 아무것도 그려 놓지 않고 있다.

「오감도 시제5호」의 마지막 행은 "장부(臟腑) 타는 것은 침수(浸水)된 축사(畜舍)와 구별(區別)될 수 잇슬른가."라는 의문형 문장으로 끝난다. 「二十二年」에서 "장부(臟腑) 그것은 침수(浸水)한 축사(畜舍)와 다를 것인가"라고 ( ) 속에 묶어 놓았던 부분이다. 「오감도 시제5호」에서는 이 구절의 ( )를 풀어 버리고 "장부(臟腑) 타는 것은 침수(浸水)한 축사(畜舍)와 다를 것인가"라는 자문(自問)의 형식으로 표현함으로써, 시의 텍스트가 시적 화자의 일관된 목소리를 담아낼 수 있도록 조정한다. 시적 화자는 X선으로 촬영한 흉부의 사진 영상을 보면서 형체가 사라져 버린 폐의 모습을 마치 불에 타 버린 것처럼 생각하면서 물속에 잠긴 축사(畜舍)처럼 엉성한 것이 아닌가 하고 묻고 있는 것이다. 여기서 병으로 인한 폐부의 손상 상태를 '불에 타다.'와 '물에 잠기다.'라는 상반된 이미지의 통합을 통해 그려 낸다. 눈으로 볼 수 없는 폐결핵의 진전 상태를 X선 사진의 화면으로 확인하면서 느꼈던 참담한 심경이 이 마지막 구절에서 암시되고 있다.

3. 병적 세계와 고통의 미학

이상의 시 「행로(行路)」는 병적 나르시시즘의 징후를 감각적인 시어를 통해 비유적으로 암시하면서 앞서 검토한 「二十二年」과 「오감도 시제5호」의 상호 텍스트성을 더욱 분명하게 드러내어 준다. 이 작품은 1936년 2월 잡지《가톨닉청년(靑年)》에 발표한 연작시 「위독(危篤)」에 포함되어 있는 5편의 작품 중 하나이다. 이 시는 시적 화자가 자신의 삶의 경로를 원고지에 글을 쓰는 힘든 과정으로 환치시킨다. 특히 '二十二'라는 숫자의 기호적 표상을 통해 병으로 인한 육체의 훼손 과정을 특이한 비유적 기법으로 그려 내고 있는 점이 주목된다. 스물두 살의 나이에 객혈을 하면서 느꼈던 병에 대한 공포와 그 좌절감이 얼마나 크고 깊었던가를 여기서 확인할 수 있다.

기침이난다. 空氣속에空氣를힘들여배앗하놋는다. 답답하게걸어가는길이내
스토오리요기침해서찍는句讀을심심한空氣가주믈러서삭여버린다. 나는한
章이나걸어서鐵路를건너질를적에그때누가내經路를듸듸는이가있다. 압흔
것이匕首에버어지면서鐵路와열十字로어얼린다. 나는문어지느라고기침을
떨어트린다. 우슴소리가요란하게나드니自嘲하는表情우에毒한잉크가끼언
친다. 기침은思念우에그냥주저앉어서떠든다. 기가탁막힌다.[8]

앞의 인용에서 볼 수 있듯이 시 「행로」에는 '기침'이라는 시어가 네
차례나 반복적으로 등장한다. '기침'은 폐결핵의 병증을 가장 사실적으
로 보여 주면서 동시에 병의 고통에 시달리고 있는 시적 화자의 삶의 모
습을 상징적으로 드러낸다. '기침'은 공기 속에 공기를 힘들여 뱉어 놓
는 것으로 설명되기도 하고, 답답하게 걸어가는 길로 비유되고 있는 힘
든 글쓰기에서 '구두점(句讀點)'으로 비유되기도 한다. 기침으로 인해
아무것도 제대로 할 수 없는 상태가 타이포그래피의 '구두점'이라는 시
각적 기호로 변형되는 것이다. 이러한 표현은 기침의 고통을 감각적으
로 구체화하기 위한 기법적 고안에 해당한다.

이 시의 핵심적인 내용은 "나는 한 장(章)이나 걸어서 철로(鐵路)를
건너질를 적에 그때 누가 내 경로(經路)를 듸듸는 이가 있다. 압흔 것이
비수(匕首)에 버어지면서 철로(鐵路)와 열십자(十字)로 어얼린다."라는
구절에 담겨 있다. 여기서 시적 화자는 자신의 삶의 과정에서 한 장(章)
을 겨우 넘길 무렵에 운명적인 고비를 만나게 됨을 고백한다. "한 장이
나 걸어서 철로를 건너지를 적"이라고 표현한 구절은 삶의 과정과 나이
를 암시한 대목이다. '철로'는 두 개의 선로로 이루어진 길이다. 이것은

---

8 권영민 편, 『이상 전집 1 시』, 뿔, 2009, 115~116면.

한자의 '이(二)'라는 글자와 유사한 기호적 표상을 드러낸다. '철로를 건너지를'이라는 동작은 '이(二)' 자를 가로지르는 '≠'과 같은 기호로 그려진다. 이 기호는 수학에서 'a≠b'라고 표시하는 데에 쓰인다. 이것은 'a'라는 전항이 'b'라는 후항과 등치 관계를 이루지 않는 상태임을 의미한다. 다시 말하면 'a'와 'b'는 서로 일치하지 않으며, 그 값이 서로 다르다는 것을 의미한다. 시적 화자의 운명이 어떤 전환점을 맞게 되었음을 암시한다고 할 수 있다. "그때 누가 내 경로를 되되는 이가 있다."라는 구절은 '나'를 따라오고 있는 정체를 알 수 없는 존재가 있었음을 말해 준다. 그것이 바로 병이다. 죽음의 그림자가 드리우기 시작한 것이다. 그렇기 때문에 여기서 그 대상에 대한 두려움의 정서가 환기된다. 실제로 시인은 스물두 살에 객혈을 시작하면서 심각한 결핵을 앓고 있음을 진단받았던 것이다.

뒤로 이어지는 "압흔 것이 비수에 버어지면서 철로와 열십자로 어얼린다."라는 구절은 '二十二'라는 나이를 표시하는 숫자의 형상을 병의 진전 상황과 연결하여 그려 낸다. 철로를 건너지를 적에 "아픈 것이 비수에 베어지면서"라고 서술하고 있는 부분은 '二十二'라는 숫자의 기호적 형상을 만들어 내기 위한 전제에 해당한다. 철로(=)를 건널 때(≠)에 아픈 것이 비수에 베어진다. 그래서 철로는 두 도막으로 잘라져 '='와 '='의 형태로 나누어진다. 결국 '二'라는 글자가 둘이 생겨난 셈이다. "철로와 열십자로 어울린다."라는 구절은 곧바로 '= + ='라는 기호로 도식화할 수 있다. 이 기호는 그대로 '이십이(二十二)'라는 숫자와 일치한다. 그리고 이것은 곧 '스물두 살'이라는 시적 화자의 나이를 의미하는 것으로 해석된다.

이 시는 심한 기침과 객혈의 장면을 원고지 위에 끼얹어지는 '독한 잉크'로 비유하면서 시상을 매듭짓는다. '독한 잉크'는 바로 객혈을 의미한다. 기침을 하는 동안에는 아무것도 할 수 없다. 연거푸 계속되는 기침의 고통을 "기침은 사념(思念) 우에 그냥 주저앉아서 떠든다."라고 묘사한다. 결국 스물두 살이 되던 해부터 병고에 시달리면서 살아야 했던 고통스러운 삶의 모습이 처절하게 묘사되고 있는 것이다. 이상은 이처럼 스물두 살이라는 나이에 병마에 사로잡히게 된 자신의 처참한 모습에 집착하면서 부정적인 자기 몰입에 빠져들고 있다.

이상은 그가 앓고 있던 폐결핵의 증상을 다양한 비유와 암시를 통해 시적 형식으로 변용시켜 놓고 있다. 이것은 그만큼 내면의 고통이 컸음을 의미한다. 그는 견디기 어려운 병의 고통을 시를 통해 감각적으로 형상화하면서 자기 존재와 삶의 문제에 대한 깊은 성찰을 드러낸다. 이러한 의식의 자기 지향성은 이상 시의 한 경향으로 자리 잡게 된 병적 나르시시즘을 고통의 미학으로 승화시키는 힘으로 작용하고 있다.

(1)

每日가치列風이불드니드듸여내허리에큼직한손이와닷는다. 恍惚한指紋골작이로내땀내가슴여드자마자 쏘아라. 쏘으리로다. 나는내消化器官에묵직한銃身을늣기고내담으른입에맥근맥근한銃口를늣긴다. 그리드니나는銃쏘으듯키눈을감이며한방銃彈대신에나는참나의입으로무엇을내여배앗헛드냐.
　　　　　　—「오감도 시제9호 銃口」(《朝鮮中央日報》, 1934. 8. 3)

(2)

캄캄한空氣를마시면肺에害롭다. 肺壁에끄름이앉는다. 밤새도록나는옴살을알른다. 밤은참많기도하드라. 실어내가기도하고실어들여오기도하고하다가

이저버리고새벽이된다. 肺에도아츰이켜진다. 밤사이에무엇이없어젔나살펴
본다. 習慣이도로와있다. 다만내侈奢한책이여러장찢겼다 憔悴한結論우에
아츰햇살이仔細히적힌다. 永遠이그코없는밤은오지않을듯이.

—「아츰」(《가톨닉青年》, 1936. 2. 156면)

(3)

입안에짠맛이돈다. 血管으로淋漓한墨痕이몰려들어왔나보다. 懺悔로벗어노
은내구긴皮膚는白紙로도로오고붓지나간자리에피가롱져매첫다. 尨大한墨
痕의奔流는온갓合音이리니分揀할길이업고다므른입안에그득찬序言이캄캄
하다. 생각하는無力이이윽고입을뼈겨제치지못하니審判바드려야陳述할길
이업고溺愛에잠기면버언저滅形하야버린典故만이罪業이되어이生理속에永
遠히氣絶하려나보다.

—「內部」(《朝鮮日報》, 1936. 10. 9)

앞에 인용한 시 (1)은 '총구'라는 제목을 붙이고 있다. 텍스트 내에서도
'총', '총신', '총구', '총탄' 등의 시어가 특별히 눈에 띈다. 이 시어들은 모
두 견디기 어려운 병환의 고통을 표현하기 위해 비유적인 수사로 동원된
것들이다. 폐결핵의 증상 가운데 하나인 기침과 거기에 수반되는 '객혈
(喀血)'의 고통이 촉각(觸覺)의 감각을 통해 묘사된다. 여기서 '열풍(列風)'
이라는 말은 '열풍(烈風)'이라는 말을 파자 방식으로 패러디하여 이상 자
신이 만들어 낸 조어이다. 참을 수 없는 고통을 수반하면서 '거듭 이어지
는 기침'을 뜻하는 것으로 볼 수 있다. 그리고 기침과 함께 허리 부분에서
느껴지는 어떤 감각은 객혈이 시작되기 직전의 징후를 드러낸다. 그러고
는 곧장 후두 부분의 긴장과 함께 목구멍 쪽으로부터 피가 넘어온다. 눈을

감고 피를 토하는 것을 총이 발사되는 장면으로 바꿔 놓는다. 객혈 시의 견디기 어려운 고통이 격발의 순간처럼 느껴진다는 것을 알 수 있다.

(2)의 경우는 병환의 고통이 깜깜한 어둠처럼 묘사된다. 이 작품의 텍스트에는 어두운 밤을 고통스럽게 견디어 낸 뒤에 맞이하는 빛나는 아침이 묘사된다. 시적 화자가 병환에 시달리면서 밤을 지내고 나서 아침을 맞아 그 어둠의 고통으로부터 벗어나는 심정을 시각적으로 그려 내고 있다. 견디기 어려운 병의 고통을 밤의 어둠으로 대치시킨다. 그리고 이를 강조하기 위해 '깜깜한 공기'라고 묘사한다. 고통의 시간을 긴 밤의 시간으로 바꾸어 이를 양적 개념으로 설명한다. '많은 밤'이란 '길고 긴 밤'이라는 뜻으로 해석된다. 특히 어둔 밤이 지속되는 것을 마치 '어둠을 끊임없이 실어 오고 실어 가는' 것으로 표현함으로써, 정적인 어둠의 이미지를 동적인 이미지로 바꾸어 놓고 있다.

(3)의 경우는 시적 화자인 '나'의 육체적 병고를 소재로 하여 정신적 절망의 상태를 노래한다. 폐결핵으로 인하여 생기는 기침과 객혈을 놓고 자신의 내부에서 갈망하고 있는 숱한 언어가 한꺼번에 쏟아져 나오는 것으로 비유하여 서술한다. 육체적인 고통 속에 정신적 고뇌가 함께 스며들어 있음을 알 수 있다. 여기서 객혈은 맛(짜다)과 빛(묵흔)을 통해 그 고통이 감각화된다. 찌들어 있는 피부(참회로 벗어 놓은 내 구긴 피부)는 창백(백지로 도로 오다)해진다. 그리고 목구멍을 통해 쏟아져 나오는 피(묵흔의 奔流)가 마치 입을 통해 나오는 모든 소리가 모인 것처럼 생각된다. 그러나 그 소리는 뜻을 분간할 길이 없다.

이처럼 이상은 자신의 육체적 고통을 내면화하고 이를 시적으로 형상화한다. 이러한 그의 시법을 통해 그의 시적 언어는 병적 고통에 시달리는 육체의 물질성에 도달하게 된다. 그는 이 고통의 체험으로부터 벗어나기를 소망한다. 그러나 그 소망이 간절하면 간절할수록 내부에서부터 붕괴되기 시작한 그의 육체는 더욱 처참하게 탕진한다.

4. 이상의 시와 병적 나르시시즘

이상의 시에는 폐결핵의 고통 속에서 자기 몰입의 성향을 강하게 드러내는 작품들이 적지 않다. 이 작품들에서 확인되는 병적 '나르시시즘(narcissism)'의 징후를 어떻게 이해할 것인가 하는 문제는 이상 시의 성격을 규정하는 데에 있어서 중요한 의미를 지닌다. 나르시시즘이라는 말은 그 기원이 그리스 로마의 신화로까지 거슬러 올라가지만, 프로이트(G. Freud)는 이 말을 일종의 정신 병리학적인 개념으로 사용한다. 나르시시즘이라는 말이 지시하고 있는 갖가지 함의를 생각한다면, 프로이트는 이것을 편협하게 사용하고 있는지도 모른다. 하지만 그가 「나르시시즘에 대하여(On Narcissism)」라는 글에서 내세우고 있는 가설과 그 논의의 과정을 시인 이상의 경우에 견주어 보면 매우 흥미로운 결론에 도달할 수 있다.

프로이트는 나르시시즘에 대한 논의를 인간의 육체에 가해지는 어떤 고통에 관한 설명으로부터 시작한다. 이것은 자신의 아름다운 얼굴을 보고 그 환상에 빠져들었던 님프의 이야기와는 상당한 거리가 있다. 프로이트는 인간이 자신의 육체에 가해지는 어떤 고통의 실체를 발견하게 되었을 때 자기 자신에 대해 관심을 집중한다고 말한다. 육체의 상처나 병으로부터 고통을 받고 있는 사람들은 누구나 그 고통으로부터 벗어나고 싶어 한다. 그렇기 때문에 거의 강박 관념처럼 자기 육체에 몰입하고 그 고통에 대해 좌절하고 더 큰 정신적 고통을 겪으면서 괴로워한다. 이러한 행태는 누구에게나 마찬가지로 드러난다. 프로이트는 이러한 경향을 놓고, 자기 육체에 대한 고통을 지향하는 리비도(Libido)의 자기 투여라는 것이 나르시시즘의 실체에 해당하는 것이 아닌가 묻고 있다. 육체적 고통을 향한 부정적 자기 투여 방식이 과연 나르시시즘의 하나라고 할 수 있는 것인지를 묻고 있는 셈이다.

프로이트는 무엇 때문에 나르시시즘을 설명하기 위해 육체적 고통의 경험인 병을 먼저 생각하게 되었을까? 이것은 아주 간단하게 설명할 수 있다. 프로이트는 병에 의한 육체의 훼손과 그 고통이 곧바로 정신적으로 투여된 고통으로 바뀐다는 점을 지적한다. 말하자면 육체적인 고통을 통해 정신적 고통이 함께 복합적으로 작용한다는 것이다. 그러므로 육체적 고통은 언제나 육체적인 자기 발견의 전제 조건이 될 수밖에 없다. 프로이트는 고통스러운 병을 체험하면서 육체에 대해 새로운 지식을 획득하는 방식이야말로 자신의 육체에 대한 어떤 표상에 도달하는 일반적인 방식이라는 점을 분명히 한다.[9]

이러한 프로이트의 논리를 전제할 경우, 이상의 시에서 발견하게 되는 병의 고통과 그 기호적 표상은 이상 문학의 본질적 영역에 속하는 문제임을 알 수 있다. 그의 시에 자주 등장하는 객혈의 이미지는 육체의 물질성에 대한 시적 인식의 지평을 열어 놓는다. 이 작품들은 때로는 육체의 물질성에 대한 추구 과정을 집요하게 드러내기도 하고 물질성의 한계를 넘어서고자 하는 욕망을 강하게 드러내기도 한다. 이상의 시에서 그려지는 인간의 육체는 정신적 가치라든지 사회적 이념을 벗어남으로써 육체에 관한 전통적인 의식으로부터 자유로워진다. 이러한 육체의 물질성과 그 도구적 기능성에 대한 새로운 인식은 이상이 추구하고자 했던 모더니티 문제의 중심 영역에 자리함으로써 중요한 시적 주제로 발전하고 있다.

---

9 Richard Willheim, *Freud*(조대경 역, 『프로이트』, 민음사, 1987, 181~221면) 참조.

7 언어의 해체와 패러노메시아(paronomasia)의 시학

— 이상 문학에서 언어의 창조란 무엇인가?

이상 문학의 창조적 상상력은 그의 언어에 대한 탐구로부터 비롯된다. 이상은 사물을 보는 새로운 시각과 그 인식의 내용에 대한 새로운 명명법(命名法)에 골몰한다. 이것은 기성적인 관점을 거부하고 있다는 점에서 혁신적이며, 이미 관습화한 인식을 넘어서고자 한다는 점에서 혁명적이다. 이상 문학이 드러내는 전위성을 바로 여기서 찾아볼 수 있다. 이상은 언어를 통해 표현되는 것을 중시하기보다 언어로 표현할 수 없는 것에 관심을 기울인다. 이것을 달리 말한다면 언어로 표현할 수 없는 것에 대한 표현에 관심을 기울인다고 해도 좋다. 그는 사물을 구별 짓고 그것을 명명하는 일에 유별난 관심을 보여 준다. 이상이 사물에 대한 자신의 인식을 언어로 명명하기 위해 찾아낸 새로운 창조의 언어는 무엇인가? 이상의 언어가 일상적인 언어의 질서를 파괴하고 규범을 넘어서는 것이라면, 그것을 일상적인 언어가 만들어 낸 의미 체계를 교란시키기 위한 언어의 투쟁이라고 할 수 있는가?

오늘 다음에 오늘이 있는 것. 내일 조금 전에 오늘이 있는 것. 이런 것은 영 따지지 않기로 하고 그저 얼마든지 오늘 오늘 오늘 오늘 하릴없이 눈 가린 마차 말의 동강난 시(視)야다. 눈을 뜬다. 이번에는 생시가 보인다. 꿈에는 생시를 꿈꾸고 생시에는 꿈을 꿈꾸고 어느 것이나 재미있다. 오후 네 시. 옮겨 앉은 아침 ― 여기가 아침이냐. 날마다다. 그러나 물론 그는 한 번 씩 한 번 씩이다. (어떤 거대한 모체가 나를 여기다 갖다 버렸나) ― 그저 한없이 게으른 것 ― 사람노릇을 하는 체 대체 어디 얼마나 기껏 게으를 수 있나 좀 해보자― 게으르자 ― 그저 한없이 게으르자 ― 시끄러워도 그저 모른 체하고 게으르기만 하면 다 된다. 살고 게으르고 죽고 ― 가로대 사는 것이라면 떡먹기다. 오후 네 시. 다른 시간은 다 어디 갔나. 대수냐. 하루가 한 시간도 없는 것이라기로서니 무슨 성화가 생기나. ― 이상

1. 언어의 결핍 혹은 과잉

　문학은 인간이 창조한 세계라고 한다. 문학의 세계에서 개인의 정서
가 그 바탕을 이루는 것이라면, 상상력은 문학 창조의 힘이라고 할 수
있다. 문학에서 상상의 힘은 무한하다. 그러나 상상력은 아무것도 없는
무의 상태에서 새로운 것을 만들어 내는 신비한 창조력은 아니다. 상상
의 힘은 체험으로부터 나온다고 할 수 있다. 여러 가지 체험들을 언어를
통해 결합시켜 새로운 세계를 만들어 내는 것이 상상이다. 시인은 자신
을 둘러싸고 있는 온갖 사물들을 무의미하게 넘겨 버리지 않는다. 오히
려 그 사물들 속에서 새로운 의미를 발견하고자 하며, 그것들을 결합시
켜 보다 새로운 의미 있는 형상을 언어로 창조하게 되는 것이다.

　이상 문학에 있어서 그 텍스트와 언어의 관계는 본질적인 것이라고
말할 수 있다. 이상은 자신의 문학 속에서 언어의 한계에 도전하면서,
자신의 상상력과 특이한 정서를 구체화하기 위해 언어의 모든 가능성을
동원한다. 언어의 음성적인 요소를 살리기 위해 언어의 기호적인 속성
과 시각적인 요소를 타이포그래픽의 방식을 통해 구현하기도 한다. 언
어 의미의 함축성을 통해 사물의 깊은 의미를 드러낼 수 있도록 특정 문
자를 해체하거나 결합시켜 새로운 말을 만들어 내기도 한다. 그의 문학
에서 언어 표현이란 언어적인 세부 묘사를 뜻하는 것이 아니라, 언어를
통해 그 기호가 환기하는 감각의 구체성을 드러내는 일이다. 그러므로
이상 문학의 언어는 언제나 새로운 미지의 세계를 향해 독자들의 상상
력을 자극할 수 있는 방향으로 사용된다.

　그러므로 이상 문학에서의 언어는 새로운 시대정신을 표현하는 문화
적 기초이며 본질에 해당한다. 그의 문학은 언어를 매개로 하여 성립되
고 있지만, 문학에서의 언어는 매체 이상의 의미를 지닌다. 이상은 언어

의 절대성을 믿지 않는다. 언어는 가장 확실한 소통의 도구이지만 인간의 체험 가운데 상당 부분은 언어로 설명되지 못한다. 그리고 어떤 것들은 왜곡되거나 그대로 소멸된다. 물론 언어 이전에 문학적 체험이나 어떤 표현 욕구가 존재한다고 상상할 수 없는 일이다. 이상 문학에서 언어는 항상 어떤 결핍 상태에 놓여 있다. 이상은 말할 수 없는 것들과 말해지는 것들 사이에서 야기되는 아이러니를 놓치지 않는다. 그는 언어가 본질에서 벗어나 하나의 수단으로 소모되는 현실에 대하여 저항한다. 현실의 불행에 빠져들어 거기에 혐오를 드러내는 일은 누구에게나 가능하다. 그러나 그 환멸의 언어를 통해 표현하는 권태는 이상에게 있어서만 가능했던 일이다.

2. 이상의 신조어(新造語)

'삼차각설계도(三次角設計圖)'의 비밀

이상의 일본어 시에는 「삼차각설계도(三次角設計圖)」와 같은 특이한 제목을 가진 연작시가 있다. 이 작품의 제목으로 사용하고 있는 '삼차각'이라는 말은 기하학이나 건축학에서도 찾아볼 수 없는 용어이다. 이러한 용어는 어디서 비롯되었고, 그것이 무엇을 의미하는지에 대해서는 아직도 논의가 분분하다.

'삼차각'이라는 말은 이상의 시에서만 등장한다. 이상은 '삼차각설계도'라는 큰 제목 아래 「선(線)에 관한 각서(覺書) 1~7」이라는 7편의 작품을 담아 놓고 있다. 이 유별난 제목의 연작시는 《조선과 건축(朝鮮と建築)》(1931. 10)이라는 건축 전문 일본어 잡지에 일본어로 발표된 것이다. 이 시를 발표할 당시 이상은 스물두 살이었고, 조선총독부 내무국

三次角設計圖

金海卿

◎線に關する覺書１

```
0 9 8 7 6 5 4 3 2 1
● ● ● ● ● ● ● ● ● ●  1
● ● ● ● ● ● ● ● ● ●  2
● ● ● ● ● ● ● ● ● ●  3
● ● ● ● ● ● ● ● ● ●  4
● ● ● ● ● ● ● ● ● ●  5
● ● ● ● ● ● ● ● ● ●  6
● ● ● ● ● ● ● ● ● ●  7
● ● ● ● ● ● ● ● ● ●  8
● ● ● ● ● ● ● ● ● ●  9
● ● ● ● ● ● ● ● ● ●  0
```

（宇宙は冪に依る冪に依る）
（人は數字を捨てよ）
（静かにオレを電子の陽子にせよ）

スペクトル

軸Ｘ　軸Ｙ　軸Ｚ

速度ｅｔｃの統制例へば光は每秒三〇〇〇〇〇キロメートル逃げることが確かなら人の發明は每秒〇〇〇〇〇〇キロメートル逃げられないことはキツトない。それを何十倍何百倍何千倍何萬倍何億倍何兆倍すれば人は數十年數百年數千年數萬年數億年數兆年の太古の事實が見れるじやないか、それを又絶えず崩壞するものとするか、原子は原子であり原子であり原子である、生理作用は變移するものであるか、原子は原子でなく原子でなく原子である、放射は崩壞であるか、人は永劫である永劫を生き得ることは生命は生でもなく命でもなく光であることであある。

臭覺の味覺と味覺の臭覺

（立體への絶望に依る誕生）
（運動への絶望に依る誕生）
（地球は空巢である時封建時代は涙ぐむ程懷かしい）

一九三一、五、三一、九、一一

◎線に關する覺書 2

１＋３
３＋１

３＋１　１＋３
３＋１　１＋３

１＋３
３＋１

（線上の一點　Ａ）
（線上の一點　Ｂ）
（線上の一點　Ｃ）

Ａ＋Ｂ＋Ｃ＝Ａ
Ａ＋Ｂ＋Ｃ＝Ｂ
Ａ＋Ｂ＋Ｃ＝Ｃ

（二線の交點　Ａ）
（三線の交點　Ｂ）
（數線の交點　Ｃ）

３＋１
１＋３

１＋３
３＋１

３＋１
１＋３

１＋３
３＋１

（太陽光線は、凸レンズのために收斂光線となり一點において慘々と光り熱々と燃えた、太初の餝倖は何よりも大氣の層と層とのなす層をして凸レンズたらしめなかつた）

そして完全に廻轉した

一九三一、九、一一

◎線に關する覺書 3

たとにあることを思ふと樂しい、幾何學は凸レンズの樣な火遊びではなからうか、ユウクリトは死んだ今日ユウクリトの焦點は到る處において人文の腦髓を枯草の樣に燒却する收歛作用を羅列することに依り最大の收歛作用を促す危險を促す、人は絶望せよ、人は誕生せよ、人は絶望せよ、人は誕望せよ）一九三一、九、一一

```
3 2 1        1 2 3
● ● ●  1     ● ● ●  3
● ● ●  2     ● ● ●  2
● ● ●  3     ● ● ●  1
```

$$\therefore\ {}_nP_n = n(n-1)(n-2)\cdots(n-n+1)$$

$$(n-n+1)$$

（腦髓は扇子の樣に圓に開いた、そして完全に廻轉した）

一九三一、九、一一

건축과에 건축 기수(技手)로 취직하여 일하고 있었다.

　이상은 어떻게 '삼차각'이라는 말을 생각해 냈을까? 그리고 이 말은 어떠한 의미를 지니는 것일까? 이 낯선 용어로 된 시의 제목을 이해하기 위해서는 먼저 이 제목 아래 한데 묶여 있는「선에 관한 각서」라는 7편의 시의 텍스트 자체를 자세히 검토할 필요가 있다. 이 작품들은 현대 과학의 중요 명제와 기하학의 개념들을 다양한 수식과 기호를 통해 시적 텍스트의 구성에 동원하고 있다. 이러한 시적 기표들은 모두 추상적인 속성을 지니고 있는 것들이기 때문에 그 자체만으로는 정확한 의미를 이해할 수가 없다. 특히 단편적인 상념들을 위주로 하여 기술하고 있는 작품에서는 이 특이한 개념과 수식과 기호들이 수사적 장치로 활용되고 있기 때문에 쉽게 그 내면의 구조를 설명할 수가 없다. 그러므로 작품 텍스트를 보는 순간 오히려 더 큰 혼란에 빠져들게 된다. 이 작품에서 볼 수 있는 과학의 명제나 기하학의 개념은 현실적 상황의 논리적 해석에 대한 일종의 제유(提喩)에 해당한다고 할 수 있다. 그리고 이것이 예술적 상상력을 고양시키면서 새로운 의미의 시적 창조에까지 이르게 되는 것이다. 이것이 시적 텍스트에서 환기하는 '낯설게 하기'의 과도한 효과로 인하여 텍스트의 내적 공간으로부터 독자들을 소외시키는 경우도 있지만, 이상의 문학에서 이 과학적 명제와 기하학의 도식과 수학의 기호들은 그 자체가 문학적 상상력의 기반을 이루고 있다는 점을 부인할 수 없다.

　이상이 과학 기술과 문명의 발달이라든지 수학이나 물리학적 개념들에 관심을 가지게 된 것은 경성고등공업학교 건축과에서 수학한 경력과 직접적으로 연관된다. 일본 식민지 시대 한국 내에서 과학 기술 분야의 최고 수준에 해당하던 경성고등공업학교에서 이상은 3년 동안 수학, 물리학, 응용 역학 등의 기초적인 이론 학습의 과정을 거쳤고, 건축학 분야에 관련된 건축사, 건축 구조, 건축 재료, 건축 계획, 제도, 측량, 시공법 등을 공부했다. 이러한 수학 과정을 거치면서 이상은 과학 기술의 발달과 그 변화 과정에 대한 폭넓은 식견을 쌓을 수 있었던 것으로 보인다. 그런데 여기서 주목해야 할 것은 현대의 과학 기술과 문명이 주로 19세기 말부터 20세기 초에 이르는 동안 획기적인 발달과 변화를 겪었다는 사실이다. 예컨대 미국의 에디슨이 1879년 수명이 40시간이나 지속되는 '실용 탄소 전기'를 발명하였다든지, 독일의 뢴트겐이 1845년에 음극선 연구를 하다가 우연하게도 투과력이 강한 방사선이 있음을 확인하게 되어 X선이라고 부르게 된 것은 모두 19세기 말의 일이다. 활동사진이라는 이름으로 처음 영화가 만들어진 것도 19세기 말의 일이며, 가솔린 자동차가 처음 등장한 것도 비슷한 시기의 일이다. 1903년 라이트 형제의 비행기가 등장하여 새처럼 하늘을 날아가고 싶어 했던 인간의 오랜 꿈이 실현되었다. 이 모든 새로운 발명과 창조가 한꺼번에 이루어지면서 이것들이 인간의 삶의 새로운 물질적 기반을 형성하게 된 것이다. 더구나 세기말을 거치면서 프로이트의 정신 분석 이론이 등장하여 심리학의 획기적인 발전이 이루어졌으며, 아인슈타인의 상대성 이론으로 시간과 공간에 대한 인식의 대전환을 가져왔다. 예술 분야에서는 표현주의 이후 입체파가 등장하고, 문학의 경우 의식의 흐름이라는 새로운 기법을 활용하는 심리주의적 경향이 강하게 나타나게 된다. 이상은 바로 이러한 과학 문명과 예술의 전환기적 상황을 깊이 있게 관찰하면서 그 자신의 문학 세계를 새롭게 구축했던 것이다.

여기서 이상이 제안한 '삼차각'이라는 말의 의미를 다시 생각해 볼 필요가 있다. '삼차각'이란 말은 기하학에서는 사용된 적이 없다. '각(角)'은 '2차원 평면에서 이루어지는 특수한 도형'을 의미한다. 이것을 달리 표현한다면 평면상의 한 점 O에서 시작한 반직선 OA, OB로 이루어

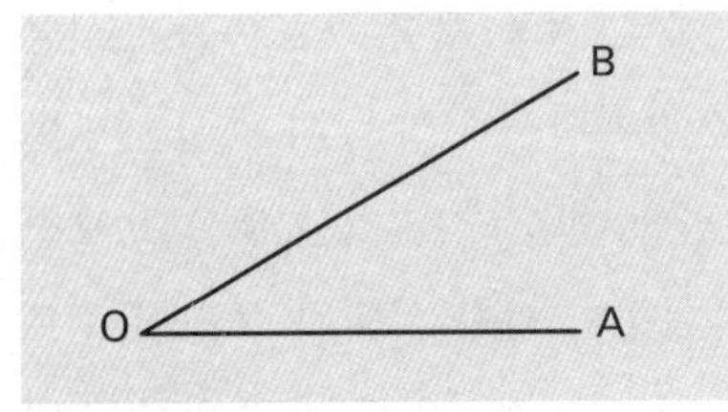

진 도형에 해당한다. 기하학에서는 평면상에 한 점 O를 공유하는 두 반직선 OA, OB가 만드는 도형을 '각 AOB'라 말하고, ∠AOB라고 적는다. O는 각의 꼭짓점이며, OA, OB는 각의 변이라 한다. 반직선 OB가 OA의 위치에서 O를 중심으로 회전하여 각 AOB를 만들게 되는 경우, 그 회전의 양을 각의 크기 또는 각도라고 한다.

각의 크기나 두 각의 관계에서 여러 가지 명칭의 각이 정의된다는 것도 초급 수준의 수학 또는 기하학을 학습한 사람이라면 누구나 알고 있는 상식이다. 평면상의 한 점 O에서 시작되는 두 개의 반직선 OA, OB는 항상 두 개의 각을 만들어 낸다. OA, OB가 일직선을 이루도록 늘어서는 경우 이들에 의해 만들어지는 두 개의 각이 모두 평각이다. 그러나 두 개의 반직선이 일직선을 이루지 못할 경우에는 두 개의 각 가운데 작은 쪽이 열각이며, 다른 큰 쪽은 우각이 된다. 그리고 또 평각의 절반보다 작은 각을 예각(銳角), 평각의 절반을 직각(直角), 직각보다 크고 평각보다 작은 각을 둔각(鈍角)이라 칭한다.

이러한 기초적인 설명에 등장하는 수많은 각의 명칭 가운데 이상이 사용한 '삼차각'이라는 말은 없다. 이 말이 '삼차'라는 말과 '각'이라는 말의 합성으로 이루어진 것이라는 점은 쉽게 알아차릴 수 있다. '각'의 개념에 덧붙여진 '삼차'라는 말의 뜻을 헤아려 볼 필요가 있다. '삼차'라는 말은 '삼차원(三次元)'이라는 말의 준말로 보는 것이 타당할 것 같다. 흔히 '일차원'이나 '이차원'이라는 말을 '일차' 또는 '이차'라고 줄여서 부르기도 하기 때문이다. 수학의 경우 삼차원이라는 말은 '입방체를 길이·넓이·두께의 자리표로 나타냄과 같은 세 개의 차원'을 말한다. 이것을 좀 더 자세히 설명해 보면, 길이와 넓이의 개념을 중심으로 하는 평면에 높이 또는 두께의 개념이 결합되면 입체 또는 공간이 된다. 그러므로 '삼차원' 또는 '삼차'는 입체 공간을 의미한다. 이러한 의미대로라면 '삼차각'이라는 말도 '삼차원 공간에서의 각'을 뜻한다고 할 수 있을 것이다.

그러나 '삼차각'이란 말은 기하학적 개념이라고 할 수 없다. 각이라는 개념은 이차원 평면 위에서 이루어지는 도형의 하나다. 평면 위의 한 점 O는 언제나 그 위치를 정확하게 표시할 수 있으며, O에서 시작되는 반직선 OA와 OB의 경우도 마찬가지다. 이것을 삼차원 공간으로 옮겨 놓을 경우 그 위치와 크기를 한정하기 어렵다. 이차원적인 평면 기하학에서의 각의 개념을 삼차원적인 입체 공간으로 확장한다는 것은 그렇게 간단한 일은 아니다. 그렇기 때문에 이상이 내세운 '삼차각'이라는 개념은 실체를 입증하기 어려운 하나의 추론에 불과하다. 이 같은 새로운 기하학은 아직까지 성립된 적이 없다. 하지만 이상은 사물을 바라보는 주체의 시각과 빛의 속성을 통하여 그 '심차각'의 가능성에 도전한다. 연작시 「삼차각설계도」가 도달하고자 하는 지점은 삼차원의 공간을 넘어서는 자리이다. 이러한 사고의 확장은 아이슈타인의 '상대성 원리'를 통해 가능해진다. 아인슈타인은 처음으로 시간 차원을 제4차원으로 간주하였고, 4차원에서 통합된 공간과 시간은 서로 대칭성을 가지며 또한 회전(이것은 특수 상대성 이론에서 말하는 공간과 시간의 휘어짐으로 나타난다.) 가능하다고 주장한 바 있다. 이상은 이러한 아인슈타인의 '시공간성'을 주목하면서 빛의 속성과 물체의 움직임에 대해 사고하고 이것이 주체에 의해 인식되는 '시각'의 문제성을 강조하기에 이른다.

이처럼 연작시 「삼차각설계도」는 기하학적 상상력에 근거한 과학 문명과 기술의 발전에 대한 상념을 다양한 시적 모티프를 이용하여 표현하면서 태양의 빛을 통해 인간의 시각이 어떻게 가능하게 되는가를 보여 준다. 이상은 사실주의의 원칙, 시간의 불가역성, 삼차원의 공간 법칙 등이 현대 과학의 이름 아래 무너지기 시작하는 것을 보면서 주체와 사물을 보는 시각의 문제를 중심으로 빛의 속성을 다채롭게 해석한「선에 관한 각서」를 7편의 시로 완성하고 있다. 이상은 '삼차각설계도'라는 주제로 묶인 이 새로운 기획을 통해 현대 과학의 법칙에 의해 더 이상 설명하기 어려운 '삼차각'의 존재를 상상적으로 구축해 낸 셈이다.

'건축무한육면각체(建築無限六面角體)'의 의미

이상의 일본어 연작시「건축무한육면각체(建築無限六面角體)」는 1932년 7월《조선과 건축》에 발표된다. '건축무한육면각체'라는 제목 아래「AU MAGASIN DE NOUVEAUTES」,「熱河略圖 No. 2 未定稿」,「診斷 0 : 1」,「二十二年」,「出版法」,「且8氏の出發」,「眞晝ー或る ESQUISSE ー」등 7편의 시가 묶여 있다. 그런데 이 작품들은 앞에서 검토한「삼차각설계도」와는 달리 주제와 성격이 서로 다른 여러 형태이지만 연작성의 형식을 유지한다. 여기서 문제가 되는 것은 '건축무한육면각체'라는 말이다. 이 제목에서 '건축'이라든지 '무한'이란 말은 그 의미를 쉽게 짐작할 수 있다. 그러나 '육면각체'라는 말은 이해하기 어렵다. '삼차각'이라는 말과 마찬가지로 기하학, 물리학, 건축학에서는 볼 수 없는 용어다. 이 용어도 이상이 스스로 만들어 낸 말이다.

'육면각체'라는 말의 의미를 정확하게 파악하기 위해서는 먼저 연작시「삼차각설계도」에 포함되어 있는「선에 관한 각서 4」를 면밀하게 검토할 필요가 있다.

彈丸이一圓墻를疾走했다(彈丸이一直線으로疾走했다에있어서의誤謬等의

修正)

正六雪糖(角雪糖을稱함)

瀑筒의海綿質塡充(瀑布의文學的解說)

—「線에關한覺書 4」

　이 작품의 시적 텍스트가 어떤 성격을 지닌 것인지는 1부에서 이미 설명한 바 있다. 여기서는 이 시의 텍스트의 구조를 주목하면서 그 시적 진술 방식의 메타언어적 속성을 정확하게 파악하는 일이 중요하다. 시의 텍스트는 아주 단순한 3행의 시적 진술로 이루어져 있다. 각 행의 진술 자체도 전반부와 후반부로 나누어져 있는데, 특히 각 행의 후반부는 전반부의 시적 진술에 대한 메타언어적 진술로 (　) 속에 채워져 있다. 이 가운데 둘째 행은 "正六雪糖(角雪糖을稱함)"이라는 짤막한 명사구로 이루어져 있다. 이 구절에서 (　)를 풀어쓴다면 '정육설탕이란 각설탕을 지칭하는 것임'이라는 뜻이 된다. 이렇게 풀어쓰기를 하고 보면 둘째 행의 시적 진술이 어떤 문제점을 지니는 것인지를 짐작할 수 있다.

　'각설탕'이라는 말은 일상생활 속에서 흔히 쓴다. 특히 차를 마실 경우 접시에 담아내는 설탕은 분말이 아니라 정육면체의 입체형으로 만들어진 각설탕인 경우가 많다. 각설탕 한두 덩이를 집어 찻잔에 넣기가 아주 편리하다. 그런데 시인 이상은 '각설탕'이라는 단어에 대해 이의를 제기하고 있다. 그는 이 단어를 '정육설탕'으로 고쳐 써 놓고 있다. 오랜 관습에 의해 만들어진 이 말이 개념적인 모순을 안고 있다고 생각했기 때문이다. '각설탕'이라는 말은 '각(角) + 설탕(雪糖)'과 같은 방식으로 조성된 복합어다. 이 말을 글자 그대로 읽는다면 '각이 생긴 설탕', '각

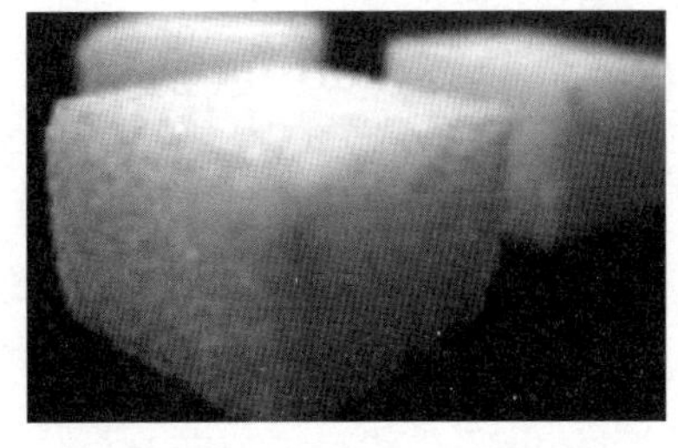

진 설탕', '각 모양의 설탕' 등으로 이해할 수 있다. 그런데 실제의 각설탕을 놓고 이러한 설명이 타당한지를 한번 생각해 보자.

앞의 사진은 정육면체의 형태를 띤 각설탕의 모양을 옮겨 본 것이다. 이 사진을 놓고 보면 '각이 생긴 설탕', '각 진 설탕', '각 모양의 설탕'이라는 말이 제대로 어울리지 않는다는 것을 알 수 있다. 이미 앞에서 설명한 것처럼 '각'이라는 개념은 기하학에서 평면 위의 두 직선이 서로 만나는 경우 그 교차점에서 두 직선의 벌어진 간격을 말한다. 그런데 이 사진에서 보는 것처럼 우리가 통칭하고 있는 '각설탕'은 그 형태가 입체형이다. 이 입체형의 설탕을 '각설탕'이라는 용어로 지칭하는 것은 부적절하다. 이상이 문제 삼고 있는 것도 바로 이 '각설탕'이라는 명칭이다. 그는 '각설탕'이라는 용어 대신에 '정육면체의 설탕'이라는 뜻으로 '정육설탕'이라는 새로운 용어를 제안하고 있다. '정육설탕'이라는 용어는 시인 이상이 창안해 낸 새로운 말이다. 이 신조어(新造語)는 시적 상상력의 소산이지만, 기하학의 기본 개념에 대한 인식에 근거하여 만들어 낸 것이다. 이 새 단어가 '각설탕'으로 굳어져 버린 개념을 전복시킬 수 있을지는 더 기다려 보아야 한다.

이상이 '각설탕'을 '정육설탕'이라고 재정의하고자 했던 방식을 따라가 보면 물체를 보는 시각의 문제가 얼마나 중요한가를 알 수 있다. 이상의 새로운 관점은 '건축무한육면각체'라는 말에서도 드러난다. 이 용어도 '정육설탕'과 같이 기하학 또는 건축학적 개념에 근거한 직관에 의해 만들어 낸 것이라고 볼 수 있기 때문이다. '건축무한육면각체'라는 말의 의미가 무엇인가를 확인하기 위해서는 일본어 시「AU MAGASIN

DE NOUVEAUTES」를 검토할 필요가 있다. 'AU MAGASIN DE NOUVEAUTES'는 프랑스어 표기 그대로 '새로운 상품들이 신기하게 진열되어 판매되고 있는 상점'이라는 뜻을 지닌다. 우리가 알고 있는 '양품점'을 이렇게 말하기도 한다. 여기서는 이 같은 관용적 의미보다는 새롭게 선뵈는 상품들이 사람들의 호기심을 자극할 수 있도록 진열되어 있는 백화점을 말하는 것으로 본다. 굳이 이 제목을 '신상품들이 진열된 가게에서'라고 번역하지 않는 것은 프랑스어 표기 자체가 기호적으로 환기하는 이국적 취향을 그대로 살려 두기 위한 것이 아닌가 생각된다.

AU MAGASIN DE NOUVEAUTES

四角形의內部의四角形의內部의四角形의內部의四角形의內部의四角形。
四角이난圓運動의四角이난圓運動의四角이난圓。
비누가通過하는血管의비눗내를透視하는사람。
地球를模型으로만들어진地球儀를模型으로만들어진地球。
去勢된洋襪。(그女人의이름은워어즈였다)
貧血緬袍。당신의얼굴빛깔도참새다리같습네다.
平行四邊形對角線方向을推進하는莫大한重量。
마루세이유의봄을解纜한코티의香水의마지한東洋의가을。
快晴의空中에鵬遊하는Z伯號。蛔蟲良藥이라고쓰여져있다。
屋上庭園、猿猴를흉내내이고있는마드무아젤。
彎曲된直線을直線으로疾走하는落體公式。
時計文字盤에XII에내리워진二個의浸水된黃昏。
도아 ─ 의內部의도아 ─ 의內部의鳥籠의內部의카나리야의內部의嵌殺門戶의內部의인사。

食堂의門깐에方今到達한雌雄과같은朋友가헤여진다。

검은잉크가엎질러진角砂糖이三輪車에積荷된다。

名啣을짓밟는軍用長靴。街衢를疾驅하는造花金蓮。

위에서내려오고밑에서올라가고위에서내려오고밑에서올라간사람은밑에서
올라가지아니한위에서내려오지아니한밑에서올라가지아니한위에서내려오
지아니한사람。

저여차의下半은저남차의上半에恰似하다。 (나는哀憐한邂逅에哀憐하는나)

四角이난케一스가걷기始作이다。 (소름끼치는일이다)

라지에一타의近方에서昇天하는굳빠이。

바깥은雨中。發光魚類의群集移動。[10]

1930년 서울의 도심에 등장한 최신식 건물의 미쓰코시(三越) 백화
점[11]은 새롭게 흥성하기 시작한 제국 일본의 산업 문명의 산물들이 식
민지 공간에서 선전되고 소비되는 공간으로 자리한다. 이 백화점은 지
하 1층에 지상 5층으로 올라간 아주 큰 건물 하나를 독차지하여 최신
상품을 판매한다. 백화점의 입구는 사방으로 개방되어 있으며 영업시간에 맞춰 문을 연다. 이 문을 통해 아무나 드나들 수 있다. 백화점의 공간은 모든 소비자에게 개방되어 있으며, 엄청난 규모로 넓은 내부 공간을 모두 상품

미쓰코시 백화점 전경

---

10 권영민 편, 『이상 전집 1 시』, 뿔, 2009, 317면.

11 「이상 문학의 공간 1: 미쓰코시」, 《이상 리뷰》 제3호, 이상문학회, 2004, 157~180면 참조.

의 진열장으로 꾸민다. 되도록이면 물건들이 손님에게 잘 보이도록 진열하고 화려하게 밝은 조명을 비춘다. 이상의 시 「AU MAGASIN DE NOUVEAUTES」는 도회의 가을 어느 날에 이루어진 백화점 구경을 소재로 한다.

이 시에는 제목 그대로 백화점의 신기한 새 상품들이 시적 대상으로 등장한다. 그리고 백화점에 진열된 상품들과 상품 광고 등을 통해 대상을 보는 시적 화자의 섬세한 감각을 드러내어 준다. 백화점의 모든 장식과 상품의 진열과 광고와 선전물들은 그 자체가 스스로 말을 건네듯 자신을 드러낸다. 진열장의 화려한 조명과 함께 사치스럽게 놓인 화장품과 여성용품, 환상을 불러일으키는 코티의 향기, 광고 문안과 함께 하늘에 떠 있는 비행선, 여기저기 길거리에 떨어져 있는 광고 전단지들, 상품 상자를 실어 나르는 삼륜차, 바쁜 걸음으로 거리를 오가는 사람들 그리고 빗속을 달리는 자동차……. 더 이상 거론하기조차 가슴 벅찬 이 도회의 한복판 백화점은 그 자체가 하나의 커다란 상품 광고처럼 그려진다. 그러나 감각적으로 인지되고 있는 새로운 상품들이 시적 화자와 일정한 거리를 느끼게 한다는 점을 부인할 수 없다. 현대적인 도시 공간에 새롭게 등장한 백화점에서 이루어지는 고급한 소비문화의 행태에 대하여 시적 화자는 냉소적인 태도를 감추지 않고 있기 때문이다. 이 시에서 그려 내고 있는 백화점의 풍경은 일종의 '키치(kitsch)'적 환상을 불러일으키기에 적당하다. 그러나 이 시에서 일본 제국이 강요하고 있는 식민지 시장의 새로운 소비문화 행태를 고도의 비유로 비꼬고 있다고까지 설명하려면 더 많은 새로운 논의가 필요할 듯하다. 신기한 상품의 현혹과 그 단순한 쾌락주의를 어떤 사회 윤리적 기준을 내세워 재단한다는 것도 간단한 일이 아니다. 문화적 현상이 개인적 취향의 영역과 결부될 경우에는 그 판단이 쉽지 않다.

이상의 시 「AU MAGASIN DE NOUVEAUTES」에서 그려 내고 있는 백화점은 그 외양에서부터 평면 기하학적 개념으로 해체되고 있으며, 시선의 이동 자체도 구조 역학의 기본 개념으로 추상화되기도 한다. 그러나 시적 텍스트는 백화점을 구경하는 화자의 위치에 따라 건물의 외양과 내부의 공간적 특성을 인상적으로 묘사해 낸다. 이 시에서는 우선 백화점 건물의 외부에서 내부로 시선의 이동이 일어난다. 그리고 아래에서 위로 일층에서 옥상으로 이동한다. 그리고 옥상 위에서 하늘을 쳐다보기도 하고 건너편 건물을 건너다보기도 하면서 거리의 풍경을 내려다보기도 한다. 이러한 시선의 이동과 각도의 변화를 통해 사물을 보는 여러 가지 시각이 공간적으로 형상화되고 있는 것이다. 시적 화자는 먼저 백화점 건물을 보고 구조 역학을 적용하여 그 구조를 투시한다. 백화점 건물은 수많은 사각형으로 해체되어 드러난다. 그리고 내부의 층계와 엘리베이터의 모습을 통해 백화점 공간의 내적 역동성을 보여 주기도 한다. 그러므로 이 작품은 백화점 구경이라는 일상적 소재를 통해 사물을 보는 새로운 시선과 그 각도를 다양하게 작동시켜 보고 있는 시적 감수성의 실험에 해당한다고 할 수 있다. 거기에는 당연히 대상으로서의 백화점과 상품들 그리고 구경꾼으로서의 시적 화자의 시선과 각도가 드러난다. 이 시에서 이루어지는 시적 대상에 대한 감각적 인식은 대상 자체에만 의존하는 것이 아니라 대상과 주체의 상호 작용에 의존한다. 여기서 문제가 되는 것이 바로 사물을 보는 시선과 그 시선의 이동이다. 결국 이 시는 백화점에 진열된 상품들을 대상으로 하여 그것을 보는 관점과 그 각도의 문제가 어떻게 하나의 공간적 형식으로 형상화되고 있는가를 이해하는 것이 핵심적인 과제임을 알 수 있다.

이 시에서 이상이 만들어 낸 '건축무한육면각체'라는 용어를 연상케 하는 장면이 바로 다음의 구절이다.

四角形의內部의四角形의內部의四角形의內部의四角形의內部의四角形。

四角이난圓運動의四角이난圓運動의四角이난圓。

이 대목은 현대식 건축인 백화점의 건물의 외양을 묘사한 부분이다. 건물의 전면에 드러나는 외양은 수많은 사각형들이 겹쳐진 모양이다. 시의 텍스트에 묘사된 백화점 건물은 전면에 서서 보았을 때는 그 외양이 평면적인 사각형 모양으로 드러난다. 물론 이 근대적인 건축물은 엄청난 크기의 직육면체일 것이다. 그러나 이 직육면체의 입체적 형상을 평면적으로 해체시켜 놓고 보면 "사각형의 내부의 사각형의 내부의……"로 이어지는 형상이 된다는 것을 쉽게 알 수 있다. 바로 뒤에 이어지는 둘째 문장은 백화점의 내부로 드나들 수 있는 출입문의 형상을 묘사한다. 백화점의 출입문은 흔히 볼 수 있는 미닫이문이나 여닫이문이 아니다. 수많은 사람들이 드나들기 편리하도록 회전문 형태로 만들어져 있다. 그러므로 "사각이 난 원운동의 사각이 난 원운동……"이라는 대목에서 사람이 드나들 때마다 빙빙 돌아가는 출입문의 움직임과 그 형태를 묘사하고 있다. 출입문의 형태와 그 움직임을 입체적으로 재현하기 위해 "사각이 난 원운동"으로 묘사하고 있는 것이다. 이처럼 백화점의 외양은 무한한 '사각형'의 결합으로, 그리고 그 출입문은 '사각이 난 원운동'으로 단순화되고 추상화된 채 기하학적 이미지로 재현되고 있다.

이상은 이 시에서 현대식 건축인 백화점 건물의 입체적 형상을 평면적으로 해체시켜 놓는다. 현대식 건축물의 설계도에서 볼 수 있는 것처럼 "사각형의 내부의 사각형의 내부의……"로 이어지는 건물의 외형을 기학학적으로 해체하여 '사각형'이라는 지배적 인상을 포착해 내고 있는 것이다. 이러한 이상의 새로운 관점에 따른다면 그가 자신의 연작시

의 제목으로 사용한 '건축무한육면각체'라는 말은 무한한 숫자의 사각
형으로 해체되어 표시되는 현대식 건축물의 기하학적 특성을 지시한 것
으로 볼 수 있다. 여기서 '육면각체'는 '삼차각'이라든지 '정육설탕'이
라든지 하는 말과 같이 물체의 형상에 대한 시각적 인식을 새롭게 규정하
고자 하는 욕망에서 비롯된 것이다. '직육면체' 또는 '정육면체'라는 말이
가지는 개념상의 문제에 대한 이상 자신의 불만의 표시이기도 하다.

'동해(童骸)'의 이중성

소설 「동해」의 이야기는 하루 동안에 이루어진 아주 간단한 에피소
드를 담고 있다. 그런데 한 가지 문제가 있다. 이 작품의 제목인 '동해(童
骸)'라는 한자어의 의미가 분명하지 않기 때문이다. 이 제목을 글자 그
대로 풀어 본다면 '어린 아이의 해골'이라는 뜻으로 해석되지만, 이 뜻
과 소설의 이야기가 제대로 연결
되지 않는다. 기왕의 연구에서는
이 특이한 한자어를 아주 단순하
게 이해하였다. 사전에 등재되어
있지 않은 '동해(童骸)'라는 말 대
신에 '동해(童孩)'라는 단어를 생
각하였던 것이다. 이 말은 '어린
아이'라는 뜻을 가진 말로 사전에
등재되어 있다. 이 말에서 '어린
아이'라는 뜻을 가진 한자 '해(孩)'
자를 '해골, 뼈' 등의 뜻을 지니고
있으면서 그 음이 같은 '해(骸)' 자
로 바꿔 치기 한 것이 '동해(童骸)'

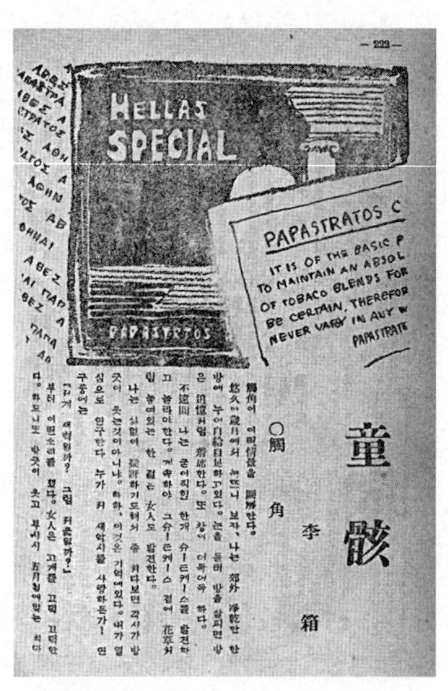

《조광》(1937. 2)

가 아닌가 하고 생각했던 것이다. '童孩 / 童骸'라는 두 단어를 놓고 보면 그 형태도 유사하고 음도 같기 때문에 이 같은 추론이 상당한 설득력을 가진다는 것을 알 수 있다. 그러므로 이상의 소설 제목인 '동해(童骸)'라는 말은 '동해(童孩)'에서 나온 것으로 이상 자신이 즐겨 사용한 문자 놀이에 해당한다는 해석이 그동안 정설처럼 굳어져 왔다. 실제로 이런 해석이 제기된 이후에 소설 「동해」의 제목에 대해서는 별다른 이의 없이 이를 그대로 받아들이고 있는 형편이다. 그러나 이 제목을 소설의 내용과 연관시켜 보면 왜 하필 '아이의 해골'이라는 제목을 달고 있는지 이해하기 힘들다. 이 소설의 이야기 내용과 제대로 연결되지 않는다는 의문점이 여전히 남아 있기 때문이다.

나는 이 제목의 의미를 새롭게 해석해 보고자 한다. 우선 이상의 수필 가운데 잘 알려져 있는 「행복(幸福)」(《여성》, 1936. 10)이라는 글의 한 대목을 옮겨 보자.

월광(月光)에 오르내리는 검은 한 짐, 내가 적 늘어진 선이를 안아 올렸을 때 선이 몸은 아직 따뜻하였다.

오호 너로구나.

너는 네 평생(平生)을 두고 내 형상(形象)없는 형벌(刑罰) 속에서 불행하리라. 해서

우리 둘은 결혼하였던 것이다.

규방(閨房)에서 나는 신부에게, 행형(行刑)하였다. 어떻게?

가지가지 행복의 길을 가지가지 교재(教材)를 가지고 가르쳤다. 물론 내 포옹의 다정한 맛도.

그러나 선이가 한번 미엽(媚靨)을 보이려 드는 순간 나는 영상(嶺上)의

고목(枯木)처럼 냉담하곤 하는 것이다. 규방에는 늘 추풍(秋風)이 소조(蕭條)히 불었다.

나는 이런 과로(過勞) 때문에 무척 야위었다. 그러면서도 내 눈이 충혈(充血)한 채 무엇인가를 찾는다. 나는 가끔 내게 물어본다.

'너는 무엇을 원하느냐? 복수(復讐)? 천천히 천천히 하여라. 네 운명(殞命)하는 날에는 끝날 일이니까.'

'아니야! 나는 지금 나만을 사랑할 동정(童貞)을 찾고 있지. 한 남자 혹 두 남자를 사랑한 일이 있는 여자를 나는 사랑할 수 없어. 왜? 그럼 나더러 먹다 남은 형해(形骸)에 만족하란 말이람?'

'허, 너는 잊었구나? 네 복수가 필(畢)하는 것이 네 낙명(落命)의 날이라는 것을. 네 일생은 이미 네가 부활(復活)하던 순간부터 제단(祭壇) 위에 올려 놓여 있는 것을 어쩌누?'

그만해도 석 달이 지났다. 형리(刑吏)의 심경(心境)에도 권태(倦怠)가 왔다.

'싫다. 귀찮아졌다. 나는 한번만 평민으로 살아보고 싶구나. 내게 정말 애인(愛人)을 다고.'

마호멧 것은 마호멧에게로 돌려보내야 할 것이다. 일생을 희생(犧牲)하겠다는 장도(壯圖)를 나는 석 달 동안에 이렇게 탕진(蕩盡)하고 말았다.

인용한 수필 「행복」은 이상 자신이 그의 결혼 생활(1936년 변동림과의 결혼)의 감회를 적어 놓은 것으로 널리 알려진 글이다. 그런데 이 수필에서 우리는 소설 「동해」의 서사를 이해할 수 있는 하나의 단서를 찾아낼 수 있다. 텍스트상에 그려지고 있는 중요 모티프가 서로 겹치기 때문이다. 이 상호 텍스트적 관계를 근거 삼아 「동해」라는 제목의 기원을 여기서 찾아볼 수 있다. 우선 먼저 앞의 인용에서 "아니야! 나는 지금 나만을 사랑할 동정(童貞)을 찾고 있지. 한 남자 혹 두 남자를 사랑한 일이 있는 여자를 나는 사랑할 수 없어. 왜? 그럼 나더러 먹다 남은 형해(形骸)에 만족하란 말이람?"이라는 구절을 주목할 필요가 있다. 특히 여기 나오는 단어 가운데 '동정(童貞)'이라는 말과 '형해(形骸)'라는 말을 놓쳐서는 안 된다. 이 두 개의 단어는 서로 그 의미가 대립된다. 앞의 '동정(童貞)'은 '숫된 처녀'를 의미하고, 뒤의 '형해(形骸)'는 글자 그대로 '앙상하게 남은 잔해'로서의 '헌 계집'을 뜻한다. 이러한 의미는 인용 구절 자체에서 그대로 드러난다. '동해(童骸)'라는 제목의 단서가 바로 여기 숨어 있다. '동해(童骸)'라는 말은 이 작품이 그려 내고 있는 서사의 내용에 어울리도록 '동정(童貞)'이라는 말과 '형해(形骸)'라는 말을 줄여 만든 새로운 단어에 해당한다. 그 의미를 굳이 규정해야 한다면, 이것은 '아이의 해골'이 아니라 '동정(童貞)의 잔해(殘骸)'인 셈이다. 이를 달리 말한다면 '순수한 동정이 사라져 버린 채 앙상한 형해만 남아 있는 여자'이며, 속된 말로 '헌 계집'을 의미한다.

소설 「동해」의 제목에서 확인되는 '동정의 잔해'라는 모티프는 몇 가지 형태의 다른 텍스트들과 상호 텍스트적 공간을 구축하고 있다. 그리고 「동해」의 서사 속에 구체적 형상성을 드러내면서 자연스럽게 자리 잡고 있다. 여기서 주목해야 할 것이 '임'이라는 여주인공의 성격이다. 이 여주인공은 이상의 소설 가운데 「날개」의 '안해'와 부분적으로 그 성격이 닮아 있다. 「종생기」의 '정희'라든지 「실화」의 '연'과 같은 인물을 놓고 보면, 상당 부분 그 성격이 일치하고 있음을 확인할 수 있다. 이 작품들에 등장하는 여주인공들은 공통적으로 성적(性的) 개방성을 보여 준다. 여성의 정조라든지 한 남성의 아내로서의 도덕이라든지 하는 문제에 대해 비교적 자유로운 태도를 드러내고 있다. 이러한 여주인공의 태도에서 드러나는 이중성과 기만성은 「종생기」와 「실화」에서도 경멸적으로 묘사된 바 있다. 그런데 「동해」의 경우에는 여주인공을 정점으로 하는 상대적인 두 남성과의 삼각관계가 언제든지 남성 주인공에게만 문제적인 상태로 제기된다는 점이 흥미롭다. 이 소설에서 두드러지게 드러나고 있는 메타적 글쓰기의 방법은 이들 여주인공의 교활한 이중적 태도와 이에 대하여 고심하는 남성 주인공의 입장을 상대적으로 제시하는 데에 효과적이라고 할 것이다.

'소영위제(·素·榮·爲·題·)'의 사연

이상의 시 「·소·영·위·제·(·素·榮·爲·題·)」는 조선중앙일보(朝鮮中央日報) 사에서 발간하던 종합지 《중앙(中央)》(1934. 9)에 발표한 것인데 여인과의 사랑과 그 배반에 대한 비통한 심정을 애절한 어조로 노래하고 있다. 사랑을 배반한 여인에게 바치는 회한과 원망이 절절하게 넘쳐 나는 이 시의 '소영위제'라는 제목은 낯설고 그 의미를 쉽게 이해하기 어렵다. 이 작품에서 시적 화자인 '나'는 그 상대가 되는 여인을 '너'라고 지칭한다. 그러므로 자연스럽게 시적 진술 내용은 '너'에게 향하는 '나'의 말을 그대로 옮긴다. 여기서 '너'는 '나'의 사랑의 대상이었음을 쉽게 알 수 있다. 그러나 '나'의 사랑이 순탄하지는 않다. 아니 순탄하지 않은 것이 아니라 숨이 막힐 정도다. 사랑한다는 것, 그리고 그 사랑의 믿음을 잃어버린다는 것. 이 심경의 격동과 그 고통을 억제하며 내뱉은 말은 단 한 번의 호흡도 용납하지 않고 길게 한 개의 문장으로 이어지고 있는 것이다.

여기서 「·소·영·위·제·」라는 작품 제목이 뜻하는 바가 무엇인가를 생각하지 않을 수 없다. 이 제목을 글자 그대로 풀어 본다면 '소영(素榮)을 위한 작품' 정도로 읽을 수 있다. 여기서 '소영(素榮)'은 이상 자신이 만들어 낸 신조어이므로 사전에 등재되어 있지 않다. 그런데 '소영 (素英)'이라는 단어는 사전에 올라 있다. 발음은 같지만 한자가 서로 다 르다. 이 말은 '중국산 비단의 한 가지. 영초(英綃, 꽃무늬가 들어가 있는 고운 비단)와 같은 바탕이지만 꽃무늬가 없음'이라는 설명이 붙어 있다. 이 말을 놓고 보면, '소영(素榮)'이라는 말이 '소영(素英)'의 '영(英)' 자 를 '영(榮)'으로 바꾸어 놓은 것이 아닌가 하는 생각이 든다. '소(素)'는 '희다' 또는 '아무것도 없다'는 뜻으로 풀이된다. '영(榮)'은 '꽃', '꽃이 피다', '꽃이 성하다', '영화롭다' 등의 의미를 지닌다. 그러므로 '소영 (素榮)'이라는 말은 '꽃이 없음', '꽃이 피지 못함', '영화롭지 않음', '꽃 이 성하지 못함' 등의 의미로 풀이된다. 이 시에 담긴 사랑의 배반 또는 헛된 사랑의 의미가 '소영(素榮)'이라는 말의 의미와 서로 통한다. 결국 '소영위제'라는 제목은 '제대로 꽃을 피우지 못한 사랑을 주제로 한 작 품' 또는 '헛된 사랑을 그린 작품' 정도로 그 뜻을 풀이할 수 있다. 사랑 의 배반 또는 한 여인과의 헛된 사랑 그 자체를 바로 '소영(素榮)'이라고 이름 한 것이다.

'지비(紙碑)' 혹은 종이로 된 비석

이상의 시 작품 가운데 '지비(紙碑)'라는 제목을 붙인 것이 2편 있다. 1935년《조선중앙일보》(9. 15)에 발표한 시는 아주 짤막한 내용을 담고 있는데, 시적 화자인 '나'와 '아내'의 조화롭지 못한 삶을 소재로 하고 있다. 시적 텍스트는 다리의 길이가 서로 다른 두 사람의 삶의 불균형 상태가 비유적으로 표현되어 있다.

내키는커서다리는길고왼다리아프고안해키는작어서다리는짧고바른다리가

아프니내바른다리와안해왼다리와성한다리끼리한사람처럼걸어가면아아이

부부(夫婦)는부축할수없는절름발이가되어버린다무사(無事)한세상이병원
(病院)이고꼭치료(治療)를기다리는무병(無病)이끝끝내있다

이 시의 시적 진술 내용을 검토하면서 먼저 문제 삼게 되는 것이 바
로 이 시의 제목으로 사용한 '지비(紙碑)'라는 말이다. 이 말은 글자 그
대로 해석할 경우, '종이로 만든 비(碑)'라는 뜻으로 풀이된다. 물론 이
말은 국어사전에 등재되어 있지는 않다. 일본어에서는 이 말을 '세상에
잘 알려져 있지 않은 사물이나 파묻혀 버린 사람의 생애와 업적을 적은
글'이라는 뜻으로 쓴다. 이상은 이러한 뜻을 지닌 말을 자기 식으로 뜻
을 바꾸어 사용하고 있다.

일반적으로 사용하는 '비(碑)'라는 말은 어떤 사실을 기념하기 위해
돌이나 쇠붙이나 나무 등에 글을 새겨 세우는 것을 말한다. 대개는 오랜
세월이 지나도록 그 자취를 남길 수 있게 하기 위해 돌에 새겨 두는 것이
보통이다. 그러므로 '비'는 대개 '석비(石碑)'를 뜻한다. 그런데 이 시에
서 쓰고 있는 '지비'라는 말은 종이로 비를 만들었다는 뜻이 된다. 어떤
사적을 오랜 동안 기념하기 위해 돌에 글을 새겨 두는 '석비'와는 달리
그것을 종이로 만들어 놓는 경우 오래 보존하기 힘들다. 그런데도 불구
하고 '지비'라는 말을 만들어 쓴 것은 분명 이 말이 지니는 반어적 의미
를 드러내고자 한 것이 아닌가 생각된다. 어떤 일을 기념하기 위해 종이
에 글을 기록하여 비로 만들어 세워 놓을 수 없는 일이기 때문이다.

이 시에서 '나'와 '아내'는 서로 상반된 육체적 특징을 가지고 있다.
'나'는 키가 크고 다리가 길고 왼쪽 다리가 아프고, 아내는 키가 작고 다
리가 짧으며 바른쪽 다리가 아프다. 여기서 키가 크고 작다는 차이는 여
러 가지 의미로 읽힌다. 외형적으로 드러나는 신분이나 지위의 차이, 사
회적 배경의 구별 등을 생각할 수 있다. 그리고 서로 다른 아픈 다리는

본인 자신이 지니고 있는 결격 사유에 해당한다. 서로 다른 삶의 과정에서 얻은 상처를 말하는 것이라고 볼 수도 있다. 이 같은 차이를 모두 제거하고 난 후에 두 사람은 결합한다. 그러나 두 사람의 결합은 온전할 수가 없다. 성하지만 길고 짧은 두 다리를 엮어서 살아가는 모습이 "부축할 수 없는 절름발이"가 되기 때문이다. 그러니 두 사람의 삶이 순탄하지 못한 것은 두말할 필요도 없는 일이다. 이 시에서 시상을 종결짓는 마지막 문장은 반어적으로 세상의 인정세태를 꼬집고 있다. "무사(無事)한세상이병원(病院)이고꼭치료(治療)를기다리는무병(無病)이끝끝내있다."는 것이 바로 이를 말한다. 결국 시 「지비」는 부조화에 빠져 버린 부부 생활의 파탄의 과정을 간략하게 기록하고 있다. 그리고 이러한 일을 기록하는 것 자체가 부질없는 일이라는 것을 말해 주고 있다. 시인은 이러한 글쓰기 자체가 오랜 세월을 두고 잊지 말도록 기념하기 위해 비석을 새기는 것이 아니라 한낱 헛된 일을 종이에 기록해 두는 '지비'에 불과하다는 점을 밝히고 있는 것이다.

이상이 발표한 또 다른 한 편의 「지비(紙碑)」라는 시는 '어디 갔는지 모르는 안해'라는 부제가 붙어 있다. 이 시에서도 역시 아내와의 순탄치 않은 가정생활을 그려 놓고 있다. 그리고 이 같은 시적 의미는 시인 이상이 수년간 동거했던 금홍과의 결별이라는 사적인 경험 영역과 서로 연관되어 있다는 것을 알 수 있다. 시인은 자신이 겪었던 고통스러운 개인사적 경험을 시적 소재로 끌어들이면서 이 사연이야말로 오래 기억하고 싶지 않다는 생각을 했을 가능성이 매우 크다. 그러므로 이 사연을 '종이로 만든 비(碑)' 위에 기록하고 있는 것이다. 결코 오래 두고 생각할 일이 아니라는 의미가 여기 숨겨져 있다. 어쩌면 빨리 잊어버려야 할 사연을 말한다고 할 수 있을지도 모르겠다. 결국 '지비'는 오래도록 기억하고 싶지 않은 일들을 기록해 둔 것이라는 뜻으로 해석하는 것이 좋을 듯하다.

2. '문자 놀이'와 파자(破字)의 기법

「且8氏의 出發」과 화가 구본웅(具本雄)

이상이 발표한 일본어 시 가운데 「且8氏의 出發」이라는 작품이 있다. 1932년 7월 《조선과 건축》에 발표된 이 작품은 이상의 시 가운데 대표적인 난해시의 하나로 지목되어 오고 있다. 이 작품은 제목에 드러나 있는 '且8氏'를 어떻게 읽을 것인가 하는 문제에서부터 논란이 되어 왔다. 이 제목에 대한 해석이 아주 흥미롭다. 대개 '且'라는 한자는 '차'라고 읽기도 하고 '저'라고 읽기도 한다. 드물게는 '조'로 읽는 경우도 있다. 그런데 기왕의 연구자들은 이 글자의 음보다 글자 자체의 모양이 남성의 성기를 기호적으로 형상화하고 있다고 생각하였다. '且'라는 글자와 '8'이라는 글자를 결합시켜 보면 남성의 성기와 유사하다. 이처럼 '且8氏'를 남성 성기의 기호적 표상으로 확대 해석하게 되면, 자연스럽게 시의 텍스트에 등장하는 '곤봉(棍棒)'이라는 말 자체도 남성의 상징으로 쉽게 읽을 수 있게 된다. 결국 이 작품은 그 내용 전체도 자연스럽게 '섹스 시'로 이해하게 되었던 것이다.

'且8氏'를 남성의 성기를 표상하는 하나의 기호로 읽는 것은 가능한 일이다. 그리고 이러한 독법으로 인하여 이 시에 대한 관심이 증대되는 것도 사실이다. 하지만 이러한 독법은 시인 이상이 거의 의도적으로 유인하고자 했던 함정으로 독자를 몰아갈 수도 있다. 이상의 뛰어난 해학이 그의 '글자 놀이'에 숨겨진 의미를 그대로 넘겨 버리게 만들고 있기 때문이다. 나는 이 작품의 제목에 등장하는 '且8氏'를 남성 성기를 표상하는 하나의 기호로 읽기보다는 시인 이상이 즐겨 사용했던 '글자 놀이'의 방식으로 다시 풀이하여 볼 것을 권한다. 아라비아 숫자로 표시된 '8'을 한자로 고치면 '팔(八)' 자가 된다. 그리고 '차(且)' 자의 아래에 '팔(八)'을 붙여 쓰면 그것이 바로 '具' 자로 바뀐다. 이 글자는 '구(具)'라고 읽는다. 이 같은 과정을 순서를 바꾸어 설명해 보면 우선 '구(具)'라는 한자를 파자(破字)의 방식으로 '차(且)' 자와 '팔(八)' 자로 분리시킨다. 다시 '팔(八)'이라는 글자를 아라비아 숫자인 '8'로 바꾼다는 해석이 가능해진다. 이런 식의 해석법을 따른다면 결국 '且8氏'는 '남성의 성기'를 말한 것도 아니고, 입에 담기 어려운 'ㅍ팔 씨'라는 욕설을 말한 것도 아님이 분명해진다. '구(具)'라는 한자를 '차(且)'와 '팔(8)'로 파자하여 놓은 것이기 때문이다.

　그렇다면 여기서 '구씨(具氏)'는 누구인가가 궁금하다. 나는 이 작품에 표제로 내세워진 '且8氏'를 '구씨(具氏)'라고 읽고 싶고, 또 이를 이상의 가장 절친한 친구였던 화가 구본웅(具本雄, 1906~1953)이라고 규정하고 싶다. 구본웅과 이상은 소년기에 함께 신명(新明)학교를 졸업(1921)한 것으로 알려져 있다. 구본웅이 이상보다 나이가 네 살이나 위였지만 꼽추라는 불구의 몸에 허약 체질이어서 소학교를 뒤늦게 다녔다는 것이다. 둘은 모두 그림 그리기에 취미가 있었고, 화가가 되는 것이 꿈이었다. 이상이 보성고보를 다니는 동안 구본웅은 이웃에 있는 경신고보에서 미술에 빠져들었다. 구본웅의 미술 공부는 경신고보를 졸업하면서 본격화한다. 그는 매주 토요일 YMCA에 있는 고려화회(高麗畵會)에 나가 그림 공부를 시작했다. 고려화회는 우리나라 최초의 서양화가인 춘곡(春谷) 고희동(高羲東)이 주관하던 모임으로 1919년에 발족한 후 점차 그 규모가 커지면서 1923년 고려미술회로 확대되었다. 구본웅은 1924년 고려미술회 「제2회 회원전」에 처음으로 작품 「폐허」를 출품한다. 그리고 여기서 자신의 그림에 대한 자신감을 얻게 된다. 그는 1925년부터 조각가 김복진(金復鎭)을 사사하면서 조각 분야로 그 관심을 넓혀 나갔다. 구본웅이 그의 이름을 화단에 올린 것은 제6회 조선미전(朝鮮美展) 때이다. 1927년 5월에 열린 이 전시회에서 구본웅의 「얼굴 습작(習作)」이 조소 분야에서 유일한 조선인 특선작이 된 것이다. 구본웅은 이를 계기로 도일 유학을 계획한다. 그리고 1928년 동경으로 건너가 가와바타(川端) 미술학교 양화부에 입학한다. 그러나 자유분방한 그는 미술 실기 교육만을 도제식으로 반복하는 이 학교의 교육에 염증을 느끼고는 다음 해 봄에 일본대학 예술전문부로 학교를 옮겼다. 그는 이 학교에서 정식으로 예술 이론에 학문적으로 접근하면서 서양 예술사와 미학의 원리를 깊이 있게 터득하게 되었다. 1929년 여름 부친의 권유로 결혼한 그는 미술 공부를 계속한다. 당시 일본의 화단은 인상파의 영향에서 벗어나 보다 강렬한 야수파(野獸派) 운동이 유행했다. 야수파는 극한적으로 단순화한 형태와 선명한 원색적 색조 그리고 대담하고 격정적 필촉으로 화면을 형성하는 특색을 지닌 것으로 알려져 있다. 그는 이 대담하고 거칠면서도 선명한 야수파의 기법에 매료된다.

구본웅은 1930년 가을 일본 동경의 「이과회(二科會) 미술전람회」에 입선한다. 제국 미전이 전통적인 서양화의 화풍을 중심으로 관전(官展)의 형태로 운영되고 있는 데에 반하여, 자유롭고 진취적 경향의 새로운 미술 운동은 민간 중심의 「이과 미전」을 통해 이루어진 것이다. 당시 언론은 청년 미술가 구본웅이 조선인으로는 처음으로 이과 미전 양화부에 입선했다고 보도한다. 1931년《동아일보》는 구본웅의 귀국을 기념하여 초대전 형식으로 개인전을 개최한다. 당시《동아일보》는 '洋畵家 具本雄 個人美術展覽會'라는 타이틀로 이 불구의 천재 화가의 첫 개인전을 소개하면서 "서양화에 독특한 천분을 보여 오는 구본웅 씨는 (중략) 수년 전

에 조선 미술 전람회에 조각을 출품하여 특선이 된 일이 있으며 최근에
와서는 帝展, 二科展, 獨立展, 太平洋展 등에 출품하는 대로 다 입선이 되
어 장래가 매우 촉망되는 畵家이다."라고 대서특필했다. 50점의 작품이
전시된 개인전은 대성황을 이루었고, 그는 '운명의 화가' 또는 '조선의
로트렉'으로 불리게 된다. 꼽추라는 불구의 육신을 극복하고 스스로 그
운명을 이겨 나간 구본웅. 그는 자기 운명의 시련을 이겨 낸 한 사람의
예술가로 돌아온 것이다.

　　이상은 친구 구본웅의 예술적 정진을 지켜보며 그 집념의 인간 승리
를 찬탄하게 된다. 그리고 구본웅을 모델로 화가 구본웅의 예술적 출발
과 그 불굴의 초상을 한 편의 시로 쓴다. 꼽추라는 세인의 멸시, 자기 스
스로 느껴야 하는 육체의 곤구함을 구본웅은 당당히 이겨 낸 것이다. 그
리고 자기 신념대로 그가 꿈꾸던 캔버스를 화가라는 이름으로 지배하게
된 것이다. 이상은 구본웅의 예술가로서의 빛나는 개인적 성취와 그 출
발을 놓고「且8氏의 出發」이라는 시를 통해 이를 축하하였던 것이다.

龜裂이生긴莊稼泥濘의地에한대의棍棒을꽂음。

한대는한대대로커짐。

樹木이盛함。

　　　以上 꽂는것과盛하는것과의圓滿한融合을가르침。

沙漠에盛한한대의珊瑚나무곁에서돗과같은사람이산葬을當하는일을當하는

일은없고심심하게산葬하는것에依하여自殺한다。

滿月은飛行機보다新鮮하게空氣속을推進하는것의新鮮이란珊瑚나무의陰鬱

한性質을더以上으로增大하는것의以前의것이다。

　　輪不輾地　　展開된地球儀를앞에두고서의設問一題。

棍棒은사람에게地面을떠나는아크로바티를가르치는데사람은解得하는것은

不可能인가。

地球를掘鑿하라

　同時에

生理作用이가져오는常識을抛棄하라

熱心히疾走하고 또 熱心으로疾走하고 또 熱心으로疾走하고 또 熱心으로疾
走하는 사람은 熱心으로疾走하는 일들을停止한다。

沙漠보다도静謐한絶望은사람을불러세우는無表情한表情의無智한한대의珊
瑚나무의사람의脖頸의背方인前方에相對하는自發的인恐懼로부터이지만사
람의絶望은静謐한것을維持하는性格이다。

地球를掘鑿하라

　同時에

사람의宿命的發狂은棍棒을내어미는것이어라 ＊

　　＊事實且8氏는自發的으로發狂하였다。 그리하여어느듯且8氏의溫室에
　　는隱花植物이꽃을피워가지고있었다。 눈물에젖은感光紙가太陽에마
　　주쳐서는히스므레하게光을내였다。[12]

　이제 '且8氏의 出發'이라는 시의 제목을 '具氏의 出發'이라고 바꾸어
보자。 화가로서 당당히 출발하여 자기 세계를 일구고 있는 구본웅의 개
인적 발전을 보면서 이상은 무한한 축하를 보내면서도 또다시 말장난을
걸고 있다。 이 작품에서 구본웅을 지시하는 말이 또 있다는 점이 매우
흥미롭다。 바로 '곤봉(棍棒)'이라는 말이다。 이 시의 '곤봉'이라는 시어
는 대부분의 연구자들이 남성 상징으로 풀이한 적이 있다。 아마도 그 형
태에서 남성의 성기를 연상했던 것이 아닌가 생각된다。 그러나 여기서

12　권영민 편,『이상 전집 1 시』, 뿔, 2009, 344면.

‘곤봉’은 회화용 그림 붓을 말한다. 손잡이 부분이 볼록하게 나온 그림 붓이 마치 곤봉처럼 보인다. 가슴과 등이 함께 불룩 나온 꼽추 구본웅의 외양을 상상해 보면 ‘곤봉’은 구본웅의 불구의 육신에 해당한다고 할 수도 있다. 특히 ‘곤봉’이라는 말은 ‘구본웅’이라는 이름을 2음절로 줄여서 부른 것이기도 하다. 이 대목에서 ‘문자 놀이’의 귀재였던 이상의 언어적 유희가 연상(聯想) 기법의 묘미를 그대로 보여 준다고 하겠다.

그러나 이상의 말장난은 여기서 그치는 것이 아니다. 이상의 시적 상상력에 따르면 한낱 마른 몽둥이에 불과한 ‘곤봉’이 자라나 아름다운 ‘산호나무’로 바뀐다. ‘곤봉’에서 ‘산호나무’가 되기. 이것이 바로 「且8氏의 出發」이라는 시의 참주제다. 이 작품 속에서 여러 군데 등장하는 ‘산호나무’는 한 사람의 화가로 성장한 구본웅을 말한다. 그 예술의 정신까지도 산호나무처럼 고귀하다는 의미를 드러내고자 함이 아닐까? 그런데 이 ‘산호나무’라는 말도 역시 구본웅의 불구의 육신을 형상하고 있는 것이라면 어떨까? 마른 체구와 기형적인 곱사등이의 형상을 ‘산호나무’의 모양에 빗대어 지칭한 것이라고 보는 것이 헛된 과장일까? 어린 시절부터 친하게 지냈던 친구 구본웅이 육체적 불구를 이겨 내고 당당히 ‘조선의 화가’로 서게 되는 광경을 보면서 이상은 ‘곤봉’ 하나가 ‘산호나무’로 자라났다고 찬양했던 것이다. 나는 이 시가 친구인 구본웅에게 바치는 헌시(獻詩)의 하나이지만 이상 특유의 고도의 말장난을 숨겨 놓고 있다고 생각한다.

이 시의 전반부는 구본웅이 사회적으로 인정받기 어려운 낯선 영역인 미술 공부에 뜻을 두고 일본 유학을 결행하는 과정을 압축적으로 제시하고 있다. 구본웅은 아무도 돌아보지 않는 낯선 서양 미술에 집념을 보이며 덤벼든다. 그의 재능을 알아차린 부친은 불구의 아들이 집념을 보이고 있는 미술 공부를 적극 지원한다. 이상은 구본웅의 미술 공부를 이리저리 갈라진 황폐한 땅 그 진흙의 구덩이(龜裂이生긴莊稼泥濘의地)에 '한 대의 곤봉'을 박는 일이었다고 적고 있다. 서양 미술에 겨우 눈을 뜨기 시작한 당시의 상황으로 보아 이 무모한 도전은 참으로 험난한 앞날을 예고한다. 특히 육체적 불구를 어떻게 극복할 것인가도 문제다. 하지만 구본웅은 자신의 재능을 능가하는 끈질긴 노력으로 그 무딘 '곤봉'에 싹을 틔우고 새로이 잎을 피우고 줄기가 자라게 한다. 그리고 그 줄기가 자라나 이제 하나의 '산호나무'가 된다. 후반부에서는 구본웅의 우습게 생긴 외양을 묘사하면서도 그 침착하고 담대한 성품을 빗대어 그려 낸다. 그리고 구본웅이 자기 예술에 더욱 정진하는 모습을 "지구를 굴착하라."는 말로 암시하여 그려 보이기도 한다. 구본웅은 그의 기형적인 외모에 대한 사람들의 경계심(珊瑚나무의사람의脖頸의背方인前方에相對하는自發的인恐懼)에도 불구하고, 여기에 절망하지 않고 자기 본연의 예술적 기질을 마치 "숙명적 발광"이라도 하듯 그렇게 발휘한다. 그 결과 그의 작업실(온실)에는 그가 그려 낸 아름다운 그림(은화식물)들이 쌓이게 되고 그것들이 점차 사람들의 관심을 끌며 세상에 알려지게 되는 것이다.

이상의 시 「且8氏의 출발」은 텍스트 자체가 기지와 위트로 채워져 있다. 이상은 자신의 가장 친한 친구인 화가 구본웅에 대한 끝없는 사랑과 신뢰를 이 시를 통해 표현하고자 한다. 텍스트에 드러나 있는 '문자 놀이'의 희화적인 속성에도 불구하고, 이 작품에서 이상은 화가인 구본웅의 예술적 감각에 대한 상찬과 함께 그 불구의 모습에 대한 연민의 정을 깊이 있게 표현한다. 이것은 친구에 대한 사랑과 존경이 없이는 불가능한 일이다.

조감도(鳥瞰圖)와 '오감도(烏瞰圖)'

이상이 만들어 낸 새로운 말은 언제나 충격적인 의미를 담아낸다. 여

기서 충격적이라는 것은 기존의 언어에 덧붙이는 새로운 의미 때문이
다. 1934년 여름《조선중앙일보》에 연재하여 화제가 되었던 연작시「오
감도(烏瞰圖)」는 그 제목에서부터 문제를 일으킨다. '오감도'라는 말은
사전에 올라 있지 않은, 이상 자신이 새롭게 만들어 낸 말이기 때문이
다. 이 말은 '조감도(鳥瞰圖)'라는 용어를 놓고 보면 그 의미와 형태의
변용을 쉽게 이해할 수 있다.

　　이상은 1931년 8월 '조감도(鳥瞰圖)'라는 제목 아래 모두 8편의 일본
어 시를 연작의 형식으로《조선과 건축》에 발표한 바 있다. 원래 '조감
도'라는 말은 미술 용어다. 공중에 떠 있는 새가 아래를 내려다볼 경우
넓은 범위의 지형, 건물과 거리 등의 형상을 상세하게 알아낼 수가 있
다. 그러므로 '조감도'는 영어로 'a bird's-eye view'라고 한다. 조감도는
회화 기법의 하나로서 이미 중세 유럽에서는 다양한 형태의 도시 조감
도(都市鳥瞰圖)가 많이 만들어졌다. 오늘날에는 관광지의 관광 안내도
에서처럼 지리와 산세, 건물의 위치와 거리 등을 한눈으로 알아볼 수 있
도록 그린 것이 많다. 도시의 건축 공사장에 세워 놓은 빌딩의 조감도는
공중에서 45°의 비스듬한 각도로 내려다볼 경우 눈에 드러나는 빌딩의
지붕과 창문 모양까지 정밀하게 그려 놓고 있다. 이상은 건축 기사로 일
하고 있었기 때문에 아마도 '조감도'의 형태로 그려 낸 공사 안내도를
자주 접했을 가능성이 있다.

　　이상은 1934년 7월《조선중앙일보》에 발표한 시에서 그 제목을 '오
감도'라고 붙이고 있다. 모두 15편의 시가 연작의 형태로 발표된 것이
다. 여기서 바로 문제의 '오감도'라는 말이 등장한다. 한자로 쓸 경우
'조감도(鳥瞰圖)'와 '오감도(烏瞰圖)'에서 '조'와 '오'의 한자는 그 의미
가 분명 다르지만 모양도 비슷하고 그 음도 유사하다. '鳥'는 '새'라는
뜻을 가지는 말이다. 이 한자에서 획(-) 하나를 제거하면 바로 '烏' 자

가 된다. 이 글자는 '까마귀'라는 뜻을 나타낸다. 까마귀도 새의 한 종류라는 점을 생각한다면, '오감도'라는 말이 '까마귀가 공중에서 내려다본 형상을 그려 낸 그림'이라는 뜻을 지니게 됨을 알 수 있다.

한자의 글자 모양을 이런 식으로 바꾸어 엉뚱한 글자로 만들어 내는 방식은 물론 새로운 것은 아니다. 전통적으로 한자의 자획(字劃)을 나누거나 합쳐서 전혀 다른 글자를 만들어 내는 '파자(破字)' 놀이가 있었다. 이를 달리 탁자(坼字), 해자(解字)라고도 한다. 예컨대, 한자의 형상을 따라 '양(羊)'의 뿔이 빠지고 꽁지도 빠진 글자를 '왕(王)' 자라고 말하기도 하고, '조(朝)' 자는 '십월(十月) 십일(十日)'을 나타내는 자라고 말하기도 한다. '친(親, 친할 친)'이라는 글자는 '나무 위에 서서 보는 자(木 + 立 + 見)'라고 분해하기도 한다. 이 같은 파자의 방법의 '문자 놀이(paronomasia)'의 하나로서 일종의 지적 유머의 형태를 드러내고 있는 수수께끼로도 전래되고 있다.

이상은 「오감도」에서 '파자'의 방식을 시적으로 변용하여 '오감도'라는 새로운 단어를 만들고 있다. '오감도'라는 이 단어는 '파자'에 의한 것이지만 단순히 우스갯말로 만들어 낸 것이 아니다. 이 말은 '까마귀'가 환기하는 독특한 분위기를 통해 암울한 현대인들의 삶의 모습을 전체적으로 암시하고 있기 때문이다. 결국 「오감도」는 '새가 공중에서 아래로 내려다본 모습'이 아니라 '까마귀가 공중을 날면서 땅을 내려다본 모습'으로 바뀐다. 이런 변용을 통해 얻어 내고 있는 의미의 변화를 시인 이상은 스스로 즐겼던 것이 아닌가 생각된다. 이처럼 이상은 해학적인 의도 또는 수사적 고안을 염두에 두면서 이 특이한 문자 놀이를 언어 의미의 이중성을 드러내도록 교묘하게 운용하고 있는 것이다.

한 마리의 까마귀가 공중에서 땅을 내려다본다는 「오감도」의 시적 주제는 비행기라는 기계의 힘으로 공중을 날아다닐 수 있게 된 새로운 현대 문명의 세계를 야유한다. 시인 이상은 공중에 높이 떠 있는 까마귀처럼 지상의 인간을 내려다본다. 그는 공중의 비행을 꿈꾸는 것이 아니라, 인간의 땅을 내려다볼 수 있는 시선과 각도를 꿈꾸는 것이다. 이상의 시 「오감도」는 바로 이 같은 꿈의 시적 형상에 해당한다. 이 작품은 지금도 여전히 대표적인 난해시로 손꼽히고 있지만, 인간의 삶의 세계와 사물을 보는 시각의 문제에 대한 새로운 도전이라는 점은 분명하다.

'조감도(鳥瞰圖)'의 의미는 인간이 새가 되는 것을 전제한다. 물론 새가 되어 하늘 높이 날아다니기 위한 것은 아니다. 공중에 떠 있는 새의 시선과 각도로 인간 세계를 내려다보는 것을 의미한다. 이 새로운 시각은 매우 중요하다. 그것은 모든 사물이 공중에 높이 날고 있는 새의 눈(또는 시선)에 집중되어 있음을 뜻한다. 새의 위치에서 가질 수 있는 시선의 높이와 그 각도로 인하여 지상의 모든 사물의 새로운 형태와 그 지형도가 드러난다. 그리고 그 위치와 거리가 감지된다. 그러므로 조감도의 시선과 각도를 가진다는 것은 사물에 대한 감각적 인지를 전체적으로 가능하게 하는 시선과 각도를 가진다는 것을 말한다. 그리고 이것은 사물의 세계를 그보다 높은 시각에서 장악할 수 있게 됨을 암시하는 것이다.

이상의 연작시 「오감도」는 지금도 여전히 1930년대 한국 문단 최대의 스캔들처럼 신화화되고 있지만 이 작품에서 높이 평가되어야 할 부분은 사물에 대한 새로운 시각의 발견이다. 이상은 대상으로서의 사물을 본다는 것이 단순히 눈앞에 존재하는 사물의 외적 형상을 인지하는 것이라고 여기지 않는다. 그것은 사물을 관찰하는 과정과 함께 주체를 둘러싸고 있는 환경 속에서 관찰자로서의 주체까지도 포함하는 여러 개의 장(場)을 함께 파악하는 일이다. 이상은 사물에 대한 물질적 감각을 정확하게 파악하기 위해 사물의 전체적인 형태나 중량감 윤곽, 색채와 그 속성까지도 설명할 수 있는 특이한 시선과 각도를 찾아낸다. 이것은 이상의 학업의 과정 자체와 연관되는 것이라고 할 수 있다. 그가 공업학교의 건축과에서 수학하면서 익힌 모든 지식은 20세기 초반의 기계 문명 시대를 결정한 여러 가지 기초적인 이론에 대한 이해를 통해 이루어진 것이라고 할 수 있다. 이상은 그의 문학에서 광선, 사물의 역동성, 구조 역학, 기하학 등 기계 시대를 이끌어오고 있는 특징적인 이미지들을 작품의 주제로 채택하고 이를 작품을 통해 새롭게 형상화하고자 하였던 것이다. 이상은 끊임없이 발전해 가는 기술 문명의 세계를 놓고, 그것의 정체를 포착하면서 동시에 주체의 의식의 변화까지도 드러낼 수 있는 새로운 그림을 상상한다. 그것이 바로 「오감도」의 세계라고 할 수 있다. 그러므로 「오감도」는 1920년대까지 한국에서 유행하던 서정시의 시적 진술법만으로는 이해되지 않는다. 그는 한국 사회의 근대화 과정에서 등장하기 시작한 부르주아 계급의 삶을 전체적으로 묘사하고 그 전망을 노래했던 방식과는 달리, 사물에 대한 보다 직접적이고 감각적인 접근법을 채택한다. 이것은 세계에 대한 인식뿐만 아니라 사물을 대하는 주체의 시각을 새롭게 변형시키기 위한 획기적인 방안이었기 때문이다.

매춘(賣春)과 '매춘(買春)'

시인 이상이 1936년 일본 동경으로 떠나기 직전 《조선일보》에 연재했던 연작시 「위독(危篤)」은 모두 12편의 작품으로 구성되어 있는데, 이 가운데 '매춘(買春)'이라는 제목의 짤막한 시 한 편이 포함되어 있다. 무심코 읽다가는 '매춘(賣春)'으로 착각할 가능성이 많아서, 기존의 여러 선집 가운데 이런 잘못을 저지른 경우가 더러 있다.

'매춘(賣春)'은 글자 그대로 돈을 받고 몸을 파는 것을 뜻한다. '매음(賣淫)'이라든지 '매색(賣色)'이라는 말과 같은 뜻을 지닌다. 그런데 이 시는 '매춘(賣春)'이라는 익숙한 단어에서 '賣(매, 팔다)'라는 한자를 '買

(매, 사다)'로 바꿔 놓음으로써 '매춘(買春)'이라는 전혀 새로운 의미의 말을 만들어 놓고 있다. 이상 자신이 즐겨 사용한 '파자(破字)'의 방법을 여기서도 활용하고 있는 셈이다. 이 시의 '매춘(買春)'이라는 제목을 한자로 쓰지 않고 한글로 바꿔 놓는다면 전혀 그 의미를 이해할 수가 없다.

> 記憶을맡아보는器官이炎天아래생선처럼傷해들어가기始作이다. 朝三暮四
> 의싸이폰作用. 感情의忙殺.
> 나를넘어뜨릴疲勞는오는족족避해야겠지만이런때는大膽하게나서서혼자서
> 도넉넉히雌雄보다別것이어야겠다.
> 脫身. 신발을벗어버린발이虛天에서失足한다.
>
> —「매춘(買春)」(《朝鮮日報》, 1936. 10. 8)

이 시에서 첫 문장은 "기억을맡아보는기관이염천아래생선처럼상해들어가기시작이다."라고 하는 비유적 진술로 이루어져 있다. 여기서 "기억을 맡아 보는 기관"은 사람의 머리 또는 두뇌를 말한다. 점차 기억력이 감퇴되는 것을 생선이 상하는 것에 비유하여 표현하고 있다. 둘째 문장은 "조삼모사의 싸이폰 작용"이라는 명사구로 이루어진다. '조삼모사'는 중국의 고사에서 온 말이지만, 여기서는 어떤 사실을 제대로 알지 못하고 균형을 잃거나 기준이 무너져서 아침저녁으로 이랬다저랬다 하는 상태를 말한다. '사이펀(siphon)'은 압력을 이용하여 높낮이가 다른 두 곳의 물을 이동시키는 관을 말하는데 "사이펀 작용"이라는 것도 사고와 감정이 일정하지 않고 균형이 깨진 상태를 비유적으로 표현하고 있는 것으로 볼 수 있다. 셋째 문장의 경우도 "감정의 망쇄"라는 명사구로 표현되어 있는데, 시적 주체의 정서적 불안 상태를 암시한다고 할 수 있다.

넷째 문장은 길이가 길고 구조가 복잡하다. "나를 넘어뜨릴 피로는 오는 족족 피해야겠지만"이라는 전반부는 그 해석에서 문제가 될 것이 없어 보인다. 그러나 "이런 때는 대담하게 나서서 혼자서도 넉넉히 자웅보다 별것이어야겠다."라는 표현이 문제다. 특히 "자웅보다 별것이어야겠다."라는 서술부는 비문법적인데다가 모호성을 지닌다. 일반적으로 '자웅'은 암컷과 수컷을 의미한다. 그리고 비유적으로 '강약, 우열 등을 겨루다.'라는 뜻으로 쓰이기도 한다. 여기서는 후자의 경우를 택하여 '당당하게 맞서서 겨루다.'라는 뜻으로 이해할 수 있다. "별것이어야겠다."라는 말은 '-보다는 다른 것(다른 방식)이어야 한다.'라고 읽을 수 있다.

이 시는 "탈신. 신발을 벗어 버린 발이 허천에서 실족한다."라는 두 구절로 시상의 종결을 이루고 있다. '탈신'이라는 말은 '상관하던 일에서 몸을 빼다.' 또는 '위험에서 벗어나다.'라는 뜻으로 쓰인다. 그러나 여기서는 이러한 일반적인 의미가 그대로 적용되기는 어렵다. 글자 그대로의 뜻에 따라 '몸이 빠져 나가다.' 즉 '정신으로부터 육체가 빠져 나가다.'라는 의미로 읽어야 한다. '정신이 아찔하여 몸의 균형을 제대로 잡지 못하는 상태'를 암시한다. 뒤에 이어지는 구절은 '마치 텅 빈 하늘(허천)을 디딘 것처럼 발을 헛디뎌 넘어지다.'라고 풀이할 수 있다.

이 시의 텍스트는 정신세계의 내면을 보여 주는 전반부와 외부적인 육체를 묘사하는 후반부로 구분된다. 전반부에서는 시적 주체가 기억력도 없어지고 정신이 몽롱해지면서 정서가 불안정한 상태에 놓여 있음을 비유적으로 표현하고 있다. 정신적 피폐 현상에 빠져 있는 주체의 내면 의식을 드러낸다. 후반부는 몰려오는 피로를 이겨 내지 못하는 병약한 육체를 그려 낸다. 피로를 물리치지 못한 채 정신을 잃고 쓰러지는 장면이 하나의 짤막한 문장으로 묘사되어 있다. 결국 이 시는 정신적 피폐 현상을 겪으면서 육체적인 병약의 상태에서 벗어나지 못하는 시적 주체의 자기 표백에 해당한다고 할 수 있다.

시「매춘(買春)」은 정신적 육체적 '젊음(건강)'에 대한 시적 주체의 갈망을 내면화하고 있다. 이 시의 제목인「매춘(買春)」이라는 말도 바로 이러한 시적 주제를 그대로 암시한다. 이 새로운 단어는 '젊음을 사 오다.'라는 의미로 읽어야 한다. 결핵이라는 병고에 시달렸던 시인의 개인사를 염두에 둘 경우 이 같은 내적 욕망을 충분히 이해할 수 있는 일이다.

4. 이상 문학 혹은 새로운 언어의 창조

이상 문학의 창조적 상상력은 그의 언어에 대한 탐구로부터 비롯된다. 이상은 사물을 보는 새로운 시각과 그 인식의 내용에 대한 새로운 명명법(命名法)에 골몰한다. 이것은 기성적인 관점을 거부하고 있다는 섬에서 혁신적이며, 이미 관습화한 인식을 넘어서고자 한다는 점에서 혁명적이다. 이상 문학이 드러내는 전위성을 바로 여기서 찾아볼 수 있다. 이상은 언어를 통해 표현되는 것을 중시하기보다 언어로 표현할 수 없는 것에 관심을 기울인다. 이것을 달리 말한다면 언어로 표현할 수 없는 것에 대한 표현에 관심을 기울인다고 해도 좋다. 그는 사물을 구별짓고 그것을 명명하는 일에 유별난 관심을 보여 준다. 그는 사물에 대한 자신의 인식을 언어로 명명하기 위해 새로운 언어를 찾아낸다. 이 작업은 일상적인 언어의 질서를 파괴하고 규범을 넘어서면서 언어가 만들어 낸 의미 체계를 교란시키기도 한다. 그러므로 이상의 언어는 투쟁이라고 할 만하다.

여기서 이상이 쟁취해 낸 언어는 언어 표현의 새로운 방법과 그 가치가 어떤 것인지를 말해 준다. 이상의 언어는 진술의 양면성을 보여 주면서 광범위한 연상을 불러일으키고 기존의 표현법과 충돌한다. 이상의 시 텍스트에는 언어가 아닌 기호들이 동원된다. 이것은 언어를 통해 표현하고자 하는 욕망과 그 표현의 불가능성을 동시에 보여 준다. 여기에는 말하기와 말할 수 없음이 동시에 존재하며 언어 표현에 대한 고의적 지연이나 방해도 포함된다. 이상의 시 「오감도」에서 이 같은 특징이 잘 드러난다. 「오감도」에 포함된 작품들 가운데에는 외견상으로 볼 때 그렇게 말할 필요가 없어 보이는 진술 내용을 반복하기도 하고 반드시 설명해야 할 것 같은 상황에는 말 대신에 기호들을 대체시킨다. 이 기호들은 대개 어떤 도형이나 수식 같은 것들인데, 거기에는 말로써 설명하지 못함을 지시하는 기능까지 포함되어 있다. 언어를 포기하고 언어로 표현하는 것을 스스로 거부하고 있는 이런 태도는 이해하기 어려운 측면도 없지 않지만, 이것은 사회적 현실과 개인의 내면적 질서가 와해될 것 같은 불안과 당혹감의 결과가 아닌가 생각된다.

이상은 언어가 지니는 소통의 위기와 언어 표현의 불완전성을 일찍 지적한 바 있다. 소설 「지도의 암실」에서 언어의 선조성(線條性)이 가지는 문제성에 대한 주인공의 질문이 이에 해당한다. 이상 소설의 언어는 억눌리고 마비된 듯한 어투를 보여 준다. 이러한 어투는 하나의 문체처럼 고정되어 주인공의 부조리한 관념과 생각들을 표현한다. 이것은 어떤 가공스러운 것 앞에서 말하지 못하는 것과 다를 바 없다. 그리고 단지 어떤 것을 통해서라도 암시하지 않을 수 없는 절망의 표지(標識)에 해당한다. 어떤 말로도 표현할 수 없는 것을 표현하고자 할 경우에 생기는 묵언(黙言)은 바로 그 상태에 대한 부정에 다름 아니다. 바로 거기에 작가 이상이 느끼는 자기 규정의 비밀이 있다.

8 소설의 일상성과
서사의 모더니티

이상의 소설은 그 창작의 과정 자체에서부터 이미 본질적으로 사실주의
적인 속성과 거리가 먼 양식적 요소로 채워지며 반인상주의적인 경향을
나다낸다. 그의 소설은 리얼리티에 대한 효과를 포기하면서 자신의 주
관적 감정과 경험적 요소들을 종종 과장하기도 하고 엉뚱한 방향으로
왜곡하기도 한다. 그의 소설은 현실을 통합적으로 인식하고 거기에 어
떤 합리적 질서를 부여하는 작업과는 거리가 멀다. 오히려 현실의 한 부
분을 자기화하는 작업에만 매달린다. 그렇기 때문에 그의 소설은 현실
의 어떤 부분을 잘 반영하여 묘사하고 있는 것이 아니라 오히려 그 현실
의 어떤 측면에 대응할 수 있는 하나의 독자적인 이야기로서의 소설을
만들어 낸다. 어떤 의미에서 볼 때 이상이 그의 소설에서 그려 내고자
하는 현실은 사실 존재하지 않는 것일 수 있다. 그의 현실은 그의 작품
을 빌려 비로소 탄생하는 것이다.

이상에게 있어서 소설이란 무엇인가? 이상 소설은 얼마나 새로운 것인가?

1. 이상 소설의 서사적 성격

이상에게 있어서 소설이란 무엇인가?

이상이 시도했던 여러 가지 방식의 글쓰기 가운데 소설은 특별한 의미를 지닌다. 그가 조선총독부 건축 기사 시절 '의주통 공사장'의 공사 감독관실에서 쓴 최초의 소설 「十二月十二日」에는 이런 구절이 담겨 있다. "나는 죽지 못하는 실망과 살지 못하는 복수, 이 속에서 호흡을 계속할 것이다. 나는 지금 희망한다. 그것은 살겠다는 희망도 죽겠다는 희망도 아무것도 아니다. 다만 이 무서운 기록을 다 써서 마치기 전에는 나의 그 최후에 내가 차지할 행운은 찾아와 주지 말았으면 하는 것이다. 무서운 기록이다. 펜은 나의 최후의 칼이다." 1930년 나이 스무 살의 청년 이상에게서 나온 이 말은 듣는 이의 가슴을 서늘하게 한다. 이상이 말하고 있는 '무서운 기록'이 바로 소설에 해당한다. '최후의 칼'을 들고 '죽지 못하는 실망과 살지 못하는 복수'의 싸움에서 얻어 낸 것이 소설이다. 이런 식으로 말한다면 소설이야말로 이상에게는 운명적인 글쓰기라고 할 수밖에 없다.

이상이 남긴 소설은 13편에 지나지 않는다. 이 유별난 숫자 '13'이 의도된 것이라고 말할 수는 없다. 그러나 이상의 소설에 대해서는 너무나도 많은 해설이 따라다닌다. 1930년대 문단의 가장 특이한 스캔들의 주인공이었던 이상은 그가 남겨 놓은 작품의 양보다 훨씬 많은 연구가 쏟아져 나오면서 새로운 비평적 담론의 키워드들로 장식되곤 한다. 이상의 소설은 그의 짧은 생애와 극적으로 대응하는 경험적 요소를 담아내고 있다. 그러므로 그의 개인적인 행적은 정확한 사실의 확인도 없이 그의 소설을 통해 설명되기도 하고 과장되거나 신비화되기도 한다. 그가 보여 준 특이한 여성 편력이라든지 동경에서의 죽음 등에 대해서 특히 그렇다. 그의 소설 텍스트 자체도 이 같은 삶의 특징에 덧붙여져서 그릇된 해석으로 독자들을 이끈다.

이상의 소설은 일반적으로 이해되고 있는 '소설'이라는 양식의 자질을 제대로 갖추고 있지 않다. 그의 소설에는 사실상 하나의 줄거리를 가진 이야기가 없다. 그의 소설 속에는 행동을 통해 발전해 가는 성격도 없다. 그의 소설 속의 인물들은 말과 행동을 통해 성격화되기보다는 의식과 사고를 통해 그 존재를 드러낸다. 어떤 하나의 목적이나 방향을 상정하고 이루어지는 도전과 모험의 과정도 없고 소설적 '낭만'이라는 말에 어울리는 이야기의 흥미도 결여되어 있다. 그렇기 때문에 하나의 잘 짜인 스토리를 기대하는 독자들에게는 이상의 소설이 언제나 혼란스럽게 느껴진다.

이상의 소설은 지극히 단순하다. 이 단순함은 물론 그 서사 구조에서 비롯되는 것이지만 소설 속에서 그려지는 모든 장면들이 일상적인 사소함에 얽혀 있음과도 연관된다. 그의 이야기 속에는 하찮은 일상들이 자리한다. 이것은 의미 있는 행동과 사건을 플롯의 원리에 따라 배치해야 하는 사실주의적 근대 소설의 특성과 배치된다. 이야기 속의 하찮은 일들은 모두 도회의 시가지에서 일어나지만 그것이 필연적으로 야기하는 사건이란 당초에 존재하지 않는다. 그의 소설은 객관적인 현실에 대한 리얼리티를 제거한 대신에 주관성이라는 새로운 하나의 지표를 핵심으로 내세운다. 이 주관성에 근거하여 미궁 속의 인물이 보여 주는 사소한 일들 속에서 형이상학적 사유도 가능해지며, 본능적인 충동의 단순성도 암시된다.

이상의 소설에는 사실주의적 세계에서 강조해 온 리얼리티의 개념 대신에 암시와 상징을 통해 드러나는 환상적인 세계가 이를 대치한다. 일상적인 공간 속에서 일상적인 사소한 일들을 나열하고 있지만 이상의 소설은 소설이라는 양식이 추구해 온 서사의 문법에서 늘 벗어나 새롭

고 낯설다. 그러나 그의 소설은 일종의 정황적 리얼리티를 생산한다. 그
것은 아주 사소한 일들에 대한 상세한 묘사를 통해서 그 특징이 드러나
기도 한다. 그렇기 때문에 어떤 연구자들은 이상 소설의 서사와 그 구조
적인 특성 대신에 이상이라는 작가, 경험적 실체로서의 이상이라는 인
물에 매달리고 그 허구적 재현 양상에만 관심을 기울인다. 이상 소설에
대한 논의가 작가 이상에 대한 심리 분석이나 숨겨진 경력의 탐색으로
치우치고 있는 경우가 많은 것은 이 때문이다.

　이상의 소설에는 어떤 특정한 이념이나 가치가 두드러지게 드러나는
법이 없다. 이야기의 내용도 해체되어 있고, 줄거리라는 것도 뚜렷하지
않다. 소설가로서의 이상은 어떤 특정한 방법과 관점에 따르거나 기성
적 권위를 부여받는 가치와 이념을 인정하지 않는다. 그는 단지 자신이
가지는 특수한 시각, 사물에 대한 지각에 충실하다. 이러한 자기 시각에
대한 경사(傾斜)를 모더니스트로서의 이상의 태도라고 할 수도 있다. 이
상의 소설에서 볼 수 있는 새로운 충동은 삶을 예술 속에 종속시키려는
의욕이다. 휴머니즘적 사실주의의 간판을 내건 문학이 문단을 주도하던
때에 그 거만한 세속주의에 반기를 든 이상은 이미 절대적 가치라든지
역사적 전망이라든지 하는 '신(神)'적 존재가 사라져 버린 시대의 예술
철학의 가능성에 도전한다.

　이상 소설의 주인공은 가정을 박차고 나와서 방황하고 사회적 윤리
와 제도에 의해 끊임없이 그 개인적 책무를 호명당한다. 그리고 새로운
문명에 대한 꿈을 안고 동경에까지 건너간다. 이 과정은 잃어버린 왕관
을 찾아 헤매는 신화적인 탐색의 주인공을 서사적으로 구성하기 위한
고안은 아니다. 이것은 오히려 현대의 인간들에게 이 같은 신화적 비전
이라는 것이 가능한 것인가를 되묻는 행위에 불과하다. 이상의 소설은
신화적 질서에 의해서가 아니라 인간의 삶의 양상이 모든 인간들에게

각자 맡겨진 대로 그렇게 굴러간다는 사실을 확인하는 것으로 끝난다. 어떤 관념적인 목표라든지 신의 계시를 향하여 그 종말이 준비되는 것이 아니라 인간의 선택에 의해 지극히 인간적으로 귀결된다는 것을 확인하게 한다. 인간의 삶과 그것이 만들어 내는 문화는 늘 변한다. 그 변화를 특정한 시대에 묶어 두려는 시도는 언제나 무모하다. 이상의 소설은 바로 여기서 새롭게 출발한다.

이상의 소설은 그 궁극적인 실체가 언어적 텍스트라고 할 수 있다. 이 언어적 텍스트에는 실체와 본질, 현실과 이상이 서로 갈등하는 모순된 양상들이 담긴다. 때로는 상징화되고 때로는 비약되고 때로는 패러디되어 엉뚱한 상상의 공간을 만들어 낸다. 이상의 소설은 물론 현실의 세계를 떠나지 않는다. 그러나 그의 언어는 언제나 이 현실의 영역을 넘어설 수 있는 또 다른 공간을 준비하고 있다.

2.「十二月十二日」과 소설적 실패

이상은 1930년《조선(朝鮮)》에 장편 소설「十二月十二日」을 국문으로 연재하면서 그의 문학적 글쓰기를 시작하고 있다. '이상(李箱)'이라는 필명으로 1930년 2월부터 12월까지 연재된 이 소설은 1931년《조선과 건축(朝鮮と建築)》에 발표한 일본어 시「이상한 가역반응(異常ナ可逆反應)」등보다 시기적으로 앞서 있다. 이 작품은 이상 문학의 문제의식과 서사성의 단초를 확인할 수 있는 출발점에 해당한다는 점에서 일정한 의미를 지닌다.

이상의 첫 장편 소설「十二月十二日」을 연재한 잡지《조선》은 조선총독부의 식민지 지배 정책을 대중적으로 선전하기 위해 발간했던 종합

홍보지이며, 일본어판과 국문판으로 간행되어 총독부 산하의 각 기관과 지방 관서에 배포되었다. 국문판《조선》은 1916년 1월에 창간된 후 월간지 형식으로 식민지 통치 기간 동안 계속 발간됨으로써 한국 근대 잡지 가운데 가장 오랜 역사를 지니게 된다. 식민지 한국 내의 정치, 경제, 사회, 문화 등에 관한 다양한 논설 기사를 한국인 필자 위주로 편집한 이 잡지에는 소설, 시, 수필 등의 문예물이 독자의 읽을거리로 권말에 함께 수록된 바 있다. 그런데 이상이 장편 소

설 「十二月十二日」을 총독부 기관지인《조선》에 연재하게 된 경위는 정확하게 확인할 수가 없다. 첫 회분의 연재가 시작된 때부터 소설의 연재가 완료될 때까지 이 잡지의 편집진은 문단 신인에 불과한 이상의 작품에 대해 아무런 언급도 하지 않고 있다. 이상이 총독부 건축과 기사였다는 사실을 제외한다면 이 잡지와 어떤 연관이 있었는지 확인할 수 있는 자료는 현재까지 밝혀진 바 없다. 더구나 이 잡지는 당시 문단권과 아무 연계도 갖고 있지 않았기 때문에, 이상이 시도한 소설 쓰기가 문단의 관심 대상이 되지 못했던 것은 물론이다.

장편 소설 「十二月十二日」은 이상의 첫 소설이라는 의미 자체만으로도 비평적 관심의 대상이 되고 있지만, 처녀작이라는 한계를 넘어서지 못한 채 서사적 기법의 미숙성을 드러내고 있다. 특히 서술적 시각의 균

형을 유지하지 못하는 데에서 오는 여러 가지 문제성이 그대로 노출되고 있다. 장편으로서의 서사 구조를 유지하고 있으면서도 그 삽화의 구성 자체를 풍부하게 살려 내지 못하고 있으며, 인물의 설정도 도식적이며 이야기의 짜임새와 전개 방식도 단조롭다. 이 작품이 이상 소설의 원점 또는 그 기원의 형태로 존재한다는 점은 부인할 수 없는 사실이지만, 소설적 기법과 정신의 수준 자체를 문제 삼기에는 여러 가지 문제성을 지니고 있는 셈이다.

소설 「十二月十二日」의 주인공인 '그'는 산후병으로 아내가 죽은 뒤 자식마저 잃는다. 가난 속에서 고생을 견디지 못한 그는 노모를 모시고 동생인 'T'의 가족들과 서로 헤어져 일본으로 건너간다. 그러나 일본에서 한 해 겨울을 보내는 사이에 노모까지 세상을 떠나자 단신의 몸이 된다. 그는 막노동자로 떠돌기도 하고, 음식점 주방에서 일하기도 하다가 사할린의 탄광까지 흘러간다. 그리고 탄광 사고로 다리를 다친 채 다시 도회로 굴러들어 온다. 그는 다리의 치료를 위해 의학 서적을 넘기며 지내다가 하숙집 주인의 호의로 그 유산을 물려받는다. 이 뜻하지 않은 횡재를 안고 그는 귀국을 결행한다. 이러한 소설 전반부의 이야기는 모두 6통의 편지 속에 요약되어 제시된다. 그는 일본으로 떠나면서 가장 친한 친구인 'M'에게 동생네 가족을 돌보아 줄 것을 부탁한 바 있고, 일본에서의 생활 내역을 'M'에게 편지로 알렸던 것이다. 동생 'T'의 가족에 관한 이야기는 '업'이라는 조카애가 똑똑하게 자라나고 있다는 점, 'M'의 도움으로 업이 중학 과정까지 학업을 지속하게 된다는 점, 그리고 업이 음악 학교에 진학하겠다는 것을 'M'이 만류하고 있다는 사실 정도가 간략하게 소개된다.

이 소설의 후반부는 그의 귀국과 함께 새로운 국면으로 이어진다. 그의 동생인 'T'는 형이 상당한 돈을 들고 귀국한 것을 알고는 은근히 자기네 식구들을 위해 그 돈을 나누어 줄 것으로 기대한다. 그러나 그는 새로이 병원을 개업하고 'M'과 함께 그 병원을 운영할 것이라는 계획을 말해 준다. 다만 병원의 수익 가운데 일정액을 'T'에게도 배분하겠다는 것을 약속한다. 하지만 아우는 이러한 형의 계획을 수긍하지 않고 오히려 형의 모든 호의를 거부한다. 이로 인하여 형제간의 갈등이 지속된다. 업도 음악을 공부하겠다는 자신의 희망이 좌절되자 가족들에게 크게 반발한다. 이 소설의 이야기는 형에게 한을 품게 된 아우 'T'가 공사장에서 큰 부상을 당하고 자리에 눕게 되면서 파국으로 치닫는다. 더구나 병원에 근무하는 간호사 'C'양의 존재가 부각되면서 또 다른 갈등으로 발전한다. 'C'양은 그가 일본에서 함께 지냈던 친구의 여동생이다. 그 친구는 불의의 사고로 세상을 떠났는데, 우연이긴 하지만 그 여동생이 간호사가 되어 그의 병원에 근무하게 된 것이다. 그는 'C'양에 대해 일종의 이성적 호감마저 느끼게 된다. 그런데 이야기는 엉뚱하게 발전한다. 'C'양이 병원에 가끔 들르던 그의 조카 '업'을 사랑하게 된 것이다. 스물한 살의 청년 '업'은 가족으로부터 멀어지면서 자신을 이해해 줄 수 있는 새로운 도피처가 필요하였고, 연상인 'C'양은 옛 연인의 외모를 닮아 있는 '업'의 고뇌와 방황을 모성적 사랑으로 끌어안는다. 두 사람은 여름철 휴가 기간을 이용하여 해수욕장으로 놀러 가기로 약속하고 그 허락을 얻기 위해 그의 앞에 함께 나타난다. 그는 두 사람에 대해 엄청난 배반감을 느낀다. 그리고 업이 사들고 들어온 수영용품들을 모두 책상 위에 올려놓고는 불 질러 버린다. 이것을 보고 충격을 받은 업은 병석에 눕게 되고, 백부가 자신에게 했던 그대로 수영용품을 사다 달라고 한 뒤 백부 앞에서 그것을 마당에 쌓아 놓고 불을 지르게 한다. 그리고 업은 세상을 떠난다. 이 소설은 누구의 아이인지 밝히지 않은 채 젖먹이 어린애를 그에게 남겨 주고 떠난 'C'양, 집과 병원에 불을 질러 버리고 방화범으로 붙잡힌 'T', 그리고 철길 옆에 젖먹이를 남겨 두고 달리는 기차에 뛰어들어 자살하는 그의 모습을 그려 내면서 비극적 결말에 도달한다.

　소설 「十二月十二日」은 주인공의 탈향(脫鄕)과 귀환(歸還)이라는 모티프를 중심으로 이야기의 전반부를 구성하고 있다. 특히 소설의 전반부는 6통의 편지를 통해 그 서사 내용을 압축적으로 제시하고 있다는 점이 특징이다. 이러한 서간체 형식의 서사적 수용은 소설에서의 근대적 시점의 확립을 꾀하고자 했던 1920년대 초기 소설에서 널리 시험된 바 있다. 예컨대 최서해의 단편 소설 「탈출기(脫出記)」는 궁핍한 삶을 견디지 못하고 가족을 버린 채 집을 뛰쳐나온 주인공이 독립단에 가담하게 된 과정을 친구에게 고백하는 편지 형식으로 되어 있다. 소설의 주인공이 결행하는 탈출은 식민지 조선을 벗어나는 일이다. 주인공은 식구들과 함께 먹고살 수가 없어 고향을 버린다. 그리고 간도로 이주한다. 하지만 그곳에서도 농사를 지을 땅을 얻지 못하고 할 일을 구하지 못한다. 그가 할 수 있는 일이라고는 나무를 해다 팔거나 아니면 두부를 만들어 파는 일뿐이다. 그러나 그것으로는 가족을 제대로 먹여 살릴 수가 없다. 그는 자신과 가족이 겪는 가난과 고통이 한 개인의 삶에 대한 충실성과는 무관하게 험악한 사회 제도 그 자체로부터 비롯된다는 것을 깨닫는다. 그리고 이 같은 불합리한 사회 제도의 변혁이 우선되어야 한다고 생각한다. 그는 노모와 처자를 버리고 집을 나와 독립단에 가담함으로써 새로운 투쟁의 출발을 결행한다. 이 작품에서 그려 낸 탈출 과정은 경제적인 한계에 대한 인식으로부터 출발한다. 말하자면 가난한 삶에서 벗어나고자 하는 욕망에서 비롯된 것이라고 할 수 있다. 그러나 이 개인적 욕망을 이루기 위해서는 근본적인 사회적 변혁을 필요로 한다는 것이 주인공의 생각이다. 그러므로 주인공은 또 다른 삶의 가능성을 위해 개인적 결단에 따라 정치 투쟁을 위한 조직 속에 가담한다. 그러므로 이 서간체의 형식은 사적 심정의 고백이 아니라 계급적 담론의 성격을 드러내게 되는 것이다. 소설 「十二月十二日」의 서두에서 그려 내고 있는 '탈향' 또는 '탈출'의 장면은 최서해의 「탈출기」와 흡사하다. 적빈이라는 말로 요약하고 있는 가난과 그 고통을 벗어나기 위해 주인공의 탈향이 이루어지고 있기 때문이다. 그리고 탈향 이후 편지투를 활용하여 자신의 심정을 친구에게 고백하는 것도 마찬가지다. 그러나 「十二月十二日」은 「탈출기」의 이념 지향적 성격을 완전히 벗어나면서 물질적인 것에 대한 개인적 욕구라는 하나의 목표에 매달린다. 이러한 구도는 「十二月十二日」의 서사적 성격을 개인의 사적 생활 공간에 밀착시켜 놓을 수 있게 한다. 그러나 서술의 객관성을 훼손하는 감상적 진술에 의해 디테일이 훼손되면서 리얼리티의 구현에 실패하고 있다. 이 소설의 전반부 내용을 구성하고 있는 6통의 편지는 주인공의 일본 체험이 얼마나 험난한 고통으로 이어졌는지를 요약적으로 제시하는 데에 집중된다. 고향을 떠나는 장면에서부터 오랜 세월을 보낸 후 귀향의 소식을 알리는 데에 이르기까지의 시간적 경과와 공간적 이동의 과정이 주인공의 의식을 통해 모두 편지 속에 압축된다. 이러한 서간체 형식의 진술법은 서사적 자아의 내면 풍경을 쉽사리 드러낼 수 있는 회상적 서술을 가능하게 한다. 그리고 사적인 고백을 위장함으로써 독자에 대한 소설적 감응력을 높일 수 있다는 이점이 있다. 그렇지만 이 진술법은 소설 내적 공간에서 극적인 장면을 모두 사상(捨象)시켜 버림으로써 '보여 주기'의 방식이 가지는 긴장을 전혀 살릴 수 없게 된다. 모든 장면은 볼 수 있도록 제시되는 것이 아니라 들을 수 있도록 설명될 뿐이다. 이러한 치명적 약점은 소설의 이야기가 중반에 접어들면서 서서히 극복되고 있지만, 전반부에서 이미 그 서술적 균형을 잃고 있는 이야기의 방향을 제대로 끌어가지 못한다.

　소설 「十二月十二日」이 드러내고 있는 기법적 미숙성은 인물의 성격 창조의 실패에서 쉽게 확인된다. 특히 서사 내적 상황에 대한 작가의 개입을 통해 인물의 성격을 쉽게 규정하고 있는 점이 문제가 된다. 이 작품의 서두에는 "내가 나의 고향을 떠난 뒤 오늘날까지 십유여년 간의 방랑 생활에서 얻은 바 그 무엇이 있다 하면, '불행한 운명 가운데서 난 사람은 끝끝내 불행한 운명 가운데에서 울어야만 한다. 그 가운데에 약간의 변화쯤 있다 하더라도 속지 말라. 그것은 다만 그 '불행한 운명'의 굴곡에 지나지 않는 것이다.' 이러한 어그러진 결론 하나가 있을 따름이겠다. 이것은 지나간 나의 반생의 전부요 총결산이다. 이 하잘것없는 짧은 한 편은 이 어그러진 인간 법칙을 '그'라는 인격에 붙여서 재차의 방랑 생활에 흐르려는 나의 참담을 극한 과거의 공개장으로 하려는 것이다."라는 주인공의 진술이 제시된다. 여기서 '그'라는 인격에 붙여 한 인간의 삶의 과정을 그리겠다는 것은 소설에서의 서술적 간격을 고려하고 있음을 의미한다. 그렇지만 실제 작품 내적 상황에서는 특히 서간체로 이루어진 전반부의 경우 이러한 의도를 전혀 실천하지 못한다. 서술적 간격을 전혀 지키지 못함으로써 서술의 긴장도 살려 내지 못하고 리얼리티의 감각도 구현할 수 없게 된다. 그러므로 소설의 이야기 속에서 '그'의 관점을 그대로 '나'의 입장으로 전환하여 놓고 본다 하더라도 하등의 격차를 느낄 수 없게 되는 것이다. 이러한 문제점은 극단적인 방화와 자살이라는 파멸의 과정으로 끝나는 소설의 후반부에 이르면 서술자로서의 작가의 목소리까지 함께 겹쳐지면서 서사 공간의 긴장을 약화시켜 버리는 데에까지 이르게 된다.

　이 작품은 이야기의 흐름을 통제하는 방식에 있어서도 균형을 잃고 있다. 전반부의 연재 과정에서 텍스트를 '一', '二', '三', '四'로 구획 지어

나아가던 것이 4회 연재 이후 그대로 사라지면서 전반부에서 시도했던 이야기 단위의 구획 자체를 무색하게 만들고 있다. 그리고 '12월 12일'이라는 숫자가 드러내는 일종의 시간적 종말 의식에 집착하고 있는 점도 독자의 입장에서는 부담스럽게 느껴질 수 있다. 행위와 사건의 필연적 계기를 약화시키는 우연성의 개입도 서사의 진행을 부자연스럽게 만든다. 하지만 그 서사 기법이 드러내는 문제점에도 불구하고 이 소설은 작가 스스로 언급하고 있는 것처럼 '무서운 기록'으로서의 자기 규정에 접근할 수 있는 갈등 구조의 구축에 어느 정도는 성공한다. 소설 「十二月十二日」은 그 문제의 핵심이 가족 구성원 사이의 대립과 갈등, 그리고 거기서 비롯된 원한과 관련될 수 있다는 사실을 그 서사의 맥락을 통해 암시한다.

소설 「十二月十二日」은 두 가지의 갈등의 축을 중심으로 이야기를 구성한다. 그중의 하나는 주인공인 '그'와 아우인 'T'의 사이에서 빚어지는 동기간의 갈등과 대립이다. 이 갈등의 기저에는 물론 궁핍한 삶과 물질적인 것에 대한 개인적인 욕망이 가로놓여 있다. 다른 하나의 경우는 '그'와 조카에 해당하는 '업' 사이에 야기된다. 이것은 매우 복잡한 여러 가지 요소들이 함께 작동하는 과정에서 서서히 드러나 극적으로 폭발한다. 특히 'C'라는 여성을 가운데 두고 일어나는 백부와 조카의 대결 양상은 그 내면 심리의 투사 과정을 정밀하게 분석할 것을 요구한다. 그런데 이러한 갈등 대립의 구조는 어떤 결말에 이르더라도 승자와 패자를 구분하기 어려운 파국을 낳을 수밖에 없게 된다. 이 무서운 결과를 놓고 작가 이상은 '복수'라고 말한다. 하지만 철저하게 파멸하는 삶의 결말에 남겨진 젖먹이를 놓고 생의 새로운 가능성을 암시한다고 하더라도 이 소설의 이야기가 결국은 생에 대한 환멸에 머물러 있다는 것은 부인할 수 없는 사실이다. 이 작품의 서사 구조를 작가 자신의 개인적인 경험의 영역에 곧바로 대입시켜 놓는 연구들을 보면, 바로 이러한 문제를 간과하는 경우가 많다. 이야기의 주인공을 작가 이상의 백부로 놓고 그 아우인 'T'를 이상의 생부로 읽어 간다면, '업'은 곧바로 작가 이상의 분신이되고 만다. 그러나 이런 식의 설명은 이 소설이 가지는 텍스트적 속성을지나치게 경험론적 인과 관계에 얽어 놓음으로써 텍스트 내적 공간의의미를 이해할 수 없도록 만든다. 작가 이상이야말로 가장 철저한 텍스트주의자였다는 점을 간과해서는 안 된다.

3. 이상 소설의 일상성과 시간 의식

이상이 발표한 두 번째의 소설은 「지도(地圖)의 암실(暗室)」이라는단편이다. 이 작품에서부터 이상은 단편 소설이라는 양식에 매달린다.단편 소설 「지도의 암실」은 이상이 소설적 양식을 통해 추구하고자 했던 서사 미학의 요건을 분명하게 드러내고 있다. 첫 소설 「十二月十二日」에서 확인되는 성격의 결핍이 상당 부분 극복되고 있으며, 서사 구성의미숙성도 거의 눈에 띄지 않는다. 이 작품은 패러디의 기법을 활용한 소설 내적 공간의 확충, 도시적 공간을 배회하는 '산책자(散策者)'라는 특이한 성격의 창조, 개인의 삶과 그 존재를 통한 내면 의식의 탐구, 일상성의 의미에 대한 새로운 천착 등을 골고루 보여 준다. 이러한 문제적인요건들은 이상의 소설 문학에서 반복적으로 실험되면서 그 주제 의식의무게와 깊이를 더하게 된다. 그러므로 이 소설은 이상의 소설적 글쓰기의 영도(零度)에 자리한다고 할 수 있다.

이상의 단편 소설은 주인공의 하루의 일과로 이야기를 끝내는 작품들이 대부분이다. 「지도의 암실」, 「지주회시」, 「동해」, 「종생기」, 「환시기」, 「실화」 등이 모두 그렇다. 이 작품들에서 그려 내고 있는 하루라는 제약된 시간은 일반적인 시간의 보편적 속성과는 관계없이 등장인물의 사적 체험 속에서 재구성된 실제적 경험의 시간이다. 그런데 이 시간은 비록 제한된 하루 동안이라고 하더라도 일상적으로 반복되며 순환된다. 이상의 소설 속에서 그려지고 있는 주인공의 경험적 시간은 지극히 개인적이고도 사적인 것이지만 일상적으로 반복되는 순환적 시간의 틀을 벗어나지 않는다. 이 순환적 시간은 이야기의 시작과 결말을 자연스럽게 매듭지으면서 그 순환성의 특징을 강조한다. 일상은 애당초부터 반복적으로 되풀이된다. 그러므로 일상의 시작과 끝은 서로 맞물려 있다. 모든 일상은 시작되는 자리에서 끝이 나고 끝이 나는 자리에서 다시 시작된다. 인간의 모든 행동이나 일상의 제반사가 다 순환적으로 반복된다는 생각은 인간의 삶이, 인간의 역사가 무한한 가능성을 향하여 발전해 간다는 생각과는 그 성질이 전혀 다르다. 하루하루 되풀이되는 일종의 '일일 순환(day-cycle)'의 원칙에 따라 진행되는 소설 속의 이야기를 놓고 보면 그 같은 소설에서 이야기의 줄거리를 따지는 일이 더 이상 의미가 없음을 알 수 있다. 어떤 행위의 연속을 통해 구체화되고 발전하는 사건이라는 것이 존재하지 않기 때문이다.

이상의 소설에서 그려지는 하루 동안이라는 제약된 시간은 도시적인 현대인의 삶의 전부에 해당한다. 그러므로 이 하루가 바로 소설의 중심이며 이야기의 핵심이 된다. 하루 낮과 밤이라는 정해진 시간 속에서 온갖 경험적 요소들이 서로 뒤섞여서 자연적 객관적인 시간의 단순한 순서나 단위와 극명하게 대비된다. 소설의 주인공들은 모든 흘러간 기억들을 하루라는 시간 속에 주입시킨다. 이러한 방법을 통해 하루 동안이라는 제약된 시간이 소설에서 특별한 현재를 구성하고 있는 셈이다. 이상이 그의 소설에서 시간의 제약을 무한하게 확장하기 위해 끌어들이고 있는 것은 이른바 '시간화된 공간'이다. 인물의 의식 내면에서 자유롭게 연상된 정신의 궤적을 따라 공간은 확대되기도 하고 수축되기도 하고 가변적인 것으로 드러난다. 이런 식으로 시간화된 공간은 현실과 환상을 넘나들며 일상적인 현실의 고정된 틀을 넘어선다. 그러므로 이상의 소설에서는 시간의 흐름이 일상적인 현실 속에서 드러내는 규범이라든지 그 지속의 과정과 서로 불일치하게 드러난다. 이상 문학에서 시간은 마치 정신이 시간을 경험하는 것처럼 지연되기도 하고 즉각적으로 이동하거나 도약하기도 한다. 이 과정에서 인물의 기억과 욕망이 극적으로 제시되고 외형화하여 무의식의 세계와 겹친다.

이상의 첫 단편 소설 「지도의 암실」은 소설이라는 양식이 하루라는 짧은 시간을 통해 삶의 모든 경험적 요소들을 어떻게 하나의 통일체로 해석해낼 수 있는지를 보여 주는 새로운 시도에 해당한다. 이 소설의 서두에서 묘사되고 있는 방 안의 풍경과 주인공인 '그'의 행동은 결말 부분의 그것과 아주 흡사하다. 새벽 4시가 넘어서야 잠자리에 들어가는 주인공의 모습을 그리면서 소설의 이야기를 시작하고 있는데 결말에서도 똑같이 4시가 되어서야 잠자리에 드는 주인공의 모습을 그리면서 이야기가 끝난다. 이상은 이 같은 순환론적 시간의 인식 방법을 통해 인간의 삶 속에서 시간의 지속이라는 것이 어떻게 하나의 통일체로 인식될수 있는지를 보여 준다. 그러므로 소설 「지도의 암실」의 서사 구조는 그것을 지배하고 있는 시간의 속성에 의해 결정된다고 할 수 있다. 이 작품은 공적 시간 개념을 전복시키는 시간에 대한 사적 체험을 중심으로 서사가 전개된다. 이러한 구성법은 경험적인 현실과 주체의 내적 의식 사이에 이루어지고 있는 간극을 지양하기 위한 기법적인 모색과 관련되는 것이지만 그 '미학적 위장'이 다분히 실험적이다. 그 이유는 작품의 이야기 속에서 주인공의 행위가 그 구체성을 잃고 있는 데에서 찾아진다. 주인공의 행위가 들어설 자리에는 관념적이고도 추상적인 사념의 연쇄가 이어진다. 심지어는 이야기의 서술 과정에서 등장인물의 대화가 모두 생략되어 있거나 간접화되고 있다. 이 '추상화의 원칙'은 이 소설이 지향하고 있는 새로운 서사의 문법과 직결되어 있음을 말하는 것이다.

소설 「지도의 암실」은 주인공이 겪게 되는 만 하루 동안의 일과를 서사의 공간 속에 펼쳐 보이지만, 이야기의 중심을 이루는 뚜렷한 줄거리를 담고 있지 않다. 모든 장면과 장면을 주인공의 의식의 흐름을 따라 내면화시켜 놓고 있기 때문이다. 하루라는 제약된 시간 속에서 주인공이 보여 주는 것은 일상적 궤도에서 일탈된 행위로 채워져 있다. 극적 갈등도, 위기의 국면도, 전환의 고비도 존재하지 않는 이 소설에서 모든 삽화는 우연스러운 생각, 그 기원을 따지기 어려운 연상, 그리고 자연스레 이어지는 생각들로 채워진다. 동기화되어 있지 않은 행위, 지표가 없는 동작은 어떤 일련의 사건으로 이어지지 않는다. 인물의 존재 기반이 되는 가정, 사회 등의 현실적 요건들도 이 작품에서는 거의 그려지지 않는다. 오직 사적(私的)인 영역으로서의 의식의 내면 공간만이 드러나고 있을 뿐이다. 이 소설은 성격화된 인물 대신에 무성격자인 주인공을 등장시켜 놓은 채, 잘 구성된 이야기 대신에 지루하고 무의미한 반복적인 일상을 보여 준다. 그러므로 이 소설에서 줄거리를 이끌어 가는 인물의 운명의 도정이라는 것을 기대하기는 어렵다.

「지도의 암실」에서 서사 구조의 기초가 되고 있는 하루 동안이라는 제약된 시간은 일반적인 시간의 보편적 속성과는 관계없이 '그'라는 인물의 사적 체험 속에서 재구성된 실제적 경험의 시간이다. 이 사적인 시간성의 의미를 서사 구조와 연관하여 보면 그 본질적인 속성을 쉽게 확인할 수 있다. 이 소설은 하루 동안의 시간을 다음과 같은 몇 가지 단계로 구분하고 있다. 이 작품의 첫째 장면은 주인공이 새벽 4시가 되어서야 잠자리에 드는 모습을 그린다. 그리고 아침 10시쯤에 일어난다. 좀 늦은 시간이긴 하지만 아침 식사를 마친다. 둘째 장면은 아침나절에 화장실에 들어가서 상당한 시간을 보낸다. 온갖 생각들이 뒤엉킨다. 정오의 사이렌 소리를 듣고 나서야 밖으로 나온다. 셋째 장면은 도회의 시가지로 나선다. 혼자 걷다가 영화관에 들어가 「러브 퍼레이드(LOVE PARADE)」라는 영화를 구경한다. 넷째 장면은 영화관을 나와서는 가끔 들르는 레스토랑에 간다. 그 레스토랑에 들어서다가 문 앞에서 넘어져 얼굴을 다친다. 레스토랑의 여급이 다친 얼굴을 돌봐 준다. 그녀에게 기대고 싶어진다. 마지막 장면은 밤에 집에 돌아와 밤이 늦도록 무언가 일을 한다. 레스토랑의 여자를 생각한다. 새벽 4시가 되어서야 잠자리에 든다. 이러한 시간 구분은 어떤 계기적인 행위와 사건을 중심으로 이루어지는 것은 아니다. 이야기 자체가 행위와 사건을 주축으로 삼기보다는 주인공의 머릿속에서 일어나고 있는 여러 가지 상념을 중심으로 전개되고 있기 때문이다. 실제로 이 작품에는 주인공과 어떤 관계를 형성하고 있는 다른 등장인물이 없다. 이야기의 마지막 단계에 등장하는 레스토랑의 여급이 유일하며, 친구인 K라는 인물이 간간이 거명되고 있을 뿐이다. 주인공의 존재를 사회적으로 고립시켜 놓음으로써, 타자와의 관계에서 이루어지는 사건이 제거된 대신에 의식 내면의 공간을 크게 확장시켜 놓고 있는 것이다.

소설의 서사 구조를 지배하고 있는 하루 동안이라는 시간은 소설 「지주회시」에서도 반복적으로 나타난다. 이 소설은 크리스마스 날 오후부터 그 이튿날 오후까지의 하루 동안으로 고정되어 있는 서사적 시간 속에서 이야기를 압축적으로 진행시킨다. '거미들이 돼지들을 만나다.'라는 뜻으로 읽히는 이 소설의 제목처럼 소설 속의 이야기는 '그'와 아내를 중심으로 하는 거미의 세계와 '오'를 중심으로 하는 돼지들의 세계를 교묘하게 겹쳐서 그려 낸다. 개체로서의 삶에 자족하면서 자기 자신을 갉아먹고 살아가는 그의 부부는 약자에 대한 착취 구조를 근거로 하는 돼지들의 세계를 감당할 수 없다. 이 작품에 그려진 주인공과 아내와의 관계, 돈을 둘러싼 친구와 주인공의 내면적 갈등, 돈으로 모든 것을 해결 보려고 하는 뚱뚱보 전무나 R회관의 뚱보 주인의 모습에서 가정과 사회의 퇴폐와 병리에 대한 작가의 조롱을 읽어 내는 것만으로도 족하다. R회관에서 여급으로 일하는 아내는 자신을 밀쳐 넘어뜨려 부상을 입힌 전무가 사건의 수습을 위해 위자료 20원을 건네주자 이를 공돈이라도 얻은 듯 기뻐한다. 그러나 주인공인 '그'는 빚을 얻은 자기네 돈 100원을 그냥 먹어 버린 친구와 뚱보 전무의 행태에 할 말을 잃은 채 아내가 잠든 사이 위자료 20원을 몽땅 들고 술을 마시러 나간다. "거미는 나밖에 없구나."라고 하면서 아내가 몸을 다치고 얻은 돈을 다시 탕진해 버리고자 하는 그의 일탈된 행위는 퇴폐와 병리의 극단에 몸을 던짐으로써 그 추악함의 본질을 드러내는 역설에 해당한다. 이 역설의 언어가 결국 근대 사회에서의 자본주의적 착취 구조의 연결 고리를 풍자적으로 그려 내는 데에까지 이른다고 말한다면 지나친 것인가? 이 소설은 단 하루 동안의 시간을 통해 인간 사회에서 일어나고 있는 개인적 유대 의식의 상실과 그 물신화의 현상을 신랄하게 조롱하고 있는 셈이다.

　이상의 소설 가운데 동경 생활을 배경으로 하고 있는 단편 「실화」는 주인공인 '나'(작품 속에서는 작가 자신의 이름인 '이상'이라고 호칭됨)를 중심으로 이루어지는 동경에서의 하루의 일과로 그 이야기를 한정한다. 물론 '나'의 의식 속에서는 서울에 남겨 두고 온 여인과 문우들에 대한 상념들과 동경에서 이루어지고 있는 무료한 생활이 뒤섞이면서 과거(서울)와 현재(동경)의 대조적인 두 개의 공간이 서로 대비된다.

十二月二十三日 아침 나는 神保町陋屋속에서 空腹으로 하야 發熱하얐다. 發熱로하야 기침하면서 두벌 편지는 받았다.

「저를 진정으로 사랑하시거든 오늘로라도 도라와주십시오. 밤에도 자지 않고 저는兄을 기다리고 있읍니다. 兪政」

「이편지 받는대로 곧 도라오세요. 서울에서는 따뜻한 房과 당신의 사랑하는 姸이가 기다리고 있읍니다. 姸書」

이날저녁에 부즐없는 鄕愁를 꾸짓는것처럼 C孃은 나에게 白菊한송이를 주었느니라. 그렇나 午前一時 新宿驛쏨에서 비칠거리는 李箱의옷깃에 白菊은 간데없다. 어느長靴가 짓밟았을까. 그렇나 — 검정外套에 造花를 단, 땐서 — 한사람. 나는 異國種강아지올시다. 그렇면 당신께서는 또 무슨방석과 걸상의秘密을 그 濃化粧그늘에 지니고 계시나이까?

사람이 — 秘密하나도 없다는것이 참 財産없는것 보다도 더 가난하외다 그려! 나를 좀 보시지요?

앞의 인용은 소설 「실화」의 마지막 장면이다. 이 마지막 장면은 소설 속에서 이야기의 첫머리에 놓이는 것이 시간적 순서로 보아 옳다. 그러나 작가는 굳이 이 장면을 소설 속의 이야기의 결말에 배치한다. 여기서 주목되는 것이 '12월 23일 아침'이라는 특정 날짜와 시간이다. 소설 속의 서사적 배경으로 이 날짜와 시간이 제시되어 있기 때문이다. 실제로 「실화」의 이야기를 보면, 주인공인 '나'는 동경의 하숙방에서 12월 23일 아침에 경성에서 온 두 통의 편지를 받는다. 하나는 친구인 '유정'이 보낸 것이고 다른 하나는 '연'이가 보낸 것이다. 모두 다시 서울로 돌아오라고 적었다. '나'는 이 편지를 받고 마음이 심란하다. '나'는 아침에 편지를 받아 보고는 'C'라는 유학생 남녀가 동거하는 집에 가서 두 사람과 이야기를 나눈다. 그러나 머릿속은 아침에 받은 편지 때문에 어지럽고 마음도 갈피를 잡기 어렵다. 저녁이 되어서야 하숙으로 돌아오는 길에 또 다른 유학생 'Y'를 만난다. 둘은 다방에서 커피를 마시고 신주쿠의 카페 노바를 찾아간다. 그리고 밤이 늦도록 시간을 보내면서 고민에 빠진다. 이 같은 줄거리 내용을 따라가다 보면 여기 표시된 '1936년 12월 23일' 이라는 날짜가 작가 자신의 경험적 일상에 그대로 적중하는 것이 아닌가 생각된다. 물론 여기서 '12월 23일'이라는 특정한 날짜는 사실 누구에게도 그리 유별나게 중요한 하루가 아니라는 점을 주목할 필요가 있다. 소설 속에 등장하는 주인공이 이 날짜의 단 하루 동안 겪었던 일상적인 일들을 이야기 속에 늘어놓고 있는 것이므로 이 하루는 역사적인 중요성을 가지는 것도 아니다. 독자들에게도 아무런 의미를 가지기 어려운 소설 속의 어떤 하루에 불과하다. 하지만 소설이라는 양식이 추구하는 서사의 전략으로 볼 때 「실화」에서 그려 내는 이 하루 동안의 시간은 의미 있는 요건으로 자리한다. 바로 이러한 일상의 하루 자체가 이야기의 핵심을 차지하고 있기 때문이다.

소설 「실화」의 이야기 속에서 그려지는 주인공의 하루 생활은 계획된 일정이라기보다는 우연하게 이어진다. 하루 동안이라는 시간의 경과와 그 속에서 일어나는 사건들은 어떤 커다란 사건과 연쇄를 이루어 지속되는 것이 아니라 우연과 우연의 연속으로 그려진다. 길에서 우연하게도 지인을 만나 같이 커피를 마시고 함께 술자리에도 나간다. 그런데 평범해 보이는 이 하루가 우연하게도 당시를 살았던 사람들의 일상을 그대로 펼쳐 보이고 그 걷잡을 수 없는 익명성으로부터 벗어나 구체적 장면으로 살아난다. 이 과정에서 동경의 거리가 살아나고 주인공의 의식 내부에서 일어나는 갖가지 생각들이 꼬리를 문다. 하루 동안이라는 제약된 시간 속에서 전개되는 모든 일들은 주관적인 세계의 영역을 벗어나지 않지만, 이 모든 일들은 시간의 흐름이라는 지속의 의미를 가늠하게 하는 적절한 장면들로 꾸며진다. 소설 속의 동경 거리는 정확한 지시 대상을 드러낸다. 간다의 고서점 거리에 러시아 책을 전문으로 취급하는 유명한 '나오까 서점'도 등장하고, 다방 '엠프레스'도 나오고, 거리를 밝히는 등꽃 모양의 가로등이 사실 그대로 켜진다. 이처럼 동경 거리 한복판에 서 있는 주인공의 의식 속에는 두고 온 경성과 이 도시의 도습이 시시로 대비된다. 두서없이 이루어지는 사념들을 주워 모아서 무질서하게 구축되고 있는 일상의 이야기를 만들어 내고 있는 소설 「실화」의 서사 공간이야말로 바로 평범한 일상이 이미 소설에 깊숙이 자리 잡고 있음을 보여 준다.

이상의 소설은 주인공이 겪는 일상적인 하루 동안의 일들을 중심으로 하고 있기 때문에 각각의 작품에 극적인 갈등이나 반전 등으로 이어지는 중요한 행동이나 사건이 제대로 드러나 있지 않다. 뚜렷한 줄거리를 만들어 내는 핵심적인 사건이나 행동도 찾아보기 어렵다. 이들 소설 속에서 주인공의 삶의 전체성을 살피고자 한다든지 사건의 절정과 그 파국을 통해 어떤 문제점을 해결해 가는 과정을 찾아보고자 한다면 그것은 이상 소설에 대한 올바른 독법이 아니다. 이상 소설에는 대체로 운명의 도정이라고 부르는 도도한 이야기의 흐름 대신에 다양한 에피소드와 충동적인 삽화들의 무질서한 결합만이 드러난다. 그러므로 엄격한 의미에서 이상의 소설은 줄거리 또는 스토리라는 개념을 지니지 않는다. 줄거리는 어떤 하나의 방향을 향해 전개되는 사건과 사건의 연쇄를 통해 그 통일성이 확립되는 것이다. 그러나 이러한 통일성을 지닌 줄거리는 「실화」와 마찬가지로 「지도의 암실」, 「날개」, 「종생기」 등에도 존재하지 않는다. 이 작품들에서 발전하고 변화하는 것은 줄거리가 아니다. 작품의 결말의 상황은 처음의 그것과 다를 바 없다. 변화하고 있는 그 상황을 드러내는 국면일 뿐이며 그것이 반복될 수밖에 없다는 암시뿐이다. 이처럼 이상의 소설에 일상의 우연하고도 사소한 일들이 이야기의 중심에 자리 잡고 있다는 것은 일상성이 그의 언어와 사유 글쓰기를 통해 사유와 의식 속에 들어와 있음을 의미한다. 하찮은 일상 속에 도회의 시가지가 있고 형이상학적 사유가 있고 미궁 속의 인물이 드러나고 그 인물의 본능적인 충동과 행동의 단순성도 드러나는 것이다. 이상의 소설이 이와 같이 일상성을 드러내고 있다는 것은 바로 그러한 일상성을 생산하고 있는 사회의 모더니티를 규정하는 일과 다를 바가 없다. 겉보기에 무의미해 보인 것들 가운데에서 작가는 자신의 어떤 관점에 의해 중요하다고 느끼는 것들을 발견하고 그것들을 나열함으로써 바로 그 사회의 성격을 규정하고 있기 때문이다.

이상의 소설은 객관적 현실에 대한 리얼리티를 제거한 대신에 주관성이라는 새로운 지표를 핵심으로 내세운다. 이상 소설 속에는 시계와 함께 시간을 알리는 여러 가지 기호들이 등장하고 있다. 시계는 정오를 알려 주고 자정을 종 치고 새벽 3시를 알린다. 그러나 이것이 아침이 온다거나 날이 저물고 있다거나 한나절이 지나가고 있음을 말해 주는 것은 아니다. 단지 하나의 지점에서 고정된 시각을 표시할 뿐이다. 소설 「날개」의 주인공인 '나'는 한낮 정오의 사이렌이 울리는 소리를 들으면서 백화점 옥상에서 소리친다. "날개여 돋아라. 날자 날자꾸나." 이 장면은 여러 가지로 해석이 가능하지만 개인이 제도와 규범으로부터 이탈하고자 하는 욕망의 출발점이라는 것을 알 수 있다. 여기서 '나'는 구체적인 한 개인이라기보다는 일종의 순수한 정신적 실체처럼 느껴진다. 이상에게는 순간이라는 개념이 곧 영원으로 통한다. 이것은 「날개」의 경우에도 확인할 수 있고, 그의 시에서 보여 주는 상상력의 기반에도 나타나는 현상이다. 이상의 소설에서는 모든 순간이 무한이며 역사 속의 모든 일이 순간적이다. 그러므로 우주적 시간과 실존적 시간이 동시에 일치된다. 그의 소설 속에서 끊임없이 반복되는 다층적인 현재를 보여 준다. 이상 소설에서는 이처럼 시간 의식이 실존적 차원에서 강조되고 정교화된 반면에 인물이나 성격이라는 면에서는 전통적인 리얼리즘의 소설과는 달리 그 윤곽이 불분명하고 유동적인 자아로 변모하였다. 그러므로 개성화된 인물의 사회적 역할은 줄어들고 협소해진 반면에 시간 의식은 순간에서 영원으로 이어지면서 인간의 보이지 않는 내면을 볼 수 있도록 고안한다. 이상의 소설적 관심과 방법은 실제 이야기의 서술에서 의식의 흐름이라든지 내적 독백과 같은 새로운 방법을 정착시키고 있다. 이러한 방식은 이전의 소설에서는 볼 수 없었던 것이다. 인간의 삶의 내면을 구체화시키는 이러한 방식은 계속적인 현재에 대한 환상을 가능하게 해 주었으며 몽상과 기억에 의해 과거를 탐구하면서 과거와 현재를 서로 혼합시켜 새로운 우주적 시간을 가능하게 만들어 주고 있다. 그런데 이처럼 소설이 인간의 내부를 향하고 현실과 경험의 역사의 비중이 낮아지면서 이것이 그대로 추상화의 과정을 거쳐 신화의 영역으로 치닫게 되는 현상도 볼 수 있게 되었다.

이상의 소설에서 시간의 지속성이라는 요소와 지속하는 자아의 측면 모두를 납득할 수 있게 해 주는 것이 바로 '의식의 흐름'에 대한 묘사이다. 이 기법은 전통적인 개인이나 자아 개념의 총체적인 해체를 의미하는 것으로 인식되는 것이 보통이다. 이것은 실체로서의 자아나 개성이 통일체로서 존재하기 어렵다는 사실을 전제한다. 이상 소설에서 이러한 현상이 강하게 드러나는 것은 자아의 파편화 현상에 대한 관심이 집중되고 있음을 의미한다. 하지만 이상이 그려 내는 세계는 자유 연상 또는 내적 독백을 통해 드러나는 파편적인 단상이나 기억들이 실제로는 등장인물 한 사람의 삶에 속해 있다는 사실을 간과해서는 안 된다. 이것은 한 인격체의 파괴를 의미하는 것이 아니라 바로 그러한 현상을 통해 한 인격체를 재구성하는 셈이다. 실제로 이것은 저자인 이상 자신이 조절하고 통제하는 문학적 상상력의 영역 안에서 이루어지는 일이다.

시간은 본질적으로 개인에 의해 경험되는 것이다. 그것은 역사가에 의해 기록되거나 관찰자에 의해 측정됨으로써 인지되는 것이 아니라 개인의 삶 속에서 경험된다. 그러므로 시간은 인간 존재의 근본적인 범주를 형성한다. 그러나 인간의 경험적 시간은 기억 또는 의식 속에서 시간적 순서 개념을 지키지는 않는다. 그것들은 서로 뒤섞이고 왜곡된다. 그 순서를 알 수가 없다. 그것들은 서로 뒤섞여서 서로 영향을 미치는 역동적인 상호 침투 작용을 보여 준다. 인간의 삶에서 시간과 자아의 관계에 특별히 중요한 것은 바로 이 같은 성질이다. 이러한 현상을 나타내는 문학적 표기가 바로 이미지의 논리이다. 자유 연상법과 내적 독백의 이면에도 이러한 논리가 작용한다. 이것은 객관적 현실 속에서 볼 수 있는 귀납적이거나 인과적 추리와는 아무 상관없이 사용되는 비논리적인 것이다. 이미지나 연상의 논리는 기억 속의 사건들이 가지는 시간적 순서라든지 인과적 논리라든지 하는 것을 초월하는 것이다. 이것은 어떤 질서나 균일한 논리에 의해 정리되는 것이 아니라 서로 뒤섞여서 상호 영향을 미치고 침투하고 작용하여 융합되는 것이다.

4. 이상 소설과 메타픽션의 문제

이상의 단편 소설은 그 서사적 형식의 불안정성과 함께 특이하게도 자아 반영의 어떤 경향을 그 특징으로 하고 있다. 이러한 경향은 이상의 소설이 보여 주는 서사의 방식을 통해 극명하게 드러난다. 그는 경험적 현실의 문제성을 고민하기보다는 예술의 양식으로서의 문학이 어떻게 인간의 삶의 경험들을 반영하고 구성하는가 하는 방법의 문제에 관심을 기울인다. 이것은 그가 문단에 등장하게 된 1930년대 초반의 일반화되기 시작한 새로운 예술적 경향과 문화적 관심의 일단을 보여 주고 있다.

한국 문학은 1920년대까지 문학의 영역에서 집단적 주체와 그 이념의 구현이라는 가치론적 과제를 담론의 핵심적 주제로 삼았다. 그러므로 이러한 이념적 가치를 놓고 벌인 문학의 계급성과 민족성에 대한 논의는 문학적 담론의 영역을 언제나 사회 경제적 질서의 차원에 기초하여 전개했던 것이 사실이다. 그리고 식민지 현실에 대한 공통의 경험과 현실의 변화와 발전에 대한 역사적 신념에 기초하였던 것이다. 이와 같은 상황 때문에 소설 속의 개인의 삶은 언제나 그가 살아온 사회적 배경을 통해 이해된다는 것이 일반적인 관점이었으며, 그것이 바로 개인의 계급적 기반을 의미했던 것이다. 더구나 개인의 모든 활동 역시 투쟁, 좌절, 성공, 죽음 등에 이르기까지 모든 이야기의 구조와 그 결말은 항상 사회 구조 또는 계급적 기반 위에서 해석되고 가치가 부여되었던 것이다. 개인과 사회의 관계를 통해 삶의 총체성을 인식하고자 했던 이러한 시도는 그러나 관념적으로만 가능했다는 점도 인정되어야 한다. 실제의 현실 속에서 개인은 사회와의 관계 속에서 소외되고 삶의 파탄을 경험하는 경우가 허다하기 때문이다.

그러나 이상의 경우는 인간의 창조적 행위로서의 문학에서 주체의 집단적 이념성이 중요한 것이 아니라는 사실을 발견한다. 그는 예술적 창조 행위에서 개별적 주체로서의 자아의 역할에 새로운 관심을 부여한다. 이것은 서사의 세계에서 언제나 중요한 것이 개별적 주체로서의 자아의 구성 문제라는 사실에 대한 새로운 인식에 근거하는 것이다. 이 같은 이유 때문에 이상의 소설에서는 더 이상 리얼리티의 개념을 경험적 세계관에 의해 규정할 수 있는 근거가 발견되지 않는다. 그는 서사의 영역에서 강조되어 온 리얼리티의 문제에 대하여 새로운 접근을 요구한다. 그는 객관적 현실이 언어를 통해 수동적으로 반영된다는 전통적인 관념을 거부하면서, 언어 자체가 지니는 독립적이면서도 자족적인 속성을 최대한 활용하고자 한다. 바로 여기서 서사에 있어서의 '메타적 언어' 또는 '메타픽션'이라는 개념이 성립되는 것을 확인할 수 있게 된다.

이상의 소설에서 주목되는 메타적 글쓰기 방식이라든지 '메타픽션'[13]의 속성이라든지 하는 말에서 '메타'라는 용어는 '메타언어'라는 개념에서 비롯된 것이다. 현대 논리학에서는 언어를 두 가지 층위로 구분한다. 어떤 대상을 지시하는 '대상언어'와 언어 자체에 대해 언급하는 '메타언어'의 두 가지다. 여기서 말하는 '메타언어'는 일반적인 언어의 개념과는 전혀 다르다. 일반적인 언어, 즉 대상언어는 현실 세계 속에서 어떤 사건, 사물, 상황 등과 같은 비언어적 대상을 지시한다. 그러나 메타언어는 어떤 하나의 언어를 언어로 정의하는 경우를 가리킨다. 어떤 하나의 언어를 대상으로 하는 언어라고 규정할 수 있다. 여기서 '메타언어'라는 것을 논리학자나 언어학자만이 사용하는 것이 아니라는 점을 주목할 필요가 있다. 사람들은 누구나 일상적인 언어생활에서 무의식적으로 메타언어적 속성을 활용하기 때문이다. 로만 야콥슨은 "발신자 그리고 / 혹은 수신자 상대방과 일치하는 코드를 사용하고 있는지를 확인해야 할 때 발화의 초점은 코드 자체에 있게 된다. 즉 메타언어적 기능을 발휘한다."[14]라고 설명하기도 한다. 메타언어적 기능은 발화에 있어서 본질적이다. 왜냐하면 그것은 하나의 발화에 대한 발화이기 때문

---

13   메타픽션이라는 말에 대해서는 Patricia Waugh, *Metafiction: The Theory and Practice of Self-Conscious Fiction*(London: Metheun, 1984)와 Linda Hutcheon, *Narcissistic Narrative: The Metafictional Paradox*(New York: Methuen, 1984)를 참조.

14   로만 야콥슨, 『일반언어학 이론』(권재일 역, 민음사, 1989, 220면.)

이다.

　'메타픽션'이라는 것도 그 속성이 메타언어와 다를 바 없다. 이상은
자신의 소설 안에서 그 소설의 서사 자체에 대해 말할 때가 많다. 이러
한 진술은 서사의 진행 과정 속에서 볼 때 텍스트의 창작 과정을 정교하
게 반영하고 있지만, 진행되고 있는 서사와는 관계없이 괄호 속에 담기
는 셈이다. 말하자면 작품 텍스트의 경계를 넘어선다. 이 경우에 작가는
자기 소설에 대한 이론가가 되고 서사의 외부에 존재하는 모든 것들이
작품 속으로 불려 들어오기 마련이다. 이러한 특징을 드러내는 소설을
'메타픽션'이라고 명명할 수 있다. 그의 소설 가운데「지도의 암실」,「동
해」,「날개」,「종생기」등에는 특히 이러한 메타적 글쓰기의 특징이 잘
드러난다. 이상의 대표작으로 손꼽히고 있는 소설「날개」의 경우를 보
면 소설의 서두에서부터 이 작품이 허구의 산물에 지나지 않는다는 사
실을 강조한다. 그리고 이 허구의 세계와 실재의 현실 사이에 어떤 괴리
가 존재한다는 점을 드러내고자 한다. 특히 외부의 객관적인 현실 세계
가 묘사의 중심을 이루는 것이 아니라 텍스트 내부에서 이루어지는 허
구적 텍스트의 창작 과정 자체에 관심을 기울인다. 말하자면 소설 속에
서 소설이 창작되는 과정 자체를 보여 주는 메타픽션의 속성이 강하다
는 사실을 확인할 수 있다.

　소설이란 그 자체가 하나의 픽션이며 위장이다. 그러나 이상은 스스
로 그 위장에 해당하는 서사에 관심을 기울이고 이에 대해 메타적인 간
섭을 가하고 언급함으로써 그 자신이 위장하고 있는 것이 아니라는 점
을 강조한다. 이러한 과정을 통해 이상은 독자들과의 사이에 '소설'이라
는 허구적 서사에 대해 이야기하는 것이 아니라 그 허구적 서사가 허구
적이라는 점에 초점을 두고 이야기를 한다. 이러한 특이한 메타적 전략
은 소설이라는 것이 허구라는 사실을 보다 더 진지하게 위장하는 효과

를 드러낸다. 여기서 문제가 되는 것이 전통적인 개념으로서의 허구와 리얼리티 사이의 관계가 무너지게 된다는 점이다. 이상이 소설 속에서 이 같은 새로운 경향을 보여 주고 있는 것은 실재의 현실 자체에 대한 신념이 붕괴되었다는 회의론적 인식에 근거한다고 할 수 있다. 그는 소설이라는 것이 하나의 꾸며진 세계이며 허구에 불과하다는 사실을 강조한다. 이 같은 새로운 인식은 이상 문학의 출발점에서부터 드러난다. 그가 건축학도로서 쌓았던 과학 기술과 문명에 대한 인식은 현대 물리학의 발전에 따라 이루어진 인간관과 우주론의 획기적인 변화에 대한 관심에서 비롯된 것이다. 뉴턴적인 고전 물리학의 모든 체계와 신념은 아인슈타인의 상대성 이론 이후 여지없이 붕괴된다는 사실은 이상이 그의 일본어 시에서 일찍이 고심 속에 형상화하고자 했던 주제이기도 하다. 이상은 객관적 현실 또는 실재에 대한 신념이 사실은 상대적인 것에 불과하다는 사실을 인지한다. 그리고 절대 불변의 진리라는 것이 존재할 수 없다는 것을 깨닫는다. 이러한 새로운 인식이 그의 관심을 메타적인 것으로 돌렸을 가능성이 크다.

이상의 소설은 메타적 글쓰기의 방법을 통해 텍스트의 내적 공간을 확대하고 서사의 중층성을 확립한다. 이것은 그가 소설을 통해 현실 세계를 전체적으로 반영한다든지 삶의 실재성을 추구한다든지 하는 리얼리즘적 관점과는 거리가 있다. 이상의 소설은 텍스트 내부의 세계를 새롭게 구조화하는 데에 더 큰 관심을 보여 준다. 그의 소설 가운데 「지도의 암실」, 「동해」, 「날개」, 「종생기」 등에는 이러한 메타적 글쓰기의 특징이 잘 드러난다. 이 작품들은 서사 자체가 텍스트의 창작 과정을 정교하게 반영하고 있기 때문이다.

소설 「지도의 암실」에는 작가 자신이 자기 이름과 동일한 주인공을 등장시킨다. 다음 인용에서 확인할 수 있는 것처럼 소설의 서두에서

"리상 — 나는리상이라는한우수운사람을아안다 물론나는그에대하야
한쪽보려하는것"이라고 스스로 밝히고 있다.

(1)

　기인동안잠자고 짧은동안누엇든것이 짧은동안 잠자고 기인동안누엇섯
든그이다 네시에누우면 다섯 여섯 일곱 여덜 아홉 그리고아홉시에서 열시
까지리상 — 나는리상이라는한우수운사람을아안다 물론나는그에대하야 한
쪽보려하는것이거니와 — 은그에서 그의하는일을쩨어던지는 것이다.

(2)

　투스부럿쉬는그의니사이로와보고 물이얼골그중에도쌤을건드려본다그
는변소에서 가장먼나라의호외를 가장갓갑게보며 그는그동안에편안히서술
한다 지난것은버려야한다고 거울에열닌들창에서 그는리상 — 이상히이일
홈은 그의그것과쪽갓거니와 — 을맛난다 리상은그와쪽갓치 운동복의준비
를차렷는데 다만리상은그와달라서 아모것도하지안는다하면 리상은어데가
서하로종일잇단말이요 하고십허한다.
　그는그책임의무체육선생리상을맛나면 곳경의를표하야그의얼골을리상
의 얼골에다문즐러주느라고 그는수건을쓴다 그는리상의가는곳에서 하는일
까지를뭇지는안앗다 섭섭한글자가하나식 하나식섯다가 씰어지기위하야 나
안는다.

앞의 인용에서 확인할 수 있는 것처럼 작가가 자신의 역할을 모방하
는 인물을 소설 속에 배치함으로써 작가의 창작 행위 자체를 서사 내에
서 전경화(前景化)하게 된다. 이러한 작가의 개입은 현실적인 삶에서 문
제가 될 수 있는 새로운 가치라든지 윤리 문제 등에 대해 자기 견해를

밝힐 수 있는 이점도 있기는 하지만, 독자들은 이러한 작품을 읽으면서 이 작품의 내용이 작가가 의도적으로 꾸며 내고 있는 이야기임을 알아차리게 된다. 이 같은 메타픽션적인 요건은 소설 「휴업과 사정」에서도 발견되지만, 「동해」와 「종생기」에서는 작가 자신과 이름이 같은 '이상'이라는 작중 인물을 등장시킨다.

소설 「동해(童骸)」는 그 텍스트가 '촉각(觸角)', '패배(敗北) 시작(始作)', '걸인(乞人) 반대(反對)', '명시(明示)', 'TEXT', '전질(顚跌)'이라는 여섯 개의 단락으로 나누어져 있다. 이 여섯 개의 단락에 붙어 있는 소제목들은 모두 각 단락의 서사 내용이나 텍스트적 성격을 암시한다. 이 작품의 중심에는 작중 화자를 겸하고 있는 '나'라는 인물이 자리하고 있다. 그리고 어느 날 가방을 싸 들고 '나'를 찾아온 '임(姙)'이라는 여인이 그 상대역을 담당한다. '임'은 '나'의 친구인 '윤(尹)'이라는 사내와 살고 있던 여인이다. 세 사람은 서로 이미 잘 알고 지내던 사이이다. 이런 식의 인물 설정이라면, 쉽게 애정 갈등의 삼각 구도를 떠올릴 수 있다. 그러나 문제는 그리 간단하지 않다. 「동해」의 서사는 제목 자체가 암시하는 대로 '임'이라는 여인이 '나'와 '윤'이라는 사내 사이를 오가면서 벌이는 교묘한 애정 행각에 초점을 맞추고 있다. 작가는 이 흔해 빠진 주제의 통속성을 벗어나기 위해 패러디의 언어와 메타적 글쓰기의 기법을 동원하여 특이한 상호 텍스트의 공간을 구축하고 있다.

「동해」의 전반부는 '촉각(觸角)'이라는 첫 단락과 '패배(敗北) 시작'이라는 둘째 단락으로 이루어진다. '촉각'은 대상에 대한 감각적 인지 방법을 의미한다. 그리고 긴장이 거기 수반된다.

(1) 觸角이 이런 情景을 圖解한다.

悠久한 歲月에서 눈뜨니 보자, 나는 郊外 淨乾한 한방에 누어 自給自足하고있다. 눈을 둘러 방을 살피면 방은 追憶처럼 着席한다. 또 창이 어둑어둑하다.

不遠間 나는 굳이직힐 한개 슈-ㅌ케-스를 발견하고 놀라야한다. 계속하야 그 슈-ㅌ케-스 곁에 花草처럼 놓여있는 한 젊은 女人도 발견한다.

나는 실없이 疑訝하기도해서 좀 처다보면 각시가 방긋이 웃는것이아니냐. 하하, 이것은 기억에있다. 내가 열심으로 연구한다 누가 저 새악시를 사랑하든가!

(2) 이런情景은 어떨가? 내가 理髮所에서 理髮을하는중에 ―
理髮師는 낯익은 칼 을 들고 내 수염 많이난 턱을 치켜든다.
「님재는 刺客입늬까」
하고싶지만 이런소리를 여기 理髮師를보고도 막 한다는것은 어쩐지 안해라는 존재를 是認하기 시작한나로서 좀 良心에안된일이 아닐까 한다.
싹뚝, 싹뚝, 싹뚝, 싹뚝,
나쓰미캉 두개 外에는 또 무엇이 채용이 되였든가 암만해도 생각이 나지 않는다. 무엇일까.
그러다가 悠久한歲月에서 쪼껴나듯이 눈을뜨면, 거기는 理髮所도 아무데도아니고 新房이다. 나는 엊저녁에 결혼 했단다.

앞의 인용에서 먼저 주목해야 하는 것이 메타적 글쓰기 방식이다. 이 대목은 작가의 현실 의식이나 세계관에 대한 것이라기보다는 글쓰기 자체의 방식에 관련되기 때문이다. 소설을 통해 텍스트 내부의 세계를 반영하는 데에 더 큰 관심을 보여 주는 이 대목에는 외부의 객관적인 현실 세계가 서사의 배경으로 제시되지 않는다. 작가 스스로 텍스트 내부에서 이루어지는 허구적 텍스트의 창작 과정 자체를 넌지시 암시한다. 소설의 이야기를 따라가 보면 첫째 단락에서 '나'는 '임'의 실체를 감지하고 있음을 알 수 있다. 그녀의 반응을 떠보면서 '나'는 그녀가 여러 남자를 두루 거친 경험을 가졌다는 사실을 그대로 확인한다. 그리고 함께 밤을 지낸다. '패배 시작'이라는 둘째 단락은 다음 날 아침의 정경을 보여 준다. '나'의 집에 찾아온 '임'이 제법 신부 노릇을 하려 든다. '나'의 손톱을 깎아 주고 '나'의 끼니를 채울 수 있도록 먹을 것도 준비해 온다. '나'는 '윤'의 사무실에 이른 아침부터 나와 앉아 있던 '임'의 모습을 떠올린다. 그리고 이 두 남녀의 사이에 끼어든 '나'의 입장을 생각하며 스스로 갖추어야 할 태도를 생각한다. 하지만 '나'는 '임'에게서 드러나는 여인의 모습에 빠져들 수밖에 없게 된다.

「동해」의 이야기는 '걸인(乞人) 반대(反對)'와 '명시(明示)'라는 제목을 붙이고 있는 셋째 단락과 넷째 단락에서 정점에 이른다. '나'는 '임'을 데리고 거리로 나선다. 그리고 '윤'의 집으로 찾아간다. 그러나 '나'는 '윤'의 의연함에 놀란다. 더구나 두 사내를 건드렸다 말았다 하면서도 이 엄청난 장면에 너무도 덤덤한 '임'의 모습에 질린다. '윤'은 아주 간단하게 '일착(一着)한 선수'로서의 자기 입장을 설명하고는 돈 10원을 건네주면서 'T군'과 함께 한 잔 하라고 권한다. 자기는 '임'을 데리고 키네마에 갔다 오겠다는 것이다. 이때 '임'이 은행에서 바꾸어 온 10전짜리 잔돈을 한 줌 '나'에게 내밀어 준다. 나는 '임'의 돈을 받지 않을 수 없게 된다. 결국 소설 「동해」에서 중반부의 이야기는 '임'의 행동이 하나의 장난질에 지나지 않음을 암시한다.

그런데 이러한 서사의 전개 과정도 사실은 아주 정교하게 계산된 논리에 의해 이루어지고 있음을 다음의 인용을 통해 확인할 수 있다.

이런情景 마자 불쑥 내어놓ㅅ는날이면 이번 復讐行爲는 完璧으로호지부지 하리라. 적어도 完璧에 가깝기는하리라.

한사람의女人이 내게 그 宿命을公開해주었다면 그렇게 쉽사리 公開를받
은 — 懺悔를듣는 神父같은 地位에있어서보았다고 자랑해도좋은 — 나는 비
교적 행복스러웠을른지도모른다. 그렇나 나는 어디까지든지 약다. 약으니까
그렇게 거저먹게 내행복을 얼골에 나타 내이거나 하지는않는다는것이다.

이와같은 ㄹ로직을 不言實行하기 위하야서만으로도 내가 그 구중중한
수염을 깎지않은것은 至當한중에도 至當한 맵시일것이다.

앞의 인용은 셋째 단락의 서두에 해당한다. 「동해」의 전반부에서 이
루어진 이야기의 장면들이 어떤 구도에 따른 것인가를 밝혀 주면서 앞
으로 전개될 방향을 암시한다. 이러한 자기 반영적인 속성으로 인하여
독자들은 텍스트 밖의 세계보다는 오히려 텍스트 내에서 이루어지는 내
적인 메커니즘에 관심을 기울인다. 결국 이 소설은 그 자체가 허구적 산
물임을 강조하면서 그것이 만들어지는 과정에 집착하고 있음을 알 수 있
다. 그리고 소설이라는 것이 하나의 꾸며진 세계이며 허구에 불과하다는
사실을 강조함으로써 실재와 허구 사이의 거리를 분명하게 제시한다.
「동해」의 이야기는 'TEXT'라는 소제목을 붙이고 있는 다섯째 단락
에서 서사 자체에 대한 해체를 메타적으로 시도하면서 전환의 장면으로
이어진다. 여기서 주목되는 것이 서술적 어조의 변화와 함께 이루어진
메타적 글쓰기 방식이다. 이 다섯째 단락에서는 소설 「동해」의 중반부
에 이르기까지 드러나고 있는 '임'의 일탈된 행동과 '나'의 반응을 돌이
켜 보면서 여성과 정조 문제를 담론의 중심으로 끌어들인다. 그리고 마
치 '임'이 자신의 태도를 해명하고 있는 것처럼 가정하여 그녀가 들려주
었음직한 말을 만들어 보인다. 그리고 거기에 '나'의 의견을 덧붙인다.
이미 전개된 이야기를 놓고 그것에 대한 등장인물의 태도를 되묻는 방

식으로 이루어진 이러한 서술 방식이야말로 자기 반영성을 바탕으로 하는 메타적 글쓰기를 그대로 보여 준다.

「불작난 ― 貞操責任이 없는 불작난이면? 저는 즐겨 합니다. 저를 믿어주시나요? 貞操責任이생기는 나잘에 벌서 이 불작난의記憶을 저의 良心의힘이 抹殺하는 것입니다. 믿으세요」

評 ― 이것은 分明히 다음에敍述되는 같은 姙이의敍述때문에 姙이의 怜悧한 거즛뿌렁이가 되고마는것이다. 즉

「貞操責任이있을때에도 다음같은 方法에依하야 불작란은 ― 主觀的으로만이지만 ― 용서될줄압니다. 즉 안해면남편에게, 남편이면안해에게, 무슨特殊한戰術로든지 감쪽같이모르게 그렇게 스무―드 하게 불작란을하는데 하고나도 이렇달 形蹟을 꼭 남기지말아야한다는것입니다. 네?

그러나 主觀的으로 이것이 容納되지안는경우에 하였다면 그것은 罪요 苦痛일줄압니다. 저는 罪도알고苦痛도 알기때문에 저로서는 어려울까합니다. 믿으시나요? 믿어 주세요」

評 ― 여기서도 끝으로 어렵다는대문부근이 分明히 거짓뿌렝이라는것이다. 그것은 亦是 같은 姙이의 筆蹟 이런 潛在意識綻露現象에依하야 確實하다.

「불작란을 못하는것과 안하는것과는 性質이 아주 다릅니다. 그것은 컨디슌 如何에 左右되지는않겠지오. 그러니 어떻다는말이냐고 그러십니까. 일러드리지오. 기뻐해주세요. 저는 못하는것이아니라 안하는것입니다.

自覺된 戀愛니까요.

안하는경우에 못하는것을 觀望하고있노라면 좋은語彙가 생각납니다. 嘔吐 저는 이것은 견딜수없는 肉體的刑罰이라고 생각합니다. 온갖 自然發生的姿態가 저에게는 어째 乳臭萬年의 넝마쪼각 같읍니다. 기뻐해 주세요. 저

를 이런 遠近法에조차서 사랑해주시기바랍니다」

評 — 나는 싫여도 요만큼 닥아슨位置에서 姙이를說喩하려드는 때쉬의姿 勢를取消해야 하겠다. 안하는것은 못하는것보다 敎養 知識 이런尺度로따저 서 높다. 그러나 안한다는것은 내가 빚어내이는 氣候如何에憑藉해서 언제 든지 아모 謙遜이라든가 躊躇없이 불작란을 할수있다는 條件附契約을 車道 복판에 安全地帶設置하듯이 强要하고있는徵兆에 틀림은없다.

앞의 인용에서 볼 수 있는 것처럼 '임'의 말은 실제의 대화가 아니라 '나' 스스로 그렇게 가정해 보는 이야기에 불과하다. '나'는 '임'이 정조 에 대한 책임이 없는 불장난을 강조하면서도 서로에게 책임이 있는 경 우라면 그것을 비밀로 지켜 줄 수 있어야 한다고 말하도록 한다. 그리고 '임'의 의견과 태도가 제시에 대한 '나'의 평설을 덧붙인다.

이 다섯째 단락은 '나'와 '임'의 여성의 정조 관념에 대한 서로 다른 태도를 보여 주는 다음과 같은 논쟁적인 대화를 '조직'하여 놓음으로써 이 소설의 결말을 어느 정도 암시해 준다. 이러한 명시적인 언어적 자기 반영성은 소설 텍스트 속에서 서술되고 있는 서사와는 일정한 거리를 두고 일어난다. 이것은 소설 속의 이야기가 실제 세계의 반영이 아니라 작가에 의해 만들어지고 있는 허구적인 산물임을 말해 주는 것이다. 물 론 이러한 자기 반영적인 서사에 등장하는 인물이나 사건은 그것이 서 사화되는 과정에서 일정한 방향으로 변형된다. 그러므로 텍스트가 구현 하고 있는 내적 상황에서 결코 자유로울 수 없는 것이다.

나 스스로도 不快할 에필로 - 그 로 貴下들을引導하기위하야 다음과같은 薄氷을 밟는듯한 會話를 組織하마.

「너는 네말맞다나 두사람의男子 或은 事實에 있어서는 그以上 훨신더많은 男子에게 내주었든 肉體를걸머지고 그렇게도 豪氣있게 또 正正堂堂하게 내 城門을 闖入할수가 있는것이 그래 鐵面皮가아니란 말이냐?」

「당신은 無數한賣春婦에게 당신의 그 당신 말맞다나高貴한肉體를 廉價로 구경시키셨읍니다. 마찬 가지지요」

「하하! 너는 이런 社會組織을 깜박 잊어버렸구나. 여기를 너는 西藏으로 아느냐, 그렇지않으면 男子도哺乳行爲를하든 피데칸트롶스 시대로아느냐. 可笑롭구나. 未安하오나 男子에게는 肉體라는 觀念이없다. 알아듣느냐?」

「未安하오나 당신이야말로 이런 社會組織을 어째 急速度로 逆行하시는 것같읍니다. 貞操라는것은 一對一의 確立에있읍니다. 掠奪結婚이 지금도 있는줄아십니까?」

「肉體에對한 男子의 權限에서의嫉妬는 무슨 걸래쪼각같은 敎養나브랭이가아니다. 本能이다. 너는 아 本能을 無視하거나 그 稗氣滿滿한 敎養의掌匣으로 整理하거나하는재조가 通用될줄아느냐?」

「그럼 저도 平等하고溫順하게 당신이定義하시는 '本能'에依해서 당신의 過去를 嫉妬하겠읍니다. 자 — 우리 數字로 따저보실까요?」

評 — 여기서부터는 내 敎材에는 없다.

新鮮한道德을 期待하면서 내 舊態依然하다고할만도한 貫祿을 버리겠노라.

다만 내가 이제부터 내 不足하나마나 努力에依하여 獲得해야할것은 내가 脫皮할수 있을만한 知識의 購買다.

나는 내가 환甲을지난 몇해後 내무릎이 이러스는날까지는 내 오 - 크材로만든 葡萄송이같은 孫子들을 거느리고 喫茶店에 가고싶다. 내 알라모우드는 손자들의그것과 泰然히맞스고싶은 現在의 내 悲哀다.

소설「동해」는 마지막 단락인 '전질(顚跌)'에서 희화적(戲畵的)인 매듭을 장식한다. 이 소설의 마지막 장면은 "내 卑怯을 嘲笑하듯이 다음 순간 내 손에 무엇인가 뭉클 뜨뜻한 덩어리가 쥐어졌다. 그것은 서먹서먹한 表情의 나쓰미깡, 어느틈에 T君은 이것을 제 주머니에다 넣고 왔든구. 입에 침이 좌르르 돌기전에 내눈에는 식은 컾에 어리는 이슬처럼 방울지지 안는 눈물이 핑 돌기 시작하였다."라고 서술된다. 여기 등장하는 '나쓰미깡'이야말로 소설의 첫 장면에서 '임'이 껍질을 벗겨 주던 그 '나쓰미깡'과 다를 것이 없다. 이상의 글쓰기가 노리고 있던 감각적 인지 방법으로서의 서사화 전략은 이 작품의 결말에서 '달착지근하면서도 쓰디쓰고 시디신' '나쓰미깡'의 맛으로 귀결된다.

소설 「동해」의 메타적 글쓰기는 서사 자체가 자기 탐닉적 요소에만 집착하고 있다는 문제점을 드러낸다. 이러한 자기 집착의 경향은 이상의 소설이 사회적 역사적 현실로부터 도피하거나 초월하고 있다는 비판으로부터 자유로울 수 없는 자리에 놓여 있음을 의미한다. 이상의 소설이 자의식의 과잉 상태에 빠져 있다고 비판되거나 불확실한 자기 반영성을 넘어서지 못하고 있다고 지적당하는 이유가 여기 있다. 그리고 이러한 경향이 자기 탐닉과 문학적 퇴폐의 한 징후처럼 읽혀 왔다는 점도 간과할 수 없는 일이다. 그러나 이러한 관점은 리얼리즘적 소설의 전형에 근거한 판단일 뿐이다. 현실 세계의 리얼리티 자체가 근본적인 회의에 봉착해 있는 상황에서 이상 소설이 보여 주고 있는 메타적 글쓰기는 먼저 자기 반영성의 원리를 통해 개인의 소외 현상과 파멸의 과정을 추적한다. 이것은 도덕적으로 무책임하고 퇴폐적인 것이 아니라 오히려 바로 그러한 경향을 보이고 있는 현실을 해체한다는 점에서 하나의 역설적 요소를 담고 있다.

소설 「종생기」의 이야기는 당나라의 시인 최국보의 「소년행(少年行)」 첫 구절 "遺郤珊瑚鞭"을 의도적으로 바꾸어 놓는 것으로 시작된다.

첫머리의 두 글자의 순서를 바꾸어 써 놓고, 마지막의 '편(鞭)' 자를 탈락시켜 버린 채 '극유산호(郤遺珊瑚)'라고 쓰고 있다. 그러면서 바로 뒤에 "다섯 자 동안에 나는 두 자 이상의 오자를 범했는가 싶다."고 밝힌다. 이 의도적인 패러디의 방식 속에 「종생기」의 이야기를 이해하는 데에 필요한 '산호편'의 열쇠가 숨겨진다. '산호편'은 단순한 말채찍을 뜻하기도 하지만, 자신의 신분과 위상을 말하기도 한다. 어찌 보면 자기 자신의 굳은 의지 또는 높은 기상을 상징한다고 할 수 있다. 하지만 「종생기」의 작중 화자는 "죽는 한이 있더라도 이 산호(珊瑚) 채찍일랑 꽉 쥐고 죽으리라."라고 말하면서도 실상은 이 작품의 첫 대목에서 벌써 '산호편'의 '편(鞭)' 자를 빼놓고 있다. 이 기호의 변형은 텍스트의 차원에서 이루어진 작위적인 것이지만 실제의 서사에서 '산호편'의 상실 또는 부재를 암시한다. 작중 화자는 이미 '산호편'을 잃어버린 것이나 다름없다. 절대로 놓지 않겠다는 '산호편'이 이미 텍스트상에서는 하나의 탈락된 기호에 불과할 뿐이기 때문이다. 「종생기」는 다음과 같이 시작된다.

郤遺珊瑚— 요 다섯字동안에 나는 두字以上의 誤字를 犯했는가싶다. 이것은 나스스로 하늘을 우러러 부끄러워할일이겠으나 人智가발달해가는面目이 실로 躍如하다.

죽는한이 있드라도 이 珊瑚채찍을랑 꽉 쥐고죽으리라 내 廢袍破笠우에 退色한亡骸우에 鳳凰이 와 앉으리라

나는 내 「終生記」가 天下 눈있는선비들의 肝膽을 서늘하게해놓기를 애틋이 바라는 一念아래의만큼 吝嗇한 내맵씨의 節約法을 披瀝하야보인다.

이 서두 부분에서 작가인 '나'는 소설 「종생기」의 이야기가 서사화되

는 과정을 미리 암시한다. 그리고 작가 자신의 의도를 교묘하게 감추기도 하고 드러내기도 한다. 「종생기」의 서사에 대한 일종의 메타적 진술로 이야기를 시작하고 있다고 할 수 있다. 그러므로 소설 「종생기」의 이야기는 자연스럽게 그 서사 속에 최국보의 「소년행」의 내용을 재현할 수밖에 없게 된다. 한 여인을 만나 자기 자신의 위신을 잃어버린 채 희롱하는 봄날의 정경, 이러한 '소년행'의 이야기가 서사적으로 재현되면서 소설 「종생기」가 탄생한다.

소설 「종생기」의 이야기는 한 여인의 사랑에 대한 배반을 한시 「소년행」의 패러디를 단서로 하여 서사화한다. 그러나 이 소설은 여인의 부정(不貞)이라는 행위의 구체적인 양상보다는 '나'라는 화자를 통한 자기 비판적 진술이 서사의 무게를 유지한다. 말하자면, 작가로서의 자신의 삶에 대한 회의와 반성, 인생과 죽음, 문학과 예술에 대한 단상 등이 이 작품의 핵심에 해당한다는 말이다. 이 작품에서 작가 이상이 그려 내고 있는 것은 개인의 삶에 대한 절망적인 술회만은 아니다. 그것은 개인의 의미를 가장 크게 부각시킨 근대적 주체의 붕괴를 함께 말해 준다. 이 작품에서 서사의 기반을 형성하는 요소는 기실 사랑도 연애도 아니다. 그것은 사랑 또는 연애를 가장하여 보여 주는 인간관계의 신뢰의 붕괴이다. 절대적인 자아를 근거로 하는 개인의 존재와 그것에 대한 신뢰가 붕괴되고 있다는 것은 새로운 시대를 살아가야 하는 인간의 운명이다. 작가 이상은 바로 그 같은 근대적인 가치의 종언을 예고한다.

소설 「종생기」의 서두 부분에서 보여 주는 작가의 개입은 독자들에게 정체성을 심어 주면서 동시에 작가 자신의 글쓰기에 대한 관심을 끌어모으기 위한 전략이다. 실제로 이 소설에 작가는 "나는 내 「終生記」가 天下 눈있는 선비들의 肝膽을 서늘하게 해놓기를 애틋이 바라는 一念 아래의만큼 吝嗇한 내 맵씨의 節約法을 披瀝하야 보인다."라고 독자들을

향하여 자기 의도를 밝힌다. 이것은 마치 '제가 만드는 새로운 이야기를
제 방식대로 끝낼 수 있도록 참고 읽어 주시기 바랍니다.'라고 말하는
것이나 다름이 없다. 실제로 이 소설의 이야기 속에는 작가 자신의 이름
과 동일한 주인공이 등장한다. 그러므로 이야기에 등장하는 '나'는 작가
자신과 혼동되기도 한다. 서사를 주도하고 있는 작중 인물인 '나(이상)'
와 경험적 자아로서의 '나(작가 이상)'의 목소리가 서로 뒤섞여 나타나
고 있기 때문이다. 그렇지만 이 소설에 등장하는 주인공 이상이 실재의
세계에서 존재하는 작가 이상이라고 하더라도 그 주인공의 삶의 방식을
서사화하는 과정에서 그 성격도 일정한 방향으로 변형된다. 소설 속의
인물은 텍스트가 구현하고 있는 내적 상황에서 결코 자유로울 수 없는
것이다.

소설 「종생기」는 작가 자신의 개인적인 삶을 작품 속에 직접적으로
투영하는 방식을 통해 자기 반영성의 의미를 획득하게 된다. 작가가 자
신이 창작하고 있는 소설 텍스트의 인물로 등장하는 만큼 작가의 자전
적 요소가 분명하게 일관성 있게 드러난다. 그러나 이 같은 형식 자체는
전통적인 의미의 자서전과는 전혀 다르다. 이상의 메타적 글쓰기는 그
것이 자전적인 요소를 담고 있다고 해도 어떤 역사적 실재성을 위한 서
술은 아니다. 이것은 존재론적인 차원에서 전혀 별개의 논의를 가능하
게 한다. 이 소설의 텍스트에 등장하는 작가는 텍스트 속에 등장하는 순
간 그 실재성의 의미를 상실한다. 또는 실재성이 의문시될 수밖에 없다.
그것은 텍스트의 언어에 의해 만들어지는 것이기 때문이다. 이러한 현
상은 작가와 그 창작으로서의 텍스트 사이에 저자로서의 주체와 대상으
로서의 작품이라는 입장이 서로 뒤바뀌면서 서로가 서로를 창조하고 서
로가 서로의 입장을 파괴한다는 점을 통해 확인된다. 그러므로 소설 「종
생기」의 텍스트 안에 등장하는 작가 자신은 실재하는 자연인으로서의

작가 이상과는 구별된다. 이것은 단지 텍스트의 인위성과 현실의 삶의 인위성을 강조하기 위해 활용하는 하나의 서사 기법에 불과한 것이다. 그러므로 이상의 소설은 자전적이기는 하지만 하나의 '모방적 자서전'에 불과하다.

이상이 시도하고 있는 메타적 글쓰기는 소설의 새로운 가능성을 탐색하고자 하는 작가적 신념에 의해 이루어진 것이다. 이 같은 소설 형식은 인간의 왜곡된 실재의 비전에 대해 반발하면서 상상력에 대한 신념을 강조하고 인간의 비합리성을 강조한다. 이와 같은 메타적 글쓰기의 속성은 모든 소설의 고유한 특징 중의 하나일 수 있다. 그런데 이상의 소설에서 그 징후가 두드러지게 드러나고 있다는 것은 텍스트 내부의 세계와 외부의 세계 사이의 관련성에 대한 새로운 인식이 요구되고 있음을 의미한다. 메타적 글쓰기는 하나의 텍스트를 창작하면서 동시에 그 텍스트가 만들어지는 과정 자체를 그대로 따라서 진술하는 방식을 취하는 것이므로, 이 같은 상반된 과정이 하나의 작품 속에서 실현되는 것이 어떤 의미를 가지는 것인지를 인식하지 않으면 안 된다. 이상 소설의 메타적 글쓰기는 사실주의 소설이 신봉해 온 플롯의 짜임새, 영웅적 주인공이 수행하는 의미 있는 행동, 서사의 인과적인 전개 등과 같은 규범적인 요건이 더 이상 존재하지 않음을 말해 준다. 이러한 요소들은 모두 가공된 것이며 현실 속에 존재하지 않는 것이기 때문이다. 전통적인 소설에서는 언제나 실재하는 사실과 꾸며진 허구가 구분된다. 이 엄격한 구별은 실재의 세계와 상상의 세계를 구획하는 것과 마찬가지다. 그러나 메타픽션은 이러한 관계를 거부한다. 그리고 그것이 얼마나 불완전하고 얼마나 인위적인 거짓인가를 강조하게 된다. 메타픽션은 자기 반영적인 속성으로 인하여 텍스트 밖의 세계보다는 오히려 텍스트 내에서 이루어지는 내적인 메커니즘에 관심을 기울인다. 메타픽션은 그 자

체가 허구적 산물임을 강조하면서 그것이 만들어지는 과정과 수용되는
과정까지에도 독자들의 관심을 끌어모으게 된다. 이상의 소설이 지향하
고 있는 메타적 속성은 서사의 세계에서 자기 탐닉적인 요소에만 집중
적인 관심을 부여한다는 한계를 드러낸다. 이러한 자기 집착이 사회적
역사적 현실로부터 도피하거나 초월하고 있다는 비판을 야기할 가능성
이 높다. 그렇지만 이것은 도덕적으로 무책임하고 퇴폐적인 작가 의식
을 강조하기 위한 것이 아니라 오히려 그러한 경향을 보이고 있는 현실
을 해체한다는 점에서 하나의 역설적 상황을 만들어 낸다. 현실 세계의
리얼리티 자체가 근본적인 회의에 봉착해 있는 상황에서 메타적 글쓰기
의 등장은 먼저 개인의 자율성에 대한 투쟁에 관심을 집중하면서 그 소
외 현상과 파멸의 과정을 추적하고 있는 것이다.

5. 이상 소설과 상호 텍스트성의 공간

이상의 단편 소설에서 그 텍스트 구성 원리는 패러디 기법이 주축을
이룬다. 그리고 이러한 기법을 통해 구축되는 상호 텍스트적 공간에서
서사의 중층적인 전개가 가능해지고 있는 점이 특징이다. 이상 소설 「지
도의 암실」, 「날개」, 「동해」, 「종생기」, 「실화」 등은 모두 패러디 기법을
활용하여 텍스트 자체의 내적 공간을 확장하면서 서사의 특이한 변형을
유도한다. 그러므로 한 편의 소설을 제대로 읽기 위해서는 그 소설 텍스
트와 관련되는 다른 모든 텍스트들을 함께 연결시켜야 한다. 여기서 말
하는 상호 텍스트성이란 크리스테바(Julia Kristeva)의 이론에 근거한다.
크리스테바의 주장에 따르면 모든 텍스트는 마치 모자이크와 같아서 서
로 다른 여러 가지 인용문들로 구성되어 있다. 그러므로 하나의 텍스트

는 다른 텍스트들을 흡수하고 그것을 변형시킨 것에 지나지 않는다.[15] 이 주장은 전통적으로 인정해 온 작가의 창작 행위라는 것과 독자의 독서 행위라는 것에 대한 새로운 해석에 근거한다. 작가의 창작 행위는 독창적인 상상력에 의한 예술적 창조 행위로 인식되어 왔다. 그러나 따지고 보면 작가의 창작이라는 것이 결국은 자신이 읽어 왔던 여러 가지 다른 텍스트들의 내용을 일부 변형시키고 새롭게 해석해 낸 결과에 지나지 않는다는 사실을 알 수 있다. 텍스트의 창작은 아무것도 없는 '무'의 상태에서 새로운 '유'의 상태를 만들어 내는 것이 아니다. 독자의 독서라는 것도 주어진 하나의 텍스트를 읽는 것이라기보다는 자신이 읽어 온 여러 가지 텍스트의 독서 경험을 통해 새로운 텍스트를 보게 된다. 그리고 바로 거기서 새로운 의미를 발견한다. 결국 상호 텍스트의 문제는 텍스트를 중심으로 창작 행위와 독서 행위를 모두 아우르는 문제임을 알 수 있다.

하나의 텍스트가 다른 텍스트들과 서로 연결되는 상호 텍스트성은 그 지시 범위가 아주 넓다. 가장 분명한 것은 하나의 텍스트 안에서 다른 텍스트가 명시적으로 언급될 경우 두 개의 텍스트는 상호 텍스트성을 지닌다고 할 수 있다. 비교 문학에서 널리 행하여졌던 연원이나 영향 관계에 대한 연구에서도 이 같은 텍스트의 상호 관계를 중시한다. 하지만 상호 텍스트성은 텍스트의 기원이나 어떤 영향 등을 밝히고자 하는 것은 아니다. 상호 텍스트성에 대한 관심은 두 개의 텍스트가 서로 연결되면서 만들어지는 새로운 상호 텍스트적 공간과 그것이 구현하고자 하는 의미에 대한 해석에 초점을 둔다. 그러므로 상호 텍스트성은 텍스트

15　Julia Kristeva, *Desire in Language*, trans. Thomas Gora, Alice Jardine and Leon Goudiez(New York, Columbia Univ. Press, 1980, p.66.)

를 중심으로 이루어지는 모든 지적 작용을 포괄한다. 다시 말하자면 하나의 텍스트가 드러내는 의미를 가능하게 만들어 주는 모든 것들에 대한 통합적 인식을 요구한다.

이상의 소설 「실화」를 중심으로 패러디의 기법과 상호 텍스트성의 문제를 검토하기로 하자. 이 소설의 텍스트 자체는 모두 9개의 단락으로 구획되고 있으며, 이야기의 시간은 주인공인 '나(작품 속에서는 작가 자신의 이름인 '이상'이라고 호칭됨)'를 중심으로 이루어지는 동경에서의 하루의 일과로 국한되어 있다. '나'는 동경이라는 새로운 공간에 서 있지만 여전히 '나'의 의식을 지배하고 있는 것은 서울에서 있었던 일들이다. 주인공의 의식 속에서는 서울에 남겨 두고 온 여인과 문우들에 대한 상념들이 동경에서 이루어지고 있는 무료한 생활과 뒤섞인다. 그러므로 이 소설에서는 서울과 동경의 거리(距離)를 주인공이 어떤 방식으로 의식하고 있는지 살펴보는 일이 중요하다. 여기서 주목되는 것이 이 소설의 내적 공간을 확대시키고 있는 메타적 글쓰기와 상호 텍스트성의 특징이다.

소설 「실화」에서 그려 내고 있는 '나'라는 주인공의 동경행은 한 여인과의 애정 갈등에서 비롯된다. 그러나 그것은 실패한 도피 행각임이 드러난다. 그리고 거기에는 주인공의 자의식을 보여 주는 여러 가지 이야기의 장면들이 교묘하게 감춰져 있다. 이 소설이 감추고 있는 상호 텍스트성의 그물망과 그 내적 속성을 제대로 이해하지 못하는 경우에는 특이한 패러디의 정신과 그 의미의 중층성을 제대로 파악하기 어렵다. 이 소설의 텍스트에서 그 서사의 발단을 보여 주는 대목은 첫 단락이 아니라 세 번째 단락이다. 'C'양의 집에 있는 주인공의 의식 속에서 이야기의 무대가 서울로 옮겨진다.

파잎에 불이 붙으면?

끄면 그만이지. 그러나 S 는껄껄 — 아니 빙그레 웃으면서 나를 타일른다.

「箱! 姸이와 헤어지게. 헤어지는게 좋을것같으니. 箱이 姸이와 夫婦? 라는것이 내눈에는 똑 부러그리는것같아서 못보겠네.」

「거 어째서 그렇다는건가」

이 S는, 아니 姸이는 일즉이 S의것이 었다. 오늘 나는 S와더브러 담배를 피우면서 마조앉어 談笑할수 있다 그러면 S와 나 두사람은 親友였든가.

「箱! 자네 'EPIGRAM'이라는 글 내 읽었지. 한번 — 허허— 한번. 箱! 箱의 서푼짜리 優越感이 내게는 우쉬 죽겠다는걸세. 한번? 한번 — 허허— 한번」

「그렇면(나는 失神할만치 놀랜다)한번以上 — 몇번. S! 몇번인가」

「그저 한번 以上이라고만 알아두게나그려」

꿈 — 꿈이면 좋겠다. 그러나 十月二十三日부터 十月二十四日까지 나는 자지않았다. 꿈은 없다.

(天使는 — 어디를가도 天使는없다. 天使들은 다 結婚해버렸기 때문에다.)

二十三日 밤 열시부터 나는 가지가지 재조를 다 피워가면서 姸이를 拷問했다.

二十四日 東이 훤 — 하게 터올때쯤에야 姸이는 겨우 입을열었다. 아! 長久한時間!

「첫뻔 — 말해라」

「仁川 어느 旅館」

「그건안다. 둘째뻔 — 말해라」

「……」

「말해라」

「N삘딩 S의事務室」

「씻재뻔 — 말해라」

「……」

「말해라」

「東小門밖 飮碧亭」

「넷째뻔 — 말해라」

「……」

「말해라」

「……」

「말해라」

머리맡 책상설합속에는 서슬이퍼런 내 면도칼이 있다. 項動脈을 따면 —
妖物은 鮮血이 대쭐기 뻐치듯하면서 急死하리라. 그렇나 —

나는 일즉암치 면도를 하고 손톱을 깍고 옷을 갈아 입고 그리고 例年 十
月二十四日경에는 死體가 몇칠만이면 썩기 시작하는지 곰곰 생각하면서 모
자를 쓰고 인사하듯 다시 버서들고 그리고 房 — 姸이와半年 寢食을 같이하
든 냄새나는房을 휘— 둘러 살피자니까 하나사다 놓ㅅ네 놓ㅅ네 하고 기어
뜻을 이루지못한 금붕어도 — 이房에는 가을이 이렇게 지텼것만 菊花한송이
裝飾이였다.

앞에 인용한 단락의 내용은 주인공인 '나'의 의식 속에 맴도는 서울
을 떠나오기 직전의 상황이다. 이를 정리하면 다음과 같다. '나'에게 친
구 'S'가 찾아온다. 'S'는 '나'의 수필 「EPIGRAM」이라는 글에서 소재
로 다루어진 여성 문제를 거론하며 '나'와 '연'의 관계를 청산할 것을 요
구한다. 그리고 자신이 이미 '연'과 깊은 관계를 여러 차례 맺어 온 사
실을 은밀하게 밝힌다. '연'의 과거의 비밀이 밝혀진 것이다. 바로 여기
서 「실화」의 첫 대목에서 언급한 "사람이 秘密이 없다는 것은 財産 없는
것처럼 가난하고 허전한 일이다."라는 구절 속의 '비밀'이 무엇을 뜻하

는 말인지 그 실마리가 잡힌다. '나'는 집으로 돌아와서 'S'와의 관계를 '연'에게 확인한다. 밤새도록 모든 일을 부인하던 '연'이 날이 샐 무렵에야 사실을 실토한다. 'S'가 이야기한 것과 마찬가지로 두 사람은 수차례 깊은 관계를 가졌었다는 것이다. '나'는 '연'의 실토에 그만 치를 떨며 절망감에 빠져든다. 그리고 그 길로 집을 나와 버린다. 이 장면에서 문제가 되는 것이 바로 이상이 쓴 수필 「EPIGRAM」이다. 이 수필은 소설 속에서 만들어 낸 허구가 아니라 이상이 동경으로 떠나기 전에 잡지 《여성(女性)》(1936. 8)에 실제로 발표했던 수필이기 때문이다. 흥미롭게도 이 수필은 '비밀'이라는 공통적인 토픽을 내걸고 몇몇 문인들의 글을 모아 놓은 특집 속에 끼어 있다. 앞에 인용한 「실화」의 내용을 보면 'S'라는 친구가 이 수필 속에 드러나 있는 작가 이상의 태도를 놓고, '나'의 자존심을 건드린 것으로 묘사되어 있다. 'S'는 '나'에게 '서푼짜리 우월감'을 걷어치우고 '연'과의 관계를 깨끗이 끝내라는 것이다. 이쯤 되면 이 세 번째 단락의 내용과 수필 「EPIGRAM」을 함께 펼쳐 보아야 한다. 그렇지 않으면 소설 속의 두 인물의 대결 의식의 참모습을 이해하기 힘들다. 하나의 텍스트에서 또 다른 텍스트의 내용을 물고 늘어지는 이 특이한 메타적 글쓰기 방식은 상호 텍스트적 속성을 그대로 드러낸다. 이 소설에서는 작가 자신이 이미 발표한 텍스트를 일종의 '참조(reference)' 또는 '주석 달기(footnote)'의 형태로 불러들이고 있는 셈이다. 이러한 텍스트의 특성을 두고 '개인적 상호 텍스트성'[16] 이라고 설명하기도 하는데, 소설 「실화」에서는 패러디의 기법을 통해 이 같은 개인적 상호 텍스트성이 구축된다. 여기서 문제가 되는 것은 이 같은 텍스

---

16 Silvio Gaggi, *Modern/Postmodern: A Study in Twentieth Century Arts and Ideas*(University of Pennsylvania Press, 1989, p.145.)

트의 구성법을 통해 부가되거나 삭제되거나 변형되는 의미를 정확하
게 읽어 내는 일이다.

밤이 이슥한데 나는 사실 그 친구와 이런 회화(會話)를 했다. 는 이야기
를 염치 좋게 하는 것은 요컨대 천하의 의좋은 내외들에게 대한 통명이다.
친구는
「여비(旅費)?」
「보조래도 해줬으면 좋겠다는 말이지만.」
「둘이 간다면 내 다 내주지.」
「둘이.」
「임(姙)이와 결혼해서 —.」
여자 하나를 두 남자가 사랑하는 경우에는 꼭 싸움들을 하는 법인데 우리
들은 안 싸웠다. 나는 결이 좀 났다. 는 것은 저는 벌써 임(姙)이와 육체(肉
體)까지 수수(授受)하고 나서 나더러 임(姙)이와 결혼하라니까 말이다.

나는 연애(戀愛)보다 공부를 해야겠어서 그 친구더러 여비를 좀 꾸어달
란 것인데 뜻밖에 회화(會話)가 이 모양이 되고 말았다.
「그럼 다 그만 두겠네.」
「여비두?」
「결혼두.」
「건 왜?」
「싫여!」
그러고 나서는 한참이나 잠자코들 있었다. 두 사람의 교양(教養)이 서로
뺨을 친다든지 하고 싶은 충동(衝動)을 참느라고 그린 것이다.
「왜 내가 임(姙)이와 그런 일이 있었대서 그리나? 不快해서!」
「뭔지 모르겠네!」

「한번. 꼭 한번 밖에 없네. 독미(毒味)란 말이 있지.」

「순수(純粹)허대서 자랑인가?」

「부러 그리나?」

「에피그람이지.」

암만해도 회화(會話)로는 해결이 안된다. 회화로 안되면 행동인데 어떤 행동을 하나.

물론 싸워서는 안 된다. 친구끼리는 정다워야 하니까. 그래서 우리는 우리 두 사람의 공동의 적(敵)을 하나 찾기로 한다. 친구가

「이(李)를 알지? 임(姙)이의 첫 남자!」

「자네는 무슨 목적으로 타협을 하려 드나.」

「실연(失戀)허기가 싫여서 그런다구나 그래둘까.」

「내 고집두 그 비슷한 이유지.」

나는 당장에 허둥지둥한다. 내 인색(吝嗇)한 논리(論理)는 눈살을 찌푸린다. 나는 꼼짝할 수가 없다. 이렇게까지 나는 인색하다.

친구는

「끝끝내 이러긴가?」

「수세(守勢)두 공세(攻勢)두 다 우리 집어치우세.」

「엔간히 겁을 집어먹은 모양일세그려!」

「누구든지 그야 타락(墮落)허기는 싫으니까!」

요 이야기는 요만큼만 해 둔다. 임(姙)이의 남자가 셋이 되었다는 것을 누설(漏泄)한댓자 그것은 벌써 비밀(秘密)도 아무것도 아니다.

수필 「EPIGRAM」의 내용에 등장하는 '임'이라는 여인과 친구의 이야기는 소설 「실화」의 서사 속으로 인유되면서 '연'이라는 여인과 'S'라는 친구로 변형되어 텍스트 내적 변화를 유도한다. 이 수필에서는 동경

행을 계획하며 돈을 구하려 하는 '나'에게 친구가 '임'이라는 여인과 결혼하여 함께 동경으로 떠난다면 돈도 대 주겠노라고 말한다. 그러나 이야기가 여기서 끝나는 것이 아니다. 친구는 자신이 딱 한 번 '임'과 관계를 맺었노라고 실토한다. 그리고 '임'이 자신과 관계를 맺기 전에는 '이'라는 사내의 여인이었음도 말해 준다. 어처구니없게도 '나'는 친구의 입을 통해 '임'의 남성 편력을 모두 알아 버린 셈이다. 수필「EPIGRAM」은 그 마지막 대목에서 '비밀'이라는 말의 의미를 환기시킨다. 비밀은 가슴속에 품고 있을 때만 그 긴장의 의미가 살아난다. 누군가 알고 있는 일이라면 그것은 벌써 비밀이 아니다.

소설「실화」 속에서 드러나고 있는 주인공인 '나'의 내면 의식의 갈등은 앞의 수필「EPIGRAM」의 내용을 통해서 그 실상이 드러난다. 주인공인 '나'는 이 수필의 이야기를 통해 '연'의 비밀을 알고 있음을 밝힌 셈이다. 그러면서도 직접 '연'의 입을 통해 그 사실을 확인하고자 밤늦도록 '연'을 추궁한다. 소설 속에서 주인공이 '연'을 추궁하고 있는 대목이야말로「실화」의 여러 장면 가운데 압권이다. '나'는 모든 사실을 그대로 고백해 버리는 '연'의 대답을 들으면서 감정의 흥분 상태를 감추지 못한다. 사랑에 대한 배반감 때문에 그녀를 죽여 버리고 싶다는 생각까지 한다. 그런데 사실 이 장면은 새로운 것은 아니다. 이미 작가 이상이 소설「동해」에서 다음과 같이 한 번 써 먹은 바 있다.

결혼반지를 잊어버리고 온 新婦, 라는 것이 있을까? 可笑롭다. 그렇나 모르는말이다. 라는것이 반지는 新郎이 준비하라는 것인데 ─ 그래서 아주 아는척하고
「그건 내 슈─ㅌ케─스에 들어있는게 原則的으로 옳지!」
「슈─ㅌ케─스 어딨에요?」

「없지!」

「쯧, 쯧,」

나는 신부 손을 붓잡고

「이리좀와봐」

「아야, 아야, 아이, 그러지마세요, 놓세요」

하는것을 잘 달래서 왼손 무명지에다 털붓으로 쌍줄반지를 그려주었다.

좋아한다. 아모것도 낑기운것은 아닌데 제법 간질간질한게 천연 반지 같단다.

천연 결혼하기 싫다. 트집을 잡아야겠기에 ―

「몇번?」

「한번」

「정말?」

「꼭」

이래도 안 되겠고 間髮을 놓지말고 다른방법으로 拷問을 하는수밖에없다.

「그럼 尹以外에?」

「하나」

「예이!」

「정말하나예요」

「말 말아」

「둘」

「잘헌다」

「셋」

「잘헌다, 잘헌다」

「넷」

「잘헌다, 잘헌다, 잘헌다」

「다섯」

속았다. 속아넘어갔다. 밤은왔다. 촛불을켰다. 껏다. 즉 이런 假짜반지는
탄로가 나기쉬우니까 감춰야하겠기에 꺼도 얼른 켰다. 밤이 오래걸려서 밤
이었다.

소설 「동해」에서 그려 내고 있는 이 삽화는 코미디의 한 장면처럼 처
리된다. 두 남녀 사이에 감정의 거리가 일정 부분 자리하고 있기 때문
에, '나'는 이 서술적 거리의 긴장 속에서 여인의 행태를 가볍게 묘사할
수 있게 된다. 그러나 소설 「실화」에서는 상황이 이와 전혀 다르다. 친구
인 'S'로부터 '연'이와의 관계를 들은 직후에 '나'는 집으로 돌아와 '연'
이를 다그친다. 아마도 '연'이가 모든 사실을 끝까지 부인하기를 바라
고 있었을지 모른다. 그 이유는 '연'을 사랑하고 있었기 때문에. 그러나
이러한 '나'의 기대는 허물어진다. '연'은 인천의 여관으로, 'S'의 사무
실로, 동소문 밖 음벽정으로 그렇게 나대며 'S'와 깊은 관계를 맺었음을
밝힌다. 끝내 비밀이었어야 하는 일들이 자신의 입을 통해 고해진다. 면
도칼로 경동맥을 잘라 죽이고 싶을 정도로 '나'는 흥분하고 배반의 사
랑에 치를 떤다. 소설 「동해」와 「실화」의 두 장면이 보여 주는 이 서술적
어조의 차이야말로 작가 이상이 노리는 글쓰기 전략의 궁극에 해당한다
고 할 수 있다. 이 현란한 글쓰기의 세계, 텍스트가 드러내는 어조의 농
담(濃淡)은 상호 텍스트성을 통해 구축한 특이한 공간을 통해 표출된 것
이다. 누구도 흉내 낼 수 없는 이러한 기법의 문제를 덮어 두고 작가 이
상의 경험적 세계를 곧바로 이 텍스트의 장면과 환치시켜 버린다면 그
미묘한 정서의 영역을 그대로 뭉개 버리는 결과를 초래한다. 그것은 작
가 이상에게는 정말 견딜 수 없는 텍스트에 대한 모독이다.
　소설 「실화」에서 확인되는 상호 텍스트성의 문제는 이 소설 텍스트
첫째 단락에 제시되어 있는 "사람이 秘密이 없다는 것은 財産 없는 것처

럼 가난하고 허전한 일이다.”라는 진술을 통해 서사의 심층으로 접근한다. 이 문장에서 ‘비밀’이라는 말이 지니는 의미가 유별나다. 그 이유는 이 문장과 비슷한 내용의 문장이 「실화」의 텍스트에서 세 차례나 더 등장한다는 것, 그리고 여기서 강조하고 있는 ‘비밀’의 의미 자체가 바로 이 소설 텍스트에서 서사의 심층에 자리 잡고 있다는 점 때문이다.

(1)

사람이 ―

秘密이 없다는것은 財産없는것처럼 가난하고 허전한 일이다.

講師는 C孃의 입설이 C孃이 좀 蛔배를 앓는다는 理由外의 또무슨理由로 조렇게 파르수레한가를 아마 모르리라.

講師는 맹낭한 質問때문에 잠간 얼굴을 붉혔다가 다시 제 地位의 懸隔히 높은것을 느끼고 그리고 외쳤다.

「쪼꾸만것들이 무얼안다고 ― 」

그렇나 妍이는 히힝 하고 코웃음을 첬다. 모르기는 왜몰라 ―

(2)

妍이는 N삘딩에서 나오기전에 WC라는데를 잠간 들르지 않으면 안되였다. 나오면 南大門通十五間大路 GO STOP의 人波.

「여보시오 여보시오, 이妍이가 조 二層바른편에서부터 둘째 S氏의 사무실안에서 지금 무엇을하고 나왔는지 알아마치면 용하지.」

그때에도 妍이의 살결에서는 능금과같은 新鮮한生光이 나는 법이다. 그렇나 불상한 李箱先生님에게는 이 복잡한 交通을 향하야 빈정거릴 아모런 秘密의材料도 없으니 내가 財産없는 것보다도 더 가난하고 승겁다.

(3)

이날저녁에 부즐없는 鄕愁를 꾸짓는것처럼 C孃은 나에게 白菊한송이를
주었느니라. 그렇나 午前一時 新宿驛쫌에서 비칠거리는 李箱의옷깃에 白菊
은 간데없다. 어느長靴가 짓밟았을까. 그렇나 ― 검정外套에 造花를 단, 땐
서 ― 한사람. 나는 異國種강아지올시다. 그렇면 당신께서는 또 무슨방석과
걸상의秘密을 그 濃化粧그늘에 지니고 계시나이까?

<u>사람이 ― 秘密하나도 없다는것이 참 財産없는것 보다도 더 가난하외다
그려!</u> 나를 좀 보시지요?

여기서 말하고 있는 '비밀'의 본질은 무엇인가? 작가 이상은 왜 이 문
제를 「실화」에서 유달리 강조하고 있는 것일까? 이를 밝히는 데에 아주
긴요하게 활용할 수 있는 또 다른 텍스트가 이른바 '개인적 상호 텍스트
성'의 관계 속에서 드러난다. 이상이 동경 시절에 집필한 것으로 추측되
는 수필 「19세기식」(《三四文學》, 1937. 4)이 바로 그것이다. 아내의 애정
과 정조의 문제를 하나의 토픽으로 삼아 자신의 도덕관까지 직접적으로
거론하고 있는 이 수필의 전문을 보면 다음과 같다.

정조(貞操)

이런 경우 ― 즉, '남편만 없었던들,' '남편이 용서만 한다면,'하면서 지켜
진 안해의 정조(貞操)란 이미 간음이다. 정조는 금제(禁制)가 아니요 양심
(良心)이다. 이 경우의 양심이란 도덕성(道德性)에서 우러나오는 것을 가르
치지 않고 '절대(絶對)의 애정(愛情)' 그것이다.

만일 내게 안해가 있고 그 안해가 실로 요만 정도의 간음을 범한 때, 내가
무슨 어려운 방법으로 곧 그것을 알 때, 나는 『간음한 안해』라는 뚜렷한 죄
명(罪名) 아래 안해를 내쫓으리라.

내가 이 세기에 용납되지 않는 최후의 한 꺼풀 막(幕)이 있다면 그것은 오직 「간음한 안해는 내쫓으라.」는 철칙(鐵則)에서 영원히 헤어나지 못하는 내 곰팡내 나는 도덕성(道德性)이다.

비밀(秘密)

비밀이 없다는 것은 재산 없는 것처럼 가난할 뿐만 아니라 더 불쌍하다. 정치세계(情痴世界)의 비밀 ― 내가 남에게 간음한 비밀, 남을 내게 간음시 킨 비밀, 즉 불의(不義)의 양면 ― 이것을 나는 만금(萬金)과 오히려 바꾸리 라. 주머니에 푼전이 없을망정 나는 천하를 놀려먹을 수 있는 실력을 가진 큰 부자일 수 있다.

이유(理由)

나는 내 안해를 버렸다. 안해는 '저를 용서하실 수는 없었습니까.' 한다. 그러나 나는 한번도 '용서'라는 것을 생각해본 일은 없다. 왜? '간음한 계집 은 버리라'는 철칙에 의혹(疑惑)을 가지는 내가 아니다. 간음한 계집이면 나 는 언제든지 곧 버린다. 다만 내가 한참 망서려가며 생각한 것은 안해의 한 짓이 간음인가 아닌가 그것을 판정하는 것이었다. 불행히도 결론은 늘 '간음 이다.' 였다. 나는 곧 안해를 버렸다. 그러나 내가 안해를 몹시 사랑하는 동안 나는 우습게도 안해를 변호하기까지 하였다. '될 수 있으면 그것이 간음은 아니라는 결론이 나도록' 나는 나 자신의 준엄(峻嚴) 앞에 애걸(哀乞)하기 까지 하였다.

악덕(惡德)

용서한다는 것은 최대의 악덕(惡德)이다. 간음한 계집을 용서하여 보아 라. 한번 간음에 맛을 들인 계집은 두 번째도 세 번째도 간음하리라. 왜? 불의라는 것은 재물보다도 매력적(魅力的)인 것이기 때문에.

계집은 두 번째 간음이 발각되었을 때 실로 첫 번째 때 보지 못하던 귀곡적(鬼哭的) 기법(技法)으로 용서를 빌리라. 번번이 이 귀곡적 기법은 그 묘(妙)를 극(極)하여 가리라. 그것은 여자라는 동물 천혜(天惠)의 재질이다.

어리석은 남편은 그때 마다 새로운 감상(感傷)으로 간음한 안해를 용서하겠지 ─ 이리하여 실로 남편의 일생이란 '이놈의 계집이 또 간음하지나 않을까.'하고 전전긍긍하다가 그만 두는 가엾이 허무(虛無)한 탕진(蕩盡)이리라.

내게서 버림을 받은 계집이 매춘부(賣春婦)가 되었을 때 나는 차라리 그 계집에게 은화(銀貨)를 지불하고 다시 매춘(賣春)할망정 간음한 계집을 용서하지도 버리지도 않는 잔인(殘忍)한 악덕은 범하지 말아야 한다고 나는 나 자신에게 타이른다.

이 수필의 첫째 단락 '정조'에서 이상이 문제 삼고 있는 것은 '아내의 정조'에 대한 사실적 인식과 그것에 대한 윤리적 판단 문제이다. 이것은 작가 또는 지식인으로서 이상이 지니고 있는 도덕관이나 성에 대한 윤리 의식의 일반적 성향을 피력한 것처럼 보인다. 이상은 아내의 정조라는 것이 도덕의 문제가 아니라 절대의 애정에 기초하는 것임을 강조한다. 그러므로 그는 아내의 부정을 인지할 경우 그것을 용납할 수 없다고 강조한다. 이 글의 요지는 '간음한 아내'를 용서하지 말고 버려야 한다는 점이다. 그런데 둘째 단락 '비밀'에서는 치정(痴情)의 세계에서 이루어진 일이란 '비밀'이어야 한다는 점을 강조한다. 그리고 "비밀이 없다는 것은 재산 없는 것처럼 가난할 뿐만 아니라 더 불쌍하다."라고 진술한다. 여기서 '비밀'이라는 것에 대한 진술 내용이 소설 「실화」의 경우와 그대로 일치한다. 소설 「실화」와 수필 「19세기식」의 선후 관계는 따질 필요도 없이 여기서는 비밀이 지켜지지 않을 때 신뢰가 무너지기 마런이라는 점을 강조한다. 셋째 단락 '이유'에서는 자신이 아내를 버렸음을 공개한다. 그리고 절대로 아내의 간음을 용서할 수 없음을 분명히 한다. 넷째 단락은 간음한 아내를 용서할 경우 용서 자체가 하나의 악덕임을 주장한다. 또다시 아내가 간음할지 모른다고 전전긍긍하면서 삶을 탕진할 것이 뻔하기 때문이다. 결국 이 수필에서 이상은 '아내가 간음한 경우라면' 특히 그 사실을 알게 될 경우에는 이를 용납할 수 없음을 분명히 한다. 바로 여기서 '비밀'이라는 말의 의미도 분명해진다. 그것은 어떤 방법으로도 밝혀낼 수 없는 사실을 의미한다. 이를 달리 표현한다면 자기만이 간직할 수 있는 비밀한 사랑일 수 있고, 연애의 감정일 수 있다. 이러한 정서의 영역은 누구에게나 가능한 부분이다. 그러나 어떤 경우에도 절대로 밝혀서는 안 되는 것이어야 한다.

이처럼 수필 「19세기식」의 내용을 검토해 보면, 소설 「실화」에는 작가 이상의 사적 체험 영역을 술회한 수필이 '개인적 상호 텍스트성'의 속성을 발휘하면서 복잡한 서사 텍스트의 공간을 만들어 내고 있음을 확인할 수 있다. 그러나 이 상호 텍스트성의 공간은 사적 체험의 영역이 허구적 서사로서의 텍스트 위에 그대로 미끄러져 들어오도록 구조화된 것은 아니다. 때로는 사실 자체가 왜곡되기도 하고 때로는 패러디의 장치를 통해 걸러지기도 한다. 매우 섬세한 소설적 장치와 치밀하게 계산된 서사화의 전략에 의해 새로운 공간을 만들어 내고 있는 것이다. 그러므로 여기저기 흩어 놓은 서로 다른 텍스트들이 서로 간섭하는 상호 텍스트적 관계를 정밀하게 규명하지 않을 경우, 경험적 요소를 곧바로 허구적 서사 영역에 대입시키는 혼란을 겪을 수밖에 없는 일이다.

소설 「실화」에서 확인되는 상호 텍스트성의 공간은 이처럼 텍스트와 텍스트라는 정해진 대상을 넘어서서 문화 전반의 맥락으로 확대되기도 한다. 이러한 현상은 어떤 형태의 텍스트라도 그것이 위치하고 있는 문화적 맥락을 떠나서는 이해할 수 없는 것임을 말해 준다. 결국 상호 텍스트성의 문제는 특정의 작가에 의해 창작된 독특한 서사적 텍스트라 하더라도 그것이 다른 여러 가지 텍스트와 서로 연결되어 있으며 당대 문화를 형성하고 있는 모든 담론에 의존하고 있다는 것을 입증한다고 할 것이다. 이상 문학은 가장 특이하고 독창적인 문학 세계를 구축한 것으로 평가된다. 그렇지만 상호 텍스트성의 관점에서 볼 경우 그것은 새로운 텍스트의 창조를 통해 도달하고 있는 성과만은 아니다. 오히려 이상 자신이 기존의 텍스트를 변형시키고 새롭게 재결합시키면서 구축한 상호 텍스트적 공간이 그의 문학의 폭과 깊이를 더해 주고 있는 것이 사실이다. 이상 문학의 독창성이라는 신화는 오히려 그가 기존의 모든 문학 텍스트들에 의존하여 아주 자유자재로 글쓰기를 실천했다는 것으로 바뀌어야 한다. 이상의 실험과 도전은 자기 텍스트에 갇혀서가 아니라 새로운 다른 텍스트를 향해 텍스트의 경계를 넘어섬으로써 가능했던 것이 아닌가 생각된다.

6. 이상 소설과 서사의 모더니티

한국 사회에서 모더니티의 문제는 문학의 영역에 국한할 경우 1930년대에 들어서야만 그 성격과 방향이 드러나기 시작한다. 이것은 1920년대 이후 한국 사회가 식민지 근대의 모순에 대한 인식을 바탕으로 사회 계급의 갈등과 그 변화에 관심을 집중하면서 이른바 계급 문화 운동을 전반적으로 확산시켰던 경험과 연관된다. 일본 식민지 지배 상황에서 이루어진 한국 사회의 변화 가운데 일제의 독점적 자본주의의 횡포에 대한 비판과 저항은 1920년대 후반부터 적극화되기 시작한 소작 쟁의, 노동 파업 등을 통해 확인된다. 하지만 일제는 이른바 '만주사변'(1931)을 통한 군국주의의 확립과 함께 한국 사회의 사상운동에 대한 탄압을 통해 지배력을 더욱 강화한다. 당시 한국 사회가 직면하고 있는 객관적 현실의 위기는 사회 내부에 확산되는 전쟁에 대한 불안과 공포만이 아니라 현실적인 삶 자체에 대한 절망감에서도 찾아진다. 현실에 대한 불안이 역사에 대한 환멸을 야기하고 삶의 리얼리티에 대한 신념조차 붕괴시키게 된다. 그 결과 개별적 주체로서의 성격의 분열, 현실 상황과 성격의 부조화를 겪게 되고 새로운 윤리의 발견, 지성과 모럴의 확립 등을 주장하게 된다. 그러므로 이상의 소설이 보여 주는 모더니티의 개념은 식민지 근대의 담론 공간에서는 언제나 유동적이다. 그 이유는 서구의 근대라는 개념이 제시하는 시대적 범위 속에서 한국 사회의 근대를 논하기 어렵기 때문이다. 특히 일본의 식민지 지배 상황 속에서 이루어진 한국 사회의 근대적 변혁 과정을 염두에 둘 경우 어떤 문화적 변화의 움직임이 사회 내부에 존재해 왔는지를 살핀다는 것은 그리 쉬운 일이 아니다. 새로운 문화의 현상들이 어떤 방향으로 양식사적, 문화사적인 토대를 형성하고 있었는지를 알아야만 한다.

이상의 소설은 그 창작의 과정 자체에서부터 이미 본질적으로 사실주의적인 속성과 거리가 먼 양식적 요소로 채워지며 반인상주의적인 경향을 나타낸다. 그의 문학 세계는 리얼리티에 대한 효과를 포기하면서 자신의 주관적 감정과 경험적 요소들을 종종 과장하기도 하고 엉뚱한 방향으로 왜곡하기도 한다. 그의 소설은 현실을 통합적으로 인식하고 거기에 어떤 합리적 질서를 부여하는 작업과는 거리가 멀다. 오히려 현실의 한 부분을 자기화하는 작업에만 매달린다. 그렇기 때문에 그의 소설은 현실의 어떤 부분을 잘 반영하여 묘사하고 있는 것이 아니라 오히려 그 현실의 어떤 측면에 대응할 수 있는 하나의 독자적인 이야기로서의 소설을 만들어 낸다. 어떤 의미에서 볼 때 이상이 그의 소설에서 그려 내고자 하는 현실은 사실 존재하지 않는 것일 수 있다. 그의 현실은 그의 작품을 빌려 비로소 탄생하는 것이다.

이상 문학에서 가장 주목되는 것은 인물의 추상성이다. 단편 소설 「지도의 암실」에서부터 「실화」에 이르기까지 소설 속의 인물들은 그 사회적 존재 기반을 전혀 보여 주지 않는다. 이러한 사회 배경의 제거는 인물의 성격 자체를 추상화시킨다. 이상의 소설 속에 등장하는 주인공들은 뿌리 뽑힌 도회인으로 거리를 배회하고 소외된 지식인으로서 자의식에 칩거하기도 하며 때로는 사물의 본질에 대해 깊이 사고하는 모습을 보여 주기도 한다. 이 같은 주인공들이 보여 주는 모순적이면서도 자기 비판적인 사고와 자의식의 성향은 현실의 모든 양상을 언제나 일그러뜨리는 신랄한 풍자를 깊이 감추고 있다.

이상 소설의 주인공은 어떤 구체적인 의도를 가지고 행동을 전개하는 것이 아니다. 주인공의 의식 속에서 일어나고 있는 갖가지 상념들은 마치 몽환적인 것처럼 보이기도 하는 단편적인 사고들과 함께 끝도 없이 전개된다. 주인공은 다른 사람들과 어떤 이야기를 나누는 경우도 별로 없고 자신의 입으로 어떤 말도 늘어놓지 않는다. 대화 없이 진행되는 서사에서 그 흐름을 주도하는 것은 주인공의 내면 의식이다. 그러므로 이상의 소설에는 경험적 주체로 존재하는 현실적 인물의 행동 대신에 하나의 의식, 하나의 사념만이 그 추상성을 대변한다. 다시 말하면, 이상의 소설 속에는 행위의 구체성이 사상된 자리에 사고의 관념성 또는 추상성이 자리 잡고 있는 것이다. 주인공의 의식 내면에서 이루어지고 있는 사념들은 현실 속의 삶과는 별로 관계가 없으며, 이러한 의식 세계를 그려 내는 문장 또한 통사적 질서를 제대로 지키지 못한다.

이상 소설에서 자주 활용되고 있는 주인공의 무의지적인 기억과 회상은 이른바 자동기술법이라고 명명된 서술상의 기법으로 확실하게 자리 잡는다. 그의 언어는 간신히 어법의 규범을 따르긴 하지만 서사의 진행을 설명해 줄 수 있는 언술의 논리성을 거의 담아내지 못할 정도로 비문법적이다. 이러한 언어의 특징은 잠재의식적인 삶을 해방시키거나 파악하는 데에 의미를 둔다. 그렇기 때문에 인물들이 주고받는 대화가 상당 부분 생략되어 있으며, 그 텍스트의 공간을 내적 독백으로 채워 나간다. 여기서 내적 독백은 연속적인 줄거리나 주인공의 행동에 얽매이지 않고, 어떤 질서를 갖는 시간적 순서에도 얽매여 있지 않은 기억 연상 등으로 이루어진다. 소설 「지도의 암실」이나 「날개」에서 성과를 드러낸 내적 독백은 억압된 충동이나 감추어진 욕구들, 참기 어려운 금지된 취향을 폭로해 주며 대개 무의식 속에서 그 만족이 이루어지는 욕구들을 드러내 준다. 「지주회시」에서 볼 수 있는 주인공의 내적 독백은 주관적으로나 객관적으로 아무런 실체도 없고 무질서하며, 이질적인 연속체이며 대화의 상대자가 없으며, 그저 흘러가는 말의 홍수 또는 생각의 흐름이다. 그러므로 내적 독백은 통제되지 못하는 주체, 자신의 자동적인 연상들 속에 침잠해 있는 주체를 보여 준다. 여기서 모호한 의식의 충동과 제멋대로 떠돌고 있는 환상에 도취되어 있는 주체는 더 이상 정신적인 것의 확고한 기저라고 볼 수가 없다.

이상 문학은 그 실험성과 전위성으로 인하여 다양한 비평적 담론을 야기하고 해석을 둘러싼 논쟁을 가열시켰다. 이상 문학은 그 정신적 지향 자체가 어떤 목표를 둔 사회적 실천으로 이어지지 못하였지만 그 전위성은 보기 드문 일탈된 방식으로 현실에 충격을 던졌던 것이 사실이다. 이상은 자신이 구사하고 있는 언어와 기법의 변화를 통해 일상적인 규범에 얽매어 살고 있는 사람들의 감성과 사고를 변화시킬 수 있다고 믿었을지도 모른다. 1930년대 한국 사회에서 문학은 여전히 사회 현실에 대한 발언으로서 항상 일차적이고도 지배적인 지위를 누리는 양식으로 작용하고 있었기 때문이다.

9 　이상,
　　영화의 세계와 만나다

— 이상 문학과 영화는 어떠한 관계가 있는가?

활동사진? 세기(世紀)의 총아(寵兒) — 온갖 예술 위에 군림하는「넘버」제8예술의 승리. 그 고답적(高踏的)이고도 탕아적(蕩兒的)인 매력을 무엇에다 비하겠습니까. 그러나 이곳 주민들은 활동사진에 대하여 한낱 동화적인 꿈을 가진 채 있습니다. 그림이 움직일 수 있는 이것은 참 홍모(紅毛) 오랑캐의 요술(妖術)을 배워가지고 온 것 같으면서도 같지 않은 동포(同胞)의 부러운 재간입니다.

활동사진을 보고난 다음에 맛보는 담백(淡白)한 허무(虛無) — 장주(莊周)의 호접몽(胡蝶夢)이 이러하였을 것입니다. 나의 동글납작한 머리가 그대로「카메라」가 되어 피곤한「따불렌즈」로나마 몇 번이나 이 옥수수 무르익어가는 초추(初秋)의 정경을 촬영하였으며 영사(映寫)하였든가 —「후래슈빽」으로 흐르는 엷은 애수(哀愁) — 도회에 남아 있는 몇 고독(孤獨)한「팬」에게 보내는 단장(斷腸)의 스틸이외다. — 이상

영화는 시간적으로 서로 거리를 두고 있는 사건들을 동시에 등장시키기도 하고 동시에 일어나는 사건들을 차례로 이어 놓기도 한다. 어떤 장면의 연속성을 아무 때에나 중단하고 또 카메라 앵글의 방향과 위치, 시각과 거리, 계획과 시점을 임의로 바꿀 수 있는 것이야말로 영화적 기법의 탁월성에 해당한다. 이처럼 카메라 이동과 관점의 이동 이외에 작품의 요소들을 대결 교차시키거나 엇갈리게 함으로써, 또한 의미 내용과 감정의 요소들을 동시적이고도 대립적으로 드러내는 것은 영화의 몽타주 수법이 가장 큰 영향을 미친 것으로 보인다.

이상의 소설은 기존의 리얼리즘 소설이 보여 주던 객관적 리얼리티 중심의 서사 방식을 넘어서고 있다. 이러한 기법의 변화는 이상 자신의 개인적인 재능이나 독창성에 의해 발견된 것인가? 아니면 새로운 서사 기법을 발전시켜 온 영화와의 만남 등을 통해 자연스럽게 이루어진 일인가? 이상 소설에 드러나 있는 특이한 서사 방식은 영화의 그것과 대응한다고 할 수 있는가?

1. 이상 문학과 영화의 기법

이상과 영화와의 만남

이상이 영화에 대한 관심을 언제부터 가지게 되었는지를 말해 주는 구체적인 근거는 확인할 수 없다. 그러나 영화에 대한 그의 관심이 단순한 개인적 취향의 문제에 국한되지 않는다는 점은 분명하다. 이상의 영화에 대한 관심은 도처에서 발견된다. 이상의 소설 가운데 「지도의 암실」, 「동해」, 「실화」 등은 이야기의 장면 속에 자연스럽게 영화 이야기가 삽입된다. 이상이 쓴 수필들도 1930년대 초중반 경성과 동경에서 상영된 영화를 언급하고 있는 대목들이 많다. 이상이 김기림에게 보낸 사신(私信) 속에도 영화 이야기가 한 부분을 차지할 정도다. 그가 당대의 감독으로 손꼽히던 프랑스의 르네 클레르를 좋아하였다는 것은 널리 알려진 사실이다. 이상이 영화에 대하여 언급하고 있는 것은 단편적인 내용들이지만, 이것은 이상 자신의 도회인으로서의 일상에 영화가 중요한 자리를 차지하고 있음을 의미한다.

이상의 문학에서 영화란 무엇인가를 논한다는 것은 그리 간단한 일은 아니다. 이상이 살았던 시대는 영화 예술이 가장 빠른 속도로 그 기술력과 예술성을 키웠던 때이다. 1900년대에 들어설 무렵 조선에 처음 소개된 영화는 '활동사진'이라는 말 그대로 움직이는 사진에 불과했다. 이 시기의 활동사진에 관한 신문 기사를 보면 미국이나 유럽의 대도시의 풍물을 스케치한 것도 있고, 이토 히로부미가 하얼빈 역에서 안중근 의사에 의해 저격당하던 장면을 찍었던 것도 있다. 일본으로 끌려간 영친왕의 근황을 촬영한 활동사진은 고종이 덕수궁에서 신하들과 함께 구경하기도 했다. 이처럼 초기의 영화는 오락용 눈요깃거리에 불과하였다. 그러나 영화의 발달 과정을 보면 불과 한 세기를 지나지 않는 짧은 역사에도 불구하고 인류 역사 속에 전개되어 온 모든 예술의 발전 과정을 넘어서는 눈부신 성장을 해 왔다. 영화는 그 짧은 역사에도 불구하고 이미 전 세계인이 함께 즐기는 대중적 예술로 성장하면서 그 기술을 개혁해 왔고 자신의 표현 방법을 개발해 왔다.

한국에서는 일제의 강점 이후 1920년대에 들어서면서 영화는 활동사진의 단편성을 넘어서기 시작했다. 일본의 자본력을 기반으로 유럽과 미국의 영화들이 직수입되고 한국인들도 새로운 문화 산업인 영화의 제작에 관심을 보이기 시작하였다. 1920년대 후반 경성의 극장가에서는 매일같이 수십 편의 서구 영화가 몇몇 한국 영화와 함께 상영되었다. 이 영화들은 한국인들에게 무성 영화 시대에서 토키 영화 시대로의 대전환의 과정을 생생하게 체험할 수 있도록 만들었다. 한국인들은 영화를 통해 유럽의 도시를 살아가는 서구인들과 동시대적 감각을 공유하는 특이한 경험을 할 수 있게 되었으며, 영화를 통해 전파되는 서구의 패션과 스타일에 관심을 기울이기 시작하였다. 이러한 과정에서 도시 생활의 일상 가운데 영화 관람이라는 대중적 여흥이 자리 잡게 되었다.

1920년대 후반에 서구의 영화는 그 표현 방법에 있어서도 다양한 카메라 수법의 개발과 몽타주 원리를 적용한 편집 기술의 향상을 통해 영화적 형식의 완성을 이룩하게 되었으며, 소리와 색채를 화면 속으로 끌어들이면서 영화의 예술적 가치를 높일 수 있게 되었다. 그렇기 때문에 영화는 대중 매체인 신문의 지면에서 점차 자기 영역을 넓혔으며, 잡지의 중요한 기삿거리가 되었다. 여기에 발맞추어 식민지 조선에서도 여러 영화 제작 회사가 출현하여 영화의 토착화를 이루게 된 것이다. 더구나 당대 최고의 영화 이론가로 명성을 떨치던 러시아의 영화감독 에이젠슈테인의 몽타주에 관한 이론(오덕순, 「영화 몬타쥬론」, 《동아일보》, 1931)이라든지 발성 영화에 대한 견해(S. M. 에이젠슈타인 외, 서광제 역,

「토키에 관한 선언」, 《동아일보》, 1930) 등이 상세하게 소개되고 있는 것으로도 당대 영화 이론에 대한 이해의 수준을 짐작할 수 있다. 모든 사실을 동적인 영상으로 기록하여 보여 주는 영화의 매력은 개인적 취향의 문제만이 아니라 식민지 근대화 과정에서 한국인들의 삶의 모더니티를 선도하는 새로운 매체가 되었다.

이상의 작품 속에 등장하는 영화에 대한 이야기는 수필 「성천기행」에서 그려 내고 있는 활동사진 상영 장면이 인상적이다.

學校마당에는 「코스모스」가 피여잇고 生徒들은 글을배오고 잇습니다. 그들은 熱心히簡單한 算術을노아 그들의正直과淳朴을智慧와 狡猾로換算하고 잇습니다. 嘆息할利息算이 아니 겟습닛가. 族譜를 씨저버린것과갓흔 흰나비가 두어마리 白墨내음새나는 花壇우에서 飜覆이無常합니다. 또軟式「테니스」공의 마개쏩는소리가 音響의痕跡이 되여서는等高線의 各點모양으로 남어잇는것갓습니다. 이마당에서 오늘밤에 金融組合宣傳活動寫眞會가 열님니다. 活動寫眞? 世紀의 寵兒 ─ 온갖 藝術우에 君臨하는 「넘버」 第八藝術의 勝利. 그高踏的이고도 蕩兒的인魅力을무엇에다 比하겟습닛가. 그러나이곳 住民들은 活動寫眞에 對하야한낫童話的인 꿈을가진채잇습니다. 그림이 움즉일수잇는 이것은 참 紅毛오랑캐의妖術을 배와가지고온것 갓흐면서도 갓지안은 同胞의 부러운재간임니다.

活動寫眞을 보고난다음에 맛보는淡白한虛無 ─ 莊周의 胡蝶夢이 이러하얏슬것임니다. 나의 동글납작한 머리가 그대로 「카메라」가되여疲困한 「싸불랜즈」로나마 몃번이나 이옥수々 무르닉어가는 初秋의情景을撮影하얏스며映寫하얏든가 ─ 「후래슈쌕」으로 흐르는 열븐哀愁 ─ 都會에 남아잇는 몃 孤獨한 「팬」에게보내는 斷腸의 「스틸」이외다.

밤이 되엿습니다. 초열흘갓가운달이 초저녁이 조곰지나면 나옴니다. 마당에 멍석을펴고 傳說갓흔 市民이 모혀듬니다 蓄音機압헤서 고개를갸웃거리는北極「뻰귄」새들이나 무엇이 다르겟슴닛가. 짧고도기다란人生을 적어나려갈 便箋紙一「스크린」이 薄暮속에서「바이오그래피」의 豫備表情임니다. 내가잇는 건너편 客主 집에는 都會風女人도 왓나봄니다. 사투리의 合音이 마당안에서 들님니다.

始作임니다. 釜山棧橋가 낫하남니다. 平壤牧丹峰임니다. 鴨綠江鐵橋가 歷史的으로 도라감니다. 拍手와喝采一泰西의 名監督이 바야흐로 顏色이업슴니다. 十分休憩時間에 組合理事의 通譯附演說이 잇섯슴니다.

달은 구름속에잇슴니다. 禁煙一이라는 늣김임니다. 演說하는 理事얼골에 電燈이「스폿트」도 빗첫슴니다. 山川草木이 다 驚動할일임니다. 電燈一이곳村民들은××行自動車「헷드라이트」外에 電燈을본일이업슴니다. 그눈이부시게 밝은 光線속에서 蒼白한 理事는降壇얏슴니다. 愚昧한 百姓들은 이理事의 雄辯에한사람도 拍手치 안앗슴니다一勿論 나도 그愚昧한 百姓 中의 하나일수밧게업섯슴니다마는一.

밤열한時나 지나서 映畫鑑賞의밤은「해피엔드」엿슴니다.[17]

앞의 글에서 이상이 영화에 대해서 언급하고 있는 대목은 기실 영화의 초보 단계에 해당하는 '활동사진'이다. 그러나 이상은 활동사진을 "세기의 총아"라고 적고 있다. 그리고 "모든 예술 위로 군림하고 있는 제8예술의 승리"라는 말로 영화의 발전과 그 영향력을 높이 평가한다. 이상이 주목하고 있는 영화의 매력은 "고답적이고도 탕아적"이라는 비유적 설명을 통해 암시된다. 영화가 보여 주는 고도의 기술력과 그

---

17 권영민 편, 『이상 전집 4 수필』, 뿔, 2009. 202~203면.

것이 만들어 내는 환상성, 그리고 예술의 모든 영역을 모두 흡수해 버리는 종합적 성격을 이상은 "고답적이고도 탕아적인 매력"이라고 말하고 있는지 모르겠다. 그러나 이보다 더 눈길을 끄는 것은 활동사진을 보고 난 다음에 맛보는 "담백한 허무 – 장주(莊周)의 호접몽(胡蝶夢)"이라고 말하고 있는 부분이다. 이 대목은 영화가 가지는 허망한 여운을 말해 준다. 빛이 없다면 불가능한, 아무런 실체가 없는 영상만으로 인간의 삶을 조작해 내는 영화의 세계는 자막의 영상이 꺼지는 순간 다시 사라진다. 여기서 느끼는 허무를 이상은 담백하다는 한 마디의 형용사로 서술하고 있다.

이상은 소설의 서술과 그 기법에서 영화적인 것을 참조하고 작품 속에서 시각화된 서사의 가능성에 도전한다. 그는 영화가 작동하는 방식으로 이야기를 만들고 사물을 인식하고자 한다. 이상의 소설 속에는 작가 자신이 가지고 있는 영화에 대한 관심을 작중 인물의 취향으로 바꾸어 구체화시켜 놓고 있는 경우가 많다. 이러한 사실들을 당대의 경험적 현실과 연결시킬 경우 자칫 한 사람의 영화광(映畵狂)으로 이상을 규정하게 될 가능성도 없지 않다. 그러나 영화에 대해 이야기를 늘어놓고 있는 경우에도 그것이 영화 자체에 대한 어떤 지식이나 개인적 취향을 드러내기 위한 것은 아니다. 이상이 지니고 있는 영화적 관심이 문제적인 것은 그의 소설 가운데 영화적 기법, 엄밀하게 말하자면 카메라 기법에 의해 시각적 창조를 꾀하고 시공간을 서로 분할하는 특이한 구성법이 서사 기법으로 자리하고 있다는 점이다.

영화 기법과 소설적 서사의 대응

이상의 첫 단편 소설 「지도의 암실」은 도회의 시가지를 배회하는 도시인의 영화 체험을 특이한 감각으로 묘사한다. 이 소설에서 이상은 서사적 진술에서의 언어적 한계를 고민한다. 이러한 관점은 영화가 구현할 수 있는 경험적 동시성의 문제를 상대적으로 인식할 경우에만 가능한 것이다. 그는 언어가 가지는 선조성(線條性)을 자기 나름대로 해석하면서 소설 「지도의 암실」의 등장인물을 통해 다음과 같이 설명한다.

인류가아즉만들지아니한글자가 그 자리에서이랫다저랫다하니무슨암시이냐가무슨까닭에 한번늙어지나가면 도무소용인글자의고정된기술방법을 채용하는 흡족지안은버릇을쓰기를버리지안을까를그는생각한다 글자를저것처럼가지고그하나만이 이랫다저랫다하면 쏘생각하는것은 사람하나 생각 둘말 글자 셋 넷 다섯 또다섯 또또다섯 또또또다섯그는결국에시간이라는것의무서운힘을 믿지아니할수는업다 한번지나간것이 하나도쓸데업는것을알면서도하나를버리는묵은즛을그도역시거절치안는지그는그에게물어보고십지안타 지금생각나는것이나 지금가지는글자가잇다가가즐것하나 하나 하나하나에서모도식못쓸것 인줄알앗는데왜지금가지느냐안가지면 그만이지하여도벌서가저버렷구나 벌서가저버렷구나 벌서가젓구나 버렷구나 쏘가젓구나. 그는압과오는시간을입은 사람이든지길이든지 거러버리고거더차고싸와 대이고십헛다

이 장면에서 주인공의 의식을 짓누르고 있는 동시성의 감각은 대상의 인식과 그 언어적 진술 사이의 시간적 격차에 관한 문제라는 것을 쉽게 알 수 있다. 영화의 모든 장면들은 카메라의 각도 안에 들어오는 모든 대상들을 동시적으로 포착하여 한꺼번에 공간을 채워 놓는다. 이러한 방식은 말을 하거나 그림을 직접 손으로 그려 나가는 방식과는 구별된다. 화가가 그림을 그릴 때는 하나의 선, 하나의 형체를 만들어 가면서 어떤 순서에 따라 서서히 캔버스를 채워 간다. 작가가 어떤 장면을

묘시하고자 할 때도 바로 이러한 과정을 거친다. 하나하나의 단어를 선택하고 이를 결합시켜 문장을 만들고 그 문장의 선후 관계를 고려하여 배열한다. 이렇게 화가나 작가는 자신이 그려 내고자 하는 대상을 자신의 의식 속에서 스스로 통제하면서 순차적으로 시간적 선후 관계를 고려하여 그려 간다. 그러나 영화 속의 카메라는 이와 다르다. 카메라는 일단 각도가 정해지고 위치가 고정되면 시야에 들어오는 모든 것을 동시에 재현한다.

이상의 소설이 영화적인 기법을 서사의 과정에 상당 부분 적용하고 있다는 것은 이야기 속에 끼어들고 있는 행동이 우연성에 의존하고 있다는 점이다. 소설의 서사에서 모든 행위는 거의 필연적으로 앞뒤에 이어지는 삽화에 의해 서로 구속된다. 그렇기 때문에 서사의 진행이 자연스럽게 이루어진다. 그러나 영화의 경우에는 마치 사진을 찍을 때 일어나는 것처럼 의도하지 않은 장면들이 화면 속에 포착된다. 서사적 맥락에서 벗어난 우연성의 개입은 크게 주목되지 않을 수도 있다. 그러나 현실 속에서 이루어지고 있는 일상적인 삶 자체가 언제나 우연적인 것들의 연속임을 생각한다면 이것을 그리 간단하게 넘겨 버릴 수는 없는 일이다. 소설 「지도의 암실」에서 도시의 시가지를 배회하는 주인공이 보여 주는 행동은 대부분 이러한 우연성을 바탕으로 이루어진다.

(1)

그째에그의잔등외투속에서.

양복저고리가 하나썰어졋다 동시에그의눈도 그의입도 그의염통도 그의뇌수도 그의손까락도 외투도 자암뱅이도모도어얼러썰어젓다 남은것이라고는 단추 넥타이 한릿틀의탄산와 사부시럭이엿다 그러면그곳에서잇는것은 무엇이엿드냐하야도 위치쑌인페허에지나지안는다 그는그런다 이곳에서혼

어진채 모든것을다슷을내여 버려버릴가 이런충동이쌍우에썰어진팔에 엇던
경향과방향을 지시하고그러기시작하야버리는것이다 그는무서움이 일시에
치밀어서성내인얼골의성내인 성내인것들을헤치고 홱압흐로나슨다 무서운
간판저어뒤에서 기우웃이이쪽을내여다보는 틈々이들여다보이는 성내엿던
것들의 싹둑々々된모양이 그에게는한업시 가엽서보혀서 이번에는그러면가
엽다는데대하야 장적당하다고 생각하는것은무엇이니 무엇을내여거얼가 그
는생각하야보고 그렷케한참보다가 우슴으로하기로작정한그는그도 모르게
얼는그만우서버려서 그는다시거더드리기어려웟다 압흐로나슨우슴은화석
과갓치 화려하얏다.

(2)

쏘어가그를무서워하며 뒤로물러스는거의 동시에묵어운저기압으로흘르
는고 기압의기류을리용하야 그는그레스토오랑으로넘어젓다하야도조코 그
의몸을게다가 내어버렷다틀어박앗다하여도 조츨만치그는그의몸덩이 의향
방에대하야아모러한설게도하야 노치는안이한행동을 직접행동과행동이가
지는 결정되여잇는운명에 내여맛겨버리고 말앗다 그는너무나 돌연적인탓
에그에게서 쌰아져버서저서업즐러젓다 그는이것은이결과는 그가바다서는
내어던지는 그의하는일의무의미에서도 제외되는것으로사々오입이하에씰
어내엿다.

앞의 인용은 「지도의 암실」의 주인공이 도회의 시가지를 배회하면서
겪는 우연한 사건을 서술하고 있는 부분이다. 이 같은 우연성을 기반으
로 엮어지는 이 소설의 서사는 그 우연성을 포착해 내는 방법에 있어서
영화적 수법에 접근한다. 서사 구성에서 무작위적인 요소들을, 일시적

이고도 우연한 순간을 마치 궁극적인 최종적인 것처럼 보이게 하고 있기 때문이다. 하나의 장면에서 앞뒤의 맥락을 제거할 경우 과거와 미래와는 상관없이 우연적인 것처럼 제시되는 이러한 방식은 이상이 그의 소설에 즐겨 사용하는 기법의 하나이다.

이상의 대표작으로 손꼽히는「날개」는 소설의 서술에서 중시되기 시작한 시각화(視覺化)와 해부화(解剖化)의 방식을 섬세하게 적용한 예에 속한다. 먼저 이 소설의 서두 부분을 보기로 하자.

그 三十三번지라는것이 구조가 흡사 유곽이라는느낌이 없지않다. 한번지에 十八가구가 죽 — 어깨를맞대고느러서서 창호가 똑같고 아궁지 모양이 똑같다. 게다가 각가구에 사는사람들이 송이송에 꽃과같이젊다. 해가들지않는다. 해가드는것을 그들이 모른체하는까닭이다. 턱살 밑에다 철줄을 매고 얼룩진 이부자리를너러말닌다는핑게로 미다지에해가드는것을 막아버린다. 침침한방안에서 낮잠들을잔다. 그들은 밤에는잠을자지않나? 알ㅅ수없다 나는 밤이나 낮이나 잠만자느라고 그런것은 알ㅅ길이없다. 三十三번지 十八가구의 낮은 참 조용하다.

조용한것은 낮뿐이다. 어둑어둑하면 그들은 이부자리를거더드린다. 전등ㅅ불이켜진뒤의十八가구는 낮보다 훨신화려하다. 저므도록 미다지 여닫는소리가 잦다. 바뻐진다. 여러가지내음새가 나기시작한다. 비웃굽는내, 탕고도란내, 뜨물내, 비누ㅅ내…….

그렇나 이런것들보다도 그들의문패가 제일로 고개를끄떡이게하는것이다. 이 十八가구를대표하는 대문이라는 것이 일각이저서 외따로떨어지기는 했으나 있다. 그렇나 그것은 한번도 닫힌일이없는 행길이나마창가지대문인 것이다. 왼갖장사아치들은 하로가운데 어느시간에라도 이대문을통하야 드나들수가있는것이다. 이네들은 문ㅅ간에서두부를사는것이 아니라 미다지

만열고 방에서두부를사는것이다. 이렇게생긴 三十三번지 대문에 그들十八
가구의문패를 몰아다부치는것은 의미가없다. 그들은 어느사이엔가 盒미다
지우 百忍堂이니吉祥堂이니 써부친 한곁에다 문패를부치는풍속을 갖어버
렸다.

　　내방미다지우 한곁에 칼표딱지를 넷에다낸것만한 내 — ?　아니! 내 안
해의명함이 붙어있는것도 이풍속을좇은것이 아닐ㅅ수없다.

　　인용된 첫 장면은 소설의 서술에서 드러나는 시각화의 문제와 함께
동시성의 감각을 잘 보여 준다. 여기서는 두 개의 시선이 준비된다. 하
나는 카메라의 각도를 따라가듯 이동하는 서술자의 시선이다. 이 시선
에 의해 33번지 18가구의 윤곽이 전체적으로 그려진다. 냉정하게 그리
고 사실은 거의 무관심하다고 할 수 있을 정도로 거리를 둔 채 묘사가 이
루어진다. 그러나 이 장면의 끝 부분에서 이 객관적 시선이 '나'라는 작
중 인물의 시선으로 바뀐다. '나'는 18가구라는 한정된 공간 내부에 자리
잡고 있으면서 일체 외부와의 관계를 끊고 고립된 채 소외된 존재로 자
신을 드러내며 자신이 보고 느낀 이야기들, 아무도 관심을 주지 않는 이
야기들을 들려준다. 이때 중요한 것이 장면을 포착하는 시선의 위치와
그 이동이다. 어떤 각도에서 어떻게 특정의 장면을 묘사하느냐 하는 것
은 소설의 독자에게 어떤 특이한 정서적 감응을 유도하느냐 하는 문제와
직결된다. 서술의 각도는 언제나 사건의 성격과 규모와 그 흐름을 주도
하며 그 사건에 대한 관심을 드러낼 수 있기 때문이다. 마지막 대목에서
"안해의 명함"에 시선을 집중시키도록 유도하는 수법은 놀랍다.

　　소설 「날개」의 장면들은 시간과 공간을 동시에 포착하면서 사물의
세부 묘사를 끈질기게 추구한다. 그렇기 때문에 이 소설의 장면들은 전
체 서사의 흐름 속에서 겉으로 보기에는 별로 중요하지 않은 것 같은 행

위의 장면을 섬세하게 묘사하고 있다. 다음의 장면을 보자.

안해가 외출만하면 나는 얼는 아래ㅅ방으로와서 그동쪽으로난 들창을열어놓고 열어놓면 드려비치는볕살이안해의 화장대를비처 가지각색 병들이 아롱이지면서 찬란하게 빛나고 이렇게 빛나는것을 보는것은 다시없는 내오락이다. 나는 조꼬만「돋뵈기」를끄내갖이고 안해만이 사용하는 지리가미를 끄실너 가면서 불작난을하고논다. 평행광선을굴절식혀서 한초점에뫃아갖이고고 초점이 따끈따끈해지다가 마즈막에는 조히를끄실느기 시작하고 가느다란 연기를내이면서 드디어 구녕을 뚫어놓는데까지에니르는 고 얼마안되는동안의 초조한맛이 죽고싶을만치 내게는 재미있었다.

이작난이 실증이나면 나는 또 안해의 손잽이거울을 갖이고 여러가지로 논다. 거울이란 제얼골을비칠때만 실용품이다. 그외의경우에는 도모지 장난감인것이다.

이작난도 곳 실증이난다. 나의 유희심은 육체적인데서정신적인 데로 비약한다. 나는 거울을내던지고 안해의 화장대앞으로 가까이가서 나란히 늘어놓인 고 가지각색의화장품병들을 드려다본다. 고것들은 세상의무엇보다도매력적이다. 나는 그중의하나만을골라서 가만히 마개를빼고 병ㅅ구녕을 내코에갖어다대이고 숨죽이듯이 가벼운호흡을하야본다. 이국적인 쎈슈알한향기가 폐로숨여들면 나는 제절로 스르르 감기는 내눈을느낀다. 확실히 안해의체臭의 파편이다. 나는 도로병마개를막고 생각해본다. 안해의 어느부분에서 요 내음새가났든가를…… 그러나 그것은 분명치않다. 왜? 안해의체취는 요기늘어섰는 가지각색향기의 합계일것이니까.

앞의 인용 장면은「날개」의 서사 구조에서 주인공인 '나'를 통해 확인할 수 있는 일상으로부터의 일탈을 그려 낸다. 여기서 그려지는 장면

은 시간과 공간의 동시성을 포착하는 카메라적 수법에 의존한다. "동쪽
으로난 들창을열어놓고 열어놓면 드려비치는볓살이안해의 화장대를비
처 가지각색 병들이 아롱이지면서 찬란하게 빛나고"라는 대목에서 우
연적으로 등장하는 사물과 그 사물의 불투명한 외관까지도 놓치지 않고
있는 묘사의 섬세함은 이른바 시각화와 해부화의 절묘한 조화에서 가능
해진 것이다. 이상은 이처럼 하나하나의 장면에서까지 주인공인 '나'의
정신과 현상적인 세계를 분리하고 그렇게 함으로써 '나'의 눈을 통해 발
견되는 모든 세계를 비인간화된 물질의 세계로 환원시킨다. 물론 이러
한 방식이 지나치게 쇄말주의(瑣末主義)에 빠져 버리면 그 인식의 피상
성(皮相性)을 넘어서기 어려운 문제점도 발견된다.

　이상이 동경에서 쓴 소설「실화」는 영화와 그 카메라 기법을 빼놓고
서는 설명하기 어려울 정도로 서사적 언어의 한계에 도전하여 동시성
의 감각을 최대한 구현할 수 있는 장면 묘사를 시도한다. 여기서 드러나
는 것이 영화적 몽타주의 기법이다. 몽타주는 본질적으로 시각적인 세
계 안에서의 분절과 그 한계를 제시하면서 동시에 그 분절과 한계를 뛰
어넘는 방법이다. 그리고 서로 다른 관점과 시각을 병치시키면서도 모
든 것을 하나로 통합할 수 있는 단일한 관점을 펼칠 수도 있다. 이 소설
은 모두 9개의 단락으로 나누어져 있는데 각각의 단락은 주인공인 '나'
를 중심으로 서울에서 있었던 일과 동경에서의 일을 번갈아 가면서 보
여 준다. 그런데 이들 단락의 연결 과정은 서사 과정에서의 단순한 배경
장면의 전환을 의미하는 것이 아니라 카메라적 기법에 의해 장면과 장
면을 결합하는 영화적 디졸브(dissolve)의 방식에 따른다. 다음의 예를 보
기로 하자.

(1)

　나는 일즉암치 면도를 하고 손톱을 깍고 옷을 갈아 입고 그리고 例年 十月二十四日경에는 死體가 몇칠만이면 썩기 시작하는지 곰곰 생각하면서 모자를 쓰고 인사하듯 다시 버서들고 그리고 房 ─ 姸이와半年 寢食을 같이하든 냄새나는房을 휘 ─ 둘러 살피자니까 하나사다 놓ㅅ네 놓ㅅ네 하고 기어 뜻을 이루지못한 금붕어도 ─ 이房에는 가을이 이렇게 지텄것만 菊花한송이 裝飾이였다.

4

　그렇나 C孃의房에는 지금 ─ 고향에서는 스케잍을 지친다는데 ─ 菊花두송이가 참 싱싱하다.

　이房에는 C君과 C孃이 산다. 나는 C孃다려 「夫人」이라고 그랬드니 C孃은 성을 냈다. 그렇나 C君에게 물어보면 C孃은 「안해」란다. 나는 이두사람 중의 누구라고 정하지않고 내 東京生活이 하도 寂寞해서 지금 이房에 놀러왔다.

　언더 ─ 더 워취 ─ 시게아레서의 렉튜어는 끝났는데 C君은 조선 곰방대를 피우고 나는눈을 뜨지않는다. C孃의목소리는 꿈같다. 인토내슌이 없다. 흐르는것 같이 긇임없으면서 아주 조용하다.

　나는 그만 가야겠다.

(2)

　「C孃! 來日도 學校에가셔야 할테니까 일즉 주므셔야지오.」

나는 부득부득 가야겠다고 욱인다. C孃은 그럼 이 꽃한송이 갖어다가 房
에다 꼬자 놓으란다.

「先生님房은 아주 殺風景이라지오?」

내房에는 花瓶도없다. 그렇나 나는 두송이 가운데 힌것을 달래서 윈편깃
에다 꽂았다. 꽂고 나는 밖으로 나왔다.

5

菊花한송이도 없는 房안을 휘 ― 한번 둘러보았다. 잘 ― 하면 나는 이 醜
惡한房을 다시 보지않아도 좋을수 ― 도 있을까 싶었기 때문에 내눈에는 눈
물도 고일밖에 ―

나는 썼다버슨 모자를 다시 쓰고나니까 그만하면 내 姸이에게對한 인사
도 별로 遺漏없이 다 된것같았다.

앞의 (1), (2)는 소설 「실화」에서 단락과 단락의 연결 과정에서 '디졸
브'의 카메라적 수법을 활용하고 있는 대표적인 예에 속한다. 영화 속에
서는 한 화면이 사라짐과 동시에 다른 화면이 점차로 나타나는 장면 전
환 기법이 바로 그것이다. 소설 「실화」에서는 연결되는 두 단락의 장면
을 밀접하게 연결시키기 위해 이 기법을 사용한 셈이다. (1)의 경우는
셋째 단락에서 넷째 단락으로 바뀌는 부분인데, '菊花 한 송이'라는 작
은 소품에 초점을 두면서 서울의 '연'이라는 여인과 지냈던 방 안과 동
경 'C'양의 방 안을 서로 겹쳐 놓는다. (2)에서는 넷째 단락과 다섯째 단
락이 연결된다. 여기서는 동경 'C'양의 방 안에서 다시 서울의 '연'의 방
으로 이어진다. 이 같은 카메라적 기법은 새로운 단락의 전환에서 드러
나는 시공간의 전환을 위해 활용하고 있는 것인데, 소설이라는 서사의

속성 때문에 특정한 언어적 기표(여기서는 '국화 한송이'가 된다.)를 중심으로 그것이 환기하는 이미지를 통해 시간과 공간의 변화를 포착해 낸다. 바로 이 같은 기법이야말로 영화적 디졸브의 독특한 심미성을 적극적으로 수용한 결과라고 할 수 있다.

2. 이상 소설 속의 영화 이야기

「지도의 암실」 속의 영화 「러브 퍼레이드(LOVE PARADE)」

이상이 발표한 첫 단편 소설 「지도(地圖)의 암실(暗室)」(《조선》, 1932. 3)에는 소설가로서 이상 자신이 추구하고자 하는 서사적 미학의 모든 요소들이 문제적인 상태로 노출되어 있다. 이 소설의 이야기 속에는 주인공 '나'의 영화 구경이 중요한 일과의 하나로 자리 잡고 있다. 이것은 영화라고 하는 대중 예술이 1930년대 초기의 도시 '경성'의 한복판에서도 일상화되고 있음을 말해 주는 대목이다. 영화를 통해서 구현되고 있는 서구 세계의 일상이 곧바로 식민지 조선의 경성에서의 개인적 삶의 일상과 대등하게 연결된다는 것은 매우 주목되는 현상이다. 앙드레 바쟁은 『영화란 무엇인가』에서 이렇게 주장하고 있다. "영화가 소설이나 연극보다 후에 출현했다는 사실은 그것이 소설이나 연극의 뒷줄에 선다거나 동일 평면상에 선다는 것을 의미하지 않는다. 영화라고 하는 현상은 전통적인 예술들을 존속시켜 온 사회적 조건들과는 전혀 다른 사회적 조건 속에서 발전해 왔다."[18] 이상이 소설을 쓰면서 영화에 주목했다는 사실은 이 대목에서 암시하고 있는 내용과 연결되어 있다. 영화는 한

---

18 앙드레 바쟁, 『영화란 무엇인가』(박상규 역, 시각과 언어, 2001, 116면.)

국 사회의 근대적 변혁기인 1900년대에 들어서면서 활동사진이라는 이름으로 소개되기 시작하였다. 그리고 1920년대에는 이미 영화가 하나의 새로운 예술로서 무성 영화의 시대를 넘어서서 '토키'의 새로운 시대를 열어 가면서 대중화되었던 것이다.

「지도의 암실」의 주인공이 극장으로 들어서는 장면은 다음과 같은 비유적 묘사로 처리된다.

시가지한복판에 이번에새로생긴무덤우으로 싹장벌러지에무든각국우습이 헷쓰려써러트려저모혀들엇다 그는무덤속에서다시한번죽어버리랴고 죽으면그래도 쏘한번은더죽어야하게되고하야서 쏘죽으면쏘죽어야되고 쏘죽어도 쏘죽어야되고하야서 그는힘드려한번몹씨 죽어보아도 마찬가지지만 그래도 그는여러번〻〻 죽어보앗으나 결국마찬가지에서 싯나는싯나지안는것이엿다 하느님은그를내여버려두심닛가 그래하느님은죽고나서쏘죽게 내여버려두심닛가 그래그는그의무덤을엇더케 치을까생각하든싯흐 머리에 그는그의잔등속에서 썰어저나온근거업는 저고리에그의무덤파편을 주섬〻〻싸그러모아가지고 터벅〻〻걸어가보기로 작정하야노코 그러케하야도 하느님은가만히잇나를 쏘그다음에는 가만히잇다면 엇더케되고 가만히있지안타면엇더케할작정인가 그것을차레〻〻 보아나려가기로하얏다.

K는그에게 빌려주엇든저고리를 닙은다음서양시가렛트처럼극장으로 몰려갓다고그는본다 K의저고리는풍긔취체탐정처럼.

그에게무덤을경험케하얏슬뿐인가장간단한불변색이다 그것은어디를가드라도 싸마귀처럼트릭크를 우슬것을생각하는그는그의모자를 버서쌍우에 놋코그가만히잇는 모자가가만히잇는틈을타서 그의구두바닥으로힘껏 나려밟어보아버리고십흔마음이 종아리살구쎠까지 나려갓것만그곳에서장엄히 도승천하야버렷다.

이 대목에서 시가지 한복판에 새로 생긴 '무덤'은 '극장(영화관)'을 비유적으로 지적한 말이다. 극장의 내부로 들어서는 출입문의 모양이 마치 서양식 묘지와 유사한 면이 있다는 점에 착안한 것인지 모른다. 그러나 주목해야 하는 것은 이러한 외양적인 것의 묘사 방식이 아니다. 이 소설에서 문제 삼고 있는 것은 영화라는 형식이 요구하는 독특한 예술적 향수 방식이기 때문이다.

영화는 움직이는 대상을 사진적 방법에 의하여 필름으로 인화하는 작업으로 시작된다. 대상의 움직임을 연속적으로 처리하기 위해서는 매초 24장의 장면이 이어지도록 촬영해야 한다. 이렇게 처리된 필름의 화상을 광학적 방법으로 스크린에 투영함으로써 움직이는 영상을 보여 줄 수 있게 된다. 이때 선명한 영상의 투사를 위해서 외부의 빛을 차단하기 때문에 영화의 상영은 어둠 속에서 이루어진다. 그러므로 영화를 상영하는 극장 안은 무덤 속처럼 어둡다. 영화를 구경하러 들어간 관객은 마치 죽은 것처럼 꼼짝없이 모두 자기 자리에 앉아 있어야 한다. 그리고 어둠 속에서 눈앞에 펼쳐지는 영화의 장면에 몰입하게 된다.

앞서 지적한 것처럼 소설 「지도의 암실」에서 극장은 무덤으로 비유되어 묘사된다. 영화라는 새로운 예술은 영화 자체의 메커니즘으로 인하여 그것을 향유하는 모든 관객을 영화 상영의 조건 속으로 끌어들인다. 이것이 바로 기계적 시설을 갖춘 영화 상영을 위한 극장이다. 극장에서는 영화의 상영을 위해 외부의 빛을 차단하고 영화 이외의 모든 외적 요소로부터 관객을 격리시킨다. 그러므로 관객은 영화가 상영되는 동안 자기 자신의 경험적 세계로부터 철저하게 소외된 채 영화의 세계로 끌려들게 된다. 이러한 현상을 두고 이상은 소설 속의 주인공이 극장 안으로 들어가는 것을 무덤 속으로 들어가는 것으로 비유한다. 그리고 영화 구경 자체를 잠시 죽어 버리는 것으로 비유하고 있는 것이다.

이 소설에서 주인공이 시가지를 배회하다가 극장에서 구경한 것
이 어떤 영화인지 궁금하다. 소설의 텍스트에는 아무런 설명도 없이
'LOVE PARRADE'라는 말을 끼워 놓고 있다. 일본의 한국 문학 연
구자인 사에쿠사 교수가 일찍이 'LOVE PARADE'라는 말을 영화 제
목으로 추정한 바 있다.[19] 실제로 'LOVE PARRADE'는 '퍼레이드'라
는 영어 단어의 철자를 틀리게 써 놓기는 했지만 영화「러브 퍼레이드
(The Love Parade)」의 제목을 패러디한 것이다. 1929년 미국 파라마운트
사에서 제작한 이 영화는 토키 영화의 초기 단계에 등장한 뮤지컬 코미
디로 유명하다. 무성 영화 시대의 막바지에 활동했던 에른스트 루비치
(Ernst Lubitsch) 감독은 이 영화에 미남 배우 모리스 슈발리에(Maurice
Chevalier)와 당대의 미인 자넷 맥도널드(Jeanette MacDonald)를 출연시키
면서 영화의 장면과 음악의 선율을 교묘하게 결합시켜 놓음으로써 토키
영화로서의 뮤지컬의 새로운 가능성을 열어 놓게 된다.

영화「러브 퍼레이드」는 무성 영화의 시대를 벗어난 영화가 더욱 새
로운 시청각의 종합 매체로 발전할 수 있는 가능성을 보여 준 초창기 토
키 영화의 화제작 가운데 하나이다. 이른바 '비타폰 시스템(Vitaphone
system)'이 발명되면서 비약적으로 발전하기 시작한 토키 영화는 영상
위주로 편집되어 온 영화에 소리를 결합시킴으로써 이미지와 사운드의
완벽한 기계적 결합을 가능하게 한다.[20] 토키 영화의 시대를 열어 놓은
것으로 평가받는 앨런 크로스랜드 감독의「재즈 싱어(The Jazz Singer)」
(1927)가 뉴욕에서 흥행에 크게 성공하자, 미국의 영화는 영상을 보여
주면서 그 곁에서 레코드를 동시에 돌리던 불완전한 사운드 방식에서

---

19 사에쿠사 도시카쓰,『사에쿠사 교수의 한국문학연구』, 베틀북, 2000, 347면.

20 버지니아 라이트 웩스먼,『세상의 모든 영화(*A History of Film*)』(김영선 역, 이론과 실천,
2008, 147~155면.)

벗어나, 필름에 녹음된 소리를 스크린의 영상과 완전히 일치시키는 토키 영화로 급속하게 발전한다. 토키 영화의 등장은 비디오적 요소에 전적으로 의존하던 영화에 오디오적 요소를 가미하는 기술적 혁명을 가져왔고, 이러한 영화 기술 자체가 영화의 예술성만이 아니라 그 제작의 기업적 체제를 혁신시키게 된다. 토키 영화는 영화의 배경을 이루는 음악을 곁들이고 효과적인 자연음을 첨가하여 영상의 리얼리티에 대한 환상을 증폭시킬 뿐만 아니라 영화 속의 등장인물의 대화를 그대로 자유롭게 살려 냄으로써 영상에 의존했던 영화의 내용에 연극적 효과와 문학의 요소를 결합시킬 수 있게 된다.

영화 「러브 퍼레이드」는 이 같은 토키 영화의 화려한 상업주의적 변신에 성공한 작품으로 평가된다. 이 영화에서 가상의 왕국 실바니아의 루이스 여왕으로는 자넷 맥도널드가 출연하며, 여왕의 남편이 된 모리스 슈발리에가 주인공으로 등장한다. 둘 사이의 까다로운 로맨스를 그려 내고 있는 이 영화는 무성 영화 시대를 마감하고 토키 영화가 등장하면서 새롭게 기획된 뮤지컬 코미디였기 때문에 배우들의 노래와 춤이 화면을 장식한다.

영화의 첫 장면은 프랑스 잡지의 페이지를 넘기는 어떤 남성의 손이 스크린에 크게 부각되면서부터 시작된다. 책장을 넘기면 화려한 의상의 합창 무희들이 한 줄로 등장하고 거대한 샴페인 병이 클로즈업 되면서 그 사이에 '파리(Paris)'라는 글자가 또박또박 번쩍인다. 사랑의 도시 파리가 이 영화의 서두를 장식한다. 그리고 바로 실바니아 왕국의 프랑스 주재 무관(武官)으로 파리에 파견되어 온 알프레드 남작(모리스 슈발리에)이 호사스럽게 치장된 침실에서 나온다. 뒤를 따라 한 여인이 치마를 걷어 올린 채 스타킹의 대님을 묶으면서 등장한다. 둘 사이에 연유를 알 수 없는 언쟁이 이어진다. 그 여인이 자신의 지갑에서 권총을 꺼내 든다. 그때 요란스럽게 출입문이 열리면서 한 사내가 들어선다. 두 남녀의 정사를 염탐하던 그녀의 남편이다. 여인은 들고 있던 권총으로 자신의 머리를 겨냥하여 쏘면서 쓰러진다. 알프레드 남작과 그녀의 남편은 너무나 당황하여 얼어붙은 것처럼 서 있다. 순간 남편은 쓰러진 여인의 손에 쥐어진 권총을 집어 들고 알프레드를 노려보면서 방아쇠를 당긴다. 하지만 알프레드는 그의 가슴을 가볍게 치면서 고개를 흔든다. 권총은 처음부터 탄알이 들어 있지 않은 장난감이었던 것이다. 여인의 곁에 알프레드와 그녀의 남편이 무릎 꿇는다. 남편은 그녀에게 키스하면서 흐트러진 옷매무새를 가지런히 한다. 두 부부가 퇴장한 뒤 실바니아의 대사가 등장하여 알프레드에게 이것이 파리에서의 마지막 스캔들이 될 것이라고 말하면서 첫 기차로 고국으로 귀국할 것을 명령한다.

이 영화는 파리에서의 스캔들로 강제 귀국 조치된 알프레드 남작이 우여곡절 끝에 루이스 여왕의 남편감으로 간택되면서 흥미를 더한다.

「러브 퍼레이드」의 주연을 맡은 자넷 맥도널드와 모리스 슈발리에

고집이 강한 여왕의 배우자가 된
알프레드는 점차 아무 하는 일 없
이 여왕 곁에 들러리로 서 있어야
하는 자신의 처지에 염증을 느끼
게 되면서 둘 사이에 갈등이 커진
다. 하지만 영화 장면 사이사이에
펼쳐지는 화려한 춤과 아름다운
노래들이 분위기를 고조시키면서
이야기를 반전시키게 된다.

소설 「지도의 암실」의 주인공은
영화 「러브 퍼레이드」의 감미로운

루이스 여왕 역을 맡은 자넷 맥도널드

음악과 화려한 무대에 취한 상태로 극장을 빠져나온다. 어둠이 깔린 시
가지의 가로등에 불이 밝혀졌지만 주인공은 여전히 영화의 흥취에 젖어
있다. 그렇기 때문에 포도 위를 걸어가면서도 발걸음이 가볍고 미끄러
지듯 한다. 소설의 텍스트에서는 영화의 음악적 분위기를 살려 내면서
텍스트 내적 공간을 확대시키기 위해 다음과 같이 주인공의 의식 상태
를 묘사하고 있다.

LOVE PARRADE

그는답보를게속하얏는데 페브멘트는후을훌날으는 초콜레에트처럼훌ㅅ날
아서 그의구두바닥밋흘밋그러히쏙ㅅ쌔저나가고잇는것이 그로하야금더
욱ㅅㅅ 답보를식히게한원인이라면 그것도원인의하나가 될수도잇겟지만 그
원인의대부분은 음악적효과에잇다고안이볼수업다고 단정하야버릴만치 이
날밤의그는음악에 적지안이한편애를 가지고잇지안을수업슬만치 안개속에

1930년 1월 뉴욕 상영 당시의 선전 포스터

서라이트는스포츠를하고 스포츠는그에게잇서서는 마술에갓가운기술로 밧게는안이보이는것이엿다.

이 장면에서 소설의 주인공은 영화 속의 음악에 흠뻑 빠져들어 있음을 보여 준다. '음악적 효과'라든지 '음악에 적지 아니한 편애'라는 구절들을 통해 이 영화의 음악성에 대한 주인공의 관심을 짐작할 수 있게 된다.

소설 「지도의 암실」에서 작가 이상이 영화 「러브 퍼레이드」를 인유한 것은 영화 자체에 대한 관심만이 아니라 이 영화에 관한 화제가 한몫을 담당했을 것으로 추측된다. 소설 속에서 그려 내고 있는 영화 「러브 퍼레이드」와 관련된 대목은 작가에 의해 상상적으로 구성된 것이 아니기 때문이다. 영화 「러브 퍼레이드」는 1931년 10월 17일부터 경성 조선극장에서 상영된 바 있으며, 이상 자신도 이 영화를 구경했을 가능성이 크다.

파라마운트작 전발성영화(全發聲映畵) 러브 퍼레이드(전13권)는 17일부터 시내 조선극장에서 상영된다. 에른스트 루비취씨 감독, 모리스 슈발리에씨 주연, 쟈네트 맥도날드 양 조연이다. 우선 경개를 소개하면 다음과 같다.

구라파 한구석에 실바니아라는 나라가 있다 하자. 이 나라의 여왕 루이스는 아직 독신으로 있는데 마침 파리 대사관에 가 있던 무관 알프레드가 돌아

오며 그와 결혼하였다. 그러나 호방한 알프레드는 여왕 독재에 만족하지 못
하여 이러구러 부부간에 파탄이 끊이지 않았다. 그러나 결국 여왕이 알프레
드에게 절대 복종하게 된다 – 하는 것이다.

이 경개로는 그리 신통한 것이 없을듯 하지만 전편이 희가극으로 되어 노
래와 음악으로써 얽어진 까닭에 보는 사람의 눈과 귀를 스스로 즐겁게 한다.
이런 것은 토키가 아니면 도저히 할 수 없을 것이며 이 영화는 토키로서 상
당히 성공한 작품이다. 금후 발성영화의 가질 새로운 양식 중의 하나는 이러
한 것이 아닐까.[21]

앞의 인용에서처럼 영화 「러브 퍼레이드」는 토키가 아니면 도저히
할 수 없는 발성 영화의 새로운 양식으로 경성의 관객에게 소개된다. 이
상은 그의 소설 「지도의 암실」에서 영화 「러브 퍼레이드」를 인유함으로
써 새로운 토키 영화의 발전에 대한 관심을 표현한다. 그리고 극장에서
의 영화 구경 자체를 1930년대 초기 경성의 도회적 삶 속에 일상화함으
로써 현대성의 천착이라는 자신의 소설적 과제에 새롭게 접근한다.

소설 「지도의 암실」은 1930년대 문단의 한 지류를 형성했던 이른바
'영화 소설'과는 전혀 다른 속성을 지닌다. 이 소설은 그 발단에서부터
결말에 이르기까지 하나의 등장인물을 추적하고 있지만 통일적인 하나
의 시점을 일관되게 보여 주는 것이 아니다. 서술의 각도는 뒤틀리고 그
거리가 제대로 지켜지지 않는다. 소설 속에서 서사의 흐름을 주도하는
것은 행동이 아니라 주인공의 의식이라고 할 만하다. 주인공의 의식 속
에서 일어나고 있는 갖가지 상념들, 몽환적이기조차 한 단편적인 사고
들이 밑도 끝도 없이 전개된다. 주인공은 누구와 만나 대화를 나누는 법

---

21 「新映畵; 全發聲映畵 「러브 파레이드」 十七日 朝劇서 開封」, 《동아일보》, 1931. 10. 18.

도 없다. 그러므로 주인공은 경험적 주체로서의 인간이라기보다는 하나의 사념, 또는 의식 그 자체라고 할 수 있을 정도이다. 주인공의 의식 속에서 표출되는 온갖 사념들은 경험적 현실과 연관된 어떤 의미 관계를 형성하는 것처럼 보이지도 않으며, 도막 난 조각 맞추기 그림처럼 복잡하게 헝클어져 있다. 그러므로 이런 사념과 의식을 표현하는 언어 문장 자체도 간신히 통사적 요건을 맞춰 가지고 있을 뿐, 엄격한 문법적 규범으로부터 모두 벗어나 있다. 물론 이것은 거의 의도적으로 왜곡된 것이다. 일반적으로 드러나는 언어와 문자의 선조성을 거부하면서 동시성의 감각을 구현하고자 하는 의욕을 담고 있기 때문이다. 그러므로 이 낯선 언어 표현은 언어 소통의 규범에 익숙해 있는 독자들을 당혹시킨다.

「지도의 암실」의 모든 삽화들은 일련의 이야기를 위해 통합되거나 연쇄되는 것이 아니라 서로 대립되거나 갈등하거나 전혀 무관한 일종의 불연속성을 드러낸다. 이렇게 해체된 방식에 따라 옮겨지는 시점의 이동은 시간의 경과와 공간의 변화, 상황의 발전 등을 모두 하나의 공간 속으로 끌어들인다. 이러한 구성법은 모든 삽화의 종속적 배열보다는 병렬성을 더 강조하고 있는 데에서도 그 특징이 드러난다. 전체를 이루고 있는 부분적인 삽화의 상호 이질성과 모티프의 불연속성은 때로는 시간적 순서의 가역성으로 치닫기도 하고 서사의 공간을 엉뚱하게 비약시킨다. 여기서 얻어지는 효과는 흔히 영화의 장면에서 볼 수 있는 '몽타주'의 그것과 유사하다. 이것은 동시성의 감각을 고려한 일종의 초현실주의적 상상력에 기초하는 것이라고 할 수 있다.

소설 「동해(童骸)」의 결말과 영화 「만춘(晩春)」

단편 소설 「동해(童骸)」의 이야기는 하루 동안에 이루어진 아주 간단한 에피소드를 담고 있다. 이 작품의 중심에는 작중 화자를 겸하고 있는

'나'라는 인물이 자리하고 있다. 어느 날 가방을 싸 들고 '나'를 찾아온 '임(姙)'이라는 여인이 그 상대역을 담당한다. '임'은 주인공의 친구인 '윤(尹)'이라는 사내와 살고 있는 여인이다. 친구의 아내가 집을 뛰쳐나와서는 '나'를 찾아온 것이다. 그 여인은 자신이 함께 살던 '윤'과 헤어졌으며, 이제 새로운 살림을 '나'와 꾸려 보겠다고 말한다. '나'는 적잖이 놀라면서도 이 여인을 내치지 않고 하룻밤을 집에서 재운다. 다음 날 아침 자리에서 눈을 뜬 '나'는 '임'이 마치 자신이 아내라도 된 듯이 벌써 일어나 아침 식사 준비까지 맡아 했음을 알게 된다. 이런 식의 인물 설정이라면 쉽게 애정 갈등의 삼각 구도를 떠올릴 수 있다. 그러나 문제는 그리 간단하지는 않다. '동해'라는 제목 자체가 암시하듯 '임'이라는 여인이 '윤'이라는 친구와 '나' 사이를 오가면서 벌이는 교묘한 애정 행각과 그 갈등의 귀결에 초점을 맞추고 있기 때문이다. 더구나 이 소설에서 흔해 빠진 주제의 통속성을 벗어나기 위해 작가는 서사의 결말에 영화의 스토리를 대치시킨다. 소설이 결말에 게시하고 있는 영화「만춘(晚春)」의 장면이 서사 내적 공간을 확장하고 있는 것이다.

소설「동해」의 결말 부분에는 등장인물들이 모두 극장 단성사 앞에 나타나는 장면을 그려 놓고 있다. 이 장면의 극적 의미를 이해하기 위해서는 이야기의 전체적인 흐름 속에서 소설 속 화자인 '나'의 내면 의식을 좀 더 섬세하게 헤아려 보아야만 한다. '나'는 더 이상 못 살겠다면서 집을 나와 '나'를 찾아온 '임'을 데리고 그녀가 함께 살았던 '윤'군을 찾아간다. 그리고 그녀를 '윤'군에게 돌려보낸다. 두 남녀가 영화 구경을 위해 단성사 극장으로 들어간 후 '나'는 'T'군과 술을 마시면서 온갖 상념에 사로잡힌다. 영화가 끝날 무렵 '나'는 '키네마'를 보러 들어갔던 '임'과 '윤'군을 단성사 앞에서 기다린다. 두 사람이 영화 구경을 마치고 함께 극장 밖으로 나오자 '나'는 '임'을 거들떠보지 않은 채, '윤'군이 '임'을 데리고 가도록 말해 준다. '임'의 눈에 '독화'가 피었다고 했지만, 극장을 빠져나온 두 사람은 '나'를 뒤로하고는 인파 속으로 사라진다. 그런 다음 '나'도 'T'군과 함께 영화 「만춘」의 시사를 보겠다며 극장 안으로 들어간다. 이 대목은 소설 속에서 다음과 같이 흥미롭게 이야기를 매듭짓는다.

T군은 암만해도 내가 불상해 죽겠다는 듯이 나를 물끄럼이 바라다보드니

「자네, 그중어려운 外國으로가게, 가서 비로소 말두배우구, 또 사람두 처음으루 사귀구 그리구 다시 채국채국 살기시작허게. 그렇거능게 자네 自殺을 救할수있는 唯一의方途가 아닌가 그렇게생각하는내가 그럼 薄情한가?」

自殺? 그럼 T군이 눈치를 채었든가.

「이상스러워 할것도없는게 자네가 주머니에 칼을 넣고 댕기지안는것으로보아 자네에게 自殺하려는 意思가 있다는걸 알수있지않겠나. 勿論 이것두 내게아니구 남한테서 꿔온에피그람이지만」

여기 더 앉었다가는 鰒魚처럼 탁 터질것같다. 아슬아슬한 때 나는 T君과 함께 빠―를나와 알마치단성사문앞으로 가서 三分쯤 기다렸다.

尹과 姙이가 一條二條하는 文章처럼 나란히 나온다. 나는 T君과같이 '晩春'試寫를보겠다. 尹은 우물쭈물하는것도같드니

「바통 가저가게」

한다. 나는 일 없다. 나는 절을하면서

「一着選手여! 나를 列車가 沿線의 小驛을자디잔바둑돌 黙殺하고 通過하듯이 無視하고 通過하야 주시기(를)바라옵나이다」

瞬間 姙이 얼굴에 毒花가핀다. 응당 그러리로다. 나는 二着의名譽같은것은 요새쯤 내다버리는것이 좋았다. 그래 얼른 릴레를 棄權했다. 이경우에도 語彙를 蕩盡한浮浪者의 자격에서 恐懼 橫光利一氏의 出世를 사글세 내어온

것이다.

姙이와尹은 人波속으로 숨여버렸다.

갸렐리어둠속에 T군과 어깨를나란히앉어서 신발바꿔신은 人間 코미디를나려다보고 있었다. 아래배가 몹시 아프다. 손바닥으로 꽉 눌으면 밀려나가는 김 이 입에서 哄笑로化해 터지려든다. 나는 阿片이 좀 생각났다. 나는 조심도할줄모르는 野人이니까 半쯤죽어야 껍적대이지안는다.

스크린에서는 죽어야할사람들은 안죽으려들고 죽지않아도 좋은사람들이 죽으려 야단인데 수염난사람이 수염을 혀로 핧듯이 만지적만지적하면서 이쪽을향하드니 하는소리다.

「우리醫師는 죽으려드는사람을 부득부득 살려 가면서도 살기어려운 세상을 부득부득 살아가니 거 익쌀맞지 않소?」

말하자면 굽달린自動車를 硏究하는 사람들이 거기서 이리뛰고 저리뛰고 하고들있다.

나는 차츰차츰 이 客 다 빠진 텅 뷘 空氣속에沈沒하는 果實 씨가 내 허리띠에 달린것같은 恐怖에 지질리면서 정신이 점점 몽롱해드러가는 벽두에 T군은 은근히 내 손에 한자루 서슬 퍼런 칼을 쥐어준다.

(復讐하라는 말이렸다)

(尹을찔러야하나? 내 決定的敗北이 아닐가? 尹은 찔르기 싫다)

(姙이를 찔러야하지? 나는 그 毒花핀 눈초리를 網膜에映像한채 往生하다니)

내 心臟이 꽁 꽁 얼어드러온다. 빼드득빼드득 이가 갈린다.

(아 하 그럼 自殺을 勸하는 모양이로군, 어려운데 — 어려워, 어려워, 어려워)

내 卑怯을 嘲笑하듯이 다음순간 내손에 무엇인가뭉클 뜨뜻한덩어리가 쥐어졌다. 그것은 서먹서먹한表情의 나쓰미깡, 어느틈에 T君은 이것을 제

주머니에다 넣고 왔든구.

입에 침이 쫘르르 돌기전에 내눈에는 식은 컾에 어리는 이슬처럼 방울지지 안는 눈물이 핑 돌기시작하였다.

앞의 인용에서 볼 수 있는 극장 단성사(團成社)는 1907년 종로 거리에 2층 목조 건물로 세워졌던 첫 번째의 본격적인 영화관이다. 이 영화관에서 1919년 10월 식민지 조선에서 조선인에 의해 제작된 활동사진 「의리적 구토」가 상영되었고, 1926년 나운규(羅雲奎)의 영화 「아리랑」이 개봉되어 장안의 화제가 되었다. 그 후 단성사는 영화의 급속한 발전과 보급에 따라 조선극장, 우미관(優美館)과 같은 영화관이 함께 들어서면서 새로운 대중문화의 전당으로 자리 잡게 된다. 단성사는 1932년 소유주인 박승필이 세상을 떠나면서 한때 위기에 몰리기도 했지만 1934년 700석이 넘는 현대식 철근 건물로 신축하면서 영화 흥행을 이어 간다. 1935년 한국 최초의 발성 영화 「춘향전」을 상영한 곳도 바로 이곳이다.

소설 「동해」의 주인공들이 극장 단성사 앞에서 서로 만나 영화를 구경하는 것은 특별한 일이 아닐 수도 있다. 영화가 이미 소설 속에서 그려 내는 일상의 한 요소가 되어 버렸음을 뜻하기 때문이다. 하지만 이 소설의 결말 장면에서 그려 내는 극장 단성사와 거기서 구경한 영화 이야기는 단순한 일상의 한 장면이 아니다. 그것은 소설의 이야기를 매듭짓기 위해 작가가 고안한 일종의 패러디에 해당하기 때문이다. 그렇기 때문에 소설 속으로 끌어들인 극장 단성사의 개봉 영화 「만춘」이 궁금하다. 이야기의 극적 결말을 위해 동원하고 있는 영화 「만춘」의 이야기는 작가가 만들어 낸 허구가 아니다. 이 영화는 실제로 1936년 6월 23일부터 5일간 단성사에서 상영된 바 있던 미국 영화 "The Flame within"을 말한다. 당시 신문의 영화 광고(《동아일보》, 1936. 6. 20)에서는 "새암솟듯 열정은 넘치

네 / 부질없는 사랑에 우는 여성의 가지가지의 모양 / 이지(理智)와 정염
(情炎)의 야상곡(夜想曲) / 아름다운 걸작(傑作)"이라고 이 영화를 광고
하고 있다. 영화 「만춘」은 1936년 3월 일본에서도 이미 개봉한 바 있는
데, 영화의 원제 "The Flame within"을 개봉 당시 일본인들이 「만춘」이
라고 고쳤다.(『20세기 아메리카 영화 사전』, 일본 카달로그하우스, 2002 참
조) 소설의 주인공 '나'는 단성사 극장 안의 갤러리에 앉아 영화 「만춘」
을 보면서 "신발 바꿔 신은 인간 코미디"라고 한 마디로 그 성격을 규정
해 놓은 바 있다.

　미국의 MGM사가 1935년 제작한 영화 「만춘」의 감독은 에드먼드
골딩(Edmund Goulding)이다. 지성파 여배우로 평판을 얻었던 앤 하딩
(Ann Harding)이 정신과 의사 메리 화이트로 등장하는데, 그녀의 곁에는
그녀를 사랑하는 동료 의사 고든 필립스(허버트 마셜 Herbert Marshall 역)
가 있다. 의사 메리는 새로이 등장한 심리 치료의 방법에 몰두하면서 결
혼에는 관심이 없다. 자신이 결혼하게 된다면 한 가정의 주부기 되어 의
사로서의 자기 일을 할 수 없을지 모른다고 생각했기 때문이다. 1930년
대만 하더라도 결혼한 여성이 직업을 가진다는 것에 대해 부정적으로
생각하는 사람들이 많았다.

　영화의 이야기는 어느 날 고든이 메리에게 한 여성 환자를 소개하면
서부터 시작된다. 그 여성 환자는 부유한 집안의 딸인 린다 벨튼(모린 오
설리번 Maureen O'Sullivan이 열연함) 양이다. 그녀는 다량의 약을 복용하
고 자살을 시도했었다. 고든은 그녀의 주치의로서 정신과 치료가 필요
하다고 판단하여 메리에게 심리 치료를 위해 그녀를 보낸 것이다. 메리
는 린다 양과 상담을 하면서 자살을 시도한 동기가 무엇인가를 밝혀내
려고 한다. 메리는 린다 양이 잭 케리(루이스 헤이워드 Louis Hayward 역)
와 약혼한 사이라는 것을 알고는 린다 양과 상담하던 중에 진료실에서

영화 「만춘」의 한 장면. 앤 하딩과 허버트 마셜

잭에게 전화를 걸게 한다. 그러나 린다 양은 전화를 걸다가 갑자기 유리창 문을 열고 진료실 밖으로 뛰어내리려고 한다. 메리는 황급하게 이를 저지하면서 린다 양을 진정시킨다. 그 뒤 메리는 린다 양의 약혼자 잭이 알코올 중독자라는 사실을 밝혀내고, 그녀의 정신적 상처의 요인이 바로 알코올 중독자인 잭에 있다는 사실을 확인한다. 잭은 알코올에 찌든 채 자신을 진정으로 사랑하고 있는 린다 양을 전혀 돌보지 않고 있었던 것이다.

의사 메리는 린다 양에 대한 심리 치료를 진행하면서 그녀의 약혼자 잭을 설득시켜 재활 프로그램을 통해 알코올 중독을 고치도록 한다. 메리의 적극적인 진료 덕분에 잭은 약 8개월 후에 전혀 몰라보게 건강해져 돌아온다. 그리고 린다 양과 잭은 결혼에 골인한다. 두 사람은 이제 겉보기에는 아주 행복해 보이는 부부가 된다. 이들이 모두 참석한 연회에서 잭은 의사 메리와 춤을 출 기회를 갖게 된다. 잭은 자신의 알코올 중독을 치료해 준 메리에게 자기가 그녀를 사랑한다고 말한다. 메리는 의사의 입장에서 자신의 환자였던 잭의 사랑 고백을 탓하지 않는다. 그런데 린다가 이를 보고, 의사인 메리를 향한 잭의 태도가 심상치 않다는 것을 눈치챈다. 그리고 메리에 대한 질투에 사로잡힌다. 그녀는 의사인 메리가 자신으로부터 잭을 빼앗으려 하고 있으며, 둘 사이를 갈라놓고 있다고 비난한다.

이 같은 상황이 벌어지자 메리는 혼란에 빠진다. 메리는 자신의 치료법을 잘 따라 준 잭에게 깊은 호감을 가지고 있지만 그의 사랑을 받아들일 수 없다는 것을 잘 알고 있다. 더구나 의사의 신분으로서 자신의 또 다른 환자였던 린다 양을 지켜 주어야 한다는 책임감도 여전히 느끼고 있다. 이 영화는 메리가 잭에게 린다 양과의 결혼에 대해 책임이 있음을 상기시키는 장면에서 절정에 도달한다. 우여곡절을 겪었지만 메리의 권유에 따라 잭과 린다 양은 다시 화해한다. 그리고 동시에 메리 또한 이들 두 남녀의 갈등을 치료하는 과정을 통해 동료 의사인 고든과의 사랑을 생각할 수 있게 된다.

이와 같은 영화 「만춘」의 이야기는 소설 「동해」의 서사와 유사한 구조를 보여 준다. 남녀 관계의 갈등과 그 해결의 과정에서 드러나는 사랑의 삼각 구도가 바로 그것이다. 그러나 유사한 두 가지 이야기를 단순하게 병치시키는 데에 만족하지 않는다. 영화 「만춘」에서 갈등에 빠져든 두 남녀로 인하여 곤경에 직면했던 정신과 여의사 메리의 입장을 내세워 소설 속의 주인공 '나'의 경우를 스스로 설명하도록 장치되어 있기 때문이다. 소설의 주인공 '나'는 '임'의 앙탈을 달래고 '윤'과 다시 만나 화해하도록 만들어 준다. 하지만 '나'에게 찾아와 자신의 사랑을 받아 달라고 했던 '임'이 다시 '윤'에게 태연하게 돌아가는 모습에 질려 버린다. 이 같은 극적인 결말에 영화 「만춘」의 장면들이 겹침으로써 소설 「동해」는 결국 그 서사 내적 공간이 영화의 장면들을 끌어안으며 확대되고 있는 셈이다.

내가 結婚하고 싶어하는 女人과 結婚하지 못하는것이 결이 나서 結婚하고싶지도, 저쪽에서 結婚하고싶어하지도안는 女人과 結婚해버린탔으로 뜻밖에 나와結婚하고싶어하든 다른女人이 그또 결이나서 다른男子와 결혼해버렸으니 그야말로 ― 나는 지금 一朝에破滅하는 結婚우에佇立하고있으니 ― 一擧에 三尖일세그려

「동해」의 이야기는 영화「만춘」을 끌어들임으로써 그 희화적(戱畵的) 이야기의 전개 과정을 서사 내적 공간의 확장을 통해 매듭짓는다. 그리고 앞에 인용한 대목처럼 주인공인 '나'의 내적 독백으로 처리된 한 마디 속에 작가 이상의 경험적 자아가 짙게 드리워져 있음을 느낄 수 있다. 소설 속에서 주인공이 극장 단성사에서 영화「만춘」을 관람한 후에 '임'의 교활한 행동에 이를 갈며 나오는 장면은 이렇게 묘사되어 있다. "내 비겁을 조소하듯이 다음 순간 내 손에 무엇인가 뭉클 뜨뜻한 덩어리가 쥐어졌다. 그것은 서먹서먹한 표정의 나쓰미깡, 어느 틈에 T군은 이것을 제 주머니에다 넣고 왔든구. 입에 침이 쫘르르 돌기 전에 내 눈에는 식은 컵에 어리는 이슬처럼 방울지지 않는 눈물이 핑 돌기 시작하였다." 이 마지막 대목에 등장하는 '나쓰미깡'이야말로 소설의 첫 장면에서 '임'이 껍질을 벗겨 주던 그 '나쓰미깡'과 다를 것이 없다. 이상의 글쓰기에서 빛을 발하는 감각적 인지(認知) 방법으로서의 서사화 전략은 이 작품의 결말에서 "달착지근하면서도 쓰디쓰고 시디신 나쓰미깡"의 맛으로 귀결된다.

소설「종생기」가 만든 '후라빠'형의 여성

「종생기」는 이상 스스로 소설의 이야기 속에서 자신의 '종생'을 절묘하게 암시해 놓고 있는 것으로 유명하다. 이 소설에서 이상은 메타적 글쓰기의 방식을 활용하여 자신의 삶을 향해 자학과 냉소를 던지면서 좌절과 고뇌에 빠져들어 있던 생애의 종말을 고한다. 특히 하나의 삽화를 놓고 그 이야기 자체를 해체시키면서 동시에 새로운 이야기를 덧붙이는 특이한 패러디의 기법을 통해 서사의 중층 구조를 확립해 놓고 있다. 그러므로 이 소설은 이상의 글쓰기가 보여 주는 소설적 기법과 다채로운 수사의 궁극에 해당한다고 할 수 있다.

「종생기」에는 '나'라는 주인공과 '정희'라는 여성이 함께 등장한다. 소설의 이야기는 정희로부터 한 통의 속달 편지가 나에게 배달되는 순간부터 긴박하게 전개된다. 정희는 나에게 사랑을 고백하면서 '3월 3일'에 서로 만나자는 편지를 보내온다. 나는 정희의 사랑 고백을 크게 신뢰하지 않는 듯하면서도 그 유혹을 뿌리치지 못한다. 나는 약속 장소를 찾아가기 위해 이발소에서 머리를 깎고 외출을 준비한다. 나와 정희의 만남은 약속대로 이루어진다. 두 사람은 "이 땅을 처음 찾아온 제비 한 쌍처럼 잘 앙증스럽게 만보(漫步)"하는 여유까지 보여 준다. 하지만 나는 자유분방한 여성인 정희의 본심을 떠보려고 온갖 방법으로 접근을 시도한다. 그러나 정희는 나의 그러한 태도에 일체 반응을 드러내지 않는다. 나는 정희의 태도에 질려 스스로 발을 돌린다. 그리고 이제 자신은 백일하에서 죽은 것이나 다름없음을 깨닫고 한 줄의 묘지명을 적어 놓는다. 소설의 이야기 속에서 '나'의 죽음에 대해 서술하고 있는 이 묘지명은 하나의 자기 위장술에 지나지 않는다. 소설의 이야기는 경험적 사실과는 상관없이 꾸며진 '묘지명'을 내세우면서 화자인 '나'의 태도를 바꾼다. '나'는 그 이전의 '나'를 죽음의 상태로 치부해 놓고 '나'로부터 벗어난다. '나'는 돌렸던 발걸음을 멈추고 담배 한 갑을 사서 한 개비 피워 물고는 다시 재바르게 정희와 보조를 맞춘다. 그리고 "그리 칠칠치는 못하나마 이만큼 해가지고 이 꼴 저 꼴 구지레한 흠집을 살짝 도회(韜晦)하기로 하자. 고만 실수(失手)는 여상(如上)의 묘기로 겸사겸사 메꾸고 다시 나는 내 반생의 진용(陣容) 후일에 관해 차근차근 고려하기로 한다."라고 자기변명을 늘어놓는다.

소설의 이야기는 나의 삶과 정희의 삶의 과정을 인유(引喩)적으로 대비하여 서술하면서 그 중반을 넘어선다. 나의 삶이 보여 주는 피폐함을 패가망신의 과정으로 요약하고 있는데, 모파상의 단편 「비계 덩어리」

를 패러디한 정희의 삶과 대비되면서 더욱 선명하게 부각된다. 정희는
열네 살 적부터 이미 스스로 집을 나와 직업 전선에 나섰고, 스스로 여
러 사내에게 몸을 던져 버린 '간음한 처녀'다. 하지만 나는 끝내 정희를
내치지 못하고 그녀와 함께 걸으며 어깨에 손까지 다정하게 얹는다. 그
리고 흥천사 구석방으로 정희와 함께 들어서서 전투와 같이 격렬한 정
사를 벌인다. 그런데 이 소설은 이 격정의 대목에서 끝나지 않는다. 놀
라운 반전이 준비되어 있기 때문이다. 나는 마신 술을 핑계 삼아 정희의
속셈을 알아내기 위해 크게 주정을 부린다. 이때 나를 말리던 정희의 스
커트 자락 속에서 방바닥으로 한 통의 편지가 떨어진다. 이미 모든 관계
를 청산했다던 사내가 정희에게 보낸 연서다. 편지의 사연을 보면, 둘은
바로 전날 밤에도 서로 만났고, 나와 만나고 있는 바로 그날 밤 8시에 다
시 만나기로 약속이 잡혀 있다. 나는 그 편지 내용을 펼쳐 본 후 정희의
거짓말과 그 '공포에 가까운 번신술'에 놀라 그 자리에서 혼절한다. 정
희는 나를 방구석에 남겨 두고 그 자리에서 떠나 버린다. 이 대목이야말
로 소설「종생기」의 대단원에 해당한다. 정희라는 여인의 간교한 연애
에 속아 거기에 사랑이라는 의미를 붙이고자 했던 어리석은 나의 종생
을 확인할 수 있기 때문이다. 죽을 때까지 '산호편'을 놓지 않겠다고 다
짐했던 나 자신은 정희의 배신, 사랑에 대한 배반감에 치를 떤다. 하지
만 그 훗훗했던 정희의 숨결과 그것에 화끈 달아올랐던 자신의 감각을
떨치지 못한다. 어리석은 '나'의 종생은 이런 방식으로 '종생기'를 통해
다시 확인되는 것이다.

　소설「종생기」에서 서사의 중심에 자리하고 있는 인물이 '정희'라는
문제의 여성임은 두말할 필요조차 없다. 작가는 소설의 서두에서 밝힌
「소년행」의 구절을 패러디하면서 '정희'라는 여인을 소개하기 위해 이
른 봄날 시냇가에 한 '소녀'를 등장시켜 놓은 바 있다. 이 장면이 텍스트

내에서 구조화된 서사의 실제적인 출발점에 해당한다. 그러므로 텍스트 바깥의 실재적인 현실 공간과는 관계없이 허구화된 형태로 모든 요소들이 배치된다.

> 「侈奢한 少女는」, 「解凍期의 시냇가에 서서」, 「입술의 落花 지듯 좀 파래지면서」, 「薄氷 밑으로는 무엇이 저리도 움직이는가 고」, 「고개를 갸웃거리는 듯이 숙이고 있는데」, 「봄 운기를 품은 薰風이 불어와서」, 「스커트」, 아니 아니, 「너무나.」 아니 아니, 「좀」 「슬퍼 보이는 紅髮을 건드리면」 그만. 더 아니다.

"해동기의 시냇가"에 사치한 소녀가 서 있다. 파래진 입술, 얇은 얼음장 아래로 어른거리는 것을 고개를 갸웃거리며 살피는 모습이 이채롭다. 봄기운을 품은 "훈풍"이 불어온다. 바람은 소녀의 "스커트"를 건드리고 슬퍼 보이는 "홍발"을 스친다. 여기서 봄날의 정경과 한 소녀의 모습은 앞서 지적한 대로 최국보의 「소년행」에서 그려 낸 "봄날 길가의 정경(春日路傍情)"을 염두에 둔 하나의 장면에 해당한다. 이 봄날의 정경에 맞춰 문제의 인물로 등장하게 되는 '소녀'가 바로 '정희'라는 주인공이며, 그 소녀에 맞서서 작중 화자인 '나'라는 인물이 설정되고 있는 것이다.

그런데 이 서사의 첫 장면 묘사를 위해 작가는 타이포그래피적인 특별한 시각적 고안을 시도한다. 이 장면을 구성하는 텍스트의 모든 요소들을 문장 부호의 하나인 낫표(「 」)로 묶음으로써 그 서술과 묘사 자체가 소설적 장치를 위해 의도적으로 배열되는 것임을 보여 주고 있는 것이다. 특히 '정희'라는 주인공을 형상화하기 위해 설정하고 있는 '소녀'에 대한 묘사와 설명이 유별나다. '소녀'의 형상을 묘사하는 구절 가운데 '스커트'와 '홍발(紅髮)'은 당대의 한국 여성의 모습으로서는 파격적이기 때문이다. '스커트'는 여성들이 입는 서양식 치마이며, '홍발'은 금발 또는 갈색의 서양 여성의 머리칼을 연상하게 한다. 이렇게 생각하면 "치사(侈奢)한 소녀"라는 구절도 예사롭지 않기는 마찬가지다.

이 장면을 눈여겨보면서 떠올리게 되는 것이 대중적 인기를 끌었던 할리우드 영화 「사치(奢侈)한 계집애」이다. 이 영화의 원제는 "Irene"이며, 1926년 할리우드가 제작한 로맨틱 코미디이다. 1926년 가을 일본 동경에서 「お洒落娘, '아릿다운 아가씨'」라는 제목으로 개봉된 바 있다. 1920년대 후반 할리우드를 주름잡던 미녀 배우 콜린 무어(Colleen Moore)가 열연한 바 있는 이 영화는 1927년 이른 봄 서울에서의 개봉에 즈음하여 여러 가지 화제를 낳고 있다. 당시 《동아일보》는 「'사치한 계집애'와 미국 부인 의복 유행」이라는 기사를 통해 이 영화를 다음과 같이 소개하고 있다.

파리의 유행을 따르던 미국의 여자 의복은 작년 봄 이래로 미국 독특의 신유행이 생기게 되었다고 한다. 그 유래는 작년 봄에 미국 뉴욕에서 퍼스트 내슈널 특작 영화 〈사치한 계집애〉라는 영화가 상영되며 큰 환영을 받았는데 그 영화는 코린 무어 양의 주연으로 로이드 휴즈씨가 공연을 한 것인데 그 사진 내용은 어떤 한 빈한한 집 딸 아이린이 그 부모의 생활비를 얻고자 어느 의복점의 모델로 있게 되었으나 백화점 주인의 눈에 들지 아니하여 그 상점 주인이 주최하는 큰 의상전람회에도 참가할 수 없었다. 그러나 주인과 친분이 있는 도날드라는 재산가의 아들이 그의 미모를 알아보고 한사코 청하야 전람회에 나아가지고 남보다 위 오르는 큰 성적을 얻었다. 두 사람 사이에는 사랑의 싹이 돋아 결혼까지 하고자 하였으나 도날드의 어머니가 아이린에게 적지 않은 모욕을 한 까닭으로 풍파가 생겼으나 마침내 백만사를 다 제쳐놓고 결혼을 하고 마는 것이다. 그 의상전람회에는 헐리우드에서도 가장 아름답다는 정평이 있는 60여명의 여배우들이 제각기 새로 만든 의상을 입고 스크린에 나타나는 것이오 더욱 테크닉칼라를 응용하여 천연색으로 된 까닭에 더욱 새 유행을 불러일으키게 된 것이라고 한다.[22]

《조선일보》의 영화 광고(1927. 2. 3)를 보면, "말괄량이로 유명한 퍼스트내슈널 회사 스타 콜린 무어 양은 최근에 알푸레드 이 구린 씨의 감독과 도이드 휴즈, 조지 케아시 등의 조연으로 〈사치한 계집애〉라는 작품을 완성하였는데 내용은 역시 그 일류의 말괄량이 식을 발휘한 것으로 특히 의상에 돈을 많이 들이고 거기다 천연색으로 착색을 한 까닭에 찬란한 장면이 썩 많다 한다."라고 적고 있다.

영화 「사치한 계집애」가 여기서 주목되는 까닭은 주인공인 여배우 콜린 무어 때문이다. 이 영화에서 아일랜드계의 가난한 미국 이민자의 딸로 분장한 콜린 무어는 대담하게도 자신의 머리를 짧게 단발하고 헐렁하면서도 짧은 스커트를 입고 등장한다. 이 영화에서 여주인공 콜린 무어가 보여 준 새로운 패션과 헤어스타일은 당시 미국에서 유행하기 시작한 '플래퍼(Happer)'라는 새로운 여성상의 외형적 특징으로 고정된다. 그런데 소설 「종생기」의 발단부에서 설정한 이른 봄의 정경 속에 등장하고 있는 '치사한 소녀'의 형상이 바로 이 영화의 한 장면과 그대로 일치한다. 낫표 속에 묶어 놓은 「侈奢한 少女」가 바로 콜린 무어가 분장한 영화 속의 주인공 '아이린'이었던 것이다. '사치(奢侈)'라는 단어를 '치사(侈奢)'라고 바꾸고 '계집애'를 '소녀'라고 고쳐 썼지만 이 구절이 한국식 영화 제목 '사치한 계집애'를 패러디한 것임을 충분히 짐작할 만하다.

영화 「사치한 계집애」의 콜린 무어를 통해 널리 확산된 '플래퍼'(『대중문화 백과사전(*Encyclopedia of Popular Culture*)』, 2000)라는 새로운 여성상의 이

---

22 《동아일보》, 1927. 2. 13. 학예면.

영화 「아이린」의 한 장면

「아이린」에 출연한 콜린 무어

미지는 세계 1차대전 이후 미국 사회의 변화를 읽어 내는 하나의 아이콘으로 자리 잡는다. 1920년대 재즈 시대의 자유분방한 젊은 여성을 지칭하는 '플래퍼'는 우리말 그대로 '말괄량이'에 해당한다. 짧게 자른 단발머리와 짧고 헐렁한 스커트의 이 새로운 여성들은 더 이상 가정과 전통에 갇혀 있지 않고 사회로 뛰쳐나온다. 이들은 스스로 일하며 돈을 벌고 남성과 마찬가지로 사회에 진출하여 자기 생활을 누리면서 자유연애를 즐긴다. 이 개방적인 여성을 두고 당시 한국 사회는 '모단쩔'(「조선의 모단쩔」,《조선일보》, 1927. 6. 23)이라는 이름을 붙여 놓았지만, '플래퍼'의 일본어식 발음에 기원한 '후라빠(フラッハ)'라는 신조어를 통해 그 부정적 이미지가 확대 재생산되기에 이른다.

이상이 소설 「종생기」에서 그려 낸 '정희'라는 인물은 1930년대 조선의 현실 속에 등장한 '후라빠'라는 새로운 여성상의 전형이라고 할 수 있다. 나이 만 14세에 이르기 전부터 가족을 핑계대면서 거리로 뛰쳐나온 정희는 스스로 밝히듯이 여러 사내와 관계하면서 몸을 던진다. 가족이라든지 윤리와 도덕이라는 것을 외면하면서도 정희는 언제나 가족 때문에 자신이 돈을 벌기 위해 직업 전선에 나선 것처럼 말한다. '만 19세 2개월'에 접어든 이 개방적인 여성은 "태생(胎生)은 어길 수 없어 비천

(卑賤)한 「타」를 감추지 못하는 딸"로 설명되고 있으며, 그녀의 삶의 과정은 모파상의 소설 「비계 덩어리」에 그려진 여주인공의 타락의 과정에 비견되기도 한다. 이 소설의 한 대목에서 "전기(前記) 치사(侈奢)한 소녀(少女) 운운(云云)은 어디까지든지 이 바보 이상(李箱)의 호의(好意)에서 나온 곡해(曲解)다."라고 설명을 덧붙인 것은 결국 이 작품의 소설적 의도를 암시한 것이라고 할 수 있다.

소설 「종생기」는 '정희'라는 여주인공을 통해 한국적 '플래퍼'라는 새로운 여인상을 창조하고 있지만 '나'라는 인물의 삶 자체에 대한 절망과 함께 '나'의 '종생(삶의 마감)'을 서술하고 있다. 물론 이 작품에서 서사의 기반을 형성하는 요소는 표면적으로 사랑이라든지 연애라는 말로 요약할 수도 있다. 그러나 작가 이상은 사랑 또는 연애를 가장하고 있는 인간관계에서의 신뢰의 붕괴를 주목하고 있다. 이것은 절대적인 자아를 근거로 하는 개인의 존재와 그것에 대한 신뢰가 붕괴되고 있는 새로운 시대적 풍조에 대한 일종의 패러디적 속성을 지닌다. 인간의 운명이라는 것이 바로 그와 같은 종생을 말해 준다. 작가 이상은 바로 여기서 근대적인 가치의 종언을 예고한다. 개인적 종생을 선언하면서도 그 '종생기'는 계속될 것임을 언명하고 있는 것이다.

소설 「실화」와 영화 「만하탄의 야화(夜話)」

소설 「실화」는 '나(작가 이상 자신)'라는 인물의 동경행에 얽힌 사연이 서사의 중심축을 형성한다. '나'는 '연'이라는 여인과 헤어져 동경에 혼자 와 있다. 텍스트 전체가 9개의 단락으로 나뉘어 배치되어 있는 이 소설에서 각 단락에는 주인공인 '나'의 의식 속에서 재구성되는 과거와 현재라는 시간을 통해 두 개의 공간을 병치시킨다. 하나는 두 달 전의 서울이고 다른 하나는 현재의 동경이다. 그러나 이 두 개의 공간은 주인공의 내면 의식 속에서 그대로 하나처럼 겹쳐진다. 그러므로 '나'의 의식 속에는 여전히 서울에서 있었던 몇 가지 장면들이 강하게 남아 있다. 여기서 「실화」의 서사 구조의 중심축에 자리하고 있는 '나'라는 주인공과 '연'이라는 여인의 관계를 제대로 이해할 필요가 생긴다. 작가 이상이 이를 위해 준비해 둔 텍스트가 바로 수필 「EPIGRAM」이다. 이상이 동경으로 떠나기 전에 잡지 《여성(女性)》(1936.8)에 발표했던 이 글은 사랑하는 여인의 과거 행적에 대한 불신을 소재로 삼고 있다. 이 글에 등장하는 '임'이라는 여인은 '나'와 결합하기 전에 이미 다른 사내들과 수차례 깊은 관계를 가졌던 인물이다. '나'는 '임'이라는 여인이 자신의 입을 통해 스스로 자신의 과거를 밝히는 순간 '임'의 곁을 떠날 결심을 한다. 수필 「EPIGRAM」은 그 마지막 대목에서 '비밀'이라는 말의 의미를 다시 환기시킨다. 비밀은 가슴속에 품고 있을 때만 그 긴장의 의미가 살아난다. 누군가 알고 있는 일이라면 그것은 벌써 비밀이 아니다. 수필 「EPIGRAM」에서 다루고 있는 이야기는 소설 「실화」의 서사 속에 인유되면서 그 상호 텍스트적 관계를 통해 서사적 변화를 유도한다. 이 소설 속에서 주인공인 '나'는 그 행적이 드러나 버린 '연'의 비밀을 캐내고자 밤늦도록 '연'을 추궁하여 스스로 모든 사실을 실토하게 한다. 그리고 다음 날 여인을 떨치고 동경행을 결행한다. 수필 속에서 이상 자신은 '동경행'의 의미를 '연애보다는 공부'라고 밝히고 있지만, 소설 「실화」에서 '나'는 '연'이라는 여인의 가증스러운 거짓된 사랑에 복수하기 위해 그녀를 버리고 동경으로 떠나온 것이다.

소설 「실화」의 이야기는 소설의 전반부에서 동경으로 떠나온 '나'의 내면세계를 보여 주기 위해 동경에 유학하고 있는 'C'양을 매개로 하여 서울에 두고 온 여인 '연'의 이야기를 회상적 방식으로 서술한다. 그리고 후반부에서 '나'의 동경 생활의 단면을 제시한다. 전반부의 이야기가

'연'과의 결별 과정을 '아내의 간음'이라는 행위를 모티프로 하여 서사화했던 것과는 달리 후반부에서는 동경에서 혼자 지내고 있는 '나'의 관심과 태도를 중심으로 이야기가 전개되고 있다. 동경의 밤거리 풍경을 배경으로 'C'양의 방을 나온 '나'는 동경 진보쪼(神保町)의 하숙방으로 발길을 옮긴다. 거리에는 고서(古書)들을 내놓고 파는 야시장의 풍경이 그려진다. 그 거리에서 '나'는 법정대학의 Y군을 만난다. 두 사람은 그 길로 다방 '엠프레스'로 간다. 그리고 거기서 커피를 마신다. 이 대목은 아주 간단하게 몇 개의 문장으로 서술되어 있다.

男子의 목소리가 내 어깨를 쳤다. 法政大學 Y君, 人生보다는 演劇이 재미있다는이다. 왜? 人生은 귀찮고 演劇은 실없으니까.

「집에갔드니 안게시길래!」

「죄송합니다」

「엠프레스에 가십시다」

「좋—지오」

ADVENTURE IN MANHATTAN에서 진 — 아 — 더 — 가 커피한잔 맛있게먹드라. 크림을 타먹으면 小說家仇甫氏가그랬다 — 쥐오좀내가 난다고. 그러나 나는 조 — 엘 마크리 — 만큼은 맛있게 먹을수 있었으니 —

MOZART의 四十一番은 「木星」이다. 나는 몰래 모차르트 의 幻術을 透視하랴고 애를쓰지만 空腹으로하야 저윽히 어지럽다.

앞의 인용에서 확인되는 "ADVENTURE IN MANHATTAN"은 1936년판 미국 할리우드의 흑백 영화이다. 에드워드 루드빅(Edward Ludwig) 감독의 작품으로 당대의 미녀 배우였던 진 아더(Jean Arthur)와 멋쟁이 남자 배우 조엘 맥크리(Joel McCrea) 등이 출연한 코믹한 탐정

영화 「만하탄 야화」의 포스터

「만하탄 야화」의 한 장면

물로 흥행에 성공했다. 일본 카탈로그하우스가 펴낸 『20세기 아메리카 영화 사전』(2002)에는 이 영화가 '만하탄의 야화(夜話)'라는 제목으로 1936년 11월 10일부터 동경에서 개봉된 바 있다고 적고 있다. 소설 「실화」의 배경으로 설정되어 있는 날짜가 1936년 12월 23일인 것을 보면, 영화가 개봉된 시기와 서로 겹쳐 있다. 이상이 이 영화를 동경에서 감상했음을 확인할 수 있다.

이 영화에서 범죄 전문 기자로 분한 조엘 맥크리는 언제나 보석 탈취 사건에 관한 한 자신이 가장 전문가임을 내세운다. 그 앞에 미녀 진 아더가 등장하고 둘은 점차 가까워진다. 그런데 어떤 영화 제작자가 맥크리를 찾아와, 진 아더가 여배우이고 사실은 맥크리의 신분을 들춰내기 위해 다른 기자에게 고용되어 있음을 알려 준다. 진 아더는 맥크리가 공범자를 시켜 미술 갤러리에 침입할 비밀 통로를 파고 있다는 사실을 알아차린다. 사실 맥크리는 이미 세상을 떠난 것으로 소문이 나 있는 희대의 보석 절도 전문가였던 것인데 세상에 아무도 이 사실을 알지 못한다. 서로 물고 물리는 관계 속에서 비밀리에 전개되는 범죄 음모 가운데 맥크리와 진 아더는 사랑을 키운다.

이 영화 이야기는 「실화」의 전체적인 서사 진행 과정에서 하나의 겉치장처럼 보이기도 한다. 그러나 이것은 진 아더의 정체를 미리 알아채고 있는 조엘 맥크리의 시선을 훔치기 위한 고도의 서사적 장치라고 할 수 있다. 그 이유는 앞의 인용에서 "진 아서가 커피 한잔 맛있게 먹더라."라고 서술하고 나서 "그러나 나는 조엘 맥크리 만큼은 맛있게 먹을 수 있었으니─"라고 설명하고 있는 부분을 통해 확인된다. 신분을 숨기고 자신에게 접근하고 있는 진 아더의 실체를 알아차린 조엘 맥크리에게는 그녀가 숨기고자 했던 위장된 신분이라는 것이 더 이상 비밀이 될 수 없었던 것이다. 영화 「만하탄의 야화」는 자신을 위장하고 있는 주인공이 상대방의 비밀을 먼저 알아차리고도 그것을 감춤으로써 거기서 비롯되는 특이한 긴장을 이야기의 흥미로 발전시킨다. 이러한 이야기의 방향은 서로의 비밀을 모두 알아차리고 나서 결별할 수밖에 없었던 소설 「실화」의 주인공들의 경우와는 전혀 다르다. 그러므로 소설 「실화」의 후반부는 결국 '나'의 태도를 드러내기 위해 영화 「만하탄의 야화」의 주인공의 시각을 빌려 온 것에 지나지 않는 셈이다.

소설 「실화」는 개인사적 동기에서 비롯된 자신의 동경행이 결국 실패한 것임을 반성하는 것으로 끝이 난다. '꽃을 잃다.'라는 이 작품의 제목이 암시하는 세계는 사랑이라든지 연애라든지 하는 사적 공간에만 국한되는 것은 아니다. 그것은 현대적인 문명 공간을 꿈꾸던 작가 자신의 열정의 상실을 의미하기도 한다. 결국 이상은 자신의 내면세계를 객관화하기 위해 타자의 텍스트를 수없이 끌어들이면서 「실화」라는 하나의 커다란 패러디의 세계를 구축해 놓고는 스스로 자신의 글쓰기를 중단해 버린 셈이다.

3. 이상 소설과 카메라 기법

　이상 소설은 사실주의적 기법의 소설만이 삶의 실재성을 구현할 수
있다고 믿었던 경험주의적 신념에 새로운 변화를 가능하게 한다. 그는
서사적 주체가 시간의 흐름 속에서 대상을 관찰하던 방식을 벗어나 계
속적인 시점의 이동을 통해 이른바 객관적 시간에 대립하는 주관적 시
간의 가능성을 새롭게 열어 보인다. 그의 서사 기법에서 객관적 시간은
선조적 진행을 지속하지만 주인공의 의식은 이를 끊임없이 역행함으로
써 새로운 시간의 가능성을 찾아간다. 여기서 이상이 주목하고 있는 이
른바 '사적 시간'은 언제나 '현재'에 그 존재 의미를 둔다. 현재라는 것
의 중요성은 현대를 살아가는 사람들에게는 막중하다. 이것은 일상적인
삶 자체의 중요성에 대한 인식과 서로 통한다.

　이상 소설은 영화의 기법과 대응하는 특이한 서사 방식을 활용함으
로써 기존의 리얼리즘 소설이 보여 주던 객관적 리얼리티 중심의 서사
방식을 넘어서고 있다. 이러한 기법의 변화는 이상 자신의 개인적인 재
능이나 독창성에 의해 발견된 것이 아니라 이 시기에 새로운 예술 기법
을 자랑하게 된 표현주의 이후의 미술의 수용, 새로운 서사 기법을 발전
시켜 온 영화와의 만남 등을 통해 자연스럽게 이루어진 일이다. 이상 소
설에서 확인되는 장면의 전환이나 시간의 변화에 대한 처리 방식은 영
화의 그것과 흡사하다. 실제로 영화의 서사에서 시간은 클로즈업 촬영을
하느냐 아니면 회상 장면이나 오버랩의 장면을 연출하느냐에 따라서 때
로는 정지해 있거나 혹은 역행하거나 혹은 앞질러 가는 것처럼 보인다.
그리고 때로는 특정 시간이 생략되거나 반복되는 것처럼 보이기도 한
다. 시간적으로 서로 거리를 두고 있는 사건들이 동시에 등장하고, 동시
에 일어나는 사건들이 차례로 이어지기도 하는 것이 바로 영화이다. 어

떤 장면의 연속성을 아무 때에나 중단하고 또 카메라 앵글의 방향과 위치, 시각과 거리, 계획과 시점을 임의로 바꿀 수 있는 것이야말로 영화적 기법의 탁월성에 해당한다. 이처럼 카메라 이동과 관점의 이동 이외에 작품의 요소들을 대결 교차시키거나 엇갈리게 함으로써, 또한 의미 내용과 감정의 요소들을 동시적이고도 대립적으로 드러내는 것은 영화의 몽타주 수법이 가장 큰 영향을 미친 것으로 보인다. 이것은 말할 것도 없이 몽타주의 원리가 가장 중시하는 동시성의 원칙이기 때문이다.

한국의 근대 문학은 이러한 새로운 예술과 만남으로써 새로운 기법과 정신을 획득하면서 모더니즘의 문학을 발전시킨다. 그러므로 한국 문학의 모더니티는 이 새로운 예술 양식의 수용 과정과 그대로 일치한다. 한국의 모더니즘 소설의 서사 구성 방법은 새로운 시각의 확립을 통해 세련된 언어와 감각적 이미지를 획득함으로써 가능해진 것이다. 이상의 소설에서 볼 수 있는 시간에 대한 새로운 인식은 소설에서 줄거리가 갖는 불연속성과 인물의 성격의 해체로 자연스럽게 연결된다. 그의 소설에 나타나는 비약적 줄거리, 모순적인 성격, 상호 모순되고 충돌하는 모티프들의 결합 등은 모두 영화 예술이 가지는 특징과도 서로 통하는 것이다.

10 이상,
   그 출생과 성장의 비밀

젖 떨어져서 나갔다가 이십삼 년 만에 돌아와 보았더니 여전히 가난하게들
사십디다. 어머니는 내 댓님과 허리띠를 접어 주셨습니다. 아버지는 내 모자
와 양복저고리를 걸기 위한 못을 박으셨습니다. 동생도 다 자랐고 막내 누이
도 새악씨꼴이 단단히 백였습니다. 그렇건만 나는 돈을 벌줄 모릅니다. 어떻
게 하면 돈을 버나요. 못 법니다. 못 법니다. — 이상

이상(李箱)은 1910년에 태어난다. 본명은 김해경(金海卿), 강릉 김 씨 김
영창의 장남이다. 그러나 이상은 두 돌을 넘긴 후에 백부 김연필(金演
弼)의 집으로 보내져 그곳에서 성장한다. 자식을 두지 못한 큰아버지는
이상을 친아들처럼 키운다. 이상은 소학교 시절부터 경성고등보통학교
를 졸업할 때까지 큰집에서 자랐지만 두 분의 백모님 사이에서 갈등한
다. 그는 백부가 세상을 떠난 후 큰집에서 벗어난다.
이상의 성장 과정과 소년 시절을 이해하기 위해서는 반드시 어린 시절

의 백부 밑에서 자라나게 된 경위를 제대로 설명해야만 한다. 이상의 성장 과정에서 백부 김연필의 영향은 거의 절대적인 것이었다고 할 수 있다. 그가 미술 공부에 대한 열망을 접고 경성고공으로 진학하게 된 것도 백부의 요구에 따른 것으로 알려져 있다.

이상은 왜 세 살의 어릴 때부터 자신을 낳아 준 부모의 곁을 떠나 백부의 집으로 보내졌는가? 이상에게 있어서 백부는 과연 어떤 의미를 지니는가? 이상의 출생과 성장 과정은 그 복잡한 가계(家系)와 어떻게 연결되고 있는가?

1. 탄생 100년에 다시 태어난 이상

이상의 출생과 가족

이상이 태어난 지 100년의 세월이 지났다. 1910년에 태어난 이상의 출생과 성장 과정에 대해서는 여러 가지 주장이 서로 엇갈린다. 실제로 이상은 젖 떨어질 무렵에 생부모의 곁을 떠나 백부 집에서 성장했다. 20년이 넘는 세월을 보낸 후에 그는 병든 몸으로 생가로 돌아온다. 이상이 자신의 삶의 과정을 돌아보면서 그 음울의 시대를 반추하는 장면은 그의 사후에 유고의 형식으로 소개된 「슬픈 이야기— 어떤 두 주일 동안」(《조광》, 1937. 6)이라는 글에 잔잔하게 서술되어 있다.

나는 팔짱을 끼고 오랫동안 잊어버렸던 우두 자국을 만져보았습니다. 우리 어머니도 우리 아버지도 다 읽으셨습니다. 그분들은 다 마음이 착하십니다. 우리 아버지는 손톱이 일곱 밖에 없습니다. 궁내부활판소(宮內部活版所)에 다니실 적에 손가락 셋을 두 번에 잘리우셨습니다. 우리 어머니는 생일도 이름도 모르십니다. 맨 처음부터 친정이 없는 까닭입니다. 나는 외가(外家) 집 있는 사람이 퍽 부럽습니다. 그러나 우리 아버지는 장모 있는 사람을 부러워하시지는 않으십니다. 나는 그분들께 돈을 갖다 드린 일도 없고 엿을 사다 드린 일도 없고 또 한번도 절을 해본 일도 없습니다. 그분들이 내게 경제화(經濟靴)를 사 주시면 나는 그것을 신고 그분들이 모르는 골목길로만 다녀서 다 해뜨려 버렸습니다. 그분들이 월사금(月謝金)을 주시면 나는 그분들이 못 알아보시는 글자만을 골라서 배웠습니다. 그랬건만 한번도 나를 사설하신 일이 없습니다. 젖 떨어져서 나갔다가 이십삼 년 만에 돌아와 보았더니 여전히 가난하게들 사십디다. 어머니는 내 댓님과 허리띠를 접어 주셨습니다. 아버지는 내 모자와 양복저고리를 걸기 위한 못을 박으셨습

니다. 동생도 다 자랐고 막내 누이도 새악씨꼴이 단단히 백였습니다. 그렇
건만 나는 돈을 벌줄 모릅니다. 어떻게 하면 돈을 버나요. 못 법니다. 못 법
니다.

　동무도 없어졌습니다. 내게는 어른도 없습니다. 버릇도 없습니다. 뚝심도
없습니다. 손이 내 뺨을 만집니다. 남의 손같이 차디차구나. 「무슨 생각을 그
렇게 하시나요. 이렇게 야위었는데.」 모체(母體)가 망하려드는 기색(氣色)
을 알아차렸나 봅니다. 여늬 위문(慰問)이 끊이지 않습디다. 그러면 무얼 하
나. 속절없지. 내 마음은 버얼써 내 마음 최후(最後)의 재산(財産)이던 기사
(記事)들까지도 몰래 다 내다버렸습니다. 약 한 봉지와 물 한 보시기가 남아
있습니다. 어느 날이고 밤 깊이 너희들이 잠든 틈을 타서 살짝 망하리라, 그
생각이 하나 적혀있을 뿐입니다. 우리 어머니 아버지께는 고하지 않고 우리
친구들께는 전화(電話) 걸지 않고, 기아(棄兒)하듯이 망하렵니다.[1]

이 짤막한 인용 속에 이상의 가족과 가난한 삶의 내력이 소상하게 드
러난다. 이상은 "젖 떨어져서 나갔다가 이십삼 년 만에 돌아와 보았더
니 여전히 가난하게들 사십디다."라고 그 정황을 설명한다. 이상을 낳
은 생부와 생모는 모두 얽었고, 아버지는 궁내부 활판소(宮內部活版所)
에서 일하다가 손가락 셋을 잃었다. 집안이 번화하지 않은 이 집안의 어
른들은 돌이 지난 아들을 큰집으로 보내 버린 후에도 이를 원망하지도
못한다.

이상은 왜 백부의 집에서 자라나게 되었는가? 김기림이 펴낸 『이상
선집』(백양당, 1947)의 부록에 소개된 「이상 연보」(215면)를 보면, 이상
은 1910년 8월 20일 경성부 통인동 154번지에서 김연창(金演昌) 씨의

1　권영민 편, 『이상 전집 4 수필』, 뿔, 2009, 132~133면.

장남으로 태어난 것으로 기록되어 있다. 이 기록 내용은 임종국에 의해 편집된 고대문학회 편『이상 전집』(태성사, 1956)에도 그대로 이어진다.『이상 전집』제3권 권말에 붙어 있는「이상 약전」(315면)에는 '1910년 (1세) 경성부 통인동 154번지에서 출생. (음 8월 20일 卯時) 본명 김해경(金海卿). 부 김연창(金演昌) 모 박세창(朴世昌). 장남. 본관 강릉(江陵).' 이라고 밝혀 놓고 있다. 여기서 이상의 출생일인 1910년 8월 20일이 음력 날짜임이 처음 밝혀졌고, 모친의 성함이 박세창이라는 사실도 새로 추가되고 있다. 이상의 출생 사항에 대한 이 기록 내용은 뒤에 이상 연구가들에게도 대체로 받아들여졌다고 할 수 있다.

그런데 이어령 편『이상 소설 전작집 1』(갑인출판사, 1977)에서는 이상의 가족 관계에 관한 구체적인 사실들이 좀 더 소상하게 설명되어 있다.

이상은 1910년 9월 23일 (음 8월 20일) 오전 6시경에 서울 사직동의 이발소 집에서 출생했다. 공문서와 기타 서류에 나타나는 그의 본적지는 경성부 통동(1936년경에는 통인동으로 개칭됨) 154번지이다. 이 통동 집은 이상의 10대조 때부터 살던 집인데 그의 출생 당시는 조부 김병복(金炳福)이 가장이었다.

이상은 본관이 강릉인 부 김연창(金演昌)과 모 박세창(朴世昌) 사이에서 장남으로 출생했다. (중략) 이상의 증조부 김학준은 고종 때에 도정(都正)이라는 정삼품 벼슬을 지냈다. 조부 김병복은 어떤 일에 종사했는지는 알 수 없으나 통동 집에서 부족함 없이 살았다.

이상은 어려서부터 조부와 조모의 품에서 자랐는데 조부 사망 이후에는 백부 김연필(金演弼)의 보호 아래 성장하였다. 백부의 양자였다는 설은 틀린 것이다.

이 기록은 임종국 편 『이상 전집』에서 밝힌 이상의 출생 사항을 그대로 따르고 있다. 그러나 그 직계 가족에 관한 여러 가지 사실을 상당 부분 밝혀 놓고 있어서, 이상의 증조부 김학준, 조부 김병복, 부친 김연창과 모친 박세창, 백부 김연필 등 가계의 중요 인물들이 이 기록을 통해 알려지게 되었다. 이상의 출생일을 양력으로 환산하여 1910년 9월 23일로 밝힌 것도 이 기록에서부터라고 할 수 있다. 특히 주목되는 것은 이상이 백부 김연필의 양자였다고 세간에 알려져 있던 사실을 잘못된 것으로 지적한 점이다. 이상의 개인사에서 문제가 되는 사실적 오류를 바로잡은 것이다.

김윤식의 『이상 연구』(문학사상사, 1987)의 「이상 연보」(390~394면)를 보면 다음과 같은 새로운 사실들이 추가되면서 그중의 일부 내용이 앞의 기록과 차이를 드러낸다.

1910

강릉 김 씨 김석호의 차자 김영창(27세)과 부인 박세창 사이의 장남으로 김해경 태어남.

출생지 – 경성부 북부 순화방 반정동 4통 6호

집안의 어른은 백부 김연필(김석호의 장자)로서 구한말 총독부 기술직에 종사한 전형적인 서울 중산층임.

김영창은 노동 이발업 등에 종사하다 1937년 4월 16일 이상보다 하루 먼저 사망함.

박세창은 고아 출신인 듯함.

김연필의 소생이 없는 때여서 조카의 탄생은 집안의 경사인 것으로 보임. 세 살 때 양자 격으로 데려감.

1912

백부 김연필의 집으로 양자로 감(호적상에서는 양자가 아님).

백부집은 경성부 통인동 154번지이며 이상은 이곳에서 백부 사망 때 (1932. 5. 7)까지 지냄.

앞의 인용에서 볼 수 있는 것처럼 이 책은 이상의 출생과 관련하여 기왕에 알려진 사실과는 다른 몇 가지 사실을 새로이 밝혀내고 있다. 이상은 강릉 김 씨 김석호(金錫鎬)의 차자인 김영창(金永昌)과 부인 박세창(朴世昌) 사이에서 장남으로 태어났으며, 출생지는 경성부 북부 순화방 반정동 4통 6호이라는 점이다. 이상의 부친 김연필의 이름을 김영창으로 표시하였고, 조부의 이름이 김석호라고 밝히고 있으며, 경성부 통동 154번지로 알려졌던 출생지도 경성부 북부 순화방 반정동 4통 6호로 고쳐 놓은 것을 알 수 있다.

이처럼 이상의 출생 관련 사항은 중요한 연구서마다 각각 조금씩 서로 다른 정보를 제공하고 있다. 게다가 새로운 사실 내용을 밝히고 있는 경우 그것이 어떤 문서에 근거한 것인지를 밝히지 않았기 때문에 이상은 그 생애를 말해 주는 출생에 관한 기본 자료에서부터 연구자들 사이에 서로 다른 정보에 의존하게 되었다. 이상의 가계에서 부친의 이름이 김연창 혹은 김영창으로 기록되고 있으며, 조부의 경우에도 김병복 혹은 김석호로 달리 기록되어 있다. 더구나 이상의 출생지 역시 본적인 경성부 통동 154번지 또는 경성부 북부 순화방 반정동 4통 6호로 각각 다르게 표시되어 있다.

이상과 그의 백부에 관한 이야기는 누이동생 김옥희 씨의 증언이 신뢰할 만하다. 김옥희 씨는 생전에 몇 차례 자신이 기억하고 있는 '오빠 이상'에 관한 이야기를 남겼다. 그 가운데 하나가 1964년 12월 잡지《신

동아》에 기고한 「오빠 이상」이라는 글이다. 이 글을 보면 이상의 출생과
성장 과정에 얽힌 여러 가지 이야기 가운데 몇 가지 사실을 분명히 확인
할 수 있다.

오빠와 나의 연차(年差)는 6년, 어느 가정 같으면 사생활의 저변까지 샅
샅이 알 수 있는 사이겠습니다마는 우리는 그렇지가 못했습니다. 그것은 작
은오빠 운경(雲卿)도 아마 그러할 것입니다(작은오빠는 통신사 기자로 있
다가 6·25때 납북됨). 왜냐하면 큰오빠는 세 살 적부터 우리 큰아버지 김연
필(金演弼)씨 댁에 가서 살았기 때문입니다. 그러므로 큰 오빠의 어린 시절
이야기는 지금도 생존해 계시는 큰댁 큰어머님이나 또 우리 어머님(이상의
생모)에게 들어서 알 뿐입니다.

오빠 이야기만 나오면 눈시울에 손이 가시는 어머님―의지 없으시어 지
금까지 내가 모시고 있는―께 들은 오빠의 성장에 대한 이야기부터 적기로
하겠습니다.

오빠의 생활은 어쩌면 세 살 적 큰아버지 댁으로 간 일부터가 잘못이었
는지 모릅니다. 「공포의 기록」이란 글에서 "그동안 나는 나의 性格의 序幕
을 닫아버렸다"고 말한 것처럼, 오빠의 성격을 서막부터 어두운 것으로 채
워준 사람은 우리의 큰어머니였다고 집안에서들은 다 그렇게 생각하고 있
습니다.

처음 공업학교 계통의 교원으로 계시다가 나중엔 총독부 기술직으로 계
셨던 큰아버지 김연필 씨는, 슬하에 자식이 없었기 때문에 큰오빠를 양자 삼
아 데려다 길렀던 것입니다. 그런데 자식을 보겠다고 안간힘을 쓰시던 큰어
머니께 작은오빠가 생겼으니 큰오빠의 존재가 마땅치 않은 것은 너무도 당
연한 일입니다.

앞의 인용에서 밝히고 있는 내용 가운데 주목되는 것은 이상의 동생 김운경이 통신사 기자로 근무하다가 한국전쟁 당시 납북되었다는 사실이다. 이상에 관하여 증언해 줄 수 있는 중요한 인물이 가족 가운데에는 김옥희 이외에는 없음을 알 수 있다.

이상의 백부인 김연필에 관한 기억도 중요하다. 백부 김연필이 공업학교 계통의 교원으로 근무하다가 뒤에 총독부 기술직으로 일했다는 것은 이상의 경성고등공업학교 학적부를 통해서도 확인된다. 학적부의 '보증인' 난에 이름이 올라 있는 김연필은 이상이 경성고공 입학 당시 '조선총독부 관리(官吏)'로 기재되어 있다. 김연필에게 자식이 없었기 때문에 이상을 양자 삼아 데려다 키웠다는 김옥희의 증언은 신뢰할 만하다. 그런데 "자식을 보겠다고 안간힘을 쓰시던 큰어머니께 작은오빠가 생겼으니 큰오빠의 존재가 마땅치 않은 것은 너무도 당연한 일"이었다고 밝히고 있다. 이상이 백부 김연필의 양자였다는 세간의 이야기가 모두 이 같은 사정에서 비롯된 것임을 알 수 있다.

이상의 호적 사항

이상의 출생과 사망에 관한 모든 사실이 공식적으로 기록 보존된 것은 그의 호적부이다. 지금은 호적에 관한 법률이 바뀌었지만 제적부(除籍簿)를 통해 이를 확인할 수 있다. 나는 대산문화재단이 주관하는 2010년도 '탄생 100주년 문학인 기념문학제'의 준비위원장을 맡고 나서 이상의 제적부를 직접 찾아보게 되었다. 2010년 2월 종로구청 민원실의 도움으로 (1) 이상의 백부 김연필의 제적 등본 (2) 이상의 부친 김영창의 제적 등본을 모두 찾아냈다. 이 자료를 통해 이상의 출생과 가족 관계를 정리해 보면 다음과 같다.

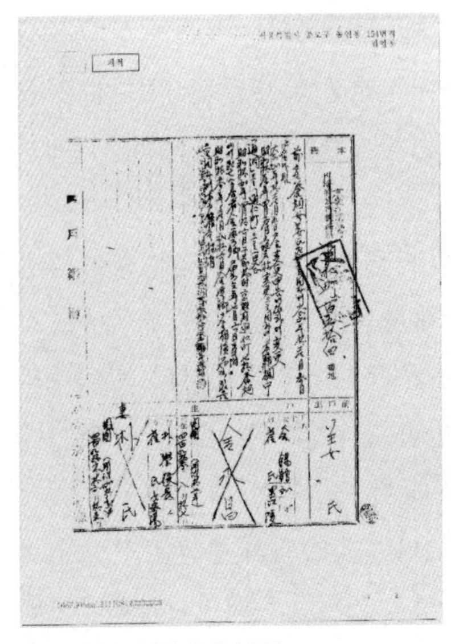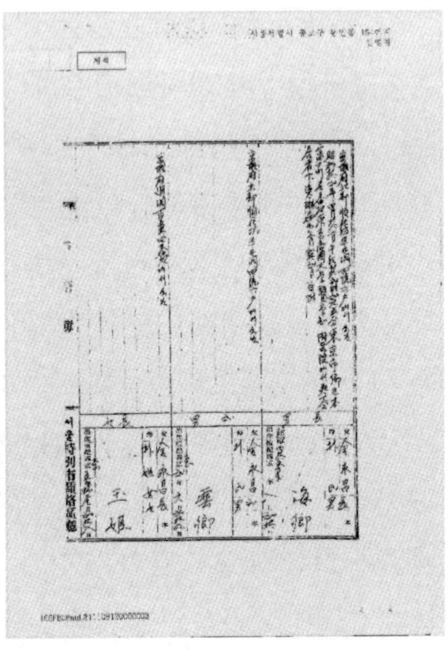

이상의 부친 김영창의 제적 등본

(1) 이상의 백부 김연필의 제적 등본 내용

본적 :

경기도 경성부 다옥정(茶屋町) 135

경성부 사직동(社稷洞) 165번지

경성부 통동(通洞) 114번지의 1

전 호주 : 김병복(金秉福)

호주 : 김연필(金演弼)

부 김병복 모 최 씨의 장남. 본관 강릉

출생 명치 15년(1883) 12월 3일

전호주 김병복 사망으로 인하여 대정 3년(1914) 11월 17일 호주로 됨.

대정 3년 11월 15일 호주 변경 대정 4년 2월 25일 경성부 통동 154번지로부터 이거.

대정 5년(1916) 7월 17일 경기도 경성부 다옥정 135번지로부터 이거.

경성부 통동 154번지에 호적 계출 소화 6년(1931) 2월 2일 수부

소화 6년 2월 7일 토지 분할 지번 변경으로 본적난중 통동 154번지 동번지 1로 변경함. 소화 7년(1932) 5월 7일 오후 2시 경성부 통동 154에서 사망 동거자 김문경 계출. 동월 11일 수부. 소화 7년 8월 4일 김문경 호주 상속 계출로 인하여 본 호적을 말소함.

서기 1947년 11월 13일 화제로 인하여 소실 서기 1963년 12월 31일 본호적을 편제.

모 : 최 씨

부 최진우(崔鎭禹) 모 강 씨의 장녀. 본관 경주

출생 안정(安政) 2년(1855) 12월 6일

처 : 김영숙(金英淑)

부 김준병(金準柄) 모 김씨의 3녀. 본관 김해

출생 명치 24년(1892) 8월 9일

평안북도(平安北道) 자성군(慈城郡) 자하면(慈下面) 송암리(松岩里) 382번지 호주 김준병 3녀 명치 40년(1908) 9월 10일 혼인으로 인하여 입적

대정 15년(1926) 7월 14일 경성지방법원의 허가 재판으로 인하여 취적계출 동월 23일 수부.

장남 : 김문경(金汶卿)

부 김연필 모 김영숙의 장남

출생 대정 원년(1912) 11월 11일

경성부 통동 154번지에서 출생 김연필 계출 대정 15년 7월 23일 자 호적 입적

(2) 이상의 부친 김영창의 제적 등본 내용

본적 :

경기도 경성부 통인정 154번지

전 호주 : 강(姜) 씨

호주 : 김영창(金永昌)

부 김석호(金錫鎬) 모 최(崔) 씨의 2남. 본관 강릉

출생 개국 493년 (명치 17년. 1884) 8월 17일

전 호주 양조모(養祖母) 강 씨 사망으로 인하여 대정 2년(1913) 11월 3일 호주가 됨.

대정 2년 11월 5일 호주 변경신고에 의하여 변경

소화 11년(1936) 4월 1일 토지명칭변경으로 인하여 본적난중 통동을 통인정으로 경정.

소화 12년(1937) 4월 16일 오전 10시 경성부 통인정 70번지에서 사망 동거자 김운경 계출 동년 7월 6일 수부

소화 13년(1938) 1월 26일 김운경 호주 상속 계출로 인하여 본 호적으로 말소

서기 1947년 12월 13일 화재 소실로 1962년 12월 31일 본호적으로 재제

처 : 박(朴) 씨

부 박학준(朴學俊) 모 최(崔) 씨의 3녀. 본관 밀양

출생 개국 496년(명치 20년, 1887) 12월 15일

고모 : 김성녀(金姓女)
부 김학교(金學敎) 모 강 씨의 장녀. 본관 강릉
출생 개국 412년(文久 3년, 1863) 9월 11일

내종재(內從弟) : 이재우(李載雨)
부 이명수(李明洙) 모 김성녀의 장남.
출생 개국 500년 (명치 24년) 12월 15일

재우(載雨) 처 : 이무이(李戊伊)
부 이학신(李學信) 모 김낙이(金樂伊)의 장녀. 본관 덕수
출생 개국 502년(명치 26년) 9월 7일 생
대정 6년 11월 8일 인천부 황등천면(黃等川面) 6리 통3호 이경희 손녀로
혼인

장남 : 김해경(金海卿)
부 김영창 모 박씨의 장남
출생 명치 43년(1910) 8월 20일
경성부 북부(北部) 순화방(順化坊) 반정동(半井洞) 4통 6호에서 출생
소화 12년(1937) 4월 17일 오후 12시 25분 東京市 本鄕區 富士町 1번지 동
경제국대학 의학부 부의원(附醫院)에서 사망 동거자 변동림(卞東琳) 계출
동월 22일 수부.

2남 : 김운경(金雲卿)

부 김영창 모 박씨의 2남
출생 대정 2년(1913) 6월 29일
경성부 북부 순화방 반정동 4통 6호에서 출생

장녀 : 김옥희(金玉姬)
부 김영창 모 박성녀의 장녀
출생 대정 5년(1916) 11월 28일
경성부 통동 154번지에서 출생

앞에 정리해 놓은 제적 등본의 기재 사항을 근거로 먼저 이상에 관한 사실을 정리하기로 한다. 이상의 부친은 김영창(金永昌)이며, 모친은 박 씨이다. 이 기록에 따라 이상의 부친은 김연창(金演昌)이 아니라 김영창으로 바로잡을 필요가 있다. 김영창은 강릉 김 씨 김석호(金錫鎬)의 차남으로 1884년 8월 17일생으로 표시되어 있다. 이상의 모친 박 씨의 이름은 박세창으로 알려져 있지만 앞의 제적부에는 '박 씨' 또는 '박성녀(朴姓女)'로 표시되어 있다. 이름이 분명하지 않았기 때문에 제대로 표기하지 못했음을 말해 준다. 이 기록에 따라 모친의 성함도 근거가 불분명한 '박세창'을 버리고 '박 씨' 또는 '박성녀'로 바로잡아야 한다. 김영창이 박 씨와 결혼한 내용은 제적부의 사유 난에 표기되어 있지 않지만 두 사람 사이에는 2남 1녀의 소생을 두었다.

이상(본명 金海卿)은 김영창과 박 씨 사이의 장남으로 명치 43년(1910년) 8월 20일 경성부 북부(北部) 순화방(順化坊) 반정동(半井洞) 4통 6호에서 출생하였으며, 1937년 4월 17일 오후 12시 25분 동경시 본향구(本鄕區) 부사정(富士町) 1번지 동경제국대학 의학부 부의원(附醫院)에서 사망하였다. 이상은 1936년 6월 변동림(卞東琳)과 결혼하였지만 호적상

에는 결혼 사유가 표시되어 있지 않다. 혼인 신고를 하지 않았기 때문
이다. 사망 신고는 동거자 변동림에 의해 계출되어 1937년 4월 22일 접
수되었다고 기록되어 있다. 2남 김운경(金雲卿)은 대정 2년(1913년) 6월
29일생이고, 장녀 김옥희(金玉姬)는 대정 5년(1916년) 11월 28일생이다.
이상의 동생 운경의 경우에도 호적부에는 결혼 사유가 없다. 김옥희는
평안북도 선천군 심천면(深川面) 고군영동(古軍營洞) 713번지 문병준(文
炳俊)과 1942년 6월 5일 혼인 신고하였으며, 동월 29일 제적되었다. 김옥
희의 회고(「오빠 이상」)에 의하면 김운경은 1950년 한국전쟁 당시 월북
한 것으로 되어 있으며, 김운경의 호적은 2008년에 말소 처분되었다.

　이상의 부친인 김영창의 호적 사유를 자세히 검토해 보면 호주 상속
과정에 특이 사항이 드러난다. 일반적으로 차남은 결혼 후에 전 호주의
호적에서 분가되어 새로운 호주가 된다. 그러나 김영창의 경우는 결혼
후에 그의 형인 김연필의 호적에서 분가하여 새로운 호주가 된 것이 아
니다. 그는 양조부(養祖父) 김학교(金學敎)의 후사로 입양되이 그 가계
를 이었던 것이다. 이 과정에 대해서는 좀 더 정확한 사실 관계의 확인
이 필요하지만 더 이상의 기록 내용을 찾을 수 없다. 이 제적부의 기록에
따라 추정해 보면 이상의 증조부(曾祖父) 김학준은 아우 김학교(金學敎)
와 형제지간이었다. 김학교는 이상에게는 종증조부에 해당한다. 김학준
의 경우는 아들 하나를 두었는데 그가 바로 이상의 조부인 김병복(金秉
福)이다. 김병복의 소생인 두 아들이 이상의 백부인 김연필과 친부 김영
창이다. 그러나 종증조부인 김학교는 딸 하나만을 두게 되어 후사를 이
어 갈 수 없게 된다. 이런 연고로 이상의 부친 김영창은 김학교의 처인
강 씨(김영창의 양조모)가 세상을 떠난 후 대정 2년(1913년) 11월 3일 호
주를 승계하여 종증조부의 가계를 잇게 된다. 결국 이상의 부친인 김영
창이 종조부(從祖父)인 김학교의 양손(養孫)으로 그 호주를 승계한 셈이

다. 이상의 나이가 네 살이 되던 해의 일이다.

이상의 백부 김연필의 제적 등본을 살펴보기로 한다. 김연필은 부 김병복(金秉福)과 모 최 씨 사이에서 명치 15년(1883년) 12월 3일 장남으로 태어났다. 1914년 김병복의 사망으로 호주를 상속받게 되었고, 본적은 경성부 통동 154번지이다. 1932년 5월 7일 경성부 통동 154번지에서 사망하였으며, 이 해 8월 4일 아들 김문경이 호주를 상속하였다. 김연필의 처인 김영숙(金英淑)은 평안북도(平安北道) 자성군(慈城郡) 자하면(慈下面) 송암리(松岩里) 382번지 부 김준병(金準柄)과 모 김 씨의 3녀로 명치 24년(1892년) 8월 9일에 태어났다. 그런데 김연필의 처로 입적하게 된 것은 대정 15년(1926년) 7월 14일 경성지방법원의 허가 재판으로 인하여 취적했다고 기록하고 있다. 그리고 이들 사이에 장남으로 태어난 김문경(金汶卿)의 경우 대정 원년(1912년) 11월 11일 경성부 통동 154번지에서 출생하였다고 기록되어 있지만 실제로 호적에 입적한 것은 대정 15년(1926년) 7월 23일 자임을 확인할 수 있다. 모친 김영숙이 재판에 의해 취적 허가를 받은 후에 그 아들 김문경이 호적에 입적했다는 사실을 미루어 알 수 있다.

그런데 이 공식 문건인 제적부 등본에도 이해하기 어려운 특이 사항이 하나 있다. 이상의 부친인 김영창과 백부 김연필의 출생 난에 기재된 부친(이상의 조부)의 성명이 서로 다르게 표기되어 있는 것이다. 이상의 친부인 김영창은 부 김석호(金錫鎬)와 모 최(崔) 씨 사이에서 명치 17년(1884년) 8월 17일 차남으로 태어났다는 사실을 확인할 수 있다. 이상의 백부 김연필은 부 김병복(金秉福)과 모 최 씨 사이에서 명치 15년(1883년) 12월 3일에 장남으로 태어난 것으로 기재되어 있다. 김영창과 김연필은 나이가 한 살 차이를 보이는데, 형제지간임에도 불구하고 그 부친의 성함이 서로 다르다. 이러한 이유 때문에 이 제적부 등본의 기록이 신뢰할 수 있는 것인지에 대한 의문이 제기될 수 있다. 물론 다음과 같은 사실을 가정해 볼 수도 있다. 김석호가 김병복으로 개명했을 가능성을 들 수 있는데, 이 경우 김병복과 김석호는 동일 인물이어야 한다. 이 제적 등본의 기재 내용이 재편 과정에서 나온 오기일 가능성도 배제할 수 없다. 화재 멸실 등의 이유로 호적을 재편하는 과정에서 이름을 오기했을 가능성이 있기 때문이다. 앞의 제적부 등본의 기록 내용을 통해 이상의 가계를 도식으로 그려 보면 다음과 같다.

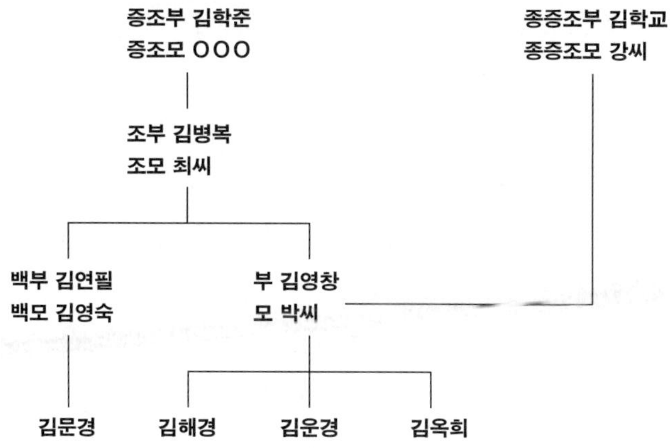

2. 이상의 소년 시절

신명학교에서 보성고보까지

이상은 1917년 여덟 살 되던 해 누상동(樓上洞)에 있던 신명학교(新明學校)에 입학하였다. 백부 김연필의 집 근처에 있는 사립 학교다. 신명학교는 융희 2년(1908년) 사회사업가 엄준원(嚴俊源)이 설립한 사립 소학교이다. 엄준원은 고종의 계비(繼妃)였던 순헌황귀비(純獻皇貴妃) 엄 씨(嚴氏)의 친정 오빠이다. 엄 귀비는 민비가 시해된 후에 1901년 고종의 계비로 책립되었는데, 여성의 근대 교육에 특별한 관심을 가져 1906년에 내탕금(內帑金)을 내려 숙명여학교(淑明女學校)와 진명여학교(進明女學校)를 설립하게 한 것으로 유명하다. 이때 엄 귀비의 뜻을 받아 교육 사업에 나선 이가 바로 엄준원이다. 구한말 무관으로 활동했던 그는 숙명여학교와 진명여학교 외에도 양정의숙(養正義塾)을 비롯한 여러 사립 학교를 설립하여 한국 근대 교육의 확대에 앞장섰다. 신명학교는 사립 소학교로서 출발하였는데, 설립 재단이 없이 개인이 운영해 왔기 때문에 항상 경영난을 겪어 오다가 1919년 3.1운동 이후 폐교의 위기(「신명학교의 운명」,《조선일보》, 1920. 8. 8)에 직면하기도 했다. 1922년부터 조선불교종무원에서 그 운영을 맡았다.

이상은 1917년에 이 학교에 입학하여 4년 동안의 학업 과정을 거친 후 1921년 3월에 이 학교를 졸업했다. 신명학교 재학 중에 이상은 구본웅(具本雄, 1906~1953)과 동기생으로 함께 친구가 되어 그림 그리기에 열중했다. 이상의 신명학교 시절에 대해서는 아무런 기록을 찾을 수가 없다. 다음과 같은 진술 가운데 그 내용을 확인할 수 있을 뿐이다.

이상과 구본웅은 어릴 때부터 경복궁 서쪽 동네에 이웃해 살던 초등학교 동기동창이다. 나는 즉각 두 분의 연보(年譜)를 도서관에서 확인해 보았다. 두 분 모두 신명(新明)학교 1921년도 졸업생이 틀림없었다. 나는 당숙의 아들들(具桓謨 · 相謨 · 橚謨)에게 전화를 걸었다. 특히 그의 셋째 아들은 서산과 신명학교 동기동창인 이상호(李相昊)라는 분으로부터 "우리 셋은 같은 반이었는데 구본웅은 글씨를 잘 썼고 김해경(金海卿 · 이상의 본명)은 말을 잘했고 나는 공부를 잘했다"는 말을 직접 들은 적도 있다고 확인해 주었다.

이상보다 네 살 많은 구본웅은 몸이 불구이고 약해서 초등학교를 다니다 말다 하는 바람에 이상과 같은 반이 되었다. 대부분의 학생들은 꼽추인 구본웅을 따돌렸다. 그러나 그에게 각별한 관심을 보이는, 조용하고 내성적인 학생이 있었다. 항상 외롭고 우울해 보이는 김해경(이상)이었다. 당시에 동급생 중에는 구본웅보다 몇 살이 더 많은 학생들도 있었다. 그래서 같은 학년에서 가장 나이가 어렸던 이상은 젖비린내 나는 아이로 취급받았으며 적지 않은 급우들에게 존대어를 쓰지 않을 수 없었다. 나이 많은 학생들이 그렇게 하라고 시켰기 때문이다. 졸업 후에도 이상은 구본웅에게 계속 존대어를 쓰며 4년 선배로 깍듯이 예우했다. 그래서 구본웅과 동갑인 이상호가 초등학교 졸업동기인 것은 주변 사람들이 다 알았지만, 이상과 구본웅이 동기동창이냐고 묻는 사람은 없게 되었다.[2]

이상은 신명학교를 졸업한 후 동광학교(東光學校)로 진학했다. 이상이 1921년 4월 진학한 동광학교는 불교계에서 경영하는 사립 학교이다. 조선 불교계가 1915년 30본산 연합 사무소를 경성부 수송동 각황사에 두면서 체제를 정비한 후 불교 교리의 연구를 위해 중앙학림을 설립하고 사회 교육 방면에 기여하기 위한 목적으로 학교 설립을 계획하였다. 중앙학림과 동광학교는 1915년 11월 5일 개교하게 되었는데, 학교의 위치는 당시 숭일동(崇一洞, 지금의 명륜동)에 있는 북묘(北廟)와 그 기지(基址)였다. 북묘는 삼국지의 명장인 관우(關羽)를 모신 사당으로 고종 20년에 세워진 것인데, 1910년 관우를 동묘에서 합봉하게 됨으로써 비어 있던 곳이다. 불교계에서는 조선총독부의 허가를 얻어 이 건물을 임대하여 동광학교를 설립하면서 총독부에 정식으로 고등보통학교의 인

2　구광모, 「'友人像'과 '女人像' – 구본웅 이상 나혜석의 우정과 예술」, 《신동아》, 2002. 11.

가를 청원하였으나 조선총독부는 학교 재단의 불비를 문제 삼아 이를 인가하지 않았다. 그 결과로 동광학교는 관립 고등보통학교와 동등의 자격을 인정받지 못하는 '잡종 학교(雜種學校)'로 인가받아 운영하였다.

이상이 동광학교에 입학하여 재학 중이었던 1922년 무렵 동광학교는 학교 운영의 중대한 고비를 맞았다. 학교 운영 주체였던 조선 불교계가 종단 내부의 반목과 분열로 제대로 역할을 하지 못하고 있었으며, 1922년 총독부가 발표한 「개정 조선교육령」이 동광학교의 정식 고등보통학교 인가를 더욱 어렵게 했기 때문이다. 당시 조선 불교계를 보면, 불교 개혁 운동에 앞장섰던 조선불교청년회와 불교유신회가 중심이 되어 1922년 불교계의 단일 기관인 불교총무원(總務院)을 설립하였다. 조선총독부는 1922년 5월 조선 불교 30본산 주지 회의를 개최하여 새로운 총무원 체제를 부정하고 별도의 단일 기관인 조선불교교무원(朝鮮佛教教務院)의 설립을 종용하였다. 그리고 조선불교교무원을 1922년 12월에 재단 법인으로 승인함으로써 불교총무원과의 갈등과 분열을 조장하였다. 이처럼 조선 불교 30본산의 조직이 와해되어 불교총무원과 불교교무원으로 분열되자, 불교 포교 운동과 사회 교육 운동의 주도권을 놓고 두 조직 사이에 대립이 더욱 극심해졌다. 그런데 1922년 「개정 조선교육령」을 발표한 조선총독부가 동광학교에 대해 정식 고등보통학교 청원을 인가하지 않게 되자, 30본산 주지 회의에서는 동광학교 폐교를 결의하였다. 이 소식을 들은 동광학교 학생들이 1923년 9월 학교가 폐교되기 전에 일제히 동맹 휴학을 하기로 결정하고 농성을 벌이자 동광학교 문제를 둘러싼 불교계가 더 큰 소용돌이에 빠져들었다. 불교계 내분에서 비롯된 동광학교 사태는 불교중앙교무원이 재단 법인으로 정식 인가되면서 수습의 단계에 접어들었지만, 이상의 동광학교 시절은 순탄하지 못하였다.

불교 중앙학림과 동광학교로 사용되었던 북묘 전경. 1920년대.

　1924년 이상은 동광학교 3년을 수료한 상태에서 보성고등보통학교로 편입하였다. 이상의 학적 변경은 본인의 뜻에 따른 것은 아니었다. 보성고등보통학교는 원래 1906년 9월 5일 이용익에 의해 사립 보성중학교로 학부의 설립 인가를 받아 경성부 중부 박동 10통 1호(현 수송동 44번지)에 4년제 정식 학교로 개교하였다. 1910년 일제 강점 후에는 1910년 12월 천도교가 학교 운영을 맡게 되었고, 1922년 4월 신교육령에 의하여 보습과를 폐지하고 수학 연한을 5년으로 연장하면서 교명을 보성고등보통학교로 개칭하였다. 그러나 학교 운영이 어려워 새로운 운영 주체를 찾게 되었다.

　1923년 조선불교총무원이 보성고보의 운영을 결정하였다. 불교총무원은 조선총독부의 지지를 받고 있던 불교종무원과 거리를 두고 독자적인 사회 교육 운동을 전개하고자 하였다. 1923년 6월 불교총무원은 대전(大田)에서 임시 총회를 열고 본래 천도교 측에서 운영하다가 재정난에 봉착한 보성고등보통학교를 인수 경영하기로 하였다. 불교총무원이 보성고등보통학교를 인수하기로 결정한 후 불교 교리를 전파하려는 총무원 측의 입장과 천도교 측에서 임용한 기존의 교원들 사이에 교리 문제로 갈등을 겪기도 하였다.

1924년 불교총무원과 불교종무원으로 분열되었던 불교계의 조직이 극적인 통합을 이루게 되었으며, 조선총독부는 재단법인 조선불교중앙교무원의 설립을 정식 인가하였다. 불교계의 조직이 통합되면서 오랫동안 잡종 학교의 지위를 면하지 못하였던 동광학교 사태가 해결의 실마리를 찾게 되었다. 불교계에서는 불교총무원이 인수 운영하게 된 보성고등보통학교가 조선총독부의 정식 인가를 받은 정규 고등보통학교인 점에 착안하여 동광학교를 보성고보에 복속시키고 그 운영 주체를 조선불교중앙교무원으로 결정하게 되었다. 1924년 1월 재단 법인 조선불교중앙교무원이 동광학교를 복속시킨 새로운 보성고등보통학교의 운영자가 되었으며 총독부도 이를 허가하였다. 조선불교중앙교무원은 보성고등보통학교의 시설 확장을 위해 1925년 5월 경성부 혜화동 1번지에 교사를 신축하게 되었으며, 1927년 5월 1일 전체 교사가 준공되자 새로운 교사로 학교를 이전했다.

1924년 4월 이상은 보성고보에서 4학년 생도로 학교생활을 시작했다. 이상은 보성고보가 혜화동의 신축 교사로 이전하기 직전까지 중구 박동의 보성고보에서 1926년 3월까지 2년간 수학하였다. 동광학교에서의 3년 수료 기간에 2년이 추가된 셈이다. 이상은 보성고보 재학 중 미술에 관심을 가진 화가 지망생이었다. 그러나 보성고보 시절의 이상의 학교생활을 확인할 수 있는 기록이 남아 있지 않다. 이상과 함께 보성고보에 다녔던 원용석의 회고(「내가 마지막 본 이상」,《문학사상》, 1980. 11)에 의하면, 보성고보에서의 이상의 학업 성적은 상급 수준에 올라 있었다고 한다.

경성고등공업학교 건축학과 시절

1929년 4월 이상은 경성고등공업학교(京城高等工業學校) 건축과(建築科)에 입학하였다. 경성고공은 일본 식민지 시대 한국 내에 설립된 최고의 이공계 관립 전문학교로서 1916년 경성공업전문학교(京城工業專門學校)로 출발하였다. 조선총독부는 1916년 4월1일 「조선총독부 전문학교 관제」와 「경성공업전문학교 규정과 학칙」 등에 따라 경성공업전문학교를 설립하고 건축과, 염직과, 응용화학과, 요업과, 토목과, 광산과를 두어 3년 과정의 학생을 선발하였다. 경성공업전문학교의 목표는 "조선교육령에 기초하여 공업에 관한 전문 교육을 하는 곳으로 조선에서의 공업의 진보 발전에 필요한 기술자 또는 경영자를 양성함을 본지로 함."이라고 규정되어 있다. 경성공업전문학교는 1922년 제2차 「조선교육령」에 따라 그 명칭을 경성고등공업학교로 개칭하고 일본 내에서의 교육 내용이나 수준과 동일한 공업 교육을 실시하여 공학 위주의 교육 체계를 강화하게 되었다. 그러나 경성공전으로의 출발 당시와 마찬가지로 6개 학과 3년 과정은 그대로 유지했다. 경성고공의 교수진은 전임 교수 가운데 동경제대 출신자가 많았는데, 특히 건축과의 경우는 일본 내에서도 손꼽히는 건축학자가 소속되어 있었다.

이상이 입학한 경성고공 건축과는 매년 15명 이내의 학생을 선발하였다. 고등보통학교 졸업 이상의 학력의 가진 자를 대상으로 실시하는 입학시험은 일본어, 한문, 수학, 물리, 화학, 도화(자재화, 용기화) 등이었다. 이상과 함께 건축과의 입학시험에 합격한 학생은 모두 13명이었는데, 그 가운데 한국인은 2명뿐이었다. 나머지는 모두 일본에서 온 유학생들이었다. 그런데 한국인 학생이 중도 탈락하게 됨으로써 이상은 1926년도 건축과 입학생 가운데 유일한 한국인이 되었다.

이상의 경성고공 건축학과 시절을 확인해 볼 수 있는 여러 가지 기록

경성고공의 당시 모습

가운데에는 경성고공 생도(生徒) 학적부(學籍簿)가 공식적인 문서로 보
관되어 있다. 현재 서울대학교 학적과에서 관리하고 있는 이 문서를 보
면, 그 전면에는 김해경(金海卿)이라는 이상의 본명과 함께 다음과 같은
일반 사항이 기록되어 있다.

본적 : 경성부 통동 154번지

거소 : 자택 동상

신분 : 장남, 명치 43년 (1910년) 8월 20일 생.

입학 : 대정 15년 (1926) 4월 11일

입학시험 성적 : 502점 석차 : 63인 중 23

입학 전의 학력 : 대정 15년 3월 보성고등보통학교 졸업

수 업 :

소화 2년 3월 19일 1학년 수료

소화 3년 3월 19일 2학년 수료

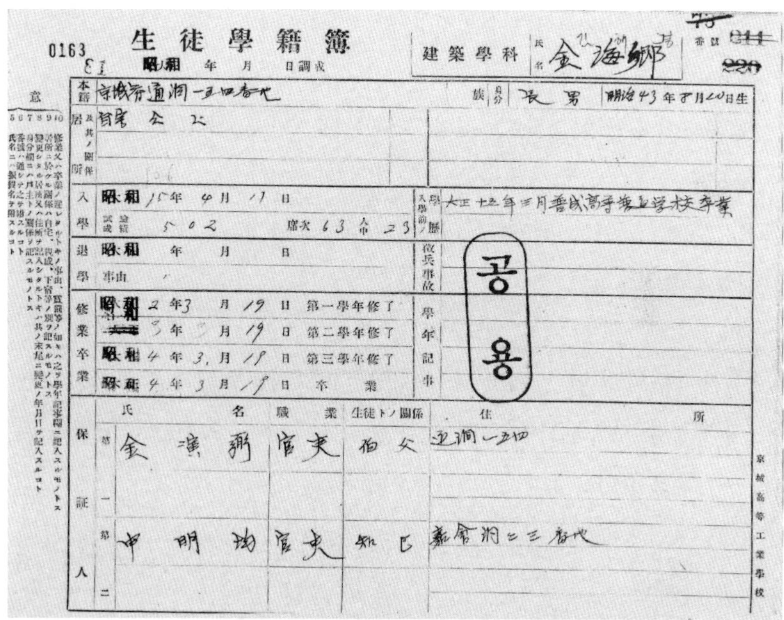

生徒學籍簿

建築學科

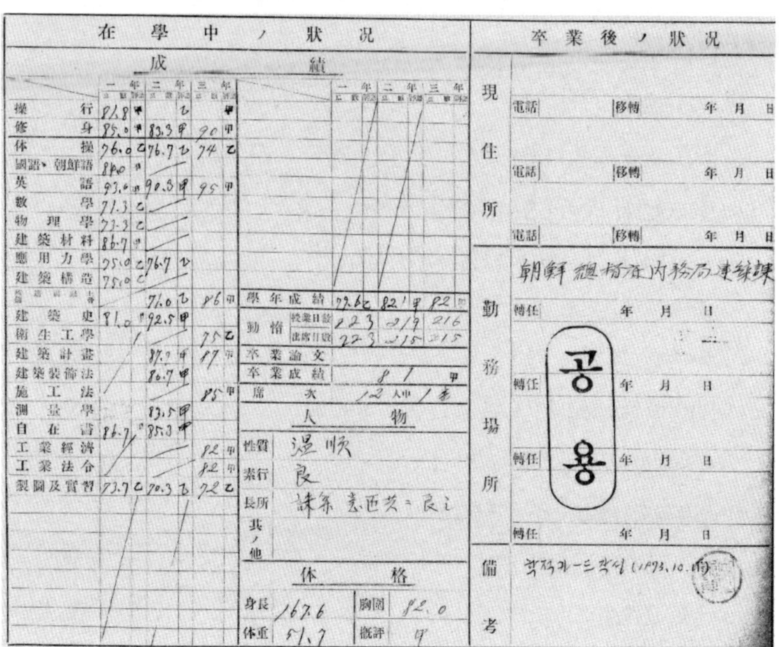

在學中ノ狀況　　卒業後ノ狀況

소화 4년 3월 19일 3학년 수료

소화 4년 3월 19일 졸업

제1보증인 김연필(金演弼) 직업 : 관리(官吏) 관계 : 백부(伯父) 주소 : 통동 154

제2보증인 신명균(申明均) 직업 : 관리(官吏) 관계 : 지기(知己) 주소 : 가회동 23번지

이 학적부의 후면은 재학 중 상황을 기록하는 부분에 학과 성적, 인물, 체격 등을 기록하고 있으며 졸업 후의 사항 기록으로는 근무처를 밝혀 적어 놓고 있다.

(1) 성적

<u>1학년</u>

조행(操行) 81.8 (갑)

수신(修身) 85.0 (갑)

체조(體操) 76.0 (을)

국어(國語) 조선어(朝鮮語) 84.0 (갑)

영어(英語) 93.0 (갑)

수학(數學) 71.3 (을)

물리학(物理學) 73.3 (을)

건축재료(建築材料) 86.7 (갑)

응용역학(應用力學) 75.0 (을)

건축구조(建築構造) 75.0 (을)

건축사(建築史) 81.0 (갑)

자재화(自在畵) 86.7 (갑)

제도(製圖) 및 실습(實習) 73.7 (을)

학년성적 79.6 (을)

근타(勤惰) : 수업일수 223 출석일수 223

2학년

수신(修身) 83.3 (갑)

체조(體操) 76.7 (을)

영어(英語) 90.3 (갑)

응용역학(應用力學) 76.7 (을)

철근혼응토(鐵筋混凝土) 철골(鐵骨) 71.0 (을)

건축사(建築史) 92.5 (갑)

건축(建築) 계획(計畫) 87.7 (갑)

건축(建築) 장식법(裝飾法) 86.7 (갑)

측량학(測量學) 83.5 (갑)

자재화(自在畵) 85.3 (갑)

제도(製圖) 및 실습(實習) 70.3 (을)

학년성적 : 82.1 (갑)

근타(勤惰) : 수업일수 219 출석일수 215

3학년

수신(修身) 90 (갑)

체조(體操) 74 (을)

영어(英語) 95 (갑)

철근혼응토(鐵筋混凝土) 철골(鐵骨) 86 (갑)

위생공학(衛生工學) 75 (을)

건축(建築) 계획(計畫) 87 (갑)

시공법(施工法) 85 (갑)

공업경제(工業經濟) 82 (갑)

공업(工業) 법령(法令) 82 (갑)

제도(製圖) 및 실습(實習) 72 (을)

학년성적 : 82 (갑)

근타(勤惰) : 수업일수 216 출석일수 215

졸업 성적 : 81 (갑)

석차 12인중 1석

(2) 인물

성질 : 온순

소행(素行) : 양(良)

장소(長所) : 주산, 의장(意匠), 공히 양(良)

(3) 체격

신장 : 167.6

흉위(胸圍) : 82.0

체중 : 51.7

개평(槪評) : 갑(甲)

(4) 졸업 후의 근무 장소 : 조선총독부 내무국 건축과

앞에서 인용한 이상의 경성고공 생도 학적부에는 이상의 부모에 관한 기록이 일체 보이지 않는다. 학적부의 주소는 백부 김연필의 자택 주소인 '경성부 통동 154번지'로 기록되어 있으며, 재학 중 제1보증인은 백부 김연필을 내세우고 있다. 총독부 하급직 관리였던 것으로 알려진 백부의 직업이 '관리'라고 표시되어 있다.

이상의 학업 과정은 비교적 순탄했던 것으로 보인다. 그는 경성고공 입학시험에서 총 502점을 얻었는데, 이 점수는 입학생 63명 가운데 23위의 성적이었다. 그런데 이상은 건축과에서 1학년부터 3학년까지 매년 수석을 차지하였고, 졸업 당시 성적도 평균 81점으로 평섬 '갑(甲)'을 얻어 건축과를 수석으로 졸업하였다. 이상이 조선총독부 내무국 건축과에 취직하게 된 것은 1929년도 경성고공 건축과 수석 졸업자였기 때문에 가능한 일이었다. 이상이 경성고공에서 수학한 교과목은 수신, 체조, 국어, 영어 등 몇몇 기초 교양에 속하는 과목을 제외하고는 대부분 건축학과 관련되는 이공계 학문 분야에 속하는 것들이다. 1학년 때부터 수강한 영어 과목에서 매년 최고의 점수를 얻고 있는 점이 특이하다. 이상의 특기는 주산(珠算)과 의장(意匠, 디자인)이며, 재학 중 미술부에서 활동한 것으로 알려지고 있다.

이상의 경성고공 시절의 모습을 확인할 수 있는 개인적 기록이 또 하나 있다. 이 자료는 이상과 동기로 1929년도 경성고공 광산학과를 졸업한 김희영(金喜永, 경북 태생)이 쓴 일기의 일부인데, 서울대학교 기록

관에 보존되어 있는 것을 건축사 연구자인 김정동 교수가 처음 소개했다.(「고공건축과 학생시대의 김해경」,《이상 리뷰》, 창간호, 2001) 1929년 경성고공 졸업 무렵의 생활상을 소상하게 적어 놓고 있는 이 일기의 본문 가운데 김해경(金海卿) 또는 김해(金海) 군으로 지칭하고 있는 인물이 경성고공 당시의 이상임을 알 수 있다. 조선인 동기생들이 함께 앨범 사진을 찍기 위해 낙산과 탑동 공원을 돌아다닌 이야기가 담겨 있다. 이상은 김희영, 원용석 등과 자주 어울린 것으로 보인다. 그중의 일부를 그대로 옮겨 보기로 한다.

1929. 2. 12. 청(晴) 한(寒)

오래간만에 장안이 은세계로 화하였다. 금년 겨울에는 어찌도 눈이 희귀한지 설(雪)임(任)을 대할 때마다 나의 마음은 기쁘다. 눈위로 터벅터벅 걸어가는 맛도 무상의 쾌미일다. 도보로 학교를 다니니 퍽도 피곤하다. 수면부족에다 원거리통학을 하나 못견딜 지경이다. 제조(製造) 야금(冶金)을 하였다. 단접법(鍛接法)에 대하여 전번에 결석하여 베끼지 못한 것을 기록하다. 지촌(志村) 선생은 측량 제도를 그리라고 야단이다. 켄트와 축척(縮尺)과 sample을 갖다 주며 하라고 한다. 학생들도 마지못하여 그리기 시작한다. 나는 조금도 그리지 않았다. 일본인 양복점 외교원들은 학교에 와서 늘 붙어있다. 나보고서 양복을 하여 입으라고. 기가 막힐 일. 나의 앞길이 장차 어떻게 될지도 모르는 나에게 망량(魍魎)의 말을 한다. 그런데 하고(何故)로 명치광업(明治鑛業)에서는 통지가 오지 않는고. 답답하여 죽겠네. 제발 덕분에 무사히 통과되게 하여 주소서 하나님이여! 하학 후에는 설경(雪景)을 배경으로 앨범에 넣을 사진을 박히기 위하여 우리 일동은 낙산(駱山)으로 갔다. 사진인지 무엇인지 추워서 죽을 욕을 보았다. 우리는 다시 발길을 옮겨 탑

동(塔洞)공원에까지 왔다. 전
번에 박힌 것이 잘못되었다 하
여 사진을 한 장 찍었다. 김해
경(金海卿) 군이 나보고 장가
가라고 좋은 여염집 새악시가
있으니. 그런 망령의 말은 하지
도 말라고 하였다. 나는 집에
왔다. 어머님은 그대로 앓으신
다. 보고문을 쓴다. 교주(交柱)
의 편을 다 끝마치느라고 욕을
보았다. 오늘도 밤 새로 두시에
자다.

1929. 3. 10. 청(晴)

오늘은 잠을 실컷 잤다. 오늘부
터 나의 생활은 내가 하여나아갈 입장이 된다. 나는 아느이 몸을 내가 세워
가야 되겠다. 부모의 힘을 빌어서는 안되겠다. 신촌 숙부는 소사로 떠나가
기 위하여 짐을 싼다. 11시에 윤술이와 같이 집을 떠나다. 11시경에 상애하
는 안명철군이 왔다. 픽도 고마웠다. 나는 집에서 점심을 마치고 외출을 하
였다. 원용석 가를 방문하였다. 마침 김택균이 와 있다. 양군은 대창직물회
사에 누가 갈는지 의론중에 있다. 조선인의 경영이니 어디까지 가라고 나는
권고하였다. 그곳을 떠났다. 내가 신생(新生)에 투고하였던 논문은 전부 삭
제이다. 내가 무슨 저촉되는 말을 썼나 하고 생각하여 보아도 도무지 과격한
것은 없다. 오직 우리의 현 입장과 환경이 그렇게 한 것 뿐이다. 생각할 때에

치가 떨리어 죽을 지경이다. 다시 강군의 병사를 찾아갔다. 그곳을 가니까 우리의 동창들을 만나 볼 수가 있다. 오늘이 나의 일생의 통하여 처음 놀게 되는 날이다 생각할 때에 또한 뜻있는 날이다. 그곳에서 여러 동무들과 서로 주의를 토의하여 갑론을박으로 굉장히 떠들었다. 저녁도 주어서 만찬회가 되었던 것이다. 거의 열시가 넘도록 우리들은 떠들다가 김해(金海)군과 동행이 되어 집으로 향하여 왔다. 장차 나의 생활은 여하히 전개되려느냐. xx노력 여하에 있을 것은 나 역 잘 안다. 곧 잠자리에 들다.

1929. 3. 15. 청(晴)

며칠 동안을 연하여 험악하던 일기도 오늘이야 조금 평온하게 되었다. 봄날은 사람을 찾아오는데 아무리 목석인들 방안에 죄수와 같이 얽매여 있을 수가 있느냐. 나도 바람에 발길을 바깥으로 옮기지 않을 수 없었다. 문명(文明)에 주린 나는 광화문통을 지날 때마다 게시(揭示) 신문을 본다. 나는 개벽 이후 처음으로 중절모자를 높게 쓰고 서대문 거리를 나섰다. 혁명양화점(革命洋靴店)에 가서 다색(茶色) 단화를 맞췄다. **군의 하숙을 찾으니 귀성하였다고. 다시 발길을 옮기어 원군을 찾으니 없다. 인사동 고공중앙사무소를 찾아갔다. 아무도 없고 홍군 뿐이다. 그곳에서 신문이며 잡지를 탐독하였다. 강군이 학교에서 돌아왔다. 복도(福島) 군이 평북에서 확실한 편지가 왔다는 것을 말하더라고. 강군은 나에게 전차 촬영한 사진을 준다. 그곳을 떠나 이종서 군을 찾다. 방금 윤군이 다녀갔는데 동생이 제2고보 입시에 낙제하였다고. 이군에게서 응화생(應化生) 사진 1매를 얻어서 같이 김해(金海) 군의 가(家)를 방문. 군은 여전히 낮잠을 자는 모양. 작석(昨夕)에 연회가 있었다고. 앉아서 횡설수설하다가 다시 나섰다. 이군은 나의 집에까지 같이 와서 장시간을 놀다가 귀가하였다. 석식을 필하자마자 뒷산으로 올라 대 경성 시가의 밤경치 구경을 하였다.
야(夜)에 우리 시골 이안(利
安) 채홍기 씨가 오셨다. 영
아(令兒)를 입학시키기 위
하여 상경하였다고. 아무것
도 할 일이 없으니 잠자는 것
밖에는.

1929. 3. 16. 청(晴) 난(暖)

오늘은 근일에 볼 수 없는 쾌
청에다가 춘광이 미만하다.
아침 몇 시간동안은 집에서
뒹굴었다. 아무것도 할 것 없
다. 아무것도 하기 싫다. 학
교 졸업하면 다 이 모양인
가? 바깥을 나섰다. 청계천 골목으로 들어섰다. 세상일은 모른다. 자전거 타
고 가던 사람이 지게꾼 때문에 우연히도 낭떠러지로 떨어졌다. 선혈이 낭자
하여 볼 수 없다. 다행히도 중상은 아니었다. 사람의 일은 순간순간의 삶의
연속이다. 원군을 찾으니 김해군이 와 있다. 원군에게서 개인 사진 하나를
받고 3인이 길을 나섰다. 참으로 일기는 화창하다. 산이나 거리나 봄빛이 가
득하다. **군의 집을 들러 4인이 학교로 향하였다. 동창들이 많이 왔다. 학
교에를 와야 만나겠다. 금일이 성적 발표일이다. 교우회지를 한(韓) 서기에
게서 받다. 졸업생 중 오전(奥田) 군이 우등(85)이다. 나는 겨우 82점. 나의
사랑하는 권(權) 군이 왔다. **이도 만났다. 소산(小山) 군의 호출장으로

상경하였다고. 고공 한떼의 동료들은 대로로 나섰다. 봄이 되어서 그런지 외출하는 인사들이 대단히 많다. 더구나 여학생들이 활갯짓을 하며 대로로 방자 횡행하는 꼴들! 그리고 광화문통을 지나려니 인력거 탄 기생들이 산떼와 같다. 별안간 기생 사태가 났나 하였다. 그리고 자전거에 아가씨를 싣고 다니는 풍류객들. 도중에서 채(蔡) 씨를 상봉. 영아가 중앙(中央)에 낙제하였으니 나보고 배재(培材)에 소개하여 달라고. 야(夜)에는 상동 예배당에 갔다. 엠윈 청년회 문학부 주최 간친회를 열었다.

1929. 3. 19. 청(晴)

비온 후일이라 쌀쌀한 발함이 불고 조금 추운 기분이 없지 않다. 조반을 필하자마자 곧 나는 배재고보교로 갔다. 금일에 입학시험인 까닭에 청 넣으러 가는 것이었다. 도보로 다시 낙산을 향하여 걸어간다. 일기는 여간 청량하지 않다. 아아 금일 졸업식을 축하하는 것인가 보다. 교문을 들어서니 오랫동안 만나지 못하던 동창들을 모두 만나보게 되었다. 본관 전에서 졸업기념 사진을 촬영하였다. 아! 졸업, 졸업. 3년 동안의 모든 고초의 결정, 형설의 공, 연마의 공, 과거 삼개성상(三個星霜) 나에게는 왜 그렇게도 길었느냐. 나는 3년 후의 이날을 고대하기를 얼마나 하였다. 오! 오늘의 졸업식장에 임하여 감개무량이다. 일편으로는 무한히 기쁘다. 즐겁다. 좋다. 3년 동안 풍우를 무릅쓰고 낙산을 찾아다니던 것도 오로지 이것 때문이 아닌가. 그러나 영원히 학창을 떠나는 나의 회포. 아 나는 오늘부터 버린 사람이다. 폐물이다. 아 인생아 너는 무엇을 위함이냐 나는 장차 우리사회에 무슨 재목에 사용이 될까. 교문을 나서는 나의 책임이 얼마나 중차대하냐. 식은 끝나고 축졸업의 과자를 분배. 공우회로부터 메달을 받았다. 그리고 귀로에 동양 사진관에서 album을 찾다. 집에를 오니 쓸쓸하기 한량없고 졸업이라고 싱겁고 맛이 하나 없다.

오후에 김해(金海) 군과 원(元)군, 인사동 이종(李鍾) 군 가에를 방문하였다. 야(夜)에는 오늘 졸업식에 참석하여 주신 이시웅(李時雄) 선생 댁을 방문하다.

앞의 일기에서 경성고공 3학년 졸업 무렵의 김희영의 일상을 확인할 수 있다. 그는 병고에 시달리는 어머니에 대한 걱정, 졸업 후 취업에 대한 고민, 개인적 번민 등을 매우 솔직하게 일기에 기록하고 있다. 그런데 이 일기의 내용 속에 친구인 '김해경'에 관한 기록이 여러 군데 등장한다. 특히 이들이 함께 졸업 사진첩을 준비하던 과정을 알 수 있는 사진 촬영에 대한 이야기도 눈에 띈다. 3월 16일 자 일기의 하단에는 학교에서 발표한 학생들의 성적을 메모한 부분도 있는데, 여기에 '김(金) 79 1, 82 1, 82 1'이라고 표시한 부분은 바로 이상의 각 학년별 성적 평균점과 학과 석차임을 알 수 있다. 이상은 1929년 3월 19일 경성고등공업학교 건축학과 12명의 졸업생 가운데 수석을 차지하였다. 경성고공 건축학과에서는 이상을 조선총독부 내무국 건축과에 추천하였고 이 해 4월 이상은 건축과 기수(技手)로 특채되었다.

이상의 성장 과정의 비밀

이상의 성장 과정에서 가장 큰 영향을 미친 백부 김연필은 상공업에 종사하면서 재산을 모았고 하위직 관리로 일했던 중산층이었다고 할 수 있다. 김연필에 관한 공식적인 기록은 그의 제적부가 전부이다. 그런데 최근에 나는 대한제국 관보를 뒤지다가 우연히도 김연필에 관한 기록을 하나 찾았다. 융희(隆熙) 3년 1909년 5월 26일 자 관보의 '휘보' 가운데 '학사'란에 당시 관립 공업전습소(工業專習所)의 제1회 졸업생 명단 '金 工科 專攻生 七人 金演弼 朴永鎭 李容薰 洪世煥 崔天弼 鄭致爕 李宗泰'의 맨 앞에 김연필이라는 이름이 적혀 있다.

관립 공업전습소의 기원은 대한제국이 설립한 농상공학교(1904년)에서 시작한다. 이 학교가 1906년 8월에 농과는 수원농림학교, 공업과는 관립 공업전습소로 분리되었다. 공업전습소는 1907년에「관립 공업전습소 규칙」에 의거하여 한성부 이화동에 설립되었는데 토목과, 염직과, 도기과(陶器科), 금공과(金工科), 목공과, 응용화학과를 두었다. 공업전습소는 실제 업무에 종사할 기술자를 양성하는 것을 그 주요 목표로 하여 보통학교나 소학교 졸업자들에게 입학 자격을 부여하였으며, 그 수업 연한은 2년이었다. 1912년 조선총독부 중앙시험소가 설립되면서 시험소의 부설 공업전습소로 귀속되었으며, 1916년 4월「조선총독부 전문학교 관제」에 따라 경성공업전문학교가 설립되면서 기존의 공업전습소는 학교의 부속 기관으로 흡수되었다. 1922년 3월「조선총독부 제학교 관제」가 공포되자 경성공업전문학교가 경성고등공업학교로 개편되었다.

관립 공업전습소의 제1회 졸업생 명단에 포함되어 있는 김연필이 이상의 백부 김연필과 동일 인물이라는 사실은 "공업학교 계통의 교원으로 계시다가 나중엔 총독부 기술직으로 계셨던 큰아버지 김연필 씨"라는 김옥희의 증언을 통해 추측해 볼 수 있는 일이다. 특히 이상의 경성고공 입학이 백부의 뜻에 따른 것이었다는 점은 공업전습소 출신이었던 김연필의 경력으로 미루어 충분히 납득할 수 있는 일이다.

김연필은 결혼 후 본처(기록상으로는 전혀 드러나지 않음)와의 사이에 소생이 없었다. 강릉 김 씨 양반을 자처하던 집안 장손의 후대가 끊어지게 되자 김연필은 아우 김영창의 장남 김해경(이상)으로 하여금 자신의 후사를 이어 가게 할 계획을 세웠다. 김영창은 두 아들(해경과 운경)과 딸 하나(옥희)를 두고 있었다. 마침 김영창이 종조부인 김학교의 양손으

로 입적하여 호주를 상속하게 되어 지손(支孫)으로 분가하게 되자 김연
필은 조카인 김해경을 그의 집으로 데려가게 되었다. 이상은 백부 김연
필의 보호 아래 성장했고, 김연필이 사망한 뒤 큰집에서 벗어났다. 이상
이 백부 김연필의 양자였다는 말이 나돌게 된 연유가 여기 있다.

그런데 이상의 누이동생 김옥희의 회고에 의하면, 총독부 하급직 관
리로 일했던 김연필은 결혼 후 자식을 두지 못하자 김영숙을 소실로 맞
았다는 것이다. 이 집안에 김연필의 본처가 살고 있는데 소실로 김영숙
이 들어와 한동안 함께 지내게 되자 이상에게는 큰어머니가 두 분이 있
었던 셈이다. 하지만 본처가 집을 나가자 김영숙이 정식 재판을 거쳐서
김연필의 처로 입적하였다. 이상이 경성고공에 입학했던 해의 일이다.
김영숙에게는 다른 사내와의 사이에 낳은 아들 하나가 딸려 있었는데,
김연필은 그를 자신의 아들로 입적시켰다. 그가 바로 김문경이다. 앞의
제적 등본에서 김영숙이 대정 15년(1926년) 7월 14일 경성지방법원의
허가 재판에 따라 취적했다고 기록되어 있고, 그 아들인 김문경이 바로
뒤를 이어 대정 15년 7월 23일자로 호적에 입적되었다는 사유를 보면
이 같은 회고 내용이 사실과 다름없음을 확인할 수 있다.

누이동생 옥희 씨의 이야기를 들어보자.

'대부분의 사람들이 잘 모르고 있습니다만 큰어머니는 한 분이 아니라 두
분이 계셨습니다. 오빠가 처음 큰집으로 들어갔을 때는 집안에 자식이라곤
없었다고 들었습니다. 지금도 살아 있는 XX 씨는 나중에 들어온 새로운 큰
어머니가 데리고 온 아들이지요.'

일찍이 몰락한 사대부 집안의 장남으로 태어나 상공업에 종사하면서 재빨
리 신분의 변신을 꾀함으로써 집안을 일으켜 세웠던 연필 씨. 그는 총독부의
일을 그만두고 뛰어든 작은 사업의 일로 북지로 갔다가 애 하나 딸린 여자를

만난다. 그 여자가 바로 현재 살아 있는 이상의 사촌 동생 XX 씨의 어머니라
는 게 김옥희 씨의 주장이다.[3]

이 회고 내용 가운데 'XX 씨'가 바로 '김문경'을 지칭한다. 백부 김연
필이 자신과는 혈연이 닿지 않는 김문경을 아들로 호적에 입적시킴으로
써 김연필은 법적으로 소생을 얻게 된 것이다. 그러나 이 문제는 김연필
이 사망한 뒤에 재산 상속 등의 문제와 결부되어 가족 내에 갈등을 야기
하게 된다. 건강상의 이유로 조선총독부 건축 기사를 사임한 이상은 백
부가 사망한 후 다방 '제비'를 운영하게 되었고, 이마저도 파탄에 이르
면서 큰집과의 관계를 청산한 것으로 보인다. 이러한 상황에 대해서는
그의 수필 「공포(恐怖)의 기록(記錄)」에도 암시되어 있다.

생활, 내가 이미 오래 전부터 생활을 갖지 못한 것을 나는 잘 안다. 단편적
(斷片的)으로 나를 찾아오는 「생활 비슷한 것」도 오직 「고통(苦痛)」이란 요
괴(妖怪) 뿐이다. 아무리 찾아도 이것을 알아줄 사람은 한 사람도 없다.

무슨 방법으로든지 생활력을 회복(恢復)하려 꿈꾸는 때도 없지는 않다.
그것 때문에 나는 입때 자살을 안 하고 대기(待機)의 자세를 취하고 있는 것
이다 ― 이렇게 나는 말하고 싶다만.

제2차의 각혈이 있은 후 나는 어슴푸레하게나마 내 수명에 대한 개념을
파악하였다고 스스로 믿고 있다.

그러나 그 이튿날 나는 작은어머니와 말다툼을 하고 맥박(脈膊) 125의
팔을 안은 채, 나의 물욕(物慾)을 부끄럽다 하였다. 나는 목을 놓고 울었다.
어린애 같이 울었다.

3 황광해, 「큰오빠 이상에 대한 숨겨진 사실을 말한다. ―김옥희 인터뷰」, 《레이디경향》, 1985. 11.

남 보기에 퍽이나 추악했을 것이다. 그러다 나는 내가 왜 우는가를 깨닫고 곧 울음을 그쳤다.

나는 근래의 내 심경을 정직하게 말하려 하지 않는다. 말할 수 없다. 만신창이(滿身瘡痍)의 나이언만 약간의 귀족취미(貴族趣味)가 남아있기 때문이다. 그러나 만약 남 듣기 좋게 말하자면 나는 절대로 내 자신을 경멸하지 않고 그 대신 부끄럽게 생각하리라는 그러한 심리로 이동하였다고 할수는 있다. 적어도 그것에 가까운 것만은 사실이다.[4]

이상이 백부의 그늘에서 벗어나게 된 것은 1932년 김연필의 사망 후의 일이다. 하지만 이상은 이미 1926년 경성고공에 입학하던 해에 김연필의 법적 후계자로서의 지위를 잃고 있다. 새로 들어온 백모 김영숙이 정식으로 김연필의 처로 호적에 오르고 그녀가 데리고 들어온 사내아이가 '김문경'이라는 이름으로 입적되어 김연필의 법적 장자가 되었기 때문이다.

백부의 슬하에서 성장한 이상의 어린 시절은 겉으로 보기에 평탄하다. 일본 식민지 시대에 경성의 중산층이 아니고서는 꿈도 꾸어 보지 못할 고등보통학교를 다녔고 그 뒤에 최고의 이공계 전문학교에 해당하는 경성고공을 마쳤기 때문이다. 보통의 집안이라면 누구도 이러한 호사를 누릴 수가 없었을 것이다. 그렇지만 이상은 자신의 삶을 '공포의 기록'으로 적어 놓고 있다.

---

4 권영민 편, 『이상 전집 4 수필』, 뿔, 2009. 103면.

11　다방 '제비'와
　　　운명의 여인 금홍(錦紅)

〈제비〉— 하얗게 발라놓은 안벽에는 실내장식이라고 도무지 이상의 자화상이 하나 걸려 있을 뿐이었다. 그것이 어느날 황량한 벌판으로 변하였다. 〈제비〉가 그렇게 변하였다는 것이 아니라 그림말이지만 결국은 〈제비〉도 매 한가지다. 온 아무리 세월이 업느니 손님이 안오느니 하기로 그처럼 한산한 찻집이 또 있을까? — 박태원,「다방 제비」

이상은 폐결핵으로 조선총독부를 사직한 후 1933년 6월 종로 2가 반도 광무소(半島鑛務所)의 건물 아래층을 세내어 자신의 손으로 실내 장식을 꾸며 '제비'라는 다방의 간판을 내건다. 다방 '제비'는 당시 경성에서는 몇이 되지 않는 다방 가운데 하나로 세간의 관심사가 된다. 이상이 조선총독부 건축 기사를 사직한 후 첫 번째로 손을 댄 일이 다방 '제비'의 경영이다. 그는 1933년 봄 자신이 앓고 있던 결핵의 요양을 위해 황해도 배천(白川) 온천으로 떠난다. 이 시골의 온천장에서 그가 운명적으로 만난 여인이 바로 기생 '금홍'이었다는 사실은 널리 알려진 일이다. 이상과 금홍의 만남은 소설 「봉별기」를 통해 담백한 필치로 서사화되고 있지만, 이들의 만남과 사랑과 이별은 이상 자신의 삶에 있어서는 거의 치명적이었다고 할 수밖에 없다. 이상은 온천 요양을 마치고 서울로 올라온 후에 금홍을 서울로 불러올릴 계획을 세운다. 이 운명적 투기를 구체적으로 실천에 옮기기 위해 문을 열게 된 것이 바로 다방 '제비'이다. 이상의 개인적인 삶에서 '금홍'이라는 여인은 운명적인 의미를 지닌다. 거리의 여인이었던 그녀는 과연 이상에게 어떤 존재였던가?

1. 다방 '제비'의 공간

이상은 1933년 6월 종로 2가 반도광무소(半島鑛務所)의 건물 아래층
을 세내어 자신의 손으로 실내 장식을 꾸미고 '제비'라는 다방의 간판
을 내걸었다. 다방 '제비'는 당시 경성에서는 몇이 되지 않는 다방 가운
데 하나로 세간의 관심사가 된다. 이상이 조선총독부 건축 기사를 사직
한 후 첫 번째로 손을 댄 일이 다방 '제비'의 경영이다. 그는 1933년 봄
자신이 앓고 있던 결핵의 요양을 위해 황해도 배천(白川) 온천으로 떠난
다. 이 시골의 온천장에서 그가 운명적으로 만난 여인이 바로 기생 '금
홍'이었다는 사실은 널리 알려진 일이다. 이상과 금홍의 만남은 소설
「봉별기」를 통해 담백한 필치로 서사화되고 있지만, 이들의 만남과 사
랑과 이별은 이상 자신의 삶에 있어서는 거의 치명적이었다고 할 수밖
에 없다. 이상은 온천 요양을 마치고 서울로 올라온 후에 금홍을 서울로
불러올릴 계획을 세운다. 이 운명적 투기를 구체적으로 실천에 옮기기
위해 문을 열게 된 것이 바로 다방 '제비'이다.

1934년 5월 당시 대중 독자에게 가장 인기가 높았던 잡지《삼천리
(三千里)》(제6권 제5호)에는 「끽다점평판기(喫茶店評判記)」라는 흥미로
운 기사가 실려 있다. 당시 경성 거리에 새로이 등장하기 시작한 '끽다
점'은 '다방'이라는 새로운 이름으로 한담의 공간이 되어 경성이라는
도회의 일상 속에 자리 잡게 된다. 일본인들이 상권을 쥐고 있던 본정
(本町, 현재의 명동) 일대에는 일본인들을 상대로 하는 다방이나 카페가
여럿 있었지만 그것은 이 잡지의 관심사가 아니다. 조선 사람들이 제 손
으로 세워 경영하는 다방 '뿌라탄', '낙랑(樂浪)파라', '뽄 아미', '멕시
코', '제비' - 이것들이 서울 거리에 들어서면서 생겨난 새로운 풍속도
가 세간의 흥밋거리다. 이 기사에서 '제비' 다방을 소개한 부분만 그대

로 옮겨 보면 다음과 같다.

제비

총독부(總督府)에 건축기사로도 오래 다닌 고등공업 출신의 김해경(金海卿) 씨가 경영하는 것으로 종로(鍾路)서 서대문(西大門) 가느라면 10여 집 가서 우편(右便) 페－부멘트 엽헤 나일강반(江畔)의 유객선(遊客船)가치 운치 잇게 빗겨 선 집이다.

더구나 전면 벽은 전부 유리로 깔엇는 것이 이색이다. 이러케 종로대가(鍾路大街)를 엽헤 끼고 안젓느니 만치 이 집 독특히 인삼차나 마시면서 밧갓흘 내이다 보느라면 유리창 너머 페이부멘트 우로 여성들의 구두빨이 지나가는 것이 아름다운 그림을 바라보듯 사람을 황홀케 한다. 육색(肉色) 스톡킹으로 싼 가늘고 긴－ 각선미의 신여성의 다리 다리 다리－

이 집에는 화가, 신문기자 그리고 동경(東京) 대판(大阪)으로 유학하고 도라와서 할 일 업서 양차(洋茶)나 마시며 소일하는 유한청년(有閑靑年)들이 만히 다닌다.

봄은 안 와도 언제나 봄긔분 잇서야 할 제비. 여러 끽다점(喫茶店) 중에 가장 이 땅 정조(情調)를 잘 나타낸「제비」란 일홈이 나의 마음을 몹시 끄은다.

여기 소개되고 있는 "총독부에 건축기사로도 오래 다닌 고등공업 출신의 김해경 씨"가 바로 '제비' 다방의 주인 이상이다. 다방 '제비'는 이상 개인에게 있어서 하나의 새로운 사업이지만 사실은 서울에서도 흔치 않았던 영업이었음은 물론이다. 당시 경성은 일본 식민지 지배 상황에서 왜곡된 근대화의 과정을 겪으며 점차 현대적인 도시로 변모하고 있던 중이었다. 이런 가운데 들어서기 시작한 '다방'들이 경성의 새로운 풍속도를 만들기 시작한다.

　　1930년대 초기에 경성의 거리에 등장한 다방이란 무엇인가? 이 무렵
《동아일보》학예면에 소개된 「다방과 예술가」라는 짧은 칼럼에서는 '다
방'이라는 새로운 장소를 '주로 유한자(有閑者), 인텔리군의 휴게소, 대
합실, 한담실(閑談室)'로 규정하고 있다.

　　근래 각 도시에는 주로 유한자(有閑者), 인텔리군의 휴게소, 대합실, 한
담실로 다방이란 것이 생겨낫다. 그런데 지방 도시는 모르거니와 중앙에 잇
어 보건대 이 다방과 예술과의 간에는 특이한 현상이 간취된다. 우선 그 경
영자를 보면 화가, 극작가, 영화인, 시인, 배우, 음악가 등 거이 예술의 각부
문에 속하여 잇고 따라서 그 다방의 내부장치 비품 기분 기타가 역시 각각
그 부문의 인사의 취미와 기호에 적합하도록 되어 잇으므로 각부문의 예술
가들은 마치 자기집 사랑방이나 되는 듯 자주들 다니게 된다. 시하야 그 어
느 하나를 찾어가 보면 거기서는 적막(寂寞), 권태(倦怠), 우울(憂鬱)에 잠
긴 예술가(?)가 한잔 차를 앞에 노코 명상에 빠젓음인지 시각 가기를 기다림
인지 분변(分辨)키 어려운 망연한 자세로 앉아 잇음을 적어도 하나둘은 반
드시 보게 된다. 예술가와 다방! 그 무슨 인연인가. 구주(歐洲)에는 일즉이
살롱이 성하야 살롱문학을 산출한 때가 잇엇고 또 상징파 시인의 일군과 또
그 뒤에는 따따파가 카페를 본영(本營)으로 하야 기염을 토한 때가 잇엇다.
그러면 오늘날 '꼬십'의 교환소밖에 되지 않는 이 다방이란 존재도 장차 무
슨 신예술의 요람이 될 것인가. 다방예술 - 설사 이런 것이 나온다 할지라도
우리는 거기에 많은 것을 기대할 수 없다. 그것은 무료(無聊)에서 허우적이
는 낙오자의 푸념밖에 될 수 없을 것이므로써이다. 시대의 불안과 생활의 과
로가 너 나를 불문하고 다방의 한 구석으로 끌어감이 사실이지만 냉정하게
돌이켜보면 다방이란 결코 고마운 존재가 아님에는 틀림없다. 다방 경영하
는 예술가들도 산반(算盤)의 모독(冒瀆)에서 떠나 신성한 본업으로 돌아가

려니와 거기 모으는 신시대의 예술가들도 마땅히 다방을 뒤로 하고 가두로 나서야 할 것이다.[5]

이 글을 쓴 익명의 필자는 "시대의 불안과 생활의 과로가 너 나를 불문하고 다방의 한 구석으로 끌어감이 사실이지만 냉정하게 돌이켜보면 다방이란 결코 고마운 존재가 아님에는 틀림없다."라고 부정적 판단을 제시한다. 유럽의 살롱 문화와 같은 현상도 기대할 수 없다는 것이 이 논객의 견해다. 이상이 다방 '제비'의 문을 열게 된 것도 고상한 예술적 취향과는 관계가 없을 듯싶다. 그는 병으로 실직한 건축 기사에 불과하다. 이름난 문학가도 아니며 예술가로 알아주는 이가 있을 리 없다. 이상은 생업을 위해 새로운 사업을 구상하였고 그것이 다방 '제비'였던 것이다. 이 같은 상황에 대해서는 이상의 누이동생 김옥희의 다음과 같은 회고를 참조할 만하다.

종로 2가에 〈제비〉라는 다방을 내건 것은 배천온천에서 돌아온 그 해 6월의 일입니다. 금홍 언니와 동거하면서 집문서를 잡혀 시작한 것이 이 〈제비〉 다방이었습니다.

그런데 오빠가 집문서를 잡힐 때 집에서는 감쪽같이 몰랐다고 합니다. 도시 무슨 일이고 집안과는 의논이 없던 오빠인지라 집문서 잡힐 때라고 사전에 의논했을 리는 만무합니다만 설령 오빠가 다방을 내겠다고 부모님께 미리 말했다고 하더라도 응하시진 않았을 것입니다.

오빠는 늘 돈을 벌어보겠다고 마음먹은 모양이지만 막상 돈벌이에는 소질이 없었던 것 같습니다. 더구나 장사 그것도 다방 같은 물장사가 될 이치

5 「다방과 예술가」, 《동아일보》, 1935. 6. 6.

가 없습니다. 돈을 모르는 사람이 웬 물장사를 시작했는지조차 의심스러운 일입니다만 거기다가 밤낮으로 문학하는 친구들과 홀 안에 어울려 앉아서 무엇인가 소리 높이 지껄이고 있었으니 더구나 다방이 될 까닭이 없었습니다. (중략)

큰오빠가 다방을 경영할 즈음 나는 이따금 우리집 생활비를 얻으러 그곳으로 간 일이 있습니다. 오전 열한 시나 열두시 그런 시간이었는데 그때에야 부스스 일어난 방안은 언제나 형편없이 어지럽혀져 있었습니다. 지금도 그 방안이 기억에 선한데 그것은 방이라기보다 '우리'라고 할 정도로 그렇게 지저분하게 흩어져 있었습니다.

'저게 너의 언니니라.'고 눈짓으로만 일러줄 뿐 오빠는 금홍이 언니를 한 번도 제게 인사시켜 준 일이 없습니다. 그래서 저는 금홍이 언니와는 가까이서 말을 걸어본 일이 없습니다.[6]

이상이 개업한 다방 '제비'는 여동생 김옥희의 회고대로 집문서를 저당 잡혀 이루어 낸 사업이었지만 성공적인 '물장사'가 되지 못한다. 이상 자신도 '제비'의 운영에 크게 힘을 들이지 못했고, 금홍과의 불화로 인하여 다방 운영 자체가 점차 힘들게 된다. 종로 네거리에 인접하여 세간의 화제가 되었던 다방 '제비'는 2년을 제대로 넘기지 못한 채 문을 닫기에 이른다. 이러한 사실은 1935년 가을 잡지 《삼천리》의 취재 기사인 「서울 다방」(제7권 10호) 속에서 이미 그 이름을 찾을 수 없게 되었다는 데에서 확인된다. 이 기사를 보면 바로 한 해 전에 「끽다점평판기」에 등장했던 '뿌라탄', '낙랑 파라', '뽄 아미', '멕시코', '제비' 가운데 다방 '뿌라탄'과 이상이 운영하던 '제비'가 사라졌음을 확인할 수 있다. 이들

---

6 김옥희, 「오빠 이상」, 《신동아》, 1964. 12.

대신에 새로운 다방으로 인사동의 '삐너스', 명치정의 '에리자'와 '따이나', 남대문통의 '보스통', 그리고 관철동의 '백합원(百合園)' 등이 들어선 것을 보면 다방의 운영이라는 것이 당시 경성에서 그리 손쉬운 사업이 아니었음을 짐작할 수 있다.

이상의 다방 '제비'는 1935년 9월경에 문을 닫는다. 김옥희의 회고에 따르면 이상은 '제비'의 폐업 후에 인사동에 '스루(鶴)'라는 카페를 인수하였다가 손을 떼었고, 다시 종로에 '69'라는 다방을 설계하고는 개업도 하기 전에 남의 손에 넘긴다. 그리고 다시 명치정에 다방 '무기(麥)'를 열었지만 그도 또한 제대로 운영되지 못한다. 하지만 다방 '제비'는 1930년대 경성의 풍속 가운데 가장 '슬픈 이야기'로 박태원에 의해 기록된다. 박태원이 이상의 사후에 발표한 「유모어 콩트 다방 제비」(《조선일보》, 1939. 2. 22~23)를 보면 다방 '제비'는 그가 손수 그린 삽화와 함께 하나의 희화(戲畫)처럼 남아 있다. 이 글 가운데 담긴 이상의 어두운 삶의 내면이 지금도 짙게 배어 나오는 듯하다.

1

유모어 콩트라지만 그러나 이것은 슬픈 이야기다. 그도 그럴밖에 없는 것이 이것은 죽은 이상과 그이 찻집 〈제비〉의 이야기니까. 〈제비〉는 이를테면 이제까지 있었던 가장 슬픈 찻집이요 또한 이상은 말하자면 우리의 가장 슬픈 동무이었다.

2

〈제비〉 2층에는 광무소(鑛務所)가 잇섯다.
아니 그런 것이 아니다. 광무소 아래 〈제비〉는 잇섯다.

이것은 얼는 들어 가튼 말인 법하되 실제에 잇서 이러케 따지지 안흐면 안 된다.

웨 그런고 하면 그 빈약한 2층 건물은 그나마도 이상의 소유가 아니오 엄연히 광무소의 것으로 〈제비〉는 그 아래층을 세 어덧을뿐. 그 셋돈이나마 또박또박 치르지 못하여 이상은 주인에게 무수히 시달림을 밧고 내용증면의 서류우편 다음에 그는 마침내 그곳을 나오지 안흐면 안되엿던 것이니까ㅡ.

3

〈제비〉ㅡ 하야케 발라노흔 안 벽에는 실내장식이라고 도무지 이상의 자화상이 하나 걸려잇슬 뿐이었다.

그것이 어느날 황량한 벌판으로 변하엿다. 〈제비〉가 그렇게 변하엿다는 것이 아니라 그림말이지만 결국은 〈제비〉도 매 한가지다.

온 아무리 세월이 업느니 손님이 안오느니 하기로 그처럼 한산한 찻집이 또 잇슬까?

언제 가 보아도 손님이란 별로 업섯고 심부름하는 수영이란 녀석은 아직 열여섯 살이나 그박게 안된 놈이 때때로 그곳에 놀러오는 이웃 카페 여급을 상대로 손님 업는 점안에서 시시적거리고 낄낄거리고 그러는 것이엇다.

그래도 어째가다 찾는 손님이 잇스면 이 소년은 그리 친절할 것은 업서도 매우 신속하게 꼭 〈가배〉와 〈홍차〉만 팔앗다.

4

신속하게 〈가배〉와 〈홍차〉를 판다는 말에는 약간의 주해가 필요할지 모른다. 한때는 도무지 다른 찻집에서는 먹어볼래야 볼 수가 업는 인삼차라는 것을 팔기까지 한 〈제비〉엿지만 그것도 이를테면 한마당의 헛된 꿈이요 〈포노라디오나나오라〉를 팔아버리고 전화는 전화상에서 떼어가고 한 당시의 〈제비〉에서

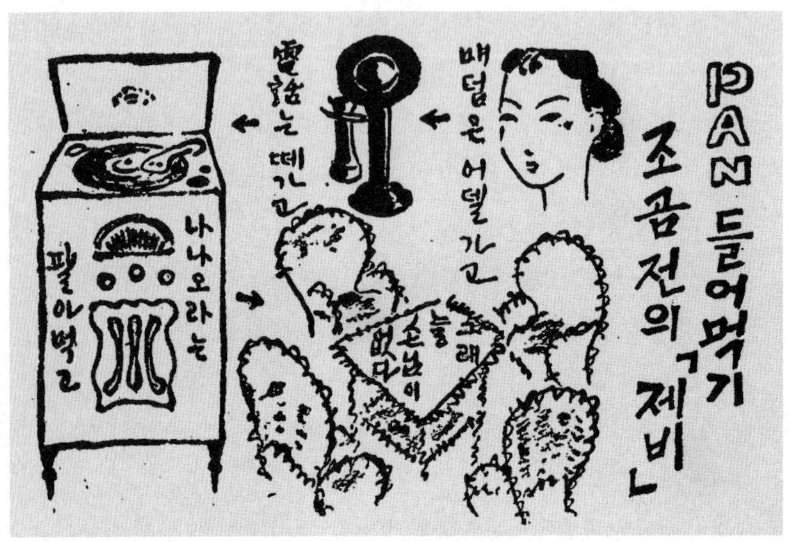

박태원 유모어 콩트 「다방 제비」의 삽화

이루 수십종의 음료와 주류를 준비하여 노코 대체 언제 올지도 알 수 업는
손님을 가다리고 잇는수도 업섯다.[7]

박태원이 그려 놓고 있는 다방 '제비'의 풍경은 어느 정도 희화화(戱
畫化)된 것이지만 그 실체를 크게 과장한 것 같지는 않다. 이런 식의 '물
장사'라면 까다로운 경성의 한량들에게 외면당할 것은 뻔한 이치다. 이
상은 다방 '제비'의 경영에서 2년을 견디지 못하고 완전히 실패한다. 그
리고 배천 온천에서 불러올려 함께 동거했던 기생 금홍과의 생활도 파
탄에 이르게 되는 것이다.

---

7 박태원, 「다방 제비」, 《조선일보》, 1939. 2. 22.

2. 소설 「봉별기(逢別記)」와 운명의 여인 금홍

이상의 삶과 문학 속에는 금홍이라는 여인이 한 자리를 차지한다. 이상의 삶에서 금홍과의 만남과 사랑과 이별은 거의 치명적이었다고 말할 수 있다. 왜 금홍이가 문제인가? 이 질문에 답하기 위해서는 이상이 자신의 소설 「봉별기(逢別記)」에서 그려 낸 금홍이라는 여인상을 먼저 확인하는 작업이 필요하다.

「봉별기」는 잡지 《여성》(1936. 12)에 발표된 작품이다. '나'라는 주인공은 스물셋의 나이에 결핵 요양을 위해 온천장에 갔다가 그곳 술집에서 '금홍'이라는 여인과 만난다. 두 사람은 서로 가까워진다. '나'는 온천장을 떠나 서울로 돌아온 후에 금홍을 서울로 불러올린다. 그리고 함께 살게 된다. 그러나 두 사람의 생활은 서로 조화를 이루지 못한다. 금홍은 몇 차례의 출분을 거듭하다가 결국은 가출한다. 그리고 이들은 서로 헤어진다. 이 작품에 등장하는 '나'는 경험적 자아로서의 작가 이상의 삶의 과정과 상당 부분 일치하며, '나'의 상대역인 금홍의 경우에도 이상이 한때 같이 살았던 실제의 인물이라는 점을 확인할 수 있다.

> 스물세살이오 — 三月이요 — 咯血이다. 여섯달 잘 길른수염을 하로 면도 칼로 다듬어 코밑에다만 나비만큼 남겨가지고 藥한제 지어들고 B라는 新開地 閒寂한 溫泉으로 갔다. 게서 나는 죽어도좋았다.
>
> 그렇나 이내 아즉 길을펴지못한 靑春이 藥탕관을붓들고늘어저서는 날 살리라고 보채는것은 어찌하는수가없다. 旅館 寒燈아래 밤이면 나는 늘 억울해했다.
>
> 사흘을못참고 기어 나는 旅館主人영감을앞장세워 밤에 長鼓소리나는

집으로 찾어갔다. 게서 맞난것이 錦紅이다.

「멫살인구?」

體大가비록 풋고초만하나 깡그라진게집이 제법 맛이 맵다. 열여섯 살? 많아야열아홉살이지하고있자니까

「스믈한살이예요」

「그럼 내 나인 멫살이나돼뵈지?」

「글세 마흔? 서른아홉?」

나는 그저 흥! 그래버렸다 그리고 팔짱을 떡 끼고앉아서는 더욱더욱 점 잖은체했다.

이 소설의 첫 단계에서 그려 내고 있는 '나'와 금홍의 만남의 장면이다. '나'는 병을 얻어 스물세 살의 나이가 되던 해 봄 조용한 온천장으로 요양을 떠난다. 그리고 온천장에서 뜻하지 않게도 한 여인을 만나게 된다. 그녀가 바로 금홍이다. '나'와 금홍의 만남은 예사로운 남녀의 만남과는 그 성격이 다르다. 금홍이가 여염집의 규수가 아니라 거리의 여인이었기 때문이다. 그러므로 이 만남의 과정 자체도 희화적으로 서술된다. 장난처럼 만나고 농(弄)처럼 이야기가 진전된다. '나'는 일종의 객기를 부리듯 금홍과의 비정상적 관계를 유지한다. 그리고 전혀 자기 내면의 심정적 반응을 드러내 보이지 않는다. 금홍이라는 여인의 존재 자체를 객관적인 거리에 놓고 그려 놓고 있을 뿐이다.

소설 「봉별기」의 둘째 장면에서는 '나'와 금홍의 동거 생활이 그려진다. '나'는 서울로 올라온 후에 금홍을 서울로 불러올린다. '나'는 금홍의 과거를 묻지 않기로 하고 함께 살게 된다. 두 사람의 동거 생활은 결혼을 하고 이루어지는 정상적인 부부 관계는 아니지만 사랑으로 이어진다. 금홍은 겨우 스물한 살이었지만 나이 서른이 넘은 것처럼 세상 물정

에 밝았고, '나'는 여남은 살을 먹은 아이처럼 그 밑에서 살아간다. 두 사
람의 모습은 절름발이의 형상처럼 부조화와 불균형으로 그려진다. 금홍
은 이러한 생활에 금방 흥미를 잃고 삶의 테두리를 벗어나는 일탈을 시
작한다.

> 錦紅이가 내 아내가되었으니까 우리內外는 참 사랑했다. 서로 지나간일
> 은묻지않기로하였다. 過去래야 내過去가 무엇있을까닭이없고 말하자면 내
> 가錦紅이過去를묻지않기로한約束이나다름없다.
>
> 錦紅이는 겨우 스물한살인데 서른한살먹은사람보다도 낳았다 서른한살
> 먹은사람보다도낳은錦紅이가 내눈에는 열일곱살먹은少女로만보이고 錦紅
> 이눈에 마흔살먹은사람으로보인나는 其實스물세살이요 게다가 주책이좀없
> 어서 똑 열아믄살먹은아이같다 우리內外는 이렇게 世上에도없이 絢亂하고
> 아기자기하였다.
>
> 부즐없는歲月이 ─
>
> ─年이 지나고 八月, 여름으로는 늦고가을로는 일른 그북새통에 ─
>
> 錦紅이에게는 예전生活에 對한鄕愁가왔다.
>
> 나는 밤이나낮이나 누어 잠만자니까 錦紅이에게對하야 심심하다. 그래서
> 錦紅이는 밖에나가 심심치않은 사람들을맞나 심심치않게놀고도라오는 ─
>
> 즉 錦紅이의狹착한 生活이 錦紅이의鄕愁를向하야 發展하고飛躍하기시
> 작하였다는데지나지않는이야기다.

이 소설의 이야기의 세 번째 단계는 '나'와 금홍의 관계가 갈등으로
치달으며 결국은 파국에 이르게 됨을 서술한다. '나'는 금홍이가 다른
사내들과 어울리며 밖으로 나도는 것을 알아차리고는 '천하의 여성은
다소간 매춘부의 요소를 품고 있다.'라고 생각한다. 그러고는 더 이상

금홍을 찾으려 하지 않고 금홍과의 생활을 모두 청산한 후 본가로 돌아온다. 소설 「봉별기」의 결말은 금홍이와의 이별과 그 후일담의 한 장면을 보여 준다. 그러나 이 장면은 새로운 이야기의 연결을 위한 것이 아니라 '나'와 금홍의 관계가 이미 끝났음을 확인하는 자리로 제시된다. 풍파에 시달리며 살아가는 금홍의 모습과 함께 새로운 삶을 설계하면서 동경행을 꿈꾸고 있는 '나'의 모습을 대비하고 있다.

이처럼 소설 「봉별기」는 비교적 간결하게 '나'와 금홍이의 관계를 서사화한다. 이 소설의 이야기에 등장하는 '나'와 '금홍'의 관계는 현실 속에서 이루어진 두 남녀의 관계와 상당 부분 일치한다. 그리고 부분적으로 희화화(戲畵化)된 여주인공 금홍이의 행동을 통해 실제 인물 금홍의 성격이 암시되고 있다. 하지만 이 소설에서 작중 화자를 겸하고 있는 남성 주인공은 결코 아내의 일탈과 부정을 원망하거나 증오하지 않는다. 모든 이야기는 절제된 감정으로 간략하게 서술되고 있을 뿐이다. 이 소설이 회고적 진술 방식에 의해 서사 내적인 모든 행동과 사건을 이야기하고 있다는 것은 주목을 요한다. 서사에서 회고적 진술 방식은 언제나 서술자의 자기 내면에 대한 섬세한 분석을 가능하게 한다. 회고적 진술을 통해 이미 지나 버린 일들을 현재의 상황 속으로 끌어들여 다시 논의할 수 있기 때문이다. 그런데 이 소설에서 회고적 진술은 자기 분석을 대담하게 생략한 채 만남과 헤어짐의 과정을 간결하게 서술한다. 자신의 과거 행적을 한 여인과의 관계를 통해 보여 주고 있는 것임에도 불구하고 서술적 주체이기도 한 '나'는 철저하게 자기 내면을 감춘다. 그리고 어떤 감정적 굴곡도 드러내지 않고 담담하게 그 정황을 간략하게 서술한다. 그러므로 소설 「봉별기」는 전형적인 고백체로 발전하지 않는다. 간결한 문장, 서술적 주체의 감정에 대한 절제, 담담하게 전개되는 사건 등은 모두 서사적 상황과의 거리 두기를 위해 적절하게 고안된다.

인간의 인연으로 만났다가 서로 헤어지게 되는 여인과의 삶에 묻어나는 고통과 회한을 담백하게 서술하고 있을 뿐이다.

　소설 「봉별기」에서 그려 내고 있는 '나'와 '금홍'과의 만남은 「오감도 시제7호」에서 특이한 시적 모티프로 등장한 적이 있다. 서사를 위한 객관적 진술이 중심을 이루고 있는 「봉별기」의 경우와는 달리 이 시는 남녀의 만남과 거기서 이루어지는 애정의 갈등 문제를 회한의 정서로 표현하고 있다. 「오감도 시제7호」의 텍스트는 '나'라는 시적 화자의 목소리로 이루어진다. 그런데 시적 언어의 표현 방식이 특이하다. 명사 구문의 한문 투 어구들을 병렬적으로 배열해 놓고 있기 때문이다. 이 시에서 "구원적거(久遠謫居)의 지(地)의 일지(一枝)"에서부터 "나는 근근(僅僅)히 차대(遮戴)하였더라"까지는 시적 의미의 전반부에 해당한다. '나'라는 시적 화자가 먼 유적(流謫)의 땅에서 한 여인을 만나 그녀에게 빠져 지내는 장면이 그려진다. 이 장면은 물론 소설 「봉별기」에서 하나의 장난처럼 그려진 '나'와 '금홍'의 만남과 그대로 일치한다. 이 시의 후반부는 한 여인과의 만남 이후에 1년 4개월 동안 겪게 된 정신적 고통과 좌절을 그려 낸다. 특히 병마와 싸우는 과정에서 정신과 육체를 함께 탕진하고 있는 '나'의 괴로운 모습을 그려 놓고 있다.

久遠謫居의地의一枝·一枝에피는顯花·特異한四月의花草·三十輪·三十輪에前後되는兩側의 明鏡·萌芽와갓치戲戲하는地平을向하야금시금시落魄하는滿月·淸澗의氣가운데 滿身瘡痍의滿月이劓刑當하야渾淪하는·謫居의地를貫流하는一封家信·나는僅僅히遮戴하얏드라·濛濛한月芽·靜謐을蓋掩하는大氣圈의遙遠·巨大한困憊가운데의一年四月의空洞·槃散顚倒하는星座와 星座의千裂된死胡同을 跑逃하는巨大한風雪·降霾·血紅으로染色된岩鹽의粉碎·나의腦를避雷針삼아 沈下搬過되는光彩淋漓한亡骸·나는塔配하

는毒蛇와가치 地平에植樹되어다시는起動할수업섯드라·天亮이올때까지[8]

　이 시에서 첫 구절에 해당하는 "구원적거(久遠謫居)의 지(地)"는 글자 그대로 해석할 경우 아주 먼 귀양살이 땅을 말한다. 이 대목을 이상 자신의 사적 경험과 연결시켜 본다면 스물세 살의 나이로 결핵에 걸려 직장을 그만두고 '배천 온천'으로 요양을 떠났던 일을 떠올리게 된다. 그런데 그 요양지에서 '나'는 한 여인을 만난다. "일지(一枝)에 피는 현화(顯花)·특이(特異)한 사월(四月)의 화초(花草)"가 이를 암시한다. 소년의 객기를 억누르지 못하고 거리의 꽃을 한 송이 꺾어 든 셈이다. 이 만남은 거의 한 달을 가까이 지속된다. "삼십륜(三十輪)에 전후(前後)되는 양측(兩側)의 명경(明鏡)"이란 30일 정도(약 한 달)를 요양지에서 여인과 맞대고 지냈던 기간을 암시한다. 그러나 이 만남은 결코 행복한 것은 아니다. "맹아(萌芽)와 같이 희희(戱戱)하는 지평(地平)을 향(向)하여 금시금시 낙백(落魄)하는 만월(滿月)"이라는 표현에서 이를 확인할 수 있다. 소년의 객기 어린 장난처럼 시작된 이 만남은 시적 주체인 '나'를 환락의 구덩이로 몰아가면서 절망에서 벗어날 수 없도록 만든다. '나'는 "만신창이(滿身瘡痍)"가 되어 마치 의형(劓刑, 코를 베는 형벌)을 당한 것처럼 낯을 들 수 없을 정도로 크게 체면을 잃게 된다. 그때 집에서 보내 온 한 통의 편지를 간신히 받게 된다.

　이 시의 후반부는 여인과의 만남 이후 1년 4개월의 기간 동안 겪어야 했던 정신적 좌절과 고통을 그려 낸다. '나'는 스스로 자초한 막다른 골목 "사호동(死胡同)"을 피하지 못하고 방황한다. 견디기 어려운 외부적 현실의 고통은 "거대(巨大)한 풍설(風雪)과 강매(降霾)"라는 말로 암시하

8　권영민 편, 『이상 전집 1 시』, 뿔, 2009, 61면.

고, 병으로 인한 육체적 고통은 "혈홍(血紅)으로 염색(染色)된 암염(岩鹽)의 분쇄(粉碎)·나의 뇌(腦)를 피뢰침(避雷針) 삼아 침하반과(沈下搬過)되는 광채(光彩) 임리(淋漓)한 망해(亡骸)"라는 구절로 표현하고 있다. 이러한 고통의 상황에서 '나'는 마치 탑 속에 갇힌 뱀처럼 꼼짝도 못하는 신세가 되어 하늘이 다시 밝아질 때를 기다릴 수밖에 없게 된다. 이 시에서 자기모멸과 회한의 정서는 낯선 한문 구절의 기표 속에 감춰진다.

3. 사랑의 배반 혹은 이별

이상은 시 「·소·영·위·제·(·素·榮·爲·題·)」(《中央》, 1934. 9)를 통해 여인과의 사랑과 그 배반에 대한 비통한 심정을 애절한 어조로 노래하고 있다. 이 작품에서 시적 화자인 '나'는 그 상대가 되는 여인을 '너'라고 지칭한다. 그러므로 자연스럽게 시적 진술 내용은 '너'에게 향하는 '나'의 말을 그대로 옮긴다. 여기서 '너'는 '나'의 사랑의 대상이었음을 쉽게 알 수 있다. 그러나 '나'의 사랑이 순탄하지는 않다. 아니 순탄하지 않은 것이 아니라 숨이 막힐 정도다. 사랑한다는 것, 그리고 그 사랑의 믿음을 잃어버린다는 것. 이 심경의 격동과 그 고통을 억제하며 내뱉은 말은 단 한 번의 호흡도 용납하지 않고 길게 한 개의 문장으로 이어지고 있는 것이다.

1

달빛속에있는네얼굴앞에서내얼굴은한장얇은皮膚가되

어너를칭찬하는내말씀이發音하지아니하고미닫이를간

지르는한숨처럼冬柏꽃밭내음새지니고있는네머리털속
으로기어들면서모심드키내설움을하나하나심어가네나

2

진흙밭헤매일적에네구두뒤축이눌러놓은자국에비내려
가득괴었으니이는온갖네거짓말네弄談에한없이고단한
이설움을哭으로울기전에따에놓아하늘에부어놓는내억
울한술잔네발자국이진흙밭을헤매이며헤뜨려놓음이냐

3

달빛이내등에묻은거적자국에앉으면내그림자에는실고
추같은피가아물거리고대신血管에는달빛에놀래인冷水
가방울방울젖기로니너는내벽돌을씹어삼킨원통하게배
고파이지러진헝겊心臟을들여다보면서魚항이라하느냐[9]

「·소·영·위·제·」의 텍스트는 전체 3연으로 구분된다. 통사적
으로 각 연이 한 개의 문장으로 이루어져 있으며, 그 문장의 길이를 동
일하게 맞춰 놓고 있다. 각 연이 모두 똑같이 24음절의 4행으로 배열된
'96' 음절로 짜 맞춰진 것은 그대로 넘길 수 있는 일이 아니다. 이것을
우연하게 이루어진 일이라고 할 수 있을까? 아주 세심하게 그리고 절묘
하게 그 길이를 맞추고 의도적으로 글자 수를 따지지 않고서는 이런 일

---

9   권영민 편, 『이상 전집 1 시』, 뿔, 2009, 88면.

이 가능할 수 없다. 아흔 여섯 개의 글자, 그 글자를 띄어쓰기 없이 조합하여 끊이지 않게 이어진 말, 그리고 그것이 연출하는 내면의 풍경 ― 여기서 '96'이라는 숫자는 범상하지 않다. 이 숫자가 지시하는 기호적 의미는 타이포그래피적 공간(typographic space) 안에서만 작동한다. 96개의 글자들이 만들어 낸 공간이 시인의 내면에 현존하는 복잡한 심정의 갈등을 기호적으로 엮어 낸다. 그리고 이 공간 속에서 빚어내는 이야기가 심적 통곡의 등가물이 된다. 그러므로 이 시를 일상적인 텍스트로만 읽어 나가는 사람들의 눈에는 이 새로운 공간이 눈에 띄지 않는다. 특히 이상의 개인사(個人史)를 떠나서는 '96'이라는 숫자가 이해되기 어렵다.

'96'이라는 것은 무엇을 말하기 위한 숫자인가? 1935년 초가을 이상은 다방 '제비'의 문을 닫는다. 그리고 '69'라는 숫자로 이름을 붙인 다방을 새로 연다. 이 대목을 시인 고은은 『이상 평전』에서 이렇게 설명한다.

1935년의 「스루(鶴)」의 폐업을 이어서 이번에는 다방 경영에 손을 댔다. 그것이 종로 1가의 해괴한 다방 「69」의 신장개업이었다. 아무리 전위적인 엽기 취미를 가진 이상이지만 이 나라의 개화기가 아직 완결되지 않은 연대기 사회에서 69라는 성태는 충격적이었다. 그런 이름을 붙인 이상의 단말마(斷末魔) 사업은 그러나 그의 의도에 유순하게 따라가지 않고 두번째의 다방조차 그의 파산을 재촉하였다.[10]

카페 '69'가 남녀의 섹스의 양태를 기호적으로 형상화한 것이라는 설

---

10   고은, 『이상 평전』, 민음사, 1974, 294면.

명은 설득력이 있다. 그러나 다방 '69'는 그 옥호가 드러내는 기호적 의미의 '불순함'으로 인하여 소문만 풍성하게 남긴 채 더 이상 유지되지 못한다. 두 달 정도 운영되던 '69'도 문을 닫는다. 이상의 시 「‧소‧영‧위‧제‧」는 바로 이 다방 '69'의 숫자와 어떤 연관성을 지닌 것으로 생각된다. 이 작품의 각 연을 구성하는 글자의 수(음절 수)에 해당하는 '96'이라는 숫자는 다방 '69'의 숫자와는 반대의 형상을 보여 준다. '69'라는 숫자가 '남녀의 성적 교합'을 의미한다고 쑥덕거리지 않았던가? 그렇다면 '96'이라는 숫자는 어떤가? 이 숫자의 기호적 형상은 '남녀의 성적 교합 상태'를 암시하는 것이 아니라 그 반대의 상황을 드러낸다. '남녀가 서로 등을 돌린 상태'가 아닌가?

시 「‧소‧영‧위‧제‧」는 정확하게 96개의 글자로 구성된 3연의 형태를 보여 준다. 여기서 시적 텍스트의 구성에 동원된 글자의 수와 그 기호적 의미를 더 이상 물고 들어가는 것은 무의미하다. 그럼에도 이를 따지는 것은 이상의 시적 상상력이 고도의 기교를 자랑하는 '글자 놀이'와 결합되어 있는 경우가 많다는 것을 보이기 위해서이다. 「‧소‧영‧위‧제‧」는 결국 이 작품의 텍스트를 구성하고 있는 글자 수 '96'이 기호화하고 있는 그대로 '결별'의 의미를 서정적으로 표출한다. 그리고 제목에 표시된 '소영(素榮)'이라는 말의 의미를 헤아린다면 이것이 '헛된 사랑을 위한 시'임을 알 수 있다.

제1연에서 그려 내고 있는 시적 정황을 보자. 달빛 아래 시적 화자인 '나'와 그 대상이 되고 있는 '너'의 형상이 드러난다. '너'의 아름다운 모습은 "동백꽃밭 내음새 지니고 있는 네 머리털"이라는 대목에서 감각의 극치를 보여 준다. 그러나 '나'는 그 아름다움을 칭찬하는 말을 한 마디도 하지 못한다. '나'에게는 그 사랑만큼 시름이 커진다. 첫 구절에서 "달빛에 비치는 너의 얼굴"의 희고 차가움이 "얇은 한 장의 피부가 된

나의 얼굴"을 통해 암시되는 부끄러움의 심정에 대응한다. '너'에 대하여 칭찬하는 말 대신에 '나'의 말 속에 한숨이 서려 있다. 이 한숨은 '나'와 '너' 사이에 놓인 미닫이를 사이에 둔 바로 그 거리감에서 비롯된다. 그러면서도 동백(冬柏) 기름 곱게 바르고 있는 '너'의 머리칼 하나하나를 마음속으로 헤면서 마치 모를 심듯이 그렇게 숱한 설움을 그 머리칼만큼 심어 놓는다. '나'의 설움이 그렇게 쌓이고 쌓였음을 어찌하랴.

제2연에서는 '너'의 방탕한 행동(진흙 밭을 헤매는)과 거짓말과 헛소리에 지쳐 버린 '나'의 서러움을 노래한다. 배반의 사랑을 앞에 둔 사내의 설움이라는 것. 그것은 '너'의 발자국에 고이는 빗물이 되고, 서러움을 곡으로 울기 전에 땅에 놓아 부어 놓은 '나'의 억울한 술잔이 된다. 진흙 밭을 헤매는 발자국 — 이 대목은 고시가 가운데 유명한 「정읍사(井邑詞)」의 한 구절을 연상케 한다. 현존하는 유일한 백제가요. 행상 떠난 남편이 돌아오지 않자 이를 염려하는 아내는 절창의 가락을 이렇게 노래한다. "달하 노피곰 도다샤 / 어긔야 머리곰 비취오시라 / 어긔야 어강됴리 아으 다롱디리 / 져재 녀러신고요 / 어긔야 즌대를 드디욜셰라 / 어긔야 어강됴리 / 어느이다 노코시라 / 어긔야 내 가논디 졈그랄셰라 / 어긔야 어강됴리 아으 다롱디리."(『악학궤범(樂學軌範)』) 이 노래에서 "어긔야 즌대를 드디욜셰라"라는 구절이 그대로 "진흙밭헤매일적"이라는 대목과 일치한다. 다만 사내가 아니라 여인이라는 점이 다를 뿐.

제3연은 '너'에 대한 '나'의 열정이 식어 버렸음을 고백하는 것으로 끝난다. 사랑을 잃어버린 '나'의 초라한 형상이 여기서 섬세한 감각으로 묘사된다. 달빛을 향하여 서 있는 '너'와는 달리 '나'는 달빛을 등지고 서 있다. "거적자욱"이라는 말이 암시하는 초라한 뒷모습이라든지, "실고추 같은 피"라든지 "달빛에 놀래인 냉수" 등의 표현이 인상적이다. 그림자 속에 어리는 가느다란 혈관, 그리고 차디찬 이슬방울이 그 혈관에

방울지고 있음을 말하고 있는 것은 '나'의 열정이 이미 식었음을 암시한다. 이러한 '나'의 심사를 전혀 이해하지 못하고 있는 '너'의 모습은 이 작품의 마지막 대목에서 "이지러진 헝겊 심장을 들여다보면서 어항이라 하느냐"라는 물음을 통해 더욱 분명하게 드러난다.

시 「·소·영·위·제·」에 드러나 있는 내면적 정서를 시인 이상의 자의식의 반영이라고 보는 것은 전혀 어색하지 않다. 사랑의 배반에 대한 한 사내의 회한과 통곡이라고 할 만하다. 그러나 떠나가는 여인을 향한 사내의 울음이므로, 소리 없이 고통스럽게 울어야 한다. 이러한 울음의 시가 아니고서는 그 사연이 그토록 아플 수가 없다. 과연 여자란 무엇인가? 이 천고의 의문을 놓고 이상은 끝없이 고뇌한다. 그가 써낸 여러 편의 소설은 사실 이 질문에 대한 나름대로의 해답을 서사의 문법으로 풀어낸다. 하지만 여자는 소설의 이야기만으로는 부족하다. 그는 끝내 스스로 만족할 만한 대답에 이르지 못한 채 소설 「종생기」를 마감하지 않았던가?

이상의 시 가운데에는 '아내의 가출'이라는 구체적인 모티프를 바탕으로 하고 있는 「지비(紙碑)」라는 작품이 있다. 시 「지비」에는 '어디 갓는지 모르는 안해'라는 부제가 붙은 채 1936년 1월 종합지 《중앙》에 발표된다.

○ 紙碑 一

안해는 아츰이면 外出한다 그날에 該當한 한男子를 소기려가는것이다 順序야 밧귀어도 하로에한男子以上은 待遇하지안는다고 안해는말한다 오늘이야말로 정말도라오지안으려나보다하고 내가 完全히 絶望하고나면 化粧은 잇고 人相은없는얼골로 안해는 形容처럼 簡單히돌아온다 나는 물어보면 안

해는 모도率直히 이야기한다 나는 안해의日記에 萬一 안해가나를 소기려들
었을때 함즉한速記를 男便된資格밖에서 敏捷하게代書한다

○ 紙碑 二

안해는 정말 鳥類엿든가보다 안해가 그러케 瘦瘠하고 거벼워젓는데도 나르
지못한것은 그손까락에 낑기윗던 반지때문이다 午後에는 늘 粉을바를때 壁
한겹걸러서 나는 鳥籠을 느낀다 얼마안가서 없어질때까지 그 파르스레한주
둥이로 한번도 쌀알을 쪼으려들지안앗다 또 가끔 미다지를열고 蒼空을 처
다보면서도 고흔목소리로 지저귀려들지안앗다 안해는 날를줄과 죽을줄이
나 알앗지 地上에 발자죽을 남기지안앗다 秘密한발을 늘보선신ㅅ고 남에게
안보이다가 어느날 정말 안해는 업서젓다 그제야 처음房안에 鳥糞내음새가
풍기고 날개퍼덕이든 傷處가 도배우에 은근하다 헤트러진 깃부스러기를 쓸
어모으면서 나는 世上에도 이상스러운것을어덧다 散彈 아아안해는 鳥類이
면서 염체 닷과같은쇠를 삼켯드라그리고 주저안젓섯드라 散彈은 녹슬엇고
솜털내음새도 나고 千斤무게드라 아아

○ 紙碑 三

이房에는 門牌가업다 개는이번에는 저쪽을 向하야짓는다 嘲笑와같이 안해의
버서노흔 버선이 나같은空腹을 表情하면서 곧걸어갈것갓다 나는 이房을 첩첩
이다치고 出他한다 그제야 개는 이쪽을向하여 마즈막으로 슬프게 짓는다

앞의 인용에서 볼 수 있듯이 이 작품의 텍스트는 '지비(紙碑) 1', '지
비 2', '지비 3'으로 구분되어 있다. 하지만 이 세 부분이 하나의 의미 내

용으로 이어지기 때문에 각각의 부분을 독립된 작품으로 구분할 필요는 없을 것이다. 전체 작품 텍스트의 제1연, 제2연, 제3연에 해당하는 것으로 보는 것이 자연스럽다.

이 시는 '나'와 '아내'의 부조화와 그 결별의 과정에서 느끼게 된 괴로움을 담담하게 서술하고 있다. 제1연은 아내의 잦은 외출과 그것을 지켜보는 '나'의 심정을 그린다. 아내는 자신이 유부녀라는 사실을 숨긴 채 다른 남자와 만나고 있다. 나는 그것을 알면서도 아내의 거짓된 행동을 지켜볼 뿐이다. 그리고 오히려 아내가 외출한 후 귀가가 늦어지는 경우 혹시 아내가 아주 돌아오지 않으면 어쩌나 초조한 마음으로 절망감에 빠져든다. 아내는 짙은 화장 아래 본래의 얼굴 표정을 모두 감추고 집에 돌아온다. 아내는 늦은 귀가에도 불구하고 화장에 가려진 모습대로 아무런 거리낌을 드러내지 않는다. '나'는 아내가 들려주는 말 가운데 혹시 자신의 일기에만 몰래 기록하고 '나'에게는 속이려 드는 내용이 있는지를 생각하면서 마음속에 재빠르게 새겨 둘 뿐이다.

제2연은 아내의 가출을 새장에서 탈출한 한 마리의 새로 비유하고 있다. 아내는 마치 조롱 속에 갇힌 한 마리 새처럼 날아가지 못한다. '나'는 그 이유가 아내의 손가락에 끼워진 '반지' 때문이라고 생각한다. 여기서 '반지'는 '결혼 또는 약혼'이라는 사회적 제도의 굴레를 상징한다. '나'는 아내가 자신의 방에서 화장을 할 때 그 방이 아내를 가두고 있는 '조롱(새장)'이라고 생각한다. 아내는 한동안 집에서 식사를 하지 않고 집을 나가기 전 얼마 동안 '나'에게 아무 말도 하지 않는다. 그러고는 아무런 족적도 남기지 않고 집을 나가 버린다. 아내가 방에 벗어 놓은 '버선'은 아내의 가출을 상징한다. '나'는 아내가 떠난 후에야 그녀가 남겨 놓은 체취와 흔적을 느낀다. 그리고 아내가 몹시도 고통스럽게 지냈다는 사실을 알아차린다. 아내가 당했던 상처의 흔적도 발견한다. 아내는 가정이라는 테두리 안에서 일상에 닻을 내리고 살아 보고자 했지만 결국은 모든 것을 버리고 떠난 것이다.

제3연은 아내가 떠나 버린 후 텅 빈 방 안을 그려 놓는다. 이 방은 '나'와 아내가 함께 지내 온 삶의 공간이다. 그러나 이제는 문패가 없는 것처럼 그 주인이 없다. 여기서 "개가 짖는다."는 것은 세상 사람들의 손가락질과 수군대는 말들을 비유적으로 표현한다. 그리고 집을 나가 버린 아내에 대한 나쁜 소문들이 나돌기 시작한다. '나'는 결국 아내와의 모든 생활을 청산할 수밖에 없게 된다. "이쪽을 향하여 짖는 개"는 '나'를 흉보기도 하고 측은하게 여겨 동정하기도 하는 사람들의 말을 뜻하는 것이라고 할 수 있다.

시 「지비」에서 아내는 날개를 달고 새장 바깥 세상으로 날아가 버린다. 새장처럼 갇혀 있던 가정이라는 울타리 안에서 아내는 끊임없이 탈출을 꿈꾸어 왔던 것이다. 이것을 놓고 아내로서의 역할을 저버린 부도덕한 행동으로 치부한다면 지나치게 단순한 사회 윤리적 기준에 매달리는 것이 된다. 남녀의 이별이란 그 이유가 무엇이든지 간에 언제나 고통스럽고 괴로운 일일 수밖에 없다. 그리고 그것이 허구가 아니라 실제의 체험이라면 어떠하겠는가?

4. '금홍'이라는 인간형 혹은 팜 파탈(femme fatale)

이상의 짧은 생애는 삶의 모든 가능성을 보여 주는 극적인 요소가 강하다. 그의 개인적인 행적과 문단 활동은 객관적으로 서술되기보다는 오히려 과장되거나 신비화되고 있다. 특히 그의 특이한 행적과 여성 편력은 모두 일종의 일화처럼 널리 이야기되면서 새로운 호기심을 불러일으킨다. 더구나 이상의 문학 텍스트 자체도 이러한 삶의 특징과 결부되어 해석되고 있는 경우가 허다하다. 실제로 기왕의 이상 연구 가운데에는 작품 내적인 요소들을 경험적 자아로서의 작가 이상의 실제적인 삶과 대비하고 있는 사례가 많다. 이상의 소설 「날개」, 「동해」, 「지주회시」, 「종생기」 등에 등장하는 '나'라는 일인칭 주인공은 곧바로 작가 이상으로 규정되고, 여성 주인공은 대체로 실제의 인물인 '금홍'이라든지 '변동림'으로 이해되곤 한다. 작가의 의식과 작중 인물의 성격과의 거리를 전혀 고려하지 않은 이러한 접근 태도는 결국 소설 속의 모든 이야기를 작가의 이야기로 읽어 버리는 오류를 초래한다. 그러므로 사적 경험을 바탕으로 엮어 내는 신변적인 이야기들을 통해 작가가 의도했던 실재성에 대한 환상 자체는 거의 무시당해 버린다. 시와 소설이라는 작품 텍스트의 공간을 모두 다시 작가의 경험적 현실로 귀착시켜 버림으로써 그 상상력의 가능성을 제거하고 있는 셈이다.

이상 문학에서 개인사적 경험으로 중시되고 있는 결핵이라는 병력(病歷)과 복잡하게 얽혀 있는 여성 관계는 그의 시와 소설 작품 속에서 중요한 문학적 모티프로 변용되어 나타난다. 결핵이라는 병환의 경험을 통해 이상은 육체의 훼손과 그 고통을 고도의 비유와 상징으로 그려 내기도 하지만 인간 육체의 물질성에 대한 새로운 인식에 도달한다. 이상은 자신이 겪었던 여성과의 관계를 바탕으로 도시적 개인의 삶에서 중요한 위치를 차지하게 되는 새로운 성(性)의 윤리와 그 문제성을 여러 가지 유형으로 서사화하여 표현한다. 그는 결혼과 가정이라는 사회적 제도 속에 감춰져 있는 성과 그 욕망을 그대로 노출시킴으로써 일상의 중심에 자리하고 있는 성의 문제성을 부각시킨다. 그리고 남성과 여성에게 사회적으로 부여하고 있는 성 역할을 전복시킴으로써 궁극적으로 욕망의 해체를 꿈꾼다.

이상은 그의 소설 속에서 부조화를 드러내는 남녀 관계의 파탄을 여러 가지 방식으로 그려 낸다.「날개」와「실화」의 경우는 함께 살고 있는 남녀의 관계가 조화롭지 못하다. 두 남녀가 공유하고 있는 생활의 공간에는 애정과 신뢰 대신에 의심과 불화가 넘쳐난다. 그런데 이 부조화의 공간으로부터 탈출을 욕망하는 것이 남성 주인공인 '나'이다.「날개」속의 '나'는 '날개'를 달고 허공으로 날아올라 가고자 하고「실화」속의 주인공 '나'는 동경으로의 탈출을 감행한다.「지주회시」에서는 남녀 주인공이 두 마리의 '거미'가 되어 착취 사회를 주도하고 있는 '돼지들'을 조소하면서 서로 뜯어먹고 사는 모습을 환멸적으로 그려 놓는다.「동해」와「종생기」의 경우에는 남녀 주인공이 동거하는 관계는 아니다. 이 작품에 등장하는 남성 주인공은 여성 주인공이 보여 주는 행동의 이중성을 통해 남녀의 사랑이라는 것에 대한 불신을 드러낸다. 그러므로 이 작품에서는 남녀의 애정 갈등이 여성의 사랑에 대한 본질적인 회의로 표출되고 패러디의 방식으로 희화화되기도 한다. 이들 작품 어디에도 사랑의 의미가 존재하지 않는다.

그런데「봉별기」의 경우는 앞의 소설들과는 다른 방식으로 남녀 주인공을 그려 낸다. 이 소설의 이야기는 '금홍'이라는 고유 명사를 통해 지칭하고 있는 여성 주인공과의 만남과 파탄의 과정으로 요약된다. 특히 두 남녀의 관계는 간결한 문장을 통해 직설적으로 서술되고 있다. 이 소설에서 작중 화자를 겸하고 있는 남성 주인공은 결코 아내의 일탈과 부정을 원망하거나 증오하지 않는다. 모든 이야기는 절제된 감정으로 간략하게 서술되고 있을 뿐이다. 남성 주인공인 '나'는 자신의 과거 행적을 한 여인과의 관계를 통해 보여 주고 있는 것임에도 불구하고 서술적 주체로서의 자기 내면을 철저하게 감춘다. 그리고 어떤 감정적 굴곡도 드러내지 않고 담담하게 그 정황을 간략하게 서술한다. 이러한 서사

적 전략이 소설 「봉별기」의 이야기를 사랑의 실패라는 고통스러운 체험
에 대한 고백으로 읽도록 유도하는 것이 아닌가 생각된다.

소설 「봉별기」 속의 '금홍'이라는 여인은 이상 자신의 사적 체험 영
역에서 자신을 버리고 떠나 버린 여인이라는 특이한 모티프로 변용되
어 문학적 형상성을 획득한다. 이상이 시적 텍스트들을 통해 구축하고
있는 공간 속에서 '떠나 버린 여인'이라는 모티프는 하나의 원형적 패턴
처럼 자리한다. 그리고 이것은 남성과 그 속박으로부터 벗어나고자 하
는 여성적 본능을 암시하기도 하고 부조화의 관계 속에서 파탄에 이르
는 남녀 관계로 발전한다. 그러므로 이상이 사랑한 여인 금홍에 대해서
는 어떤 하나의 기준으로 설명하기가 불가능하다. 이 여인은 이상의 삶
에서는 치명적이었던 것이 사실이다. 배천 온천의 기생 금홍에게는 이
상이라는 인물이 그녀를 거쳐 간 많은 사내 가운데 하나였을 가능성이
크다. 그러나 숫된 도회의 청년 이상에게는 욕망의 대상으로서의 첫 여
성이었음을 확인할 수 있다. 그러므로 이 두 사람의 만남은 운명적인 것
이 될 수밖에 없다. 여기서 '운명적'이라는 말은 피할 수 없는 필연적인
굴레를 뜻하는 것이 아니라 그 시초와 결말이 당연히 그렇게 짜일 수밖
에 없음을 뜻하는 말이다. 금홍이라는 여인의 실체를 놓고 본다면 이상
과 금홍의 관계는 그녀가 스스로 원하든 원하지 않든 간에 그 파탄을 예
비하고 있었던 것이다. 그런 의미에서 금홍이라는 여성은 하나의 '팜 파
탈(femme fatale)'에 해당한다. 배천 온천의 술집 기생에 불과하던 이 여
성은 이상이라는 한 남성을 자신의 품안에서 벗어날 수 없게 만든 특이
한 매력의 소유자였고, 이상이 보유하고 있는 이지와 정서를 모두 압도
하는 강인한 성격의 소유자였던 것이다. 이상이 「·소·영·위·제·」,
「지비」 등에서 그려 낸 운명적 여인상이 금홍이의 맨얼굴로 비춰지는
까닭이 여기 있다.

12 이상의 그림,
두 개의 자화상과 삽화들

— 이상의 그림은 무엇을 보여 주고 있는가?

오빠는 또 어릴 때부터 그림을 매우 잘 그렸습니다. 무엇이든지 예사로 보아 넘기는 일이 없는 그는 밤을 새워 무엇인가를 골똘히 생각하고 그것을 종이에 옮겨 써보고, 그려보고 하는 것이 버릇처럼 되었더라고 합니다. 열 살 때인가 당시 '칼표'라는 담배가 있었는데, 그 껍질에 그려져 있는 도안을 어떻게나 잘 옮겨 그렸는지 오래도록 어머니가 간직해 두었다고 합니다. 고보를 나오자 그해에 경성고공(京城高工) 건축과(建築科)에 입학한 것은 아마 큰아버지의 영향을 받은 것이 아닌가 생각됩니다. 오빠 나이 스무 살이 되던 1929년에 고공을 졸업하고 그해 4월에 총독부 내무국 건축과 기수로 근무하게 되었습니다. 그해 12월인가 《조선과 건축(朝鮮と建築)》지의 표지도안현상(表紙圖案懸賞)에 1등과 3등으로 당선된 것으로만 보아도 그 사이의 큰오빠의 의욕을 짐작할 수가 있습니다. 그 이듬해인 1931년부터 시작(詩作)을 발표하기 시작했고 또 그해에 오빠의 그림 「초상화」가 선전에 입선되었습니다. ― 김옥희, 「오빠 이상」

이상이 화가를 꿈꾸며 그렸던 그림 몇 편이 남아 있다. 그 가운데 흥미로운 것이 그의 자화상(自畵像)이다. 자신의 붓끝으로 자기 얼굴을 그려 내는 이 특별한 형식의 그림은 그리 단순하게 이루어지는 것은 아니다. 자신의 얼굴은 자기 눈으로 직접 들여다볼 수가 없다. 거울을 통하여 비춰진 영상을 통해서만 간접적으로 인지할 수 있을 뿐이다. 거울 속의 얼굴 모습은 사실적 형상의 입체성을 제대로 드러내지 못한다. 거울은 모든 것을 평면적 영상으로 재현하기 때문에, 거울을 통해 보이는 코의 높이도, 눈의 깊이도 제대로 가늠하기 어렵다. 그러나 사람들은 누구나 거울을 보면서 자기 얼굴 모습에 관심을 기울이고 거기에 집착한다. 자기 얼굴을 그리는 작업은 초상화(肖像畵)의 사실주의와는 상당한 거리가 있다. 자기가 특히 관심을 기울이고 있는 부분이 더욱 강조되고 관심을 두지 않고 있는 부분은 소홀하게 취급되기 일쑤다. 그러므로 자화상은 자기 집착을 드러내는 욕망의 기표로도 읽힌다.

이상에게 있어서 미술이란 무엇인가? 그는 진정으로 화가를 꿈꾸었을까? 그가 그려 놓은 그림들은 어떤 형태로 남아 있는가?

1. 화가를 꿈꾸던 시절

이상의 경성고등공업학교 졸업 기념 사진첩에는 이상의 사진이 몇 점 실려 있다. 그 가운데 재학 당시 미술부에서 활동하던 이상의 모습을 담은 사진 한 장이 이채롭다. 이상은 그림붓과 나이프를 왼손에 들고 있는데 흰 가운을 걸쳤다. 데생을 위한 석고상들이 등 뒤로 탁자에 놓여 있고, 이상의 바로 앞에는 이젤과 캔버스가 서 있다. 이 잘 짜인 구도의 사진 속에 서 있는 이상의 표정은 진지하다. 특별 활동 부서에서 미술부를 택했던 그는 전공인 건축학보다 미술에 더 큰 관심을 가졌다.

이상은 자신의 글 속에서 화가가 되고자 했던 자신의 소망을 밝힌 적이 없다. 그러나 누이동생 김옥희 씨의 글을 보면 이상의 그림 솜씨는 남다른 재능이었음을 알 수 있다. 아래 글에서 "보성고보 시절에 「풍경(風景)」이라는 그림을 선전(鮮展)에 출품하여 입선된 일"이 있었다는 진술은 사실과 다르다. 교내 미술 전시회에서 수상했던 사실을 잘못 기억하고 있기 때문이다. 그러나 이 글은 이상의 그림에 대한 관심이 어릴 때부터 이미 마음속에 크게 자리 잡고 있었음을 말해 준다.

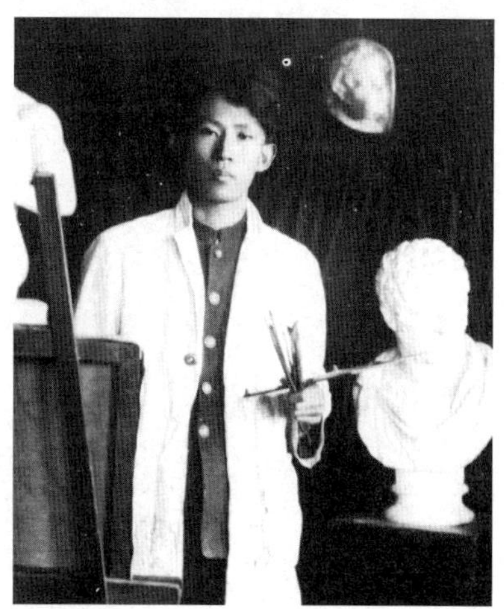

오빠는 또 어릴 때부터 그림을 매우 잘 그렸습니다. 무엇이든지 예사로 보아 넘기는 일이 없는 그는 밤을 새워 무엇인가를 골똘히 생각하고 그것을 종이에 옮겨 써보고, 그려보고 하는 것이 버릇처럼 되었더라고 합니다. 열 살 때인가 당시 '칼표'라는 담배가 있었는데, 그 껍질에 그려져 있는 도안을 어떻게나 잘 옮겨 그렸는지 오래도록 어머니가 간직해 두었다고 합니다. 보성고보 때 이미 유화를 그렸는데 어느 핸가는 「풍경(風景)」이라는 그림을 선전(鮮展)에 출품하여 입선된 일도 있었습니다. 고보를 나오자 그해에 경성고공(京城高工) 건축과(建築科)에 입학한 것은 아마 큰아버지의 영향을 받은 것이 아닌가 생각됩니다. 오빠 나이 스무 살이 되던 1929년에 고공을 졸업하고 그해 4월에 총독부 내무국 건축과 기수로 근무하게 되었습니다. 학교를 갓 나온 정열과 그 당시 큰아버지의 직장이 또한 그곳이었기 때문에 처음은 일본인 과정들과도 그리 의가 틀리지 않게 일을 한 모양입니다만 오빠 성질에 봉급자 생활, 그것도 일본사람들과의 사이가 원만하게 이루어졌을 리가 없었던 것은 당연합니다. 그러나 오빠로서는 큰아버지 체면을 생각해서라도 오래 견디지 않을 수가 없었을 것입니다. 그해 12월인가 《조선과 건축(朝鮮と建築)》지의 표지도안현상(表紙圖案懸賞)에 1등과 3등으로 당선된 것으로만 보아도 그 사이의 큰오빠의 의욕을 짐작할 수가 있습니다. 그 이듬해인 1931년부터 시작(詩作)을 발표하기 시작했고 또 그해에 오빠의 림 「초상화」가 선전에 입선되었습니다.[11]

이상의 미술 공부는 경성고등공업학교 시절에 더욱 본격적으로 이루어진다. 그는 경성고공 입학과 함께 특별 활동 부서에서 미술부에 가입하여 전공과 연계된 미술 실기를 연마한다. 경성고공 학창 시절 이상과 함께 건축과에서 공부했던 일본인 오오스미 야지로(大隅彌次郎) 씨는 원용석 씨와의 대담(《문학사상》, 1981. 6)에서 이상이 건축과를 지망한 것이 그림을 그리기 위해서였음을 말한 적이 있다고 밝혔다. 경성고

---

11 김옥희, 「오빠 이상」, 《신동아》, 1964. 12.

공 건축과 미술부에서는 건축 설계도를 그리기 위한 기초적인 화법을 별도로 공부하였는데, 이상은 이곳에서 자기가 그리고 싶은 그림을 마음대로 그렸다는 것이다. 하지만 이상이 학창 시절에 그린 그림은 현재 남아 있는 것이 없다. 다만 경성고공의 연례행사로 개최되었던 작품 전시회에서 이상이 자신의 출품작인 유화(油畵) 앞에 서서 찍은 사진 속에 어렴풋하게 그 그림의 윤곽이 드러나 있을 뿐이다.

그런데 이상은 미술에 대한 열정 못지않게 문학적 소질도 드러내고 있었다. 오오스미 야지로 씨와 원용석 씨의 대담 중에서 원용석 씨는 경성고공 2학년 시절부터 3학년 초까지 이상이 매월 《난파선》이라는 학생 회람용 문예지를 몇몇 학생들과 함께 1, 2, 3호까지 출간한 적이 있다고 밝혔다. 이상은 이 잡지의 편집을 도맡았는데, 특히 표지 그림과 목차의 글씨가 일품이었다는 것이다. 불행히도 이 잡지는 현재 전하지 않는다. 원용석은 다음과 같이 이 사실을 회고하고 있다.

나는 그와 보성학교에서 2년, 경성고등공업에서 3년, 도합 5년 동안을 교우로 지냈다. 이상은 누구에게나 서먹서먹한 태도로 대하였으며, 어느 누구와도 사귀려 하지 않고 외롭게만 지냈다.

우리들 동기동창 중에는 이상기(李庠基) · 이헌구(李軒求) · 장철수(張澈壽) · 임화(본명 인식(仁植))등 이외에도 판검사나 의사가 된 사람들도 많았다. (중략)

내가 많은 급우들 중에서도 이상을 잊지 못하는 것은 그가 짧은 세상을 살면서도 많은 사람들에게 여음을 남기고 떠났다는 생각이 항상 머리 속에서 맴돌고 있기 때문이다. 보는 듯하지만 보지 않고, 듣는 듯하지만 듣지도 않고, 슬픔도 기쁨도 없는 수목 인간인 양 학교에 다니던 이상은 선생님으로부터 칭찬받은 일도 없지만 잘못되었다고 꾸지람을 들은 일도 없었다. 그는

학과 성적의 석차도 좋은 편은 아니었고 급우들과 어울려 놀지도 않았다. '졸업 시즌'이 되어서 모두 제 갈 길을 찾기에 바빠서 급우들의 일에 관심을 가질 여유가 없었다. 이상은 평소에 문예작품읽기를 좋아하고 교내 미술전람회에 입선하는 정도이니 인문이나 예술 계통에 진학하려니 생각하고만 있었다.

나는 담임선생의 권고에 따라 경성고등공업학교(현 서울공과대학)에 원서를 내고 시험을 치렀다. 발표하는 날 학교에 가서 합격자 발표를 보니 내 이름도 있었지만 김해경(金海卿 ; 이상의 본명)의 이름도 있었다. 동명이인인가 하고 생각도 해 보았으나 그렇지 않고 나의 급우 김해경이 틀림없었다.

이렇게 해서 이상은 건축공학과, 나는 섬유공학과에 입학하게 되었다. 이상은 고공에 다니는 3년 동안 석차 1번을 계속 유지하였고, 미술 전람회에 입선하기도 했으며, 보성시대보다는 성격도 명랑해지고 건강도 향상되었다. 그러나 그는 보성에서나 고공에서 대부분의 학생들이 즐겨하는 테니스·축구·야구 등 어떠한 운동도 좋아하지 않았다. 그의 모습은 항상 야위어서 건강이 나빠 보였고, 그가 즐겨하는 유일한 운동은 휴일을 이용해서 산에 올라가거나 들로 나가는 것이었다.

매주 일요일에는 내가 그의 집(통인동 154)으로 가든가 그가 나의 집에 오든가 해서 등산을 즐겼다. 그는 항상 혼자 있었기 때문에 부담이 없어서 좋았다. 지금은 복개되어서 잘 알 수 없지만, 청계천을 따라 다동에서 체부동 쪽으로 거슬러 올라가다가 왼쪽으로 약 15미터 가량 들어가면 막다른 집이 이상의 집이었다. 대문을 들어서면 좌우에 또 대문이 있는데 왼편 문은 안집으로 통하는 문이고 오른쪽 문으로 들어가면 이상이 먹고 자는 방이었다. 문을 들어서면 'ㄱ' 자로 방 네 개가 있고 마당은 필요 이상으로 넓게 보였으나 항상 손질이 되어 있지 않아 지저분하였다. 이상은 굳이 들어오라고 하지도 않고 그러고 싶은 생각도 없는 모양이었다. 나는 그 집에 가서 차를 마시거나 과일을 깎아먹은 기억이 없다. 그는 항상 외롭고 쓸쓸해 보였고, 내가 가면 언제나 반갑게 대답하면서, 웃저고리를 어깨에 걸치고 밖으로 나와 산책하며 이야기를 나누었다. 이상은 나의 집을 찾아오는 것도 꺼려했다. 왜냐하면 나는 그 당시 3남 2녀를 거느린 부잣집에서 가정교사 노릇을 하며 학자금을 벌어 쓰고 있었기 때문이다. 아마도 그는 나에게 부담감을 주지 않으려고 그랬던 것 같다.

하루는 둘이서 등산 갔다 오는 길에 한 가지 일에 뜻을 모았다. 한국인 학생들끼리 원고를 써 모아 《난파선(難破船)》이라는 이름으로 잡지를 발행하고 나누어 읽자는 것이었다. 나는 원고를 쓰도록 학우들에게 권고하고 완성된 원고를 모아서 이상에게 주면 그는 목차와 컷을 만들고 표지의 그림도 그려서 책을 만들었다. 고공2학년에 올라가면서부터 시작하여 3학년 초까지 한 달에 한 번씩 10여 권을 발행하였다. 그의 글은 그때도 뛰어나서 여러 학우들의 눈에 돋보였었다.[12]

이상이 화가를 꿈꾸었던 경성고공 시절의 그림 습작은 남아 있는 것이 없지만 이상의 디자인 감각을 엿볼 수 있는 자료가 하나 남아 있다. 그것은 현재 문학사상사 자료실에 보관 중인 경성고등공업학교 졸업 기념 사진첩이다. 이 사진첩은 '추억의 가지가지'라는 표제를 달고 있는데, 이 표지의 그림과 글씨는 모두 이상이 직접 도안한 것이다. 1929년도 경성고공 전체 졸업생 가운데 한국인 학생 16명이 힘을 모아 자비(自費)로 만든 것이라서 더욱 소중하게 느껴진다. 이 사진첩을 만드는 데 필요한 모든 사진은 전문 사진관에서 촬영하였지만, 이 사진첩은 기성품 앨범을 사다가 거기에 사진을 붙여 만든 수제품이다. 표지 도안은 물론

---

12 원용석, 「내가 마지막 본 이상」, 《문학사상》, 1980. 11.

사진의 배열, 주소록 작성 등도 모두 이상의 손으로 이루어졌다는 사실
은 원용석이 대담(《문학사상》, 1981. 6)을 통해 확인해 준 바 있다. 이 졸업
기념 사진첩에 수록되어 있는 여러 사진 가운데 중요한 것들은 여러 차
례 잡지《문학사상》을 통해 소개된 바 있고, 일부는 영인문학관의 기획
전「2010 李箱의 房」에서 복제 소개하기도 하였다.

이 사진첩의 말미에는 1929년 경성고공 제7회 졸업생 가운데 조선인
학생 17명의 성명과 생년과 주소가 '우리들의 이름과 나희, 고향'이라
는 제목 아래 나란히 적혀 있다. 그런데 이 졸업생 명단을 자세히 들여

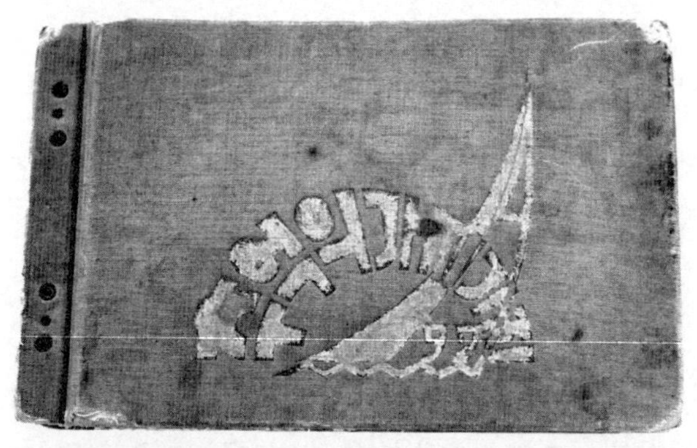

다보면 아주 흥미로운 사실을 확인할 수 있다. 조선인 졸업생 17인의 이름과 주소가 흐릿하게 그려 놓은 한반도 지도 위로 펼쳐져 있는 것이다. 일본 식민지 시대 조선총독부에서 설립 운영했던 경성고등공업학교의 재학생이 대부분 일본인으로 채워져 있었다는 점을 생각한다면 이 졸업생 명단의 바탕 그림은 조선인으로서의 자부심을 드러내기 위한 하나의 고안이었음을 알 수 있다.

그런데 이 사진첩의 주소록 바로 앞 장에는 졸업생 17인 전원이 각자 자신이 소중하게 여기는 격언이나 남기고 싶은 말을 자기 필체로 적어 넣은 이른바 '사인(sign)' 지가 붙어 있다. 여기에 이상의 글도 남아 있다. "보고도 모르는 것을 曝露식혀라! 그것은 發明보다도 發見! 거긔에도 努力은 必要하다 李箱"이라는 글귀다. 도안체 글씨로 석 줄이나 차지하게 쓴 이 글귀의 끝에 '이상(李箱)'이라는 이름이 표시되어 있다. 이것은 '이상'이라는 필명을 이미 경성고공 시절부터 사용하고 있었음을 말해주는 중요한 근거가 된다.

'이상'이라는 필명에 대해서는 김기림이 "공사장에서 어느 인부가 '이상-' 하고 부른 것을 존중하여 '이상'이라고 해 버려두어도 상관없

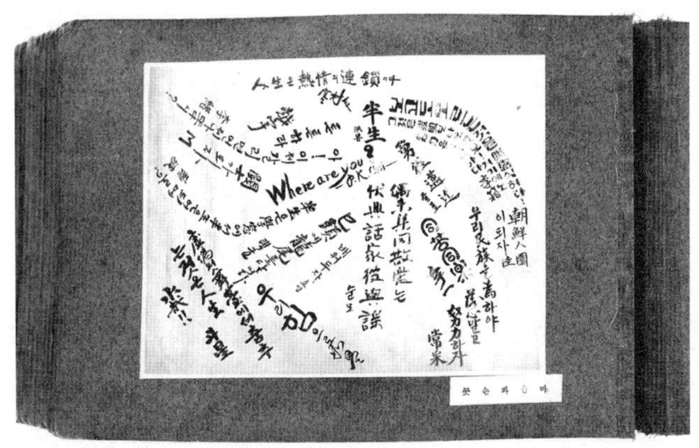

었다."(「이상의 모습과 예술」(『이상 선집』, 1949))라고 밝힌 이후 조선총독부 건축 기사 시절부터 사용한 것으로 알려졌지만, 이 사진첩의 자료를 통해 '이상'이라는 필명이 이미 경성고공 시절부터 사용했던 것임을 확인할 수 있게 되었다.

'이상'이라는 필명의 유래에 대해서는 구본웅과 인척 관계에 있는 구광모 씨가 근래 밝힌 다음과 같은 진술에 무게가 더해진다.

동광학교를 거쳐 1927년 3월에 보성고보를 졸업한 김해경은 현재의 서울대학교 공과대학 전신인 경성고등공업학교 건축과에 진학했다. 그의 졸업과 대학 입학을 축하하려고 구본웅은 김해경에게 사생상(寫生箱)을 선물했다. 그것은 구본웅의 숙부인 구자옥(具滋玉·당시 '조선 중앙 YMCA' 총무)이 구본웅에게 준 선물이었다. 해경은 그간 너무도 가지고 싶던 것이 바로 사생상이었는데 이제야 비로소 자기도 제대로 그림을 그리게 되었다고 감격했다. 그는 간절한 소원이던 사생상을 선물로 받은 감사의 표시로 자기 아호에 사생상의 '상자'를 의미하는 '상(箱)'자를 넣겠다며 흥분했다.

김해경은 아호와 필명을 함께 쓸 수 있게 호의 첫 자는 흔한 성씨(姓氏)를 따오는 것이 어떠냐고 물었다. 기발한 생각이라고 구본웅이 동의했더니 사생상이 나무로 만들어진 상자니 나무목(木)자가 들어간 성씨 중에서 찾자고 했다. 두 사람은 권(權)씨, 박(朴)씨, 송(宋)씨, 양(梁)씨, 양(楊)씨, 유(柳)씨, 이(李)씨, 임(林)씨, 주(朱)씨 등을 검토했다. 김해경은 그중에서 다양성과 함축성을 지닌 것이 이씨와 상자를 합친 '李箱(이상)'이라며 탄성을 질렀다. 구본웅도 김해경의 이미지에 딱 맞으면서도 묘한 여운을 남기는 아호의 발견에 감탄했다.[13]

---

13 구광모, 「'友人像'과'女人像' – 구본웅 이상 나혜석의 우정과 예술」,《신동아》, 2003. 2.

이 기록에서 주목되는 것이 바로 이상이 "사생상을 선물로 받은 감사의 표시로 자기 아호에 사생상의 '상자'를 의미하는 '상(箱)'자를 넣겠다며 흥분했다."라는 대목이다. 이상이라는 필명을 경성고공 시절부터 이미 사용했다는 사실과 견주어 볼 때, 이 특이한 필명의 유래를 말해 주는 여러 가지 증언 가운데 가장 신뢰할 만하다. 물론 여기서 말하고 있는 '이(李)'라는 성씨는 사실 '성'을 표시하기 위한 것이 아니라 구본웅이 선물한 '사생상'을 만든 재목이 목질이 단단한 '오얏나무(李)'로 된 것임을 뜻하는 것이 아닌가 생각된다. 그 사생상이 바로 '오얏나무 상자'였을 가능성이 크기 때문이다. 이상이라는 필명이 그의 미술 공부와 연관되는 친구 구본웅의 사생상 선물에서 비롯되었다는 것은 의미심장하다.

2. 이상의 자화상(自畵像)과 박태원의 초상

이상이 화가를 꿈꾸며 그렸던 그림 몇 편이 남아 있다. 그 가운데 흥미로운 것이 그의 자화상(自畵像)이다. 자신의 붓끝으로 자기 얼굴을 그려 내는 이 특별한 형식의 그림은 그리 단순하게 이루어지는 것은 아니다. 자신의 얼굴은 자기 눈으로 직접 들여다볼 수가 없다. 거울을 통하여 비춰진 영상을 통해서만 간접적으로 인지할 수 있을 뿐이다. 거울 속의 얼굴 모습은 사실적 형상의 입체성을 제대로 드러내지 못한다. 거울은 모든 것을 평면적 영상으로 재현하기 때문에, 거울을 통해 보이는 코의 높이도, 눈의 깊이도 제대로 가늠하기 어렵다. 그러나 사람들은 누구나 거울을 보면서 자기 얼굴 모습에 관심을 기울이고 거기에 집착한다. 물론 다른 사람의 얼굴을 바로 눈앞에 대놓고 보듯이 그렇게 생생하게 거울을 통해 자기 얼굴 모습을 알아볼 수 없는 일이다. 자기 얼굴을 그리는 작업은 초상화(肖像畵)의 사실주의와는 상당한 거리가 있다. 자기가 특히 관심을 기울이고 있는 부분이 더욱 강조되고 관심을 두지 않고 있는 부분은 소홀하게 취급되기 일쑤다. 그러므로 자화상은 자기 집착을 드러내는 욕망의 기표로도 읽힌다.

1931년 6월 6일 조선총독부에서는 관보(제1322호)를 통해 '소화6년도 제10회 조선미술전람회 입선작'을 발표하였다. 이상은 조선총독부가 주관하여 실시하고 있던 조선미술전람회에 몇 차례 작품을 출품했지만 입선하지 못하였다. 그런데 1931년도에 출품한 유화 「자상(自像)」이 드디어 입선의 영예를 그에게 안겨 주었다. 이상은 이 사실을 총독부 관보를 통해 발표된 제10회 조선미술전람회 심사 결과를 통해 확인하였다. 각 부문별로 동양화 41점, 서양화 196점, 조각 15점, 서예 67점 등의 입선작 가운데 이상의 「자상(自像)」은 서양화 부문 입선작 명단에 포함되어 있다. 이상은 전문적인 미술 공부를 하지 않았지만 조선미술전람회의 입선을 통해 미술에 대한 자신의 능력을 어느 정도 스스로 입증할 수 있게 되었다.

이상의 유화 「자상」은 그 원본이 현재 전해지지 않는다. 이 그림은 이상이 운영했던 다방 '제비'의 벽면을 장식했던 것으로 알려져 있지만 그 실물이 현재 어디에 있는지 알 수 없다. 이 그림은 「제10회 조선미술전람회도록(朝鮮美術展覽會圖錄)」(조선사진통신사, 1931) 속에 작은 사진으로만 남아 있다. 제10회 조선미술전람회에서는 서양화 부문에 나혜석의 「정원(庭園)」, 윤상렬의 「하얀 꽃」, 이인성의 「세모가경(歲暮街景)」, 정현웅의 「빙좌(凭座)」 등 4명의 조선인의 작품이 특선의 영예를 차지했다. 이상은 한국 근대 미술의 성립기를 주도했던 화가의 반열 속에 그의 이름을 올린 셈이다.

　「제10회 조선미술전람회도록」 속에 작은 흑백 사진으로 남아 있는 이상의 「자상」을 놓고 이 작품의 정확한 구도와 채색을 자세하게 설명하기는 어렵다. 그러나 이상 자신이 자기 시각으로 포착해 낸 자신의 모습을 화폭에 옮긴 것이라는 점을 주목하지 않을 수 없다. 이 그림에서 눈에 띄는 것은 우측으로 약간 기울어진 얼굴의 윤곽과는 달리 각도를 달리하여 정면을 마주 보고자 하는 눈동자의 시선이다. 이 시선의 각도 변화로 인하여 초상화의 얼굴은 마치 곁눈질하는 모습처럼 보인다. 사물을 정시하지 않는 듯한 얼굴의 무표정 속에서 진정으로 그가 욕망하는 것이 무엇인가를 알아낸다는 것이 불가능하다. 이렇게 삐뚤어진 그의 시선은 그의 내면적 욕망 자체를 스스로 감춘다.

　이상이 그려 낸 또 다른 자화상은《청색지(靑色紙)》(1939. 5)에 수록되어 있다. 이상의 친구 구본웅이 발간하고 있던 이 잡지에 유고 형태로 소개된 수필체의 실명 소설(實名小說)인 「김유정」과 함께 실린 것이다.

　연필화로 되어 있는 이 그림은 얼굴 모습이 정면을 향하고 있는데, 텁

수록한 머리와 함께 입언저리에 수염을 그려 놓은 것이 특징이다. 경성 고공 시절의 사진에서 볼 수 있는 고운 얼굴에 진지한 표정이 모두 사라진 대신, 눈매에 우울이 담겨 있고 헝클어진 머리와 턱 수염이 허수하게 느껴진다. 청년 이상의 맑은 모습을 여기서 다시 찾아보기는 쉽지 않다. 흐트러진 머리와 함께 어울리는 이 수염 난 초췌한 얼굴에 드러나는 것은 삶에 지친 어느 중년 사내의 표정이다.

이상의 자화상으로 알려진 그림 가운데 1976년 잡지《독서생활》(1976. 11)에 「이상의 마지막 자화상」으로 소개된 것이 있다. 이 그림은 이상 연구의 선봉에 섰던 임종국에 의해 발굴된 것으로 다음과 같은 설명이 덧붙여져 있다.

재미있는 책이 발견되었다. 이상의 자화상과 친필 사인과 낙서 한 구절이 적혀 있는 이상의 장서 한 권이다. 책 이름은 줄 르날의 「「전원(田園)수첩(手帖)」」이다. 동경 간다구(神田區) 진보정(神保町) 3정목(三丁目) 21번지 금성당(金星堂) 발행이며, 역자는 廣瀬哲士, 中村喜久夫 양인. 소화(昭和) 9년, 1934년 9월 10일 발행된 2백면의 책이다.

이상이 이 책을 소유했던 시기는 첫째 국내 시장에 배부되는 시간을 계산해서 1935년 무렵으로 생각할 수 있다. 발행 1935년 9월인 책이 국내 시장에 배포되려면 아무래도 6개월 정도는 걸리지 않겠는가?

둘째 1936년 10월 – 1937년 4월에 걸쳤던 동경 시절의 장서라고 생각할 수 있다. 근거는 그 책이 동경 간다구 진보정 3정목 21번지에 주소를 둔 금성당 발행이라는 점이다. 당시 이상의 동경 주소는 간다구 진보정 3정목 101 – 4(필자 주: 이 주소는 3정목 10 – 1 – 4를 잘못 읽은 것임.) 이사카와(石川)라는 사람의 집이었다. 몰후 이상의 유물은 부인의 손으로 일체 한국으로 옮겨졌다.

이러한 경위는 어떻든 간에 이상의 지문이 어딘가에 남아 있을 손때 묻은 장서가 40년이 지난 오늘에 발견 됐다는 것은 재미있는 일이다. 그 책을 1935년 무렵에 소유했다고 하면 다방 「제비」를 폐업하기 전후가 된다. 이때 이상은 「제비」 다방 뒷방에서 금홍이와 동거했으며 「제비」를 폐업한 후 「69」 「무기(麥)」 같은 다방과 카페 「쓰루(鶴)」 등을 경영하다 모두 실패해 버린다. 그리고 재생을 기약하며 동경으로 탈출하는 것이다.

반면에 동경 시절의 장서였다면 사상 혐의로 일경에 체포되기 직전이다. 까치 둥우리 같은 두발과 서가에서 발견된 불온한 몇 권 책으로 해서 이상은 서간다(西神田) 경찰서에 구금된다. 건강 악화로 보석된 지 1개월 미만에 그는 영면하고 말았다.

이 책에 적힌 다음의 낙서(원문 일어)는 그 어느 시기의 심경의 고백이다.

이놈은 아주 패가 붙어버린 요
시찰 원숭이
수시로 인생의 감옥을 탈출하기
때문에
원장님께서 심려한단 말이다.

이상의 경우라면 동경으로 갔다는 자체가 인생의 감옥을 탈출함이었다. 세기말적 불안 속에서 이방인처럼 살다간 이상은 결국 그 자신의 낙서가 고백하듯이 아주 고약한 패가 붙어버린 한 마리의 '요시찰 원숭이'가 아니었을까? 일상의 틀 속에서 수시로 탈옥을 감행하던

위험하기 짝이 없는 원숭이……

　이 자화상은 이상의 가장 말기의 것이다. 그뿐 아니라 이상의 친필 사인은 필자가 아는 한 이것이 최초로 발견된 유일한 것이다. 지금까지 이상의 필적은 있었지만 친필 사인 만큼은 발견된 것이 없었다. 따라서 희한하고 소중한 서명이다. 姜敏(시인)씨 소장.[14]

이상 연구의 권위자인 임종국에 의해 소개된 이 글은 '자료'라는 이름으로 이상의 그림 한 쪽과 함께 잡지의 권두에 수록되어 있다. 이 글과 함께 소개된 이상의 그림은 의심할 여지없이 이상의 자화상으로 인정되어 널리 알려졌음은 물론이다.

임종국이 이 글에서 언급하고 있는 사실 가운데 줄 르나르의『전원수첩』에 관한 이야기는 이상을 추억하는 여러 사람들의 글에서도 확인된다. 물론 이러한 사실 하나로 이 책의 소장자를 이상이라고 단정할 수는 없을 것이지만 이 책에 그려 놓은 그림에 붙인 '李箱'이라는 사인을 보면 이 책이 이상과 관련된다는 점을 부인하기는 어려운 일이다. 이상이 줄 르나르의『전원수첩』을 즐겨 보았다는 사실은 다음과 같은 기록들을 통해 확인된다.

(1)

　「제비」에 또한 실패한 이상은 그래도 단념하지 않고 明治町에다「무기(麥)」라는 다방을 또 만들어 놓았다. 그곳의 실내 장식에는「제비」의 것에보다도 좀더 이상의 괴팍한 취미 내지 악취미가 나타나 있었다. 결코 다른 茶店에는 통용되지 않은 괴이한 형상의 다탁이며 사면벽에 그림이나 사진을

14　임종국, 「이상의 마지막 자화상」, 《독서생활》, 1976. 11.

걸어놓는 대신 르나르의 「전원수첩」에서 몇 편을 골라 붙혀놓는 등 일반 선량한 끽다점 순방인의 기호에는 결코 맞지 않는 것이었다.[15]

(2)

그가 경영하느니보다는 소일하는 찻집 '제비' 회칠한 사면 벽에는 주르 르나르의 에피그람이 몇 개 틀에 들어 걸려 있었다. 그러니까 이상과 구보와 나와의 첫 화제는 자연 불란서 문학, 그 중에도 시일밖에 없었고, 나중에는 르네 클레르의 영화, 단리의 그림에까지 미쳤던가 보다.[16]

이상이 줄 르나르에 대해 지니고 있던 관심은 이러한 기록들이 그대로 입증해 주고 있다. 그런데 문제는 이상의 마지막 자화상으로 소개된 그림 자체이다. 이 그림은 펜으로 그린 간단한 스케치에 불과하다. 그리고 그림의 왼쪽으로 일본어로 쓴 문구가 적혀 있고 우측 하단에는 이상의 자필 사인이 표시되어 있다. 이러한 여러 가지 내용으로 보아 이상 자신이 그림을 그리고 거기에 일본어 문구를 적어 넣고 자신의 사인을 표시했을 가능성을 충분히 인정할 만하다.

그러나 이 그림이 과연 이상의 자화상일까? 나는 여기에 대해서는 찬동하지 않는다. 이 그림은 이상의 얼굴 모습을 그린 것이 아니라고 생각된다. 그 이유는 이 그림의 대상 인물이 안경을 쓰고 있다는 점 때문이다. 이상은 시력이 약하긴 하였지만 안경을 낀 적이 없다. 이상과 가장 절친했던 친구 중의 하나인 문종혁의 증언에 따르면 이상은 "안경은 쓴 일은 없지만 강렬한 빛을 정시하지 못하였다. 시력이 약한 편"

---

15 박태원, 「이상의 편모」, 《조광》, 1937. 6.

16 김기림, 「이상의 모습과 예술」, 『이상 선집』, 백양당, 1949.

(「몇 가지 이의」, 《문학사상》, 1974, 4)이었다고 적고 있다. 그런데 이 그림의 주인공은 둥근 테의 안경을 끼고 있다. 여기저기 흩어져 있는 이상의 사진 가운데에도 안경을 낀 모습은 찾아볼 수 없다. 그러므로 이 그림의 주인공이 이상 자신이라고 추단한 것은 잘못된 것이 아닌가 한다.

나는 이 그림의 인물이 이상의 절친한 문우였던 구보 박태원이라고 생각한다. 이 그림은 이상이 그린 박태원의 초상이다. 이를 확인하기 위해서는 그림의 왼쪽에 적어 넣은 일본어 문구를 좀 더 정밀하게 검토할 필요가 있다. 일본어 원문을 그대로 옮기고 이를 풀어 보면 다음과 같다.

これはこれ札つきの要視察猿
トキドキ人生ノ檻ヲ脱出スルノデ
園長さんが心配スルノテアル

(아, 이거야말로 꼬리표가 달린 요시찰 원숭이
때때로 인생의 울타리(檻)를 탈출하기 때문에
원장님께서 걱정한단다)

여기 적어 넣은 문구는 그림의 대상이 되는 인물의 행태를 재미있게 묘사한 것이다. 특히 이 인물을 꼬리표 달린 '원숭이(猿)'라고 지칭한 것은 주목을 요한다. 여기서 '원(猿)'은 박태원의 이름의 끝 글자인 '원(遠)'과 발음이 같은 데에서 연유된 것으로 볼 수 있다. 이상 자신은 이미 삶의 일상적인 테두리를 벗어난 인물이다. 그러므로 때때로 인생의 울타리를 벗어나려고 한다는 설명은 이상에게 어울리지 않는다. 오히려 정상적인 가정을 이끌면서도 예술적 충동을 이기지 못했던 박태원의 경우에 이러한 설명이 붙을 법하다.

572

이 그림을 박태원의 당시 사진과 견주어
보면 나의 주장이 잘못된 것이 아님을 쉽게
알 수 있다. 이상이 인쇄소 창문사에서 일하
고 있었던 때(1935~1936) 이상과 김소운이 나
란히 책상 앞에 앉고 뒤에 박태원이 서서 찍
은 사진이 하나 남아 있다. 여기에 나온 박태
원의 모습만을 떼어 내 보자. 둥근 테의 안경
을 낀 표정, 더벅머리에 갸름한 얼굴, 뚜렷하
게 드러나는 입술과 콧날과 인중의 윤곽, 이
런 것들이 모두 그림 속의 인물과 흡사하다.

3. 책의 표지와 디자인

《조선과 건축(朝鮮と建築)》의 표지

이상은 1929년 3월 19일 경성고등공업학교 건축과를 수석으로 졸업
한 후 학교의 추천으로 조선총독부 내무국(內務局) 건축과(建築課) 기수
(技手)로 취직하였다. 그리고 곧바로 조선건축회(朝鮮建築會) 정회원으로
입회(1929. 10)하였다. 식민지 조선의 경영을 내세우면서 한반도에 나와
있던 일본인 건축 기술자들이 주축이 되어 결성한 조선건축회는 1922년
3월 창립된 후부터 '조선에서의 건축에 대한 광범위한 연구 조사, 도시
계획 건축 법규 주택 정책, 건축 자재의 규격 통일' 등을 목표로 매월 학
회지《조선과 건축(朝鮮と建築)》을 발간하였다. 일본어로 발간된 이 학회
지는 1922년 6월 창간호에서부터 건축 기술에 대한 조사 연구 내용을 중
심으로 건축 토목 관련 연구 논문(論文)과 평설(評說), 잡보(雜報)와 만필

(漫筆), 학회 소식 등을 수록하였다.《조선과 건축》은 한국 내에서 발행된 최초의 건축 전문 잡지인데다가 일본어로 만들어진 학회지이기 때문에 한국인 대중 독자들에게는 거의 알려지지 않았다. 이상이 일본인 건축 기술자들을 중심으로 조직 운영되었던 조선건축회 정회원이 된 것은 당시 조선총독부 건축과 기사의 신분이었던 그에게 자연스러운 일이었다.

조선건축회에서는 회원들의 참여 의욕을 북돋우기 위해 1926년부터 회원들을 상대로 학회지《조선과 건축》의 표지화 디자인을 현상 공모하는 행사를 매년 열고 있었다. 경성고공 시절 건축과 미술부에서 활동했던 이상은 이 현상 공모에 2편의 표지화 디자인을 응모했다. 1930년 1월《조선과 건축》에 발표된 현상 모집 표지 도안 심사 경과 발표에서 이상의 작품이 1등과 3등에 각각 선정되었다. 심사평에서 이상의 표지의 도안은 학회지의 성격에 맞춰 섬세하고 부드러우며 디자인 자체의 기교도 뛰어나다는 평가(《조선과 건축》, 1930. 1, 22면)를 받았다. 이상의 표지 도안 1등 당선작은 1930년 1월부터 12월까지 매월 출간된《조선과 건축》의 표지화로 활용되었다.

이상이 그린《조선과 건축》의 표지 도안을 보면 화면 전체의 균형과 조화를 느낄 수가 있다. 특히 '朝鮮と建築'이라는 제자(題字)의 경우 글꼴 하나하나가 건축의 어떤 부분을 추상화한 특이한 기호들을 조합하여 만들어 낸 것임을 알 수 있다. 그리고 중앙에 그려 놓

이상의 표지 도안.《조선과 건축》, 1930년 2월호 표지

은 원형과 각의 모습이 현대식 건축의 특징을 집약적으로 제시하고 있는 점도 특징적이다. 이 표지 도안은 1930년도를 전후한 시기의 잡지 《조선과 건축》의 표지 도안 가운데 가장 현대적인 감각을 보여 주고 있는 것임은 두말할 필요가 없다.

『기상도』,《시와 소설》,《가톨릭 소년》의 표지

이상은 1935년 창문사에 입사한 후 구인회의 기관지《시와 소설》의 편집을 도맡았다. 본문이 40면에 불과한 이 작은 잡지는 표지 자체가 아주 단순하다. '시(詩)와 소설(小說)'이라는 잡지의 제자와 수록 작품의 목록이 표지에 함께 표시되어 있을 뿐 특별한 도안을 시도하지 않고 있다. 내표지에는 구본웅이 펜으로 그린 여인상을 삽화로 활용하고 있다.

그런데 구인회 동인으로 당시 일본에 유학하고 있던 시인 김기림의 시집 『기상도』의 편집과 장정은 매우 특이하다. 1936년 7월 창문사에서 발간된 이 시집의 표지는 검정색 바탕에 백색으로 굵게 긴격을 넣은 두 줄을 세로로 표시하고 있다. '金起林 著 長詩 氣象圖'라는 제자는 왼쪽의 검정 바탕에 흰 글씨로 아주 작게 박혀 있다. 당시에 출간된 시집이나 소설집의 표지들과는 판이하게 다른 현대적 감각의 디자인이 두드러지게 드러나고 있음을 알 수 있다.

이상의 잡지 표지 가운데 특이한 것이 어린이 잡지《가톨릭 소년》의 표지이다. 서강대학교 최기영 교수의 노력으로 1930년대 아동 잡지《가톨릭 소년》의 발간과 창문사 시절의 이상이 특이하게도 연결되어 있다는 점을 확인하게 되었기 때문이다.[17] 이상은 구본웅과 함께《가톨릭 소년》지의 편집과 표지 도안도 맡았으며 이 잡지에 동시「목장」1편을 발표하고 있다.

---

17 최기영, 「일제하《가톨릭少年》의 발간과 가톨릭교회」,《문학사상》, 2009. 11. 참조.

　　창문사의 이상이 어떤 경위로 이 잡지의 출간을 맡게 되었는지는 자세히 밝힐 수 없지만 이와 성격이 약간 다른《가톨닉청년》지의 편집을 맡고 있던 정지용과의 관계도 한번 다시 살펴볼 필요가 있다.《가톨릭 소년》은 식민지 시대 한국 아동 문학의 전개 양상을 살필 수 있는 귀중한 자료임을 부인할 수 없다. 특히 이상의 동시 한 편이 그의 삽화와 함께 발굴 소개된 것은 참으로 소중한 일이 아닐 수 없다. 이상의 동시 「목장」과 그의 삽화와 잡지 표지 등은 이상 문학 속에 빈칸으로 남아 있던 아동 문학에 대한 관심을 확인할 수 있는 귀중한 자료로 평가할 수 있을 것이다.

4. 소설 속의 삽화

소설 「날개」와 「동해」의 삽화

이상이 자신의 작품 속에 스스로 삽화를 그려 넣은 경우는 소설 「날

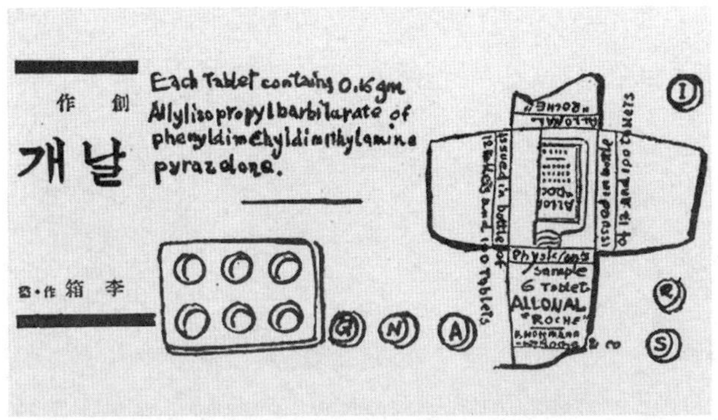

개」와 「동해」가 있다. 소설 「날개」는 1936년 9월 잡지 《조광》에 발표한 대표작이다. 이 소설의 서두 부분에 작품의 표제인 '날개' 아래에 '李箱 作·畵'라고 표시하고 있다. 「날개」의 서두에 그려 넣은 삽화는 '알로날 (ALLONAL)'이라는 정제(錠劑) 약이 담긴 약갑(藥匣)을 펼쳐 놓은 그림 이다. 각 면에 영어로 인쇄되어 있는 약에 관한 설명을 그대로 그려 놓 고 있다. 그리고 알약에는 'RISANG'이라는 이상의 영문 필명의 알 파벳이 그려져 있다.

소설 「날개」의 본문 가운데에도 삽화 하나가 더 끼어 있다. 이 삽화는

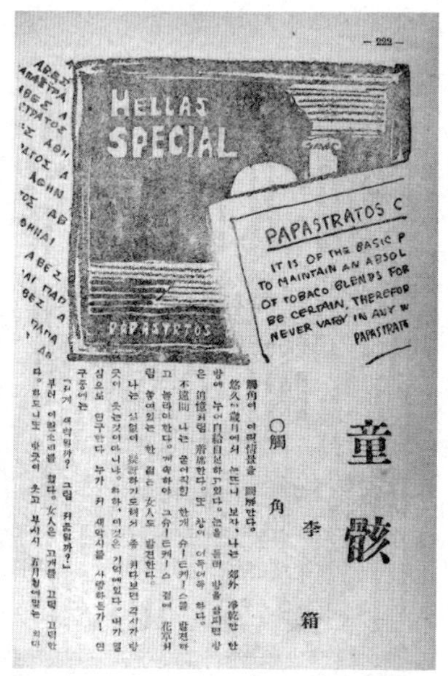

본문 내용 가운데 문제가 된 수면제 '아달린'과 '아스피린'의 영문 글자를 반복하여 놓은 것이 특징이다. 소설의 주인공이 방바닥에 누워 있고, 그 주변에 여러 권의 책들이 세워져 있다. 아내가 감기약이라면서 준 알약이 사실은 아스피린이 아니라 수면제인 '아달린'이라는 사실을 알고 난 후 주인공은 혼동에 빠져든다. 표제 부분의 서두에 그려 놓은 삽화와도 의미가 서로 통한다.

소설 「동해」는 1937년 2월 잡지 《조광》에 발표된 작품이다. 이상이 일본에 체류 중이던 당시에 발표한 이 소설에는 표제와 함께 특이한 삽화가 그려져 있다. 삽화를 그린 화가를 밝히고 있지는 않지만 영문 알파벳을 활용한 그림의 성격이 「날개」의 경우와 흡사하기 때문에 이상의 그림으로 볼 수 있다.

이 삽화는 1930년대 세계적으로 유명했던 담배 제조 회사 'Papastratos'의 건물과 담뱃갑에 써 넣어진 광고문의 일부를 옮겨 놓고 있다. 1930년 그리스의 아테네에 세워진 'Papastratos'는 최고급의 시가 담배 'Papastratos'를 제조 판매하는 세계 최대의 담배 회사로 유명했다. 1933년 독일 베를린에 제2공장을 세웠으나 나치 독일의 압력으로 1937년 그 공장을 폐쇄했고, 1937년 제3공장을 이집트의 카이로에 설립하였다. 지금은 세계 최대의 담배 회사로 유명한 필립 모리스 사가 1975년 'Papa-stratos'를 인수하여 다국적 회사로 발전하였다. 이 삽화는 소설의 내용 가운데 다섯째 단락에 해당하는 '명시(明示)' 부분에 그려진 한 장면과 대응한다. 주인공이 자신을 찾아온 여인을 데리고 친구 윤을 찾아간 대목에 심각하게 담배 피우는 모습을 그려 놓고 있다.

박태원의 소설 「소설가 구보씨의 일일」의 연재 삽화

이상은 1934년 8월 1일부터 9월 19일까지 박태원이 《조선중앙일보》에 연재한 소설 「소설가 구보씨의 일일」에 '하융(河戎)'이라는 필명으로 삽화를 그렸다. 이 연재 삽화는 비록 신문의 지면에 한 단(段)의 크기를 넘지 않는 작은 그림으로 그려진 것이지만 이상의 예술적 재능과 도시 문명에 새로운 감각을 확인해 볼 수 있는 중요한 자료가 되고 있다.

「소설가 구보씨의 일일」의 연재에 맞춰 그린 이상의 삽화는 표제화가 2편에 연재 삽화 27편으로 이루어져 있다. 1회부터 8회까지의 연재분에 반복하여 수록한 표제화에는 반쪽이 펼쳐져 있고 다른 반쪽은 접혀 있는 특이한 형상의 우산 아래 소설의 제목이 세로로 적혀 있다. 1934년 8월 14일 이후 연재분 9회부터는 고목 아래 늘어진 가지 옆으로 소설의 제목을 세로로 적은 표제화를 사용하였다.

「소설가 구보씨의 일일」은 모두 30회로 그 연재가 끝난다. 이 소설의 연재 내용에 따라 덧붙여진 이상의 삽화는 모두 27편이다. 8월 29일 19회

 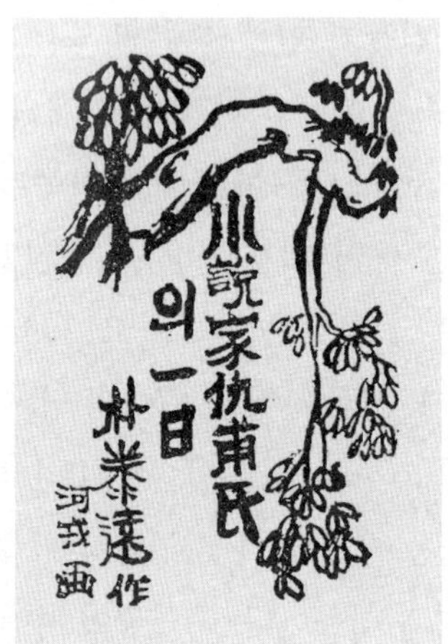

연재에는 삽화가 없으며 소설의 말미에서도 29회와 30회에 삽화가 없다.

이상의 삽화는 일반적인 신문 연재소설의 삽화와는 그 성격이 판이하다. 대개 신문 연재소설 삽화는 연재되는 소설의 이야기 가운데 드러나는 특징적인 장면이나 등장인물의 모습을 사실적으로 그려 넣는 것이 보통이다. 그러나 이상은 이러한 통념에서 벗어나 이른바 초현실주의적 기법을 활용하여 작은 화폭을 채워 나간다. 이상의 삽화에서 가장 두드러지게 드러나는 기법은 일종의 몽타주 또는 모자이크의 방법에 의해 서로 다른 시간과 공간 속에서 펼쳐지는 대상의 다양한 현상을 하나의 그림 속에 배치한다. 그러므로 그의 삽화 속에는 파편화된 이미지들이 뒤섞이고 다양한 각도에서 관찰할 수 있는 특징적인 이미지들이 하나의 평면 위에 서로 겹쳐 나타나기도 한다. 그러므로 이상의 삽화는 마치 '숨은그림찾기'라도 하는 것처럼 그 속에 담긴 이미지들을 따라가면서 소설을 읽지 않으면 무엇을 대상으로 삼고 있는 그림인지 확인하기 어려운 경우도 있다.

위에 옮겨 놓은 것은 소설의 연재 첫 회에 실린 삽화이다. 화면의 바닥에 원고용지가 여러 장 서로 겹쳐 깔려 있고, 왼편으로 여인의 얼굴이 그려져 있다. 오른편으로는 남성용 구두 한 켤레와 그 사이에 단장(短杖)의 손잡이 부분이 교묘하게 감춰져 있다. 그리고 펜을 잡은 오른손이 원고지 위에 올려져 있다. 도회의 거리를 산보하는 주인공의 모습과 연관되는 구두와 지팡이를 그린 것이라든지 한 여인의 인상을 떠올리면서 펜을 잡은 손 모양을 그린 것은 앞으로 전개될 소설 속 이야기의 방향을 암시한다. 이처럼 연재 첫 회의 삽화에서부터 이상은 다양한 이미지를 하나의 화폭에 끌어들여 특징적으로 배치하는 새로운 몽타주의 기법을 활용하고 있다.

이 소설의 마지막 삽화는 연재 28회에 수록한 아래의 그림이다. 이 삽화는 앞의 첫 회 삽화와 서로 이어진다. 의자에 걸터앉은 여인의 모습에서 눈물을 닦고 있는 얼굴 부분을 잘라 내어 펼쳐진 책 위에 얹어 놓은 것이 기발하다. 만년필이 책장 위에 놓여 있는데 글을 쓰던 손은 보이지 않는다. 이미 글이 모두 끝났음을 말해 준다.

　이 삽화에서 여인의 얼굴 부분을 상반신에서 잘라 낸 것은 작은 화폭이라는 제약에서 비롯된 것이라고 할 수도 있다. 그렇지만 책장 위에 머리 부분과 눈물을 닦는 손을 별도로 그려 놓은 것은 책 속에 담긴 이야기의 내용을 시각화하는 효과까지 노리고 있다고 할 것이다.

1. (8. 1)

2. (8. 2)

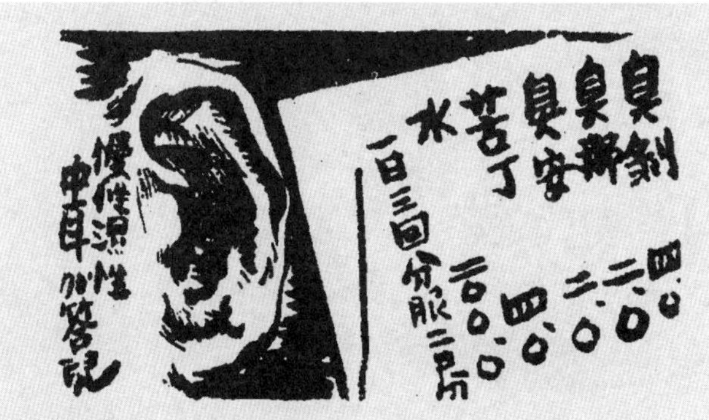

3. (8. 3)

4. (8. 4)

5. (8. 7)

6. (8. 9)

7. (8. 10)

8. (8. 11)

9. (8. 14)

10. (8. 15)

11. (8. 17)

12. (8. 18)

13. (8. 19)

14. (8. 21)

15. (8. 22)

16. (8. 24)

17. (8. 25)

18. (8. 28)

19. (8. 29) 삽화 없음

20. (8. 31)

21. (9. 4)

22. (9. 5)

23. (9. 8)

24. (9. 10)

25. (9. 12)

26. (9. 13)

27. (9.14)

28. (9. 15)

29. (9. 16)과
30. (9. 19)에는
삽화 없음

13 이상 문학,
　　미완의 텍스트로 남다

이상의 문학에 대해서는 그가 남겨 놓은 문학 작품의 양보다 훨씬 많은 여러 가지 주석이 붙어 있다. 그의 생애에 대해서도 그기 살았던 짧은 삶보다 훨씬 이채로운 해설이 따라붙는다. 그는 희대의 천재가 되기도 하고, 전위적인 실험주의자가 되기도 한다. 그가 철저하게 19세기를 거부한 반전통주의자였다고 지목하는 사람도 있고, 그의 문학이 1920년대 이후 일본에서 일어났던 신감각파 시 운동의 영향권에 있었다고 평가 절하한 사람도 있다. 물론 그 어떤 경우에도 이상의 문학은 하나의 테두리 안에서 그 성격이 규정되는 것을 거부한다. 한국 현대 문학 연구가 학문적인 성격을 갖춘 이후 가장 많은 연구자들이 그의 곁을 떠나지 않고 있으며, 해마다 수많은 평문과 연구 논문이 이상 문학을 위해 발표되고 있는 이유가 바로 여기 있다.

이상은 끊임없이 발전해 가는 기술 문명의 세계를 놓고, 그것의 정체를 포착하면서 동시에 주체의 의식의 변화까지도 드러낼 수 있는 새로운 그림을 상상한다. 그것이 바로 그의 문학 텍스트의 세계라고 할 수 있다. 이상 문학 텍스트는 사물에 대한 보다 직접적이고 감각적인 접근법을 어떤 방식으로 구현하고 있는가? 그것은 세계에 대한 인식뿐만 아니라 사물을 대하는 주체의 시각을 새롭게 변형시키기 위한 획기적인 방안인가? 아니면 단지 하나의 기호 놀이에 불과한 것인가? 우리는 다시 이상의 텍스트를 어떻게 이해해야 할 것인가?

1. 미완의 형태로 남은 이상 문학

이상의 짧은 생애(1910~1937)는 삶의 모든 가능성을 보여 준다고
할 수 있을 만큼 극적인 요소가 강하다. 경성고등공업학교 건축과 시절
(1926~1929), 조선총독부 건축과 기수(1929~1932)로 이어지는 그의
개인적인 행적과 구인회 시절(1934~1936), 동경 시절(1936~1937) 등
의 문단 활동은 객관적으로 서술되기보다는 오히려 과장되거나 신비화
되고 있다. 특히 그의 문단 진출 과정, 특이한 행적과 여성 편력, 결핵과
동경에서의 죽음 등은 모두 일종의 일화처럼 이야기되고 있을 뿐이다.
더구나 이상의 문학 텍스트 자체도 이러한 삶의 특징과 결부되어 잘못
해석되거나 왜곡 과장된 경우가 허다하다. 이상의 삶은 명확한 사실의
규명이 없이 어물쩍 넘어가면서 생겨난 모호성으로 인하여 더욱 신비
화된다. 기왕의 연구자들이 그런 식으로 설명하지 않았다면 그대로 자
명해졌을 문학 텍스트마저도 엉뚱한 설명이 더해지고 해석이 과장되면
서 애매모호한 상태로 빠져들게 된 것이다. 실제로 이상 문학은 그 텍
스트에 대한 깊이 있는 독해 작업도 없이 연구자나 평자의 자의적 해
석에 이끌려 엉뚱한 의미로 과장되고 왜곡된 경우가 많이 있다. 그리고
모든 평가는 특이하게도 그의 천재성에 집중된다. 객관적으로 해석되
지 않은 이 천재성(?)으로 인하여 이상 문학은 더욱 미궁으로 빠져들게
된다.

이상이 만들어 낸 시와 소설을 보고 당대의 지식층 독자들이 보여 주
었던 경악의 표정과 거기서 비롯된 파문은 적지 않다. 그러나 이것은 기
실 당대 현실에 직접적인 반향을 불러일으키지는 못한다. 단지 문단 일
각의 기행(奇行)이나 해프닝 정도로 끝난다. 그의 문학은 비록 그것이
가지는 전위성을 인정한다고 하더라도 맹목적이고도 상대주의적인 그

리고 아이러니하면서도 자족적인 성격을 지닌다. 그의 예술적 재능과 문학적 상상력은 그 전위성을 이해하고 그 예리한 감수성을 인정한 몇몇 사람의 지인들에게만 개방적인 것이었다고 할 수 있다. 그의 시에서 볼 수 있는 복합적인 시점, 기호적 표현의 모호성, 통사적 규범을 넘어서는 언어의 비문법적 결합과 의미 해체 등을 통한 기이한 긴장이 당대 현실에서 삶의 리얼리티의 감각을 어떻게 살려 내고 있는지를 알아차린 경우는 정지용이라든지 김기림, 박태원 등 일부의 문인에 지나지 않는다. 그러므로 선구적이라든지 실험적이라고 지적되는 예술적 창작 행위는 언제나 개인적인 고립된 성격을 지닐 수밖에 없게 되었으며 항상 외로운 투쟁을 이어 갈 수밖에 없었던 것이다.

이상 문학은 그 실험성과 전위성에도 불구하고 '정치적'이라고 할 수 있는 실천적 기능을 발휘하고 있지는 않다. 그것은 다양한 비평적 담론을 야기하고 해석을 둘러싼 논쟁을 가열시켰지만 그 정신이 어떤 목표를 둔 사회적 실천으로 이어지지 못한 것이 사실이다. 이상의 문학이 보여 주는 전위성은 보기 드문 일탈된 방식이기는 하지만 그 나름대로의 자기 논리를 지닌다. 이상은 자신이 구사하고 있는 언어와 기법의 변화를 통해 일상적인 규범에 얽매여 살고 있는 사람들의 감성과 사고를 변화시킬 수 있다고 믿었을지도 모른다. 1930년대 한국 사회에서 문학은 여전히 사회 현실에 대한 발언으로서 항상 일차적이고도 지배적인 지위를 누리는 형식이었던 것이다. 그리고 이러한 현실이 당대의 모더니스트들에게 일정 부분 자신들의 언어와 행동에 대해 과장된 신화를 만들어 내게 하는 요인이 되었던 것이다.

2. 이상 텍스트의 정리 작업

이상의 문학 세계는 해방 직후 김기림이 엮은『이상 선집(李箱選集)』
(백양당, 1949)에 의해 어느 정도 그 특징을 드러내고 있다. 이 책은 해방
직전에 작고한 시인 이육사의 작품을 한데 모은『육사 시집(陸史詩集)』
(서울출판사, 1946)과 윤동주의 유고를 출간한『하늘과 바람과 별과 詩』
(정음사, 1948)에 이어 1930년대 시 문학의 중요 업적에 대한 역사적 정
리 작업으로 손꼽힐 만하다.

이 책의 서문에서 김기림은 이상의 비극적 죽음을 다음과 같이 적고
있다.

무명처럼 엷고 희어진 얼굴에 지저분한 검은 수염과 머리털 뼈만 남은 몸
둥아리, 가쁜 숨결 ― 그런 속에서도 온갖 지상의 지혜와 총명을 두 낱 촛점
에 모은 듯한 ㄱ 無敵한 눈만이 사람에게는 물론 아마ㅏ 신에게조차 속을리
없다는 듯이 금강석처럼 차게 타고 있는 것이다. 그것은 인생과 조국과 시대
와 그리고 인류의 거룩한 殉敎者의 모습이었다. 〈리베라〉에 필적하는 또하
나의 아름다운 〈피에타〉였다.

얼마 안가 조국은 그가 낳은 이 한사람의 슬픈 天才의 시체를 묵묵히 받
아들이고 만 것이다. 그리하여 지상은 그릇이 이리로 망명해온 〈쥬피타〉를
다시 추방하고 만 것이다. 그의 짧은 생애는 그러나 그가 남긴 예술에 의해
서 드디어 시간을 초월할 수가 있었다. 그 속에서 우리는 겨우 말할 수가 있
다고 하면 〈영원한 李箱〉의 얼굴을 무시로 쳐다보면서 그의 목소리를 듣고
있는 것이다. 그러나 이것으로도 그가 그의 天折로 하여 우리에게 남긴 너무
큰 空虛와 아까움의 千萬分之一도 지워주지 못하는 것을 어찌하랴.[18]

김기림이 쓴 이 책의 서문 '이상의 모습과 예술'은 이상의 문학 세계에 대한 본격적인 해설의 의미를 지닌다. 이 글에서 김기림은 이상 시의 주조와 경향을 "자기의 시와 꿈과 육체와 또 그 육체가 게굴스러운 병균들의 무수한 주둥아리에 녹아들어가는 것조차를 거울 속에서 은근히 즐기고 있는, 저 나르시스의 일면을 가지고 있은 듯하다."(『이상 선집』, 서문, 5면)라고 규정한다. 이러한 진술에서 볼 수 있듯이 김기림이 주목하고 있는 것이 이상의 시와 자기 집착임을 쉽게 확인할 수 있다. 그러나 거울 속에 자기에만 집착할 수 없는 어두운 현실이 존재한다는 사실도 간과할 수 없는 일이다. 김기림은 말기적 현대 문명에 대한 진단(「단애」), 비둘기의 학살자에 대한 준열한 고발(「오감도 시 제12호」), 착한 인간들의 피와 기름으로 살이 쪄 가는 오늘의 황금의 질서에 항의하는 억누를 수 없는 분노(「지주회시」, 「권태」) 등을 이상의 시와 소설을 통해 읽어 낸다.

김기림의 『이상 선집』에는 이상이 발표한 소설, 시, 수필 가운데 대표적인 작품들이 수록되어 있다. 이들 작품의 선정 기준은 분명하게 드러나 있지는 않다. 김기림에 의해 정리된 작품들은 다음과 같다.

〈創作〉

날개
봉별기(逢別記)
지주회시

---

18 김기림, 『이상 선집』, 백양당, 1949, 7~8면.

거울

〈隨想〉

공포(恐怖)의 기록(記錄)
약수(藥水)
실락원(失樂園)
김유정(金裕貞)
십구세기식(十九世紀式)
권태(倦怠)

김기림의 『이상 선집』은 제목 그대로 작품 선집의 성격을 유지하고 있다. 이상의 소설 가운데 단 3편만을 수록한 것은 그 선별의 기준이 분명하지 않다. 시의 경우에는 이상이 초기에 발표한 일본어 시를 모두 제외하고 있으며, 1933년 이후에 발표한 국문 시만을 선택적으로 수록하고 있다. 「김유정」이라는 작품을 수필에 포함시켜 놓고 있는 것은 특기할 만하다. 이 작품은 이른바 '실명 소설(實名小說)'의 형태로 인정되어 소설의 영역에서 다루어 오고 있기 때문이다. 그런데 김기림의 『이상 선집』은 1950년 한국전쟁 직후 김기림의 월북으로 인하여 더 이상 독자와 만나기 어려운 상황에 접어든다. 김기림의 모든 저작물이 이른바 반공법(反共法)에 의해 금서로 지목되었기 때문이다.

이상 문학 텍스트에 대한 조사 정리 작업은 임종국(林鍾國) 편 『이상 전집(李箱全集) 1. 2. 3』(태성사, 1956)을 통해 그 범주가 대부분 확정된다. 이상의 글쓰기 영역을 시, 소설, 수필 등의 세 영역으로 분류하여 작품 전체를 묶어 낸 이 전집은 이상의 사후 20년에 이루어진 중요한 문학사적 정리 작업으로 평가되어 오고 있다. 이 전집에는 편자인 임종국이 발굴한 이상의 일본어 시 「육친(肉親)의 장(章)」 등 9편이 추가되고《조선과 건축(朝鮮と建築)》에 발표했던 일본어 시가 모두 번역 수록됨으로써 이상 문학의 세계를 더욱 풍성하게 만들어 주고 있다. 이 전집은 전후 문학의 비평적 과제로 새롭게 등장한 '모더니즘'에 관한 모든 논의를 하나로 수렴할 수 있는 거점이 되면서, 한국의 비평 문학이 인상 비평의 한계에서 벗어날 수 있는 문학적 근거로서 당당하게 자리 잡는다. 이 전집이 나오기까지 이어령의 분석 비평이 이상 문학을 대상으로 치밀한 논리를 확보한 점[19]이라든지, 이상이 꿈꾸던 근대의 초극을 비평을 통해 논리화하고자 했던 고석규(高錫珪)의 비평[20]이 문제적인 상태로 등장한 것도 놓칠 수 없는 대목이다. 이 전집은 이러한 여러 논의의 출발점을 제공함으로써 정지용(鄭芝溶), 김기림(金起林), 오장환(吳章煥) 등을 이른바 '월북 문인'이라는 이념적 금기 지역으로 몰아낸 황폐의 시단에 1930년대로 이이지는 하나의 징검다리를 놓게 된다.

　이상 문학의 새로운 해석의 길잡이가 된 것은 이어령(李御寧) 편『이상 소설 전작집 1. 2』(갑인출판사, 1977), 『이상 수필 전작집』(갑인출판사, 1977), 『이상 시 전작집』(갑인출판사, 1978)이다. 이 전집에서 이어령은 이상 문학 자료의 발굴, 텍스트에 대한 치밀한 대조와 정리, 주석과 해설을 통해 이상 문학의 내적 구조를 해석할 수 있는 논리적 근거를 제시한다. 특히 기호학의 방법을 통한 이상 문학 텍스트의 해석은 이상 문학 연구자들이 반드시 참조하지 않으면 아니 되는 텍스트 비평의 전범으로 자리하게 된다.

19　이어령의 「나르시스의 학살－이상의 시와 그 난해성」(1956. 10, 1957. 1), 「속(續) 나르시스의 학살－이상 시와 그 난해성」(《자유문학》, 1957. 7), 「이상의 소설과 기교」(《문예》, 1959. 10) 등 참조.
20　고석규, 「시인의 역설」, 《문학예술》, 1957. 4～1957. 7. 참조.

　이 전집은 임종국(林鍾國) 편 『이상 전집(李箱全集) 1. 2. 3』에 수록된
이상의 모든 저작뿐만 아니라 1960년대《현대문학》지와 1970년대《문
학사상》지에서 발굴 소개한 작품 등을 수록함으로써 이상 문학 연구의
새로운 차원을 열 수 있게 된다. 여기서 먼저 주목해야 할 것이 비평가
조연현(趙演鉉)에 의해《현대문학》지에 소개되었던 이상의 '일본어 창
작 노트'이다. 이 새로운 자료들은《현대문학》1960년 11월호부터 '이
상의 미발표 유고의 발견'이라는 제목으로 소개된 바 있는데 이상 문학
의 성격을 이해하는 데에 필수적인 자료들이 담겨 있다. 당시 조연현은
다음과 같이 자료 발굴 경위를 소개한 바 있다.

　우연한 일로 이상의 미발표 유고가 발견되었다. 이것이 발견되고 또 그
것이 나의 수중에 들어오게 된 경위는 다음과 같다. 얼마전 현재 한양대학교
야간부에 재학중인 이연복(李演福) 군이 낡은 노트 한 권을 가지고 나를 찾
아 왔다. 이 군은 초면이었으나 그가 문학청년이며 특히 이상을 좋아하고 있
음을 곧 알 수 있었다. 그가 내보이는 노트는 이상의 일본어 시작(詩作) 습작
장임이 곧 짐작되었다. 그 노트를 이 군이 발견하게 된 것은 그의 친구인 가
구상을 하는 김종선(金鍾善) 군의 집에 놀러갔다가 그곳에서 그것을 보게
된 것이었다. 김종선 군의 백씨가 친지인 어느 고서점에서 휴지로 얻어온 그
노트는 그 집에서 그야말로 휴지로 사용되고 있었던 것으로서 100면 내외의
노트가 이미 10분지 9쯤 파손되고 10분지 1쯤이 남아 있었던 것이다. 이 군
은 일본어가 서툴렀으나 그곳에 쓰인 문자가 신기함을 느끼고 그 노트를 얻
어 와서 이상 전집과 여러 가지로 대조해본 결과 그것이 이상의 미발표 유고
로 짐작되어 나에게 가져온 것이었다.
　내가 받은 이 원고철(백지에 쓰여 있다)에는 '공포의 기록' '모색(暮色)'
'1931年' 등 그밖에 6편의 습작이 기재되어 있었다. 이 초고를 내가 검토해

본 결과 이것이 이상의 유고라고 인정되는 점은 다음과 같은 점이다.

① 필체가 이미 그 전집 속에 발표되어 있는 것과 동일하다.

② 작품의 특성이 이상의 그것과 같은 것.

③ 이상이 즐겨 사용하는 '13' '방정식' '삼차각' 등의 용어로서 작품이 구성되어 있는 점.

④ 이상이 일본어로서 시를 많이 습작한 사실.

⑤ 초고 중의 연대가 1932년 또는 1935년 등으로 되어 있는데 이 시기는 이미 발표된 그의 미발표 유고와 시기가 일치되고 있는 점.

⑥ 이와 같은 원고는 타인이 조작하여 창작할 수 없으며 또 그렇게 할 이유가 없는 점.

이상과 같은 이유에서 이것이 이상의 유고임이 거의 분명한 것으로 판정되었다. 위선 그 일부를 김수영(金洙暎) 씨 역으로 본지에 발표하여 일반의 검토에 제공코저 한다.[21]

조연현이 당시 번역 소개했던 자료들은 '무제 / 1931년 / 얼마 안 되는 변해(辨解) / 무제 / 무제(《현대문학》, 1960. 11)', '이 아해(兒孩)들에게 장난감을 주라 / 모색(暮色) / 무제(《현대문학》, 1960. 12)', '구두 / 어리석은 석반(夕飯)(1961. 1)', '습작(習作) 쇼오 윈도우 수점(數點)(《현대문학》, 1961. 2)', '무제 / 애야(哀夜) / 회한(悔恨)의 장(章)(1966. 7)' 등이 있다. 그런데 이상의 일본어 창작 노트에 채 정리되지 못한 채 남아 있던 작품들은 1976년부터 《문학사상》에서 추가로 번역 소개한 바 있다. 그 목록을 보면 다음과 같다.

21　조연현, 「이상의 미발표 유고의 발견」, 《현대문학》, 1960. 11.

단장(斷章) (《문학사상》, 1976. 6)

첫번째 방랑(放浪) (《문학사상》, 1976. 7)

불행(不幸)한 계승(繼承)

객혈(喀血)의 아침

황(獚)의 기(記) – 작품 제1번

작품(作品) 제3번

여전준일(與田準一)

월원등일랑(月原橙一郎)

공포(恐怖)의 기록(記錄) 서장(序章) (《문학사상》, 1986. 10)

공포(恐怖)의 성채(城砦)

야색(夜色)

단상(斷想)

이 새로운 자료들은 하나의 완결된 텍스트라기보다는 작품 구상 단계에서 떠오른 여러 가지 상념들을 메모해 둔 것처럼 보이지만, 이상 문학의 독특한 발상법을 엿볼 수 있는 근거들을 여기서 찾아볼 수 있다.

이어령 편 『이상 전작집』에서는 《문학사상》지에서 두 편의 소설을 추가 수록하고 있는 점도 주목된다. 《문학사상》은 조선총독부의 공식 기관지였던 《조선(朝鮮)》에 연재한 이상의 첫 장편 소설 「十二月十二日」을 비롯하여 단편 소설 「휴업(休業)과 사정(事情)」을 발굴 소개하였다.[22] 이 새로운 작품들은 이상 소설의 원점에 해당하는 중요한 자료라고 할 수 있는데, 모두 이어령이 펴낸 전집에 수록되면서 이상 문학이 새로운

---

22 《문학사상》지는 이상의 장편 소설 「十二月十二日」(1975. 9~12)과 단편 소설 「휴업(休業)과 사정(事情)」(1977. 5)을 발굴 소개했다.

발견과 해석의 시대로 나아가는 데에 매우 중요한 여러 가지 단서들을 제공할 수 있게 된다. 이상 문학에 대한 이어령의 정리 작업은 이상 문학을 하나의 가치 규범으로 고정시킨 것이 아니라, 오히려 이상의 문학 텍스트 자체가 스스로 그 가능성을 확장할 수 있는 길을 열어 보인다. 그 결과 1970년대 이후 한국 현대 문학 연구에서 이상의 텍스트는 언제나 새로운 방법론과 부딪치면서 그 빛을 발하게 된다.

이상 문학 텍스트에 대한 정리 작업은 한글 가로쓰기 방법이 일반화되기 시작한 1980년대 중반을 거치면서 새로운 틀을 요구받게 된다. 이 인쇄 환경의 변화를 적극 수용하여 가로쓰기 방식으로 바뀐 이상 문학 텍스트에 보다 깊이 있는 해설을 붙이게 된 것이 문학사상사의 『이상 문학 전집 1 시』(이승훈 편, 1989), 『이상 문학 전집 2 소설』(김윤식 편, 1991), 『이상 문학 전집 3 수필 기타』(김윤식 편, 1993) 등이다. 이 전집은 이승훈의 이상 시에 대한 새로운 해석과 김윤식의 이상 소설에 대한 비평 작업을 수용하면서 1990년대 초에 완결된다. 최근에는 김주현 편 『이상 문학 전집 1, 2, 3』(소명출판, 2005)에서 기존 텍스트의 오류를 상당 부분 바로잡아 놓음으로써 이상 문학 텍스트의 정본에 대한 관심을 새롭게 환기한 바 있다.

이상 탄생 100년을 맞으면서 필자는 이상 문학 텍스트에 대한 정밀한 조사 대비 작업을 거쳐 『이상 전집 1 시』, 『이상 전집 2 단편소설』, 『이상 전집 3 장편소설』, 『이상 전집 4 수필 기타』(뿔, 2009)를 다시 발간하였다. 이 새로운 전집은 이상의 일본어 시의 일부 번역을 고치고 원문 텍스트에 대한 상세 주석과 함께 작품 해설 노트를 붙이고 현대문 텍스트를 함께 수록하였다. 전문 연구자와 일반 독자가 모두 사용할 수 있는 정본 작업을 시도했던 것이다.

3. 유고(遺稿)로서의 텍스트와 발굴 자료

이상 문학 연구에서 중요한 과제로 남아 있는 것은 텍스트의 확정 문제이다. 문학 연구의 대상이 되는 텍스트의 확정은 작품의 해석과 평가에서 가장 기본적인 요건이다. 텍스트의 확정 없이는 어떤 연구도 그 객관적 기반을 확보하기 어렵다. 그런데 이와 같은 이상 문학 텍스트의 정리 작업은 여전히 여러 가지 문제를 남겨 두고 있다.

첫째 1937년 이상이 세상을 떠난 후에 여러 신문과 잡지들이 유고(遺稿)로 공개한 작품들은 그 텍스트의 입수 경위라든지 원전의 형태 등을 전혀 알 수가 없다. 이상의 소설 가운데 「환시기(幻視記)」, 「실화(失花)」, 「봉별기(逢別記)」, 「단발(斷髮)」 등은 모두 이상의 사후에 유작의 형태로 공개된 것이며, 「실낙원(失樂園)」, 「동경(東京)」 등의 산문도 모두 유고라는 이름으로 발표되었던 것들이다. 「파첩(破帖)」을 비롯한 시 몇 편도 마찬가지다. 해방 이후 임종국이 펴낸 『이상 전집』에 소개된 일본어 시 「거리(距離)」, 「육친의 장(肉親の章)」 등은 그 원문과 함께 번역문이 수록되었지만 창작의 시기와 배경이 확인되지 않은 상태이다. 이들 작품은 집필 시기를 확인할 수 없기 때문에 이상 문학의 변화와 그 전체적인 성격을 판단하는 데에 어려움이 많다.

둘째 이상의 문학 작품 가운데 양식의 경계를 구분하기 어려운 작품 텍스트들을 어떤 기준으로 분류할 것인가 하는 문제이다. 이상은 시와 소설의 영역을 동시에 넘나들면서 다양한 기법을 활용한 글쓰기를 보여 준다. 그의 문학 세계가 특정 영역에 국한되는 것이 아님을 말해 주는 특징이라고 할 수 있다. 그런데 여기서 문제가 되는 것은 그의 작품들 가운데 일부가 작품 전집의 편자들에 의해 자의적으로 구분되고 서로 다르게 분류된 경우가 많다는 점이다. 예컨대, 김기림 편 『이상 선집』에서 수상(隨想)으로 분류되었던 「공포(恐怖)의 기록(記錄)」은 임종국 편 『이상 전집』과 이어령 편 『이상 수필 전작집』에서 모두 수필로 분류되었지만, 김윤식 편 『이상 전집』과 김주현 편 『이상 문학 전집』에서는 소설로 분류하고 있다. 특히 김윤식과 김주현의 경우는 임종국과 이어령이 수필로 분류했던 「불행(不幸)한 계승(繼承)」이라는 글도 함께 소설의 영역에 포함시킨다. 이러한 현상은 김기림 편 『이상 선집』에서 수상(隨想)으로 분류되었던 「실낙원(失樂園)」의 경우에도 유사하게 드러난다. 이 글은 임종국 편 『이상 전집』, 이어령 편 『이상 수필 전작집』, 김윤식 편 『이상 문학 전집』에서 모두 수필로 분류하고 있지만, 김주현 편 『이상 문학 전집』의 경우에는 시의 영역에 포함시켜 놓고 있다. 김주현의 경우는 그동안 수필로 분류해 온 「최저낙원(最低樂園)」이라는 글도 시의 영역에 넣고 있다. 이러한 작품의 양식적 분류법은 각각의 글에 드러나 있는 주제와 기법과 형태를 어떤 관점으로 파악하느냐에 따라 달라질 수 있다. 특히 글의 서사적 성격을 중시할 것인가 자기 고백적(혹은 회상적) 진술 방식을 중시할 것인가에 따라 그 분류 기준이 달라지게 된다는 것은 당연한 일이다. 이상의 경우처럼 다양한 양식과 기법으로 글쓰기를 실천해 온 경우에는 이러한 문제가 야기될 수밖에 없다. 그러나 이러한 분류 방식이 객관적 기준과 면밀한 분석에 기초하지 않을 경우 연구자들의 혼란을 야기할 수 있다는 점을 지목하지 않을 수 없다.

셋째 조연현 교수가 발굴한 이상의 창작 노트의 일본어 자료들이 문제적인 상태로 놓여 있다. 《현대문학》지와 《문학사상》을 통해 번역 소개된 자료들은 모두 합하면 그 규모가 적지 않다. 그렇지만 이 자료들의 경우에도 일본어 원전이 공개되지 않은 채 번역된 텍스트만을 소개함으로써 집필 시기라든지 텍스트의 성격도 제대로 판단하기 어렵다. 특히 일본어 창작 노트의 글들은 대부분 습작 단계의 단상들을 기록해 둔 것이기 때문에 작품으로서의 완결성이 결여되어 있으며 그 장르적 구분도 명확하지 않다. 이러한 자료들은 생전에 발표한 작품과 동일한 층위에서 다루는 것이 적절하지 않다. 이들 작품과 자료는 모두 별도의 기준에 따라 정리될 필요가 있다. 이 새로운 발굴 자료들은 작품으로서의 완결성을 제대로 갖추지 못하고 있는 습작 단계의 초고에 불과한 것들이다. 그러므로 이들 자료들을 각각 하나의 완결된 작품처럼 인정할 수 없는 일이다. 이 자료들을 각각 마치 하나의 완성된 작품처럼 다루게 될 경우에는 문학적 텍스트의 본질을 왜곡할 우려가 있음을 주의할 필요가 있다.

넷째 이상의 글쓰기 영역에 포함될 수 없는 작품들이 특별한 검증이 없이 이상 작품으로 발굴 소개된 것들도 있다. 예컨대,《매일신보》에 연재된 「현대미술의 요람(搖籃)」(1935. 3. 14~23)은 필자의 이름이 김해경(金海慶)으로 표시되어 있으며,《조선일보》에 4회에 걸쳐 연재된 「자유주의에 대한 한 개의 구심적 경향」(1936. 1. 24~28)을 비롯한 일련의 논설은 그 필자가 송해경(宋海卿)으로 나와 있는 것들인데 이를 필자에 대한 정확한 조사가 없이 이상의 작품으로 소개한 경우도 있다.《조선과 건축》1932년 6월호부터 1933년 11월호까지의 일본어 권두언 가운데 'R'이라는 이니셜로 표시된 글들도 약간의 심증은 가지만 확정할 만한 근거가 없이 이상의 글로 소개하기도 하였다. 이러한 자료들은 앞으로 면밀한 조사 작업을 거쳐 그 필자를 확정할 필요가 있다.

4. 이상 문학 그 새로운 시각의 발견

이상 문학은 어떤 출발이라든지 어떤 결말을 보여 주는 과정 자체를 거부한다. 그의 첫 작품과 그가 마지막으로 남긴 작품을 보면 시간적인 격차가 거의 느껴지지 않는다. 그의 시 작품들은 여러 가지 방식으로 기존의 텍스트를 패러디하고 변형시키면서 각 텍스트의 중요한 자질을 서로 공유하고 있는 경우가 많다. 그러므로 그의 시에서도 텍스트 상호 간의 내적 연관성을 제대로 해명하는 일이 무엇보다도 중요하다.

이상은 사물에 대한 감각적 인식을 둘러싼 사회 문화적 조건의 변화에 일찍이 눈을 뜬다. 그는 어린 시절부터 미술에 관심을 두면서 근대 회화의 기본적 원리를 터득하였고, 경성고등공업학교에 재학하는 동안 근대적 기술 문명을 주도해 온 물리학과 기하학 등에 관한 깊은 이해를 가지게 된다. 그리고 새로운 예술 형태로 주목되기 시작한 영화에 유별난 취미를 키워 나간다. 이상이 지니고 있었던 예술의 모든 영역에 대한 폭넓은 관심과 지식은 그가 남긴 문학의 구석구석에 잘 드러나 있다.

이상이 시와 소설의 창작 활동을 전개하면서 가장 주목했던 것은 존재의 근본 원리가 되는 시간의 문제와 사물에 대한 인식의 기초가 되는 시각(視覺)의 문제였다고 할 수 있다. 이상이 시간의 문제에 관하여 관심을 가지게 되는 과정은 아인슈타인의 상대성 이론에 대한 인식 과정에서 자연스럽게 드러난다. 상대성 이론이 등장하기 전에는 시간의 불가역성(不可逆性) 또는 비가역성을 의심하는 경우가 없었다. 그러나 아인슈타인은 절대적인 주체와 그 존재의 기반이 되는 시간의 의미를 상대적인 것으로 바꾸어 놓음으로써 모든 사물에 대한 인식에 회의를 야기한다. 이상이 「선(線)에 관한 각서(覺書)」라는 제목으로 발표한 일련의 연작시는 빛과 시간에 대한 아인슈타인적 해석에 근거한 일종의 존재론적 회의를 시적으로 형상화한 것이라고 할 수 있다. 그러므로 이상의 문학에서 가장 빛나는 부분은 사물에 대한 새로운 시각의 발견이라고 할 수 있다.

이상 문학은 한국 문학에서 분명 하나의 충격이다. 이러한 충격은 이미 널리 퍼져 있는 양식에 대한 반동에서 온다. 이상 문학은 외관의 무의미성을 강조하면서 상상력의 하부 구조를 열어 가기 위해 노력한다. 경험의 절대적인 존재성을 강조하는 것처럼 보이는 그의 문학에서는 조각이나 부분이 전체를 대신하며, 한정되어 있는 전체보다는 단절되어 있는 부분과 부러진 조각에서 어떤 의미를 느낀다. 구속이 없는 자유, 자유로운 감각, 질서에 대한 충동의 우위, 상상력의 해방, 이런 것들이 오늘날까지도 이상 문학에 관심을 지니게 만드는 요인일 것이다. 이상 문학은 어떤 궁극적인 해답을 제시하는 것이 아니다. 그는 누구보다 먼저 인간의 존재에 대해 심각하게 질문하였고, 현상과 본질의 대립, 부분과 전체의 부조화를 문제 삼았던 것이다.

이상의 삶과 문학

이상의 생애

1910년 9월 23일(음 8월 20일)

이상(李箱)은 경성부 북부 순화방 반정동 4통 6호에서 부 김영창(金永昌)과 모 박씨 (朴氏)의 2남 1녀 중 장남으로 출생하였다. 본명은 김해경(金海卿)이며 본관은 강릉 (江陵)이다.

이상 제적부에 기재된 본적은 경성부 통동(뒤에 통인동으로 개칭) 154번지이다. 이곳 은 이상의 선대에서부터 줄곧 지내 온 거처로서 이상이 태어날 당시에는 조부 김병 복(金炳福)이 가장으로 살림을 이끌었다. 부친 김영창은 일본 강점 이전 구한말 궁 내부(宮內府) 활판소(活版所)에서 일하다가 사고로 손가락이 절단된 뒤 일을 중단하 고 집 근처에 이발관을 개업하여 가계를 꾸려 갔다. 이상의 형제는 누이동생 김옥희 (金玉姬)와 남동생 김운경(金雲卿)이 있다.

1913년

백부 김연필(金演弼)의 집으로 옮겨 그곳에서 성장했다. 이상의 백부 김연필은 본처 와의 사이에 소생이 없어서 조카인 이상을 데려다가 친자식처럼 키우고 그 학업을 도왔다. 그런데 소실로 들어온 김영숙(金英淑)에게 딸린 사내아이를 자신의 호적에 입적시켰다. 그가 바로 백부 김연필과 백모 김영숙 사이에 태어난 것처럼 호적에 등 재된 김문경(金汶卿)이다. 김연필은 구한말 융희(隆熙) 3년(1909. 5)에 관립 공업전 습소(工業專習所) 금공과(金工科)의 제1회 졸업생으로 한일합방 직후에는 총독부 상 공과의 하급직 관리로 일했던 것으로 알려져 있다.

1917년

이상은 8세 되던 해 누상동(樓上洞)에 있던 신명학교(新明學校)에 입학하였다. 신명학교 재학 중에 구본웅(具本雄, 1906~1953, 화가)과 동기생이 되어 오랜 친구로 지냈다.

1921년

신명학교를 졸업한 후 조선불교중앙교무원(朝鮮佛敎中央敎務院)에서 운영하는 동광학교(東光學校)에 입학하였다.

1922년

동광학교가 보성고등보통학교(普成高等普通學校)와 합병되자 보성고보에 편입하였다.

보성고보 재학 중 미술에 관심을 가지고 화가 지망생이 되었으며 학업 성적도 상급 수준에 올랐다.

1926년

3월 보성고보 제4회 졸업생이 되었다.

경성 동숭동(東崇洞)에 소재한 경성고등공업학교(京城高等工業學校) 건축과(建築科)에 입학하였다.

1928년

경성고등공업학교 졸업 기념 사진첩에 본명인 김해경 대신 이상(李箱)이란 별명을 썼다.

1929년

경성고등보통학교 건축과를 수석으로 졸업하자 학교의 추천으로 조선총독부 내무국(內務局) 건축과(建築課) 기수(技手)로 발령을 받았다. 이해 11월에는 조선총독부 관방회계과(官房會計課) 영선계(營繕係)로 자리를 옮겼다.

조선에 진출해 있던 일본인 건축 기술자들을 중심으로 결성한 조선건축회(朝鮮建築
會, 1922년 3월 결성)에 정회원으로 가입하였고, 이 학회의 일본어 학회지《조선과 건
축((朝鮮と建築)》의 표지 도안 현상 모집에 1등과 3등으로 당선되었다.(12월)

1930년

조선총독부에서 일본의 식민지 정책을 일반에게 홍보하기 위해 발간하던 잡지《조
선(朝鮮)》국문판에 1930년 2월호부터 12월호까지 9회에 걸쳐 처녀작이며 유일한
장편 소설인 「12월 12일(十二月 十二日)」을 '이상(李箱)'이란 필명으로 연재하였다.

1931년

제10회 조선미술전람회에 서양화 「자상(自像)」이 입선하였다.(6월)
《조선과 건축》에 일본어로 쓴 시 「이상한 가역반응(可逆反應)」 등 20여 편을 세 차례
에 걸쳐 발표하였다.
폐결핵 감염 사실을 진단 받았고 병의 증세가 점차 악화되었다.

1932년

이상의 성장 과정을 돌봐 준 백부 김연필이 1932년 5월 7일 뇌일혈로 사망하였다.
《조선과 건축》에 「건축무한육면각체」라는 제목으로 일본어 시 「AU MAGASIN DE
NOUVEAUTES」, 「출판법」 등을 발표하였다.
《조선(朝鮮)》에 단편 소설 「지도의 암실」을 '비구(比久)'라는 필명으로 발표하고, 단
편 소설 「휴업과 사정」을 '보산(甫山)'이라는 필명으로 잇달아 발표하였다.
《조선과 건축》의 표지 도안 현상 공모에서 가작 4석(席)으로 입상하였다.

1933년

폐결핵으로 인하여 직무를 수행하기 어렵게 되자 조선총독부 기수직을 사직하고

봄에 황해도 배천(白川) 온천에서 요양하였다. 배천 온천에서 알게 된 기생 금홍을
서울로 불러올려 종로 1가에 다방 '제비'를 개업하면서 동거하였다.(6월)
1933년 8월에 결성된 문학 단체 '구인회(九人會)'의 핵심 동인인 이태준(李泰俊), 정
지용(鄭芝溶), 김기림(金起林), 박태원(朴泰遠) 등과 교유가 시작되었고, 정지용의 주
선으로 잡지《가톨닉청년(靑年)》에 「꽃나무」, 「이런 시」 등을 국문으로 발표하였다.

1934년

이태준의 도움으로 시 「오감도(烏瞰圖)」를 《조선중앙일보(朝鮮中央日報)》에 연재하
게 되지만 15편을 발표한 후 독자들의 항의와 비난으로 연재를 중단하였다.
박태원의 소설 「소설가 구보씨의 일일」이 《조선중앙일보》에 연재(1934. 8. 1~9. 19)
되는 동안 '하융(河戎)'이라는 필명으로 작품 속의 삽화를 그렸다.
'구인회'의 동인으로 김유정(金裕貞), 김환태(金煥泰) 등과 함께 가담하였다.

1935년

금홍이와 결별한 후 다방 '제비'를 경영난으로 폐업하였다. 인사동의 카페 '쓰루
(鶴)'를 인수하여 운영하다가 실패하였다. 다방 '69'를 개업 양도하고 명동에서 다방
'무기(麥)'를 경영하다가 문을 닫은 후 성천, 인천 등지를 유랑하였다.
구본웅이 이상을 모델로 한 초상화 「친구의 초상(肖像)」을 그렸다. 그 후 구본웅은
그의 부친이 운영하던 인쇄소 창문사(彰文社)에 이상의 일자리를 주선하였다.

1936년

창문사에 근무하면서 구인회 동인지 《시(詩)와 소설(小說)》의 창간호를 편집 발간하
였다.
단편 소설 「지주회시」, 「날개」를 발표하면서 평단의 관심을 받자 자기 문학에 새로
운 자신감을 얻게 되었다. 이 해에 가장 많은 시와 수필을 발표하였다.
연작시 「역단(易斷)」을 발표하였으며 「위독(危篤)」을 《조선일보(朝鮮日報)》에 연재

하였다.

6월 변동림(卞東琳, 구본웅의 계모의 이복동생)과 결혼하여 경성 황금정(黃金町)에서 신혼살림을 차렸다.

이 해 10월 하순에 새로운 문학 세계를 향하여 일본 동경으로 떠났다.

동경에서는 주로 《삼사문학(三四文學)》의 동인 신백수 · 이시우(李時雨) · 정현웅(鄭玄雄) · 조풍연(趙豊衍) 등을 자주 만나 문학을 토론하였다.

1937년

이 해 2월 사상 혐의로 동경 니시간다(西神田) 경찰서에 피검되어 한 달 정도 조사를 받다가 폐결핵이 악화되어 동경제국대학 부속 병원으로 옮겨졌다.

단편 소설 「동해(童骸)」, 「종생기(終生記)」를 발표하였다.

4월 16일 서울에서 부친 김영창과 조모가 함께 세상을 떠났다.

4월 17일 동경제대 부속 병원에서 28세로 요절하였다. 위독하다는 급보를 듣고 일본으로 건너온 부인 변동림에 의해 유해가 화장된 후 미아리 공동묘지에 안장되었다.

5월 15일 경성 부민관에서 이상과 고 김유정(3월 29일 작고)을 위한 합동 추도식이 열렸다.

이상 작품 연보

1929년

조선건축회(朝鮮建築會, 1922년 3월 결성)의 일본어 학회지《조선과 건축((朝鮮と建築)》의 표지 도안 현상 모집에 1등과 3등 당선.(12월)

1930년

장편 소설「12월 12일」(朝鮮, 1930. 2~12 연재. 국문)

1931년

제10회 조선미술전람회 서양화「자상(自像)」입선.(6월)

시

이상한 가역반응(異常ナ可逆反應)(朝鮮と建築, 1931. 7)

파편의 경치(破片ノ景色)(朝鮮と建築, 1931. 7)

▽의 유희(▽ノ遊戲)(朝鮮と建築, 1931. 7)

수염(ひげ)(朝鮮と建築, 1931. 7)

BOITEUX · BOITEUSE(朝鮮と建築, 1931. 7)

공복(空腹)(朝鮮と建築, 1931. 7)

연작시「조감도(鳥瞰圖)」(朝鮮と建築, 1931. 8)

　2인····1····(二人···· 1 ····) / 2인····2····(二人····2····) / 신경질적으로 비만한 삼각형(神經質に肥滿した三角形) / LE URINE (LE URINE) / 얼굴(顏) / 운동(運動) / 광녀의 고백(狂女の告白) / 흥행물천사(興行物天使)

연작시「삼차각설계도(三次角設計圖)」(朝鮮と建築, 1931. 10)

선에 관한 각서 1(線に關する覺書 1) / 선에 관한 각서 2(線に關する覺書 2) / 선에 관한 각서 3(線に關する覺書 3) / 선에 관한 각서 4(線に關する覺書 4) / 선에 관한 각서 5(線に關する覺書 5) / 선에 관한 각서 6(線に關する覺書 6) / 선에 관한 각서 7(線に關する覺書 7)

1932년

연작시「건축무한육면각체(建築無限六面角體)」(朝鮮と建築, 1932. 7)

　　AU MAGASIN DE NOUVEAUTES / 열하약도 No.2(熱河略圖 No.2 未定稿) / 진단 0 : 1(診斷 0 : 1) / 22년(二十二年) / 출판법(出版法) / 차8씨의 출발(且8氏の出發) / 대낮(眞晝 – 或るESQUISSE –)

《조선(朝鮮)》에 단편 소설「지도의 암실」을 '비구(比久)'라는 필명으로, 단편 소설「휴업과 사정」을 '보산(甫山)'이라는 필명으로 발표.

단편 소설「지도의 암실」(朝鮮, 1932. 3)

단편 소설「휴업과 사정」(朝鮮, 1932. 4)

《조선과 건축》표지 도안 현상 공모 가작 4석(席) 입상.

1933년

정지용의 주선으로 잡지《가톨닉靑年》에「꽃나무」,「이런 시」등 발표.

꽃나무(가톨닉靑年, 1933. 7)

이런 시(詩)(가톨닉靑年, 1933. 7)

1933. 6. 1(가톨닉靑年, 1933. 7)

거울(《가톨닉靑年》, 1933. 10)

1934년

연작시 「오감도(烏瞰圖)」(朝鮮中央日報, 1934. 7. 24~8. 8 연재)

　시제1호(詩第一號)(7. 24) / 시제2호(詩第二號)(7. 25) / 시제3호(詩第三號)(7. 25) / 시제4호(詩第四號)(7. 28) / 시제5호(詩第五號)(7. 28) / 시제6호(詩第六號)(7. 31) / 시제7호(詩第七號)(8. 1) / 시제8호(詩第八號)(8. 2) / 시제9호(詩第九號)(8. 3) / 시제10호(詩第十號)(8. 3) / 시제11호(詩第十一號)(8. 4) / 시제12호(詩第十二號)(8. 4) / 시제13호(詩第十三號)(8. 7) / 시제14호(詩第十四號)(8. 7) / 시제15호(詩第十五號)(8. 8)

시

보통기념(普通記念)(月刊每申, 1934. 6)

·소·영·위·제·(·素·榮·爲·題·)(중앙, 1934. 9)

단편 소설

지팽이 역사(轢死)(月刊每申, 1934. 8)

수필

혈서삼태(血書三態)(新女性, 1934. 6)

산책(散策)의 가을(新東亞, 1934. 10)

박태원의 소설 「소설가 구보씨의 일일」의 연재 삽화 제작(朝鮮中央日報, 1934. 8. 1~9. 19).

1935년

시

정식(正式)(가톨닉靑年, 1935. 9)

지비(紙碑)(朝鮮中央日報, 1935. 9. 15)

수필

문학(文學)을 버리고 문화(文化)를 상상(想像)할 수 없다(朝鮮中央日報, 1935. 1. 6)

산촌여정(山村餘情)(每日申報, 1935. 9. 27~10. 11)

1936년

'구인회' 동인지《시(詩)와 소설(小說)》창간호 편집.

시

지비(紙碑) – 어디로갔는지모르는안해(中央, 1936. 1)

연작시 역단(易斷)(가톨닉靑年, 1936. 2)

　화로(火爐) / 아침 / 가정(家庭) / 역단(易斷) / 행로(行路)

가외가전(街外街傳)(詩와 小說, 1936. 3)

명경(明鏡)(女性, 1936. 5)

목장(가톨릭소년, 1936. 5. 동시)

연작시「위독(危篤)」(朝鮮日報, 1936. 10. 4~10. 9 연재)

　금제(禁制)(10. 4) / 추구(追求)(10. 4) / 침몰(沈歿)(10. 4) / 절벽(絶壁)(10. 6) / 백화

　(白畵)(10. 6) / 문벌(門閥)(10. 6) / 위치(位置)(10. 8) / 매춘(買春)(10. 8) / 생애(生涯)

　(10. 8) / 내부(內部)(10. 9) / 육친(肉親)(10. 9) / 자상(自像)(10. 9)

I WED A TOY BRIDE(三四文學, 1936. 10)

단편 소설

지주회시(中央, 1936. 6)

날개(朝光, 1936. 9)

봉별기(逢別記)(女性, 1936. 12)

수필

「조춘점묘(早春點描)」(每日申報, 1936. 3. 3~3. 26 연재)

　　보험(保險) 없는 화재(火災) / 단지(斷指)한 처녀(處女) / 차생윤회(此生輪廻) / 공지

　　(空地)에서 / 도회(都會)의 인심(人心) / 골동벽(骨董癖) / 동심행렬(童心行列)

서망율도(西望栗島)(朝光, 1936. 3)

여상(女像)(女性, 1936. 4)

약수(藥水)(中央, 1936. 7)

EPIGRAM(女性, 1936. 8)

동생 옥희(玉姬) 보아라(中央, 1936. 9)

「추등잡필(秋燈雜筆)」(每日申報, 1936. 10. 14~10. 28 연재)

　　추석(秋夕) 삽화(揷話)(10. 14~15) / 구경(求景)(10. 16) / 예의(禮儀)(10. 21) / 기여

　　(寄與)(10. 22) / 실수(失手)(10. 27~28)

행복(幸福)(女性, 1936. 10)

가을의 탐승처(探勝處)(朝光, 1936. 10)

창문사에서 잡지《가톨릭소년》(1936. 5) 표지와 김기림 시집 『기상도』 표지 장정

1937년

시

파첩(破帖)(子午線, 1937. 11. 유고)

소설

동해(童骸)(朝光, 1937. 2)

종생기(終生記)(朝光, 1937. 5)

수필

19세기식(十九世紀式)(三四文學, 1937. 4)

공포(恐怖)의 기록(記錄)(每日申報, 1937. 4. 25~5. 15 연재)

권태(倦怠)(朝鮮日報, 1937. 5. 4~5. 11 연재)

슬픈 이야기(朝光, 1937. 6. 유고)

1938년

시

무제(無題)(貘, 1938. 10. 유고)

소설

환시기(幻視記)(靑色紙, 1938. 6. 유고)

수필

문학(文學)과 정치(政治)(四海公論, 1938. 7. 유고)

1939년

시

무제(無題)(貘, 1939. 2. 유고)

소설

실화(失花)(文章, 1939. 3. 유고)

단발(斷髮)(朝鮮文學, 1939. 4. 유고)

김유정(金裕貞)(靑色紙, 1939. 5. 유고)

「실낙원(失樂園)」(朝光, 1939. 2. 유고)

　소녀(少女) / 육친(肉親)의 장(章) / 실낙원(失樂園) / 면경(面鏡) / 자화상(自畵

　像) / 월상(月傷)

병상 이후(病床 以後)(靑色紙, 1939. 5. 유고)

최저낙원(最低樂園)(朝鮮文學, 1939. 5. 유고)

동경(東京)(文章, 1939. 5. 유고)

1940년

김소운(金素雲)의 『젖빛 구름(乳色の雲)』에 이상의 시 「청령(蜻蛉)」, 「한 개의 밤」이
일본어로 소개.

1949년

김기림의 『이상 선집(李箱選集)』, 백양당 발간.

1956년

고대문학회(高大文學會) 편 『이상 전집(李箱全集)』(전3권). 임종국(林鍾國) 편집으로
태성사(泰成社)에서 발간. 이 전집에 이상의 유고시 9편(일본어 원문) 발굴 번역 수록.

이상 일본어 유고시 9편

척각(隻脚)

거리(距離)

수인이 만든 소정원(囚人の作つた箱庭)

육친의 장(肉親の章)

내과(內科)

골편에 관한 무제(骨片ニ關スル無題)

가구의 추위(街衢ノ寒サ)

아침(朝)

최후(最後)

1960년

조연현(趙演鉉)이 이상의 일본어 습작 노트를 발굴하여 거기 수록된 자료들을《현대
문학(現代文學)》지에 번역 소개.

발굴 소개 자료

무제(현대문학, 1960. 11)

1931년

얼마 안 되는 변해(辨解)

무제

무제

이 아해(兒孩)들에게 장난감을 주라(현대문학, 1960. 12)

모색(暮色)

무제

구두(현대문학, 1961. 1)

어리석은 석반(夕飯)

습작(習作) 쇼오 윈도우 수점(數點)(현대문학, 1961. 2)

무제(현대문학, 1966. 7)

애야(哀夜)

회한(悔恨)의 장(章)

1976년

《문학사상(文學思想)》지에서 조연현이 발굴한 이상의 일본어 습작 노트에 남아 있던 자료들을 추가 번역 소개.

발굴 소개 자료

단장(斷章)(1976. 6)

첫번째 방랑(放浪)(1976. 7)

불행(不幸)한 계승(繼承)

객혈(喀血)의 아침

황(獚)의 기(記) – 작품 제1번

작품(作品) 제3번

여전준일(與田準一)

월원등일랑(月原橙一郎)

공포(恐怖)의 기록(記錄) 서장(序章)(1986. 10)

공포(恐怖)의 성채(城砦)

야색(夜色)

단상(斷想)

1977년

이어령(李御寧) 편『이상 소설 전작집 1. 2』(1977),『이상 수필 전작집』(1977),『이상 시 전작집』(1978), 갑인출판사 발간.

1993년

이승훈 편『이상 문학 전집 – 시』(1989), 김윤식 편『이상 문학 전집 – 소설』(1991), 김윤식 편『이상 문학 전집 – 수필』(1993), 문학사상사 발간.

1997년

이상 문학 60년을 기념하기 위한 학술 세미나를 세종문화회관에서 개최하고 그 발
표 논문을 모아『이상 문학 연구 60년』(권영민 편, 문학사상사, 1998) 발간.

2005년

김주현 편『정본 이상 문학 전집』(전3권), 소명출판사 발간.

2009년

권영민 편『이상 전집』(전4권), 문학에디션 뿔 발간.

2010년

대산문화재단 이상 탄생 100년 기념 심포지엄 개최
문화예술위원회 아르코 미술관 이상 100년 기념 전시회 개최

이상 연구 논저

기본 자료

김기림 편, 『이상 선집』, 백양당, 1949.

임종국 편, 『이상 전집 제1권 창작집』, 태성사, 1956.

임종국 편, 『이상 전집 제2권 시집』, 태성사, 1956.

임종국 편, 『이상 전집 제3권 수필집』, 태성사, 1956.

이어령 교주, 『이상 소설 전작집 1, 2』, 갑인출판사, 1977.

이어령 교주, 『이상 수필 전작집』, 갑인출판사, 1977.

이어령 교주, 『이상 시 전작집』, 갑인출판사, 1978.

오규원, 『이상 시 전집 – 거울 속의 나는 외출중』, 문장사, 1981.

오규원, 『이상 소설집 – 거기서 나는 죽어도 좋았다』, 문장사, 1981.

이승훈 편, 『이상 문학 전집 1 시』, 문학사상사, 1989.

김윤식 편, 『이상 문학 전집 2 소설』, 문학사상사, 1991.

김윤식 편, 『이상 문학 전집 3 수필』, 문학사상사, 1993.

김주현 주해, 『이상 문학 전집 01 시』, 소명, 2005.

김주현 주해, 『이상 문학 전집 02 소설』, 소명, 2005.

김주현 주해, 『이상 문학 전집 03 수필 기타』, 소명, 2005.

권영민 엮음, 『이상 전집 1 시』, 뿔, 2009.

권영민 엮음, 『이상 전집 2 단편소설』, 뿔, 2009.

권영민 엮음, 『이상 전집 3 장편소설』, 뿔, 2009.

권영민 엮음, 『이상 전집 4 수필』, 뿔, 2009.

단행본 연구서, 평전

윤태영·송민호,『절망은 기교를 낳고』, 교학사, 1968.

고은,『이상 평전』, 민음사, 1974.

김용직 편,『이상』, 문학과지성사, 1977.

오규원,『날자, 한번만 더 날자꾸나』, 문장사, 1980.

김승희,『이상 평전 - 제13의 아해도 위독하오』, 문학세계사, 1982.

조용만,『구인회 만들 무렵 - 조용만 창작집』, 정음사, 1984.

양윤옥,『슬픈 이상』, 한겨레, 1985.

김윤식,『이상 연구』, 문학과지성사, 1987.

이승훈,『이상 시 연구』, 고려원, 1987.

김윤식,『이상 소설 연구』, 문학과비평사, 1988.

이영지,『이상 시 연구』, 양문각, 1989.

유광우,『이상 문학 연구』, 충남대 출판부, 1993.

박성원,『이상(李箱), 이상(異常), 이상(理想)』, 문학과지성사, 1996.

박진환,『소설 속에서 만난 이상과 프로이트』, 자유지성사, 1996.

이태동 편,『이상』, 서강대학교 출판부, 1997.

이승훈,『이상 - 식민지 시대의 모더니스트』, 건국대학교 출판부, 1997.

권영민 편,『이상 문학 연구 60년』, 문학사상사, 1998.

김승희,『이상 시 연구』, 보고사, 1998.

김윤식,『이상 문학텍스트 연구』, 서울대 출판부, 1998.

이보영,『이상의 세계』, 금문서적, 1998.

김민수,『멀티미디어 인간 이상은 이렇게 말했다 : 디지털 풍경, 마음의 道』, 생각의
　　나무, 1999.

김성수,『이상 소설의 해석 - 生과 死의 감각』, 태학사, 1999.

김주현,『이상 소설 연구』, 소명, 1999.

이경훈, 『이상, 철천의 수사학』, 소명출판, 2000.

이상문학회, 『이상 리뷰』, 역락, 2001.

조해옥, 『이상 시의 근대성 연구 – 육체의식을 중심으로』, 소명출판, 2001.

박현수, 『모더니즘과 포스트모더니즘의 수사학 : 이상문학연구』, 소명, 2003.

신주철, 『이상과 김수영 시의 아이러니』, 박이정, 2003.

안미영, 『이상과 그의 시대』, 소명출판, 2003.

이상문학회, 『이상 리뷰 제2호』, 역락, 2003.

김승구, 『이상, 욕망의 기호』, 월인, 2004.

김유중·김주현 편, 『그리운 그 이름, 이상』, 지식산업사, 2004.

서영채, 『사랑의 문법 : 이광수, 염상섭, 이상』, 민음사, 2004.

이상문학회, 『이상 리뷰 제3호』, 역락, 2004.

이상문학회, 『이상 리뷰 제4호』, 역락, 2005.

오진현, 『이상의 디지털리즘 : 디지털리즘 문학선언』, 범우사, 2005.

강용운, 『이상 소설의 서사와 의미생성의 논리』, 태학사, 2006.

신범순 외, 『이상 문학 연구의 새로운 지평』, 역락, 2006.

신범순 외, 『이상의 사상과 예술 : 이상 문학 연구의 새로운 지평 2』, 신구문화사,
    2006.

이상문학회, 『이상 리뷰 제5호』, 역락, 2006.

신범순, 『이상의 무한정원 삼차각나비 : 역사시대의 종말과 제4세대 문명의 꿈』, 현
    암사, 2007.

이상문학회, 『이상 소설 작품론』, 역락, 2007.

이원도, 『이상이 만난 장자』, 서정시학, 2007.

이화경, 『이상 문학에 나타난 주체와 욕망에 관한 연구』, 한국학술정보, 2007.

권영민, 『이상 텍스트 연구 – 이상을 다시 묻다』, 뿔, 2009.

김옥순, 『이상 문학과 은유』, 채륜, 2009.

이상문학회, 『이상 시 작품론』, 역락, 2009.

조해옥, 『이상 산문 연구』, 서정시학, 2009.

조영남, 『이상은 이상 이상이었다』, 한길사, 2010.

구미리내, 『이상, 날개는 없다』, 산과들, 2010.

이상문학회, 『이상 수필 작품론』, 역락, 2010.

蘭明 외, 『李箱적 越境과 시의 생성 : 『詩と詩論』 수용 및 그 주변』, 역락, 2010.

장석주, 『이상과 모던뽀이들』, 현암사, 2011.

단평 및 연구 논문

김기림, 「현대시의 발전 – 난해에 대하야」, 《조선일보》, 1934.7.12~22.

김안서, 「시는 기지가 아니다 – 이상 시 〈정식〉」, 《매일신보》, 1935.4.11.

박용철, 「새로우려 하는 노력 – 올해시단총평」, 《동아일보》, 1935.12.24.

이시우, 「SURREALISME」, 《삼사문학》, 1936.10.

최재서, 「리알리즘의 확대와 심화 – 〈천변풍경〉과 〈날개〉에 관하여」, 《조선일보》,
　　1936.11.31~12.7.

김문집, 「'날개'의 시학적 재비판」, 《문예가》, 1937.2.

박상엽, 「箱아, 箱아」, 《매일신보》, 1937.4.21.

박태원, 「이상 哀詞」, 《조선일보》, 1937.4.22.

엄흥섭, 「요절한 두 작가의 작품 – 5월 창작평」, 《조선일보》, 1937.5.11.

최재서, 「현대적 지성에 관하여」, 《조선일보》, 1937.5.15~20.

김기림, 「고 이상의 추억」, 《조광》, 1937.6.

박태원, 「이상의 편모」, 《조광》, 1937.6.

최재서, 「고 이상의 예술」, 《조선문학》, 1937.6.

최재서, 「고 이상의 추억」, 《조광》, 1939.6.

정인택, 「요절한 그들의 면영 – 불쌍한 이상」, 《조광》, 1939.12.

조연현, 「자의식의 비극」, 《백민》, 1949.1.

김기림, 「동양에의 반역 – 이상문학의 한모」, 《태양신문》, 1949.4.26.

김기림, 「절박의 매력 – 이상문학의 한모」, 《태양신문》, 1949.4.27.

조연현, 「근대정신의 해체 – 고 이상의 문학적 의의」, 《문예》, 1949.11.

이활, 「이상론」, 《시작》, 1954.7.

이어령, 「이상론 – 순수의식의 뇌성과 그 파벽」, 《문리대학보》, 서울대 문리대 학생회, 1955.9.

임종국, 「이상론(1) – 근대적 자아의 절망과 항거」, 《고대문화》 1, 고대문학회, 1955.12.

김춘수, 「시형태상의 다다이즘」, 《문학예술》, 1956.1.

이봉구, 「이상」(실명소설), 《현대문학》, 1956.3.

김춘수, 「이상의 시 – 그의 시형태와 그 밑받침」, 《문학예술》, 1956.9.

이어령, 「나르시스의 학살 – 이상의 시와 그 난해성」, 《신세계》, 1956.10~1957.1.

고석규, 「시인의 역설」, 《문학예술》, 1957.4~7.

김우종, 「이상론」, 《현대문학》, 1957.5.

김춘수, 「이상의 죽음」, 《사상계》, 1957.7.

이무영, 「애정비평시론 – 이상의 시와 그 난해성」, 《자유문학》, 1957.7.

이어령, 「속 나르시스의 학살 – 이상의 시와 그 난해성」, 《자유문학》, 1957.7.

임종국, 「이상 삽화 – 그의 21주기를 기념하여」, 《자유신문》, 1958.5.16~18.

이어령, 「이상의 소설과 기교」, 《문예》, 1959.11~12.

정태용, 「이상의 인간과 문학」, 《예술원보》, 대한민국 예술원, 1959.12.

신동욱, 「고독한 초상 – 이상의 애인들이 찢은」, 《현대문학》, 1960.8.

조연현, 「이상의 미발표 유고의 발견」, 《현대문학》, 1960.11~1961.2.

김규동, 「HERETIC DOCTRINE –〈봉별기〉를 통해 본 이상」, 《현대문학》, 1961.11.

김교선, 「불안 문학의 계보와 이상」, 《현대문학》, 1962.2.

김옥희, 「오빠 이상」,《현대문학》, 1962.6.

김구용, 「'레몽'에 도달한 길 – 이상 연구」,《현대문학》, 1962.8.

김현, 「이상에 나타난 만남의 문제 – 소설을 주로 하여」,《자유문학》, 1962.10.

윤태영, 「자신이 '健啖家'라던 이상」,《현대문학》, 1962.12.

이진순, 「동경 시절의 이상」,《신동아》, 1963.1.

조병무, 「〈날개〉의 두 표상」,《현대문학》, 1963.1.

이재철, 「이상의 시사적 위상 – 소월, 지용과 비교해본」,《계간문예》, 1963.12.

이영일, 「도피와 순교 – 이상론」,《문학춘추》8, 1964.11.

김옥희, 「오빠 이상」,《신동아》, 1964.12.

이봉구, 「과거를 돌아보니 회한뿐 – 고독한 향수 속에 죽어간 이상」,《문학춘추》13,
    1965.4.

이영일, 「부도덕의 사도행전 – 이상론」,《문학춘추》13, 1965.4.

송기숙, 「이상 서설」,《현대문학》, 1965.9.

원용석, 「이상의 회고」,《대한일보》, 1966.8.25.

김용직, 「이상 – 문제작가 · 문제작품」,《국어국문학》34 · 35, 국어국문학회,
    1967.1.

김용직, 「Dadaism 그 처지에 관한 약간의 이견」,《현대문학》, 1967.2.

장백일, 「시에 대한 의심 – 이상의 시형태에 대하여」,《현대문학》, 1967.2.

김소운, 「李箱異常」,『하늘 끝에 살아도』, 동아출판공사, 1968.

송욱, 「창부와 사회의식 – 이상과 샤르트르」,『한국인과 문학사상』, 일조각, 1968.

정명환, 「부정과 생성」,『한국인과 문학사상』, 일조각, 1968.

이동주, 「이상」(실명소설),《현대문학》, 1968.1.

구연식, 「다다이즘과 이상문학」,《동아논총》4, 동아대학교, 1968.4.

여영택, 「이상론 – 제2부 시에 대하여」,《어문학》18, 한국어문학회, 1968.5.

여영택, 「이상의 산문에 관한 고구」,《국어국문학》39 · 40, 국어국문학회, 1968.5.

여영택, 「이상론 – 제3부 문학의 원천에 대하여」,《어문학》19, 한국어문학회,

1968.11.

천이두,「내성적 자의식적 소설론」,《현대문학》, 1968.11~12.

이보영,「질서에의 의욕 – 이상 재론」,《창작과 비평》, 1968.12.

송욱,「잉여 존재와 사회 의식 구조」,『문학평전』, 일조각, 1969.

조용만,「이상의 문학」,『청빈의 서 : 수필집』, 고문사, 1969.

김주연,「깨어진 거울의 혼란 – 이상론」,《68문학》, 현명문화사, 1969.1.

김현,「구체시로서의 이상 시」,《공간》, 1969.1.

문종혁,「심심산천에 묻어주오」,《여원》, 1969.4.

오생근,「동물의 Image를 통한 이상의 상상적 세계」,《신동아》, 1970.2.

김윤식,「이상의 현실에 대한 태도」,《현대문학》, 1971.2.

송민호,「이상 문학 단평」,『중등교수자료 – 국어과편』, 1~2, 1971.7.

서정주,「이상의 일」,《월간중앙》, 1971.10.

임중빈,「부정의 모험 – 이상의 〈날개〉론고」,『부정의 미학』, 한얼문고, 1972.

김열규,「현대의 언어적 구제와 이상문학」,《지성》, 1972.2.

장윤익,「이상의 성격연구 – 작품분석과 문예사조수용을 중심으로」,《어문학》26,
    한국어문학회, 1972.3.

장윤익,「이상 문학의 자의식적 성격과 난해의 한계성」,《현대문학》, 1972.4.

오세영,「이상의 시세계」,《현대시학》, 1972.5.

김상태,「김광균과 이상의 시 – 그 대비적 고찰, 의미론적 관점에서」,《논문집》14,
    전북대학교, 1972.10.

구인환,「기법의 부정과 혁신 – 기법으로 본 이상론」,《국어교육》18~20, 한국국어
    교육연구회, 1972.12.

김상태,「이상의 문체 연구 – 소설을 중심으로 한 통계적 방법의 시고」,《국어국문
    학》58~61, 1972.12~1973.7.

김윤식 · 김현,「이상 혹은 자아의 파산」,『한국문학사』, 민음사, 1973.

김용운,「이상 문학에 있어서의 수학」,《신동아》, 1973.2.

황헌식, 「형식미의 희롱 – 이상 시를 텍스트로 한 방법론적 시고」, 《시문학》, 1973.4.

김윤식, 「가장행위와 그 방법 – 이상의 산문」, 《수필문학》 2~4, 1973.5.

김종은, 「이상의 理想과 異常 – 한국 예술가에 관한 정신의학적 추적」, 《문학사상》, 1973.7.

정귀영, 「이상 문학의 초의식 심리학」, 《현대문학》, 1973.7~9.

추은희, 「Surrealism에 비춰본 이상의 작품 세계」, 《현대문학》, 1973.7.

김상선, 「이상론 서설」, 《문학》 19, 1973.10.

김상선, 「이상론」, 《논문집》 18, 중앙대학교, 1973.10.

미셸 들롱, 「이상의 〈날개〉와 그 실패의 승리」, 《문학사상》, 1973.10.

김용운, 「수학자가 푼 이상의 난해성 – 이상과 파스칼의 대비적 조명」, 《문학사상》, 1973.11.

김상태, 「부정의 미학 – 이상의 문체론」, 《문학사상》, 1974.4.

김윤식, 「어둠에의 인식 – 이상의 문학사적 위치」, 《문학사상》, 1974.4.

김종길, 「무의미의 의미 – 이상 시의 특질」, 《문학사상》, 1974.4.

문종혁, 「몇 가지 이의 – 소설 〈지주회시〉의 인물 '昊'가 증언하는 이상」, 《문학사상》, 1974.4.

문학사상 자료조사 연구실, 「이상작품 및 관계문헌 목록」, 《문학사상》, 1974.4.

오생근, 「자아의 진실과 허위 – 이상의 소설을 중심으로」, 《문학사상》, 1974.4.

이성미, 「새 자료로 본 이상의 생애」, 《문학사상》, 1974.4.

한상무, 「작가의 관점과 그 세계 – 김동인과 이상을 대상으로」, 《국어교육》 22, 한국국어교육연구회, 1974.4.

윤재근, 「이상의 산문시 – 산문시의 문제점」, 《심상》, 1974.6.

이승훈, 「권태 릴리프 – 이상의 〈절벽〉」, 《심상》, 1974.9.

추은희, 「현대시의 숙명적 의미 – 이상의 시세계를 중심으로」, 《청파문학》 11, 숙명여대, 1974.12.

구연식,「한국 다다이즘의 비교문학적 연구 – 이상 시를 중심으로」, 동아대 박사학

위논문, 1975.2.

김윤식,「이상론의 행방」,《심상》, 1975.3.

김종은,「이상의 정신세계」,《심상》, 1975.3.

윤재근,「이상의 시사적 위치」,《심상》, 1975.3.

이창배,「모더니스트로서의 이상」,《심상》, 1975.3.

이활,「영원한 실험 – 이상 연구」,《심상》, 1975.3.

구연식,「한국 다다이즘의 비교문학적 연구」,《동아논총》12, 동아대학교, 1975.4.

권도현,「20년대 상징시의 수용과 전통의 諧調」,《한국문학》, 1975.4.

김영수,「진단서로 표출된 이상문학」,《현대문학》, 1975.5.

윤홍로,「〈날개〉와 〈처용가〉와의 거리」,《문학사상》, 1975.5.

정귀영,「레알리즘과 쉬르레알리즘」,《현대문학》, 1975.5.

문학사상 자료조사 연구실,「이상은 공사장에서 주운 이름인가?」,《문학사상》,

1975.8.

백순재,「소경에 눈을 뜨게 만든 이상의 장편」,《문학사상》, 1975.9.

이어령,「이상 문학의 출발점」,《문학사상》, 1975.9.

김상선,「절대추구의 역설 – 이상의 수필을 중심으로」,《수필문학》 4 ~ 10 · 11,

1975.10 ~ 11.

김준오,「자아와 시간의식에 관한 試考 – 김소월과 이상의 대비」,《어문학》33, 한국

어문학회, 1975.10.

김상선,「이상의 시에 나타난 성문제」,《아카데미논총》3, 세계평화교수아카데미,

1975.12.

오세영,「한국 현대시의 두 세계 – 이상과 김소월의 이미지 비교」,《한국언어문학》,

1975.12.

김상선,「이상과 스펑크스」,『현대한국작가연구』, 민음사, 1976.

문학사상 자료조사 연구실,「이상 자화상 및 유품 파이프」,《문학사상》, 1976.3.

문학사상 자료조사 연구실, 「아포리즘 〈권중〉 외 12편」, 《문학사상》, 1976.6.

오광수, 「화가로서의 이상」, 《문학사상》, 1976.6.

임종국, 「이상의 소설이 지닌 현실성 – 〈지주회시〉, 〈날개〉를 중심으로」, 《한국문학》, 1976.6.

오규원, 「이상과 쥘르의 대화」, 《심상》, 1976.7.

이재선, 「전통과 반역 – 실존주의와 이상 문학의 시간」, 《인문연구논집》 6, 서강대학교 인문과학연구소, 1976.7.

정귀영, 「이상과 현대문학」, 《현대문학》, 1976.8.

조병무, 「기교와 반성」, 《현대문학》, 1976.8.

김종운, 「이상의 〈날개〉와 '앵그리 맨'」, 《문학사상》, 1976.12.

김상선, 「이상론 – 〈12월 12일〉을 중심으로」, 『성봉 김성배 박사 회갑기념논문집』, 회갑기념논총간행위원회, 1977.

추은희, 「이상과 太宰治에 있어서 하강지향문학의 대조연구」, 《어문연구》 14, 한국어문교육연구회, 1977.1.

김용운, 「이상과 발레리 – 한국의 반지성과 서구의 주지주의」, 《문학사상》, 1977.2.

조두영, 「이상 초기 작품의 정신분석 – 〈12월 12일〉을 중심으로 하여」, 《신경정신의학》 38, 1977.2.

한석종, 「카프카와 이상의 문학」, 《문학사상》, 1977.5.

오광수, 「현실과 인간의 발견 – 이상 평론 해설」, 《문학사상》, 1977.6.

문덕수, 「이상의 작품 연구」, 《성곡논총》 8, 성곡학술문화재단, 1977.9.

윤병로, 「이상론 – 고독한 異邦人」, 《월간문학》, 1977.9.

정재관, 「거울의 언어 – 이상론」, 《월간문학》, 1977.9.

원명수, 「불교문학의 측면에서 본 이상의 주제의식」, 《우리문학연구》 2, 우리문학연구회, 1977.10.

김윤식, 「모더니즘의 정신사적 기반」, 『한국근대문학사상비판』, 일지사, 1978.

김윤식, 「근대와 반근대 – 이상의 경우」, 『한국근대문학사상비판』, 일지사, 1978.

김윤식, 「이상과 모더니즘의 세계관」, 《시문학》, 1978.1~2.

이재선, 「다원적 비평 방법론의 이해 – 이상문학을 중심으로 한 진단」, 《문학사상》,
　1978.4.

김병택, 「의식의 방향」, 《현대문학》, 1978.5.

조두영, 「이상 연구 – 〈봉별기〉의 정신분석」, 《서울의대학술지》 19 – 3, 서울의대,
　1978.9.

정귀영, 「이상의 〈날개〉 – 정신분석학적 시론」, 《현대문학》, 1979.7.

이태동, 「자의식의 표백과 반어적 의미 – 이상의 〈날개〉를 중심으로」, 《문학사상》,
　1979.9.

박철석, 「이상론 – 1930년대 작가론」, 《현대시학》, 1980.3.

원명수, 「이상 시의 형식에 대한 고찰」, 《국어국문학》 84, 국어국문학회, 1980.10.

최동호, 「서정적 자아 탐구와 시적 변용 – 이상, 윤동주, 서정주를 중심으로」, 《현대
　문학》, 1980.6.

홍경표, 「이상의 〈날개〉 그 구조와 상징 형식」, 《문학과언어》 1, 문학과언어연구회,
　1980.8.

이승훈, 「소설에 있어서의 시간 – 〈날개〉의 시간구조」, 《현대문학》, 1980.10.

원용석, 「내가 마지막 본 이상」, 《문학사상》, 1980.11.

이승훈, 「〈날개〉의 구조 분석」, 《월간문학》, 1980.12.

김주연, 「이상의 〈꽃나무〉」, 『한국현대시작품론』, 문장사, 1981.

김준오, 「이상의 〈거울〉 – 자의식과 자기모험」, 『한국현대시작품론』, 문장사, 1981.

이승훈, 「〈날개〉의 구조 분석」, 《월간문학》, 1981.2.

鴻農映二, 「일본의 모더니즘과 이상 시」, 《현대문학》, 1981.4.

유정, 「이상의 학창시절 – 大愚彌次郎과의 대담」, 《문학사상》, 1981.6.

이규동, 「이상의 정신 세계와 작품 – 정신분석학적 지평서 본 분석」, 《월간조선》,
　1981.6.

이재선, 「도착과 가역의 논리 – 이상의 〈날개〉」, 《문학사상》, 1981.6.

오규원, 「이상 시의 접근 방법」,《한국문학》, 1981.9.

송재영, 「이상 시와 쉬르레알리즘」,《성곡논총》12, 성곡학술문화재단, 1981.10.

김승희, 「이상의 죽음 - 레몬이 있는 종생극」,《문학사상》, 1981.11.

김윤식, 「이상의 죽음」,《문학사상》, 1981.11.

원명수, 「이상 시의 형식고 - 몇 가지 문제점을 중심으로」,『현대시논총 - 대여 김춘수 교수 회갑기념』, 형설출판사, 1982.

김정동, 「이상의 펴지 못한 날개 건축의 꿈」,《마당》, 1982.1.

문덕수, 「이상의 〈거울〉」,《시문학》, 1982.2.

문덕수, 「이상의 〈오감도 시 제1호〉」,《시문학》, 1982.3.

추은희, 「이상의 〈날개〉와 太宰治의 〈ヴィヨンの妻〉와의 대조연구」,《어문연구》33, 한국어문교육연구회, 1982.5.

이보영, 「이상 문학과 종말의식 - 소설을 중심으로」,《표현》5, 표현문학회, 1982.6.

신규호, 「자아 탐색의 제양상 - 이상 시의 시간구조를 중심으로」,《심상》, 1982.8.

中重弘子, 「〈날개〉の成立過程」,《일본학지》2·3, 계명대 일본문화연구소, 1982.12.

박인기, 「이상의 자아 인식」,『일모 정한모 박사 회갑기념논총』, 일지사, 1983.

오규원, 「이상론」,『언어와 삶』, 문학과지성사, 1983.

원명수, 「시문체의 어학적 분석시고 - 이상 시를 중심으로」,『한국문학작가작품론연구 - 추강 황희영 박사 송수기념논총』, 송수기념논총간행위, 1983.

이상호, 「이상론」,『이경선 박사 회갑기념 한국어문학연구』, 민족문화사, 1983.

장윤익, 「이상의 〈오감도〉 연구」,『한국대표시평설』, 문학세계사, 1983.

민병욱, 「식민지 시대 지식인의 삶의 한 양상 - 이상의 일어체 시를 중심으로」,《신동아》, 1983.2.

박철석, 「이상 시의 두 양상」,《현대시학》, 1983.2.

진병도, 「시간으로부터의 도피의식 - 이상론」,《현대문학》, 1983.3.

정효구, 「소월의 이상 시의 구조 연구」,《심상》, 1983.5~12.

이승훈, 「이상 시 연구 – 자아의 시적 변용」, 연세대 박사학위논문, 1983.8.

추은희, 「이상과 太宰治 문학의 비교 연구 – 부정과 파괴의 미학」,《어문연구》38, 한국어문교육연구회, 1983.9.

이승훈, 「이상 시의 자아분석(상) – 거울의 심상을 중심으로」,《현대문학》, 1983.10.

김태곤, 「〈날개〉의 원본적 의미」,《한국문학》, 1983.11.

이승훈, 「이상 시의 자아분석(중) – 신체기관의 심상을 중심으로」,《현대문학》, 1983.11.

최동호, 「〈날개〉론의 향방」,《한국문학》, 1983.11.

최래옥, 「전설의 날개와 소설의 〈날개〉 비교」,《한국문학》, 1983.11.

황패강, 「이상의 〈날개〉 소고 – '사이렌'의 상징을 중심으로」,《한국문학》, 1983.11.

유성하, 「이상 소설에 나타난 언어고찰 – 〈율리시즈〉와의 대비를 중심으로」,《한국학논집》10, 계명대 한국학연구원, 1983.12.

이승훈, 「이상 시의 자아분석(완) – 성의 세계를 중심으로」,《현대문학》, 1983.12.

박진환, 「소월 시와 이상 시의 비교연구 – 정신 외상을 중심으로」(상 · 하),《현대시학》, 1983.12~1984.1.

김중하, 「이상의 소설과 공간성」,『한국현대소설사연구』, 민음사, 1984.

김윤섭, 「카프카의 '변신'과 이상의 '날개'에 나타난 구심성과 원심성」,《카프카연구》, 한국카프카학회, 1984.6.

유한근, 「전통의 모방과 모반 – 이상의 문제작」,《소설문학》, 1984.6.

신윤하, 「이상 시의 분석과 존재양상 – 〈오감도〉의 경우」,《한국문학》, 1984.7.

이승훈, 「시와 수학 – 이상 시의 수학적 기초」,《문예중앙》, 1984.9.

송하선, 「이상 문학의 문학외적 조명 – 화가 구본웅의 예술 세계와 관련하여」,《논문집》6, 우석대학교, 1984.12.

정효구, 「이상과 윤동주 시의 거울 이미지 고찰」,《국어국문학》92, 국어국문학회, 1984.12.

조용만, 「'구인회'의 발족과 멤버」,『울밑에 핀 봉선화야 – 남기고 싶은 이야기』, 범양사, 1985.

추은희, 「이상과 太宰治 문학 대조 연구 – 序說로서의 하강 지향적 문학의 특성과 환경적 특이성의 비교, 대조」, 《국제문화연구》 2, 청주대 국제문제연구소, 1985.1.

이승훈, 「이상 시의 구조분석(1)」, 《한국학논집》 7, 한양대 한국학연구소, 1985.2.

이승훈, 「이상 시의 구조분석(2) – 유추의 구조를 중심으로」, 《인문총론》 9, 한양대 인문과학대학, 1985.2.

이영자, 「이상의 시 〈오감도〉의 구조」, 《국어국문학》 93, 국어국문학회, 1985.5.

이승훈, 「〈오감도 시 제15호〉의 분석」, 《한국학논집》 8, 한양대 한국학연구소, 1985.8.

정효구, 「비밀과 암호의 공간 – 이상론」, 《한국문학》, 1985.9.

김승희, 「반영과 차단의 문법 – 〈거울〉」, 《문학사상》, 1985.12.

김열규, 「시가 만든 책략의 장난기 – 텍스트 분석 〈오감도 시 제1호〉」, 《문학사상》, 1985.12.

김옥순, 「이상 시 연구사 개관」, 《문학사상》, 1985.12.

김용운, 「자학이냐 위장이냐」, 《문학사상》, 1985.12.

김용직, 「시대에 희생당한 도형수」, 《문학사상》, 1985.12.

김정은, 「해체와 조합의 시학 – 〈오감도 시 제5호〉」, 《문학사상》, 1985.12.

이승훈, 「이상의 대표시 20편은 무엇인가」, 《문학사상》, 1985.12.

김인환, 「반어의 의미 – 〈지주회시〉의 구성 · 〈지주회시〉의 문체」, 『한국문학이론의 연구』, 을유문화사, 1986.

임종국, 「〈지주회시〉의 모델」, 『한국문학의 민중사』, 실천문학사, 1986.

임종국, 「'저 포도는 시다'는 우화 – 이상의 〈환시기〉」, 『한국문학의 민중사』, 실천문학사, 1986.

김사림, 「자학과 가학 그리고 여성편력의 구조」, 《문학사상》, 1986.1.

김향안, 「마로니에의 노래와 인터뷰 봉변」, 《문학사상》, 1986.4.

김향안, 「이젠 이상의 진실을 알리고 싶다」,《문학사상》, 1986.5.

김윤식, 「레몬의 향기와 멜론의 맛」,《문학사상》, 1986.6.

김향안, 「이상과의 결혼」,《문학사상》, 1986.8.

김향안, 「理想에서 창조된 이상」,《문학사상》, 1986.9.

김경린, 「이상 문학의 표층과 심층」,《문학사상》, 1986.10.

김윤식, 「이상 연구 각서」,《문학사상》, 1986.10.

조두영, 「이상의 인간사와 정신분석 – 초기 작품을 중심으로」,《문학사상》,
    1986.11.

강홍기, 「이상 시의 구조양상 – 회화성을 중심으로」,《국어국문학》 96, 국어국문학
    회, 1986.12.

김윤식, 「텍스트의 세 범주와 규칙 세 가지」,《시문학》, 1986.12.

김향안, 「헤프지도 인색하지도 않았던 이상」,《문학사상》, 1986.12.

원형갑, 「암실의 낙서 – 언어 게임을 넘어서」,《표현》 12, 표현문학회, 1986.12.

유기룡, 「이상의 〈날개〉 – 그 밝음을 향한 자기 승화의 상징」,《어문논총》 20, 경북
    대 국어국문학과, 1986.12.

김향안, 「이상이 남긴 유산들」,《문학사상》, 1987.1.

이복숙, 「이상 시의 단절성 소고」(상 · 하),《월간문학》, 1987.2~3.

김경린, 「이상의 문학에도 異狀은 있다 – 그의 독특한 스타일과 코뮤니케이션의 결
    격성과 그가 남긴 일화들」,《소설문학》, 1987.3.

이승훈, 「이상은 시를 어떻게 썼는가 – 시의 구조적 특성 분석」,《소설문학》,
    1987.3.

김경린, 「이상 문학의 심층과 표층」,《문학사상》, 1987.4.

김승희, 「오빠 김해경은 천재 이상과 너무 다르다」(대담),《문학사상》, 1987.4.

이태동, 「이상의 신화와 지성 – 이상의 비밀에 대한 또 하나의 시도」,《소설문학》,
    1987.4.

조용만, 「이상 시대, 젊은 예술가의 초상」,《문학사상》, 1987.4~6.

조용만,「이상과 김유정의 문학과 우정」,《신동아》, 1987.5.

김윤식,「결핵의 속성과 결핵문학 – 〈봉별기〉를 중심으로」,《문학사상》, 1987.6.

김상태,「〈날개〉의 동굴 모티프 – 폐쇄된 현실, 이카루스의 비상」,《문학과 비평》3, 1987.9.

김윤식,「말이 되고 싶었던 사나이 – 이상 심층 연구」,《문학사상》, 1987.9.

川村,「모더니스트 이상의 시세계」,《문학사상》, 1987.9.

이보영,「이상 문학의 정치성」,《표현》14, 표현문학회, 1987.11.

김종은,「이상 문학의 심층심리학적 분석 – 〈오감도〉에 대한 초현실주의적 접근」, 《문학과 비평》4, 1987.12.

이복숙,「이상 시의 모더니티 연구 – 단절성과 추상성을 중심으로」, 경희대 박사학위논문, 1988.2.

이승훈,「이상 시의 기법 분석」,《한국학논집》13, 한양대 한국학연구소, 1988.2.

김병욱,「좌절과 비상 – 〈날개〉의 변신 모티프」,《문학과 비평》5, 1988.3.

김승희,「분열된 지아를 응시하는 제3의 자아 – 이상의 〈오감도〉에 나타난 까마귀의 메타 모포시스」,《문학과 비평》5, 1988.3.

김윤식,「한국모더니즘문학연구(1) – 이상 소설의 네 가지 유형」,《한국학보》50, 1988.3.

윤지관,「모더니즘의 세계관과 정직성의 깊이 – 이상론」,《문학과 사회》, 1988.5.

김용구,「이상 소설의 구조」,《국어국문학》99, 국어국문학회, 1988.6.

홍경표,「이상 문학의 비유법 소고 – 〈산촌여정〉을 중심으로」,《국문학연구》11, 효성여대 국어국문학연구회, 1988.6.

김윤식,「한국모더니즘문학연구(2) – 이상 문학에서의 관념 탐구」,《한국학보》52, 1988.9.

이복숙,「모더니즘 시의 추상성 연구 – 이상 시를 중심으로」,《논문집》12, 건국대 교육연구소, 1988.9.

이영지,「이상의 〈오감도〉 시제고」,《국어국문학》100, 국어국문학회, 1988.12.

이동하,「불안과 절망을 통해 절대자아를 향하는 초월의지 – 이상의 시에 나타난 수학적 기호와 초월의지」,《문예평론》1, 1989.4.

한상규,「1930년대 모더니즘 문학의 미적 자의식 – 이상 문학의 경우」,《한국학보》55, 1989.6.

김옥순,「은유구조론 – 이상의 작품을 모형으로」, 이화여대 박사학위논문, 1989.8.

최혜실,「이상 문학에 나타나는 이항대립 해체로서의 근대성」,《선청어문》18, 서울사대 국어교육학과, 1989.8.

홍경표,「이상 소설의 여성」,《여성문제연구》17, 효성여대 한국여성문제연구소, 1989.8.

이복숙,「우리나라 모더니즘과 서구 모더니즘의 관련성 연구 – 이상 시를 중심으로」,《논문집》13, 건국대 교육연구소, 1989.9.

윤병로,「이상의 〈날개〉 분석」,『운당 구인환 교수 화갑기념논문집』, 화갑기념논문간행위원회, 1989.10.

신범순,「이상 문학에 있어서의 분열증적 욕망과 우화」,《국어국문학》103, 국어국문학회, 1990.5.

최병우,「이상 소설의 모더니티」,《인문학보》9, 강릉대 인문과학연구소, 1990.6.

김윤식,「쥬피타 추방에 대한 6개의 주석 – 이상과 김기림」,《세계의 문학》, 1990.12.

최혜실,「1930년대 한국 모더니즘 소설 연구」, 서울대 박사학위논문, 1991.2.

최혜실,「이상 문학과 건축」,《문학사상》, 1991.8.

김윤식,「유클리드 기하학과 광속의 변주 – 이상 문학의 기호 체계 분석」,《문학사상》, 1991.9.

홍경표,「자전적 형식의 소설화 과정 – 박태원과 이상의 두 작품을 중심으로」,《전통문화연구》7, 효성여대 한국전통문화연구소, 1991.9.

三枝壽勝,「李箱의 モダニズム –の成立と限界」,《조선학보》141, 天理大朝鮮學會, 1991.10.

노영희, 「이상 문학과 동경」, 《비교문학》 16, 한국비교문학회, 1991.12.

김용직, 「극렬 시학의 세계 – 이상론」, 《현대시》, 1992.6~8.

김승희, 「이상 시 연구 – 말하는 주체와 기호성의 의미작용을 중심으로」, 서강대 박사학위논문, 1992.8.

이명자, 「이상의 〈시 제4호〉에 나타난 수의식과 기하학 정신」, 《월간문학》, 1992.8.

황석숭, 「芥川龍之介의 문학과 이상의 소설」, 《논문집》 30, 상명여대, 1992.8.

김승희, 「이상 시 생산 연구 – 말하는 주체와 기호적 코라의 의미 작용을 중심으로」, 《문학사상》, 1992.10.

김영수, 「이상의 실존과 역설」, 《시문학》, 1993.3.

김윤식, 「메타포로서의 결핵」, 《현대문학》, 1993.7.

淺川晉, 「〈12月 12日〉論」, 《조선학보》 148, 天理大朝鮮學會, 1993.7.

황도경, 「이상의 소설 공간 연구」, 이화여대 박사학위논문, 1993.8.

김승희, 「김해경 삶과 이상적 자아 사이의 갈등과 비극」, 《문학사상》, 1993.9.

김옥순, 「산산려이 비유어료 꽃피운 이상과 현실」, 《문학사상》, 1993.9.

김주현, 「이상 소설에 나타난 패로디에 관한 연구」, 《한국학보》 72, 1993.9.

김미정, 「이상 문학에 나타난 외국문화 수용 양상 – 자아정체성 형성과 관련하여」, 《비교문학》 18, 1993.12.

김주현, 「이상 소설에 나타난 죽음의 문제 – 〈12월 12일〉, 〈종생기〉를 중심으로」, 《한국현대문학연구》 3, 한국현대문학회, 1994.2.

김준오, 「이상의 〈거울〉 – 시에 있어서 자의식의 문제」, 《시와시학》, 1994.3.

정신재, 「시에서의 자전적 요인의 의미 – 이상론」, 《시문학》, 1994.4.

황도경, 「존재의 이중성과 문체의 이중성 – 이상 소설의 문제」, 《현대소설연구》 1, 한국현대소설연구회, 1994.8.

김주현, 「〈종생기〉와 복화술 – 이상 문학의 새로운 해석을 위한 시론」, 《외국문학》, 1994.9.

김윤식, 「미국 속의 이상 문학」, 《문학정신》, 1994.10.

전봉관, 「이상 문학에 드러난 실어증적 징후」, 《한국학보》 77, 1994.12.

강상희, 「이상 소설에 나타난 자기 반영성에 관한 고찰」, 『국어국문학 연구 – 연거제
  신동익 박사 정년기념논총』, 정년기념논총간행위, 1995.

서영채, 「이상의 소설과 한국문학의 근대성」, 『민족문학과 근대성』, 문학과지성사,
  1995.

김유중, 「1930년대 후반기 한국 모더니즘 문학의 세계관 연구 – 김기림과 이상을
  중심으로」, 서울대 박사학위논문, 1995.2.

서영채, 「이상 소설의 수사학과 한국문학의 근대성」, 『소설의 운명』, 문학동네,
  1996.

안상수, 「타이포그라피적 관점에서 본 이상 시에 대한 연구」, 한양대 박사학위논문,
  1996.2.

조영복, 「1930년대 문학에 나타난 근대성의 담론 연구 – 김기림, 이상을 중심으로」,
  서울대 박사학위논문, 1996.2.

김주현, 「〈오감도 시 제1호〉의 상호텍스트성」, 《현대시학》, 1996.3.

김정동, 「이상과 1930년대의 동경」, 《건축역사연구》 9, 한국건축역사학회, 1996.6.

이경훈, 「이상 연구 1 – 〈街外街傳〉에 대하여」, 《비평문학》 10, 한국비평문학회,
  1996.7.

남금희, 「이상 소설의 서술 형식 연구」, 대구효성가톨릭대 박사학위논문, 1996.8.

김윤식, 「이상 문학 연구의 어떤 방향성 – 이상 문학전집 주석달기와 관련하여」, 《문
  예중앙》, 1996.9.

차혜영, 「이상 소설의 창작원리와 미적 전망」, 《상허학보》 3, 상허학회, 1996.9.

오세영, 「이상의 〈오감도 시 제1호〉」, 《현대시》, 1996.9.

변신원, 「〈종생기〉의 화자와 세계인식의 방법」, 《문학과 의식》 34·35,
  1996.10~12.

이경훈, 「이상의 또 다른 질병에 대하여」, 《문학과 의식》, 34·35, 1996.10~12.

김주현, 「텍스트로부터 잘못되어 있다 – 이상문학 연구의 문제점」, 《문학사상》,

1996.11.

김주현, 「이상 시의 상호텍스트적 분석」, 《관악어문연구》 21, 서울대 국어국문학과,
　　1996.12.

이미순, 「이상 산문시의 모더니즘 담론」, 《어문연구》 24 - 4, 한국어문연구회,
　　1996.12.

전정구, 「이상의 글쓰기와 수사학적 성격」, 《한국언어문학》 37, 한국언어문학회,
　　1996.12.

김주현, 「이상 시의 내적 상호텍스트성」, 《국어국문학》 118, 국어국문학회, 1997.3.

김성수, 「이상 문학의 기원과 글쓰기 정신」, 《연세어문학》 29, 연세대 국어국문학
　　과, 1997.4.

김윤식, 「〈봉별기〉 속의 〈날개〉」, 《문학사상》, 1997.5.

정혜경, 「이상의 〈날개〉와 〈동해〉의 비교연구」, 《국어국문학》 119, 국어국문학회,
　　1997.5.

이경훈, 「모디니즘과 질병 - 박태원, 이태준, 이상 소설에 나타난 폐결핵, 성병, 위암
　　의 근대의학적 인식과 육체적 담론」, 《한국문학평론》 2, 범우사, 1997.6.

이경훈, 「이상 연구 3 - 〈그리스도〉와 〈알 카포네〉에 대하여」, 《비평문학》 11, 한국
　　비평문학회, 1997.7.

장병호, 「닫힌 시대 지식인의 초상 - 이상의 〈날개〉에 나타난 소외의 의미」, 《비평문
　　학》 11, 한국비평문학회, 1997.7.

이미순, 「담론의 측면에서 본 이상 산문시의 장르적 특성」, 《한국현대문학연구》 5,
　　한국현대문학회, 1997.8.

최미숙, 「한국 모더니즘 시의 글쓰기 방식에 관한 연구 - 이상과 김수영을 중심으
　　로」, 서울대 박사학위논문, 1997.8.

고원, 「〈날개〉 3부작의 상징체계 - 〈날개〉, 〈동해〉, 〈종생기〉에 설정된 꿈과 현실 관
　　계」, 《문학사상》, 1997.10.

권택영, 「투영된 자라를 통한 고백 - 〈12월 12일〉이 드러내는 것」, 《문학사상》,

1997.10.

김윤식, 「이상 문학과 지방성 극복의 과제 – 세계사적 시선에서 바라보기」, 《문학사상》, 1997.10.

김인환, 「이상 시의 계보」, 《현대비평과 이론》 14, 한신문화사, 1997.10.

이경훈, 「긍정성의 부재 암시하는 역설적 글쓰기 – 이상 및 박태원과 관련된 한국 모더니즘의 한 양상」, 《문학사상》, 1997.10.

이경훈, 「이상과 정인택 1 – '업고'와 '우울증'에 대해」, 《작가연구》 4, 1997.10.

이정호, 「〈오감도〉에 나타난 기호의 질주 – 라캉의 정신분석을 원용한 〈오감도〉 읽기」, 《문학사상》, 1997.10.

이태동, 「이상의 시와 반어적 의미 – 난해성 자체가 예술인 이상의 예술」, 《문학사상》, 1997.10.

정현기, 「집짓기 공리로 읽는 이상의 〈지주회시〉 – 천치의 중얼거림과 천재」, 《문학사상》, 1997.10.

조남현, 「실험과 모순의 텍스트 그 안팎 – 자기비하와 과시의 고백체 소설 〈종생기〉」, 《문학사상》, 1997.10.

권영민, 「이상 문학, 근대적인 것으로부터의 탈출 – 합리주의에 맞선 존재론적 질문」, 《문학사상》, 1997.12.

김윤식, 「보이는 텍스트와 보이지 않는 텍스트 – 이상 문학의 경우」, 《문예중앙》, 1997.12.

김주현, 「이상 문학의 방향」, 《동서문학》, 1997.12.

문혜원, 「이상 시 해석의 다양성」, 《동서문학》, 1997.12.

문흥술, 「레몬의 향기의 현재적 의미」, 《동서문학》, 1997.12.

서준섭, 「이상문학의 현대성」, 《동서문학》, 1997.12.

조영복, 「방법으로서의 이상과 〈날개〉의 연구방법」, 《동서문학》, 1997.12.

홍경표, 「이상 소설의 현학성에 대하여」, 《논문집》 56, 대구효성가톨릭대, 1997.12.

강상희, 「1930년대 한국 모더니즘 소설의 내면성 연구」, 서울대 박사학위논문,

1998.2.

김성수,「이상 문학에 이르는 한 가지 길 – 〈眞書〉의 해석을 통하여」,《연세학술논집》, 연세대 대학원, 1998.2.

김옥순,「언술은유와 이상의 역사의식」,《한국문학이론과 비평》2, 한국문학이론과 비평학회, 1998.2.

김윤식,「이상 문학에서의 글쓰기 유형과 일어시가 선 자리」,《문학과의식》39, 1998.2.

김주현,「이상 소설의 글쓰기 양상 연구」, 서울대 박사학위논문, 1998.2.

우재학,「이상 시 연구 – 탈근대성을 중심으로」, 전남대 박사학위논문, 1998.2.

김윤식,「이상 문학의 세 가지 글쓰기 층위」,《한국학보》90, 1998.3.

김주현,「이상 소설의 기호학적 분석」,《어문학》64, 한국어문학회, 1998.6.

손광은,「이상 시의 시적 논리 연구」,《한국언어문학》40, 한국언어문학회, 1998.6.

우재학,「이상 시의 탈근대성 고찰」,《한국언어문학》40, 한국언어문학회, 1998.6.

이경훈,「이상연구 7 〈LE URINE〉의 주석」,《현대문학이론연구》9, 한국현대문학이론연구회, 1998.6.

강상희,「이상 소설의 서사전략」,《인문논총》7, 경기대 연구교류처, 1998.7.

김성수,「이상소설연구」, 연세대 박사학위논문, 1998.8.

문흥술,「1930년대 한국 모더니즘 소설에 나타난 언술 주체의 분열 양태 연구」, 서울대 박사학위논문, 1998.8.

한상규,「1930년대 모더니즘 문학의 미적 자율성 연구」, 서울대 박사학위논문, 1998.8.

황현산,「〈오감도〉 평범하게 읽기」,《창작과 비평》, 1998.9.

김주현,「〈절벽〉의 기호학적 분석」,《안동어문학》2·3, 안동어문학회, 1998.12.

김주현,「이상 소설의 ‘위티즘’ 연구」,《한국현대문학연구》6, 한국현대문학연구회, 1998.12.

류보선,「기교에의 의지, 혹은 이상문학의 계몽성」,《한국현대문학연구》6,

1998.12.

이경훈, 「〈낙타〉와 〈산호편〉」,《민족문학사연구》13, 민족문학사연구소, 1998.12.

이승훈, 「이상의 〈오감도 시제1호〉」,《시안》2, 시안사, 1998.12.

최원식, 「서울 · 동경 · New York」,《문학동네》, 1998.12.

이경훈, 「질투의 수사학 – 이상 연구」,《연세어문학》30 · 31, 연세대 국어국문학과,
    1999.2.

김주현, 「〈날개〉의 실험성과 문제성」,《문학사상》, 1999.3.

박현수, 「토포스의 힘과 창조성 고찰 – 정지용, 이상의 시를 중심으로」,《한국학보》
    94, 1999.3.

정인하, 「이상의 초기시에 나타난 한국근대건축의 '근대성' 탐구」,《건축역사연구》
    18, 한국건축역사학회, 1999.3.

황현산, 「오감도의 '시 제1호'에 과거가 없다」,《현대시학》, 1999.3.

김주현, 「이상 소설과 분신의 주제」,《한국학보》95, 1999.6.

김주현, 「이상 문학과 텍스트 확정에 나타난 문제점 고찰」,《민족문학사》14, 민족
    문학사연구소, 1999.6.

김주현, 「이상 소설의 미학적 접근」,《논문집》12, 경주대학교 1999.8.

이경훈, 「이상과 정인택 2」,《현대문학연구》13, 한국문학연구회, 1999.8.

김주현, 「이상 문학의 텍스트 확정을 위한 고찰 – 정인택의 이상 관련 작품을 중심
    으로」,《안동어문학》4, 안동어문학회, 1999.10.

김경욱, 「이상 소설에 나타난 '斷髮'과 유혹자로서의 여성」,《관악어문연구》24, 서
    울대 국어국문학과, 1999.12.

사노 마사토, 「이상의 東京 체험 고찰」,《한국현대문학연구》7, 한국현대문학회,
    1999.12.

김윤식, 「〈날개〉의 생성 과정론 1 – 이상과 박태원의 문학사적 게임론」,《문학과 의
    식》47호, 문학과의식사, 2000.2.

김주현, 「이상 시의 창작방법 연구」,《어문학》69, 한국어문학회, 2000.2.

나병철, 「이상의 모더니즘과 혼성적 근대성의 발견」,《현대문학의 연구》14, 국학자료원, 2000.2.

조해옥, 「이상 시의 근대성 연구」, 고려대 박사학위논문, 2000.2.

홍정선, 「일상생활에 대한 반란과 근대인의 길 – 이상 시에 대한 강의」,《현대시》, 2000.2.

유희석, 「이상과 식민지 근대」,《창작과 비평》107, 2000.3.

한형구, 「기호 놀이의 시학, 난센스의 시학 : 이상 문학 연구 서설」,《한국근대문학연구》1, 한국근대문학회, 2000.4.

김윤식, 「〈날개〉의 생성 과정론 2 – 이상과 박태원의 문학사적 게임론」,《문학과 의식》48호, 문학과의식사, 2000.5.

안미영, 「가족 질서의 변화와 개인의 성장 – 이상의 〈十二月 十二日〉 연구」,《문학과 언어》22집, 문학과언어학회, 2000.5.

한경희, 「시적 자아의 형성과정으로서 '거울단계' 분석 – 이상 시 〈시제15호〉, 〈明鏡〉, 〈거울〉을 중심으로」,《국어국문학》126, 국어국문학회, 2000.5.

황현산, 「이 시를 어떻게 읽어야 할까 14 – 이상의 〈막 달아나기〉」,《현대시학》374호, 현대시학사, 2000.5.

안미영, 「1930년대 소설에 나타난 여급 고찰 – 이상의 여성관을 중심으로」,《여성문학연구》3, 한국여성문학학회, 2000.6.

이금재, 「한국문학에 있어서 요코미츠 리이치(橫光利一)의 수용 – 이상 문체를 중심으로」,《일본학보》44집, 한국일본학회, 2000.6.

최혜실, 「이상 문학이 '환상성'을 지니는 두 가지 이유 – 공포의 승화와 재귀 – 지식 탐색의 무한역행」,《현대소설연구》12, 현대소설학회, 2000.6.

안미영, 「근대 신체관 연구 – 이상의 〈十二月 十二日〉을 중심으로」,《어문논총》34집, 경북어문학회, 2000.8.

이호, 「이상 소설의 구성과 의미형성 원리 – 드러냄과 숨김의 이중적 서술 양상을 중심으로」,《한국문학이론과 비평》8, 한국문학이론과 비평학회, 2000.8.

이화경,「이상문학에 나타난 주체와 욕망 연구」, 전북대 박사학위논문, 2000.8.

정덕준,「이상의 자아의식, 창조적 회상」,《한국문학이론과 비평》8, 한국문학이론
　　과 비평학회, 2000.8.

조해옥,「물체로서의 육체와 육체의 자율성 – 이상 시에 나타난 근대적 육체의식」,
　　《한국문학이론과 비평》8, 한국문학이론과 비평학회, 2000.8.

김주현,「이상 문학의 텍스트 확정을 위한 고찰 – 일문시의 한글 번역본을 중심으
　　로」,《한국학보》100집, 일지사, 2000.9.

차혜영,「이상 소설의 창작원리와 미적 전망」,《상허학보》3집, 상허문학회, 2000.9.

홍정선,「임화와 이상」,《황해문화》28, 새얼문화재단, 2000.9.

김태환,「이상의 시세계와 거울 모티브」,《현대시》, 한국문연, 2000.10.

이승훈,「이상 시의 계보학」,《현대시》, 한국문연, 2000.10.

김주현,「이상 소설 연구 – 금홍, 동림의 성격화 양상을 중심으로」,《안동어문학》5
　　집, 안동어문학회, 2000.11.

백문임,「이상의 모더니즘 방법론 고찰」,《상허학보》4집, 상허문학회, 2000.11.

김승희,「이상의 〈거울〉 텍스트, 기하학적 기호와 압젝션의 문제」,《기호학연구》8
　　집, 문학과지성사, 2000.12.

김정동,「이상의 〈날개〉에 나타난 건축적 이미지에 관한 연구 – 1930년대 경성 거
　　리를 중심으로」,《건축 · 도시환경연구》8집, 목원대학교 건축 · 도시연구센터,
　　2000.12.

노승욱,「이상 소설에 있어서 ‘변신’의 문제」,《관악어문연구》25호, 서울대 국어국
　　문학과, 2000.12.

안미영,「근대 도시문명의 利己性과 利器性 – 이상의 문명관을 중심으로」,《개신어
　　문연구》17, 개신어문학회, 2000.12.

안미영,「여학생과 문명에의 의지 – 이상 소설을 중심으로」,《한국현대문학연구》8,
　　한국현대문학회, 2000.12.

조해옥,「육체와 근대 공간 – 이상의 시」,《작가연구》10, 새미, 2000.12.

차원현, 「이상 읽기의 한 방식」, 《민족문학사연구》 17, 민족문학사학회, 2000.12.

김민수, 「디지털 가상공간으로 본 이상 시」, 2001년도 한국어문학연구소 학술대회 : 「공간을 테마로 한 대화 : 문학 · 미술 · 건축의 만남」, 이화여대 한국어문학연구소, 2001.

권혁웅, 「이상 시의 비유적 구조」, 《한국문학이론과 비평》 10, 한국문학이론과 비평학회, 2001.3.

이금재, 「이상과 아쿠타가와 류노스케의 문체비교」, 한국일본어문학회 2001년도 춘계 학술발표대회 자료집, 한국일본어문학회, 2001.4.

김정신, 「이상 시 해석의 한 시도」, 《문학과언어》 23, 문학과언어학회, 2001.5.

안미영, 「이상 소설과 사적(私的) 공간으로서의 일본」, 《문학과언어》 23, 문학과언어학회, 2001.5.

김주현, 「이상 문학에 있어서 성천 체험의 의미」, 《한국근대문학연구》 3, 한국근대문학회, 2001.6.

박선경, 「무의식적 언어에 대한 정신분석학적 일고찰 — 이상의 〈날개〉, 〈지주회시〉, 〈지도의 암실〉을 대상으로」, 《현대소설연구》 14, 한국현대소설학회, 2001.6.

박현수, 「이상 시학과 〈전원수첩〉의 수사학」, 《한국학보》 103, 일지사, 2001.6.

안미영, 「이상 소설에 나타난 신체 인식 표출 양상」, 경북대 박사학위논문, 2001.8.

이재복, 「이상 소설의 몸과 근대성에 관한 연구」, 한양대 박사학위논문, 2001.8.

김주현, 「1990년대 이상 연구의 성과 및 한계」, 《안동어문학》 6집, 안동문학회, 2001.11.

간호배, 「이상 시에 나타난 부정의 미학」, 《우리문학연구》 14, 우리문학회, 2001.12.

나은진, 「이상 소설에 나타난 여성성 – 양파껍질 벗기기」, 《여성문학연구》 6, 한국여성문학학회, 2001.12.

안미영, 「근대소설에서 근대 의술의 수용 – 이상의 〈十二月十二日〉을 중심으로」, 《개신어문연구》 18, 개신어문학회, 2001.12

윤수하, 「이상 시의 영상 이미지에 대한 연구 –〈오감도 시 제1호와 제7호〉를 중심으로」,《국어국문학》129, 국어국문학회, 2001.12.

이재복, 「이상 소설의 각혈하는 몸과 근대성에 관한 연구」,《여성문학연구》6, 한국
　　여성문학학회, 2001.12.

김형필, 「이상의 시 연구」,《한국어문학연구》5, 한국외국어대학교 한국어문학연구
　　회, 2002.2.

박현수, 「이상 시의 수사학적 연구」, 서울대 박사학위논문, 2002.2.

서영채, 「한국 근대소설에 나타난 사랑의 양상과 의미에 관한 연구 – 이광수, 염상
　　섭, 이상을 중심으로」, 서울대 박사학위논문, 2002.2.

김민수, 「디지털 시대, 이상 시의 재발견」,《포에지》8, 나남출판, 2002, 3.

조해옥, 「자의식 해명의 구체화 – 이상 연구사 및 최근 동향」,《포에지》8, 2002.3.

황현산, 「〈오감도〉 주석」,《포에지》8, 나남출판, 2002.3.

황호덕, 「한국 모더니즘과 영화 – 이상, 메트로폴리탄, 활동사진」,《한국사상과 문
　　화》15, 한국사상문화학회, 2002.3.

김유중, 「대화적 관점에서 본 이상 문학의 모더니티」,《우리말글》24, 우리말글학
　　회, 2002.4.

김유중, 「〈조감도 – 二人.1/2〉의 해석」,《국어국문학》130, 국어국문학회, 2002.5.

송민호, 「이상 문학에 나타난 '화폐'와 글쓰기」,《한국학보》107, 일지사, 2002.6.

김유중, 「이상 문학과 대화적 과제」,《사이》1, 지식산업사, 2002.7.

김유중, 「이상 시를 바라보는 한 시각 – 금기의 인식과 위반의 충동」,《어문학》77,
　　한국어문학회, 2002.9.

이정엽, 「이상 소설 문체의 수사학과 서사구조 연구」,《한국학보》108, 일지사,
　　2002.9.

문혜윤, 「이상의 〈동해〉에 나타난 언술 형식 연구」,《어문논집》46, 민족어문학회,
　　2002.10.

조사옥, 「이상문학과 아쿠타가와 류노스케」,《일본문화연구》7, 동아시아일본학회,
　　2002.10.

류양선, 「이상의 수필 〈권태〉의 의미망」, 《어문연구》 115, 한국어문교육연구회, 2002.12.

송창섭, 「상징 날개와 욕망 트럭 1 - 이상의 〈날개〉와 김기덕의 〈나쁜 남자〉」, 《내러티브》 6, 한국서사학회, 2002.12.

신형철, 「이상 시에 나타난 '시선'의 정치학과 '거울'의 주체론 연구」, 《한국현대문학연구》 12, 한국현대문학회, 2002.12.

안미영, 「이상 수필에 나타난 신체의 문명화」, 《어문연구》 40, 어문연구학회, 2002.12.

조선숙, 「음양오행의 관점에서 본 이상의 〈휴업과 사정〉」, 《현대소설연구》 17, 현대소설학회, 2002.12.

오형엽, 「1930년대 모더니즘의 시사적 의미 - 김기림의 시론과 이상의 시를 중심으로」, 《논문집》 21, 수원대학교, 2003.

강용운, 「이상 소설의 역설의 의미생성에 관한 연구」, 고려대 박사학위논문, 2003.2.

이건제, 「이상 시의 텍스트와 시의식 연구」, 고려대 박사학위논문, 2003.2.

이경재, 「이상 소설의 '동물' 모티프 고찰」, 《육사논문집》 59, 육군사관학교, 2003.2.

이미원, 「이상의 〈날개〉 - 자의식, 그 인문적 깊이가 주는 무게」, 《연극평론》 28, 한국연극평론가협회, 2003.3.

임병권, 「이상의 소설에 나타난 근대성과 주체의 문제」, 《한국소설연구》 5, 한국소설학회, 2003.8.

김주현, 「이상 시에 나타난 언어 문제」, 《서정시학》 20, 서정시학, 2003.12.

이재복, 「이상 1910~1937 - 연심이! 혹은 치명적인 사랑」, 《시인세계》 6, 문학세계사, 2003.12.

이재복, 「이상 소설에 나타난 산책의 의미와 근대성에 관한 연구 - 몸의 문제를 중심으로」, 《우리말글》 29집, 우리말글학회, 2003.12.

임병권, 「탈식민주의와 모더니즘 – 이상을 통해 본 1930년대 모더니즘 문학에 나타난 주체의식」,《민족문학사연구》23, 민족문학사학회 민족문학사연구소, 2003.12.

박현수, 「텍스트주의자의 이상 시 읽기 – 이승훈의 이상론」,『이상 리뷰』3, 이상문학회, 2004.2.

신범순, 「이상 문학에서 글쓰기의 몇 가지 양상 – 변신술적 서판을 향하여」,『이상 리뷰』3, 이상문학회, 2004.2.

양소진, 「이상 〈종생기〉 연구 – 분열 양상의 희극성을 중심으로」, 고려대 석사학위 논문, 2004.2.

조해옥, 「이상 소설에 나타난 '슬픔'과 '진실성'」,《작가연구》17, 깊은샘, 2004.3.

김명주, 「아쿠타가와 〈톱니바퀴(齒車)〉와 이상 〈날개〉 비교 고찰」,《일어일문학연구》49, 일본문학 · 일본학 편, 한국일어일문학회, 2004.5.

장혜정, 「아쿠타가와(芥川龍之介)와 이상 문학의 비교 연구 – '양자(養子)' 의식의 유사성을 중심으로」,《일본근대문학》3, 한국일본근대문학회, 2004.5.

김종건, 「이상 소설의 공간설정과 작가의식 – 〈날개〉를 중심으로」,《어문학》84, 한국어문학회, 2004.6.

소래섭, 「1930년대의 웃음과 이상」,《한국현대문학연구》15, 한국현대문학회, 2004.6.

이수정, 「이상의 〈날개〉에 나타난 '어항(魚缸)'의 의미 연구」,《한국현대문학연구》15, 한국현대문학회, 2004.6.

김교식, 「이상 문학에 나타난 주체의 내면의식 연구」, 대전대 박사학위논문, 2004.8.

김승구, 「이상 문학에 나타난 욕망과 기호생성의 상관성 연구」, 서울대 박사학위논문, 2004.8.

박현수, 「이상의 아방가르드 시학과 백화점의 문화기호학」,《국제어문》31, 국제어문학회, 2004.8.

이윤경, 「이상 시의 변형세계 연구」, 국민대 박사학위논문, 2004.8.

홍순이, 「이상 문학 텍스트 연구 - 텍스트 소통과정을 중심으로」, 가톨릭대 박사학위논문, 2004.8.

이보영, 「이상의 문학과 노장 사상」, 《월간문학》 430, 한국문인협회, 월간문학사, 2004.12.

이보영, 「이상평전 2」, 《문예연구》 43, 문예연구사, 2004.12.

이금재, 「아쿠타가와 류노스케와 이상의 문학 - 고백을 중심으로」, 《일본문화연구》 13, 동아시아일본학회, 2005.1.

이보영, 「이상평전 3」, 《문예연구》 44, 문예연구사, 2005.3.

장수익, 「이상 소설의 글쓰기 양상 연구 - 원한과 복수, 분열증, 아이, 해골」, 《한국문학논총》 39, 한국문학회, 2005.4.

박대헌, 「이상의 〈오감도〉 장정에 관한 小考」, 『이상 리뷰』 4, 역락, 2005.6.

박선영, 「알레고리로 읽는 이상 소설」, 『이상 리뷰』 4, 역락, 2005.6.

안상수, 「이상 시의 타이포그라피 놀이」, 『이상 리뷰』 4, 역락, 2005.6.

이건제, 「이상 시 性愛觀의 형성 모습 - 유기적 세계와 무기적 세계의 교류 과정을 중심으로」, 『이상 리뷰』 4, 역락, 2005.6.

이보영, 「이상평전 4」, 《문예연구》 45, 문예연구사, 2005.6.

임명섭, 「이상 시의 또 다른 시사적 의미망」, 『이상 리뷰』 4, 역락, 2005.6.

전영준, 「이상 시의 건축술과 분열의 형식 - 역사적 아방가르드로서의 작품 탐구」, 《문학사상》 393, 문학사상사, 2005.7.

이보영, 「이상평전 5」, 《문예연구》 46, 문예연구사, 2005.9.

권택영, 「〈종생기〉: 증상으로 읽는 이상 문학」, 《한국문학이론과 비평》 29, 한국문학이론과 비평학회, 2005.12.

신범순, 「이상의 원시주의와 부채꼴 인간의 의미 - 근대적 파편성을 넘어서기」, 한국현대문학회 2006년 동계 학술발표회자료집, 2006.1.

심상욱, 「조이스의 신화기법으로 본 이상의 〈오감도〉: 삼족오 신화」, 《세계문학비교연구》16, 세계문학비교학회, 2006.1.

윤수하, 「이상 시의 표현주의 기법 연구」,《현대문학이론연구》29, 현대문학이론학회, 2006.1.

고봉준, 「1930년대 경성과 이상의 모더니즘 – 백화점과 새로운 시각체제의 등장」,《문화과학》, 2006.3.

이선이, 「한국 근대시의 근대성과 탈식민성」,《정신문화연구》102, 한국학중앙연구회, 2006.3.

엄성원, 「이상 시의 비유적 특성과 탈식민적 저항의 가능성」,《국제어문》36, 국제어문학회, 2006.4.

고영훈, 「하이릴 안와르와 이상(李箱) : 이상(理想)과 이상(異常)의 접점」,《실천문학》, 2006.5.

고현혜, 「이상 문학의 '방법적 정신'으로서의 패러독스」,《한국현대문학연구》19, 2006.6.

박승희, 「이상 시의 형상 언어적 의미와 글쓰기 전략」,《한국문학이론과비평》31, 한국문학이론과 비평학회, 2006.6.

이금재, 「한국과 일본의 모더니즘 문학 – 이상과 요코미츠 리이치를 중심으로」,《일어일문학연구》59, 일본문학 · 일본학, 한국일어일문학회, 2006.11.

이보영, 「이상의 문학과 시간의 문제」,《문예연구》51, 문예연구사, 2006.12.

한상철, 「이상의 오감도 시제일호 분석」,《비평문학》24, 한국비평문학회, 2006.12.

김종회, 「박태원의 〈구인회〉 활동과 이상과의 관계」,《구보학보》1, 구보학회, 2007.1.

김상태, 「이상의 수필 그 천재성의 증명 – 문체를 중심으로」,《수필과 비평》88, 수필과 비평사, 2007.3〜4.

이보영, 「이상과 일본작가들」,《문예연구》53, 2007.6.

조선숙, 「음양오행의 관점에서 본 이상의 '날개'」,《문예연구》53, 2007.6.

조해옥, 「이상 수필의 이중성 연구」,《문예연구》53, 2007.6.

채호석, 「특집 : 문학연구방법론의 재검토 : 문학과 '돈'의 사회학 : 1930년대 소설에
서의 돈과 육체 – 이상의 소설을 중심으로」, 《현대문학의 연구》 32, 한국문학연구
학회, 2007.7.

구연상, 「이상의 권태」, 《존재론 연구》 16, 한국하이데거학회, 2007.9.

심상욱, 「이상 문학과 신화」, 《세계문학비교연구》 18, 세계문학비교학회, 2007.12.

이원도, 「이상이 만난 장자」, 《서정시학》, 2007.12.

조영복, 「이상의 예술 체험과 1930년대 예술 공동체의 기원」, 《한국현대문학연구》
23, 한국현대문학회, 2007.12.

조은주, 「박태원과 이상의 문학적 공유점」, 《한국현대문학연구》 23, 한국현대문학
회, 2007.12.

조해옥, 「이상 시와 조연현의 발굴원고 비교 연구」, 《우리어문연구》 31, 우리어문학
회, 2008.1.

권영민, 「이상을 다시 묻다 1 – 산호(珊瑚) 나무와 상아(象牙) 파이프 – 이상의 시 〈且
8氏의 出發〉을 위한 서설」, 《문학사상》, 2008.3.

조은주, 「이상 문학의 건축학적 시선과 '미궁' 모티프」, 《어문연구》 137, 한국어문
교육연구회, 2008.3.

권영민, 「이상을 다시 묻다 2 – 병적 나르시시즘 혹은 고통의 미학 – 〈二十二年〉을
위한 몇 가지 주석」, 《문학사상》, 2008.4.

박성필, 「이상 시의 근대성 연구」, 《한국민족문화》 31, 부산대학교 한국민족문화연
구소, 2008.4.

권영민, 「이상을 다시 묻다 3 – 말하는 '눈' 혹은 육체의 물질성 – 이상의 시 〈광녀의
고백〉과 〈흥행물 천사〉」, 《문학사상》, 2008.5.

권영민, 「이상을 다시 묻다 4 – 배설, 그 욕망과 쾌락의 구조 – 이상의 시 〈正式〉」,
《문학사상》, 2008.6.

권영민, 「이상을 다시 묻다 5 – 생식과 소멸의 육체, 그리고 수염 – 이상의 일본어 시
〈수염〉을 중심으로」, 《문학사상》, 2008.7.

권영민,「이상을 다시 묻다 6 - 춤추며 말하는 불꽃, 혹은 촛불의 미학 - 이상의 시 〈破
片의 景致〉와 〈▽의 遊戱〉의 경우」,《문학사상》, 2008.8.

김예리,「이상 시의 공백으로서의 '거울'과 地圖的 글쓰기의 상상력」,《한국현대문
학연구》25, 한국현대문학회, 2008.8.

나미가타 츠요시(波潟 剛),「이상과 식민지 조선의 근대」, 한국현대문학회 학술발
표자료집, 한국현대문학회, 2008.8.

고현혜,「이상문학의 상호텍스트성 연구」, 국민대 박사학위논문, 2008.8.

정하늬,「이상의 〈지도의 암실〉에 나타난 '모조' 이미지 연구」,《한국현대문학연구》
25, 한국현대문학회, 2008.8.

권영민,「이상을 다시 묻다 7 - 사물의 인식 혹은 시각(視覺)의 문제 - 〈AU
MAGASIN DE NOUVEAUTES〉의 경우」,《문학사상》, 2008.9.

김명주,「아쿠타가와 류노스케(芥川龍之介)와 이상 문학 비교」,《일본어교육》44,
한국일본어교육학회, 2008.9.

정하늬,「이상의 〈실화〉에 나타난 도시 '동경'의 의미 연구」,《한국현대문학연구》
26, 한국현대문학회, 2008.12.

송민호,「이상의 미발표 창작노트의 텍스트 확정 문제와 일본 문학 수용 양상」,《비
교문학》49, 한국비교문학회, 2009.1.

강동우,「이상 문학에 나타난 노장적 사유에 관한 연구」, 한양대 박사학위논문,
2009.2.

주지영,「두 개의 태양, 그리고 여왕봉과 미망인의 거리」,《한국현대문학연구》27,
한국현대문학회, 2009.4.

윤수하,「이상 시의 추상 회화 기법에 대한 연구」,《국어국문학》151, 국어국문학회,
2009.5.

김성수,「이상 문학에 나타난 화폐 물신성과 감각의 모더니티」,《국제어문》46, 국
제어문학회, 2009.8.

윤수하,「이상 시의 상호매체성 연구」, 전북대 박사학위논문, 2009.8.

심상욱,「이상의 〈오감도〉 해석의 재고」,《비평문학》33, 한국비평문학회, 2009.9.

정홍섭, 「이상 문학에 나타난 도시 이미지」,《비평문학》33, 한국비평문학회, 2009.9.

최창근,「권태의 근대성과 놀이」,《비평문학》33, 한국비평문학회, 2009.9.

김민수,「이상 시의 시공간 의식과 현대디자인적 가상공간」,《한국시학회 학술대회 논문집》, 2009.10.

윤영실,「이상의 〈종생기〉에 나타난 사랑, 죽음, 예술」,《한국문화》48, 서울대학교 규장각한국학연구원, 2009.12.

정끝별,「이상 시의 상호텍스트성 연구」,《한국시학연구》26, 한국시학회, 2009.12.

하재연,「이상의 시쓰기와 "조선어"라는 사상」,《한국시학연구》26, 한국시학회, 2009.12.

구광모,「이상 문학과 수용 · 영향 연구」,《비교문학》51, 한국비교문학회, 2010.1.

심상욱,「〈지도의 암실〉: 이상과 조이스와의 제휴관계」,《비평문학》35, 한국비평문학회, 2010.3.

김미영,「이상의 문학에 나타난 건축과 회화의 영향 연구」,《국어국문학》154, 국어국문학회, 2010.4.

김미영,「이상의 〈오감도 : 시제일호〉와 〈건축무한육면각체 : 且8氏의 出發〉의 새로운 해석」,《한국현대문학연구》30, 한국현대문학회, 2010.4.

민명자,「김구용 시의 상호텍스트성 연구 – 이상 시와의 관계를 중심으로」,《인문학연구》37, 2010.4.

권채린,「이상 문학에 나타난 자연 표상 재고(再考) – "성천" 체험을 중심으로」,《어문논총》52, 한국문학언어학회, 2010.6.

이종호,「죽은 자를 기억하기 – 이상 회고담에 나타난 재현의 방식을 중심으로」,《한국문학연구》38, 동국대학교 한국문학연구소, 2010.6.

이정석,「이상의 〈지도의 암실〉론」,《우리문학연구》30, 우리문학회, 2010.6.

김정수, 「이상과 백석 문학에 나타난 아동미학 연구」, 울산대 박사학위논문,

2010.8.

함돈균, 「이상 시의 아이러니와 미적 주체의 윤리학 : 정신분석적 관점을 중심으로」, 고려대 박사학위논문, 2010.8.

권영민, 「이상의 소설, 영화의 세계와 만나다 – 〈지도의 암실〉과 영화 〈러브 퍼레이드〉」,《문학사상》, 2010.9.

김윤식, 「내가 엿본 이상 문학의 심연」,《문학사상》, 2010.9.

신범순, 「이상의 개벽사상 – 태양아이의 역사철학」,《문예운동》, 2010.9.

함돈균, 「이상 시의 아이러니에 나타난 환상의 실패와 윤리적 주체의 가능성에 관한 소고 – 정신분석의 관점으로 읽은 「꽃나무」, 「절벽」, 「공복」에 대한 주석」,《우리어문연구》37, 우리어문학회, 2010.9.

권영민, 「이상의 소설, 영화의 세계와 만나다 2 – 〈동해(童骸)〉 속의 영화 〈만춘(晩春)〉」,《문학사상》, 2010.10.

권영민, 「이상의 소설, 영화의 세계와 만나다 3 – 소설 〈終生記(종생기)〉와 〈失花(실화)〉 속의 영화」,《문학사상》, 2010.12.

김미영, 「「현대미술의 요람」의 필자 확정 문제」,《어문논총》52, 2010.

김미영, 「이상의 문학과 꼴라쥬」,《한국현대문학연구》32, 2010.

김승희, 「이상과 모더니즘 : 이상 시에 나타난 "근대성의 파놉티콘"과 아이러니, 멜랑콜리」,《비교한국학》18, 2010.

김정관, 「이상 소설의 사회성과 서사 구성 원리 – 반복 강박과 모방 충동을 중심으로」,《현대문학이론연구》41, 2010.

김정희, 「〈날개〉에 나타난 도시의 아비투스와 내·외면적 풍경」,《한민족어문학》57, 2010.

김지미, 「구인회와 영화 : 박태원과 이상 소설에 나타난 영화적 기법을 중심으로」,《민족문학사연구》42, 2010.

김효순, 「이상과 모더니즘 : 이상 문학과 아쿠타가와 류노스케(芥川龍之介) – 시대를 체현하는 문화현상으로서의 모던걸 표상을 중심으로」,《비교한국학》18,

2010.

노지승, 「이상의 글쓰기와 정사(double suicide)」, 《겨레어문학》 44, 2010.

蘭明, 「昭和帝国의 담론 공간과 李箱적 모더니즘」, 《한국현대문학연구》 32, 2010.

문흥술, 「이상 문학의 일본어 시 텍스트에 나타나는 언술 주체의 분열」, 《한국현대
문학연구》 32, 2010.

변문균, 「이상과 솔 벨로우 비교 연구 – 「날개」와 『허공에 매달린 사나이』를 중심으
로」, 《비교문학》 51, 2010.

신진숙, 「1930년대 모더니즘 시에 나타난 도시체험과 멜랑콜리적 주체」, 《한국문학
논총》 56, 2010.

심상욱, 「『十二月 十二日』: 이상과 졸라와의 제휴」, 《비평문학》 37, 2010.

이경훈, 「박제의 조감도 – 이상의 「날개」에 대한 일고찰」, 《사이》 8, 2010.

이순영, 「이상 소설과 아쿠타가와(芥川龍之介) 소설의 여성상과 서사형식」, 서울대
학교 비교문학 전공 박사학위논문, 2010.

이형진, 「이상의 '새' 모티프에 대한 일고찰」, 《한국현대문학연구》 32, 2010.

전동진, 「이상과 모더니즘 : 이상 시의 탈근대적 시선 연구」, 《비교한국학》 18,
2010.

전명희, 「이상과 모더니즘 : 표현주의적 관점에서 본 소설 「날개」 – 독일 영화 「칼리
가리박사의 밀실」과 비교를 중심으로」, 《비교한국학》 18, 2010.

조강석, 「이상의 두 갈래 시적 영향 관계에 대한 소고」, 《한국현대문학연구》 32,
2010.

조연정, 「'독서 불가능성'에 대한 실험으로서의 「지도의 암실」」, 《한국현대문학연
구》 32, 2010.

최도식, 「이상과 모더니즘 : 이상과 로버트 덩컨의 연작시 비교 연구 – 무한한 연작
시를 중심으로」, 《비교한국학》 18, 2010.

최현희, 「'이상'의 이데올로기적 기원 : 김기림과 최재서의 이상론」, 《한국현대문학
연구》 32, 2010.

변의수, 「이상과 시적 천재론」, 《문학사상》, 2011.2.

권영민, 「이상의 시 〈운동〉을 소개하며」, 《문학사상》, 2011.9.

허병식, 「장소로서의 동경(東京)」, 《한국문학연구》 38, 2011.

김명주, 「마키노 신이치와 이상문학의 "환상성" 비교」, 《일본어교육》 55, 2011.

김서랑, 「이상 시 연구 : 일문시와 국문시의 해체 양상에 관한 비교 연구」, 명지대학교 박사학위논문, 2011.

김원희, 「이상 소설의 장르 확장과 탈근대적 존재시학」, 《현대문학이론연구》 44, 2011.

심상욱, 「「街外街傳」과 「황무지」에 나타난 이상과 엘리엇의 제휴」, 《비평문학》 39, 2011.

이경림, 「초기 박태원 소설과 이상 소설에 나타나는 공통 모티프에 관한 연구」, 《구보학보》 6, 2011.

이지연, 「러시아 아방가르드 시학을 통해 본 이상의 시」, 《세계문학비교연구》 34, 2011.

전우형, 「이상 소설의 영화적 제휴 양상과 의미」, 《한국현대문학연구》 33, 2011.

조강석, 「이상의 「오감도」 연작에 개진된 알레고리적 태도와 방법 연구」, 《현대문학의 연구》 41, 2011.

조강석, 「한국 근대시에서 절망과 기교가 교섭하는 두 가지 방식」, 《한국근대문학연구》 23, 2011.

조해옥, 「전후 세대의 이상론 고찰」, 《비평문학》 40, 2011.

주현진, 「이상의 모더니즘과 프랑스의 모더니즘」, 《인문학연구》 82, 2011.

찾아보기

ㅇ

권영민(權寧珉) 1948년 충남 보령에서 태어났다. 서울대 국문과를 졸업하고 동 대학원에서 박사학위(1984)를 받았다. 서울대학교 교수로 재직(1981~2012)하면서 미국 하버드대 한국문학 초빙교수, 버클리대 한국문학 초빙교수, 일본 동경대 한국문학 객원교수 등을 역임했다. 현재 단국대학교 석좌교수이다. 주요 저서로『한국 현대문학사』(전2권), 『한국민족문학론연구』,『우리문장강의』,『서사 양식과 담론의 근대성』,『한국 계급문학 운동사』,『문학의 이해』,『한국 현대소설의 이해』,『한국현대문학의 이해』, 『이상텍스트연구』등이 있다. 문학평론집『소설과 운명의 언어』,『문학사와 문학비평』등과『이상전집 1-4』,『한용운문학전집 1-6』등을 펴냈다. 현대문학상평론상, 서울문화예술평론상, 김환태평론문학상, 현대불교문학평론상, 만해대상 학술상, 시와시학 평론상, 서울대학교 학술연구상 등을 수상했다.

이상 문학의 비밀 13

1판 1쇄 펴냄 2012년 3월 15일
1판 2쇄 펴냄 2014년 2월 28일

지은이 권영민
발행인 박근섭·박상준
편집인 장은수
펴낸곳 (주)민음사

출판등록 1966. 5. 19. 제16-490호
주소 서울특별시 강남구 도산대로1길 62(신사동)
       강남출판문화센터 5층(135-887)
대표전화 515-2000 | 팩시밀리 515-2007
홈페이지 www.minumsa.com

© 권영민, 2012. Printed in Seoul, Korea

ISBN 978-89-374-8399-8 03810